O TRONO do SOL

A MAGIA DA ALVORADA

S. L. FARREL

O TRONO do SOL

A MAGIA DA ALVORADA

O CICLO NESSÂNTICO - LIVRO UM

Tradução
André Gordirro

LeYa

Título original: *A magic of twilight*
Publicado originalmente por Daw Books.

Diretor editorial: Pascoal Soto
Editora: Mariana Rolier
Produtora editorial: Sonnini Ruiz
Assistente editorial: Carolina Pereira da Rocha

Preparação de texto: Patrícia de Almeida Murari
Revisão: Juliana Caldas e Página Escrita
Projeto gráfico: Jordana Chaves
Diagramação: Página Escrita
Ilustração de capa: Marc Simonetti
Adaptação de mapas: Eduardo Borges
Capa: Simone Villas-Boas

DADOS INTERNACIONAIS DE CATALOGAÇÃO NA PUBLICAÇÃO (CIP)
(CÂMARA BRASILEIRA DO LIVRO, SP, BRASIL)

Farrel, S. L.
O trono do sol : um romance do Ciclo Nessântico /
S. L. Farrel ; tradução André Gordirro. --
São Paulo : Leya, 2012.
Título original: A magic of twilight
ISBN 978-85-8044-448-3

1. Romance norte-americano I. Título.

12-01397 CDD-813

ÍNDICE PARA CATÁLOGO SISTEMÁTICO:
1. ROMANCES : LITERATURA NORTE-AMERICANA 813

Texto Editores Ltda.
Uma editora do Grupo LeYa
Rua Desembargador Paulo Passaláqua, 86
01248-010 – Pacaembu – São Paulo - SP
www.leya.com

Para Denise
Você está em tudo o que eu faço

AGRADECIMENTOS

Eu li vários livros como inspiração e referência para escrever este aqui (e li por prazer também, pois adoro ler textos históricos; é um defeito de caráter, eu sei...). Como essa é uma obra totalmente ambientada em um mundo fictício e imaginário, particularmente ela não reflete nenhum período ou lugar da nossa história, porém eu peguei emprestado, à vontade, de vários. Para aqueles interessados nos textos históricos que atiçaram minha imaginação, alguns deles velhos e outros relativamente novos, eu gostaria de listá-los aqui, na ordem em que os li:

MORTON, Frederic. *A Nervous Splendor*: Vienna 1888/1889, Little, Brown, 1979.

HIBBERT, Christopher. *The House of Medici: its Rise and Fall.* Perennial/ Harper Collins, 2003.

HILTON, Lisa. *Athénaïs: The Life of Louis XIV's Mistress, the Real Queen of France.* Back Bay Books/Little, Brown & Company, 2002.

KENT, Sua Alteza Real, a Princesa Michael de. *The Serpent and the Moon: Two Rivals for the Love of a Renaissance King.* Simon & Schuster, Inc., 2004.

HORNE, Alistair. *Seven Ages of Paris.* Vintage Books (Random House), 2004.

CUTLER, Alan. *The Seashell on the Mountaintop.* Plume (Penguin), 2003.

COHEN, Thomas V. *Love & Death in Renaissance Italy*. University of Chicago Press, 2004.

DAWKINS, Richard. *The God Delusion*. Houghton Mifflin, 2006.

Uma viagem à França também serviu como inspiração para grande parte deste livro. Em especial, a região do vale do Loire, com seu castelo e adorável campo, que provocou várias ideias, assim como nossos dias em Paris. Eu gostaria de recomendar a todo mundo que esteja indo à França que visite o vale do Loire e passe um tempo explorando não somente o castelo, mas também os pequenos vilarejos no campo ao redor, como Azay le Rideau ou Villaines les-Rochers. Nessântico não é a França especificamente, mas muitos detalhes saíram de nossas experiências lá. Espero que elas tenham enriquecido o livro.

Muitos agradecimentos, como sempre, à minha agente Merrilee Heifetz, da Writers House, que é minha parceira de escrita há muitos anos – sem ela, nada disso teria sido possível.

Eu também queria expressar minha gratidão à Sheila Gilbert, uma editora extraordinária, que tem cuidado dos meus livros e nunca deixou que eu os escrevesse abaixo do melhor possível. Para cada um dos meus livros que Sheila editou, sua recomendação produziu um "aha!" (ou dois ou três) que tornou o romance mais profundo. Com este livro não foi diferente. Obrigado, Sheila!

Meu reconhecimento a Justin Scott, que revisou o manuscrito final e me passou várias páginas de correções. Obrigado!

E obrigado também a Karen, que me lembrou que crepúsculo soa melhor do que pôr do sol!

Sumário

PRELÚDIO: NESSÂNTICO

SE UMA CIDADE TIVESSE SEXO, Nessântico seria mulher.

Ela nasceu como uma joia nas águas plácidas e resplandecentes do rio A'Sele. Foi uma cidade insular na infância, ligada ao continente por enormes pontes de pedra e conectada pelo A'Sele ao mar que a alimentava de mercadorias. O comércio fluvial agitava o A'Sele. Ele vinha do encontro do rio Clario com sua boca larga e protegida em Nostrosei, e todas as benesses do comércio passavam por Nessântico. À medida que a influência dos primeiros líderes que se instalaram em Nessântico aumentou, a cidade também cresceu e se espalhou da ilha para as duas margens do rio.

Quando os senhores de Nessântico começaram a se chamar de kraljiki e kraljica, quando ampliaram seu domínio para além das fronteiras, a cidade cresceu e virou uma jovem moça cheia de vida, envolvida e protegida por grandes muralhas que jamais foram rompidas por nenhum invasor. Seus exércitos tomaram os vilarejos, as cidades e as cidades-estados ao redor. Irresistivelmente forte, ela também era sedutora: a cidade onde se instalava a ilustre corte dos kralji, onde os embaixadores de centenas de lugares vinham para implorar, barganhar e se vangloriar, onde navios de terras estrangeiras dos oceanos Strettosei e Rhittosei traziam seus tesouros e mercadorias, onde uma dezena de culturas se misturavam para formar uma liga mais forte, onde as dádivas mágicas de uma dezena de deuses eram exibidas e cobiçadas.

Com o passar das décadas e dos lentos séculos, conforme o país que adotou o nome da cidade se tornou ainda mais influente; conforme os kralji viraram os reais senhores não só de Nessântico, mas de toda Il Trebbio, depois de Firenzcia, Magyaria e além; conforme os Domínios espalharam-se por todas as direções, até mesmo pelo Strettosei às margens das Terras Ocidentais; conforme a fé concénziana subordinou e converteu à força a maioria das outras religiões e deuses menores dentro dos Domínios; Nessântico – a cidade, a mulher – permitiu-se relaxar e aproveitar sua reputação. Sempre forte à medida que as fronteiras dos Domínios avançavam e recuavam sob os efeitos de guerra e comércio; sempre magnífica, embora os gostos e estilos mudassem; sempre sedutora e desejável não importa que outros lugares e terras exóticas desfrutassem de breve moda, ela se estendia gradativamente além das muralhas que outrora a confinaram e atraía tudo que fosse intelectual, tudo que fosse rico, tudo que fosse poderoso. O estandarte azul-escuro com dourado intenso tremulava das torres, e as luzes dos ténis resplandeciam como estrelas na noite.

Não havia cidade no mundo conhecido que pudesse rivalizar com ela.

Mas havia muitas que a invejavam.

◇◇◇ INÍCIOS ◇◇◇

Ana co'Seranta

Karl ci'Vliomani

Marguerite ca'Ludovici

Ana co'Seranta

Dhosti ca'Millac

~ Ana co'Seranta ~

ANA AJOELHOU-SE ao lado da cama e sorriu com determinação para o corpo imóvel e impassível debaixo do lençol branco de linho. Ela pegou as mãos da mulher: moles e pegajosas com a pele solta coberta por finas rugas. – Matarh – sussurrou Ana, que depois falou o nome da mulher, pois achava que ela às vezes respondia melhor a isso. – Abini, eu estou aqui.

As pálpebras tremeram, mas não se abriram, e os dedos de Abini contraíram-se uma vez na mão de Ana, mas não pegaram com força. – Está quase na hora da Primeira Chamada – continuou Ana – e eu vim rezar com a senhora, matarh. – As trompas soaram como um lamento vindo do domo do Velho Templo logo naquele instante, abafadas pela distância e misturadas aos ecos dos edifícios entre eles. Ana ergueu o olhar: atrás das cortinas, o sol batia nos telhados da cidade. – A senhora ouviu as trompas, matarh? Ouça e eu rezarei por nós duas.

Ana juntou as mãos de sua matarh logo abaixo da garganta, depois entrelaçou as próprias mãos na testa. Ela tentou rezar, mas a mente não quis se acalmar. A rotina reconfortante das preces matinais perdia força com as memórias: das críticas do u'téni co'Dosteau; das lembranças que se esvaíam do tempo antes da febre do sul, que deixou sua matarh indefesa e impassível; de épocas mais felizes antes de Ana ter que viver com a culpa do que fazia quase toda manhã apenas para manter sua matarh viva. – Perdoe-me, Cénzi – disse ela, como sempre dizia, perguntando-se se Ele escutava, imaginando quando seria punida por Ele por sua impertinência, porque o castigo era o que a Divolonté, o código de regras que regia a fé concénziana, insistia que iria acontecer inevitavelmente. Cénzi era um deus severo, e Ele insistiria que Ana pagasse por sua impertinência em subverter Suas intenções. – Perdoe-me... Ela perguntou-se se estava falando com Cénzi ou com sua matarh.

Ana começou a entoar um cântico, as palavras saíram espontaneamente: sílabas guturais sem sentido que não eram as rígidas formas ensinadas pelo u'téni co'Dosteau. As mãos acompanharam o cântico como se ela estivesse dançando apenas com os dedos. Mesmo antes de ter sido enviada pelo vatarh ao Velho Templo para se tornar uma acólita, mesmo antes de ela começar a aprender como dar vazão ao poder de Ilmodo, Ana era capaz de fazer isso.

E, mesmo assim, sabia que era algo que precisava esconder.

Ela tinha ouvido o suficiente das admoestações dos ténis do Alto Púlpito para se dar conta disso. O u'téni co'Dosteau, o instruttorei a'acólito, era curto e grosso: "um téni não vai colocar-se contra a vontade de Cénzi sem castigo..." ou "usar o Ilmodo para seus próprios desejos é proibido..." ou "a Divolonté é bem clara quanto a isso. Leia o código e, caso fique com medo de sua crueldade, é bom ficar mesmo".

Ana tentou se convencer de que não estava usando o Ilmodo em benefício próprio, mas para o de sua matarh. Tentou se convencer de que, se realmente fosse a vontade de Cénzi que Abini morresse, bem, Cénzi certamente tinha o poder de fazer com que isso acontecesse, não importavam os pequenos esforços que ela realizasse para manter a matarh viva. Ana tentou se convencer de que Cénzi não lhe teria dado o Dom tão cedo se não quisesse que ela fizesse isso.

De alguma forma, Ana nunca se convencia. Ela suspeitava que Cénzi já havia escolhido seu castigo. Ela já sabia que Ele estava descontente.

Ana moldou o Ilmodo agora, rapidamente. Ela sentiu o poder frio, que os ténis chamavam de Segundo Mundo, aumentar entre as mãos em movimento, e o cântico e o gestual que ela fazia mandaram tentáculos de energia em direção à matarh. Conforme o Ilmodo tocava o corpo deitado, Ana sentiu o conhecido choque da conexão. Havia um indício da consciência da matarh perdido em algum lugar bem profundo, e Ana sentiu que, caso quisesse, ela poderia, poderia ser capaz de puxá-la completamente de volta.

Mas isso seria completamente errado e óbvio demais. Portanto, como ela fazia nos últimos anos, Ana usou apenas um pouco do Ilmodo, o suficiente para garantir que sua matarh não iria se afastar ainda mais da vida, o suficiente para saber que Abini viveria por mais alguns dias.

E ela soltou o Ilmodo. Parou com o cântico, as mãos caíram ao lado do corpo. Como sempre, Ana foi tomada pela culpa como uma inundação de primavera do rio A'Sele, e com a culpa veio o preço de usar o Ilmodo: um esgotamento muscular tão intenso como se ela tivesse passado o dia inteiro se esforçando para cumprir uma tarefa física impossível. Mais uma vez ela lutaria contra uma insistente vontade de dormir enquanto ouvia os sermões do u'téni co'Dosteau. Ela levou as mãos entrelaçadas à testa novamente e rezou pela compreensão e perdão de Cénzi.

– Ana? Você está com sua matarh?

Ela ouviu seu vatarh abrir a porta do quarto.

– *Tão rápido, Cénzi?, perguntou ela. É isso que devo aguentar pelo que faço?* Ana mordeu o lábio e fechou bem os olhos, recusou-se a chorar.

– Eu sei que a sua presença conforta sua matarh – disse o vatarh baixinho ao surgir por trás de Ana. Tomas co'Seranta tinha uma voz que miava e rugia, e houve uma época em que ela adorava ouvi-lo falar. Ana enroscava-se em seu colo e pedia para que ele contasse uma história, qualquer coisa, apenas para que pudesse encostar a cabeça em seu largo peitoral e ouvir o retumbar da voz grossa.

Houve uma época...

Ana sentiu a mão do vatarh no ombro tocando a dobra do tecido delicado da tashta. A mão desceu pela curva da espinha, do pescoço ao meio das costas. Ela fechou os olhos e ouviu Tomas ficar meio ajoelhado ao seu lado e sussurrar:

– Eu também sinto fala dela. Não sei o que eu faria se perdesse você também, meu passarinho. – Ana não olhou para ele, mas sentiu um calor ao lado, e agora a mão de Tomas entrou pelas dobras da tashta onde o tecido cobria os seios. Seus dedos tocaram a filha.

Ela ficou de pé abruptamente, e a mão dele afastou-se. Tomas olhava para o chão, não para ela ou para Abini. – Eu tenho que ir para a aula, vatarh – falou Ana. – O u'téni co'Dosteau disse que hoje deveríamos chegar cedo...

~ Karl ci'Vliomani ~

– DÁ PARA IMAGINAR isto aqui no verão? – sussurrou Mika ce'Gilan ao se aproximar de Karl. Seu longo nariz aquilino contraiu-se dramaticamente. – Eu sinto mais cheiro de suor do que de perfume.

Karl apenas concordou com a cabeça. A sala do trono da kraljica estava lotada de suplicantes. Era o segundo cénzidi do mês, o dia em que a kraljica recebia todos os suplicantes – pelo menos aqueles que conseguiam se aproximar dela nas poucas viradas da ampulheta em que a kraljica permanecia sentada no Trono do Sol. O salão comprido estava tão abarrotado quanto um caixote de frutas, cheio de pessoas vestidas com suas melhores roupas. O lugar estava um forno; Karl sentiu a testa suar e o suor descer livremente pela espinha e empapar o tecido da bashta que ele usava. *"É o que todos os ca' e co' estão usando nesta estação"*, declarou seu alfaiate, mas Karl não conseguiu ver nada similar no corte das bashtas e tashtas mais próximas. Ele suspeitava que essa moda fosse do ano passado, na melhor das hipóteses, e que todos que o encaravam de cima a baixo escondiam risinhos por trás dos abanadores cheios de enfeites. Também notou que ele e Mika estavam em seu próprio espacinho aberto, como se aqueles com ca' ou co' na frente do nome fossem se contaminar caso se aproximassem demais. Ele tocou o pingente em volta do pescoço com um gesto nervoso – uma concha que parecia ter sido esculpida em pedra, a rocha cinzenta polida pelo uso.

Na frente do salão, o Trono do Sol resplandecia embaixo da kraljica Marguerite ca'Ludovici: a regente de Nessântico e dos Domínios, a grande Généra a'Pace, a Portadora do Cajado de Ferro, a Matarh Absoluta, que em poucos meses comemoraria o jubileu de seu quinquagésimo ano de reinado: o mais longo até hoje de qualquer kralji. A maioria das pessoas que vivia nos Domínios não conheceu outro governante. O trono do kralji era feito a partir de um único cristal imenso, encantado pelo primeiro archigos Siwel ca'Elad há mais de três séculos de uma maneira que nenhum téni conseguiu repetir desde então. Quando alguém de posse do Anel do Kralji se sentava em seu abraço duro e reluzente, o Trono do Sol brilhava em um pálido tom de amarelo. Karl sabia que havia rumores insistentes que o brilho na verdade sumira há muito tempo; agora, insistiam os céticos, a luz interior era criada quando necessário por um téni especial enviado pelo archigos sempre que a kraljica aparecia em público no Trono do Sol. Dado que os registros da época do archigos Siwel diziam que o trono "reluzia como um verdadeiro sol que cegava todos com seu esplendor", certamente era verdade que o Trono do Sol deve ter empalidecido consideravelmente nos séculos desde então. Em plena luz do dia, o brilho mal podia ser visto. Os lustres que balançavam no teto com certeza eram necessários: embora fosse praticamente a hora da Segunda Chamada, as janelas altas da sala do trono eram estreitas demais para permitir a entrada de muita luz.

Também era verdade que Karl seria capaz de reproduzir o brilho sozinho, caso ousasse fazer tal coisa aqui.

– Vajiki Tomas co'Seranta! – anunciou Renard, o velho e encarquilhado assistente da kraljica, em uma voz vacilante ao ler um pergaminho na mão. O burburinho de vozes no salão parou momentaneamente. Karl viu alguém se dirigindo para o Trono do Sol em resposta, um homem de meia idade que se curvou ao se aproximar e reagiu com uma cara feia e um suspiro ao mesmo tempo.

– Eu disse que você deveria ter dado um siqil ou dois para Renard – murmurou Mika. – Ele não vai nos chamar.

– Eu sou o enviado a'Paeti a'Numetodo – respondeu Karl. – Como ele pode nos ignorar?

– Pelas mesmas razões que a kraljica ignorou a Marca de Paeti que você enviou quando pediu por uma audiência particular. Ela está presa demais à fé concénziana e não quer se sujar ao reconhecer hereges.

– Você é um pessimista, Mika.

– Sou realista. Devo lembrar que estou aqui em Nessântico há muito mais tempo que você, meu amigo, e que conheço muito bem esta gente. Acho que tivemos sorte até por permitirem nossa entrada no salão. Foi apenas o seu título bonitinho que nos fez driblar Renard. Olhe para o lado de lá. Viu aquele homem olhando na nossa direção? O de preto? Não dá para deixar de notar, ele tem um nariz de prata.

Karl ficou na ponta dos pés e vasculhou o salão na direção que Mika indicou com a cabeça. O homem estava parado contra uma parede, com uma pose casual demais. Quando ele notou o olhar de Karl, os lábios embaixo do bigode e do nariz metálico se contorceram no que poderia ser um sorriso divertido. Ele acenou levemente com a cabeça na direção de Karl. – Aquele é o comandante ca'Rudka da Garde Kralji – continuou Mika. – Se qualquer um de nós parecer minimamente ameaçador, nós iremos parar na Bastida mais rápido do que uma mosca voa para cima de um cavalo morto. Portanto, não faça gestos bruscos.

– Acho que você está sendo paranoico.

Mika deu um muxoxo de desdém. – As coisas são diferentes no oeste, longe de Nessântico. Olha só, aposto o jantar que não falaremos com a kraljica hoje.

– Fechado – disse Karl.

Depois de três viradas da ampulheta, a kraljica se levantou e todo mundo fez uma reverência enquanto ela saía do salão. Karl ainda não tinha sido chamado para sua audiência.

– Estou morrendo de fome – comentou Mika enquanto todos os presentes saíam da sala do trono. – E você?

~ Marguerite ca'Ludovici ~

A RECEPÇÃO deixou Marguerite exausta e irritada, como acontecia todo mês. Renard, seu assistente, dispensou com um gesto um bando de criados que os acompanharam na saída da sala do trono. Quando a porta foi fechada, ele finalmente relaxou a postura rígida e apropriada. – Aqui, Margu – falou Renard ao passar uma taça de água fresca com fatias de fruta amarela para a kraljica. Ela ficava contente que Renard usasse seu apelido aqui, neste lugar, onde ninguém podia ouvir. – Eu sei que sua garganta está seca.

– E meu traseiro está dolorido também – respondeu Marguerite. Ela passou a bengala para o assistente. – A almofada não serviu para nada naquele maldito cristal.

– Não podemos evitar que isso aconteça, não é? – Ele riu. – Vou mandar trocá-la por uma cobertura mais adequada. – Renard ofereceu a água novamente, e desta vez ela pegou a taça. Ficou grata por poder afundar em uma das cadeiras bem estofadas na sala privativa de recepção. As janelas estavam um pouco abertas, embora o ar ainda trouxesse muito do frio do inverno, e o fogo que ardia na lareira era providencial.

Marguerite suspirou. – Desculpe, Renard. É meu dever e eu não deveria reclamar.

– Você é a kraljica. Pode fazer o que quiser.

Marguerite sorriu ao ouvir isso. Renard co'Bellona esteve com ela pela maior parte de suas cinco décadas como kraljica. Marguerite podia ser a kraljica, mas era Renard que organizava sua vida e garantia que os dias corressem bem. Ele começou a servi-la como um pajem aos cinco anos de idade, quando era simplesmente Renard Bellona, sem sequer um humilde ce' antes do sobrenome, mas demonstrou lealdade e inteligência e progrediu com o passar dos anos ao posto atual.

Naquela época, ela não era a "Généra a'Pace", mas a "Spada Terribile", a Espada Terrível, que trouxe as Terras Distantes para os Domínios por intermédio de negociação quando foi possível, e com a Garde Civile, seus exércitos e simples força bruta quando não foi possível. Naquela época, ela era jovem, cheia de energia e raiva pela maneira como seu vatarh fora tratado como kraljiki. Ela jurou que os ca' e os co' jamais a chamariam de "fraca", que os chevarittai dos Domínios jamais a chamariam de "covarde". Nenhum deles jamais a chamaria de "tola"... e continuaria vivo.

– ... Marguerite? – dizia Renard.

– Desculpe. O que você estava falando?

– Perguntei se você queria saber os compromissos da tarde.

– Isso importa? – perguntou ela, e os dois sorriram um para o outro.

– O archigos Dhosti trará sua sobrinha Safina para lhe conhecer no jantar – disse Renard. – Eu pedi ao a'kralj para estar lá também, para que possa falar com ela.

– E ele irá?

Renard deu de ombros. – O a'kralj alegou ter outros compromissos. Mas se você mandasse uma mensagem para ele...

Marguerite balançou a cabeça. – Não. Se meu filho não quer conhecer as mulheres que eu sugiro como bons partidos, então Justi vai ter que se contentar quando eu escolher uma esposa para ele.

Renard concordou com a cabeça e manteve cautelosamente uma expressão neutra.

Levou uma década inteira após a morte do marido para ela finalmente levar Renard para a cama. A sedução não foi planejada, mas pareceu inteiramente natural. Eles tornaram-se mais do que criado e senhora ao longo dos anos. Secretamente, eles eram amigos há muito tempo, e Renard não tinha família. "Eu nunca poderei lhe oferecer mais", disse Marguerite naquela noite. "Eu sei", respondeu ele, com aquele leve arquear dos lábios que ela adorava. "A kraljica pode precisar usar o casamento como um artifício. Eu entendo. Entendo mesmo..."

– ... e também o comitê de planejamento da comemoração de seu jubileu gostaria de revisar os planos para ver se você os aprova – dizia Renard. – Eu disse que você talvez tivesse tempo hoje à noite, após o jantar com o archigos, mas posso remarcar para amanhã se quiser.

Marguerite fez um gesto. – Não, está bem. Deixe que venham. Vou escutar e concordar com a cabeça desde que não tenham feito algo tremendamente estúpido.

Renard fez que sim. Ele tocou o ombro da kraljica com delicadeza, quase um carinho. Mesmo aqui, sozinho, Renard tomava cuidado com os limites entre os dois. – Então vou avisar ao comitê para se preparar. E... – Ele parou e franziu os lábios. – Há uma carta da hïrzgin Greta, trazida por mensageiro particular. Eu tomei a liberdade de decodificá-la para você.

– Traga aqui. – Ela não perguntou o que sua sobrinha, casada com o impetuoso Jan ca'Vörl, o hïrzg de Firenzcia, dissera; Marguerite percebeu pela expressão sombria de Renard que não eram boas notícias. Ela desdobrou o papel entregue por Renard e leu as palavras sublinhadas, depois balançou a cabeça e deixou o papel cair. – Trinta numetodos executados publicamente em Brezno... o a'téni ca'Cellibrecca foi longe demais, e o hïrzg o encoraja. O archigos sabe?

– Eu desconfio que ele foi informado por suas próprias fontes – disse Renard. – Vou fazer o rascunho de uma carta indignada ao hïrzg ca'Vörl em seu nome. Tenho certeza que o archigos fará o mesmo pelo a'téni ca'Cellibrecca.

– Também tenho certeza. E sei que as famílias dos numetodos assassinados ficarão muito contentes com uma carta indignada.

Ana co'Seranta

– NÃO! – O fino ponteiro de carvalho do u'téni co'Dosteau cortou o ar e bateu uma vez nas mãos em movimento de Ana. – Assim não. Preste atenção, Ana. Você precisa fazer um gestual melhor. Mais amplo. Maior.

Os nós dos dedos latejaram de dor, mas ela não lhe daria o gostinho de parar. Porém, a reprimenda do instrutor fez com que Ana ficasse momentaneamente em silêncio ao olhar feio para o velho téni, sua voz falhou em meio ao cântico que elas e os outros acólitos recitavam. As palavras não eram na sua própria língua, mas sim na língua téni que era capaz de moldar o Ilmodo, e já eram bem difíceis de lembrar sem as broncas de co'Dosteau. Com o tropeço, ela sentiu o Ilmodo – a dádiva de Cénzi, a energia que alimentava os feitiços dos ténis – começar a fugir ao controle. Ana tentou agarrar o Ilmodo com a mente; assim que conseguiu, surgiram novas palavras estranhas, palavras que ela não conhecia de modo algum, mas que de certa forma pareciam apropriadas para a tarefa, as mesmas palavras que surgiram quando ela estava com sua matarh. O som das palavras era similar à língua téni, mas o sotaque tinha uma diferença sutil. Ela sussurrou porque não queria que o u'téni co'Dosteau ouvisse como seu cântico foi mudado e retomou o gestual do feitiço.

Mais amplo. Maior. O u'téni co'Dosteau tratava-os como crianças aprendendo o alfabeto. No salão dos acólitos, ele agia como se tivesse um ca' na frente do nome em vez de um co', até mesmo com acólitos cujos sobrenomes realmente começavam com um ca', mesmo com Safina ca'Millac, a sobrinha do archigos. Co'Dosteau agia como se *ele* fosse o próprio archigos da Concénzia. A piada entre os acólitos era que co'Dosteau tinha encantado a cabeça para que pudesse enxergar pela nuca. Ele certamente não parecia perder coisa alguma que acontecesse, especialmente se envolvesse Ana. Co'Dosteau parecia sempre estar de olho nela, ainda mais agora que todos os acólitos estavam próximos da hora em que receberiam a Marca para se tornar um téni ou a temida Nota de Dispensa.

Mais amplo. Maior. O u'téni co'Dosteau estava errado, percebeu Ana. Ela quase conseguia ver o Ilmodo serpentear em volta do corpo e sabia que, se fizesse o contrário, se diminuísse o gestual, se tornasse menor em vez de maior, poderia moldar o Ilmodo com mais cuidado.

A tarefa era bem simples: o u'téni co'Dosteau levou a turma para o porão do Templo do Archigos, onde vários e'ténis do templo acenderam uma enorme pilha de carvão dentro da fornalha. A turma teria que usar o Ilmodo para apagá-la. Era uma tarefa que os acólitos poderiam ter que executar caso fossem eventualmente designados para virar um dos muitos ténis-bombeiros, que mais de uma vez salvaram a cidade de ser queimada, especialmente no populoso Velho Distrito. A turma terminou o cântico no momento em que Ana alcançou os acólitos, o gestual final fez as chamas tremerem e diminuírem, embora o carvão ainda teimasse em brilhar. Ana terminou o feitiço imediatamente depois, as mãos se mexeram em um gesto rápido e sutil que alterou o desenho do Ilmodo para focá-lo.

O ar fugiu das chamas azuis remanescentes, que se apagaram com um *estrondo* audível, um barulho tão alto que fez com que todos dessem involuntariamente um passo para trás quando a brisa quente com cheiro de cinzas passou por eles e fez tremular os robes verdes dos e'ténis. Apenas co'Dosteau não pareceu reagir. Ele permaneceu ao lado de Ana, com a ponta do ponteiro apoiada no chão de pedra e as mãos em concha na empunhadura, seu robe de téni parecia mais marrom do que verde na súbita penumbra do porão. O u'téni co'Dosteau encarou Ana com olhos escuros e curiosos, do fundo da gruta com borda peluda formada pela testa. Ela abaixou a cabeça para fugir do olhar. O cansaço que sempre acompanhava o uso do Ilmodo fez com que Ana não quisesse mais nada além de desabar no chão, especialmente após o uso naquela manhã com sua matarh. Alguns dos acólitos já tinham desabado no chão, esgotados pelo esforço.

Usar o Ilmodo sempre tinha um custo. Cénzi fazia os ténis pagarem pela Sua dádiva. Era a primeira lição que todos aprenderam há três anos.

– É por isso que a maioria de vocês não recebe uma Marca do archigos – comentou co'Dosteau no momento em que os e'ténis começaram a entoar e as brasas reacenderam. Não seria apropriado que o archigos sentisse frio em seus aposentos. Diante das chamas novamente acesas, a sombra de co'Dosteau tremeu na parede mais próxima de Ana. – Um único téni-bombeiro experiente teria sido capaz de apagar aquelas chamas sozinho. É uma habilidade necessária ou, a esta altura, metade das casas na cidade poderia ter queimado até as fundações. No entanto, foi preciso o grupo inteiro de vocês, e quase não conseguiram cumprir a tarefa. Vocês tiveram bastante tempo para rever o gestual apropriado e o cântico correto, e ainda assim vários ficaram atrapalhados com eles. – Co'Dosteau bateu o longo indicador na orelha direita. – Eu escuto e vejo. E não fiquei impressionado hoje. Alguns de vocês... – Ele hesitou, e Ana ergueu o olhar e viu co'Dosteau olhando para ela antes de esquadrinhar o resto dos acólitos – ... parecem achar que o Ilmodo virá não importa como gesticulem. Garanto que isso é um erro. Vajica co'Seranta, você concorda com essa afirmação?

Ana levantou a cabeça. Ela ouviu Safina ca'Millac dar um risinho abafado e depois ficar abruptamente quieta diante do olhar maligno de co'Dosteau.

– Sim, u'téni – respondeu Ana rapidamente. – Tenho certeza de que o senhor está certo.

Co'Dosteau resmungou como se estivesse satisfeito. – Isso é o bastante por hoje. Já estamos atrasados para a missa do archigos. Sei que todos vocês estão cansados pelo uso do Ilmodo, mesmo do jeito ruim como foi, mas vejam se conseguem ficar acordados até depois da Admoestação. Depois vão para casa dormir. Amanhã espero ver provas de que vocês realmente têm cérebros dentro destes crânios, por mais improvável que isso pareça neste momento.

~ Dhosti ca'Millac ~

HAVIA POUCAS PESSOAS além da turma do u'téni co'Dosteau na nave principal do templo: dois ou três integrantes das famílias ca' e co' em suas elegantes bashtas e tashtas, várias dezenas de ce', ci' ou cidadãos não graduados mais ao fundo, nas sombras do interior abobadado. O archigos Dhosti ca'Millac subiu o pequeno lance de degraus sabiamente colocado atrás do Alto Púlpito que ficava na frente do coro; mesmo quando ele parava no degrau superior, a cabeça, que estava ficando calva e era decorada por uma tiara dourada com um globo partido, mal chegava ao topo da estrutura de madeira. Aqueles abaixo dele viam predominantemente o cume careca da cabeça do archigos.

Antigamente, Dhosti era um mísero artista de rua, um anão ginasta em um circo itinerante nos desertos do sul de Namarro, com nenhuma indicação sequer de status antes do nome. Mas um jovem téni por acaso assistiu a um dos espetáculos do circo e viu que, durante a fantástica demonstração de força e agilidade do jovem deformado, Dhosti estava se conectando, de maneira inconsciente e canhestra, ao poder que os seguidores da Concénzia chamavam de "Ilmodo", a energia invisível que os ténis moldavam através de seus cânticos rituais e intensa fé. Dhosti Millac, como era então conhecido, foi levado ao templo mais próximo e convertido à fé, uma coisa fácil nos Domínios, onde a Concénzia era a religião nacional, e qualquer um que quisesse se tornar um co' ou ca' teria que ser um fiel. A promessa que aquele téni – ninguém menos que o u'téni co'Dosteau em pessoa, então um humilde e'téni – enxergou em Dhosti foi maior do que qualquer um esperava. Ao longo de várias décadas, o anão subiu na hierarquia, de e'téni à sua investidura como archigos há 18 anos.

Dezoito anos como archigos. Dhosti sentia cada um deles como se fossem dez. Daqui a pouco, outra pessoa teria que arrancar o globo de Cénzi das mãos do seu cadáver e usar o robe verde e branco. Aqueles ao redor de Dhosti não paravam de lembrá-lo de que ele era mortal, de que ainda não havia designado alguém para ser o próximo archigos, de que muitos dos a'ténis – os ténis imediatamente subalternos a Dhosti, que controlavam as maiores cidades dos Domínios – não concordavam com suas opiniões e consideravam-no "frouxo". Eles queriam que a fé concénziana usasse seu poder e força, achavam que as respostas adequadas às declarações hereges não eram discussão e negociação, mas sim as medidas descritas nos cruéis Mandamentos da Divolonté.

Dhosti suspirou tanto pelo cansaço de subir os degraus quanto pelos pensamentos.

O archigos olhou por cima da superfície gasta e polida de carvalho do Alto Púlpito para a pequena congregação reunida abaixo dele. Deu um pequeno aceno de cabeça para o u'téni co'Dosteau e também para sua sobrinha Safina, ali no meio dos acólitos, e começou a Admoestação.

– Nós, seguidores da Concénzia, sabemos que o Toustour é a palavra de Cénzi, que nos foi dada para que pudéssemos compreendê-Lo. Para nos guiar pelo caminho certo, nossos antecessores na Fé criaram um manual complementar aos pergaminhos do Toustour, a Divolonté, e por longos anos ambos nos serviram. Mas devemos sempre nos lembrar que, embora o Toustour tenha sido inspirado em Vucta através de Seu filho Cénzi, e embora a Divolonté por sua vez tenha sido inspirada no Toustour, a Divolonté saiu de nossas mentes:

as mentes de pessoas frágeis, não de Vucta ou Cénzi ou mesmo dos moitidi que, por sua vez, nos criaram. Assim como os moitidis, que se originaram de Cénzi, eram imperfeitos, nós também somos. Até mesmo mais imperfeitos. Na verdade, nós fiéis devemos constantemente olhar para a Divolonté que criamos e mudá-la em resposta ao mundo em que nos encontramos...

Era uma velha Admoestação, uma que Dhosti proclamava tão constantemente que ele nem precisava pensar, e que aqueles que vieram ao templo nem sequer ouviam mais quando Dhosti recitava, como percebeu pelas cabeças sonolentas à frente. Ele viu o u'téni co'Dosteau tapar a boca para esconder um pequeno bocejo imprudente.

Você consegue entediar até si mesmo, velhote. Dhosti perguntou-se se foi isto que Cénzi tinha reservado para ele: um longo, lento e sonolento declínio do vigor da juventude. Perguntou-se se foi para isso que batalhou tanto para se tornar archigos.

Meia virada da ampulheta depois, ele encerrou a Admoestação e deu a Bênção de Cénzi para a congregação. Os fiéis ficaram agradecidos por irem embora do templo, especialmente os acólitos, que praticamente saíram correndo diante do Alto Púlpito tão logo foram dispensados. Dhosti passou devagar pelo coral em direção à sacristia, com a cabeça baixa por causa da espinha curvada. Kenne, seu secretário e um o'téni, apesar da relativa juventude, pegou Dhosti pelo braço e ajudou-o a descer do tablado. – Archigos – sussurrou Kenne em tom de urgência. – Há notícias...

Dhosti ergueu as sobrancelhas brancas e revoltas ao olhar a expressão grave de Kenne. – Não devem ser boas notícias, portanto. A kraljica?

– A kraljica está bem. As notícias vêm de Brezno.

– Ah, o que o a'téni ca'Cellibrecca fez?

Dhosti notou pela expressão no rosto redondo e sem graça de Kenne que o chute passou perto. Mas as próximas palavras do secretário quase fizeram o archigos cambalear e cair no piso acarpetado. – O a'téni ca'Cellibrecca e o hïrzg ca'Vörl capturaram e executaram vários numetodos na Praça de Brezno.

– Ele ousa... – falou Dhosti em tom nervoso. Os criados ténis na entrada da sacristia olharam esquisito para o archigos, e ele os dispensou com um gesto. Os criados dispersaram-se quando Kenne ajudou Dhosti a entrar na sacristia e depois fechou a porta. Dhosti sentou-se na cadeira mais próxima e ergueu o olhar para o secretário. O coração batia acelerado contra as costelas, e a respiração estava difícil. O cansaço havia sumido, e ele sentiu uma ardência no estômago como se tivesse acabado de beber um copo de aguardente. – Diga-me – falou com Kenne. – Diga-me o que você sabe.

Kenne fez que sim com a cabeça. – O relatório é do o'téni ci'Narsa, que é o téni pessoal da hïrzgin. Ele diz que o a'téni ca'Cellibrecca primeiro extraiu confissões dos prisioneiros na Bastida Brezno. Evidentemente muitos dos numetodos, quando foram desfilados, mal conseguiam andar. Eles foram exibidos para a multidão conforme as acusações eram lidas e dadas as sentenças. Pelo menos cinco dos prisioneiros foram esquartejados antes de terem as cabeças cortadas. A multidão divertiu-se muito, de acordo com ci'Narsa. – O téni engoliu em seco; Dhosti notou que ele estava imaginando a cena. – Os corpos foram expostos publicamente na praça como um alerta para qualquer outro numetodo na cidade, e o hïrzg e o a'téni ca'Cellibrecca fizeram discursos para a multidão. Pelo menos trinta foram mortos, pelo relatório que chegou aqui.

Ele foi capaz de ver os corpos: nas jaulas de ferro escuro, com os rostos esqueléticos encarando-o. – Eu sou o culpado – falou Dhosti baixinho.

– Archigos?

– Eu sou o culpado – repetiu ele. – O a'téni ca'Cellibrecca não faz segredo que se opõe ao meu ponto de vista sobre os numetodos, mas agora ele foi além das palavras e partiu para a ação. A culpa é minha: eu andei dormindo aqui. Se fosse um archigos mais forte, ele não teria ousado.

– O senhor não pode se culpar pelos atos do a'téni ca'Cellibrecca, archigos. Somente ele é o responsável.

Dhosti concordou com a cabeça e quis acreditar em Kenne, mas sabia que não podia. Ele era capaz de ver os mortos na Praça de Brezno, e todos pareciam estar olhando diretamente para ele. *Minha culpa...*

Isso era um aviso de Cénzi. Era Cénzi dizendo que estava perdendo o rumo, que se continuasse a perdê-lo, coisas piores do que essas aconteceriam.

Minha culpa...

Dhosti prometeu a Cénzi que o sinal não seria esquecido. Ele começou a respirar novamente, mas a ardência por dentro permanecia. – Faça uma carta para ca'Cellibrecca. Deixe claro para ele que eu não fiquei satisfeito com isso. E diga que eu espero que ele venha a Nessântico para o jubileu da kraljica, e que falaremos mais na ocasião.

– Farei isso – respondeu Kenne. – Aqui, deixe que eu lhe ajude com o robe. Vou mandar um dos e'ténis para lhe acompanhar aos seus aposentos. O senhor pode descansar lá até eu levar a carta.

– Não. Vamos trabalhar juntos nisso. No meu escritório. Eu estou descansando há muito tempo, Kenne. É hora de acordar novamente.

◊◊◊ PRENÚNCIOS ◊◊◊

Ana co'Seranta

Marguerite ca'Ludovici

Ana co'Seranta

Mahri

Ana co'Seranta

Karl ci'Vliomani

Sergei ca'Rudka

Ana co'Seranta

~ Ana co'Seranta ~

PORQUE ERA o mês do jubileu da kraljica, o quinquagésimo aniversário de seu reinado, o azul-celeste do céu era perfeito, decorado com bom gosto por almofadas de nuvens brancas. Porque era o mês do jubileu da kraljica, a primavera dignou-se a chegar algumas semanas mais cedo: as flores floresciam em um bombardeio ostensivo de tons puros em jardineiras debaixo de quase todas as janelas e em dezenas de grandes e pequenos jardins públicos de Nessântico. Porque era o mês do jubileu da kraljica, o sol – que até a semana passada fora uma pálida aparição facilmente sobrepujada pelos ventos frios e a neve vindos do Strettosei – entrou em ação e irradiou calor pela cidade. Porque era o mês do jubileu da kraljica, os dias foram cheios de cerimônias e rituais, que se tornaram ocasiões para aqueles cujos sobrenomes tinham prefixos ca' ou co' comparecerem e serem vistos, para se misturarem e fofocarem e, pelo menos, fingirem que estavam contentes como um todo por esse marco no longo reinado da atual kraljica sobre os Domínios.

Porque era o mês do jubileu da kraljica, nada que arruinasse essa perfeição seria permitido.

Ana co'Seranta fez questão de vestir amarelo para o compromisso da tarde no templo, uma vez que kraljica tinha determinado que a trombeta, com suas pétalas de tom amarelado de sol, era a flor oficial da comemoração, e nunca era possível dizer quando a kraljica se dignaria a dar uma volta de carruagem pela Avi a'Parete. Além disso, amarelo destacava os tons de castanho dourado de sua pele e fazia um belo contraste com o negro do cabelo. Quando a kraljica declarou a trombeta como seu símbolo, houve uma imediata correria para o último estoque da colheita de sapnuts, que davam os corantes dourados mais ricos. Tecido tingido por sapnut ficou muito difícil de ser encontrado e caro para comprar, mas quando chegou o convite do próprio gabinete do archigos para que Ana encontrasse Dhosti após a bênção da tarde, seu vatarh conseguiu encontrar uma pequena peça no mercado do Velho Distrito.

– *Não, vatarh, o senhor não precisa fazer isso.*

– Mas é o que eu quero, Ana – falou ele para a filha. – Você vai ver o archigos, e quero que esteja linda.

Ele tentou tocá-la naquele momento, e Ana afastou-se rapidamente. Ela manteve o rosto virado até que o vatarh abaixasse a mão. Quando ele retornou naquela tarde, entregou a peça de tecido para a criada do andar de cima, Sala, não para Ana. Saiu da casa sem dizer outra palavra.

A tonalidade do tecido era talvez mais suave do que o adequado, o corante fora diluído ou misturado com outros mais baratos, porém o tom era aceitável. Ana fez com a peça uma tashta parecida com um robe, as dobras ficaram justas debaixo do colo e caíram livremente até as sandálias, uma moda magyariana que fora adotada nos últimos anos em Nessântico.

– Eles estão aqui, vajica Ana. Mandaram uma carruagem aberta para a senhorita. – Tari, uma das duas criadas remanescentes do térreo, fazia uma reverência na porta do quarto de vestir de Ana. – O condutor é um téni – acrescentou. Ana olhou uma última vez para o espelho e, com um gesto, dispensou Sala, que segurava uma escova enquanto arrumava e amarrava com fitas o cabelo de Ana.

– Diga que vou descer já – falou Ana para Tari, que inclinou a cabeça mais uma vez. Elas ouviram seus passos nas escadas.

– Uma carruagem aberta – falou Sala baixinho. Ela foi a babá de Ana, depois continuou trabalhando com a família e tornou-se uma criada do andar de cima. Sala ainda se considerava responsável por Ana e permaneceu mesmo quando a fortuna da família diminuiu e o corpo de funcionários que cuidava da casa foi reduzido. – O archigos quer que a senhorita seja vista. Como deve ser.

– Ou quer que o vento embarace meu cabelo – respondeu Ana, que conseguiu rir apesar do nervosismo. – De qualquer maneira, eu não vou me encontrar com o archigos, apenas um dos ténis menos importantes.

– Mas então eles vão dar a sua Marca. Não mandariam buscar a senhorita se não tivesse passado. A senhorita vai se tornar uma téni.

Ana não ousou desejar que isso fosse verdade; ela não queria pensar a respeito. Na verdade temia receber algo pior do que uma Nota de Dispensa. *"Nós descobrimos que você abusou de seu dom. Sabemos o que você fez com sua matarh..."* Se fosse por isso que estava sendo convocada, ela não voltaria para cá, não como uma pessoa inteira.

Ana sentiu um arrepio. – Está com frio? – perguntou Sala. – Posso pegar um xale...

– Não, estou bem. – *Não pode ser isso. Por favor, Cénzi, não permita que seja isso. Eles certamente não mandariam uma carruagem para me levar à Bastida. Talvez Sala esteja certa...*

Ela tirou a imagem da mente. Ana desejava a Marca mais do que poderia admitir – por causa do trabalho e das lágrimas; pelo custo para a sua família; pela maneira como foi tratada pelos acólitos mais ricos, ou pela maneira como os ténis que trabalhavam na escola só faziam criticá-la. Há três anos, havia mais de setenta alunos em sua turma; sobraram apenas vinte no último ano. Três dos vinte receberam as Marcas no cénzidi da semana passada, foram promovidos a e'téni e colocados a serviço da fé concénziana. A fofoca entre os acólitos era que os demais receberam Notas de Dispensa, embora nenhum deles admitisse isso – Ana temia a forma como seu vatarh reagiria se ela recebesse a Nota. Seria pior do que tudo que ele já tinha feito até então.

"Não esperem que mais do que uns poucos de vocês recebam a Marca", dissera o u'téni co'Dosteau, o responsável pelos acólitos, quando eles começaram os estudos. *"Dos setenta presentes aqui, serão no máximo cinco, e provavelmente menos. A maioria sairá mais cedo e não receberá nem a Marca, nem a Nota. Para aqueles que conseguirem ficar, praticamente todos fracassarão em progredir no estudo do Ilmodo."*

Ana não ouviu nada do templo ou do u'téni co'Dosteau. Ainda assim, se Sala estivesse certa, o que era impossível, Ana deixaria essa casa e começaria a própria vida.

Era o que ela queria acima de tudo. Ficar longe daqui.

Ficar longe do vatarh. Não importa como se sentisse culpada por abandonar a matarh.

– Obrigada, Sala – disse Ana ao afastar a cabeça da escova da criada. – Se você escovar mais vai arrancar o cabelo da minha cabeça. Devo voltar a tempo de levar a ceia para a matarh e continuo planejando ir à cerimônia de iluminação hoje à noite com ela e o vatarh, por isso deixe a liteira pronta e contrate ajudantes para a ocasião.

Ana saiu devagar de seus aposentos para a escadaria principal e fez um esforço para manter um passo sem pressa, apesar de não querer nada além de correr. Tari estava na porta da frente com um acólito que vestia um robe verde-claro com a insígnia do globo partido do archigos no ombro esquerdo. Ele abaixou a cabeça assim que Ana desceu os degraus e ergueu o olhar apenas quando ela parou diante de si, mas não havia subserviência em sua expressão, apenas um olhar penetrante. Ana já tinha visto essa atitude antes, muitas vezes. A conduta inconsciente do menino disse a Ana que ele provavelmente era o caçula de uma família ca' e co', novo demais na Concénzia para ser alguém que ela reconheceria de vista. Ana perguntou-se se ele notou que havia poucos criados na casa, ou que o saguão precisava ser pintado, ou que havia teias de aranhas nos cantos no alto das paredes, perguntou-se se o acólito sabia que um dia ela foi como ele. Seja lá o que o menino estivesse pensando, ele jamais deixou transparecer na expressão impassível.

– Se puder me seguir, vajica... – disse ele ao gesticular para a carruagem à espera na rua.

Ana seguiu atrás dele e saiu para o ar que ainda tinha um leve toque de inverno apesar do sol. Ela sentiu um arrepio e desejou, por um breve momento, que tivesse trazido o xale que Sala ofereceu, embora isso tivesse arruinado o efeito da tashta. Notou alguns dos vizinhos do lado de fora, nos jardins, que evitam olhar diretamente para a carruagem decorada com um elaborado globo rachado e esmaltado a ouro, o símbolo de Cénzi e da fé concénziana. Ana ergueu a mão para eles, que responderam com acenos de cabeça como se tivessem acabado de notá-la e a carruagem pela primeira vez. – Ora, bom-dia, vajica Ana. Como está sua matarh hoje? Quando o vajiki co'Seranta volta de Prajnoli...?

– A matarh ainda está muito fraca por causa da febre e ainda não consegue falar ou andar sozinha, mas está começando a se recuperar, obrigada por perguntar. Nós esperamos que o vatarh retorne mais tarde ao longo do dia ou à noite – respondeu ela quando o acólito abriu a porta da carruagem e ajudou Ana a entrar. Depois ele fechou a porta e tomou seu lugar, parado no estribo. O condutor realmente era um téni e, ao se virar para cumprimentar Ana, ela viu as duas faixas brancas nos ombros do robe verde e encapuzado. – E'téni. – Ela dirigiu-se ao condutor pelo posto indicado pelas faixas, o mais baixo escalão dos ténis. – Estou pronta.

Ele acenou com a cabeça novamente e virou-se. Ana ouviu o condutor murmurar, o cântico sibilado que ouviu várias vezes ao longo dos anos, suas mãos gesticularam e as rodas da carruagem começaram a se mover em resposta ao encantamento. Eles avançaram pela rua.

A carruagem prosseguiu no ritmo pomposo de uma pessoa dando passos rápidos, com o acólito balançando um sininho de vez em quando para alertar os pedestres, e o veículo saiu da Rue Maitré-Albert para a larga e ajardinada Avi a'Parete no Portão Sul. Duas imensas cabeças de pedra de antigos kralji ladeavam os portões da cidade e viravam-se lentamente para que sempre estivessem encarando o sol; debaixo de cada uma das esculturas, em um espaço aberto e entalhado nos pilares da antiga muralha, havia um e'téni cuja tarefa era invocar o feitiço que permitia que as cabeças se virassem – rapidamente exaustos pelo serviço, cada um deles era substituído na virada da ampulheta por um novo e'téni.

Ana sempre se perguntou se um dia ela estaria ali, invocando o feitiço enquanto a pedra girava e rangia acima dela em sua rotação diária.

Logo após o meio-dia, a Avi estava lotada: multidões de casais e famílias passeando perto da divisória central arborizada; clientes reunidos em volta de barraquinhas montadas conta os prédios do governo no lado norte da alameda; gente passando pelos artistas de rua no lado sul; as carruagens ocasionais, todas movidas a cavalo à exceção do veículo de Ana. A maioria ia devagar em direção do Templo do Archigos, o sexteto de domos reluzentes sob a luz do sol. Ana ficou sentada na carruagem e tentou fingir não notar a atenção que estava recebendo. O sol que brilhava no globo partido montado na porta, a ausência de cavalos, o téni que entoava um cântico no assento do condutor, o barulho agudo do sininho do acólito – tudo atraía olhares para a carruagem. Algumas pessoas encaravam, a maioria de classes mais baixas, mas as famílias bem vestidas apenas acenavam, como se fosse bastante comum que uma das carruagens da Concénzia conduzidas por ténis fosse enviada para buscar alguém. Ana notou que essas pessoas encaravam com olhos franzidos mesmo enquanto abaixavam a cabeça educadamente e quase conseguiu ouvir as conversas sussurradas ao passar.

– Aquela é uma das filhas da família ca'Faromi? Ou uma das bisnetas da kraljica? Talvez Safina ca'Millac, a sobrinha do archigos; eu ouvi dizer que ela é a favorita para se casar com o a'kralj. O quê? A filha de Abini co'Seranta? Sério? Ah, sim, eu nunca a vi antes. Ela não esteve no baile de inverno do a'kralj? Baile de inverno? Ora, a família dela acabou de se tornar co', pelo que sei. Meu primo trabalha na Gardes a'Liste e disse que a família pode se tornar apenas ci'Seranta no ano que vem. Por que ela está sendo levada ao templo, eu me pergunto?

Ana também se perguntava, e a esperança e o medo batalhavam dentro dela.

~ Marguerite ca'Ludovici ~

HOUVE UMA BATIDA, depois a porta foi aberta lentamente. – Kraljica? O pintor ci'Recroix está aqui...

Marguerite, a kraljica Marguerite I de Nessântico, da linhagem real ca'Ludovici de onde saíram os kralji no último século e meio, parou de olhar para o filho e acenou com a cabeça para o criado do saguão, cuja cabeça apareceu por trás das enormes portas da sala de visita de seus aposentos. – Prepare o relógio de água – falou com o criado. – Quando ficar vazio, traga o vajiki ci'Recroix à minha presença. – Ele levou as mãos entrelaçadas à testa, olhou rapidamente para o filho da kraljica e desapareceu. A porta fez um clique ao se fechar quando o criado saiu.

Seu filho, o a'kralj Justi, que um dia poderia, com a morte da mãe, se tornar o kraljiki Justi III, não se mexera. Geralmente a sala de visitas da kraljica era lotada de suplicantes, cortesãos e chevarittai: os ca' e co' de Nessântico. Hoje os dois estavam sozinhos. Justi estava parado diante de um cavalete de pintura perto da parede do lado oeste, banhado pela luz do sol. A aparência do a'kralj era real: barba com fios grisalhos aparada segundo a moda atual, como se uma fosse uma fina fita presa ao queixo; cabelo liso, penteado, untado de óleo e arrumado de maneira a minimizar a preocupante escassez no topo do crânio; um nariz comprido, olhos escuros e fundos, e um maxilar prognato e praticamente quadrado; todas características herdadas do pai que falecera há muito tempo. A semelhança ainda assustava Marguerite quando o olhava. O corpo do filho, moldado pelos dias passados caçando sobre uma sela, era o de um guerreiro que ficava velho – na juventude, o a'kralj fez parte da Garde Civile juntamente com os outros chevarittai de Nessântico. Apesar das longas décadas de ordem sob o reinado da kraljica, apesar de seu popular título de "Généra a'Pace," a Criadora da Paz, ainda havia as ocasionais disputas e escaramuças de fronteira, e Justi considerava-se um militar e tanto. Marguerite, que viu os relatórios da Garde Civile, tinha uma opinião completamente diferente a respeito da capacidade do filho.

A cabeça de Justi inclinou-se lentamente enquanto ele observava a pintura.

– Isso é realmente maravilhoso, matarh – falou o a'kralj. A voz não condizia com a aparência; era fraca e infelizmente alta. Essa era outra característica que ele herdou do pai. *"Ele é bonito de se olhar"*, disse a própria matarh de Marguerite há várias décadas ao informar a filha que um casamento havia sido arranjado para ela. *"Apenas evite que ele fale muito ou vai destruir completamen-*

te a ilusão..." Ela perguntou-se se outras matarhs por aí diziam a mesma coisa a respeito de Justi para suas filhas.

– Eu ouvi dizer que esse ci'Recroix era o mestre dos mestres – continuou Justi –, mas isso... – Ele esticou o indicador e parou bem perto de tocar na superfície da tela. – Tenho a impressão de que, se eu tocasse as figuras, sentiria pele quente e não pinceladas frias. É fácil entender como algumas pessoas dizem que ele usa feitiçaria para criar suas obras – Justi andou de um lado para o outro em frente ao quadro. – Veja, os olhos parecem me seguir. Eu quase esperei que as cabeças se mexessem.

Ela teve que concordar com o filho que a pintura era primorosa, tão viva que era impressionante. Com três passos de comprimento, metade disso de altura, e uma refinada moldura dourada e cheia de filigranas com dois palmos de largura, a pintura mostrava uma família de camponeses: um casal com duas filhas e um filho. A esposa e o marido, vestidos com uma roupa branca manchada e casacões simplórios, estavam sentados atrás de uma mesa rústica com um jantar modesto e uma toalha cheia de migalhas que cobria a madeira. A filha mais nova estava sentada no colo da matarh, o menino estava no colo do vatarh, enquanto a bebê brincava com um cachorrinho debaixo da mesa. Marguerite tinha visto pinturas que pareciam realistas de longe, mas o quadro de ci'Recroix... Não importava quão perto chegasse, não importava o quanto se debruçasse e encarasse a superfície, em lugar algum a kraljica notava a marca de um pincel. A única textura era a da tela onde os pigmentos estavam: era como se a pintura fosse realmente uma janela para outro mundo. Mais detalhes da cena surgiam à medida que alguém se aproximasse cada vez mais, até a pessoa ser detida pela própria superfície envernizada do quadro. Marguerite sabia (porque tinha olhado) que, se alguém examinasse a touca na cabeça da matarh, não apenas veria a textura do tecido azul e como ele foi dobrado, mas também notaria que um rasgo fora remendado com uma linha de uma tonalidade ligeiramente diferente. Era possível notar como a matarh começava a abaixar o olhar para a filha no colo – a atenção começava a se afastar de quem via o quadro quando a mão da filha pegava a barra de sua blusa. A maneira como a blusa se dobrava em volta dos dedos frágeis e gorduchos da criança, as cicatrizes de acne que marcavam as bochechas da jovem matarh...

Esse era um verdadeiro momento paralisado e registrado. Era difícil estar no mesmo aposento que o quadro e impedir que ele dominasse a atenção, não parar de olhá-lo com um fascínio desesperado e examinar a infinita riqueza de detalhes, não ser atraído por seu encanto.

Feitiçaria, de fato.

– Sim, Justi – falou Marguerite com impaciência. – Eu consigo entender por que você me recomendou ci'Recroix. Com certeza ele tem talento, embora os rumores a seu respeito sejam perturbadores. – Nem o quadro, nem o pintor eram o motivo pelo qual ela chamara Justi. A kraljica queria contar o que tinha acabado de saber: o hïrzg Jan ca'Vörl de Firenzcia foi o único de todos os líderes dos Domínios a recusar o convite de Marguerite para a comemoração do jubileu. Uma clara quebra de etiqueta, certamente, e, conhecendo ca'Vörl, uma afronta proposital. Mais preocupante, ele colocou o exército firenzciano em manobras na mesma ocasião – não perto das fronteiras orientais próximas a Tennshah, mas próximo ao rio Clario e Nessântico. Ela já tinha enviado um comunicado indignado a Greta ca'Vörl, sua sobrinha e a hïrzgin de Firenzcia. Marguerite sabia que Greta daria o recado ao marido sobre seu desagrado. Depois do incidente com os numetodos em Brezno, que fazia dois meses agora, esse era um fato perturbador.

E havia outra questão urgente que parecia ser um eterno assunto entre os dois. Mas Justi, como de hábito, parecia não ter interesse nos assuntos de estado e política. Ele já estava falando antes que Marguerite terminasse.

– Verdade, matarh. Mal posso esperar para ver o que ele vai fazer. Será um belo retrato oficial de seu jubileu.

– Justi – interrompeu Marguerite duramente, e o belo maxilar esculpido do filho se fechou um estalo repentino dos dentes brancos e fortes, que eram outra (e mais sortuda) característica da família. – Haverá outro anúncio antes do fim do jubileu.

– O que, matarh? – perguntou ele, mas Marguerite sabia que Justi adivinhara, sabia pela maneira como os lábios se contorceram debaixo da linha preta e ondulada do bigode. Seu filho podia ser mimado, indolente e talvez, de certa forma, desregrado, mas não era estúpido.

– Faz sete anos agora que Hannah morreu. Está na hora. Hora de você se casar novamente – disse a kraljica. As feições de Justi se contorceram como se ele tivesse mordido uma amora-do-brejo azeda, mas Marguerite ignorou a careta. Já tinha visto essa reação muitas vezes. – O casamento é uma arma mais forte e permanente do que uma espada.

Ele deixou escapar um suspiro que quase conseguiu conter. – Eu sei, matarh. A senhora já disse isso muitas vezes. Pensei em gravar o aforismo no meu sabre. – Justi deu um muxoxo, parou de olhar para ela e voltou para o quadro.

– Então mostre que você entende – Marguerite respondeu com sarcasmo e franziu os lábios, irritada com o tom do filho.

– Eu tenho escolha? – perguntou sem dar chance de ela responder. – Imagino que tenha candidatas em mente? Alguém com contatos apropriados, sem dúvida. Alguém cujos filhos possam viver, na prática.

Marguerite respirou fundo. – Não foi culpa de sua esposa que seus filhos morreram. Ora, o pequeno Henri tinha 5 anos e estava bem quando foi levado pela catapora vermelha, e a pobre Margu... – Seus olhos se encheram de lágrimas, como geralmente acontecia quando pensava na neta homônima. Hannah podia ter sido da fértil linhagem ca'Mazzak, cujos descendentes governavam Sesemora, mas não teve a sorte de sua matarh, cujos nove filhos sobreviveram e tornaram-se adultos. Não, Marguerite tinha bastante certeza de que a culpa estava na semente ca'Ludovici. Em Justi. Corpulenta e sem graça, Hannah, todavia, cumpriu com suas obrigações de esposa e deu à luz oito filhos ao longo dos dez anos de casamento com Justi, mas apenas dois deles sobreviveram além do segundo ano: Henri, o oitavo e último filho, nascido de um parto demorado e difícil ao qual Hannah sobreviveu por menos de um mês; e Marguerite, a segunda filha, que tinha 11 anos e era a favorita da kraljica até que o cavalo que puxava sua carruagem disparou inesperadamente e o veículo desgovernado bateu em uma árvore. A própria Marguerite cuidou da menina gravemente ferida e o archigos enviou – secretamente, pois tal coisa era heresia e expressamente proibida pela Divolonté – um téni treinado em cânticos que curam, mas ainda assim a pequena Margu não sobreviveu ao passar da noite.

Depois Marguerite foi aos estábulos e ela mesma matou o cavalo.

– Eu sei, matarh – disse Justi. – Foi a vontade de Cénzi que eles morressem. E qual é a vontade da kraljica, que só perde para a de Cénzi? Com quem eu devo me casar, alguma desamparada de Magyaria? Alguém daquelas famílias meio bárbaras de Hellin? Quais das províncias estão causando problemas? Mande que elas enviem suas filhas para a senhora inspecioná-las e depois subjugar as províncias por casamento. Mais uma vez, no lugar de vencer seus adversários pela guerra, a senhora irá vencê-los através de um casamento. Diga-me: quem a senhora escolheu?

– Eu não gosto de seu sarcasmo, Justi.

– Tenho certeza que não. E tenho certeza que me importo com os seus gostos tanto quanto a senhora se importa com o que sinto sobre essa questão. Quando a *senhora* vai se casar, matarh? Há quanto tempo o vatarh está morto? Vinte e três anos? Vinte e quatro? O que impediu a *senhora* de se casar por todos esses anos?

Por um momento, Marguerite temeu que Justi soubesse sobre Renard, mas a expressão relaxada do filho deixou claro que havia apenas irritação em sua voz. – Você sabe por que eu não me caso.

– Sim, eu sei. "A espada na bainha ainda ameaça..." Eu também já ouvi esse aforismo muitas vezes. – Justi suspirou. Ele ergueu e abaixou as mãos ao lado do corpo. – Então, quem vai ser, matarh? Quando a senhora fará o grande anúncio de meu noivado, e quando eu verei pelo menos um retrato dessa pessoa?

– Eu não escolhi ninguém ainda – disse Marguerite. – Pensei que você, sendo o a'kralj, talvez quisesse dar algumas sugestões. – Ela viu a nova careta do filho e praticamente conseguiu ouvir o pensamento que a acompanhou: *A senhora tornou-se kraljica aos 18 anos, matarh. Eu tenho 47 e ainda sou o a'kralj, ainda espero pacientemente que a senhora morra...* – Mas eu tenho algumas opções que você deveria considerar. A família ca'Mulliae, por exemplo, pode ser uma boa escolha dadas as conexões nas províncias do norte, especialmente com a heresia dos numetodos se espalhando por lá. Ou até mesmo alguém muito ligada à Fé, como a sobrinha do archigos, Safina, que você já encontrou algumas vezes.

Ela estava tentando acalmá-lo, sabia como era forte a crença do filho nos dogmas da Concénzia, mas percebeu que Justi não estava mais indiferente, nem escutando. Ele estudava a pintura de ci'Recroix como se pudesse haver respostas escondidas ali. – Você pode tomar a decisão, Justi, se é o que deseja – continuou Marguerite. – Encontre alguém de seu interesse ou não, como preferir. Encontre alguém que entenda que é preciso ignorar suas... aventuras com metade das *grandes horizontales* de Nessântico. Tudo que eu peço é que a pessoa que você escolher também dê alguma vantagem política para nós e um herdeiro ou dois para você, e que sua decisão seja tomada ao fim do meu jubileu. Caso contrário, eu *farei* o anúncio por você. Estamos entendidos?

Justi torceu o nariz, que quase tocou o quadro. – Sim, matarh. Perfeito. Como sempre. – Enquanto ele falava, houve uma batida discreta nas portas. Justi empertigou-se e respirou fundo enquanto Marguerite olhava feio para ele. – E bem a tempo também. Matarh, estou saindo.

– Tem mais coisas que preciso discutir com você, Justi.

– Não duvido. Mas isso vai ter que esperar. Seu pintor aguarda a senhora.

Justi fez menção de ir à porta. – Justi – chamou Marguerite, e ele parou. – Eu sou sua matarh e você é meu filho, meu filho único. Eu também sou a kraljica e você é o a'kralj. Você sempre será meu filho. Quanto ao outro... alguns de seus primos adorariam me ver mudar de decisão quanto ao meu herdeiro. E eu posso mudar.

Justi não respondeu, mas foi à porta e abriu-a. Marguerite viu de relance um homem alto à espera lá fora: robe negro, cabelo escuro, barba negra, pupilas escuras. Era um pedaço da noite andando de dia. Justi acenou com a cabeça para o homem, que levou as mãos entrelaçadas à testa ao se curvar.

– Vajiki ci'Recroix – falou Justi. – Tenho que dizer que admiro muito o seu talento. A kraljica está esperando lá dentro neste momento. Espero que você consiga captar todas as complexidades que ela esconde tão bem...

~ Ana co'Seranta ~

CONFORME ELES SE aproximavam do tempo, a multidão aumentava e o tilintar do sininho do acólito virou um barulho constante e próximo demais do ouvido de Ana para servir de consolo. Durante o mês do jubileu da kraljica, a população de Nessântico inchava com turistas e visitantes na esperança de encontrar a kraljica e misturar-se aos ca' e co'. Todo dia, o archigos saía do templo para abençoar a multidão pontualmente na Segunda Chamada, depois seguia pela Avi a'Parete até o rio A'Sele pela Pontica a'Brezi Nippoli. Lá, no Velho Templo na Ilha A'Kralji, ele rezava em gratidão pela saúde da kraljica.

Perto da praça do templo, uma fila da Garde Kralji, a guarda da cidade, mantinha a multidão afastada das portas por onde o archigos apareceria. Os cajados com ponta metálica dos gardai projetavam-se sobre as cabeças do público como as grades de uma cerca, e Ana notou o azul-escuro dos uniformes através das cores menos sóbrias das pessoas que aguardavam o aparecimento do archigos. O acólito parado na porta da carruagem de Ana tirou um apito do robe e tocou uma nota aguda. Os gardai responderam e abriram um espaço na multidão para a carruagem passar. Eles entraram na praça, as rodas da carruagem trepidaram em cima das lajotas de mármore, o cântico do téni-condutor terminou assim que o veículo parou à esquerda das portas principais. O acólito pulou do estribo, abriu a porta e ajudou Ana a descer.

– Quem eu devo ver? – perguntou Ana para o acólito enquanto olhava em volta. Ela não viu ninguém obviamente esperando por eles. – O u'téni co'Dosteau?

– Espere aqui – respondeu o acólito. – Foi tudo que me disseram. Depois da bênção do archigos...

As grandes trompas, uma em cada um dos seis domos do templo, soaram naquele momento: notas graves e retumbantes que tremeram e gemeram como gigantes sofrendo, um lamento que arranhou as pedras dos prédios ao redor da praça e espantou revoadas de pombos dos telhados. A multidão ficou calada sob o ataque sonoro e levou as palmas entrelaçadas à testa assim que as enormes portas do templo, esculpidas como árvores entrelaçadas, foram abertas. Ana fez o mesmo gesto de reverência ao lado da carruagem. Uma falange de acólitos celebrantes em simples robes brancos saiu primeiro, cada um com um braseiro de incenso que fazia barulho e balançava na ponta de uma corrente de latão, a fumaça cheirosa subia e era levada pela brisa leve. Ao entrar no sol, o grupo de acólitos começou a cantar, as vozes jovens e melodiosas dançavam com as complexas harmonias do conhecido hino "Cénzi Eterno" de Darkmavis. Uma dúzia de a'ténis em robes verdes do conselho do archigos seguiram os acólitos – o mais alto escalão dos ténis, homens e mulheres idosos que pestanejaram diante da agressão da luz solar depois de saírem da penumbra da basílica do templo. Então, finalmente, saiu a carruagem aberta do archigos, feita na forma do globo partido de Cénzi, o azul dos mares um puro lápis-lazúli, o verde e dourado dos continentes uma mistura de esmeraldas e ouro, a rachadura que partia o mundo brilhante com minúsculos rubis vermelhos. Um téni entoava ao lado de cada uma das quatro rodas da carruagem e elas giravam em resposta, enquanto o próprio archigos, vestindo um robe verde, ficava sentado no topo do globo com as mãos entrelaçadas encostadas na testa como se fosse uma pessoa qualquer da multidão. Quatro acólitos em robes brancos carregavam longas traves, sobre as quais foi estendida uma cobertura de seda verde e dourada para proteger o archigos dos elementos.

O archigos Dhosti ca'Millac, apesar de seu posto como líder da fé concénziana, estava longe de ser uma figura impressionante. O anão era velho, quase tão velho quanto a própria kraljica. O topo da cabeça com manchas de idade tinha uma borda fina de cabelo branco logo acima das orelhas que descia e dava a volta pela nuca. Sua estatura, que já era diminuta, ficava ainda menor pela curvatura da espinha, que forçava o queixo contra o peito, e os braços que surgiam das mangas curtas e largas do majestoso robe eram finos e balançavam com a pele solta e enrugada. No entanto, os olhos eram vivos e brilhantes, e a boca sorria.

Ana devolveu o sorriso só de vê-lo; ela jamais esteve tão perto assim do archigos, nem mesmo no templo durante as cerimônias. Provavelmente era apenas coincidência, mas ele pareceu notá-la também e acenou uma vez com a cabeça na direção de Ana antes de se voltar para a multidão. O archigos ergueu as mãos e a voz, sem dúvida reforçada pelo domínio do Ilmodo, começou a entoar a bênção tradicional de Cénzi para o povo.

Ana ouviu a confusão antes de vê-la: outra voz que disputava com a do archigos. Ela desviou o olhar do archigos para a multidão e viu de relance alguém ajoelhado no meio do povo. Os gardai perceberam o homem no mesmo instante e começaram a se mover em direção a ele, mas já era tarde demais. Ana notou que o estranho tinha uma pele avermelhada e cabelo cor de palha. Ele mexeu as mãos em um gesto como se desse um empurrão e os gardai entre ele e o archigos caíram como se tivessem sido golpeados por um punho invisível, assim como as pessoas em um círculo ao seu redor.

O acólito ao lado de Ana prendeu o fôlego; o téni no assento de condutor da carruagem deu um gemido de susto. A multidão estava gritando agora: "Um numetodo... ! O archigos...!" Ana não conseguiu ouvir o cântico mágico do homem, mas sua boca continuava se mexendo e um brilho lampejante azul e branco envolveu a mão direita. Ana já tinha visto efeitos similares, ela própria já havia executado o feitiço de maneira malfeita, a propósito. Ana sabia as palavras capazes de invocar o calor do ar e concentrá-lo em uma bola, mas o numetodo executava o feitiço mais rápido do que qualquer téni, com apenas algumas palavras...

Os gardai que o homem derrubou estavam começando a se levantar cambaleando, mas ela tinha noção de que nenhum deles conseguiria alcançá-lo a tempo de impedir o ataque. Ana sabia que o archigos também tinha visto a confusão, mas quando olhou para ele, Dhosti ca'Millac continuava sorrindo, as mãos ainda estavam erguidas para dar a bênção, embora ele tivesse parado de falar. À exceção disso, o archigos não reagiu.

O numetodo – ele tinha que ser um integrante daquele grupo misterioso, quem mais ousaria fazer uma coisa dessas? – moveu o braço para atirar o brilho da mão na direção do archigos.

Ana, quase sem perceber, começou a sussurrar um cântico e, conforme o brilho saiu voando e assobiando na direção do archigos, que ainda sorria, ela juntou as mãos diante do corpo. A bola de fogo azul soltou chiados e faíscas e sumiu bem antes de alcançar o archigos. O numetodo, parado estarrecido na praça quando viu o ataque falhar, foi derrubado por uma onda de homens da Garde Kralji. Ana viu o sujeito ser capturado enquanto ela cambaleava por ter lançado o feitiço e era tomada pelo inevitável esgotamento. Por um momento, a visão ficou um pouco escura, e ela pensou que iria desmaiar completamente, mas a sombra passou e deixou Ana apenas com uma imensa fadiga.

A confusão acabou quase tão rapidamente quanto começou. A Garde Kralji voltou a formar sua fileira enquanto o agressor era levado embora da praça para um dos prédios mais próximos, com as mãos atadas e a boca amordaçada, enquanto o archigos, que parecia completamente inabalado pelo incidente, falou mais alto do que o barulho da multidão para terminar a bênção. Ele gesticulou para a Garde Kralji a fim de deixar claro sua intenção de continuar a procissão, e os gardai abriram um espaço na multidão para o archigos passar com a carruagem.

O archigos olhou para Ana e fez um gesto.

Por um instante, ela pensou que estivesse enganada, até que o téni-condutor falou em um sussurro ríspido e atemorizado. – Ande logo, vajica. O archigos chamou você. – Ela fez um esforço para ignorar a vontade de não fazer nada além de se deitar e fechar os olhos ao ser tomada pelo inevitável cansaço da feitiçaria. De maneira hesitante, com as pernas doendo, ela andou na direção da carruagem e olhou com certo nervosismo para os a'ténis que encaravam sua aproximação.

Ela ficou apoiada em um joelho só ao lado do globo, abaixou a cabeça e fez o sinal de Cénzi para o archigos.

– Levante-se, vajica, por favor. – Ela ouviu o archigos dizer em tom alegre. – E suba aqui comigo. Eu gostaria de falar com a minha nova protetora. – Ana ouviu o riso abafado de alguns dos a'ténis atrás dela e ficou vermelha. Mas o archigos estava estendendo um braço curto e grosso para Ana, e um dos ténis-condutores abriu a porta do globo. O gesto revelou um pequeno lance de degraus que levava à plataforma onde estava o archigos, debaixo de sua capota de seda. Ana subiu até ele e ficou em um joelho só assim que chegou à plataforma. Ajoelhada, ela era tão alta quanto o archigos. Ana pegou a mão dele e tocou a palma com os lábios. Ela sentiu que estava sendo erguida pelo archigos e levantou-se. – Consegue ficar em pé? – sussurou ele.

– Um pouquinho.

– Então deve sentar-se. – Ele abaixou um assento instalado no compartimento da carruagem. – Dá no mesmo, afinal de contas. Caso contrário, você teria que ficar ali. – Ela notou que a plataforma à esquerda do archigos era vários centímetros mais baixa. – Aparências – falou ele com um sorriso gentil. Ela desabou de bom grado no assento de madeira dura e ficou com a cabeça da mesma altura que o archigos. – Notei que você aprendeu a reverter um encantamento tanto quanto criar um, vajica co'Seranta. Estranho, eu não achava que isso era algo geralmente ensinado aos acólitos. Nem, creio, o u'téni co'Dosteau conhece contrafeitiços que possam ser lançados tão rapidamente.

Ana sentiu o rosto ficar vermelho de novo, mas a fadiga tornou a resposta lenta. – Archigos, eu...

Ele dispensou a reclamação com uma risada gentil. – Eu nunca estive em perigo real. Os numetodos não têm fé para usar o Ilmodo de verdade. O ataque nunca teria me alcançado, mesmo que você não tivesse feito nada, não com os a'ténis aqui. E eu tenho as minhas próprias defesas caso eles falhassem. – O sorriso abrandou o que poderia ter sido uma bronca.

– Desculpe pela minha presunção. Eu devia ter percebido...

– Não há necessidade para se desculpar, vajica. Você apenas mostrou que o que eu ouvi dizer a seu respeito estava correto. Agora, venha comigo para que possamos conversar. Não importa o que aconteça, é fundamental que o cronograma não seja interrompido, afinal de contas. O que importa são as aparências.

O que ele quis dizer com "o que eu ouvi dizer a seu respeito..."? Novamente, o breve sorriso sincero do archigos fez Ana relaxar e deixar de ficar vermelha. Os ténis ao lado da carruagem entoavam, a cobertura de seda acima deles tremulava na brisa enquanto os acólitos que seguravam a capota começaram a andar, e a carruagem seguiu adiante, devagar e suavemente. Os a'ténis fizeram fila para seguir a carruagem e atrás deles vieram os u' e o'ténis, depois finalmente seguiu o coral de acólitos, enquanto os gardai com seus longos cajados entraram em formação em ambos os lados da rua. A procissão saiu da praça e virou na Avi a'Parete. O archigos acenou para a multidão ao longo da alameda enquanto continuava a falar com Ana. – Com certeza você imaginou por que eu pedi para lhe encontrar.

– O *senhor* pediu, archigos? – Ana deixou escapar. – Eu pensei...

– Eu sei o que você pensou – respondeu o archigos ca'Millac. – Você estava errada.

~ Mahri ~

ELE FICOU À ESPREITA no limite da multidão, como sempre fazia. Ficou observando, como sempre fazia.

Mesmo no calor do sol, Mahri se metia em várias camadas de roupa, todas com grandes rasgos e as barras puídas, o tecido sujo e escurecido onde era arrastado pelo chão. O capuz estava erguido, portanto o rosto arruinado e cheio de cicatrizes só podia ser visto de relance; a órbita vazia do olho esquerdo, o nariz amassado na bochecha direita, o vão escuro entre os dentes remanescentes, as marcas brancas e reluzentes de queimaduras no lado esquerdo do rosto que repuxavam e retorciam a pele. Aqueles que olhavam a face de Mahri rapidamente desviavam o olhar, exceto as crianças que às vezes apontavam e encaravam.

"É apenas Mahri" diziam os pais ao afastar os filhos com uma breve olhadela para o próprio Mahri, falavam como se ele não estivesse ali, como se não pudesse vê-los ou ouvi-los. Às vezes, eles jogavam um d'folia de bronze na direção de Mahri para compensar a grosseria do filho ou da filha. Ele olhava para a pequena moeda no chão e não se dignava a pegá-la. Talvez por esse motivo, ou talvez por outros, ele era às vezes chamado de "Mahri Maluco".

Ele geralmente não comparecia à bênção do archigos, mas tinha ouvido os boatos que circulavam pelo submundo de Nessântico; tinha visto as possibilidades em sua tigela premonitória e, portanto, ele veio. O numetodo foi estúpido, tão estúpido que Mahri decidiu que a atrapalhada tentativa de assassinato devia ter ocorrido movida apenas pelo próprio impulso idiota do homem. Certamente o enviado ci'Vliomani não teria aprovado isso. Não, essa pessoa tinha que ser um dissidente dentro dos numetodos, e alguém que o enviado rapidamente iria repudiar apenas para salvar a própria pele. Aquele numetodo não era um dos que Mahri reconhecia, provavelmente era alguém novo na cidade. Ele balançou a cabeça; quem quer que fosse, estava destinado a um fim lento e doloroso.

Porém, o que interessava mais a Mahri do que o pobre aspirante a assassino era a jovem que o archigos posteriormente chamou para sua carruagem. Mahri viu o veículo conduzido por ténis perto do Portão Sul e imaginou quem o archigos mandara chamar, portanto seguiu a jovem até o templo. Ele viu que foi a defesa dela que frustrou o ataque. Mahri sabia o suficiente a respeito das técnicas de uso do Ilmodo pelos ténis, de modo que a velocidade e o poder com que a mulher reagiu fizeram com que ele arregalasse o olho remanescente e coçasse a pele arruinada do queixo.

Agora ele sabia por que a imagem de uma jovem assombrou a tigela premonitória.

Essa aí... essa aí merecia ser observada. Obviamente, o archigos achava a mesma coisa, visto que a mulher ficou com ele enquanto os ténis em volta da carruagem do anão continuavam os cânticos e o veículo fazia a curva na Avi, seguindo em lenta procissão para o Velho Templo em meio ao renovado clamor das trompas acima dos domos do templo e da vibração da multidão – duplamente contente que seu amado líder religioso escapara intacto.

Enquanto a multidão aproximava-se do archigos, Mahri viu o povo ir embora e não ficou surpreso que o anão continuasse com sua rotina apesar do ataque. Afinal de contas, rituais eram importantes em Nessântico. A cidade era presa, restrita e sufocada por rituais tão antigos e inflexíveis quanto as muralhas que outrora a cercavam. A carruagem passou a poucas dezenas de passos de onde Mahri estava à espreita, no canto de um prédio residencial. Ele encarou não apenas o archigos, mas a mulher sentada ao lado do homem, que parecia incomodada com a atenção, com o rosto abatido.

Mahri tinha que observar essa jovem. Tinha que saber quem era ela.

Mahri recuou para as sombras entre os prédios. Em silêncio, ele mesmo como uma sombra, Mahri afastou-se da Avi e do barulho e seguiu seu próprio caminho secreto pela cidade.

~ Ana co'Seranta ~

– VOCÊ ESTÁ COMEÇANDO A SE RECUPERAR? – perguntou o archigos, e Anna concordou com a cabeça. Ele não falou nada com ela por vários minutos e deixou que se recuperasse. A fadiga estava indo embora e ela não sentia mais necessidade de dormir, embora uma dor intensa ainda permanecesse nos músculos.

– Sinto-me muito melhor agora, obrigada.

– Diga-me então, vajica co'Seranta, sabe por que quero falar com você?

Ana balançou a cabeça energicamente diante da pergunta do archigos. – Certamente não, archigos. Na verdade, eu pensei... – Ela balançou novamente a cabeça.

O som das trompas foi sumindo à medida que se afastavam do templo, mas a multidão ainda saudava o archigos conforme a carruagem passava, com as mãos entrelaçadas contra as testas. Os acólitos continuavam cantando outra composição de Darkmavis. O archigos acenou com a cabeça para as pessoas ao longo da Avi enquanto se aproximavam da Pontica a'Brezi Nippoli. Ele ergueu a mão para cumprimentá-las enquanto falava com Ana. Mesmo sem olhar para ela, Ana tinha a impressão de que o archigos via suas expressões, seus lábios torcidos e as sobrancelhas baixas. – Prossiga – disse o archigos baixinho.

– Eu pensei, na verdade, que falaria apenas com o u'téni co'Dosteau – continuou Ana. – De tantas vezes que ele me corrigia ou dizia que eu não estava me esforçando ou prestando atenção às aulas, pensei que ele fosse me dar uma Nota de Dispensa. Eu sabia que todas as Marcas já foram assinadas... – O archigos virou-se completamente para o lado e Ana imaginou se o ofendeu. – Desculpe, archigos. Eu não paro de tagarelar e não deveria falar assim do u'téni co'Dosteau, que teve uma atitude completamente correta comigo. Não fui uma boa aluna para ele, infelizmente.

– Eu realmente assinei as Marcas que o Conselho dos Acólitos passou para mim – disse o archigos. Ele acenou para a multidão. Sorriu. O sol dançou no campo de seda acima da cabeça do archigos. Ele não olhou para Ana em momento algum. – Seu nome não estava em nenhuma delas.

Ana aceitou com um aceno de cabeça, sem conseguir falar. Apesar de ter juntado coragem para o fracasso inevitável, a intensidade da decepção que tomou conta de Ana mostrou como ela foi teimosa ao ter esperanças de que estava errada. *Três anos... Três anos e todas as solas que minha família pagou à Concénzia pelo privilégio, um dinheiro que o vatarh realmente não tinha, um dinheiro que ele implorou e pegou emprestado... Três anos e agora o vatarh ficaria zangado, e isso seria o pior de tudo...*

Ana disse para si mesma que não choraria, embora tenha feito isso escondida tantas noites desde que ouviu falar das Marcas, mas até chegar o aviso que temia da parte do u'téni co'Dosteau, ela enxugaria as lágrimas e fingiria que tinha confiança, pelo menos durante o dia. As palavras do archigos fizeram seus olhos arder e a alameda ao redor deles balançar como se estivesse debaixo das águas do A'Sele. Ana sentiu as bochechas molhadas e passou a manga nelas com fúria, odiou chorar diante do archigos, odiou que seu orgulho fosse tão arrogante que não pudesse aceitar o destino que Cénzi escolheu para ela com a devida humildade, que sua fé fosse tão frágil e o medo, tão grande.

Ana torceu que o archigos não soubesse o que ela fez com sua matarh. Se soubesse, estaria completamente perdida.

Ana percebeu que o archigos estava olhando para ela e limpou os olhos novamente. – Você tem que saber que foi o u'téni co'Dosteau que me procurou após eu receber as Marcas deste ano – falou o archigos baixinho. – Ele queria falar comigo em particular. Sobre você, vajica co'Seranta. Tem alguma ideia do que ele disse?

Ana fez que não com a cabeça, muda. A esperança deu as caras novamente, surrada e ensanguentada, mas o medo deu uma gravata na esperança e sufocou-a. – Não vou contar tudo – continuou o archigos. – É suficiente que você saiba que o u'téni co'Dosteau insistiu que o Conselho dos Acólitos cometeu um erro, que eles olharam muito para os sobrenomes e pouco para os estudantes em si e para as avaliações do u'téni co'Dosteau. Ele me contou que tinha uma aluna que às vezes criava os próprios feitiços com o Ilmodo em vez de usar os do instrutor. Uma aluna que usava o Ilmodo para fogo, terra, ar ou água, enquanto a maioria dos estudantes descobria que tinha talento para apenas um desses elementos. Uma aluna que conseguia citar o Toustour e parecia ser uma devota seguidora da Divolonté, embora circulassem rumores entre os colegas sobre tendências de um numetodo. Uma aluna com um talento natural que ela não sabia muito bem como canalizar e controlar, que começou um terrível incêndio, disse o u'téni co'Dosteau, na sala de jantar dos acólitos certa noite, e que depois apagou antes que os ténis-bombeiros chegassem.

– Foi um acidente – começou Ana, mas o archigos olhou para ela com a mão erguida.

– Eu fiquei impressionado pela força do argumento do u'téni, especialmente depois que ele me lembrou que Cénzi às vezes se manifesta até mesmo na mais comum das formas. Como diz o Toustour...

– "Até mesmo o mais humilde pode ascender, até o mais baixo pode ser exaltado." – Ela fez a citação sem pensar.

Ele riu e indicou o próprio corpo atrofiado com a mão. – Até o mais baixo – repetiu. – Vajica co'Seranta, você ainda deseja aceitar uma Marca? Está disposta a entrar para a Ordem dos Ténis se for chamada?

– Ah, sim! – respondeu Ana correndo. A afirmação irrompeu quase como um grito e uma risada que arrancou lágrimas dos olhos novamente. Ela pensou que a carruagem deveria estar sacudindo com a onda de alegria liberada pelas palavras. – Com certeza, archigos.

– Ótimo. – O archigos riu diante da alegria incontida de Ana. – Então vou preparar e assinar sua Marca. Você não será mais uma vajica, será o'téni Ana co'Seranta.

Ele falou o título devagar e com clareza. Ainda olhava para Ana, com a cabeça, que era grande demais para o pequeno corpo, inclinada para o lado como se esperasse pela pergunta que ela queria fazer. O silêncio do archigos deu coragem para Ana falar. – Eu devo ter escutado errado, archigos. Pensei... pensei que o senhor falou *o'téni*.

– Eu falo tão mal assim? – disse ele com uma risada. – O u'téni co'Dosteau foi... bem, foi bastante persuasivo, e depois do que testemunhei... acho que já temos mais do que e'ténis suficientes. O u'téni co'Dosteau acredita que você já esteja bem além da habilidade que se espera de um e'téni, e eu concordo com ele. Na verdade, você fará parte da minha equipe pessoal. Considera aceitável?

Ela não tinha palavras. Só conseguia concordar com a cabeça e manter um sorriso no rosto, sem ação.

– Considero que aceitou, então – disse o archigos. Ele suspirou e virou-se para erguer as mãos novamente na direção da multidão. – O'téni, olhe para trás da carruagem. Observe os rostos que enxergar ali.

Ana olhou para trás, lá embaixo. Os a'ténis logo atrás do veículo devolveram o olhar, quase todas as expressões estavam erguidas na direção da carruagem. Um rosto em especial chamou sua atenção. Ela conhecia aquele a'téni: Orlandi ca'Cellibrecca, o a'téni de Brezno, téte dos Guardiões, e o homem que prendeu dezenas de numetodos no último Dia de Cénzi em Brezno, julgou os prisioneiros por uso proibido do Ilmodo e depois mandou executá-los na praça do templo diante da vibração de uma multidão – o rosto dele estava voltado para Ana, e o olhar era intenso, de quem avaliava.

– Está vendo? – falou o archigos baixinho. – Todos estão se perguntando por que você está aqui em cima comigo, o que eles perderam e como isso será importante para seu próprio poder. Estão se perguntando como uma acólita inexperiente conseguiu lançar um contrafeitiço tão rapidamente e permanecer de pé depois. Estão se perguntando, honestamente, se teriam conseguido fazer a mesma coisa. Eles estão tentando descobrir como tirar proveito dessa situação e se devem se aproximar de você assim que for possível, só para garantir. Quando forem dispensados no Velho Templo, eles correrão até seus gabinetes e aposentos para dar ordens sussurradas aos seus próprios subalternos a fim de tentar descobrir tudo o que for possível sobre você, na esperança de encontrar alguma coisa que possam usar. Uma coisa que você deve entender é que, no mundo que está entrando, "confiança", "lealdade" e "amizade" são conceitos fluidos e mutáveis. Por outro lado, isso é uma coisa que eu suspeito que você já saiba.

Ana sentiu um arrepio. À exceção da expressão azeda e severa do a'téni ca'Cellibrecca, a maioria dos rostos dos a'ténis sorria de maneira afável para ela, como se estivessem satisfeitos com o que viam; um ou dois até mesmo acenaram com a cabeça e deram sorrisos mais largos quando cruzaram o olhar. Alguns deles, que olhavam para o lado, estavam com a testa franzida como se estivessem perdidos nos próprios pensamentos. Ana voltou-se rapidamente para o archigos e a expressão dele também era de quem avaliava. Ela perguntou-se o quanto ele sabia. *Se Sala ou Tara cochicharam com os ténis, ou se o vatarh disse alguma coisa...*

Mas o archigos riu novamente. – Assim que terminarmos esta rotina chata, eu assinarei sua Marca no Velho Templo. Hoje à noite, depois da Iluminação da Avi, você será ungida diante de sua família, na Capela de Cénzi no Templo do Archigos. – Dedos gorduchos tocaram o ombro de Ana e ela esforçou-se para não recuar, pois o toque lembrava muito a mão de seu vatarh. *"Calma, Ana... Você sabe o quanto eu amo você. Não se afaste, meu passarinho..."*

– Você foi abençoada pelo próprio Cénzi, Ana – falou o archigos tão baixinho que ela mal conseguia escutá-lo com o barulho da multidão. – É uma bênção rara, e às vezes o mais difícil é se dar conta de tudo o que Cénzi nos cobra em retorno pela dádiva. – Os dedos pegaram o ombro de Ana com mais força, e ela franziu a testa quando o rosto do archigos ficou mais sério. Ele se aproximou tanto que Ana conseguiu ver suas pupilas escuras. – Quanto maior a dádiva, maior o preço – sussurrou o archigos. – Você vai aprender isso, o'téni. Infelizmente vai aprender muito bem.

~ Karl ci'Vliomani ~

– DHASPI CE'COENI é um tolo desgraçado. Agora temos que garantir que sua tolice não prejudique o resto de nós e minha missão.

Karl cortou o ar espesso do porão com os braços como se estivesse passando uma espada pelo pescoço do homem – um gesto, percebeu ele, que provavelmente era profético para ce'Coeni, que fora capturado. Karl falou em paeti, a língua de sua ilha natal, uma língua que ele tinha certeza que poucos conseguiriam entender mesmo que ouvissem. Mika ce'Gilan, ali com Karl, recuou para as sombras abundantes dos cantos. O porão era uma área decadente que fedia à pedra velha e bolor. A única luz vinha de um trio de velas que pingava sobre o suporte em uma mesa bamba, com filetes de fumaça subindo das chamas que oscilaram e soltaram faíscas com o vento provocado pelo gesto de Karl. Acima, eles podiam ouvir conversas abafadas e o ranger do assoalho sobre pés pesados: o porão ficava embaixo de uma taverna nas sinuosas ruas do Velho Distrito. Mesmo no meio do dia, havia clientes bebendo e comendo ali.

– Ce'Coeni não *me* conhece – disse Mika, seu próprio paeti misturado com o sotaque mais gutural de Graubundi. – Ele não pode trair ninguém fora da pequena célula que o recrutou. Ce'Coeni não teve contato com você enquanto enviado, então estamos isolados dele. O estrago vai ser mínimo. Ele era apenas um dissidente, Karl. Um dissidente estúpido.

– Eu gostaria de estar assim tão confiante. – Karl fez uma careta e esfregou a concha do pingente entre os dedos ao andar de um lado para o outro em frente à mesinha, agitado demais para se sentar. – Os ténis pregam contra nós mesmo que o archigos seja menos veemente do que a maioria, a kraljica ainda se recusa a nos receber diretamente, e nós sabemos como eu estou sendo observado de perto pelo pessoal da kraljica. Agora o assunto vai ser, novamente, como nós somos perigosos e violentos. Vai haver gente falando para a kraljica que os numetodos não podem mais ser tolerados. O a'téni ca'Cellibrecca exigirá que o archigos faça o que ele fez em Brezno, ou coisa pior. Nós podemos contar a verdade, mas a verdade não é o que eles querem escutar. Pode apostar que o comandante ca'Rudka já está na cela onde colocaram o pobre ce'Coeni e, depois que o comandante terminar com ele, ce'Coeni vai ficar contente em assinar qualquer confissão que ca'Rudka coloque na sua frente, apenas para parar a dor.

Mesmo na tênue luz de velas, Karl conseguiu notar que o rosto de Mika estava pálido. Ele parou de andar de um lado para o outro e soltou a corrente prateada do pingente em volta do pescoço para apoiar as duas mãos na mesa.

– Eu não pretendo matar o mensageiro, meu amigo – disse ele para Mika, e isso provocou um pequeno sorriso. – Estou contente que você tenha vindo tão rápido assim. Não há nada que possamos fazer sobre qualquer coisa que aconteceu. Foi incrivelmente estúpido, vai causar problemas para nós, mas está feito. – As palavras, ditas para acalmar Mika, também conseguiram estancar a raiva dentro dele. Pelo menos Karl estava começando a pensar novamente em vez de apenas reagir. Respirou fundo. – Muito bem. Temos que minimizar o estrago. Eu quero que você escreva uma declaração em meu nome para ser enviada à kraljica que negue que o ataque ao archigos faça parte de uma conspiração dos numetodos ou que ce'Coeni seja algo mais do que um homem perturbado com uma birra pessoal contra a fé concénziana e o archigos. Diga que jamais o encontramos e negue que o conheçamos de forma alguma. Você sabe o que dizer. Pergunte novamente se eu posso encontrar com ela; a kraljica não vai concordar, especialmente agora, mas posso conseguir um encontro com ca'Rudka e ter alguma ideia de como ele pretende reagir. O archigos, tenho certeza, não vai levar o ataque a sério, especialmente porque ninguém se machucou. Ele vai usá-lo como exemplo de como os numetodos são fracos contra os fiéis de verdade, mas você sabe que todo mundo vai falar sobre esse assunto nos próximos dias. Temos que garantir que isso não aconteça novamente, então mande o recado para os outros pelos canais de sempre.

Mika concordou com a cabeça. – Eu entrego um rascunho para você hoje à noite.

– Ótimo. Nós terminamos de escrever a declaração e eu assino... – Karl fechou os olhos momentaneamente e balançou a cabeça. – Fale sobre esta mulher que deteve ce'Coeni.

– Eu ainda não sei quem ela é, mas vamos descobrir. Sei que ela chegou em uma das carruagens da Concénzia, mas não é uma téni e não estava vestida como uma. Depois, o archigos levou-a para a própria carruagem e ela foi com ele para o Velho Templo.

– Isso pode ser gratidão ou coisa pior. Pode ter sido planejado – disse Karl. – É possível que ce'Coeni estivesse jogando dos dois lados, que o archigos tenha planejado essa situação para aumentar seu prestígio? Isso explicaria como essa mulher misteriosa foi capaz de reverter o feitiço tão rapidamente e também por que ce'Coeni foi tão estúpido de atacar o archigos em primeiro lugar. Temos que descobrir se existe essa possibilidade e quem é esta mulher. Ela pode ser importante para nós.

– Isso já está sendo feito. – Mika afastou a cadeira da mesa e ficou de pé enquanto Karl endireitou as costas. – Embora eu não creia que ce'Coeni seja algo mais do que um idiota impulsivo. Quanto à mulher, pela descrição que me fizeram, ela usou um contrafeitiço. Ela apagou o feitiço de Dhaspi um segundo depois que ele lançou, e antes que qualquer um dos a'ténis em volta do archigos tivesse uma chance de reagir.

Karl levantou a sobrancelha direita e enrugou a testa. – Esse é um relato preciso?

– Sim, eu acredito na minha fonte.

– Então nós *realmente* temos que descobrir mais. Os feitiços dos ténis levam tempo. Eles não conseguem criá-los assim *tão* rápido. Vou trabalhar nisso eu mesmo. Espalhe a mensagem pelas células. Descubra se ce'Coeni pode ser um infiltrado da Concénzia, eu vejo o que consigo descobrir sobre essa jovem misteriosa. Encontre-se comigo aqui depois da Terceira Chamada.

Mika curvou um pouco a cabeça. Ele subiu os degraus de madeira até a porta. Karl ouviu o som de vozes enquanto uma luz passageira recaiu sobre as tábuas rústicas. A seguir, as sombras voltaram ao seu redor. Karl esperou ali por vários minutos, ficou cofiando a barba enquanto uma dúzia de pensamentos antagônicos brigava por espaço em sua cabeça. Finalmente, angustiado e preocupado, ele debruçou-se para apagar as velas.

Envolto pela escuridão, Karl tateou para encontrar o caminho de volta à escada.

~ Sergei ca'Rudka ~

A BASTIDA A'DRAGO, a fortaleza do dragão, era um prédio antigo e sombrio instalado na margem sul do A'Sele. Antigamente a Bastida servia para proteger a cidade de um ataque do oeste: uma muralha da estrutura era formada a partir da própria antiga muralha da cidade, bem no ponto onde o A'Sele fazia uma curva para o sul; outra muralha descia de uma torre de cinco andares para dentro das águas do rio. O edifício tinha esse nome porque, durante a construção, foram encontrados os ossos de um imenso dragão, uma serpente de fogo transformada em pedra por alguma magia desconhecida. A carne da criatura não existia mais, mas o grande esqueleto era de um monstro místico que viveu antigamente, sem dúvida. A cabeça lisa e feroz, cheia de dentes afiados, ainda se sobressaía em cima da entrada da Bastida como a escultura de um pesadelo, colocada ali por ordem do kraljiki Selida II, que governava a cidade na época.

A Bastida não era mais uma fortaleza, assim como as poucas seções remanescentes da muralha da cidade não mais protegiam Nessântico, mas sim foram ultrapassadas e consumidas em sua maior parte pela cidade em expansão. Pelo contrário, com suas paredes úmidas e cobertas por musgo escuro, a fortaleza há muito tempo foi transformada em uma prisão sombria onde moravam aqueles considerados inimigos de Nessântico, geralmente até o fim de seus dias. Levo ca'Niomi, que reinou por três curtos e violentos dias como kraljiki, foi o primeiro prisioneiro da Bastida, quase 150 anos antes. Ele definhou lá por quase metade de sua vida, quando escreveu a poesia que lhe daria uma imortalidade que o breve golpe jamais conseguiu. Mais recentemente, Marcus ca'Gerodi, primo em primeiro grau da kraljica, foi preso por financiar a tentativa de assassinato de Marguerite antes da coroação. Para a sorte de Marcus, ele não foi abençoado com a longevidade de Marguerite, ou talvez o ambiente úmido da Bastida tenha causado uma infecção; ele morreu lá seis anos depois por causa de uma febre.

Sergei ca'Rudka, comandante da Garde Kralji, chevaritt de Nessântico, um a'offizier da Garde Civile, nunca gostou da Bastida. Ele gostava ainda menos desde que a kraljica colocou a prisão sob seu controle. Sergei tinha certeza de que o pobre idiota que tentou atacar o archigos não seria um daqueles lembrados por ter sido preso na Bastida. Em vez disso, ele seria um dos numerosos inimigos de estado que entraram pelos portões e foram imediatamente esquecidos.

Os gardai em volta dos imensos portões de carvalho da Bastida ficaram em posição de sentido quando Sergei aproximou-se pela Pontica a'Brezi Veste.

O comandante respondeu com o mais curto aceno de cabeça possível e ergueu os olhos, como sempre fazia, para a cabeça do dragão de Selida preso na pedra que rosnava para ele. As silhuetas escuras das andorinhas-dos-beirais saíram voando dos ninhos debaixo das ameias das torres de ambos os lados do portão, mas, enquanto Sergei observava, um dos pássaros disparou da boca aberta da criatura. Uma porta com grades no pé da torre da esquerda foi aberta, de onde saiu o capitão da Bastida, um velho cuja pele pálida entregava que ele passava muitas horas no escuro. Antigamente, o capitão era a única autoridade na Bastida; agora, por ordem da kraljica, ele respondia a Sergei. Nenhum deles gostava disso. – Comandante ca'Rudka, estávamos esperando pelo senhor.

Sergei ainda estava olhando para a boca do dragão lá em cima. Ele apontou enquanto a andorinha voltava para a boca do dragão e outra saiu voando. – O senhor sabe o que está errado com aquilo, capitão ci'Doulor?

O homem saiu pela porta e pestanejou sob a luz do sol. Ele olhou para o dragão. O velho raramente encarava Sergei; quando olhava, como acontecia com várias pessoas, sua atenção era atraída pelo nariz de prata reluzente que Sergei perdeu em um duelo. – Comandante?

– Eu adoro a liberdade das andorinhas – disse Sergei para o capitão. Ele sorriu e gesticulou para os pássaros. – Olhe para elas, a maneira como disparam pelo ar, como voam com a dádiva das asas que receberam de Cénzi. Tem ocasiões em que invejo as andorinhas e gostaria de poder fazer o mesmo. Eu abriria mão de muita coisa se pudesse ver a cidade como elas veem e ir de um telhado a outro com facilidade.

Ci'Doulor concordou com a cabeça, embora a cara estivesse intrigada debaixo da barba grisalha. – Eu... eu creio que entendo o que está dizendo, comandante.

– Entende? – perguntou Sergei em tom mais ríspido. O sorriso sumiu e deixou uma expressão gelada. Uma andorinha saiu da boca do dragão novamente e foi embora voando. – Aquela cabeça de dragão é o símbolo da Bastida, de seu poder, força e terror. Que mensagem o senhor acha que é passada quando aqueles que trazemos aqui veem pássaros aninhados na boca do dragão, capitão? O senhor acha que os prisioneiros ficam atemorizados ao passar debaixo ou veem um sinal de esperança de que somos impotentes, um sinal de que talvez escapem das garras da Bastida com a mesma facilidade daquela andorinha?

O capitão pestanejou expressivamente. – Eu nunca pensei nisso antes, comandante.

– Realmente. Deu para notar. – Sergei deu um passo em direção ao capitão e chegou perto o suficiente de sentir o cheiro de alho que o homem comeu com ovos naquela manhã. A voz saiu alta o bastante a ponto de os gardai em volta do portão conseguirem escutá-lo. – Sinais e símbolos são coisas poderosas, capitão. Ora, se eu pendurar alguém por uma forca debaixo do dragão, alguém que, digamos, não entenda a importância dos símbolos, creio que ver aquele corpo se contorcendo mandaria uma mensagem poderosa para aqueles que trabalham aqui. Na verdade, quanto mais importante a pessoa, mais poderosa a mensagem, não acha?

O capitão ci'Doulor estremeceu visivelmente. A garganta pulsou debaixo da barba quando engoliu em seco. Ele encarava Sergei agora e enxergava o próprio reflexo distorcido na superfície polida do nariz de prata de ca'Rudka. – Vou mandar remover o ninho, comandante, e tenha certeza de que nenhum pássaro se aninhará lá novamente.

O sorriso aumentou. Sergei deu um tapinha na bochecha de ci'Doulor como se ele fosse uma criança sendo repreendida. – Sim, tenho certeza. Agora, eu gostaria de ver este numetodo.

Sergei seguiu ci'Doulor dentro da Bastida. A porta fechou-se pesadamente quando os dois entraram e foi trancada por um gardai. O ar bolorento envolveu o capitão e o comandante, e Sergei fez uma pausa para esperar que os olhos se ajustassem à penumbra, que ficava mais escura por causa das pequenas janelas gradeadas nas paredes da espessura de um homem com os braços abertos. Ci'Doulor conduziu o comandante por um longo corredor, depois os dois entraram na torre principal e desceram por um escada caracol de pedra. A umidade acumulava-se nos degraus gastos e cobertos por musgo onde ninguém pisava. Pelas portas gradeadas nos patamares, Sergei conseguiu ouvir os sons de outros prisioneiros: tosses, gemidos, alguém chamando ao longe. Eles chegaram a um patamar bem abaixo do nível do rio, com um dos gardai em caprichada posição de sentido. O homem abriu a porta e deu um passo para o lado.

Eles entraram em um aposento quadrado e compacto, acompanhados pelo gardai. Correntes fizeram barulho: um homem remexeu-se acorrentado a anéis na parede do fundo, as mãos estavam bem presas para que não fizesse o gestual de um feitiço numetodo, a boca estava amordaçada com uma jaula de metal que prendia a língua. Sergei notou que o aspirante a assassino tinha sido espancado. O rosto estava inchado e roxo dentro da jaula de rosto, um olho estava inchado e um filete de sangue seco descia de uma narina. Em algum momento ele tinha se sujado, as roupas de baixo estavam manchadas e molhadas, e o cheiro de urina e fezes era forte. – Capitão, esse homem foi maltratado? – disse Sergei.

– Não, comandante – respondeu ci'Doulor rapidamente. Atrás dele, o garda deu um muxoxo de desdém e pareceu se divertir. – Foram os cidadãos que fizeram isso em retaliação. Ora, nossa Garde Kralji teve tremenda dificuldade em retirá-lo da multidão depois do ataque ao archigos.

Sergei sabia que isso era mentira; os gardai do archigos subjugaram o homem imediatamente após o ataque e levaram-no embora correndo antes de a multidão sequer ter certeza do que acontecera. – O povo ama o archigos – falou Sergei, mais para o prisioneiro do que para ci'Doulor. – E odeia aqueles que tentam fazer mal a ele. – O comandante aproximou-se do prisioneiro, tirou um lenço do bolso e limpou a poeira de um banco de três pernas todo arranhado perto do homem. O prisioneiro mexeu a cabeça dentro da jaula e observou Sergei com o olho que não estava inchado. – Se eu remover a mordaça, você promete não lançar feitiços, vajiki? – perguntou Sergei ao se curvar na direção do prisioneiro.

O homem fez que sim. Sua atenção não estava nos olhos de Sergei, mas sim no nariz reluzente de metal. O comandante colocou as mãos ao lado da cabeça do prisioneiro e soltou as correias que prendiam a jaula no lugar. O homem engasgou quando o metal que prendia a língua foi retirado.

– Qual é o seu nome? – perguntou Sergei.

– Dhaspi ce'Coeni. – A voz do homem era rouca e cheia de dor, as sílabas tinham o sotaque das províncias do norte, o que não era surpresa.

– Você é um numetodo? – Ele deu um aceno hesitante com a cabeça. – E quem mandou você para atacar o archigos? Foi o enviado ci'Vliomani, talvez?

– Não! – A negação foi rápida. Ele arregalou o olho que não estava inchado, e as correntes bateram contra a pedra. – Eu... eu nunca encontrei com o enviado ci'Vliomani. Jamais. O que eu fiz, fiz sozinho. Essa é a verdade.

Agora foi Sergei que concordou com a cabeça. – Eu acredito em você – Sergei falou para acalmá-lo e notou que seu tom solidário tirou a tensão do rosto do homem. O comandante ficou sentado ali por vários segundos, apenas observando a expressão do sujeito. Finalmente, ele ficou de pé e foi até um pequeno escaninho na parede, de onde tirou uma barra de latão, tão grossa quanto o punho de um homem e talvez com dois punhos de altura, com um peso e massa satisfatórios. Ambas as pontas eram lisas e ligeiramente achatadas, como se tivessem sido batidas muitas vezes. – Eu adoro história – falou Sergei para o prisioneiro. – Você sabia disso?

A atenção do homem estava na barra na mão de Sergei agora. O prisioneiro balançou a cabeça, hesitante. – Claro que não sabe – continuou Sergei. – Mas é verdade. Eu adoro. A história nos ensina muita coisa, vajiki ce'Coeni. Quando entendemos o que aconteceu no passado, nós podemos enxergar melhor os problemas do futuro. Agora, esse pedaço de metal... – Ele enfiou o indicador em um grande buraco aberto no meio da barra; apenas a ponta do dedo saiu do outro lado. – Antigamente havia um enorme sino aqui mesmo nesta torre. A cúpula ainda permanece lá no alto da torre; você deve ter visto quando foi trazido aqui, embora eu duvide que estivesse no clima de notar tais coisas. O sino devia ser batido caso houvesse alguma ameaça à cidade, para que os cidadãos pudessem ser avisados e reagir. Agora, o sino em si foi retirado há muito tempo e derretido. Creio que a estátua de Henri VI no Velho Distrito foi feita com o seu metal; você talvez a tenha visto. Mas isso... – Sergei ergueu a barra novamente. – Isso era o badalo do sino. Veja bem, uma corda passava pelo buraco aqui, era amarrada em cima e embaixo para manter o badalo na altura correta, e o restante da corda descia até o chão da torre para que alguém pudesse bater no sino quando fosse necessário. E o sino foi batido cinco vezes no total, a última quando os hellinianos mandaram uma frota de navios de guerra pelo A'Sele para atacar a cidade, na época do reinado de Maria III. – Ele tirou o dedo do buraco e empunhou o badalo. – Portanto, quando olho isso aqui, eu fico admirado com a história que tenho em mãos, vajiki, com o fato de que esse pedaço de metal fez parte de tantas coisas que aconteceram aqui. O badalo nos protegeu antes e, esta é a parte que é crucial para você, vajiki ce'Coeni, ele continua nos protegendo.

Sergei voltou ao escaninho e tirou um pequeno pedaço de carvalho com uma ponta redonda, depois enfiou no buraco do badalo. A barra de metal foi transformada na cabeça sinistra de um martelo. Sergei acenou para o garda, que veio à frente e soltou as algemas da mão esquerda do prisioneiro. – Preciso de sua mão, vajiki. Por favor, coloque sobre o banco, assim. – Ele mostrou a própria mão com a palma para cima, o mindinho estendido e o resto dos dedos recolhidos. O prisioneiro balançou a cabeça, ele soluçava agora, e o garda pegou a mão de ce'Coeni e colocou à força sobre o assento do banco. Ce'Coeni fechou os dedos e formou um punho fraco. – Eu preciso apenas do seu mindinho, vajiki – falou Sergei para ele. – Caso contrário, a dor será... bem pior. – O comandante ficou ao lado do banco e olhou para o prisioneiro. – Eu preciso saber, vajiki ce'Coeni, os nomes dos numetodos com quem você se envolveu aqui em Nessântico.

– Eu não conheço mais nenhum numetodo – arfou o homem. Ele tentou puxar a mão, porém, embora as correntes tenham se agitado, o garda segurou com força.

– Ah, veja bem, eu acreditei quando você disse que agiu sem auxílio de ninguém porque não creio que até mesmo os numetodos sejam tão idiotas de mandar um sujeito sozinho em uma missão tão inútil quanto a sua. Mas agora eu não acredito. Vejo a mentira em seus olhos, vajiki. Posso ouvi-la em sua voz e sentir o cheiro da mentira no medo que emana de você. E aprendi ao longo dos anos que existe verdade na dor. – Sergei tocou no nariz falso e notou que os olhos de ce'Coeni acompanharam o gesto. Ele ergueu o martelo feito com o badalo do sino e olhou para o banco onde a mão de ce'Coeni ainda permanecia fechada. – O que vai ser, vajiki? A mão inteira ou apenas o mindinho?

O homem soluçou. O cheiro de urina ficou mais forte. – Você não pode...

– Pelo contrário – disse Sergei em um tom suave e solidário. – Eu farei isso, não por vontade própria, mas porque eu preciso. Porque é meu dever proteger esta cidade, a kraljica e o archigos.

– Não, não, você não precisa fazer isso – falou correndo o homem em desespero. – Eu digo os nomes. Eu encontrei uma vez com um sujeito mais velho chamado Boli e com outro da minha idade cujo nome era Grotji. Não sei os sobrenomes, comandante, eles nunca me disseram. Eu encontrei os dois em uma taverna no Velho Distrito. Posso mostrar o lugar, descrevê-los para você...

Sergei ainda estava olhando para a mão no banco. – O dedo ou a mão, vajiki?

– Mas eu contei tudo o que sei, comandante. Essa é a verdade.

Sergei não falou nada. Ele levantou o martelo e dobrou o cotovelo. Com um gemido, ce'Coeni estendeu o mindinho.

Sergei gemeu ao descer bruscamente o martelo com força e rapidez. O golpe esmagou osso e carne, tendão e músculo. Sangue espirrou debaixo do latão. Um grito estridente irrompeu da garganta de ce'Coeni, um berro agudo que ecoou pelas pedras e pelos ouvidos de Sergei antes de virar um soluço lamuriento. O comandante sempre se surpreendia com o volume que a garganta humana conseguia alcançar.

Ele ergueu o martelo; o dedo do homem estava achatado e destruído, praticamente cortado ao meio perto da segunda junta. Sergei ouviu o capitão inalar atrás dele.

– Existe verdade na dor – repetiu Sergei para o homem. O garda soltou a mão de ce'Coeni, que a recolheu contra o peito e ficou balançando para a frente e para trás no chão da cela enquanto chorava. – Sinto muito, vajiki, mas infelizmente eu preciso ter certeza de que você não tem mais nada para nos contar...

Sergei continuou fazendo perguntas até sobrar apenas o polegar intacto na mão destruída de ce'Coeni. Então ele limpou a ponta suja e ensanguentada do martelo na roupa do prisioneiro e tirou o cabo do badalo com certo esforço. Serguei guardou a barra de metal e o cabo de volta no escaninho. Depois de acenar com a cabeça para o garda, ele e o capitão ci'Doulor saíram da cela.

– Ele não sabe nada de útil – falou Sergei ao capitão enquanto subiam a escada.

– Ele falou o nome do enviado ci'Vliomani, lá no fim – disse ci'Doulor. – Não era o que o senhor queria, comandante?

– Ele teria dado o nome da própria matarh. Eu queria a verdade e a verdade é que ele era um idiota agindo sozinho. Nós temos os dois primeiros nomes, quase certo que sejam falsos, e uma taverna no Velho Distrito provavelmente escolhida aleatoriamente. Vou despachar a Garde Kralji para ver se os gardai encontram esses homens a partir das descrições dadas por ele. Mas não tenho muita esperança. Falarei com a kraljica e o archigos para informar o que descobrimos.

– E o prisioneiro, comandante?

Sergei deu de ombros. – Faça com que assine uma confissão. Deixe o papel em branco para que possamos preencher com o que for necessário mais tarde. Depois, execute-o pelo crime. Uma morte rápida e indolor, capitão. Ele merece isso. Após, corte as mãos e ponha a língua para fora, como é exigido quando se trata de numetodos, e pendure o corpo na Pontica Kralji para que todo mundo no Velho Distrito veja.

– Cuidarei disso.

– E dos pássaros?

– Os pássaros? – falou o capitão, confuso, e depois: – Ah, sim. Na boca do dragão. Sim, comandante. Cuidarei daquilo também.

– Ótimo. – Eles chegaram ao topo da escada. Sergei virou-se e o capitão levou as mãos à testa em reverência. – Foi um dia produtivo então. O senhor tem suas tarefas, capitão. Não precisa me acompanhar à saída.

Ana co'Seranta

AS LUZES MÁGICAS ACESAS PELOS TÉNIS EM NESSÂNTICO eram famosas em todos os Domínios. O Círculo da Noite era o que as pessoas geralmente comentavam quando se recordavam da visita à capital. Enquanto o sol sumia atrás da curva do A'Sele, conforme o céu a oeste escurecia e ficava roxo, à medida que as primeiras estrelas surgiam, uma procissão de dezenas de e'ténis vestidos em robes de bainhas amarelas saía de cada um dos vários templos da cidade. Ana viu, acompanhada pela família, por Sala (que cuidava de sua matarh) e por outros espectadores, um grupo de ténis-luminosos sair do Templo do Archigos, seguir para leste e oeste ao longo dos dois lados da Avi a'Parete e passar pelos portões. Cada um dos e'ténis foi em direção de um dos altos postes de ferro escuro erguidos com vários passos de distância entre si ao longo da alameda. Lá eles pararam, entoaram cânticos e fizeram gestuais elaborados com as mãos e os dedos enquanto as trompas soavam uma dissonância triste das torres. Finalmente, os e'ténis levantaram as mãos para o céu com os dedos bem abertos, e os globos de vidro amarelo no topo dos postes ficaram acesos e iluminados como se um pequenino sol tivesse nascido dentro deles. Os e'ténis bateram palmas uma vez e foram até os próximos postes de luz para repetir o feitiço. Ao longo do enorme circuito da Avi a'Parete e das Quatro Pontes, a cerimônia diária era repetida até que todos os postes fossem iluminados e a avenida que envolvia o centro da cidade estivesse acesa como se fosse um dia falso.

– Quando estive em Montbataille, eu juro que dava para olhar para o sudoeste das grandes encostas e ver Nessântico à noite, a quilômetros e mais quilômetros de distância, como um colar de estrelas que caíram no chão e ficaram resplandecendo ali. – O vatarh de Ana sorriu para ela e passou os braços por seus ombros para apertá-la ao seu lado. Ana fez um esforço para devolver o sorriso e continuar abraçada, embora morresse de vontade de se afastar. *Nunca mais. Não depois da noite de hoje...* – Ver as luzes sempre me fez pensar em você e na sua matarh em segurança aqui. E eu imaginava se um dia não seria você na procissão toda noite, acendendo as lâmpadas. Você sempre brincou de ser uma téni, mesmo quando era apenas uma criança. Lembra-se disso? E agora... – O riso transformou-se em um largo sorriso ganancioso. Ana sabia o que ele estava pensando: *uma o'téni podia render um dote para a família...* – Eles não vão desperdiçar uma o'téni apenas para acender a Avi, não é?

Ana balançou a cabeça e começou a se afastar, mas Tomas abraçou a filha com força novamente no momento em que os e'ténis iam para as próximas lâmpadas e a multidão que se reunira para ver a procissão começava a diminuir. Ela sentiu os dedos pegarem a lateral do seio, mas antes que pudesse reagir, o vatarh recolheu o braço. Tomas ajoelhou-se em frente à matarh de Ana, sentada na liteira. Os olhos da mulher estavam bem abertos, mas não viam nada e não reconheciam ninguém. Tomas colocou as mãos sobre as da esposa, que estavam dobradas sobre o colo. – Nós estamos orgulhosos da nossa Ana, não estamos, Abi?

A mulher não respondeu. Ela raramente respondia e, quando fazia, ninguém conseguia entendê-la. Os olhos pareciam procurar algo atrás dos ombros de Tomas. Ela foi tomada por outro acesso de tosse e se curvou, a tosse líquida retumbou nos pulmões. Tomas tirou um lenço do bolso da bashta e limpou o muco em volta da boca.

Preciso ajudá-la novamente amanhã. – Vatarh? Nós temos que ir para o templo – disse Ana.

Tomas levantou-se devagar e acenou com a cabeça para os quatro ajudantes contratados que os acompanhavam; os homens pegaram as varas da liteira mais uma vez. O grupo cruzou a rua e entrou na praça onde, exatamente naquela manhã, tudo na vida de Ana tinha mudado. Uma acólita estava esperando ali e chegou perto quando eles cruzaram a Avi. Ana reconheceu-a: Savi co'Varisi, uma das atuais terceiranistas que – ao contrário de Ana na época do seu terceiro ano – foi retirada pelos téni da ralé dos simples acólitos e recebeu tarefas especiais no templo. Embora Ana fosse a aluna mais avançada, nas poucas vezes em que as duas se encontraram, Savi tratou-a como se ela fosse uma aprendiz de comerciante qualquer. Na noite de hoje, Savi parecia subserviente e muito impressionada com a tarefa. Ela manteve a cabeça baixa e recusou-se a cruzar o olhar com Ana.

– Por aqui, o'téni co'Seranta – disse Savi. Ela atrapalhou-se com o título e ficou vermelha. – O archigos espera você e sua família.

– "O'téni co'Seranta." – Tomas riu enquanto foram conduzidos pela acólita em direção a uma porta lateral do templo. – Soa muito bem, não é, Ana?

– Sim, vatarh – admitiu Ana ao observar Savi se virar e começar a andar na direção do templo. Ana desejou que ele parecesse mais feliz por ela e menos por si mesmo. – Mas não sei se algum dia vou me acostumar com isso.

– Ah, vai sim. E mais. Tenho certeza. Em breve você será u'téni ca'Seranta; esta é a recompensa pelas provações que Ele nos mandou. Eu sempre soube que ela viria.

Ana fez que sim para a confiança do vatarh, embora soubesse que a certeza de Tomas era nova e frágil. Era verdade que Cénzi mandou provações suficientes para a sua família: a morte dos dois irmãos mais novos por catapora vermelha há seis anos, seguida de perto pela perda do irmão mais velho de Ana, Louis, no ano seguinte, morto enquanto servia na Garde Civile em uma disputa de fronteira com Tennshah. Depois o vatarh, um burocrata mediano do Departamento de Comércio Provinciano, foi transferido para a cidade de Montbataille apenas para ter o cargo extinto em seis meses. Desde então, ele assumiu vários cargos no governo de Nessântico, cada um com menos status e remuneração menor, e Abi e Tomas foram forçados a gastar as economias e a depender da generosidade de parentes para evitar a vergonha de se tornar ci'Seranta ou coisa pior.

Ana pensou que o fundo do poço tinha sido há quatro anos quando Abi ficou adoentada. Aquilo parecia o golpe final. Ter virado uma aprendiz da fé concénziana foi a tentativa desesperada de seu vatarh para salvar alguma coisa na queda livre da sorte da família.

Todos os curandeiros disseram que sua matarh iria morrer, e Ana viu Abi sucumbir. Quando era pequena, Ana geralmente colocava as mãos na têmpora da matarh quando ela reclamava de dores de cabeça, e sempre havia palavras na mente que podiam ser ditas, palavras que acabavam com a dor. *Você sempre brincou de ser uma téni...* Brincou sim, e agora Ana sabia que aquilo foi uma manifestação precoce de seu Dom, um uso instintivo do Ilmodo.

Aquilo também era errado. A Divolonté, as leis e os regulamentos da Concénzia, assim dizia explicitamente. "Curar com o Ilmodo é ir contra a vontade de Cénzi" trovejavam os ténis na Admoestação, do Alto Púlpito no templo. Ana, sempre devota, parou assim que percebeu o que estava fazendo.

Mas...

Ela não podia ver a matarh morrer. Depois que o último curandeiro contratado pelo vatarh foi embora derrotado, Ana finalmente colocou as mãos na matarh novamente e falou as palavras que vieram à mente. Com cuidado e hesitação, elas deixaram o Ilmodo aliviar a dor e permitiram que Ana puxasse a matarh da queda livre mortal em que Abini estava, mas não totalmente: isso seria muito óbvio e perigoso demais. Ana administrou o alívio aos poucos e sentiu-se culpada tanto pelo mau uso do Ilmodo quanto por não ter usado o poder tão plenamente como seria possível.

Então veio a verdadeira vergonha. O pior de tudo. Seu vatarh... Primeiro foram apenas palavras e abraços, depois Tomas veio até ela atrás dos carinhos mais íntimos que Abi um dia deu para ele. Jovem demais, muito imatura e confiante em excesso, Ana suportou sua longa e cuidadosa sedução, ciente de que, se contasse para alguém, a vergonha destruiria a família por completo, que seria a matarh que sofreria principalmente...

– O'téni? Por aqui... – Savi conduziu o grupo até um par de portas douradas de madeira. Os painéis foram entalhados com uma representação da ascensão de Cénzi ao Segundo Mundo, a figura comprida do deus subia em direção às nuvens enquanto havia uma imensa fissura no globo embaixo, onde Cénzi caiu ao lutar com os moitidis, Seus filhos. Ana passou os dedos pela madeira lustrosa quando Savi puxou as portas para abri-las. Do outro lado havia uma pequena capela simplória, que no máximo daria para cinquenta pessoas, iluminada por velas em lustres de prata pendurados no teto alto. Ana sentiu o cheiro de incenso queimando em um braseiro e, a seguir, um movimento atraiu sua atenção perto do altar coberto por uma linda toalha adamascada, no fundo distante da capela. O archigos subiu no tablado do altar, apoiado por um jovem o'téni que era mais alto do que ele. O archigos fez um gesto para eles quando Savi fechou a porta da capela e ficou para trás no corredor. Ana olhou em volta; não havia mais ninguém na capela.

– Está desapontada, o'téni? – perguntou o archigos. A voz reverberou nas superfícies de pedra em volta deles. – Eu sei que a cerimônia oficial teve um público melhor, com todas as famílias e todos os a'ténis...

– Não, archigos – respondeu Ana. Ela lembrou-se da expressão severa e rancorosa do a'téni ca'Cellibrecca ao encará-la, e do jeito como foi olhada pelos demais como se fosse uma charada a ser resolvida. Ana ficou contente que nenhum deles estava aqui, agora. – Desculpe. Eu estou... muito feliz na noite de hoje.

– Então, por favor, prossigam e sentem-se. Há cadeiras para todos vocês aqui na frente. Estes são seu vatarh e sua matarh?

– Sim, archigos. – Ana apresentou os pais, e Tomas foi à frente para se ajoelhar diante do archigos com as mãos entrelaçadas e bancar o devoto seguidor, como sempre fazia. O archigos aproximou-se para colocar as mãos pequenas e nodosas nas do vatarh de Ana.

– Eu agradeço-lhe por enviar sua filha – disse o archigos. – Vajiki co'Seranta, eu mandei que o tesouro da Concénzia transferisse cinco mil solas para a conta de sua família pelos futuros serviços de Ana para a Fé. Creio que isso seja suficiente? – Ana notou que o vatarh ergueu as sobrancelhas e ficou de queixo caído. Ela mesma perdeu o fôlego com a surpresa também, pois as famílias dos acólitos de sua turma ganharam um décimo daquele valor.

– Ah, sim, archigos. Isso é bastante... – Tomas parou. Ana imaginou o que ele pretendia dizer. O vatarh fechou a boca e engoliu em seco. – ... adequado por enquanto – concluiu. Ana notou que ele estava fazendo contas de cabeça.

O archigos também notou a ganância interior de Tomas, percebeu Ana. Ele deu um sorriso desdenhoso para o vatarh. – Uma de minhas escreventes estará lá fora quando você sair, vajiki – falou o archigos. – Ela terá papéis em mãos para você assinar que completarão a transferência. Você perceberá que também está abrindo mão do direito da família de escolher ou aprovar um marido para Ana: ela agora pertence à Concénzia e pode fazer a própria escolha livremente. Você não terá voz ativa sobre isso, nem receberá mais algum dote por ela.

O vatarh franziu a testa ao ouvir isso. – Archigos, nós esperávamos promover a família através do casamento de Ana.

– Então talvez mil solas sejam suficientes, se preferir manter esses direitos. Para mim, não importa. Meu secretário, o o'téni Kenne ci'Fionta, está bem aqui. – O archigos acenou com a cabeça para o téni que estava ao lado dele. – Kenne, você faria a gentileza de dizer aos escreventes para fazer a alteração no contrato...

O vatarh arregalou os olhos e correu a responder quando o o'téni fez uma reverência e começou a percorrer a nave da capela. – Não, archigos, acho que o acordo é suficiente do jeito que está.

– Ah – falou o archigos. Kenne, com um sorrisinho, voltou para o lado dele. Para Ana, o archigos parecia estar contendo uma gargalhada. – Comecemos então...

A cerimônia foi curta. Depois, o o'téni ci'Fionta entregou ao archigos os robes verdes que seriam a vestimenta de Ana a partir de agora. O archigos abençoou as roupas e deu um dos robes para Ana. – Se fizer a gentileza de vestir isso aqui – falou ele. – Você pode ficar atrás dos biombos ali, ao lado do altar.

O robe passou uma sensação estranha na pele; era mais macio do que Ana esperava por conta das ocasiões em que o robe do u'téni co'Dosteau encostou em seu corpo. Ela passou o dedo pelas divisas nos ombros do robe; sim, eram as divisas de um o'téni, e no ombro esquerdo estava costurado o brasão do globo partido do archigos. Ao tirar a tashta e vestir o robe, Ana percebeu que também rompia com a antiga vida e assumia uma nova. Ela não voltaria para a casa da família na noite de hoje, mas sim se recolheria em novos aposentos aqui no complexo do templo.

Eu finalmente fui embora, vatarh, e o senhor não pode mais me tocar...

Ana saiu detrás do biombo com a tashta amarela dobrada nos braços. Sala, radiante, correu até ela para pegar a roupa. Seu vatarh deu um aceno de aprovação, sem sentir vergonha das lágrimas que brilhavam nos olhos. Ana perguntou-se se ele realmente sentia orgulho ou estava apenas triste pelo que estava perdendo. Sua matarh manteve o olhar vazio fixo à frente, como se estivesse petrificada pelo brilho da vela no robe dourado do archigo.

– Ah... – suspirou o archigos. – Agora você parece com uma téni de verdade. Vajiki co'Seranta, poderia me dar alguns minutos sozinho com sua filha? Minha escrevente, como falei, está aguardando lá fora para cuidar da transferência de fundos enquanto você espera. Seus criados podem lhe acompanhar, mas eu gostaria que a vajica co'Seranta ficasse.

O vatarh de Ana pareceu surpreso, mas levou as mãos à testa e fez um gesto para Sala e os outros criados. O archigos esperou em silêncio até que as portas de capela fossem fechadas quando o grupo saiu. A seguir, ele virou-se para Ana.

– Eu trouxe você aqui de propósito a essa capela, sem nenhum dos a'ténis por perto. A doença de sua matarh é grave. A febre do sul, não é? Ela tem uma sorte incrível de ter sobrevivido. Raramente eu ouço falar de alguém que se recuperou depois de ter sido afetado com essa gravidade. Eu lembro-me de todos os funerais que aconteceram há anos, quando a febre atingiu o ápice aqui na cidade.

Ele estava encarando Ana, assim como o'téni ci'Fionta. – Foi a vontade de Cénzi que a matarh vivesse, archigos – disse ela. A mentira parecia com alfinetes na garganta.

– Sem dúvida – falou o archigos. – E a *sua* também.

– Archigos? – disse Ana.

O anão deu um sorriso discreto. – Não há ninguém aqui além de nós quatro, Ana. Nenhum a'téni escutando, nenhum ouvido que não deveria ouvir o que você disser, nenhum olho curioso observando. – Ana não conseguiu deixar de olhar para o jovem o'téni. O sorriso do archigos aumentou um pouquinho. – Kenne ci'Fionta é alguém em quem confio cegamente, portanto você deve fazer o mesmo. – Ele fez uma pausa. – Você com certeza rezou pela vida de sua matarh.

– É claro, archigos. Todo dia.

– E Cénzi respondeu às suas preces? Ou foi outra coisa? – instigou o archigos. O rosto de Ana ficou vermelho, sem controle. – Você mente mal, o'téni – disse o anão. Ele saiu do tablado e colocou a mão no braço da matarh. Com o toque, a mulher mexeu-se e virou um pouco a cabeça, mas continuou com o olhar vago para o nada. – Sua inocência e ingenuidade são muito encantadoras, Ana, mas vamos ter que dar um jeito nisso. Conte o resto da história e diga a verdade agora. Você usou o Dom de Cénzi para ir contra a vontade Dele por causa de sua matarh? Você fez o que sabia que era proibido aos ténis pela Divolonté? Diga a verdade para mim, aqui onde você pode.

Ana viu a noite de alegria e seu triunfo começarem a desmoronar em volta. Ela imaginou como conseguiria dizer ao vatarh que a situação ficou ruim tão rapidamente. Ana visualizou o seu queixo caindo, os ombros esmorecendo e a força de vontade indo embora dentro dele... e a terrível fúria e os maus tratos que viriam a seguir. – A matarh estava morrendo, archigos – disse Ana enquanto olhava para Abi imóvel na liteira. – Aquilo também teria matado o vatarh, depois de tudo que aconteceu conosco. Então eu... eu... Apenas uma ajudinha... Apenas o suficiente para... – Ela não conseguiu terminar, a voz ficou embargada. Ela ergueu as mãos. Deixou que caíssem ao lado do corpo.

– Você sabe qual é o castigo para este pecado? Conhece a Divolonté?

Ana entrelaçou as mãos atrás das costas. Mal conseguia falar. – Sim, archigos. – *O próprio Cénzi deu um fardo para eu carregar pelo que fiz. Se eu tivesse deixado a matarh morrer, então o vatarh poderia ter se casado com outra pessoa e me deixado em paz.*

– Olhe para mim. Cite a Divolonté para mim; você com certeza ouviu bastante em seus estudos.

Ana fez um esforço para encarar o rosto do anão: era uma expressão severa agora, com as rugas ao redor dos velhos olhos franzidas na pele. A voz dela saiu um pouco acima de um sussurro. – "A pecadora abusou do Dom de Cénzi e mostrou que não confia mais no julgamento de Cénzi; portanto..." – Ela parou.

– Termine – mandou o archigos.

– "Portanto, arranque as mãos de seu corpo e a língua da boca para que ela jamais use o Dom novamente." – Ana tomou um longo fôlego.

– Você se coloca acima de Cénzi? – perguntou archigos.

– Não, archigos – protestou Ana. – Eu realmente não me coloco, mas vi minha matarh sofrer, vi meu vatarh sofrer com ela...

– Seu vatarh sabe o que você fez? Alguém sabe?

– Não, archigos. Pelo menos eu acho que não. Sempre estive sozinha com ela quando tentei. Eu me certifiquei disso.

O archigos acenou com a cabeça. A mão continuava no braço da matarh. – Você não fez tudo o que poderia por ela, não é?

Ana balançou a cabeça. – Eu tive medo. Sabia que Cénzi ficaria furioso e também tive medo de que todo mundo fosse notar...

– Faça agora – interrompeu o archigos. Diante da cara de choque de Ana, a expressão severa do anão relaxou. – O dom de cura é a tendência mais rara, a mais facilmente abusada e a mais perigosa para o usuário, por isso é proibida. É também por isso que me certifiquei que a única pessoa além de nós aqui, na noite de hoje, era alguém em que eu podia confiar. Suas mãos e língua estão a salvo por enquanto, Ana. Mostre para mim. Mostre o Dom de Cénzi. Use como gostaria de usá-lo. Vamos – falou ele quando ela hesitou.

Ana tomou um longo fôlego. Ela notou que o archigos a encarava enquanto fechou os olhos e entrelaçou as mãos. Como foi ensinada, Ana mergulhou fundo em si mesma ao rezar para que Cénzi lhe mostrasse o caminho, e novamente a trilha até o Ilmodo abriu-se diante dela e brilhou em tons de púrpura e vermelho na mente. Suas mãos mexeram-se, não no gestual que o u'téni co'Dosteau ensinou arduamente aos acólitos, mas da forma que ela *sabia* que tinham que se mexer para moldar esse Dom especial. Agora Ana sentiu um calor entre as mãos ainda em movimento, um brilho que penetrou pelas pálpebras e disparou raios pulsantes e vermelhos que se perseguiram diante dela.

Antes, Ana teria parado nesse ponto, assim que começou a sentir a energia, e teria aplicado na matarh. Dessa vez ela permitiu que a energia continuasse a fluir em sua volta e que se acumulasse. Ela entoou palavras que não conhecia, em uma língua que não era a dela. Uma calma preencheu Ana quando as mãos pararam de se mexer, quando concentrou o Dom de Cénzi nas mãos.

Ela abriu os olhos. Sua matarh estava encarando o brilho que Ana segurava entre as duas. – Isso é para você, matarh – sussurou Ana. – Cénzi mandou para você. – Dito isso, ela curvou-se para a frente e colocou as mãos nos ombros da matarh. O brilho disparou, acertou a matarh e pareceu afundar dentro dela.

Assim que tocou a matarh, Ana sentiu novamente o calor agitado e escuro da mulher mais velha: trechos desse calor na cabeça, em volta do coração, nos pulmões. Ele ficou mais fraco onde o Ilmodo tocava e, *desta* vez, Ana deixou o poder fluir livremente, permitiu que cobrisse a doença. Ana sentiu o calor através das mãos: como se ela mesma estivesse com a febre, como se o calor pudesse sair da matarh e entrar nela. Ana empurrou-o de volta ao redemoinho do Ilmodo, e o calor ficou tão intenso que ela pensou que as mãos fossem queimar.

Ana afastou as mãos da matarh, incapaz de segurar o poder por mais tempo.

Abini deu um solavanco na liteira, tomou fôlego subitamente como se fosse uma pessoa se afogando que tentava respirar. Ela arregalou os olhos e soltou um longo gemido baixinho e ininteligível. A matarh desabou novamente na liteira e fechou os olhos... e, quando abriu de novo, as pupilas estavam nítidas. Ela olhou para o archigos e para o'téni Kenne ao lado dele, e depois para Ana no robe verde.

– Ana? Eu sinto como se tivesse me ausentado por muito tempo... Estou tão cansada e não me lembro... Por que você está vestida assim, menina, como uma téni? E tão mais velha...

Ana engasgou com um pranto. Ela sentiu-se fraca demais para ficar em pé e desabou ao lado da liteira. Ana pegou a mulher em seus braços e olhou para as próprias mãos, surpresa por não estarem queimadas até os ossos. – Matarh... – As portas da capela foram abertas subitamente e seu vatarh entrou a passos largos, parecendo preocupado. Os criados espiaram pela abertura. Ana olhou para ele; a matarh virou-se na liteira e riu.

– Tomas!

– Abi? – disse ele, boquiaberto, quase cômico, surpreendido no meio de uma passada. – Abi, era você que eu ouvi?

– Era mesmo – respondeu o archigos ao se mover entre Tomas e a filha. Kenne levantou e apoiou Ana, que ficou cambaleando, exausta. – Cénzi manifestou-se na noite de hoje, vajiki, em homenagem à unção de sua filha. Nós testemunhamos uma bênção especial.

Ana ouviu as últimas palavras do archigos como se viessem de muito longe. Ela pensou ter visto o vatarh correr até eles, mas as sombras da capela ficaram mais escuras, e a luz das velas não foi capaz de contê-las. A escuridão girou em sua volta, um turbilhão de noite. Ela empurrou com as mãos, mas a escuridão encheu sua boca, os olhos e levou-a embora.

◇◇◇ MOVIMENTOS ◇◇◇

Marguerite ca'Ludovici

Justi ca'Mazzak

Ana co'Seranta

Karl ci'Vliomani

Ana co'Seranta

Jan ca'Vörl

Orlandi ca'Cellibrecca

– KRALJICA?

– Quando eu tiver 18 anos, vou ser kraljiki assim como a senhora tornou-se kraljica – disse Justi sorrindo nos braços da matarh. Ela riu.

– É o que você quer, Justi? Isso significa que eu só tenho mais 12 anos de vida. – Ela fez um beicinho dramático, e Justi arregalou os olhos, de queixo caído. Os cortesãos reunidos ao redor riram.

– Ah, não, matarh – falou Justi, e todas as palavras saíram emboladas na pressa. – Eu quero que você viva para sempre!

– Kraljica?

A sala do trono cheirava a tintas. Quando surgiu a voz de Renard, Marguerite viu-se assustada – ela quase caiu em um transe quando o pintor ci'Recroix começou a fazer o esboço de seu retrato na tela e aplicou a base. Ela ficou assustada ao ver a escuridão do lado de fora da câmara de recepção da ala oeste e ao notar o aposento iluminado por uma dúzia de lustres e pelo brilho eterno do Trono do Sol.

Vários dos cortesãos estavam bem no fundo da sala – banidos para lá porque ci'Recroix disse que não conseguia trabalhar com gente embasbacada olhando por cima do ombro – e falavam baixinho entre si enquanto criados passavam agitados. Há quanto tempo ela estava sentada aqui? Quem mandou acender as velas? Parecia que a Terceira Chamada tinha ocorrido há poucos minutos.

– Sim? – perguntou Marguerite para Renard. A kraljica pestanejou para ele, parado diante dela com as mãos na testa; aqui, em público, essa era sempre a imagem apropriada para um assistente. Renard olhou para o pintor. Ci'Recroix estava diante da tela ao pé do tablado de Marguerite e mexia o pincel em um jarro de terebintina. Cores claras giravam ao redor dos finos pelos de marta. A caixa escura e esquisita do mecanismo que ele usara para fazer o primeiro esboço de Marguerite, uma engenhoca que ele chamava de "miroire a'scéne", estava embrulhada em um pano preto no chão, ali perto.

– Kraljica, o comandante ca'Rudka está aqui com seu relatório.

– Ah! – Marguerite pestanejou. Ela sentiu-se sonolenta e letárgica e balançou a cabeça para melhorar. Imaginou se estivera dormindo e se alguém notara. – Mande-o subir. Vajiki ci'Recroix, infelizmente nossa sessão acabou por hoje.

O pintor fez uma mesura e levou as mãos sujas de tinta à testa, que deixaram para trás uma mancha de vermelhão. – Como desejar, kraljica. Quando devo retornar? Amanhã de tarde, talvez? Eu quero captar seu rosto na luz do fim do dia, ela é tão dramática sobre ele, combinada com o Trono do Sol atrás da senhora...

– Está ótimo. Renard, certifique-se que haja algumas viradas de ampulheta em meu cronograma para o vajiki ci'Recroix antes da Terceira Chamada. E, por favor, esvazie a câmara para que eu e o comandante tenhamos alguma privacidade; eu me encontrarei com a corte depois no Salão Vermelho para o jantar. – Renard fez uma mesura e foi na direção dos cortesãos enquanto o pintor começou a recolher as tintas e os pincéis. Marguerite levantou-se do assento cristalino. A luz no Trono do Sol diminuiu e apagou, o que deixou o aposento com uma aparência escura enquanto os cortesões saíram ruidosamente. – Eu gostaria de ver o que você fez – falou a kraljica para o artista.

Ci'Recroix ficou visivelmente surpreso com o pedido. Ele soltou os pincéis que estava segurando sobre a mesinha ao lado do cavalete e rapidamente cobriu a tela com um pano branco. – A senhora não pode, kraljica.

– *Eu não posso?* – Marguerite inclinou a cabeça um pouco para o lado ao falar e ergueu uma sobrancelha.

– Bem... Eu *preferiria* muitíssimo que a senhora não olhasse, kraljica – consertou ci'Recroix rapidamente e outra vez levou as mãos à testa. Ele pegou os pincéis novamente e começou a colocá-los em um estojo. – Eu mal terminei o esboço e comecei a aplicar a base na tela. A senhora gostaria mais se pudesse esperar até eu ter algo mais substancial para mostrar. É a maneira como trabalho com meus modelos; quero surpreendê-los com uma imagem de si mesmos, como se estivessem olhando para um espelho, mas isso aqui... –

Ele gesticulou para a tela escondida. – Isso só iria desapontá-la no momento, infelizmente. Se puder fazer a gentileza, kraljica, eu imploro que não olhe. Na verdade, talvez fosse melhor eu levá-lo comigo...

O rosto do pintor ficou tão engraçado pelo nervosismo que ela quase riu. – Eu vou conseguir segurar a curiosidade por enquanto, vajiki – disse Marguerite, que realmente riu diante do alívio que diminuiu a tensão no rosto magro de ci'Recroix. – Deixe sua tela aqui; ninguém irá mexer nela.

Houve uma batida nas portas no fim do aposento. – Entre – disse Marguerite. A porta foi aberta, e o comandante ca'Rudka entrou com passos largos e rápidos em direção a eles, as botas ecoaram no chão de ladrilhos. Seus olhos aguçados notaram ci'Recroix no momento em que o pintor rapidamente levou as mãos à testa de novo; ele olhou descaradamente para o nariz de prata do homem.

– Kraljica – falou o comandante. – Seria melhor abrir as janelas. O cheiro das tintas... – Ele foi até a janela mais próxima do tablado para abri-la. O ar fresco e frio entrou, e a kraljica sentiu um arrepio, mas a brisa realmente pareceu desanuviar a mente.

– Obrigada, Sergei – disse ela. – Vajiki ci'Recroix, se estiver com tudo...

O homem quase deu um pulo, ainda observando ca'Rudka. Ele colocou o estojo de pincéis debaixo do braço esquerdo e, com a mesma mão, pegou a valise com os jarros de tintas, depois o miroire a'scéne pela alça; parecia muito pesada, a julgar pela forma como ci'Recroix pendeu para o lado com ela na mão. – Perdão, kraljica. Eu falo com... hã... – Ele hesitou.

– Renard co'Bellona. Meu assistente. – Ela lembrou ci'Recroix.

– Renard co'Bellona. Sim. Esse era o nome. Lembre-se, kraljica, que a senhora não deve olhar. Hã... amanhã então. – Ele começou a levar as mãos à testa, lembrou-se de que estava segurando coisas e pousou tudo novamente para poder saudar a kraljica. Depois o pintor pegou o estojo, a valise e o miroire a'scéne e foi cambaleando para as portas enquanto gemia com o esforço. Ele bateu em uma das portas com o pé; o garda do saguão abriu e ci'Recroix saiu. O garda fez uma reverência para a kraljica e fechou as portas novamente.

– Esse homem é muito estranho – disse ca'Rudka. Ele acompanhou o pintor com os olhos.

– Mas talentoso, pelo que vi. – Ela deu uma olhadela para a pintura encoberta no cavalete. – Você interrogou o assassino, Sergei?

Ca'Rudka concordou com a cabeça. Ele olhou para as mãos como se fosse ter certeza de que estavam limpas. – Sim. – O comandante contou para a kraljica, resumidamente, o que aconteceu durante o interrogatório na Bastida e omitiu, suspeitou Marguerite, alguns dos detalhes mais brutais. Ela não insistiu para sabê-los.

– Então esse tal de ce'Coeni era um dissidente – falou ela quando ca'Rudka terminou. – Nada mais. O homem pode ter feito parte da facção dos numetodos, mas você está convencido de que ele agiu por conta própria, não sob ordens dos numetodos?

– Sim, essa é a minha conclusão, kraljica.

– Imagino que tenha uma confissão assinada.

Ele sorriu ao ouvir isso. – Com certeza. Uma de muitas... – ca'Rudka fez uma pausa – ... para usar como a senhora desejar.

– Ele denunciou o enviado ci'Vliomani como o mandante?

Sergei deu de ombros. – Apenas se a senhora quiser que ele tenha feito isso.

Marguerite deu um muxoxo. Os dedos passaram pela barra do pano sobre o quadro. – A esta altura, eu não sei se isso seria bom para o nosso lado. A confissão pode continuar em branco por enquanto, até termos mais informações. O enviado ci'Vliomani mandou um pedido urgente para me ver, juntamente com uma declaração oficial negando qualquer ligação com o atentado contra a vida do archigos.

– Isso não é surpresa. Com certeza ele está se tremendo todo nas calças paetianas por saber que essa situação só vai aumentar o sentimento antinumetodo na cidade. A senhora recusou apenas para deixá-lo um pouco mais preocupado?

Um sorriso: Sergei a conhecia muito bem. Às vezes bem demais. – Sim. Eu pensei que talvez você devesse falar com ele primeiro. Depois, se considerar que devo, eu posso me encontrar com o homem. Ele tem sido muito paciente até então.

– Realmente. Vou cuidar disso. A senhora soube como o archigos foi salvo?

– Sim. O feitiço de uma acólita: a menina da família co'Seranta. Também soube que o archigos vai dar uma Marca para ela como gratidão.

– Ele já deu – informou Sergei. – O archigos tornou a menina uma o'téni e colocou-a em sua equipe particular. – Marguerite olhou novamente para as janelas e contemplou a escuridão lá fora, viu as luzes intensas brilhando ao longo da Avi a'Parete. Quanto tempo ela passou sentada ali, meio adormecida? Isso não era do seu feitio. – Kraljica, meus contatos entre os ténis dizem que ela reagiu mais como uma téni experiente do que uma simples acólita; na verdade, alguns deles acham que o que ela fez pode ter ido contra a Divolonté. Também existem alguns... rumores entre os ténis de que a mãe da menina estava sofrendo de febre do sul e que, após anos em um estado onírico, ela de repente se recuperou completamente. Dizem que uma cura pode ter sido feita.

Marguerite arqueou as sobrancelhas ao ouvir isso. – Então preciso encontrar com ela e o archigos, não é? Mas isso pode esperar até amanhã, certamente.

– Como a kraljica desejar. A senhora quer que eu informe o a'kralj?

Marguerite deu de ombros. – Se você conseguir encontrá-lo a essa hora da noite. Meu filho geralmente... sai. – Ela não precisou dizer mais nada; foi Sergei, afinal de contas, quem alertou a kraljica sobre os passeios noturnos de Justi e o que eles significavam. Por enquanto, as aventuras do filho podiam ser toleradas, mas Marguerite sabia que teria que fazer algo para que ele parasse, e logo.

Ela fez isso várias vezes antes, afinal de contas.

– Sendo assim, então eu verei o a'kralj. Se a kraljica me der licença...?

Marguerite dispensou o comandante com um gesto, e Sergei fez uma reverência antes de ir rapidamente até a porta. Ela observou-o sair, parada ao lado do cavalete. Esperou enquanto respirava lentamente, enquanto sentia o cheiro dos pigmentos da tinta e da poeira e olhava para a mesinha posta ao lado do quadro, manchada com milhares de cores. A brisa da janela tocou o pano que cobria o retrato e fez tremular as chamas das velas. O balanço do pano e da luz parecia debochar de Marguerite.

Ela ergueu a cobertura.

~ Justi ca'Mazzak ~

O A'KRALJ ANDOU pela noite do Velho Distrito sem ser notado.

Ou pelo menos ele esperava não ser notado.

Era difícil esconder sua identidade. As roupas caras e elegantes que ele normalmente usava podiam ser trocadas – e foram – por uma bashta rústica e simplória que um comerciante usaria. Ele lavou bem o cheiro de perfumes e cremes e deixou que a fumaça da lareira de uma taverna o envolvesse até cheirar a fuligem e cinzas. Ele despenteou o cabelo e teve o cuidado de não usar o sotaque elegante dos ca'e co', mas sim a entonação exagerada das classes mais baixas. Ainda assim, sua voz era bem aguda, o que Justi sabia que era motivo de piadas ocasionais quando as pessoas falavam a seu respeito. Não havia como esconder o queixo quadrado debaixo de uma barba bem aparada: o mesmo queixo que seu vatarh e vavatarh também possuíam, e que também eram proeminentes em seus retratos. Justi podia andar curvado, mas era difícil disfarçar o fato de que era mais alto do que a maioria das pessoas ou esconder o corpo musculoso. Ele mantinha um capuz puxado sobre a cabeça, apoiava-se pesadamente sobre uma bengala curta e falava o mínimo possível.

Justi gostava de noites como esta. Gostava do anonimato; de escapar da restrição das obrigações da corte da kraljica; gostava de ser simplesmente "Justi" e não "o a'kralj". Como o a'kralj, ele era tolhido pelas vontades da matarh e suas regras.

Quando ele fosse o kraljiki, tudo isso mudaria. Então Nessântico dançaria conforme a sua música. O Império acordaria das longas décadas de sono sob o governo de sua matarh, do atual archigos e seus antecessores, e perceberia o verdadeiro potencial.

Muito em breve...

O Velho Distrito, apesar do nome, não era a parte mais antiga de Nessântico. A honra cabia a Ilha A'Kralji, onde o Grande Palácio da kraljica, o Velho Templo e a própria residência do a'kralj ficavam situados. Mas as moradias originais da ilha foram demolidas há muito tempo para abrir espaço para aqueles prédios ainda mais magníficos e seus terrenos extravagantes e bem cuidados. O Velho Distrito e as ruas estreitas e tortuosas na margem norte do A'Sele foram o terreno para onde a cidade em crescimento expandiu-se há quatro séculos, e o Velho Distrito mudou pouco nas últimas centenas de anos. Muitos dos prédios são daquela época distante. O Velho Distrito abraçava com firmeza seu passado sombrio e recusava-se a largá-lo. Mistérios espreitavam nos becos claustrofóbicos, havia assassinato e intrigas nas sombras. As lojas continham qualquer coisa que o coração do homem pudesse desejar, se soubesse onde procurar e pudesse pagar; as tavernas eram ruidosas e agitadas pela alegria movida a álcool do povo comum; as ruas eram cheias de vida em toda a sua glória e repulsa.

Se você não consegue achar o que deseja no Velho Distrito, então tal coisa não existe. Era uma velha máxima em Nessântico.

Justi encontrou o amor no Velho Distrito, e era para o amor que ele corria todas as noites em que encontrava tempo para fugir das pessoas ao redor.

– Perdão, vajiki. Você teria uma d'folia para alguém comprar um pão? – A voz surgiu da boca escura de um beco, acompanhada pelo cheiro de dentes podres. Aqui nas entranhas da cidade perto do centro do Velho Distrito, bem distante das luzes mágicas da Avi a'Parete, a pouca iluminação presente vinha em grande parte das janelas abertas das tavernas e bordéis, a claridade era fraca e intermitente. As sombras mudaram de lugar, e Justi viu o homem ali. Ele também o conhecia: o mendigo conhecido como Mahri Maluco. *Onde coisas ruins acontecem, você verá o Mahri Maluco.* Era outro ditado da cidade. O homem parecia onipresente, perambulava por todos os lugares da cidade e geralmente estava presente nos eventos importantes, tanto que o próprio comandante ca'Rudka chegou a interrogá-lo. Os rumores diziam que Mahri tinha adquirido pelo menos algumas das cicatrizes do corpo naquela ocasião.

Justi vasculhou no bolso do manto; os dedos puxaram uma pequena moeda dentre as outras ali dentro. Ele estendeu a mão.

– Aqui – falou para o mendigo. Justi manteve a voz baixa de propósito, grunhiu as palavras para esconder o tom agudo natural. – Compre pão ou bebida. Não me importo com qual dos dois.

Uma mão surgiu e pegou a moeda assim que Justi jogou na direção do homem. – Obrigado, vajiki – disse ele. – E, em troca, deixe-me lhe dar uma coisa.

– Eu não quero nada de você, Mahri. – Justi deu um passo para longe do homem, e a mão direita foi para a faca que mantinha escondida debaixo do manto.

Mahri pareceu rir. – Ah, Mahri não é ameaça para você, vajiki. Não na noite de hoje. Mas você *realmente* quer algo de mim. Apenas não se deu conta disso. Não é assim que as coisas geralmente acontecem? Nós não sabemos o que precisamos até que alguém tire de nós ou até recebermos. – A voz mudou: virou um sussurro rouco e urgente. – Eu sei quem você é. Sei o que quer. Sei o que está procurando e o que encontrou.

Justi soltou um risinho debochado. – Por acaso eu devo dar ouvidos à sabedoria de um débil mental que não tem sequer uma d'folia para comprar pão?

Um chiado soou na escuridão. – Você espera que sua matarh morra. Você deseja que isso aconteça e tem medo ao mesmo tempo. E você deita na cama de uma mulher que pertence a outro homem e que é manipulada pelo vatarh.

Justi prendeu o fôlego e franziu os olhos. Ele esqueceu de falar em tom grave e a resposta saiu estridente. – Por que você está falando comigo? O que você quer? Tudo que preciso fazer é chamar o utilino...

– O que eu quero você acabará me dando – respondeu Mahri. – Posso lhe dizer isso: sei que o rosto maquiado é também a máscara funerária. Em breve será a sua hora, como deve ser.

As palavras deixaram Justi arrepiado. – O que isso quer dizer? Você não fala nada além de charadas? – exigiu Justi. Mahri estava voltando para a boca do beco, de volta para o interior da escuridão. – Espere. – Ele deu um passo em direção ao mendigo, mas a tênue luz de velas refletiu em alguma coisa vindo em sua direção, e Justi afastou-se e desviou por reflexo. Sentiu alguma coisa bater no peito e depois cair nos paralelepípedos com um tilintar baixinho. Justi olhou para o chão. A d'folia que ele deu para o mendigo estava caída ali, com seu próprio rosto na efígie da moeda. – Mahri!

A voz de Mahri respondeu, já distante. – A Concénzia acredita que tudo foi posto no mundo para servir ao propósito de Cénzi, a'kralj. Descobrir que propósito é esse pode ser a verdadeira missão de vida. Se você abandonar o caminho que seus olhos lhe mostram, jamais saberá a verdade.

– Mahri! – chamou Justi novamente.

Não veio resposta alguma da noite. O homem tinha ido embora. Justi olhou para a moeda.

– Um problema, vajiki? Tem algo que possa fazer por você? – Uma luz repentina fez a d'folia de bronze reluzir nos paralelepípedos. Justi ergueu a cabeça. Onde a rua cruzava com outra, um homem com o uniforme brocado de um utilino estava segurando uma lanterna acesa por mágica com o refletor virado na direção de Justi, que protegeu o rosto do brilho. Os utilinos eram e'ténis colocados a serviço da Garde Kralji: seu trabalho era patrulhar as ruas e acabar com qualquer confusão que encontrassem, ou ajudar qualquer cidadão que precisasse de ajuda. O cassetete do utilino ainda estava preso ao cinto, mas o homem pousou a lanterna nos paralelepípedos e segurou o apito de cobre perto dos lábios. Justi pensou ter visto a mão livre do homem já começar o gestual de um feitiço.

– Não – respondeu Justi. Ele pigarreou e tentou falar em tom mais grave. – Não há problema algum, utilino. Só deixei cair algo no caminho. Encontrei agora.

O homem acenou com a cabeça. Ele deixou o apito pender pela corrente sobre o peito e pegou a lanterna novamente. – Muito bem. – O refletor fez um clique e a luz focada em Justi ficou suave e difusa, mas o utilino parou ali, ainda observando. Justi perguntou-se se foi reconhecido pelo téni. Ele ajeitou o manto sobre os ombros e puxou o capuz para que o utilino visse seu rosto encoberto por sombras. Justi pisou na d'folia ao passar pelo homem e manteve o olhar inquisitivo do utilino em suas costas.

Justi correu agora, virou à esquerda, depois à direita, aí novamente à esquerda, passou por aglomerações de pessoas fora da porta de tavernas ou que andavam pela rua. Ele manteve o capuz próximo ao rosto ao passar por uma lanterna reluzente de outro utilino em patrulha, depois seguiu rapidamente por uma rua deserta onde as casas pareciam se inclinar na direção uma das outras de ambos os lados da rua, como se estivessem cansadas. Ele foi até uma porta pintada de azul-claro, que parecia cinza-claro à noite, e empurrou para abri-la. Lá dentro, em um aposento decadente, porém limpo, uma jovem que atiçava uma lareira virou-se. – Ah, vajiki – falou a mulher, embora Justi soubesse que ela tinha perfeita noção de quem ele era e de seu verdadeiro título. – Nós imaginamos... Minha senhora está no andar de cima, esperando pelo senhor...

Ela pegou o manto que Justi entregou em silêncio e pendurou em um gancho perto de outro. Ele subiu as escadas, parou no patamar e bateu na porta antes de empurrá-la. Velas brilhavam espalhadas pelo quarto e davam um tom dourado às tapeçarias na parede. Ninfas nuas e sátiros empolgados saltitavam ali nos campos bordados, entrelaçados em dezenas de abraços imaginativos. Os únicos móveis no quarto eram uma cama de dossel e duas mesinhas de cabeceira.

Um quarto do tipo que uma das *grandes horizontales* que Justi conhecia mantinha – ostensivamente sexual, ostensivamente convidativo. Ele achou graça em segredo com a semelhança. Francesca ficaria chocada se ele mencionasse a comparação para ela.

As cortinas da cama foram abertas por uma mão delicada assim que Justi entrou. Ele vislumbrou a mulher deitada ali, o cabelo solto e jogado sobre o travesseiro. – Desculpe pelo atraso, Francesca. Eu... – A memória das estranhas advertências de Mahri provocou um calafrio. – Eu encontrei alguém no caminho daqui.

Ela franziu a testa e ficou com uma expressão imediatamente preocupada. Francesca jogou os lençóis para o lado; através do tecido transparente de seu vestido, Justi viu o indício da escuridão na junção das pernas e as sombras dos seios. – Querido, você parece que passou por dentro de um fantasma. – Seus olhos eram grandes com pupilas da cor de solo fértil que acabou de ser revolvido.

Justi fez um esforço para sorrir. – Não é nada. Nada. Não quando estou com você aqui novamente.

Justi fechou a porta enquanto ela veio até ele fedendo a perfume. Justi abraçou Francesca, que puxou a cabeça dele para a sua e pressionou os lábios macios e delicados nos de Justi, e ele esqueceria de tudo por algumas horas...

~ Ana co'Seranta ~

O SOL ESTAVA DANÇANDO nas pálpebras de Ana.

Ela pestanejou e ergueu a mão para se proteger da claridade. Viu de relance a manga rendada e sentiu o calor de um cobertor grosso sobre o corpo. Ana levantou a cabeça: ela estava em um quarto onde nunca esteve antes, grande e esplendidamente decorado com uma única porta. Na parede oposta ao pé da cama havia uma lareira enfeitada em cujo interior Ana podia ficar de pé com facilidade. À esquerda, cortinas brancas esvoaçavam com uma brisa que vinha de uma sacada. A camisola que ela usava não era uma das suas. A porta foi aberta e uma cabeça apareceu: uma moça com uma touca branca e folgada de criada que tentava inutilmente conter os cachos ruivos. – Ah – disse ela. – A senhorita está acordada, o'téni.

A porta foi fechada apenas para ser aberta novamente antes que Ana conseguisse sair da cama. Mais duas criadas entraram: uma mulher corpulenta de meia-idade e uma moça que, pelas feições semelhantes, devia ser filha da primeira. A filha trazia uma bandeja com um bule de chá de prata e pratos com frutas e pães; a matarh correu para a cama. – Fique aí, o'téni. Aqui, deixe-me colocar a bandeja em cima da senhorita. Agora, alguns travesseiros atrás da sua cabeça... – Um instante depois, a bandeja foi colocada diante de Ana enquanto ela se sentava, apoiada na cabeceira. Um café da manhã suntuoso e cheiroso soltava fumaça diante dela, e Ana notou que estava faminta.

– Onde eu estou? – perguntou Ana, e as criadas riram em uníssono. Elas tinham a mesma risada também.

– O archigos disse que a senhorita provavelmente estaria confusa quando acordasse – disse a mulher mais velha. – A senhorita está em seus aposentos, do outro lado da praça do templo. – A filha foi até uma cômoda do outro lado do quarto, tirou roupas de baixo e um robe verde das gavetas e colocou delicadamente no pé da cama. A mulher mais velha amaciou os travesseiros em volta de Ana, depois foi até as portas da sacada e abriu as cortinas. Ana conseguiu vislumbrar os domos do Templo do Archigos atrás da criada. – A senhorita está se sentindo melhor, o'téni? Vamos, coma a torrada antes que esfrie. Aqui, deixe-me servir um pouco desse maravilhoso chá; veio lá de Quibela, na província de Namarro. O archigos disse que Cénzi tocou na senhorita depois da unção e que foi por isso que ficou tão exausta. Ele pediu que o avisássemos assim que a senhorita acordasse. Eu já mandei Beida contar para ele.

Ana ouviu sem prestar atenção ao falatório da mulher enquanto provava o chá (que de fato era maravilhoso, com o sabor de especiarias que flertou timidamente com a língua) e comia o pão e as frutas à sua frente. Descobriu que a mulher chamava-se Sunna e a outra, que realmente era a filha dela, tinha o nome de Watha, e que Watha era noiva de um modesto sargento da Garde Kralji, "mas ele é da equipe do comandante ca'Rudka, e tem destaque junto ao comandante"; que elas vinham de Sesemora e o sobrenome era Hathiga, atualmente sem nenhum prefixo de status, embora o archigos tivesse prometido que elas se tornariam ce'Hathiga na Listagem do ano que vem; elas trabalhavam para o archigos nos últimos seis anos e agora foram designadas para os aposentos de Ana.

Quando terminou de saber tudo isso, Ana já tinha tomado o café da manhã, realizado a ablução matinal e permitido que fosse ajudada a se vestir pelas criadas. Beida bateu na porta quando ela terminou tudo. – O archigos está na recepção, o'téni – disse a criada ao tocar rapidamente na testa. – Ele falou para entrar assim que estivesse pronta.

Assim como o quarto, a recepção era grande e opulenta com sua própria sacada e lareira, decorada com uma mesa, sofá de couro e elegantes cadeiras que combinavam. O archigos estava na sacada, tão pequeno que, por um momento, Ana pensou que fosse uma criança. Então ele virou-se e ela viu o rosto velho, os braços curtinhos, as pernas arqueadas e a coluna curvada. – Bom-dia para você, o'téni Ana – disse o archigos. – Por favor, venha aqui fora...

Ana foi ficar ao lado dele. A manhã estava fria, a brisa mexia as dobras de seu robe macio, da cor de grama, e trazia até os dois o cheiro de lenha das lareiras da cidade, acesas para o café da manhã. Ela olhou para o pátio do templo do alto de quatro andares; Ana estava no topo do prédio. Diretamente do lado oposto, parecendo estar praticamente ao nível dos olhos, os domos dourados do próprio templo refletiam a luz do sol de volta para o céu. Enquanto Ana observava as pessoas que passavam correndo para cuidar da vida, as trompas soaram a Primeira Chamada. Automaticamente, ela ficou em um joelho só e abaixou a cabeça; percebeu que o archigos agiu da mesma forma ao lado. Ana fez as preces da manhã silenciosamente: as trompas continuaram a tocar e o som estridente levou o fardo das preces da cidade em direção ao céu, para Cénzi e os outros deuses. Assim que as últimas notas morreram, Ana ficou de pé outra vez. O archigos ofereceu sua mãozinha para ela. – Se puder fazer a gentileza... – Ela ajudou o anão a se levantar, ele gemeu quando o joelho estalou em protesto. – Velhas juntas. Fico imaginando se você poderia curá-las.

Com essas palavras, Ana lembrou-se dos eventos da noite anterior: *a matarh, o feitiço de cura, a escuridão se fechando em sua volta...* – Minha matarh...

O archigos sorriu para ela com os lábios franzidos. – Ela está muito bem, pelo que eu soube. Mandei Kenne para a casa de sua família hoje de manhã para se informar sobre sua matarh, pois sabia que você iria perguntar. Disseram para ele que ela dormiu bem, que a tosse passou e que conversa com seu vatarh e os criados como se nada tivesse acontecido. Parece que um pequeno milagre aconteceu, hein? – O archigos ergueu uma sobrancelha ao olhar para Ana. – Ela também não se lembra do que aconteceu no templo ontem à noite, o que é melhor assim. Eu sugiro que você também não se lembre.

– Archigos, o que eu fiz... – Ela não tinha certeza do que queria dizer.

– É algo que ficará entre nós dois porque tem que ser assim – respondeu ele para Ana. – Vamos entrar, o ar ainda tem um pouco do antigo inverno na manhã de hoje. – O archigos afastou as cortinas da sacada para ela. Dentro dos aposentos, Watha acendeu um pequeno fogo na lareira. A criada sorriu para eles, saiu do quarto e fechou a porta. – Suas criadas são todas excelentes pessoas. Discretas. Prudentes. Ficam de boca fechada a respeito do que veem e ouvem. Elas farão qualquer coisa que peça. – O archigos contorceu a boca e olhou para as chamas na lareira. – Desde que o que você peça não conflite com as minhas ordens para elas, é claro – acrescentou. Ana percebeu os vários significados por trás dessas palavras. Sentiu o estômago dar um nó.

– Archigos, o que aconteceu comigo ontem à noite?

O archigos voltou a olhar para Ana e sorriu novamente. Sentou-se em um dos sofás e indicou para que ela se sentasse em frente a ele. – O que aconteceu foi o que eu esperava que acontecesse. Ninguém pode tocar Cénzi assim tão de perto e não sofrer as consequências. Eu sei disso.

– Eu já senti cansaço antes; todos nós sentimos quando o u'téni co'Dosteau ensinava os cânticos. Mas nada como isso. Nunca algo tão... exaustivo.

– Você nunca tinha ido assim tão fundo antes – respondeu o archigos. – "Quanto maior o Dom, maior o preço." Eu já lhe disse isso uma vez. É um velho clichê, mas geralmente existe verdade por trás dos chavões. Os ténis-guerreiros conhecem esse cansaço; seus feitiços têm esse mesmo tipo de poder. Você poderia se tornar uma téni-guerreira facilmente, se quisesse.

– Meu feitiço... – Ela mordeu o lábio por um momento enquanto imaginava o que dizer. – Meu feitiço foi errado. Ele violou a Divolonté. Eu fui contra a vontade de Cénzi.

– Foi? Você acredita que Cénzi é tão fraco que você poderia submeter a vontade Dele aos seus caprichos? Acha que Ele não poderia detê-la se quisesse? Não há nada de errado com o que você fez. Você tem uma habilidade rara; seria ir contra a vontade de Cénzi se *não* a usasse.

Ana arregalou os olhos: o que o archigos disse foi uma heresia; ia contra todo o discurso dos ténis em suas Admoestações. – Archigos, os preceitos do Toustour e da Divolonté ensinam-nos que o Dom jamais pode ser usado dessa forma. – Era o que o u'téni co'Dosteau lhe ensinara, foi o que sempre lhe disseram.

– Às vezes o que a Fé ensina está errado.

A declaração fechou a boca de Ana. O archigos sorriu, como se achasse graça na expressão que viu no rosto dela. – Ah, eu negaria se você dissesse que falei essas palavras, Ana. E jamais as diria em público. Nem mesmo o archigos pode declamar heresia sem consequências; alguns dos a'ténis estão justamente esperando por essa oportunidade. Especialmente o a'téni ca'Cellibrecca, que adoraria uma desculpa para tirar o título de mim. Nem você pode realizar tais feitos sem consequências; é por isso que tem que tomar muito cuidado daqui em diante com o que fizer.

O sorriso desapareceu, e havia algo no rosto do archigos que fez Ana recuar na cadeira. – Afinal de contas – continuou ele –, se eu contar a ca'Cellibrecca o que você fez na noite passada, ora, ele não teria escolha a não ser lhe mandar para a Bastida. Uma acólita promovida a o'téni pelo archigos... ora, eles imaginariam que você usou suas habilidades para me enfeitiçar e que armou a tentativa de assassinato em benefício próprio. E, acredite em mim, na Bastida você *contaria* o que eles quisessem escutar. – O sorriso voltou, mas falhou completamente em tranquilizá-la. – Entenda, o'téni Ana, nós temos que confiar um no outro que não revelaremos os segredos que sabemos.

O archigos empurrou o corpo para a ponta do sofá, depois deixou as perninhas escorregarem até o chão e ficou de pé. Ele foi até Ana e colocou a mão em seu joelho enquanto ela permanecia ali sentada, estarrecida. Ana sentiu o calor da pele do archigos através do tecido do robe.

Era a mesma sensação da mão de seu vatarh. Ela estremeceu e fechou bem as pernas por debaixo do robe.

– Estamos nos aproximando de uma época perigosa – disse o archigos. – O populacho ainda não se deu conta. Eles só enxergam a prosperidade e as celebrações pelo jubileu da kraljica. Não notam as nuvens de tempestade que se reúnem no horizonte e não ouvem os resmungos debaixo das ovações. Época perigosa. Eu não me dei conta até quase ser tarde demais.

Ele tirou a mão do joelho de Ana. Ela recuou rapidamente e viu o archigos franzir os lábios assim que a mão voltou para o lado do corpo. A velha boca abriu um pouquinho e ele suspirou.

– Ah, então foi assim. Eu imaginei quando vi seu vatarh com você. Sinto muito.

Ana sentiu o rosto ficar quente de vergonha. – Archigos...

Ele balançou a cabeça. – Não. Não diga nada. Todos nós temos que enfrentar demônios à noite. Eu tenho os meus também. Não tive a intenção de fazer com que pensasse que eu... – A mão do archigos tocou a de Ana, mas ele balançou a cabeça e recolheu a mão. Respirou fundo e afastou-se. – Você tem que confiar em mim, Ana, porque no futuro próximo terá que escolher de que lado vai ficar. – A voz do archigos era cautelosamente neutra. – Nos desafios que desconfio que enfrentaremos, aqueles com força e influência terão que tomar uma posição. Espero que você escolha com sabedoria. – Então o sorriso voltou novamente, e a voz perdeu o tom de moderação. – Como eu escolhi você. Ana, eu estive dormindo. Desde... Não sei desde quando, mas há anos.

Enquanto estive dormindo, aqueles que não veem a Concénzia da mesma forma que eu surgiram, passo a passo, bem devagar, até eu descobrir que estou cercado por eles. O a'téni ca'Cellibrecca, sim, mas ele tem vários aliados entre os a'ténis. Há alguns meses, acho que despertei novamente...

Ele tomou fôlego. Ana permaneceu calada, sentada e imóvel, sem saber o que dizer ou como reagir. Ela sentiu-se perdida, como se tivesse se afastado de tudo que era familiar em seu mundo. O archigos foi até a lareira e esticou as mãos para aquecê-las. Sem dizer uma palavra, Beida entrou com um manto e ajudou o archigos a vesti-lo; Ana se deu conta de que a criada devia ter observado e escutado o tempo todo. Enquanto ajeitava o manto sobre os ombros, o archigos virou-se e sorriu para Ana. – Você deve descansar e terminar de se recuperar, o'téni. Vou mandar alguém para lhe buscar logo antes da Segunda Chamada; você andará na procissão hoje junto com o resto da minha equipe. Depois da bênção no Velho Templo, eu e você iremos ver a kraljica. Ela mandou avisar que gostaria de conhecer você. Beida, se fizer a gentileza de me acompanhar até a saída...

Dito isso, ele foi embora. Quando a porta foi fechada, Ana tocou a mão que o archigos havia tocado. Os próprios dedos pareciam frios sobre a pele.

~ Karl ci'Vliomani ~

AS ÚLTIMAS NOTAS da Primeira Chamada foram sumindo. Karl observou ca'Rudka erguer a cabeça e ficar de pé, as mãos entrelaçadas afastaram-se da testa. – Não rezou, enviado ci'Vliomani? – perguntou ca'Rudka. Karl achou que o sorriso do homem parecia mais com uma expressão de deboche, e o nariz metálico reluzente era impossível de ignorar. – Pensei que os numetodos ainda acreditavam em *alguma coisa*, embora tenham abandonado a fé concénziana.

– Nós acreditamos, comandante – respondeu Karl. – Acreditamos na lógica, em provas que possamos ver, tocar e sentir. Acreditamos que, se os deuses realmente existem, então a forma para compreendê-los é através das habilidades que eles nos deram: razão e lógica. Que maneira melhor de cultuá-los do que usar todas as habilidades que temos?

– "... *se* os deuses realmente existem." – Ca'Rudka inclinou a cabeça e olhou para cima como se saboreasse as palavras com a língua. – Eu não tenho dúvidas da existência de Cénzi, enviado ci'Vliomani, nem preciso de nada além de minha fé para compreendê-Lo. – O comandante sorriu para Karl. – Mas não estamos aqui para discutir teologia, estamos?

A resposta ao pedido de Karl para ter um encontro com a kraljica veio não muito depois da Iluminação da Avi: não veio da própria kraljica, mas sim do assistente Renard co'Bellona. Infelizmente a kraljica não poderia receber o enviado ci'Vliomani, mas o comandante ca'Rudka estaria disponível para ouvir seus problemas. Era, na verdade, mais do que Karl tinha esperado. Ele chegou ao Grande Palácio antes da Primeira Chamada, como a mensagem pediu, e foi conduzido a uma das salas de recepção inferiores na ala leste, onde chá e café da manhã fora servido em uma mesinha com dois criados que esperavam pacientemente atrás, e onde o comandante ca'Rudka entrou depois de poucas marcas da ampulheta, assim que as trompas anunciaram a Primeira Chamada.

Ca'Rudka foi para a mesa. Um dos vários criados que rondavam pelos cantos da sala serviu o chá do comandante e misturou um pouco de mel na bebida fragrante. Ele pegou um dos doces e mordeu, pareceu saborear com os olhos fechados antes de tomar um gole do chá. – Algo para você, enviado? O doceiro da kraljica é excelente. Você realmente deveria provar uma das tortas. Aqui... – Ele apontou para as tortas, e outro criado rapidamente colocou em um prato.

Ca'Rudka passou para Karl o pratinho incrustado com o brasão da kraljica que estava escondido debaixo do doce. – Vamos comer no pátio – disse o comandante para os criados. – Tragam o chá do enviado, doces sortidos e saiam.

Enquanto os criados corriam ao redor da mesa, ca'Rudka acompanhou Karl da sala até um pátio elevado de pedra que dava nos jardins externos do palácio. Vários trabalhadores andavam por ali enquanto podavam os arbustos e as flores.– Sente-se, por favor, enviado – disse ca'Rudka ao gesticular para duas cadeiras voltadas para o jardim com uma mesinha de tampo esmaltado entre elas. Karl sentou-se, e o comandante ficou com a outra cadeira; os criados chegaram com o chá e os doces e sumiram novamente. – Eu gosto de ver os jardins nesta hora do dia – falou ca'Rudka.

– Eles são bem bonitos, tenho que concordar, comandante.

– Realmente. Mas eu gosto de ver os jardineiros trabalhando. Veja bem, enviado, toda a ordem e beleza que você vê diante de si tem um preço. Sabia que a kraljica tem mais de cem empregados apenas nos jardins do palácio, apenas aqui na Ilha A'Kralji? Se você considerar todo o resto das propriedades que ela possui, o castelo e as casas espalhados pelos Domínios, então são mais de mil. Eles mantêm a beleza que eu e você vemos e, para fazer isso, eles têm que se livrar sem piedade de tudo que é podre e doente ou que ameace o ambiente.

Karl permitiu-se um risinho e olhou para o comandante, que não contemplava o jardim, mas sim encarava Karl. Os olhos do comandante foram para a concha de pedra no colar no pescoço do enviado, depois subiram para o rosto. – Então você se vê como um simples jardineiro, comandante? E nós, numetodos, somos as ervas daninhas que ameaçam a flor de Nessântico? Eu imagino que você acredite que o a'téni ca'Cellibrecca seja meramente o Jardineiro de Brezno.

Ca'Rudka riu; Karl achou o som sinistro. – Eu sabia que entenderia minha analogia tosca, enviado. Sim, realmente, eu às vezes me considero como responsável pelo jardim que é essa cidade, assim como a kraljica é responsável por um jardim muito maior que são os Domínios, assim como os a'ténis e o archigos são responsáveis pela floração dos fiéis. Quanto aos numetodos... – ca'Rudka fez barulho ao pousar a caneca de chá no pires. – Você é o enviado. Você foi a pessoa mandada aqui para falar com a kraljica em nome deles.

– Comandante, o ataque ao archigos ontem não fez parte de uma conspiração qualquer dos numetodos. Foi o ato de um louco solitário, que infelizmente parece ter ligações com numetodos que eu jamais encontrei pessoalmente. Minhas credenciais do governo da Ilha de Paeti...

Ca'Rudka fez um gesto para que ele se calasse. – Suas credenciais estão em ordem. Eu sei; eu mesmo verifiquei há meses. Se não estivessem, nós não estaríamos aqui conversando; bem, pelo menos não desta maneira. – Ele levantou-se da cadeira e Karl acompanhou o comandante. – Venha, enviado, vamos andar enquanto discutimos sobre isso.

Ele conduziu Karl do pátio para os jardins. Enquanto passeavam pelas trilhas cobertas de brita, o comandante apontou para alguns arranjos e flores. O comandante parecia ter um vasto conhecimento sobre horticultura, certamente mais do que Karl, que só sabia o nome das flores mais comuns aqui em Nessântico. A conversa, para a frustração de Karl, nunca parecia voltar ao numetodo e à tentativa de assassinato do archigos, mas ele fez um esforço para ter paciência. Ca'Rudka, como Karl tinha aprendido em seus poucos meses aqui, era uma pessoa que fazia as coisas a seu tempo, como a própria kraljica. Como um belo, porém perigoso predador, ele tinha que ser observado cuidadosamente. Eles estavam andando há algum tempo quando ca'Rudka parou. O comandante agachou-se perto da borda bem cuidada da trilha e apontou para uma plantinha ali, com folhas meio púrpuras e denteadas que mal ultrapassavam o limite do caminho. – Erva daninha ou flor? – perguntou para Karl.

– Eu não sei, comandante.

– É difícil dizer, não é? No momento, não há sinal de uma flor e, no entanto, ela pode surgir em cores triunfantes daqui a uma semana ou se espalhar para infestar a área inteira. – O comandante enfiou os dedos na terra fofa em volta da planta e a arrancou do solo com as raízes intactas. – Você, meu bom homem! – berrou ca'Rudka para o jardineiro mais próximo, que veio correndo ao ser chamado. – Leve isso e coloque em um vasinho para mim. – O sujeito pegou a planta com as mãos em concha e foi embora correndo.

– Dhaspi ce'Coeni foi executado – falou ca'Rudka sem preâmbulo ao limpar a terra das mãos. Os olhos escuros pareciam examinar o rosto de Karl.

Ele obrigou-se a não demonstrar nada. – Era o que eu esperava, comandante. Nessântico é muito conhecida nos Domínios por sua... – Karl permitiu-se a menor das hesitações – ... rápida justiça.

Músculos puxaram os cantos da boca de ca'Rudka. – Foi justiça, enviado. E mais. Ao atacar o archigos, a vida ce'Coeni estava perdida, mesmo que tivesse tentado usar uma espada ou flecha. Mas, para piorar, sua arma foi o Ilmodo, que é o Dom de Cénzi exclusivamente e é proibido a qualquer um que não seja um téni pela lei dos Domínios e pela Divolonté da Concénzia.

– Não foi o Ilmodo, comandante – disse Karl. – É o que chamamos de Scáth Cumhacht.

– Chame do que quiser. É apenas semântica. – Ca'Rudka continuava a encará-lo, sem pestanejar mesmo sob o sol forte. Karl achou o olhar do homem perturbador, mas não conseguiu desviar os olhos. – Devo informar que ce'Coeni assinou uma confissão plena antes de morrer.

– E isso aconteceu por livre e espontânea vontade, sem dúvida.

– Eu entendo seu ceticismo, enviado, mas isso acontece regularmente. Alguns criminosos desejam aliviar a alma ao admitir a culpa antes de ir ao encontro da balança de almas de Cénzi. Acho difícil acreditar que ce'Coeni estivesse agindo totalmente sozinho, enviado. Desconfio que há outros numetodos envolvidos.

– Eu vou ser preso então, comandante? A confissão me apontou como cúmplice? Se for o caso, eu agradeço que tenha me trazido aqui antes de me levar para a Bastida para eu assinar minha própria confissão para você.

O jardineiro aproximou-se e o comandante virou-se por um momento para receber o vasinho de argila. – Aqui – falou ca'Rudka ao entregá-lo para Karl. O enviado aceitou a planta, e o comandante esticou a mão em sua direção para tocar as folhas com o indicador. – Um jardim pode aceitar muitas plantas: se elas provarem a própria beleza, se tiverem o tom certo que agrade ao gosto do jardineiro, e se puderem coexistir em segurança com todas as outras plantas. Então... erva daninha ou flor, enviado? O que ela é, eu me pergunto? Tome conta da planta, dê água e coloque ao sol, e você vai descobrir.

– Mas você já sabe a resposta, não é, comandante?

Os olhos de ca'Rudka brilharam. Ele sorriu novamente e mostrou os dentes. – Realmente eu sei, enviado. Mas você não, e isso é que precisa decidir, não é?

~ Ana co'Seranta ~

QUANDO ELES FORAM CONDUZIDOS à presença da kraljica por Renard, ela estava no Trono do Sol. Havia talvez três ou quatro dezenas de outras pessoas no longo Salão do Trono, reunidas perto das portas: chevarittai, primos, diplomatas, suplicantes, cortesãos; todos esperando por seus momentos rigorosamente agendados com a kraljica, para ser vistos em sua companhia, para pedir favores ou promover suas causas favoritas. Ana ouviu um círculo de moças que falavam sobre o que vestiriam no *Gschnas*, o Baile do Falso Mundo que ocorreria na semana seguinte. As conversas morreram momentaneamente enquanto ela seguia o archigos pelo salão e todos se viraram para olhar. A própria kraljica estava separada dos ca'e co' por vários passos, com um pintor que passava o pincel em uma tela diante dela, embora nenhum dos cortesãos estivesse perto o bastante para ver bem o quadro. Havia uma estranha caixa preta ao lado do pintor.

– Isso é tudo por enquanto, vajiki ci'Recroix – disse a kraljica com uma voz que parecia sonolenta e cansada quando Renard fechou as portas após a entrada de Ana e o archigos. Todo mundo encarava os recém-chegados. Ana sentiu-se sendo examinada, pesada e medida pelos olhares. – Se fizer a gentileza de nos deixar – falou a kraljica para o salão, e os cortesãos fizeram reverências, murmuraram e saíram em uma agitação de roupas elegantes. – Archigos Dhosti – eles falaram e acenaram com educação para o anão ao passar. – Boa-noite, o'téni. É um prazer lhe conhecer, o'téni – os cortesãos disseram e também sorriram para Ana. Ela notou o aborrecimento por trás de algumas expressões apesar das cuidadosas máscaras sociais, uma irritação pela interrupção da rotina e da agenda, pelos próprios compromissos serem atrasados ou talvez perdidos completamente. Mas Ana devolveu o sorriso, como era esperado, e seu sorriso tinha tanto significado quanto o dos cortesãos.

O pintor jogou um pano de linho sobre a tela para esconder o trabalho. Depois ele também se virou, olhou para o archigos e, a seguir, para Ana. Ele ficou encarando por tempo demais a ponto de incomodá-la, como se ela fosse um panorama que estivesse considerando pintar, antes de começar a arrumar correndo as tintas e os pincéis. Enquanto o pintor fazia isso, a kraljica levantou-se do trono e gesticulou para eles ao andar até a sacada do salão. Ela andava como uma velha, Ana notou, com as costas curvadas da mesma forma que o archigos. A kraljica deu passos curtos, arrastados e cautelosos.

– Você não está se sentindo bem, kraljica? – perguntou o archigos com óbvia preocupação na voz enquanto saíam para a luz. Debaixo deles, no pátio, os jardins estavam brilhantes com as cores distribuídas em quadrados e fileiras arrumados.

– Minhas juntas estão me incomodando o dia inteiro, Dhosti; desconfio que vai chover amanhã, pelo jeito que estão doendo. E eu passei muito tempo sentada e falando com bajuladores demais. – Ela fez uma careta ao se sentar em uma cadeira acolchoada na sacada. No interior, eles ouviram o pintor recolher o estojo e sair, o som alto de suas botas nos ladrilhos. – Por favor, Dhosti, eu sei que suas dores facilmente são tão ruins quanto as minhas. Por favor, sente-se.

A kraljica apontou para outra cadeira e o archigos sentou-se. Ela não fez a mesma oferta para Ana, que permaneceu de pé e tentou parecer calma e controlada enquanto era encarada abertamente pela kraljica com a boca franzida em uma careta de avaliação. Ana manteve os olhos abaixados como era apropriado, mas viu o rosto da kraljica através dos cílios, um rosto que só tinha visto de uma grande distância nas ocasiões em que a kraljica aparecia em público. Ela estava usando um vestido de seda azul-escuro abundantemente decorado com pérolas, com uma esmeralda no centro de um corpete; as mãos, brancas e de aparência artrítica, estavam imóveis sobre o colo. A garganta estava coberta por renda, mas por trás do tecido fino Ana notou a pele flácida debaixo do queixo. O cabelo completamente branco estava preso em um pente incrustado com madrepérolas e mais pérolas. A boca, franzida enquanto a kraljica ponderava, era uma teia de aranha de rugas, mas os olhos – de um tom aquoso, fraco e delicado de azul – eram mais gentis do que Ana tinha esperado e davam uma credibilidade sem palavras ao título popular da kraljica, "Généra a'Pace." Pelas últimas três decadas, a delicada teia de alianças que ela teceu impediu que as várias províncias e facções dentro dos Domínios entrassem em guerras declaradas. Houve os inevitáveis ataques e escaramuças, mas o conflito aberto foi evitado. Para Ana, a kraljica parecia inacreditavelmente majestosa, e ela manteve as mãos entrelaçadas em frente ao corpo para parar a tremedeira de nervosismo por estar em sua presença.

– Como tem andado seu sono, Dhosti?

– Como sempre, kraljica. Eu geralmente tenho... *visitas* durante a noite. Isso não mudou. As ervas do curandeiro que você me mandou ajudaram um pouco, mas ultimamente... – Ele deu de ombros.

– Sinto muito saber disso. – Então o olhar da kraljica voltou-se para Ana. – Ela é tão *nova*, Dhosti.

Ana viu o archigos dar de ombros pelo rabo do olho. – Nós nos esquecemos, kraljica, que todos eles parecem jovens demais agora. Mas quando eu tinha a idade dela, eu já era um téni. Quando você tinha a idade dela, assumiu o trono e casou-se. Ela é adepta do Ilmodo, é isso o que importa. Um talento natural, tão forte quanto eu era na idade dela.

– Eu soube que a matarh dela foi... – a kraljica hesitou e empinou o queixo, ainda encarando Ana – ... abençoada por Cénzi quando você a ungiu.

O archigos sorriu ao ouvir isso. – Suas fontes são muito boas, kraljica.

– Elas também estão preocupadas.

– Eu sei em quais dos a'ténis devo ficar de olho, kraljica.

Ela acenou com a cabeça. – Você sabe, é claro, que a vida do archigos jamais esteve em perigo real, não daquele tolo numetodo.

Ana assustou-se ao se dar conta, atrasada, que a kraljica estava se dirigindo a ela, não ao archigos. Ela pigarreou e levou as mãos à testa. – Eu não pensei a respeito, kraljica – disse Ana. – Não houve tempo para pensar.

– O archigos deu-lhe uma grande honra ao fazer de você uma o'téni. Torço que prove ser digna disso.

O archigos mudou de posição na cadeira e Ana deu uma olhadela rápida para ele. Ela ainda era capaz de sentir a maneira como o archigos tocara em seu joelho de manhã, como se Ana fosse uma obra de arte ou uma garrafa de vinho fino que ele tinha comprado – nesse sentido, foi diferente de quando foi tocada pelo vatarh. O archigos não a tocou desde então, mas a memória permaneceu e deu o tom do sorriso que ela mostrou para a kraljica. – Vou tentar, kraljica. O que Cénzi quiser, assim será. – O aforismo do Toustour foi tudo que ela conseguiu pensar em dizer. Ana sentiu como se estivesse se afogando aqui, perdida em insinuações e intenções veladas.

– Você vai ter que fazer mais do que depender de clichês – disse a kraljica em tom severo, depois fez uma careta. – Perdoe-me, o'téni; eu esqueço como você é nova em seu posto e não sabe o que se espera de você. Quando estou em particular, eu prefiro franqueza e honestidade sem rodeios dos meus conselheiros. Em particular, espero que você diga o que realmente acha e acredita. Você pode deixar as evasivas educadas para os momentos em que outros ouvidos possam ouvi-las.

A crítica fez com que Ana se lembrasse do que o'téni co'Dosteau dissera para ela, na época em que foi aceita como acólita. *"Você não tem ideia de onde se meteu. Se tivesse, não estaria na minha frente com esse sorriso sem noção grudado nos lábios. Eu sei quem você é e o que você é, vajica co'Seranta. A não ser que seja mais do que eu acredito que é, você será derrotada e irá embora em poucos meses. Voltará choramingando para a sua família..."* Mas sua determinação não foi derrotada e Ana não foi embora; agora, anos depois, ela estava aqui.

– A senhora não deve pedir desculpas, kraljica – disse Ana. – Está certa em me criticar. Eu tenho noção de que sei muito pouco. Mas também sei que sou capaz de aprender o que preciso para entender e posso aprender rápido.

É isso o que eu quero, é mais do que ousei querer para mim e para a minha família. Pretendo fazer tudo que for preciso para provar que sou digna da grande honra que me foi dada.

A kraljica deu uma risadinha que terminou em uma tosse. – Bem dito, pelo menos. – Ela passou levemente um lenço de linho pela boca. – Você confia nela, Dhosti? – perguntou para o archigos.

– Ela sabe onde sua lealdade tem que estar – respondeu ele. – Não sabe, o'téni co'Seranta?

Ana forçou um sorriso. A kraljica podia ter indicado que queria franqueza, mas Ana ainda não estava pronta para se tornar tão vulnerável. Ela foi levada pelos eventos de ontem como um turbilhão e, até colocar os pés no chão novamente, iria continuar a agir como a sociedade sempre disse que deveria. Ela sabia disso pelo vatarh, pela matarh, pelo vavatarh e pela mamatarh, por seus pares: os co' sempre viviam no precipício da sociedade, olhavam para o caminho acima que levava aos ca', mas estavam sempre cientes de que era mais fácil cair do que subir. Ela também sabia que havia um punho escondido na luva de pelica das palavras do archigos. – Sei sim, archigos – respondeu. – Eu sirvo a Cénzi e sirvo a Nessântico.

Isso, pelo menos, pareceu acalmar a kraljica. – Então, que tipo de téni você é? O archigos salvou você de ter que acender a Avi a'Parete todas as noites pelo resto da vida, ou de impedir que a cidade queime, ou de conduzir uma de suas carruagens, ou, que Cénzi me perdoe, de purificar o esgoto ou outra tarefa qualquer dos ténis? Você controla fogo, água, ar ou terra?

– Ela consegue controlar qualquer um deles – disse o archigos. – Poderia facilmente ser uma téni-guerreira ou mais.

A kraljica deu um muxoxo de desdém. – Então me impressione. – Ela fez um gesto condescendente para Ana.

Ana resistiu ao impulso de fazer uma cara feia de raiva para o archigos por ter sido colocada nessa situação. Ela pensou furiosamente para tentar decidir o que fazer ou o que a kraljica poderia considerar "impressionante." *Você vai precisar me ajudar, Cénzi...* Ela fechou os olhos para rezar, e as palavras evocaram o Ilmodo. Ela sentiu o Ilmodo girar em torno de si, o caminho para o Segundo Mundo sendo escancarado, a energia emaranhada em filamentos de um laranja intenso e azul reconfortante à espera de Ana para serem moldados e usados...

Ela não sabe o que originou a decisão. Talvez fosse a tela coberta que foi possível vislumbrar pelas portas da sacada. Havia outros retratos espalhados pelos corredores por onde ela e o archigos passaram: a kraljica quando era menina, moça, recém-casada, mãe, mulher madura. Ana ficou mais impressionada pela pintura da kraljica na coroação. A expressão no rosto da nova kraljica pareceu perfeita aos olhos de Ana: dava para ver tanto a determinação quanto a incerteza em disputa ali, como ela imaginava que se sentiria se tivesse recebido responsabilidades tão incríveis com tão pouca idade.

Ela ouviu o cântico mudar, sentiu as mãos se mexerem como se tivessem sido agarradas pelo próprio Cénzi. Ana esculpiu o Ilmodo...

A kraljica soltou um gritinho, e Ana abriu os olhos. Parada no limite da sacada, apoiada contra o peitoril de pedra polida a poucos passos de Ana como se estivesse contemplando os jardins, estava a kraljica: jovem, vestida com o robe da coroação, o anel com o sinete de kralji pesado no dedo indicador da mão direita. – Tão jovem – falou ela, e era a voz da kraljica, suave com a juventude. – Eu jamais teria imaginado. – Ela sorriu novamente...

... e os filamentos desmancharam-se na mente de Ana, difíceis demais de serem mantidos unidos em sua complexidade. A seguir, ela foi tomada pelo cansaço do Ilmodo e colocou a mão no peitoril para manter o equilíbrio.

A kraljica ainda olhava para o ponto onde esteve a imagem de sua versão mais jovem. – Eu me esqueci como eu parecia, como falava... – A voz tremeu, então ela fechou a boca momentaneamente. – Eu nunca tinha visto uma téni fazer isso. Dhosti? Você consegue?

O archigos também estava olhando, mas para Ana. Ela sentiu que estava sendo avaliada. – Não – respondeu ele. – Eu não consigo. Pelo menos não facilmente. A menina inventa feitiços em vez de usar aqueles que aprendeu.

– Não é de se estranhar que o a'téni ca'Cellibrecca esteja murmurando sobre a Divolonté e os numetodos a respeito dela – disse a kraljica.

Ana balançou a cabeça. – É o Dom de Cénzi – insistiu. – Não é contra o que Ele quer. Não pode ser.

A kraljica pareceu rir, quase em silêncio. – O que você pensa pode não importar, o'téni, se ca'Cellibrecca ganhar mais poder no Colégio A'téni. Mas é óbvio que você seria totalmente desperdiçada como uma téni-luminosa. – Ela suspirou longamente e olhou outra vez para o ponto onde a ilusão aparecera. – Vamos conversar porque eu estou ficando preocupada com o que tenho ouvido de ambos os lados das nossas fronteiras...

Jan ca'Vörl

JAN OLHOU PARA as fileiras de soldados conforme a carruagem passava, as mãos direitas fechadas e erguidas em continência, os rostos sérios e implacáveis. A maioria era jovem, mas havia sargentos veteranos aqui e ali cujas cicatrizes nos rostos eram lembranças das campanhas orientais nas planícies de Tennshah e a gloriosa vitória no lago Cresci, onde o exército firenzciano quase foi destruído antes de virar o rumo da batalha.

O quase desastre no lago Cresci foi culpa do a'téni de Brezno na época, que mandou apenas um quarto dos ténis-guerreiros que o hïrzg Karin, vatarh de Jan, pediu para dar apoio mágico às tropas. A campanha já estava quase perdida naquela última batalha quando Jan e os chevarittai dos Lanceiros Vermelhos romperam as linhas inimigas para atacar a Escarpa das Cataratas e mandar os soldados de turbante do t'sha fugir de volta para o Grande Rio Oriental.

Jan recebeu suas primeiras cicatrizes de guerra ali, ao proteger o pobre starkkapitän ca'Gradki dos Lanceiros. Com aquela batalha, Jan mostrou para o vatarh, o hïrzg, que seu segundo filho – que estava longe de ser o favorito, aquele que ele invariàvelmente denegria, debochava e ridicularizava – era um líder bem mais corajoso e decidido do que o primogênito Ludwig, que ele indicara como herdeiro. Jan havia tomado mais territórios de Tennshah do que seu vatarh jamais podia esperar – antes da kraljica Marguerite insistir que as fronteiras voltassem a ser como eram antes da guerra e dar outra de suas aparentemente inesgotáveis sobrinhas-netas para o t'sha a fim de selar o acordo sujo que desperdiçou o que fora conquistado com as vidas de centenas de soldados firenzcianos.

A memória daquela traição ainda o atormentava duas décadas depois e fazia a garganta de Jan arder com bile. A kraljica roubou a vitória de Jan, seu triunfo sobre Tennshah e o irmão Ludwig. Ela jogou fora a prova que Jan era mais apto a ser o próximo hïrzg do que o tolo afetado e vaidoso que seu vatarh obviamente preferia. Caso Ludwig e o hïrzg Karin não tivessem sucumbido à febre do sul com uma diferença de poucos meses há cinco anos, Jan jamais teria assumido o trono de Brezno.

Sim, a lembrança ainda o atormentava. Mas Jan ignorou-a e cumprimentou as tropas de cima da carruagem aberta, acenou com a cabeça aqui e ali para aqueles com a estrela de Tennshah presa aos uniformes.

Várias tendas grandes foram montadas em uma ponta do campo, onde a carruagem parou. Criados chegaram correndo: para pegar as rédeas dos cavalos, abrir a porta da carruagem, colocar um banquinho no chão, pegar sua mão ao desmontar, recolher a espada e o sobretudo militar, entregar a bengala e oferecer refrescos e bebidas alcoólicas que ele dispensou com um gesto.

Markell, seu ajudante de ordens, estava ali comandando a equipe. – Sua hïrzgin e filha estão lá dentro, meu hïrzg.

Jan seguiu Markell por entre duas fileiras de criados e cortesãos curvados e entrou na sombra providencial das tendas. Elas foram dispostas de forma a imitar o Palácio a'Brezno, os "aposentos" eram separados por cortinas, tapetes foram postos sobre a grama e mobília colocada ao longo das "paredes" como se estivessem ali há anos. Jan permitiu-se ser conduzido pelos corredores feitos de lona até onde outro criado segurava uma aba aberta, pintada para parecer uma porta de madeira. Dentro do aposento – uma tenda separada –, ele viu a filha de 11 anos, Allesandra, que brincava com um conjunto de soldadinhos de brinquedo sobre uma mesa, enquanto a hïrzgin Greta, sobrinha-neta da kraljica, levantou-se com suas damas de companhia do círculo de assentos onde estiveram entoando cânticos. Greta estava em avançada gravidez do terceiro filho deles – Jan cumpria a contragosto com as obrigações de marido mês sim, mês não, mas Greta teimava em permanecer estéril desde o nascimento de Allesandra até essa gravidez inesperada e tardia. Mara co'Paile, uma das assistentes, ajudou Greta a ficar de pé; quando Jan respondeu às reverências, ele viu o olhar de Mara e o sorriso em resposta.

– Por favor, sentem-se e retomem suas conversas, hïrzgin, vajica – disse ele. Greta abaixou o olhar, como se tivesse medo de ver para onde o hïrzg dedicou sua verdadeira atenção. O relacionamento entre a vajica co'Paile e o hïrzg era algo que qualquer observador atento da corte podia perceber que ninguém – nem Greta, nem o próprio marido de Mara, nem ninguém mais da panelinha da corte – ousaria falar em voz alta.

Mas o interesse de Jan estava concentrado agora na criança loura ali com a babá, que havia sobrevivido à epidemia de febre do sul que matou seu irmão mais velho há seis meses. Jan chorou amargamente no funeral de Toma, mas se Cénzi teve que levar um de seus filhos, foi melhor que fosse Toma. Ele tinha puxado muito à matarh, ou talvez ao irmão de Jan, Ludwig: fraco tanto física quanto mentalmente. Sua filha, no entanto, puxou à verdadeira linhagem ca'Belgradin, a linhagem dos hïrzgs...

O segundo filho da linhagem ca'Belgradin era sempre o mais forte. Seu vatarh deveria ter percebido isso.

– Como vai a minha Allesandra hoje? – perguntou Jan. Ele agachou-se e abriu os braços. Allesandra sorriu e correu até Jan, que levantou a menina enquanto ela ria e beijava suas bochechas com barba rente.

– Eu recebi seu presente, vatarh – falou ela.

– E você gostou?

Ela concordou solenemente com a cabeça. – Gostei muito. O senhor quer ver? – Ela pegou a mão de Jan e levou o vatarh até a mesa (a babá deu um passo tímido para o lado), onde pequeninas figuras douradas de soldados estavam espalhadas por um campo envernizado. – Olhe, vatarh, eu mandei Meghan amarrar besouros nos carroções de suprimentos para puxá-los, mas eles não obedecem para onde eu quero que vão. Tenho que mantê-los no lugar usando isto. – Allesandra tirou uma agulha de costura da mesa e usou para cutucar a carapaça verde e brilhante de um inseto amarrado pelas patas traseiras aos arreios de seda.

– Você fez muito bem. Tenho certeza de que vai treinar bem seus besouros e que eles levarão os suprimentos a salvo para seu exército – disse Jan para ela. Ele pegou um dos bonecos da mesa: menor que a ponta do mindinho, a figura era delicadamente esculpida e moldada. – Tenho que mandar ao artesão uma pequena quantia em agradecimento uma vez que você gosta tanto dos soldados, não tenho? Veja, esse é um dos Lanceiros Vermelhos, até no detalhe dos cadarços das botas. – Ele pousou o boneco novamente. – Mas você deveria colocar seus arqueiros atrás dos ténis-guerreiros, Allesandra. Eles estão perto demais das fileiras da frente, onde podem ser facilmente sobrepujados pelos chevarittai inimigos.

Allesandra franziu a testa. – Foi o que Georgi disse também, o offizier que o senhor mandou.

– Então Georgi sabe o que está fazendo. Você gostou dele?

Allesandra fez que sim. – Ele é legal. E bem paciente.

– Direi que você falou isso e farei com que ele dê mais lições.

– Hïrzg, ela é apenas uma criança – repreendeu Greta baixinho, sentada em sua cadeira. Jan olhou para ela; Mara estava logo atrás da hïrzgin, com seus olhos verdes nos dele. – Não sei por que você mandou aquele o'offizier ensinar táticas de batalha. Ela não precisa saber disso.

Jan afastou o olhar de Mara para o rosto bem menos agradável de Greta. – Se ela me suceder como hïrzgin, tem que saber sim – respondeu Jan com firmeza. – Firenzcia sempre precisa de líderes que também possam ser starkkapitän se necessário.

– Firenzcia faz parte dos Domínios, e os Domínios estão em paz – falou Greta calmamente. – Firenzcia precisa de um líder, não de outro starkkapitän. O que nos ameaça não são soldados, mas as crenças perigosas que tiram as pessoas do caminho certo dado por Cénzi. – As mãos, dobradas sobre o barrrigão, agora fizeram o sinal de Cénzi na testa. Ela era normal e sem graça, o cabelo liso tinha um tom castanho comum, o queixo era um pouquinho quadrado demais e protuberante: aquele maldito traço de família. Jan podia ver que, dali a algumas décadas, se ela sobrevivesse às gestações, Greta ficaria muito parecida com a kraljica ou, pior, como o a'kralj. Na opinião de Jan, Greta já lembrava demais aquela velha bruxa Marguerite. – Não devíamos praticar a guerra; deveríamos estar nos preparando para o jubileu da kraljica em Nessântico.

– Haverá tempo para isso após as manobras.

– Sim – falou Greta, quase em tom de deboche. – Você tem que brincar com seus próprios soldadinhos de brinquedo.

– Nessântico é uma velha caquética, assim como a kraljica, hïrzgin, e é apenas o exército de Firenzcia que a mantém segura – disse Jan para Greta. – E apenas gente estúpida e inútil pensa diferente. – As damas de companhia, todas à exceção de Mara, prenderam o fôlego e fingiram estar envolvidas com os próprios cochichos. Jan gesticulou para a mesa de Allesandra. – Se Firenzcia não fosse o braço forte de Nessântico, então Nessântico não seria nada. A não ser que você pense que aqueles frouxos chevarittai da Garde Civile possam lhe proteger.

– A kraljica é a Généra a'Pace. Ela trouxe a paz para os Domínios. Você fala como um numetodo criticando a Concénzia. – A bronca foi dada com delicadeza, quase em tom de desculpa, e ela levou as mãos à testa ao mencionar a Fé. Mas o tom de repreensão continuava presente e estaria ali repetidas vezes, até que seu toque constante queimasse como fogo. Era o jeito dela.

Ele odiava aquela mulher. Odiava que seu vatarh tivesse ficado tão intimidado a ponto de aceitar a "vontade" da kraljica de que os dois se casassem.

– A kraljica colocou os Domínios para dormir – respondeu Jan –, e eu falo como um realista, hïrzgin. Só isso. Um bom general, um bom líder, tem que garantir que sua espada esteja afiada e as habilidades bem treinadas para quando elas forem necessárias. E *senão*. A guerra sempre surge. Inevitavelmente.

– Existe uma coisa chamada Verdade, meu querido marido, e a Verdade vem da fé. Fé na Concénzia e fé na kraljica. – Greta balançou a cabeça, uma discordância tão ínfima que foi praticamente invisível. – A Verdade não muda. Ela permanece a mesma. Eterna.

– Bem semelhante à nossa discussão, querida esposa – respondeu Jan, sem nenhum afeto na voz. As mãos de Greta estavam tão apertadas uma contra a outra que ficaram brancas, e Jan pensou ter visto um tênue vislumbre de aborrecimento nos olhos da esposa. Ele sorriu, mas o sorriso foi para Mara, cujos olhos brilhavam enquanto se divertia em silêncio atrás de Greta.

– Olhe, vatarh – interrompeu Allesandra antes que Greta se preparasse para outra réplica. – Veja, eu movi os arqueiros...

Jan olhou para a mesa. Allesandra tinha mudado as fileiras dos soldados. Eles agora estavam dispostos como se ele mesmo tivesse feito isso antes de uma batalha. Jan notou especialmente os lanceiros em ambos os flancos, onde poderiam esperar pelo momento certo para entrar na batalha, e uma vanguarda que foi colocada bem à frente do contingente principal para atrair o ataque do inimigo e forçá-lo a revelar o seu jogo. Ele sorriu e fez um carinho nos macios cachinhos de Allesandra. – Muito bem, minha queridíssima. Perfeito. Cada peça tem seu papel a cumprir no todo. Apenas lembre-se: uma boa hïrzgin jamais se movimenta sem saber o que vai enfrentar. Você tem que saber quando se curvar e quando pegar em armas. Saber quais batalhas você pode vencer e quais não é o que separa o grande líder de um medíocre.

– Então o senhor deve ser um grande líder, vatarh – respondeu Allesandra. Jan ouviu a risada suave e estimulante de Mara (mas não a de Greta) quando a filha falou, embora ele mantivesse a atenção nos olhos grandes e sinceros de Allesandra.

– Eu tento, querida. Mas a história é que dirá, infelizmente. – Ele fez outro carinho na cabeça da filha. – Descobri que estou mais cansado da minha jornada do que esperava – anunciou. – Vou me recolher ao meu quarto e jantar ali daqui a pouco.

– Vou com você então – disse Greta, mas Jan já estava balançando a cabeça.

– Não, minha querida esposa. Acho que hoje à noite prefiro jantar sozinho. – Atrás e acima de Greta, Mara acenou muito discretamente com a cabeça. – Depois de comer e descansar um pouco, eu volto para ver que divertimentos você preparou para a noite. Se me dá licença...

Greta e as damas de companhia levantaram-se mais uma vez, e os criados correram para abrir o painel de lona que servia como porta. Markell esperava do lado de fora, e Jan passou o braço pelo ombro do homem. Markell era companheiro de Jan desde a infância, foi criado com ele para se tornar seu ajudante de ordens, guarda-costas e fiel confidente. – Uma certa dama irá aos meus aposentos dentro de uma hora – disse Jan baixinho. Se algum dos criados por perto podia ouvir, eles sabiam que era melhor não demonstrar. – Cuide para que ela seja acompanhada discretamente.

– Certamente, meu hïrzg. – Markell abaixou a cabeça. – Eu cuidarei pessoalmente.

– Ótimo. Amanhã eu assistirei às manobras e começarei nossos *outros* preparativos. Faça com que a hïrzgin entenda que Allesandra também deve comparecer, apesar dos protestos que sem dúvida ela fará. – Enquanto Markell concordava novamente, Jan espreguiçou-se. – É bom finalmente fazer alguma coisa. Nossa mensagem foi enviada?

– Foi sim, hïrzg, e já deve ter sido recebida por agora.

– Excelente. – Jan permitiu-se um sorriso. *Então o senhor deve ser um grande líder, vatarh.* Ele saberia. Muito em breve. – Markell, sinto que este será um bom ano para Firenzcia. Um bom ano realmente.

– ... A FAMÍLIA ESTÁ ENTERRADA em dívidas. O vajiki co'Seranta pediu grandes empréstimos, não apenas da família da esposa, mas também dos próprios parentes co'Barith. Tenho certeza quase absoluta de que a família teria sido nomeada ci' na próxima Listagem se não tivessem sido salvos pela Marca que a filha recebeu. Pelo menos é isso que os meus contatos na Gardes a'Liste me disseram. Agora, porém...

– O archigos salvou os co'Seranta. – Orlandi riu com deboche. *Aquele anão ridículo... Ele nunca deveria ter sido o archigos...* – Cinco mil solas irão mantê-los a salvo como co' e também cobrirão as dívidas da família. E eu tenho certeza de que a nova o'téni tem um salário bastante adequado. Ela até pode conseguir que cheguem a ca' um dia.

As sobrancelhas de Carlo co'Belli subiram para se unir às entradas do cabelo. – É verdade que o archigos deu para eles cinco mil solas pela Marca da nova o'téni?

– Sim. – Orlandi, o a'téni da cidade de Brezno, téte dos Guardiões da Fé, e praticamente eleito como archigos durante o acordo que, em vez disso, escolheu Dhosti ca'Millac, deixou as pesadas cortinas caírem e taparem a vista do vilarejo de Ile Verte do outro lado do rio. Ele estava no castelo a'Ile Verte, na ilha localizada na confluência dos rios Clario e A'Sele, a um dia de viagem rio acima de Nessântico. O castelo era propriedade da própria kraljica, mas ela cedeu seu uso para Orlandi enquanto estivesse em Nessântico para as comemorações do jubileu.

Ele achou essa disposição bem mais satisfatória do que ocupar um aposento dentro do complexo do Velho Templo; Orlandi mantinha olhos e ouvidos dentro da enorme burocracia da Fé na cidade, e o ar era melhor aqui: perto o suficiente para ir a Nessântico se necessário, e distante o bastante a ponto de ele não ser facilmente observado, embora tivesse certeza de que tanto o archigos quanto a kraljica mantinham um espião ou dois na criadagem para informá-los. Na verdade, Orlandi tinha certeza de que foi por isso que a kraljica ofereceu o castelo, apesar de saber que ela estava descontente com seu massacre dos numetodos em Brezno. Talvez, quando se tornasse archigos, ele pegasse o castelo a'Ile Verte como uma pequena parte de seus espólios; seria uma excelente residência de verão para escapar do ar abafado da estação em Nessântico.

Mas, por enquanto, havia apenas co'Belli na sala com ele: Carlo, que há vários anos era os olhos e ouvidos de Orlandi em Nessântico, um importador/exportador com uma rede própria de informantes dentro do mundo dos negócios da cidade. Carlo estava sentado à mesa com um prato de cervo com batatas e um garrafão de bom vinho tinto do templo de Brezno; era a terceira vez que o prato e a taça estavam cheios.

– Cinco mil solas para a família... – repetiu co'Belli com os olhos erguidos para os afrescos no teto como se estivesse contando cifras invisíveis lá em cima. Ele gesticulou com um garfo com um pedaço de carne que pingava enfiado nos dentes de prata. Se Orlandi conhecia bem o homem, ele estava tentando calcular como poderia adquirir um pouco da riqueza recém-descoberta pela vajiki co'Seranta. – Ela deve ser realmente fora do comum. O que o téni responsável pelos acólitos disse? – Ele enfiou a carne na boca e mastigou alto e com satisfação.

– Pouca coisa que servisse – respondeu Orlandi bruscamente. *Especialmente porque o u'téni co'Dosteau é amigo do archigos e nem de longe simpatizante de nossa causa. Aquele maldito anão...* Orlandi pigarreou. Um dos defeitos de co'Belli era a tendência de fazer perguntas como se ele e Orlandi fossem de alguma forma iguais, o que era impossível. – E não foi para isso que eu trouxe você aqui para discutir, de qualquer forma.

Co'Belli aceitou a bronca com um dar de ombros, engoliu a comida e tomou um gole de vinho. – Minhas desculpas, é claro, a'téni. Só me perguntei se talvez o vajiki co'Seranta ficará satisfeito com o pagamento do archigos. As dívidas da família, pelo que eu soube, são substanciais, e sobrará bem menos do que cinco mil solas depois de serem pagas. Juntamente com isso, os criados da família que foram dispensados nos últimos anos me contaram que o vajiki co'Seranta ia para o quarto da filha em... horários estranhos. Nós talvez possamos explorar isso e a sua ganância, e tornar o homem flexível às nossas necessidades.

Os lábios de Orlandi contraríam-se e quase formaram um rosnado diante do uso do pronome possessivo no plural por co'Belli. – *Minhas* necessidades – disse ele – vão muito além da família co'Seranta. Você é um sujeito tosco, Carlo, e pensa de maneira tosca. Você daria uma martelada quando uma agulhada serviria. Pode ser que eu visite o vajiki co'Seranta mais tarde, mas, por enquanto, estou mais interessado no que você tem a me dizer sobre sua viagem a Firenzcia. Eu esperava um pacote...

– Ah, isso... – co'Belli pousou o garfo no prato com um barulho que fez Orlandi franzir os olhos. O homem vasculhou o interior de uma grande bolsa de couro pendurada na cadeira. – Enquanto estive em Brezno cuidando da remessa de pele de fera-das-neves... e tenho que dizer, a'téni, que são peles lindas, maravilhosamente macias e grossas. Três peças dariam um lindo sobretudo para o senhor, e eu faria um desconto generoso naturalmente... um mensageiro me deu isto aqui para o senhor. – Ele segurou um pequeno pacote de papel pardo amarrado com barbante. – Não consegui deixar de notar que há um enorme selo no envelope embaixo. – Ele deu um sorriso conspirador para Orlandi. – Enquanto estive lá, ouvi dizer que o hïrzg ca'Vörl anda fazendo incursões nas províncias dos numetodos, o que vai contra os conselhos da hïrzgin. Parece que o hïrzg tem maiores ambições do que simplesmente ser um parente da kraljica por casamento. Talvez a Fé tenha algo mais substancial para oferecer a ele do que alguns numetodos expostos publicamente em Brezno?

Orlandi pegou o pacote de co'Belli, que abafou o riso. – Comeu bem, Carlo? Se for assim, então mandarei que meu assistente pague por três peças da remessa de pele de fera-das-neves e cuide para que você seja o intermediário das vendas dos vinhos desta safra do templo de Brezno.

Co'Belli tomou um gole do vinho da mesa. – Se todas as garrafas forem excelentes como essa, eu conseguirei para o senhor os melhores preços nos Domínios. Espera uma boa colheita?

– Nós rezamos por isso – respondeu Orlandi. – Como você deve rezar por uma contínua prosperidade, vajiki.

– Sempre, a'téni. O senhor sabe que sou um fiel devoto da Concénzia. – Ele levou as mãos entrelaçadas à testa de maneira pomposa antes de afastar a mesa da cadeira. – Foi um prazer fazer negócios com o senhor, a'téni, como sempre. Que Cénzi o mantenha bem, meu amigo.

Realmente são apenas negócios. Orlandi sorriu para co'Belli enquanto o homem saía da sala, mas foi apenas um movimento ensaiado e sem sentido dos lábios. E talvez seja hora de eu procurar por um parceiro melhor, mais agradecido e menos falante.

Assim que a porta foi fechada, Orlandi colocou o pacote na mesa. Com a faca que co'Belli usou para cortar a carne, o a'téni rompeu o barbante e abriu o embrulho de papel. Ele não duvidava que co'Belli já fizera o mesmo, mas o selo no grosso envelope branco parecia intacto, com o monograma do hïrzg – um "V" composto por duas espadas iguais inclinadas e envoltas em guirlandas de hera – pressionado com força na cera vermelha. Orlandi duvidava que co'Belli teve a coragem ou a habilidade de tirar e recolocar o selo, mas isso pouco importava. A carta dentro do envelope foi escrita em uma bela letra, mas as palavras eram ininteligíveis: codificadas.

Orlandi sentou-se à mesa, afastou o prato e a taça de co'Belli e abriu o papel. Ele tirou um vidrinho de tinta e um estilo de uma gaveta debaixo da mesa; de um bolso nas vestes, retirou um disco composto por dois disquinhos de placas finas, um deles um pouquinho menor do que o outro, ambos com letras do alfabeto gravadas na borda, embora a sequência do disquinho interior estivesse misturada. Ele olhou novamente para a mensagem do hïrzg – o número de letras da primeira palavra indicava quantos graus deveria girar o disquinho interior, assim como o número que deveria avançar para cada palavra em sucessão na mensagem de verdade. O hïrzg ca'Vörl possuía um disco idêntico.

Arduamente, Orlandi decodificou a mensagem enquanto virava o disco interno a cada palavra e anotava cada trecho decifrado. Quando terminou, estava sorrindo.

Com a carta na mão, ele levantou-se da mesa e foi para a lareira na parede oposta, onde jogou a mensagem nas chamas, uma folha por vez. Depois que a última folha se contorceu e virou cinzas, Orlandi voltou à janela e olhou atrás dos telhados de Ile Verte, na direção de onde o hïrzg reunia seu exército em Firenzcia, a mais de 150 quilômetros dali.

Quando eu for o archigos...

As peças estavam todas no lugar, e Orlandi estava sentado em ambos os lados do tabuleiro movendo as peças. Não importava quem ganhasse o jogo: Justi ca'Mazzak podia se tornar kraljiki (ou talvez ele até seria Justi ca'Cellibrecca àquela altura...) ou talvez o hïrzg Jan podia estar sentado no Trono do Sol na Ilha A'Kralji com o Anel de Kralji no dedo. Orlandi não se importava – de qualquer forma, ele destituiria o anão e seria apontado como archigos pelo Colégio A'téni mesmo que o anão tivesse apontado um sucessor. Orlandi teria o título que deveria ter sido dele o tempo todo. O anão tinha pouca fé e muita simpatia por aqueles cujas crenças eram diferentes da interpretação correta do Toustour e por aqueles que deturpavam as leis da Divolonté. Orlandi estava furioso por conta da tolerância de ca'Millac com um "enviado" dos numetodos em sua própria cidade; Orlandi demonstrou em Brezno como deveria ser a resposta de um verdadeiro archigos àqueles que debochavam de Cénzi e da Concénzia. Ele tinha nojo dos numetodos. Eles não acreditavam em nenhum deus. Pior, acreditavam que podiam fazer o que era proibido pela Divolonté e usar o Ilmodo sem Fé, sem o treinamento dado pela Concénzia, sem a bênção do archigos. Eles acreditavam que a fé não era necessária, mas apenas a razão. Os numetodos eram os verdadeiros inimigos. Eles destruiriam a Concénzia e, ao fazer isso, também destruiriam Nessântico e os Domínios. O uso que faziam do poder do Segundo Mundo debochava de Cénzi. Suas almas já estavam condenadas; Orlandi também condenaria seus corpos.

Cénzi estava do lado de Orlandi. Ele podia sentir a força que recebia de Cénzi, a cada dia mais forte.

Ele levou as mãos entrelaçadas à testa. Rezou, pensou e imaginou.

Quando eu for o archigos...

◇◇◇ ENCONTROS ◇◇◇

Ana co'Seranta

Karl ci'Vliomani

Dhosti ca'Millac

Ana co'Seranta

Jan ca'Vörl

Ana co'Seranta

Karl ci'Vliomani

– É TÃO BOM ver a senhorita, vaji... digo, o'téni Ana. – Sala ficou vermelha, com a cabeça baixa. – Depois que ouvimos o que fez pelo archigos e como foi recompensada... bem, ficamos tão felizes pela senhorita. Está muito bem de verde, tenho que dizer.

– Obrigada, Sala – disse Ana. Ela observou a entrada. As paredes da casa foram recém-pintadas; dava para sentir o cheiro das tintas. Um armário de madeira entalhada com vidro azul estava onde antes era um canto vazio, havia dois enormes vasos de cerâmica cheios de plantas e flores de ambos os lados da porta, e Ana vislumbrou uma mulher que ela não reconheceu no corredor da cozinha, vestida com a roupa sem graça de uma criada. – Como está a matarh? Ainda está...?

– Ah, ela está quase recuperada, embora ainda esteja um pouquinho fraca. Ela está no quintal. Gostaria que eu corresse para chamá-la?

– Não, eu mesma irei lá atrás em um instante. Só quero pegar algumas coisas em meus aposentos. – Ela deu mais alguns passos dentro da casa. As escadas ganharam um tapete que parecia magyariano, com figuras diagonais em laranja e verde. O ar estava aromatizado com um incenso cheiroso.

– Vou dizer para sua matarh aguardar a senhorita, então. Espere até ver o jardim. O vajiki co'Seranta trouxe todo tipo de trabalhador nos últimos dias, embora às vezes eles pareçam estar no meio do caminho por todos os lugares... – Sala fez uma mesura e gesticulou para as escadas. – Temos três novas criadas na casa, incluindo uma mulher que assumiu as tarefas da cozinha de Tari. Mas seus aposentos estão como eram. Eu não deixei ninguém entrar lá. Disse que não deveriam ser tocados até que a senhorita estivesse aqui.

– Obrigada, Sala. Agradeço muito.

Novamente, Sala ficou ruborizada e abaixou a cabeça. – Vou contar para sua matarh agora. – Ela saiu correndo. Ana subiu as escadas, maravilhada com o toque dos corrimões, que pareciam recentemente envernizados e lustrados. A casa tinha estado tão sem graça e deteriorada nos últimos anos, e agora...

– Eu pensei ter ouvido a sua voz.

A mão de Ana apertou o corrimão no topo da escada. – Vatarh. Eu pensei que o senhor estivesse... na rua a esta hora do dia. – Ela virou-se. Tomas co'Seranta estava parado ao pé da escada, sorrindo: era o mesmo sorriso forçado que sempre mantinha perto da filha. Ele subiu correndo os degraus com o sorriso grudado no rosto e uma bela bashta esvoaçante. Ana viu-se recuando e olhando de um lado para o outro. Tudo estava diferente – o corredor antigamente vazio estava entulhado de mobília. Ela deu uma canelada na lateral de uma cadeira estofada. *"Todos nós temos que enfrentar demônios à noite..."* Ela ouviu a voz do archigos, prendeu o fôlego e empertigou-se quando o vatarh chegou ao topo da escada com as mãos estendidas como se esperasse que Ana fosse até ele.

– Eu larguei meu emprego, pois espero uma oferta melhor da kraljica em breve – disse Tomas para ela. – Viu tudo o que eu já fiz aqui? *Para você*, Ana. Para que pudesse se orgulhar de sua família novamente. Para que eu e você...

– Pagaram por mim, vatarh – interrompeu Ana. – Não sou mais sua propriedade. Não lhe devo nada.

– Ana! – Ele recuou como se estivesse horrorizado. – Você faz com que eu pareça um monstro. Você sabe o quanto significa para mim. Eu... eu amo você, meu passarinho. Você sabe disso. Tudo isto... – Ele andou na direção de Ana, o sorriso retornou hesitantemente. – São apenas *coisas*. Eu preferia ter você aqui ainda conosco, Ana. Comigo.

– Eu vim pegar meus pertences nos meus aposentos, vatarh. Apenas isso.

– Então me deixe ajudar.

– Eu não preciso da sua ajuda. – Ela virou-se, correu para o quarto e fechou a porta ao entrar. Ficou parada ali enquanto o coração desacelerava e o fôlego retornava aos pulmões. Finalmente Ana afastou-se da porta e saiu da antecâmara para o antigo quarto de dormir. Ela foi até um baú ao pé da cama, tirou algumas roupas e uma caixinha de madeira que guardava algumas lembranças.

Ela ouviu o clique na porta. – Sala? – chamou, mas Ana sabia quem era, sabia pelo som da respiração e pelo peso dos passos no carpete. – Saia daqui, vatarh – disse ao se levantar. Ele estava parado na porta do quarto e ocupava todo o vão. A expressão era ao mesmo tempo triste e ávida.

Ana notou que deixou as roupas e a caixa caírem e entrelaçou as mãos diante de si. Ela tinha rezado nesse quarto antes, depois das outras vezes em que foi visitada por ele, oculto pela noite e protegido pelo respeito de uma filha por seu vatarh, quando ele abraçou Ana e disse como sentia medo pela matarh, como sentia falta dela e como a situação estava difícil para a família, que eles só tinham um ao outro, que deviam se ajudar e como ela poderia ajudá-lo naquele momento. E os abraços mudaram juntamente com a respiração do vatarh, e aí, finalmente, em uma noite em que nem mesmo as lágrimas de Ana detiveram Tomas, as mãos dele entraram por baixo da camisola...

E mais tarde, após as lágrimas, desculpas e explicações do vatarh, depois de ter sido deixada por ele no escuro, Ana permitiu-se chorar enquanto rezava. Ela rezou enquanto moldou o Dom de Cénzi e usou dentro de si mesma, embora soubesse que era errado – se Cénzi desejasse mais castigo para ela, então Ana teria deixado as possíveis consequências acontecer.

Mas ela não conseguiu, não quando tinha o poder para impedi-las.

Assim como tinha o poder agora...

Ela rezou neste momento, entoou as palavras na língua do Ilmodo e, ao dizê-las, sentiu o Segundo Mundo se abrir com sua súplica a Cénzi. Ana parou o cântico por tempo suficiente para dar uma resposta. – Eu lhe devolvi a matarh, vatarh, e o archigos lhe pagou regiamente, bem mais do que qualquer dote que o senhor receberia por mim. Fique longe de mim.

– Ana... – Ele deu um passo na direção da filha, os lábios contorceram-se em um pequeno sorriso debaixo do bigode. – Você não entende. O que nós fizemos, você e eu... Foi tanto sua culpa quanto minha.

As palavras provocaram uma onda de fúria incandescente dentro dela. – Minha culpa? – gritou Ana. – Não fui eu que vim ao meu quarto à noite. Não fui eu que toquei...

O vatarh arregalou os olhos diante da veemência dela. – Ana, escute. Sinto muito. Você tem que entender...

Ana estava entoando e não escutou o vatarh de maneira alguma. O Ilmodo abriu-se para ela e Ana pegou a energia. A luz brilhou entre as mãos entrelaçadas, tão intensa que atravessou e iluminou a pele, as sombras dos ossos fizeram um contraste escuro contra a carne em tom vermelho-alaranjado. Sombras afiadas surgiram e fluíram pelo quarto. Ana notou que o vatarh olhava para suas mãos e viu a garganta dele pulsar enquanto isso. Ela segurou o Ilmodo completamente formado e conseguiu falar novamente. – Eu entendo, vatarh. Sou a única que consegue. E estou mandando se afastar. Pelo seu próprio bem, fique longe de mim.

– Você é minha filha. Sempre será minha filha. O que nós fizemos... o que eu fiz... bem, não deveríamos ter feito. Eu estava errado, terrivelmente errado, e já pedi para que me perdoe. Para que esqueça. – Cada sentença foi outro passo. Tomas estava tão próximo que poderia tocá-la. Ele observava o rosto de Ana, apenas o rosto. As preces da filha já tinham sido respondidas; ela mantinha o poder de Cénzi nas mãos, que queria ser solto, que gritava tão alto em seu sangue que o ritmo pulsante quase abafou as palavras do vatarh. Se fosse tocada por ele, se as mãos do vatarh se movessem em sua direção...

Elas vieram. Os dedos do vatarh tocaram o rosto de Ana, tocaram as lágrimas que ela não percebeu que estavam ali.

– Não – falou Ana bem baixinho. – O senhor não me toca. O senhor não me toca nunca mais. – Ela abriu as mãos. A pancada bateu forte em seu peito, o rugido deixou Ana surda, a rajada de luz apagou a visão. Ela achou ter ouvido o grito de seu vatarh, bem fraquinho.

A cabeça girou, e ela pensou que perderia a consciência. Lutou para ficar de pé, pestanejou para afastar os borrões roxos de imagem persistente. O vatarh estava caído contra a parede ao lado da porta com o reboco rachado em volta. Ana perguntou-se se o matou, mas o peito dele ficou estufado e os olhos abriram enquanto a filha encarava Tomas: ela tinha lançado o feitiço para o lado no último momento.

Foi a cama, a cama em que Ana aguentou o peso sufocante do vatarh sobre si, que levou o impacto direto do feitiço; estava quebrada, enegrecida e praticamente irreconhecível com as pernas estilhaçadas. Toda a mobília do quarto estava virada e danificada, a parede onde ficava a cabeceira tinha um rombo através das pedras cimentadas que revelava a luz do sol lá fora. Cacos espelhados reluziam nos escombros no lugar da cômoda; a bochecha do vatarh tinha um filete de sangue onde foi cortada por uma lasca que saiu voando.

Sala veio correndo e parou na porta para olhar, horrorizada, a destruição do quarto e o vatarh de Ana caído tonto no chão. – O'téni Ana... o que...? – Ana fez um esforço para ficar de pé, embora a visão estivesse ficando turva. *Vá apenas para a carruagem. É tudo o que você tem a fazer, depois pode sucumbir.*

– Diga para matarh que não posso ficar, Sala – disse Ana. – Avise que mandarei uma carruagem pegá-la amanhã depois da Segunda Chamada para conversarmos. Para que eu possa explicar. – Ela olhou para o vatarh, as pálpebras dele estavam agitadas enquanto ele gemia e se remexia. – Eu não voltarei enquanto o senhor estiver aqui, vatarh. Jamais lhe verei novamente por vontade própria. Se um dia o senhor tentar, não sobreviverá.

Ana pegou as roupas e a caixa de lembranças no chão e segurou contra o corpo. Depois passou por Sala, emudecida pelo choque, e saiu da casa. Ela conseguiu chegar à carruagem que esperava lá fora antes de ser consumida pela escuridão.

~ Karl ci'Vliomani ~

O FEDOR REVIROU tanto o estômago de Karl que ele sentiu o gosto do alho da massa que comeu há algumas viradas da ampulheta. Aqui nas margens do A'Sele, perto da Pontica Kralji, era despejado na água o esgoto a céu aberto do Velho Distrito e da Ilha A'Kralji, que ficava do outro lado do rio. Junto ao cheiro insalubre estavam os matadouros, curtumes e tintureiros que entupiam a margem até o Mercado do Rio, cada um despejando os próprios resíduos na água.

O ar era podre, e filetes de limo e imundície serpenteavam pelas rochas ao longo da margem e pelos píeres da Pontica Kralji. Karl notou a carcaça podre e esquelética de um porco na água a poucas braçadas dele e de Mika. O crânio sem olhos e lábios encarou Karl de soslaio.

– Ninguém mais bebe do A'Sele, pelo menos não aqui na cidade, e em nenhum lugar próximo a Nessântico rio abaixo – disse Mika, como se tivesse lido os pensamentos de Karl. – Os antigos falam que, na época de seus vavatarh, o A'Sele era limpo e doce, e a pessoa podia meter a mão e matar a sede, porém não dá mais. É por isso que todo mundo vai aos bebedouros atrás de água ou bebe apenas vinho e cerveja, e não come peixe a não ser que seja pescado a leste dos Brejos.

O olhar de Karl subiu para os alicerces da Pontica Kralji, a mais comprida das pontes sobre o A'Sele. Os dois viram a pequena jaula de ferro escuro que fora suspensa ali por um poste e o cadáver enfiado no interior: o corpo de Dhaspi ce'Coeni. A corrente rangia e reclamava ao balançar na brisa. Os corvos acharam o cadáver em exibição rapidamente: havia um monte bicando os restos de Dhaspi através das barras. Eles notaram que as pessoas que passavam pela ponte paravam para ver o corpo pendurado. Duas placas pintadas foram presas à jaula. *Assassino*, dizia uma. *Numetodo* estava escrito na outra. As mãos de ce'Coeni foram pregadas àquela placa, e havia um prego sem nada acima das mãos onde esteve a língua, que os corvos levaram.

– Pobre imbecil desgraçado – murmurou Karl.

Ambos desviaram o olhar de propósito. Mika pegou uma pedra e atirou no rio, onde provocou um espirro marrom e sumiu, depois ele olhou para mão, fez uma careta e limpou no manto. Mika estava com um lenço perfumado sobre o nariz e a boca; Karl desejou ter tomado a mesma precaução. – Duvido que o rio realmente estivesse limpo há séculos, não com Nessântico eternamente sentada em cima dele – disse Mika. – Ouvi dizer que a kraljica mandou trazer cisnes para o jubileu lá de Sforzia. Ela achou que ficariam bonitos nadando pela Ilha A'Kralji. Os cisnes deram uma olhada para o A'Sele, torceram o bico enojados e voltaram voando para casa.

Karl resmungou ao pensar na imagem. – Acredito. Neste exato momento, estou tentado a fazer o mesmo.

– Eu estou aqui, ah, há quase sete anos agora, Karl. Eles conseguem fazer a cidade parecer brilhante e maravilhosa com as luzes mágicas, com as danças, as roupas e os grandes prédios. Conseguem deixar a Avi a'Parete limpa e varrida para que os ca'e co' possam passear e ser vistos; conseguem construir templos e palácios que furam as próprias nuvens com suas torres, mas não são capazes de esconder isso. Olhe lá... – Mika apontou para o matadouro mais próximo onde Karl viu um pano da cor da grama na primavera através da luz fraca de uma porta aberta. – Você viu o téni? Existem dezenas e dezenas de e'téni destacados, provavelmente como castigo, creio eu, para limpar a sujeira dos esgotos e matadouros com sua habilidade com o Ilmodo, mas não são nem de longe em número suficiente. Seria preciso um exército deles trabalhando o dia inteiro, todos os dias, para acompanhar o ritmo com que essa cidade produz lixo, e o lugar cresce a cada ano. Só Cénzi sabe como seria Nessântico sem os ténis, e a cada ano existem mais pessoas para os ténis limparem a sujeira. Eu nem quero imaginar Nessântico daqui a uma geração. – Mika levantou o lenço e cuspiu no chão. – Até mesmo a kraljica tem que cagar e mijar, e o cheiro não é melhor do que o seu ou meu.

Karl riu apesar da imundície, apesar do lembrete cruel na Pontica acima deles. – Aí está uma imagem que quero esquecer.

Mika fungou e apertou o lenço contra o nariz. – É verdade, ainda assim. Todos aqueles grandiosos ca' e co' sentam-se e contemplam o Velho Distrito de suas adoráveis casas na Ilha ou na margem sul e reclamam como ele é revoltante e imundo, mas eles não são diferentes. Até mesmo o castelo mais grandioso tem seus banheiros.

– Se você vai começar a declamar clichês, então vamos fazer isso onde possamos beber e comer também. Onde está este tal Mahri? Achei que ele pediu para nos encontrar?

– Eu estou aqui. – Ao dizer isso, um pedaço sujo da Pontica pareceu se destacar do suporte arqueado, e Mahri saiu das sombras debaixo da ponte, diretamente embaixo da jaula de Dhaspi. Karl sentiu um arrepio ao ver o rosto destruído do homem debaixo do capuz negro e torceu que Mahri não tivesse visto a rápida repulsa.

– Você honra a sua reputação – disse Karl.

– E qual é minha reputação? – A voz do homem era tão arruinada quanto o rosto, um resmungo sibilante que saía de uma mandíbula desfigurada. Não dava para perceber se a expressão nos lábios contorcidos era um sorriso; a órbita exposta sem o olho esquerdo dava a impressão de encará-los. O bafo parecia tão ruim quanto a própria margem do rio.

– De que você é um fantasma que aparece em qualquer lugar onde há confusão.

Mahri pareceu achar graça nisso. Ele virou a cabeça e olhou para o corpo enjaulado, cercado por corvos. Algo parecido com um cacarejo saiu da boca, e uma língua grossa passou pela borda dos poucos dentes ao voltar a olhar para frente. – Ah, os numetodos realmente estão metidos em uma confusão, não é, enviado?

– Não é a nossa intenção – disse Karl. – Por que quis me encontrar aqui, Mahri? Você disse para Mika que era importante. – Karl tinha ficado relutante em concordar com o encontro, mas Mika havia insistido. *"Eles podem chamá-lo de Mahri Maluco, mas também ouvi dizer que Mahri sabe de coisas que ninguém mais sabe, que nada acontece aqui sem que ele saiba primeiro, de alguma forma. Pode ser uma perda de tempo, mas..."*

Outra vez o cacarejo. – Ah, tão impaciente. Essa não é uma boa qualidade para alguém que tenta ganhar a simpatia da kraljica. Paciência é uma virtude que ela possui em abundância e que espera dos suplicantes. Imagino que alguém que tente negociar com ela deva saber disso.

Karl conteve a irritação crescente. Mika olhou o enviado de relance e deu ombros. – Vou lembrar do conselho – disse Karl. – É bem verdade, considerando o longo tempo que estou aqui. – Ele esperou e trocou de pés, as botas chapinharam na lama. Mahri também esperou, até que a frustração por causa do silêncio do mendigo quase fez com que Karl desse um muxoxo de desdém e fosse embora. Antes que isso acontecesse, Mahri falou novamente.

– Eu vim oferecer uma aliança.

– Uma aliança? – Karl não conseguiu evitar o tom de deboche na voz. – Infelizmente eu não estava ciente de que você representava alguém.

Mahri ergueu um ombro só. – Você quer dizer que não imagina uma aliança com um simples mendigo? Vejo que os numetodos não são muito diferentes dos ca' e co', enviado. Ouço o mesmo desdém e escárnio na sua voz que ouço daqueles que cultuam Cénzi.

Karl olhou de relance para Mika, que rolou os olhos. Novamente o enviado respirou fundo e conteve a irritação. – Desculpe por isso, Mahri. Você está certo e peço que não julgue todos os numetodos pelo meu péssimo exemplo. – Ele ouviu Mika abafar o riso baixinho.

– Ah, agora *isso* foi dito como um diplomata, mesmo que não tenha a mínima intenção. Ótimo. – O mendigo encolheu-se na roupa esfarrapada como se estivesse com frio; em uma mão, Karl vislumbrou um anel de sinete, grosso e feito de prata. A insígnia entalhada era desconhecida, e certamente não era um anel que um mendigo usaria. *Ele roubou ou encontrou o anel. Vai vendê-lo por uma bebida até o cair da noite.* – Aqueles que represento têm os mesmos interesses que os numetodos, vajiki. Nós também vemos o mundo mudando e queremos garantir um lugar para nós nele.

– E quem são esses que você... representa? – Karl não conseguiu evitar a hesitação, nem o sorrisinho que veio junto.

– Não posso revelar ainda.

– Isso torna difícil avaliar se essa proposta de aliança entre nós seria vantajosa.

– Estou disposto a fazer valer a pena para você. O que posso oferecer agora é informação. Além da linhagem ca'Ludovici, quais das famílias ca' são mais perigosas para você?

Karl contraiu os músculos do rosto ao fazer uma cara feia. – Não preciso nem pensar para isso. É a família ca'Cellibrecca, com o a'téni Orlandi ca'Cellibrecca como o pior entre eles. Nenhum numetodo consegue esquecer o que ele fez em Brezno; os esqueletos ainda estão expostos nas muralhas da cidade.

– Aqui em Nessântico, a filha do a'téni Orlandi, Francesca, tem as mesmas convicções intensas de seu vatarh – falou Mahri.

– Se essa é a informação que você tem a oferecer, então infelizmente tenho que lhe dizer que estamos bem cientes disso. Já encontrei a mulher na corte. Ela deixou bem clara a sua posição, assim como o marido u'téni Estraven em suas admoestações no Alto Púlpito. Estraven vem da família ca'Seurfoi, afinal de contas, e seu vatarh é o comandante da Garde Brezno. O sangue dos numetodos mortos lá está nas mãos do comandante, assim como nas mãos do a'téni ca'Cellibrecca e do hïrzg Jan.

Mahri concordou com a cabeça. – E isso aqui você *sabe*, enviado? Pelo que eu ouvi, Estraven e Francesca não se amam. O relacionamento é simplesmente o que era para ser: um casamento político, a recompensa do a'téni ca'Cellibrecca para a família de seu comandante por anos de serviço leal. Apenas isso. Mas Francesca está apaixonada, enviado. Ela é a amante do a'kralj.

A declaração provocou um choque como um raio em Karl. Se o a'kralj realmente estivesse metendo um chifre em Estraven ca'Cellibrecca, e se o a'kralj dividisse as mesmas convicções com Francesca assim como a cama dela...

Karl sentiu um arrepio. Ele era capaz de imaginar uma dezena de situações que poderiam ocorrer, e nenhuma delas era agradável. Para os numetodos, o casal poderia fazer Brezno parecer um baile de verão assim que Justi tomasse o Trono do Sol como kraljiki.

– Pelos colhões de Cénzi – praguejou Mika baixinho, e Karl soube que o pensamento do amigo seguiu a mesma linha de raciocínio que a sua.

– Você pode provar isso? – perguntou Karl, embora o coração soubesse que Mahri falou a verdade. Tinha certeza pelo nervosismo que ardia no estômago. Ele ouviu a verdade no rangido das correntes da jaula.

– Se eu provar, você vai querer me escutar, enviado ci'Vliomani? Vai querer conversar mais comigo?

Uma olhadela para Mika. Um ligeiro aceno de cabeça. – Sim.

– Ótimo – respondeu Mahri. A mão saiu debaixo da roupa novamente, dessa vez com um pedaço de papel sujo onde Karl conseguiu enxergar um endereço rabiscado. – Esteja aqui hoje à noite, uma virada da ampulheta após a Terceira Chamada. Vou lhe encontrar lá. Apenas você. Sozinho.

Dito isso, Mahri virou-se e começou a voltar para a Pontica. Ele parou no meio do caminho e olhou para os dois. – O cheiro que vocês sentem aqui é o verdadeiro odor da cidade. Sem os perfumes e as casas grandiosas, sem as joias e as roupas. Isso é a cidade despida de suas pretensões. E todos nós, com o tempo, terminaremos como nosso amigo aí em cima. – Mahri apontou, e Karl e Mika acompanharam o gesto até a jaula com o corpo de Dhaspi.

Quando eles abaixaram o olhar, Mahri tinha sumido.

~ Dhosti ca'Millac ~

DEDOS COM GARRAS ESTALARAM no piso de ladrilhos; um bafo cruel e sibilante empesteou o ar com fedor de carniça, e o calor do corpo da criatura provocou suor. Dhosti abriu os olhos na escuridão. Ele sentiu o demônio se aproximando enquanto estava deitado ali, mas não conseguiu se mexer. Os músculos do corpo estavam travados. A testa porejou quando ele sentiu as mãos compridas e com garras da criatura pegarem as cobertas. Então a cama se mexeu quando a coisa começou a subir lentamente em seu corpo pequeno. Ela sibilou, balbuciou e riu. Dhosti ouviu e sentiu mais do que viu, mas havia dois pontos reluzentes de luz vermelha no quarto: os olhos da criatura. Ela subiu em cima dele até se empoleirar no peito, tão pesada quanto um baú de lingotes de chumbo. Cada vez mais pesada, a criatura fez pressão sobre Dhosti até ele não conseguir respirar, até que as costelas ameaçaram estourar e a cama perigou entrar em colapso debaixo do enorme peso do demônio. – Cénzi me enviou – disparou a criatura quando Dhosti fez um esforço para levar ar aos pulmões. – Ele me enviou para punir você...

– Archigos, o a'téni ca'Cellibrecca está na antecâmara. Archigos?

Dhosti assustou-se e pestanejou. A pressão no peito diminuiu conforme a memória do pesadelo foi passando. As mãos pequenas e grossas estavam crispadas em cima dos papéis em sua mesa. As cores brilhantes do convite para o Gschnas reluziam entre os punhos. Ele respirou e abriu as mãos; as juntas doeram e reclamaram. – Obrigado, Kenne. Dê-me alguns minutos e depois mande o a'téni entrar. Ah, sim, Kenne... espere o bastante para irritar o sujeito, está bem?

Kenne sorriu ao ouvir isso. – Com muito prazer, archigos.

Assim que Kenne fechou a porta, Dhosti gemeu ao se espreguiçar e ficou de pé no banquinho em frente à cadeira. O corpo inteiro estava dolorido, e chamas pareciam disparar do alto da espinha curvada assim que tentou endireitar as costas. O esforço mal levantou o queixo acima do peito. – Antigamente, você poderia dar um duplo salto mortal da mesa e cair de pé. – Ele balançou a cabeça por causa do pensamento que agitou as memórias de época como artista de circo: a plateia, o aplauso, o puro vigor alegre daqueles momentos de voo aparente. – E você não falava sozinho também... – Dhosti desceu do banquinho com cuidado, com uma mão apoiada na mesa, e pegou a bengala com a outra. Ele foi mancando dolorosamente até o trono enfeitado sobre um tablado na outra ponta do longo aposento. Lá embaixo no chão, havia algumas cadeiras duras voltadas para o trono. Dhosti ergueu os olhos para o globo partido de Cénzi entalhado no espaldar do trono de madeira, para os corpos envernizados e contorcidos dos moitidis reunidos em volta do globo. *"Cénzi me enviou. Ele me enviou para punir você..."*

– Não precisava se incomodar – disse Dhosti para a lembrança. – Este corpo velho já é castigo suficiente. Você podia pelo menos ter me deixado dormir.

Ele subiu gemendo no tablado e depois no assento acolchoado. Como a cadeira da mesa, o espaldar do trono foi modificado por um carpinteiro local para acomodar a espinha curvada; Dhosti suspirou ao se recostar no abraço confortável. O trono em si servia como trono para todos os archigos dos últimos trezentos anos, desde a época do archigos Kalima III. Embora houvesse pouco do trono de Kalima sobrando, pedaços da madeira original eram sempre incorporados ao trono conforme era restaurado ou alterado para cada novo archigos. Ele sentou-se em uma longa história. Dhosti viu-se quase cochilando novamente quando Kenne finalmente bateu na porta e o a'téni ca'Cellibrecca entrou com um robe verde esvoaçante, enfeitado com complexos arabescos de fios dourados.

– Orlandi, por favor entre e sente-se – disse Dhosti ao gesticular com o braço atrofiado para as cadeiras diante do trono. – Espero que Kenne tenha oferecido algo para comer e beber enquanto esperava? Kenne, cuide para que não sejamos perturbados...

Ca'Cellibrecca resmungou uma resposta monossilábica enquanto Kenne fez que sim com a cabeça e fechou a porta. Ele entrelaçou as mãos no cajado e levou-o à testa, mas a reverência não era dirigida a Dhosti, e sim ao globo de Cénzi acima do archigos. – Eu soube o que a sua nova o'téni favorita fez hoje de manhã – disse o homem sem preâmbulos ao abaixar as mãos enquanto as portas eram fechadas. Ele sentou-se e as juntas da cadeira gemeram sob o peso. Seu queixo duplo sacudiu conforme falava. Enquanto Dhosti parecia estar encolhendo ao envelhecer, ca'Cellibrecca estava crescendo. Tudo nele parecia chamar a atenção, tanto o jeito retumbante de falar quanto a cintura. – Parece que ela usou o Ilmodo para abrir um buraco um tanto grande na parede da casa de seu vatarh. Dado alguns rumores que ouvi, imagino se você não escolheu dar sua Marca para alguém que seria mais apropriada como uma téni-guerreira. Aqui em Nessântico, ela parece ser uma arma descontrolada.

– Ninguém se feriu gravemente, Orlandi.

– Não desta vez. Mas eu soube que o vatarh dela foi ferido e os vizinhos estão aterrorizados, o que é compreensível. E da próxima vez?

– Não haverá próxima vez. Acabou.

– Você pode garantir isso, Dhosti? Falemos francamente aqui, pelo menos. Quando a matarh da o'téni co'Seranta se recuperou de maneira repentina da febre do sul e ficou plenamente curada, eu sou levado a me perguntar se foi a vontade de Cénzi ou de alguém que ignorou a Divolonté.

– Você está fazendo uma acusação, Orlandi? Eu estava lá, afinal de contas. Devo convocar um Conselho de Investigação para que eu possa dar meu testemunho?

Ca'Cellibrecca balançou minimamente a cabeça e franziu os olhos, já encobertos pelo peso das pálpebras. – Não por enquanto.

– Então por que está me dizendo isso?

Dhosti pensou ter visto um sorrisinho nos lábios de ca'Cellibrecca. Ele abriu bem as mãos antes de voltar a apoiá-las sobre o colo vestido de verde. – Você me conhece, Dhosti. Eu sigo a Divolonté. Sempre. Rigidamente. Espero que aqueles que eu cuido façam o mesmo.

– Eu sei – respondeu Dhosti baixinho. – Sua devoção sempre foi bastante... visível.

Novamente, o sorriso surgiu, e ele abriu um pouco os olhos. – Eu faço o que é necessário. O archigos deveria fazer o mesmo.

– Então talvez seja uma sorte que o Colégio A'téni tenha me apontado como archigos, e não você.

O sorriso desapareceu. Ele franziu os olhos novamente. No colo, os dedos do a'téni contraíram-se na palma das mãos. – "Diga ao seu inimigo que ele lhe ofende antes de atacá-lo, pois ele pode não entender aquilo que faz" – citou ele.

– Eu conheço a citação – falou Dhosti enquanto acenava com a cabeça. Ele fingiu indiferença, mas o chá que tomou de manhã queimou novamente na garganta. A coluna doía mesmo contra o espaldar acolchoado do trono, mas o archigos sabia que, caso se movesse, iria gemer de dor e não queria que ca'Cellibrecca ouvisse isso. Ele fez um esforço para se manter imóvel. Dhosti sabia que não podia cometer o erro de subestimar a influência de ca'Cellibrecca entre os outros a'ténis. Se o sujeito iria citar aquele versículo da

Divolonté para ele, então Dhosti tinha que garantir que ainda tinha o apoio que acreditava ter. – Deixe-me terminá-la para você. "... mas se seu inimigo não mudar depois, então dê um golpe rápido e forte e não contenha sua fúria." A situação chegou a esse ponto? Eu lhe ofendo tanto assim, Orlandi?

– Não é a mim que você ofende, mas a Fé inteira, Dhosti. Não escondo de ninguém o que acho sobre isso e digo na sua cara agora. Cénzi lhe abençoou e levou você ao seu posto. Já vi como você costumava moldar bem o Ilmodo e sei que, pelo menos uma vez, Cénzi lhe sorriu. Até mesmo já admiti como admiro seu intelecto e habilidade. Mas, neste momento específico, quando a Concénzia precisa persistir com o Toustour e a Divolonté, eu vejo você se afastando ou ignorando esses princípios. Você ficou frouxo, Dhosti.

– Nós acreditamos nas mesmas coisas. Simplesmente interpretamos a Divolonté de maneira diferente, Orlandi. Apenas isso. O Toustour é a palavra de Cénzi, e nós concordamos com isso; a Divolonté, no entanto, é apenas um conjunto de leis falíveis que as pessoas criaram para interpretar o caminho que o Toustor nos mostra.

A cabeça de ca'Cellibrecca estava balançando antes que Dhosti terminasse. – Não – respondeu ele antes que a voz de Dhosti sequer sumisse. – Não há *interpretações* da Divolonté, da mesma forma que não há do Toustour. Só existe a *verdade*, bem ali nas palavras que Cénzi nos deu. Você convenceu a kraljica que ela deveria passar a mão na cabeça dos numetodos e até mesmo escutar as suas súplicas quando eles, na verdade, ameaçam tudo que acreditamos, o que foi bem ruim. E agora você permite que essa sua protegida também ignore a Divolonté. Tenho que lhe dizer, archigos, que sua arrogância é visível e que não sou o único que a vê. Enquanto você fica sentado aqui fazendo nada, existem aqueles dentro da Concénzia que são menos pacientes e mais fiéis, e nós temos mais poder do que você pensa.

Dhosti novamente fingiu indiferença. Ele suspeitava que essa atitude não enganava nenhum dos dois. – O que você quer que eu faça?

– O que deveria ter feito desde o começo. A kraljica ouve você. Aconselhe que esta tolerância aos numetodos tem que parar. Diga para usar as leis que já existem e que ela ignora. Diga que pare de conceder audiências e privilégios diplomáticos aos delegados que os numetodos enviam de Paeti ou Graubundi para Nessântico. Diga para mandar esse grotesco "enviado" ci'Vliomani embora ou, melhor ainda, para jogá-lo na Bastida. Os numetodos ameaçam a nossa sociedade e tudo aquilo em que acreditamos, e sua presença vai destruir os Domínios e a fé concénziana. Os numetodos são uma praga. Ninguém se livra de uma infestação de ratos ao convidá-los para dentro de casa. A pessoa tem que capturá-los e eliminá-los.

As palavras do homem fizeram o corpo contorcido de Dhosti tremer. – Você parece estar tão seguro de si, Orlandi.

– Eu estou. Assim como você deveria estar. Eu rezo todo dia para Cénzi por Sua orientação. E não estou sozinho, archigos. Fale com o a'téni ca'Xana de Malacki, o a'téni ca'Miccord de Kishkoros, o a'téni ca'Seiffel de Karnmor. Quer que eu continue, Dhosti? Eu sei que consigo.

Isso é culpa minha. Dhosti suspirou. Eu fiquei dormindo aqui por muito tempo e deixei este veneno infeccionar até ser talvez tarde demais para detê-lo. Cénzi, perdoe-me. Eu fui um servo medíocre para o Senhor. – Então você deve fazer o que deve fazer, Orlandi. Convoque um Conselho de Investigação contra mim se conseguir votos suficientes dos a'ténis. Isso também está na Divolonté.

Orlandi levantou-se da cadeira. Novamente entrelaçou as mãos no cajado e o ergueu em direção ao trono. – Eu fiz o que precisava, archigos. Dei meu aviso para você e espero que possa refletir sobre ele, que reze pedindo orientação a Cénzi, e mude. Eu vejo você conduzindo a Fé para o precipício, e não é apenas minha vocação, mas meu dever solene fazer tudo que for possível para mudar esse rumo.

– Eu me considero devidamente avisado, a'téni.

– Ótimo. – Ca'Cellibrecca começou a se virar para ir embora, então hesitou. – Nós nunca fomos amigos, archigos. Nenhum de nós finge isso. Mas eu quero que entenda que só quero o melhor para a Concénzia. Essa é a minha única preocupação.

– Assim como é a minha – respondeu Dhosti.

Um aceno de cabeça. Com passos pesados, ca'Cellibrecca foi até a porta e bateu nela com a cabeça do cajado. Kenne abriu as portas e deu um olhar compreensivo para Dhosti enquanto o a'téni passou por ele. – Quer alguma coisa, archigos?

Dhosti fez que não, e Kenne fechou as portas novamente.

"Cénzi me enviou. Ele me enviou para punir você..." Ele sentiu o peso esmagador do demônio no peito e não conseguiu respirar. – Não me importo. Leve-me – falou em voz alta para Cénzi, para o demônio, mas o peso já estava se levantando, e ele foi capaz de respirar novamente.

Diga-me que estou certo – falou Dhosti para o vento. – Isso é pedir muito?

Mas não houve resposta.

~ Ana co'Seranta ~

– MATARH! Eu estou tão contente que a senhora veio.

Com os olhos arregalados ao contemplar tudo à sua volta, Albini entrou na recepção dos aposentos da filha atrás de Watha, que acenou com a cabeça para Ana e fechou a porta novamente. Ana pegou a matarh pela mão para conduzi-la ao brocado macio do sofá e sentou-se ao lado dela. – A senhora está parecendo tão bem, do jeito que lembro. Senti tanto a sua falta, matarh. A senhora se lembra? Quando esteve doente, eu lhe visitava todas as manhãs antes de ir para as aulas no Velho Templo. Nós rezávamos juntas e eu falava com a senhora. Lembra-se de alguma coisa?

Albini estava balançando a cabeça, ou em resposta para Ana ou por causa do que via em volta. – Ana, isto tudo é seu...?

– Sim. O archigos deu esses aposentos para mim. E são seus também, matarh, se um dia quiser ficar aqui comigo.

Isso fez o olhar de Albini retornar para Ana com um movimento brusco de sua cabeça. – Por quê? Por que eu iria querer ficar aqui, Ana? É por isso... – Ela fechou a boca abruptamente.

Ana suspirou e pegou a mão da matarh novamente. – O que aconteceu ontem com o vatarh foi um erro, matarh. Eu me deixei ficar com muita raiva e não deveria ter feito aquilo.

– Como você pôde ficar com tanta raiva de seu vatarh a ponto de usar o Ilmodo contra ele?

Ana balançou a cabeça. Ela passou a noite inquieta, sem conseguir dormir, imaginando o que deveria dizer para a matarh. No fim, após muita reflexão e prece, ela decidiu não dizer nada. Talvez o vatarh mude agora que a matarh está bem. Talvez ele volte a ser a pessoa que eu costumava amar. *Talvez ele esteja certo e nós dois devêssemos esquecer o que aconteceu.* A decisão ainda não parecia acertada; ela deixou uma ardência no estômago, mas confessar...

Ana respirou fundo. – Nós discutimos, matarh. O motivo não importa. Vamos deixar isso de lado. Vamos aproveitar nosso tempo juntas, agora que podemos novamente. – Ana levantou-se rapidamente do sofá, pois não queria que a matarh visse o que havia em seu rosto. – Vou pedir para Sunna preparar um chá, e ela faz biscoitos doces maravilhosos.

– Deixar de lado? Você quase destruiu a nossa, a minha casa, Ana, e a fofocada dos vizinhos... – Ela parou novamente, colocou a mão nos lábios, e Ana sentou-se ao lado dela novamente.

– Matarh, a senhora ficou doente por muito tempo. Eu fiquei com muito medo de lhe perder. – *Tanto que fiz tudo para não perder, mesmo indo contra as regras da Fé.* Mas isso era algo que ela também não podia contar. – Por favor, a senhora está melhor agora, e é isso que importa. Temos tanta coisa para conversar. Já começou a sair? Tenho certeza que consigo um convite para a senhora ir ao Gschnas: no Grande Palácio, matarh. Gostaria de ir? O Gschnas no próprio palácio, em vez de um salão velho qualquer repleto de ci' e ce'.

– Por que você estava discutindo com seu vatarh? – insistiu Abini. – Eu ouvi vocês lá atrás no jardim.

– Matarh... – *Eu não quero contar. Não sei sequer como começar.*

– *Conte-me.*

Ana olhou para o rosto da matarh e viu a expressão de suspeita. Sentiu o lábio inferior tremer e as lágrimas que ardiam nos olhos. As feições da matarh ficaram borradas diante dela, e Ana limpou com raiva a traição nos olhos. – Por favor, matarh...

– Conte-me – repetiu ela.

E então ela contou. Devagar. Parando. Sentiu a vergonha, a culpa e a dor novamente. A matarh ficou ali sentada, escutando, balançando a cabeça a cada palavra até que Abini finalmente abriu os braços com raiva e levantou-se do sofá. – Não! – gritou a matarh, e a palavra ecoou pela sala. – Você está inventando. Está mentindo. Seu vatarh não faria isso, Ana. Não Tomas. Eu não acredito e não vou dar ouvidos a isso. Não vou. É... é maldade. Tomas é um homem bom e fez o possível para nos sustentar, mesmo com todo o fardo que Cénzi deu para carregarmos. Como você pode ser tão cruel em fazer essas acusações? Você sabe os sacrifícios que Tomas fez para conseguir que você fosse aceita como uma acólita, para pagar o ensino para que você pudesse usar este robe verde e viver neste luxo? Onde está a sua gratitude, criança? Ah, por que Cénzi me trouxe de volta para isso...?

Ela começou a soluçar incontrolavelmente, e Ana, que chorava por compaixão e pela própria dor, foi até a matarh para tentar pegá-la nos braços e fazer, com um abraço, o que não conseguia com as palavras. Mas Abini encolheu-se e afastou a filha com um grito sem sentido e um olhar tresloucado de raiva. Ela saiu correndo da sala assim que Sunna abriu a porta. A criada olhou Abini passar em disparada por ela e descer o corredor em direção às portas externas.

– O'téni?

Ana fez um esforço para falar entre as lágrimas que sufocavam a garganta. – Vá com ela – disse para Sunna. – Faça com que ela chegue em casa com segurança.

– ELE VAI MORRER RÁPIDO, vatarh? – perguntou Allesandra.

– Eu não sei, Allesandra. Provavelmente.

Ao lado de Jan, a hïrzgin mudou de posição. – Isso não é uma coisa que nossa filha deva ver, meu hïrzg – disse Greta. Uma mão esfregou o barrigão inchado. O hïrzg e a hïrzgin, acompanhados por vários integrantes da corte, estavam em um palanque de observação armado bem do lado de fora da tenda palaciana. O starkkapitän Ahren ca'Staunton, comandante do exército firenzciano, e o u'téni Semini co'Kohnle, líder dos ténis-guerreiros, estavam do lado esquerdo de Jan. Mara encontrava-se discretamente à direita do hïrzg, do outro lado de Greta, apenas um pouquinho atrás da hïrzgin para poder olhar para Jan sem que a esposa notasse, embora Jan tivesse certeza que o resto da corte não deixava escapar a ocasional troca de sorrisos.

Abaixo deles, na campina ladeada pela cidade formada por tendas do exército, um soldado de torso nu, com as costas e o peito que exibiam marcas sangrentas de chibatadas, estava amarrado a um poste largo com as mãos atrás do corpo. Uma fileira de seis arqueiros fora disposta voltada para ele com um o'offizier ao lado; o restante das tropas estava em fileiras silenciosas pelo campo. Markell estava perto do poste e supervisionava os procedimentos. A babá de Allesandra, Naniaj, começou a andar para levar a menina embora, mas Jan fez que não e ergueu um dedo. A mulher parou antes de completar um passo.

– Ela só tem 11 anos. É pequena demais – insistiu a hïrzgin novamente, o que provocou uma cara feia de Jan. Tudo que Greta dizia provocava uma cara feia de Jan. Bastava o som de sua voz fina ou a imagem do rosto comum e comprido com a queixada ca'Ludovici ou o lembrete proeminente de sua fecundidade para Jan ranger os dentes. Ela sabia qual era seu papel como esposa e cumpria como se fosse exatamente isso, e não mais do que devia. A falta de intimidade regular entre eles estava longe de incomodar Jan, nem o impedia de procurar essa intimidade em outros lugares, como atestavam alguns filhos bastardos espalhados por Firenzcia. Talvez Mara acabasse produzindo outro, se as poções da parteira falhassem. – Por favor, meu hïrzg, deixe Naniaj levá-la para dentro...

– Vatarh, se um dia eu for liderar o exército como hïrzgin, então terei que entender isso – implorou Allesandra. Jan riu, um rugido de alegria e diversão que se espalhou dele para Mara, para o starkkapitän e o u'téni co'Kohnle, a seguir para os outros cortesãos como as ondas provocadas por uma pedra jogada em um lago. Jan fez um carinho no cabelo da filha, depois apertou Allesandra contra o corpo em um gesto possessivo. Apenas a hïrzgin estava de cara feia. O olhar de Mara brilhou para ele por cima do ombro de Greta enquanto a hïrzgin olhava com raiva para Jan.

– Viu só, esposa? – disse ele. – A criança sabe do que precisa aprender. Ela fica.

– Hïrzg ... – começou Greta, mas Jan olhou feio para ela.

– Eu disse que ela fica – repetiu as palavras em tom duro para cortar o assunto desta vez. – Se não quer testemunhar isso na condição em que se encontra, hïrzgin, você nos faria um imenso favor caso se retirasse. – Greta fechou a boca ao ouvir essas palavras, os dentes bateram ao se virar e sair do palanque como uma pata-choca. Mara deu um discretíssimo aceno de cabeça para Jan e depois seguiu a hïrzgin com o resto de sua comitiva, que saiu de forma hesitante e cochichando. Ele ouviu Allesandra rir baixinho uma vez.

Lá embaixo, o homem estava firmemente amarrado ao poste, e Markell e o o'offizier ao lado dele afastaram-se bastante. Markell gesticulou; os arqueiros armaram as flechas nos arcos e puxaram as cordas com um rangido de couro e madeira. O homem amarrado gemeu. – O que ele fez, vatarh? – perguntou Allesandra.

– Ele é um numetodo – disse Jan para ela. – E foi estúpido ao dar voz às suas crenças. A fé em Cénzi e nas recompensas que esperam pelos corajosos quando eles morrem é o que sustenta nossos soldados, minha querida. Sem fé, eles não terão esperança, e esse tolo tentou tirar isso de nossos soldados com suas palavras. Eu quero que todos eles vejam o que acontece aos que não têm fé. – No lado esquerdo de Jan, o u'téni co'Kohnle fez uma expressão séria ao concordar com as palavras de Jan.

– Por que há seis arqueiros ali, vatarh? Um só não conseguiria matá-lo?

– Todos os seis vão disparar quando o starkkapitän mandar – explicou Jan pacientemente. – Dessa maneira, cada um dos arqueiros pode acreditar que não foi a sua flecha que tirou a vida de um colega soldado. Isso serve para ajudá-los. É difícil para um soldado matar um colega, mesmo quando eles e suas crenças foram traídos por aquela pessoa.

Allesandra concordou com uma expressão séria. – Eu entendo, vatarh.

– Hïrzg, estamos prontos – falou Markell lá debaixo.

– Excelente – disse Jan. Ele deu um passo à frente com Allesandra. Ergueu a voz e falou alto para que o homem amarrado ouvisse. – Você vai rezar agora? – perguntou Jan para o homem cuja cabeça estava erguida, voltada para eles. As pupilas estavam dilatadas, assustadas e injetadas. Sangue escorria da boca e das narinas. – Você vai implorar para ser salvo por Cénzi? Vai pedir que Sua mão guie a minha?

O homem passou a língua grossa pelos lábios machucados. De repente a esperança tomou conta dos olhos desesperados. – Sim – ele conseguiu falar com uma voz praticamente inaudível. – Eu rezo, hïrzg. Estou tão... arrependido. Eu estava errado... renuncio tudo...

– O que você acha, Allesandra? – perguntou Jan para a filha, que estava espremida contra o parapeito do palanque, na ponta dos pés para poder ver por cima. Ela olhou para o vatarh.

– Eu acho que uma pessoa na posição dele diria qualquer coisa que fosse preciso para se salvar, vatarh.

Jan riu novamente. – Realmente. Uma pessoa certamente faria isso. – Ele dirigiu-se à corte e aos soldados. – Vocês ouviram isso? A sabedoria vem dos jovens. – Jan gesticulou para o starkkapitän. – Pode prosseguir, starkkapitän ca'Staunton.

O numetodo gemeu e berrou. Ele praguejou e debateu-se em vão contra as cordas que o prendiam. O starkkapitän ca'Staunton fez o sinal de Cénzi para Jan, depois para o u'téni co'Kohnle e deu um passo à frente. Ele ergueu o braço, e o sexteto de arqueiros puxou as cordas até o fim, a madeira envolta em couro rangeu de maneira funesta. A mão desceu enquanto o numetodo gritava e os arcos cantaram. O grito do numetodo foi interrompido abruptamente pelo baque sólido das pontas de flecha batendo na carne.

Jan viu Allesandra olhar fixamente o homem desmoronar contra o poste, com seis flechas perfurando o corpo. O sangue escorria dos novos ferimentos para se juntar ao sangue seco das antigas feridas das chibatadas. Ela olhou fixamente para o desenho formado pelo sangue, para a bola redonda da cabeça do homem. A boca do sujeito estava escancarada.

Os offiziers vociferaram ordens para os soldados e eles começaram a sair da formação. Vários homens correram para soltar o homem executado e levar o corpo embora. Markell falou brevemente com o grupo de arqueiros e deu tapinhas nas costas de cada um.

O u'téni co'Kohnle acenou com a cabeça em silêncio, como se tivesse ficado especialmente contente com a morte do numetodo.

– Eu acho, vatarh – disse Allesandra bem baixinho, enquanto os cortesãos conversavam animadamente em volta e atrás de Jan –, que todos os soldados e a corte lembrarão dessa execução muito bem. Eu sei que eu vou. – O hïrzg olhou para a filha, e a expressão no rosto dela era o que Jan esperava ver. Havia uma reflexão contente ali, a cabeça acenava levemente como se estivesse satisfeita com uma tarefa bem executada. – Não acho que eles darão mais ouvidos aos numetodos, vatarh. Só darão ouvidos ao senhor... e ao a'téni Orlandi também.

Ele deu um muxoxo de desdém ao ouvir isso, e o u'téni co'Kohnle olhou para eles antes de se juntar ao starkkapitän ca'Staunton. Jan não deixara a filha testemunhar as represálias do a'téni ca'Cellibrecca contra os numetodos em Brezno, mas ela soube das retaliações após encher o vatarh e os outros com perguntas insistentes. E, como os demais, Allesandra viu os corpos exibidos nas muralhas mais tarde; não houve jeito de evitar isso. – Sim, acho que essa execução terá esse efeito.

– Quando o a'téni Orlandi se tornar o archigos, o senhor vai se divorciar da matarh?

– Você não iria querer que eu afastasse sua matarh de você, iria?

Allesandra pareceu ignorar a pergunta. Ela afastou o olhar de Jan e viu novamente os soldados cuidando da bagunça no campo. Os cortesãos afastaram-se da conversa por educação e fingiram que não estavam tentando ouvir enquanto se envolviam nas próprias conversas. – Eu gosto de Mara, vatarh. Ela é muito boazinha comigo, mais do que a matarh, mas o senhor não vai se casar com ela, não é, vatarh? Acho que o senhor deve se casar com alguém mais importante, que lhe ajude a conseguir o que quer.

– E o que você sabe de Mara?

Ela fez uma expressão exagerada de desdém com a boca franzida, e a cabeça balançou tanto que sacudiu os cachos macios em volta das bochechas. – Eu tenho 11 anos e não sou *estúpida*, vatarh. E não tenho que fingir que não vejo as coisas, como a matarh faz.

Jan deu um abraço na filha, e os braços dela deram a volta em sua cintura. Ele abaixou-se e beijou o topo da cabeça de Allesandra. – Eu amo você, minha querida. Você dará uma bela hïrzgin quando chegar a hora.

Ela empinou o rosto para sorrir para ele. – Eu sei. O senhor vai me ensinar, vatarh, e eu vou aprender tudo com o senhor. Vai ver só.

Jan deu outro beijo nela.

– Estou ansiosa para ir a Nessântico para o jubileu da kraljica, vatarh. Eu sempre quis ver Nessântico.

Jan sorriu ao ouvir isso. – Ah, nós iremos lá, Allesandra. Em breve.

~ Ana co'Seranta ~

– SEU PROBLEMA, ANA, é que suas habilidades tornam você muito visível.

– Sinto muito, archigos.

O anão riu. – Não falei como bronca. Simplesmente estar comigo também torna você visível, assim como fazer o que lhe peço. Na maioria das vezes, não é possível para uma pessoa esconder seu poder. Você *não deveria* escondê-lo. Estou dizendo isso para que saiba: estas pessoas que estão contra mim ou contra a kraljica irão ver você sob a mesma luz que me enxergam. Você precisa estar ciente disso e se preparar para tal fato.

– Eu... eu acho que compreendo, archigos.

Na verdade, ela não tinha muita certeza sobre o alerta do archigos. Eles estavam em uma carruagem fechada conduzida por ténis, indo na direção da Pontica a'Brezi Veste e do Grande Palácio na Ilha A'Kralji. As molas do veículo reclamavam com um ruído metálico conforme pulavam sobre os paralelepípedos do acesso à ponte. O archigos estava sentado em almofadas de veludo na frente de Ana; ela estava aconchegada contra a lateral da carruagem. Os últimos dias não transcorreram bem: o incidente com o vatarh, depois a visita da matarh que a deixou emocionalmente esgotada. Suas criadas Beida, Sunna e Watha foram todas solícitas e deram muito apoio moral, mas ela também suspeitava de que tudo que era dito ou feito em seus aposentos acabava relatado para o archigos. Como se ele tivesse lido seus pensamentos, o archigos respirou fundo e sorriu para Ana.

– Sua matarh... Ela entendeu o que você contou?

– Não – respondeu Ana. – Ela não quer acreditar em mim.

– Dê um tempo para ela. Sua matarh ouviu o que você disse, mesmo que não queira admitir. Ela vai pensar a respeito e fazer perguntas para as pessoas ao redor; sua matarh já pode até ter entendido que é verdade. Ela vai ouvir. Vai acreditar. Com o tempo.

A figura do archigos virou um borrão nos olhos repentinamente cheios de lágrimas de Ana. Ela virou o rosto e fingiu olhar pela janela da carruagem. Ouviu o farfalhar de pano, depois sentiu a mão do anão tocar a sua. Ela recolheu a mão com um guincho, e ele recuou. Nenhum dos dois falou mais alguma coisa pelo resto da viagem.

Renard acompanhou Ana e o archigos até os aposentos internos da kraljica em vez da Sala do Trono do Sol enquanto passavam por um emaranhado de cortesãos e suplicantes. Ana sentiu os olhares de avaliação mesmo quando eles abaixavam a cabeça e levavam as mãos entrelaçadas à testa. Mas ela e o archigos deixaram os cortesãos e suplicantes rapidamente para trás, conduzidos por Renard por um salão comprido onde uma dupla de criados esperava para abrir as portas para eles.

A kraljica estava na câmara exterior e segurava um pano colocado sobre uma tela apoiada em um cavalete. Ela deixou o pano cair assim que eles entraram e foram anunciados por Renard. – Como ficou seu retrato por ci'Recroix, kraljica? – perguntou o archigos. – Podemos ver?

– Não. – A recusa talvez tenha saído alta e depressa demais, e a kraljica franziu a testa. – Sinto muito, Dhosti. Isso pareceu rude. É só que ci'Recroix não quer que ninguém veja o quadro ainda. Não está terminado. Mas imagino que eu tenha alguns privilégios, uma vez que sou eu que ele está pintando.

– Claro que tem, Marguerite – respondeu o archigos. Ana percebeu que o anão notou os potes de tintas, óleos e pigmentos na mesa perto da tela, o jarro de pincéis e o cheiro na sala, e depois um grande quadro de uma família de camponeses pendurado sobre a enorme lareira da sala. Ana viu-se assustada ao olhar para a pintura: era como se ela olhasse por uma janela para a casa de um lavrador. As figuras pareciam praticamente vivas, tão realistas que Ana esperou que elas respirassem e falassem. – Eu pensei que ci'Recroix estivesse pintando você na sala do trono.

– Eu não ando me sentindo bem ultimamente, infelizmente, então ele tem trabalhado aqui. – A kraljica cruzou a sala em direção ao fogo que estalava na lareira. Ana notou a cautela nos passos lentos, o jeito como o corpo estava visivelmente curvado, e o peso com que se apoiava na bengala de ébano filigranado e com detalhes gravados em prata. Não era a forma como a kraljica aparecera há poucos dias atrás. Ela havia encolhido, estava definhando. A kraljica tossiu uma tosse cheia de catarro. O rosto estava pálido, a pele nos braços era tão translúcida que Ana conseguiu ver o traçado das veias. A kraljica parecia ter envelhecido de repente, os anos que foram contidos tão bem por tanto tempo desabaram sobre ela. Sua voz tremeu. A kraljica olhou para o quadro acima da lareira, parada diante do fogo como se estivesse absorvendo o calor. – Eu vou ficar melhor para o Gschnas. Você vai, é claro? – disse a kraljica para o archigos ao se virar e parar de examinar a pintura com uma hesitação evidente. – E você, Ana? Já esteve no Baile Gschnas antes?

– Nunca fui ao baile aqui no palácio, kraljica – disse Ana para ela. – Nós sempre fomos para um dos outros salões, isso quando íamos. Uma vez, porém, há quatro anos, o a'kralj apareceu onde minha família estava comemorando. Eu lembro a ocasião.

– Eu vou apresentar vocês dois – falou a kraljica, que inclinou a cabeça na direção de Ana. – Na verdade, faço questão que isso aconteça.

– Não vá fazendo planos para ela, kraljica – disse o archigos. – Ana ainda está se acostumando a ser uma téni. Eu escolhi Ana para a Fé e não quero que você planeje roubá-la de mim para seus propósitos.

A kraljica torceu o nariz ao ouvir isso, e Ana sentiu um rubor nas bochechas. – Eu farei o que for melhor para os Domínios, não importa o que você diga. – Ela olhou outra vez para Ana. – Dhosti, vamos conversar. Ana pode esperar aqui; Renard, arrume o que ela quiser. Este assunto com o hïrzg ca'Vörl está me perturbando. Eu queria ter mais certeza das intenções dele...

Com uma última olhadela para a pintura na parede, Marguerite afastou-se da lareira arrastando os pés em direção ao conjunto de portas da parede do outro lado. Ana vislumbrou outro aposento atrás das portas, com papel de parede vermelho aveludado, candeeiros pesados e móveis mais pesados ainda. O archigos ergueu um ombro para Ana e seguiu.

– O'téni? – Ana virou-se ao ouvir a voz de Renard. Ele tinha uma aparência tão velha quanto a kraljica, e os anos pareciam tê-lo deixado tão seco quanto uma peça de carne defumada. Ele pegou uma cadeira que estava ao lado da mesinha cheia de potes do pintor e colocou entre a lareira e as portas por onde o archigos e a kraljica desapareceram. – A senhorita vai ficar mais confortável caso se sente exatamente aqui – falou ele com uma estranha ênfase na voz. A cadeira que ele pegou não parecia especialmente confortável ou bem colocada; certamente era menos atraente do que a poltrona de couro acolchoada em frente à lareira. – Por favor, sente-se *aqui*, o'téni co'Seranta – repetiu Renard. – Eu vou trazer chá e algo para comer. – Dito isso, ele fez o sinal de Cénzi acompanhado por uma pequena reverência e saiu da sala.

Ana hesitou. Ela tirou os olhos do quadro na parede, onde a família parecia devolver o olhar, e voltou-se para a tela encoberta. A pintura, Ana sabia, devia ser de ci'Recroix, e isso só aumentou a tentação de levantar a cobertura do retrato da kraljica para ver o que estava ali.

Ana tocou o pano e deixou as sobras manchadas de tinta passar entre os dedos, mas se lembrou da advertência da kraljica e não levantou a cobertura. Em vez disso, ela foi até a cadeira que Renard colocou encostada na parede e percebeu imediatamente por que ele fez isso. Através da parede, ela era capaz de ouvir as vozes no aposento do outro lado, fracas e abafadas, porém compreensíveis se Ana ficasse parada e em silêncio.

– Que história é essa com ca'Cellibrecca? – dizia a kraljica. – Eu espero que você tome conta do seu quintal, Dhosti. Eu já tenho problemas suficientes me preocupando com o maldito hïrzg. Não preciso me preocupar com a Concénzia também.

– Acho que ambos os problemas estão relacionados – respondeu o archigos. – Como a'téni de Brezno, ca'Cellibrecca fala para Firenzcia, e eu sei que ele mantém comunicações permanentes com o hïrzg. Um dos meus contatos na equipe de ca'Cellibrecca em Ile Verte conseguiu ver um desses comunicados e mandou uma cópia parcial para mim. A carta estava codificada. Eu tenho um pessoal decodificando a mensagem, mas o simples fato de que ca'Cellibrecca considera necessário tal subterfúgio diz muita coisa. Marguerite, eu acredito que o a'téni ca'Cellibrecca e o hïrzg já formaram uma aliança. Eu sei o que ca'Cellibrecca quer. O que ele fez em Brezno teve a cooperação do hïrzg, e ele não se arrepende daquilo. Quanto ao hïrzg e por que ele se aliaria com ca'Cellibrecca, bem, você sabe o que o hïrzg pode querer.

Ana quase conseguiu ouvir a kraljica franzir a testa. – Infelizmente você está certo, Dhosti. Greta... a hïrzgin... disse que grande parte do exército de Firenzcia está "em manobras" ao sul de Brezno, perto do rio Clario, e o hïrzg convocou a maioria das divisões que estavam estacionadas perto da fronteira de Tennshah. Ainda assim, as manobras estão marcadas para acabar em poucos dias. A hïrzgin garante ter confiança que, apesar das declarações do hïrzg, ela e o hïrzg Jan estarão em Nessântico para a última semana do jubileu. Ela diz que está insistindo no assunto. É por isso que as manobras foram marcadas para perto do Clario, para que eles possam descer o rio depois.

– Conveniente – disse o archigos. – Para viajar de rio ou mandar um exército para Nessântico?

– Você realmente não acha...? – Houve um silêncio por alguns momentos, depois Ana ouviu a voz da kraljica novamente. – Talvez você seja simplesmente desconfiado demais, Dhosti. Os Domínios sempre dependeram das tropas de Firenzcia como um apoio necessário à Garde Civile e aos chevarittai, e nós esperamos que o hïrzg mantenha os soldados em prontidão. E antes que você comece a me dar lições novamente, eu sei história. A insurreição do hïrzg Falwin aconteceu há muito tempo, e apenas a divisão pessoal do hïrzg tomou parte no golpe; o grosso das tropas firenzcianas permaneceu leal ao kraljiki Henri e recusou-se a lutar pelo hïrzg. Não seria diferente agora; não acho que as tropas lutariam contra a Garde Civile, nem creio que os ténis-guerreiros do hïrzg obedeceriam às ordens de ca'Cellibrecca em vez das suas.

Houve uma longa pausa antes que o archigos respondesse. – Espero que você esteja certa. Marguerite, eu descobri que o mesmo intermediário que ca'Cellibrecca usou com o hïrzg ca'Vörl também se encontrou com seu filho. E, como você sempre me diz para falar francamente em particular, então espero que me perdoe: o a'kralj não esconde sua própria atitude em relação aos numetodos. E ele está ficando cada vez mais impaciente de se sentar no Trono do Sol.

Ana ouviu a kraljica tomar fôlego como uma chaleira furiosa, mas o som foi interrompido quando Renard bateu na porta da câmara exterior.

Ele e dois criados entraram para colocar chá, bolos e tortas na mesa perto da lareira. – Sua cadeira está... confortável? – perguntou Renard para Ana, com um leve sorriso.

– Perfeita. E bem posicionada.

– Imaginei que estivesse. – Os olhos vidrados do homem voltaram-se para o retrato encoberto da kraljica como se ele verificasse se o pano fora mexido. Renard evidentemente notou que Ana percebeu o foco de sua atenção. – Eu fico preocupado com a kraljica. O pintor exige muito do seu tempo, e ela não tem andado bem desde que ele começou o trabalho. No entanto, a kraljica faz a vontade do pintor... – Renard parou e tirou fios soltos imaginários das mangas. – Mas isso não lhe diz respeito, e eu não deveria ter mencionado. Tome um pouco de chá, o'téni. E os bolos estão deliciosos.

Ele bateu palmas, e os criados terminaram de colocar as bandejas antes de sumir. Renard fez outra reverência para Ana e foi atrás deles. Ana não tinha comido desde a Segunda Chamada: o estômago roncou ao ver as sobremesas e o chá tinha um cheiro delicioso. A pintura encoberta ainda a atraía, mas ela não se mexeu, pois não queria perder a conversa na sala ao lado.

– ... você sabe – dizia a kraljica. – Meu filho fará o que eu mando fazer.

– Enquanto você estiver viva, ele obedecerá. – Os olhos de Ana ficaram arregalados com o argumento curto e grosso do archigos.

– Você está indo longe demais, Dhosti. – Irritação afiou o discurso.

– Pelo contrário, Marguerite. Olhe para mim. Qualquer dia desses, Cénzi pode me chamar para o Seu lado. É simplesmente a realidade. Ana... ela é o futuro, assim como o a'kralj Justi. – Ana empertigou-se na cadeira ao ouvir seu nome e pressionou a cabeça contra a parede. – Você e eu ... Nós somos o presente, prontos para virar passado logo em breve. Talvez nós dois tenhamos ficado à vontade demais em nossos cargos pelos últimos anos, e ambos temos inimigos que estão dispostos a atender o chamado de Cénzi.

– Três décadas, Dhosti. Faz mais de 30 anos desde a última vez que a Garde Civile teve que encarar mais do que uma escaramuça de fronteira ou um pequeno levante.

– E esse é o seu legado como a Généra a'Pace, e a alcunha é bem merecida. As pessoas chamarão esta época a Era de Marguerite, e as futuras gerações sempre pensarão nela com saudade. Mas o tempo é curto para a nossa idade. Nem mesmo você pode desafiar Cénzi e o tempo.

– Justi poderia dar continuidade ao meu legado. – O archigos não falou nada. O silêncio surgiu como uma nuvem de tempestade. – Ele pode – disse a kraljica finalmente. – Ele irá.

– Espero que sim, kraljica. Eu sinceramente rezo para que esteja certa.

– E sua nova protegida? – perguntou a kraljica. – Pelo menos Justi foi criado para ser o kraljiki. Está sendo preparado para isso há décadas. Aquela lá é apenas uma menininha inexperiente que não foi testada. E potencialmente perigosa, pelo que eu soube. Você acha que ela pode dar continuidade ao seu legado, Dhosti?

– Não sei. – Ana ouviu a resposta do archigos. Ela sentiu uma ardência no estômago e no rosto. – Eu esperava ter tempo para saber com certeza.

– Ela vai se quebrar como uma espada mal forjada.

– Pode ser. Ou não.

Ana ouviu passos na sala e levantou-se cambaleando com cara de culpada. Ela ficou em frente à lareira como se estivesse ali o tempo todo examinando a pintura de ci'Recroix. A porta permaneceu fechada. A matarh rústica na pintura acima do consolo da lareira deu um sorriso triste para ela. Ana conseguiu notar as imperfeições no rosto, as marcas de acne nas bochechas, as rugas que assediavam o canto da boca, a mancha de fuligem na testa. Ela fez um esforço para tirar os olhos do quadro. Viu a porta que levava ao outro aposento, que permanecia fechada. Andou devagar em direção à tela no cavalete. Novamente, Ana tocou o pano e desta vez deixou os dedos pegarem as dobras.

Ela ergueu o pano.

E quase o deixou cair novamente.

Ana encarou o rosto da kraljica e a mulher devolveu o olhar. A pintura estava obviamente inacabada, mas já era assustadora. O rosto, em especial, parecia perfeitamente tridimensional e redondo, um retrato tão realista que Ana se viu erguendo o indicador para tocar na superfície da tela.

Com o toque, ela soltou a cobertura e sufocou um gritinho.

No momento em que o dedo roçou na tela, ela imaginou ter sentido o calor de um rosto vivo e podia ter jurado que ouviu uma voz, um chamado distante praticamente reconhecível. Mas todas as sensações foram embora tão rápido quanto chegaram. Ana deu vários passos para trás, recolheu a mão junto ao robe verde e encarou o resquício revelador de pigmento no dedo.

A porta foi aberta, e surgiram o archigos e a kraljica. – ... estamos entendidos – dizia a kraljica. *A tinta ainda estava secando; era por isso que estava quente. E eu ouvi a voz da kraljica enquanto eles se aproximavam da porta...* Ana sorriu para os dois: como se estivesse esperando pacientemente, como se não tivesse ouvido às escondidas tudo que disseram.

– Renard trouxe comida e bebida – falou Ana para eles. – O senhor e a senhora aceitam um chá?

~ Karl ci'Vliomani ~

– PSST! Aqui, rápido!

Karl foi ao endereço no bilhete que recebeu de Mahri – uma rua que não era mais do que um beco nas profundezas sinuosas do Velho Distrito. Havia apenas umas pessoas por ali, nenhuma perto dele. A voz de Mahri surgiu de uma arcada nas sombras. Sua mão acenou da nesga da porta. Karl foi até a porta, que foi aberta o suficiente para que ele entrasse e depois se fechou novamente.

Ele sentiu o cheiro do mendigo enquanto os olhos lutavam para se ajustar à escuridão: mofo, roupas sujas, dentes podres. A seguir, Karl escutou o clique da porta sendo fechada, e luz tomou conta da sala. Mahri falou uma palavra que ele não entendeu, e luz saiu da mão do mendigo: na palma em concha, uma esfera de vidro reluzia com uma luz tão forte que Karl teve que proteger os olhos. A luz em si era intensa, mas iluminava apenas um globo ao redor deles; o restante da sala estava escuro, e a luz não provocava sombras, o que era impossível. Na claridade forte e azulada, Karl conseguiu ver o rosto de Mahri, o cenário destruído, arrasado e mutilado que o capuz geralmente escondia. Ele deu um passo para trás, para longe de Mahri e fora do globo de luz, e a noite retornou, cortada por imagens persistentes do clarão. O efeito era assustador. Karl não conseguia ver Mahri de maneira alguma, nem o globo de luz. Eles tinham... sumido. Karl deu um passo à frente outra vez para o ponto onde Mahri esteve... e a luz do sol surgiu novamente, presa na mão do mendigo.

Karl balançou a cabeça, estupefato. A rapidez do feitiço não o assustou; esse era um truque numetodo, afinal de contas, um que os ténis não conseguiam igualar com seus cânticos lentos. Mas o feitiço em si... – Isso... Bem, isso foi realmente maravilhoso, Mahri. Você é um téni, então, ou foi um dia?

Mahri riu ao ouvir isso, uma risada seca e abafada. – Não. Não um téni.

Karl franziu a testa. – Um numetodo? Se é, então...

Mahri interrompeu Karl antes que ele pudesse terminar o argumento. – Você consegue fazer isso, enviado, você ou qualquer numetodo que conheça?

– Não – admitiu Karl. – Minhas próprias habilidades são... mais limitadas. Eu ainda tenho muito a aprender antes que possa dizer que dominei o Scáth Cumhacht. Mas conheço alguns que, lá em Paeti... – Ele parou. – Não, não acho que eles teriam conseguido fazer isso também.

Mahri concordou com a cabeça. – Eu não sou um numetodo. Mas digamos que simpatizo com sua causa. E ninguém domina o Ilmodo ou o Scáth Cumhacht ou como quiser chamar. Ele sempre, no fim das contas, domina a pessoa. – Do lado de fora, havia o som de carroças e cascos nos paralelepípedos. Mahri apertou os dedos no globo, e a luz que ele lançava diminuiu sensivelmente. – Siga-me. Fique perto de mim ou vai perder a luz. A escada é íngreme e estreita.

Karl permaneceu próximo às costas do homem e seguiu o mendigo enquanto arrastava os pés até uma arcada, depois prosseguiu por um longo corredor. O interior do prédio era decadente e destruído, com paredes quebradas e cheias de buracos de ratos. Ele ouviu criaturas que rastejavam pelas paredes ao passar. No fim do corredor havia uma escada, tão íngreme e estreita quanto Mahri anunciara; eles desceram e depois viraram em um aposento diretamente acima daquele que Karl entrou no térreo. Um gato selvagem passou pela parede e saiu por uma janela quando os dois entraram. Mahri apagou a luz completamente e enfiou o globo em algum lugar do robe esfarrapado. – Venha aqui, enviado.

Na tênue luz da lua em quarto minguante, Karl notou Mahri chamando ao lado de uma janela com as persianas meio abertas. Havia uma cadeira ao lado, onde alguém poderia vigiar a rua sem ser visto. Karl foi até a janela e olhou para baixo. Uma carruagem coberta para quatro pessoas tinha parado na rua lá embaixo, na casa vizinha. Duas lanternas montadas nos dois lados jogavam luz na rua. O condutor saiu do assento e foi para as portas da carruagem. – Vajica Francesca ca'Cellibrecca. Você conhece o rosto dela? – Karl fez que sim. – Então observe. Você só tem um instante.

O condutor abriu as portas da carruagem. Karl debruçou-se para a frente e franziu os olhos ao contemplar a noite. – Aquela não é ela – falou enquanto o condutor auxiliava uma mulher a descer. Ela estava vestida de modo simplório, era mais magra e com certeza mais baixa que a vajica ca'Cellibrecca, mas quando a mulher imediatamente se voltou para a carruagem, Karl percebeu que era uma criada. Outra mulher, com um chapéu decorado com plumas e uma estola de pele sobre os ombros, pegou a mão do condutor e desceu da carruagem. Quando pisou na rua e começou a correr para a porta da casa vizinha acompanhada pela criada, ela ergueu o rosto para os prédios e a tênue luz das lâmpadas da carruagem banhou suas feições.

– Sim. Aquela é a vajica – disse Karl.

– Eu sei – respondeu Mahri. – Agora se acomode e espere um pouco. O a'kralj virá.

Karl observou as mulheres entrarem na casa enquanto a carruagem que as trouxe foi embora novamente, depois se voltou para o mendigo. – Quanto tempo... – começou ele, mas percebeu que não estava falando com ninguém. Mahri não se encontrava no aposento. – Mahri? – Não houve resposta. Karl suspirou, sentou-se na cadeira ao lado da janela e esperou.

Havia pouca coisa para ver. A alameda, afastada das ruas principais, tinha pouco tráfego de pedestres, eram moradores que saíam de seus apartamentos para destinos e compromissos desconhecidos ou que voltavam com sacolas de verduras ou uma longa bisnaga de pão. Muito raramente passava uma carruagem, mas nenhuma parava. Karl sentiu o cheiro de madeira queimando por perto, ouviu o apito de alarme de um utilino e viu um brilho suave na parte inferior das nuvens a alguns quarteirões de distância. Ele torceu que os ténis-bombeiros estivessem por perto para apagar as chamas – o Velho Distrito temia fogo mais do que qualquer coisa. Algum tempo depois, o brilho diminuiu; talvez meia virada de ampulheta depois, talvez mais. Os ténis-bombeiros chegaram e apagaram as chamas. Karl estava quase desistindo da vigília quando viu correndo pela rua um homem que vestia um manto escuro. Algo na postura e passo do sujeito chamou sua atenção; quando parou na frente da casa, ele abaixou o capuz. Não havia como confundir o queixo pontudo nem as feições delicadas – Karl tinha visto em pinturas e vislumbrado algumas vezes em cerimônias públicas na cidade: era o a'kralj. Karl debruçou-se para vê-lo se dirigir à porta da casa. Ele não bateu – a porta foi aberta assim que se aproximou e o a'kralj entrou.

– Eles encontram-se três vezes por semana. – Karl assustou-se ao ouvir a voz de Mahri e virou-se para ver o homem parado a um passo dele. – Sempre nos mesmos dias, na mesma hora, sempre pelo mesmo período de tempo. O a'kralj tem o hábito da pontualidade e de ritual de sua matarh. É de suspeitar que o a'kralj também faça as mesmas coisas do mesmo jeito sempre. Nessântico funciona movida à rotina, afinal de contas.

– Você podia avisar a pessoa antes de surgir de mansinho.

– E estragar o mistério? – Karl imaginou um sorriso cruel repuxar a boca deformada e mutilada de Mahri, mas podia ter sido um truque das sombras. – Se eu fosse você, estaria imaginando como seria Nessântico se o a'téni ca'Cellibrecca virasse archigos e o a'kralj de repente se tornasse o kraljiki Justi III.

– Eu não preciso imaginar. – Karl levantou-se da cadeira.

– Deveria. Há opções piores.

– Tais como?

– E se não fosse o kraljiki Justi que governasse Nessântico, mas alguém que um dia tenha sido hïrzg? Brezno é o centro do poder de ca'Cellibrecca, afinal de contas.

– Então por que a filha de ca'Cellibrecca se envolveria com o a'kralj?

– Um homem inteligente faz planos para todas as situações possíveis. O que quer que você pense sobre o a'téni ca'Cellibrecca, não cometa o erro de achá-lo estúpido, nem o hïrzg Jan.

– E os *seus* planos, Mahri? Quais seriam eles? – Karl olhou pela janela em direção à rua novamente, agora vazia exceto por um utilino dando uma volta para o sul, indo para o centro do Velho Distrito. – Admito que você é mais do que parece e não cometerei o erro de debochar de você novamente. Mas ainda não sei o que tem a me oferecer ou o que eu possa lhe oferecer. Estou aqui representando uma coalizão indefinida de reis sem muita importância cujas terras são menores do que algumas propriedades pessoais da kraljica, todas amontoadas fora das atuais fronteiras dos Domínios. Eu não controlo um exército; nem sequer exerço muita influência sobre aqueles a quem me relato. Sou um dignatário de pouca importância que ainda nem conseguiu ter um momento do tempo da kraljica, apesar dos insistentes esforços e, devo dizer, algumas propinas substanciais.

– Você deixou de mencionar que está no topo de uma rede de numetodos aqui na cidade e espalhada pelos Domínios. Você controla Mika ce'Gilan, que por sua vez faz parte da célula mais importante aqui na cidade. Eu observo Mika há algum tempo. Aquele infeliz ce'Coeni era apenas um integrante de uma das células menores, aquela que você conhece como a célula de Boli, não é? Porém eu tenho certeza que ele não agiu sob suas ordens.

O treinamento de Karl permitiu que não demonstrasse nada do que estava pensando para Mahri. *Como ele sabe de tudo isso? Tenho que contar a Mika que temos um sério vazamento em nossa organização...* – Você está construindo uma conspiração dos numetodos onde não há nada, Mahri. Tenho certeza de que o comandante ca'Rudka ficaria impressionado com sua análise, mas eu não. Nós numetodos sequer conseguimos concordar no que nós mesmos acreditamos, muito menos cooperar a ponto de nos organizarmos. Nós temos pessoas que ainda mantêm alguma crença em Cénzi, por mais que essa fé seja diferente da Concénzia; temos aqueles que cultuam alguns dos moitidis de várias formas; temos outros que acreditam que não existem deuses de forma alguma, que tudo no mundo pode ser explicado sem a necessidade de uma intervenção divina. Nós gostaríamos de ter a liberdade de buscar as nossas próprias verdades sem sermos perseguidos pela fé concénziana ou pelos asseclas da kraljica. Não somos uma ameaça aos Domínios ou à Concénzia desde que eles não sejam uma ameaça para nós. Fora isso, não me importo com quem governe os Domínios. Isso é tudo que estou aqui para pedir, e sou apenas o que aparento ser. Nada mais.

– Assim como eu – respondeu Mahri delicadamente. – Tanto quanto você.

Karl decidiu ignorar isso. – Se o a'kralj lhe preocupa, então por que não o mata? Você sabe onde ele está e, pelo que eu vi, você não teria problema em chegar a ele. Livre-se do homem.

– A morte não mata crenças, apenas dá mais força a essas crenças. Uma filosofia não é uma pessoa. Se ela realmente for uma maneira vital de pensar, a morte do fundador apenas aumenta seu crescimento. Esse é o erro que ca'Cellibrecca e o hïrzg Jan cometeriam. Seria uma pena que os numetodos fizessem o mesmo.

– Então o que mata uma crença, se não a morte daqueles que acreditam? – perguntou Karl.

Mahri não respondeu. Debaixo da sombra do capuz, o único olho do homem devolveu o olhar de Karl. – Ah, essa é a questão, não é?

◇◇◇ GSCHNAS ◇◇◇

Ana co'Seranta

Karl ci'Vliomani

Sergei ca'Rudka

Dhosti ca'Millac

Justi ca'Mazzak

Ana co'Seranta

– VOCÊ JÁ TEM UMA ROUPA para o Gschnas, Ana? – perguntou Kenne.

Anna deu de ombros. Ela olhou atrás de Kenne, sentado na mesa lotada de papéis, para a porta aberta da recepção do archigos, onde podia ver o archigos Dhosti e três dos a'ténis: Joca ca'Sevini de Chivasso, Alain ca'Fountaine de Belcanto e Colin ca'Cille de An Uaimth. Também na sala havia um homem alto e bem bonito que ela não reconheceu. Todos os cinco estavam no meio do que parecia ser uma animada discussão. – Beida e Watha disseram que elas prepararam uma coisa para mim, mas que ainda não irão me mostrar. E quanto a você?

Kenne balançou a cabeça. – Eu não vou. O archigos me mandou trabalhar aqui na noite de amanhã. – Ele apontou para a pilha de papel mais próxima. – Examinar os relatórios de Firenzcia.

Ana sentiu um rubor de culpa sair da gola alta do robe verde e subir pelo pescoço. – Sinto muito. Se eu soubesse, teria pedido ao archigos para você acompanhá-lo no meu lugar.

Kenne riu ao ouvir isso. – Você realmente acha que não irá trabalhar? Acredite, você irá trabalhar, e de maneira bem mais visível do que eu. Não, estou bem contente com minha sina, Ana. Além disso, você é a nova celebridade e ele tem que exibir você.

Ela ficou mais ruborizada e Kenne riu novamente. – E antes que vá se desculpando por isso também, deixe-me dizer que não sinto nem um pouco de ciúmes. Estou feliz onde estou, onde sou capaz de passar adiante qualquer problema difícil para o archigos ou para os a'ténis. – Kenne deve ter notado Ana desviar o olhar, porque se virou para a porta aberta atrás dele. – O enviado Karl ci'Vliomani está com eles.

Isso fez Ana levantar as sobrancelhas. – O numetodo?

Kenne fez que sim. – Para um herege, ele até que é atraente, não acha? Ele fala bem também. Eu sempre achei o sotaque paeti encantador. – Ana arqueou ainda mais as sobrancelhas, e Kenne sorriu para ela. – Só digo o que estou pensando. Aposto que você acha a mesma coisa.

Ana decidiu não responder, mas continuou a olhar fixamente para o homem. – Por que ele está aqui?

– O archigos pediu para vê-lo. Acho que ele queria tranquilizar qualquer temor de que o que aconteceu em Brezno seria repetido aqui. O archigos queria que o enviado soubesse que nem todos os a'ténis têm a mesma opinião que o a'téni ca'Cellibrecca. Ah, aqui vêm eles.

O grupo estava vindo em direção à porta. Ana ouviu um trecho do discurso do enviado, caracterizado, como Kenne insinuou, por um sotaque forte e um barítono agradável e melodioso. O homem tinha uma voz que qualquer téni no Alto Púlpito invejaria. – ... prazer ter tido a oportunidade de falar com os senhores, archigos, a'ténis. Eu também agradeceria, archigos, se pudesse falar com a kraljica em meu nome. Ficaria muitíssimo grato pela chance de encontrá-la e tratar diretamente de quaisquer receios que ela possa ter.

– Talvez depois de o jubileu acabar, enviado – respondeu o archigos.

O enviado sorriu; ele tinha um sorriso agradável, que parecia genuíno e sem malícia. Rugas marcavam o canto dos olhos e da boca. Elas indicavam para Ana que o enviado ficava à vontade sorrindo, que estava acostumado com isso. Ana viu-se olhando fixamente suas feições, imaginou o que o enviado poderia estar pensando, tentou visualizá-lo praticando a proibida magia dos numetodos ou negando a existência de Cénzi. Esse era o inimigo, no entanto era bem mais fácil imaginar pensamentos hereges por trás de um rosto feio e distorcido, não como esse. Não como esse. – Ah, sim – falou o enviado, e seus olhos verdes reluziram na luz mágica da lâmpada da mesinha de Kenne. – A kraljica deve ter sua bem merecida comemoração primeiro. Depois do jubileu, então. E ficarei em dívida com o senhor, archigos. Não precisa me acompanhar à saída...

Dito isso, ele virou-se para ir embora. Seu olhar passou momentaneamente por Ana com o movimento, e o enviado sorriu e acenou levemente com a cabeça para ela antes de começar a ir embora.

– Ah, Ana – disse o archigos Dhosti. – Fico contente que esteja aqui. Gostaria de lhe apresentar formalmente ao a'ténis ca'Sevini, ca'Fountaine e ca'Cille.

Ana tirou os olhos do enviado, que se afastava rapidamente da mesa de Kenne pelo corredor. O secretário estava sorrindo para ela, que o ignorou. – Certamente, archigos.

– Olhe! – Ana apontou e riu com alegria.

Fora do Grande Palácio, os arbustos foram colocados de cabeça para baixo, a parte verde meio enterrada na terra e as raízes expostas e enroscadas como dedos retorcidos na direção da noite sem nuvens. Globos acesos por mágica foram colocados dentro das raízes e cercados por vidro colorido para que as sombras multicoloridas das raízes entrecortassem o jardim. A grama foi pintada com um tom de branco que reluzia de maneira sinistra, como se o luar que iluminava a cidade tivesse sido derramado sobre a terra, enquanto os chafarizes entre as alas do Grande Palácio jorravam uma água que era negra e opaca. Com as asas cortadas e presas, aves ornamentais de cores intensas das florestas de Namarro e Hellin do Sul desfilavam e cutucavam as penas com os bicos sobre a grama branca, enquanto vários cachorros bem cuidados e com coleiras cravejadas, que pareciam muito assustados e desconfiados com o que iria acontecer, estavam suspensos por fios negros ligados a cabos esticados entre os telhados do palácio, para que parecessem andar no ar.

Era o festival de Gschnas, onde a realidade era virada de pernas para o ar e nada parecia ser o que era.

O archigos sorriu e acenou com a cabeça diante da empolgação de Ana. – Esta é a comemoração favorita da kraljica. – Ele estava sentado à frente de Ana, mas em vez do costumeiro robe verde de um téni, Dhosti vestia a mortalha de um cadáver e o rosto estava escondido atrás de uma máscara de caveira feita de porcelana. Os olhos do archigos atrás das órbitas vazias assustavam Ana toda vez que ela via de relance na penumbra da carruagem.

Ana, com a ajuda de Beida e Watha, estava vestida como um jovem chevaritt. Os seios foram presos firmemente (e de uma forma muito desconfortável, ela tinha que admitir) debaixo de uma bashta franjada decorada com medalhas. Ela estava com uma espada de madeira presa a um largo cinturão de couro e botas de couro que iam até os joelhos. O cabelo foi repuxado com força e preso a uma trança como um chevaritt da Garde Civile. Uma boina com uma longa pena equilibrava-se de maneira garbosa na cabeça. *"A senhorita está bem bonita", dissera Beida ao dar um passo para trás após as criadas terminarem de vestir Ana. "Ora, talvez a senhorita tenha que se defender de algumas mulheres ca' e co' que estejam procurando por um marido." Ela dera um risinho ao pensar nisso.*

A carruagem parou, e um criado abriu a porta para eles. O homem estava vestido, como Ana reconheceu assustada, com a mesma roupa que o a'kralj Justi usou no retrato oficial e mais uma coroa de ouro na cabeça. Ana deu uma olhada no cenário de fantasia, nos chafarizes de água escura e na grama brilhante, na teia de rachaduras e fissuras pintada nas paredes do palácio para que o prédio parecesse ter sido abalado e quebrado em um terremoto e que o Grande Palácio fosse uma ruína em uma terra perdida.

Ao se afastar da carruagem, Ana ouviu de repente uma estranha música dissonante e viu um trio perto das portas principais. A moça que tocava saltério usava a baqueta nos pés descalços enquanto se reclinava no chão; o tamborileiro pousou o instrumento em uma banqueta diante de si e estava quicando três bolas de metal no couro de cabra do tambor enquanto fazia malabarismos com elas – e mantinha um ritmo surpreendentemente bom, Ana teve que admitir. O homem com o trombone parecia estar tocando com o bocal enfiado nas partes baixas; Ana decidiu que não queria saber como ele estava produzindo um som. Ela fez uma careta diante do *balido* perturbador do instrumento.

– Eles não são muito bons – disse Ana para o archigos, que a encarou com o rosto de caveira.

– O surpreendente é que eles sequer consigam tocar, não é? – falou o archigos. Ana ouviu a risada abafada atrás da máscara.

Eles entregaram o convite ao recepcionista, que usava uma cabeça de bode e luvas que imitavam a pata do animal. O sujeito imediatamente anunciou os dois lendo os nomes ao contrário – Callim'ac Itsohd Sogih-cra Ana Atnares'oc Ana Inét'o – e impressionou Ana com sua facilidade. Dentro do salão de bailes, os ca' e co' andavam de um lado para o outro em núcleos de conversa que se misturavam. Por um momento, Ana ficou estupefata pela visão da alta sociedade de Nessântico em todo o seu esplendor de joias e roupas elegantes. No fim do salão, havia uma orquestra tocando – corretamente desta vez, embora eles estivessem sentados bem acima do público, sobre uma estrutura de uma figura cristalina gigantesca. As mãos imensas serviam como assentos para os músicos, a carne era uma carapaça de vidros coloridos, e os ossos, pedra branca. Havia mil velas acesas por todos os cantos da estrutura da estátua, e duas fogueiras ardiam nas órbitas do crânio. Líquido vermelho jorrava na boca aberta e caía em uma poça onde o gigante estava ajoelhado, como se estivesse rezando.

Diante da estranha figura, a multidão movimentava-se, brilhava e pavoneava, as conversas misturadas quase superavam os músicos. Eles dançavam em pares, rodinhas e filas; reuniam-se à margem da pista de dança para conversar; e muitos estavam olhando fixamente para Ana e o archigos parados na porta. Ana começou a se sentir intimidada e um pouco assustada, a testa porejava por baixo do pó que ela usava, mas o archigos pegou seu braço e disse – Lembre-se, a maioria está tão insegura quanto você, talvez até mais. Eles apenas têm mais prática em esconder. Você é a o'téni co'Seranta e chegou com o archigos. Isso coloca você acima de quase todo mundo que vê.

– Eu não estou acostumada a isso. – A voz cedeu, era praticamente um sussurro quando Ana se inclinou na direção dele. A cabeça do archigos ficou na mesma altura de seus ombros.

– *Acostume-se* – murmurou ele. – E aprenda a tirar vantagem disso. Vamos descer...

Ana deu o braço ao archigos. Eles desceram as escadas juntos e entraram no mar de rostos sussurantes e fantasias.

– O'téni... – Ana ouviu de uma dezena de direções quando chegou ao salão e educadamente respondeu aos cumprimentos com acenos de cabeça. Um garçom vestido de macaco ofereceu uma taça; ela pegou e provou um gole do vinho doce e gelado. Ana permaneceu perto do archigos e seguiu o anão conforme ele avançava pela multidão, para longe de quem dançava e dentro do relativo sossego de uma das alcovas.

– Archigos – ela ouviu uma voz chamar. – Devo dizer que é preciso certa coragem para usar uma mortalha. Eu teria muito medo de me vestir assim, acho que estaria provocando a sorte.

Um trio de sombras saiu de perto de uma lareira na parede, onde chamas verdes e frias saltavam de uma poça de água dentro da lareira – provavelmente criada por outro feitiço de um téni. Ana arregalou os olhos: na luz difusa das chamas de água, uma das pessoas parecia ser uma mulher musculosa e de seios de fora andando sobre as mãos, mas, assim que o grupo chegou perto, ela notou que o que pensou ser pele era tecido colado a uma estrutura e pintado para parecer realista, que a cabeça da "mulher" era feita de cera e tinha uma peruca, e que havia o rosto de um homem espreitando logo acima da saia. Suas mãos estavam dentro dos sapatos e os pés calçavam meias que pareciam com mãos. Ana sentiu um arrepio: a imagem não era agradável.

Havia uma mulher de verdade ao lado do homem, vestida dos pés à cabeça com plumas que destacavam seu rosto atraente e valorizavam a silhueta, com asas igualmente exuberantes saindo das costas. A terceira pessoa era um homem mais velho, pesado e com queixo duplo, que usava a roupa simplória de um camponês, com o rosto engenhosamente pintado com tinta preta, provavelmente com a intenção de representar sujeira.

O homem sorria para eles, e Ana subitamente o reconheceu: o a'téni Orlandi ca'Cellibrecca. – E imagino que esta seja a o'téni co'Seranta – disse ca'Cellibrecca. Ana percebeu que foi a voz dele que falou há um instante.

– A'téni ca'Cellibrecca – disse o archigos. – Eu agradeço a preocupação comigo, e espero que seus farrapos não sejam um presságio de sua própria falência. A morte, pelo menos, acaba logo. A pobreza permanece. – Ca'Cellibrecca torceu o nariz quando o archigos gesticulou para Ana. – Creio que eu deva apresentar todo mundo formalmente. A'téni ca'Cellibrecca, essa é realmente a o'téni Ana co'Seranta.

Ca'Cellibrecca abaixou a cabeça e fez o sinal de Cénzi; Ana repetiu o gesto e abaixou-se um pouco mais como mandava a etiqueta. – Eu estava lá quando você interferiu com o assasino, o'téni – falou ca'Cellibrecca. – Muito impressionante, devo dizer. Você recebeu um grande Dom de Cénzi, se todos os rumores forem verdade. – O sorriso parecia tão frio e falso quanto as chamas na lareira. Havia uma expressão predatória no olhar, como se ele fosse uma cobra vendo um rato diante de si. Ana viu-se querendo afastar o olhar e fez um esforço para empinar o queixo e devolver o sorriso.

– Os rumores tendem a ser exagerados a cada vez que são espalhados – disse Ana. – Eu não acreditaria neles, a'téni.

– Ah, e é modesta também – falou ca'Cellibrecca. – Prazer em finalmente conhecê-la pessoalmente; o archigos infelizmente tem mantido você longe de mim, embora eu saiba que ele deve ter boas razões para tanto. E estou me esquecendo: o'téni co'Seranta, gostaria de apresentar minha filha, Francesca, e seu marido, Estraven, que serve aqui em Nessântico como u'téni do Velho Tempo na Ilha A'Kralji. Com certeza você ouviu algumas das Admoestações dele, pois sei que sua família geralmente vai à missa lá. – Os dois curvaram-se e fizeram o sinal; o de Estraven saiu esquisito por causa dos sapatos nas mãos. Ana percebeu que Francesca deu um olhar estranho para o marido, que misturava diversão e aversão.

Uma massa de gente entrou na alcova e parou perto da lareira. Eles ficaram olhando o fogo na água e colocaram as mãos nas chamas intensas e vivas. A risada do grupo atraiu o olhar de Ana; um deles, um homem magro com o robe de um téni e uma simples máscara preta, acenou com a cabeça e ela afastou o olhar novamente.

– A kraljica superou-se este ano – dizia ca'Cellibrecca. – Este é um Gschnas muito impressionante, um que nós recordaremos com certeza. Ela e o a'kralj devem entrar em breve, e eu soube que o novo retrato da kraljica será mostrado à meia-noite. Vocês já viram?

– Ainda não tive o prazer – falou o archigos. – O pintor ci'Recroix insistiu que o quadro permanecesse encoberto até a noite de hoje. Mas eu já vi outras obras dele e são muito impressionantes. As figuras parecem capazes de sair andando da própria tela.

– Então eu realmente estou ansioso para ver o que ele fez com a nossa kraljica. Imagino se ela irá se vestir novamente como o Espírito de Nessântico para o baile? Aquela foi uma fantasia impressionante que ela usou no ano passado.

– Ela me disse que vem de Vucta, a Grande Noite Encarnada – respondeu o archigos. – A kraljica contou com vários de nossos e'ténis mais criativos que trabalharam para ela.

– Tenho certeza de que ela irá se superar mais uma vez – disse ca'Cellibrecca. Ele voltou a olhar para Ana de cima a baixo, devagar e de maneira óbvia, como se a avaliasse, enquanto falava com o archigos. – Você pensou um pouco mais sobre a nossa última conversa, archigos?

– Eu dediquei toda a reflexão que ela merecia, a'téni – respondeu o archigos, o que trouxe de volta o olhar de ca'Cellibrecca para o anão.

– É mesmo? Então eu adoraria conversar mais com você. Podem nos dar licença? O'téni co'Seranta, Francesca ...

O archigos acenou com a cabeça para Ana enquanto era levado embora por ca'Cellibrecca. O u'téni Estraven obviamente ficou furioso por ter sido desprezado por ca'Cellibrecca, o rosto apareceu vermelho acima da bainha do vestido. – Francesca, eu realmente acho... – ele começou a dizer, mas parou assim que a mulher ergueu a mão.

– Não aqui, Estraven. Por favor. – O tom era autoritário e duro; o u'téni fechou a boca imediatamente em resposta. Francesca deu um sorriso para Ana. – Sinto muito, o'téni. Se puder fazer a gentileza de desculpar meu marido. Foi um prazer lhe conhecer, e espero que aprecie o Gschnas hoje à noite. Talvez possamos conversar mais tarde; eu adoraria ter a chance de lhe conhecer melhor. O vatarh falou tanto de você.

– Sim – disse Ana. – É claro, vajica, u'téni. Até mais tarde.

Francesca sorriu, fez uma mesura e o sinal de Cénzi, o que foi repetido pelo marido um momento depois. Ana devolveu o gesto. Antes de o casal ter dado quatro passos, ela ouviu Estraven começar novamente. – Eu não aceito ser tratado desta maneira, Francesca. Seu vatarh...

– Eles fazem um belo casal, não acha?

~ Karl ci'Vliomani ~

KARL JUNTOU-SE a um grupo que estava indo na direção da alcova onde o archigos desapareceu com sua acompanhante. Enquanto Karl ria e brincava com eles em volta do fogo de água, ele observou o archigos, que estava conversando com o a'téni ca'Cellibrecca, sua filha e o marido dela. Karl ficou abismado ao perceber que a pessoa com o archigos não era um jovem em uma roupa um pouco espalhafatosa, mas sim uma mulher de rosto comum vestida como homem – e, ao perceber isso, achou que sabia quem ela poderia ser. Se não fosse a tal co'Seranta, a mulher parecia estranhamente familiar, embora Karl não conseguisse se lembrar de onde poderia tê-la visto antes. Ela olhou para ele uma vez, os olhares cruzaram-se, e Karl respondeu com um aceno de cabeça. A mulher rapidamente virou o rosto, como se estivesse envergonhada de ter sido flagrada olhando para ele.

Karl começou a se aproximar: assim que o archigos e ca'Cellibrecca deixaram o grupo, no momento em que Francesca ca'Cellibrecca e o marido também foram embora, obviamente discutindo entre si.

– Eles fazem um belo casal, não acha? – disse ele. – Um argumento contra casamentos puramente políticos. E aquela fantasia que o u'téni ca'Cellibrecca está usando... – Ele estalou alto a língua em reprovação enquanto balançava a cabeça.

Ela virou-se assustada. Karl inclinou a cabeça em sua direção. Ele notou sua expressão confusa diante do cumprimento sem o costumeiro sinal de Cénzi, então a boca da mulher soltou um leve suspiro e os olhos ficaram um pouco arregalados. Ela olhou para a fantasia e franziu os olhos. – Enviado ci'Vliomani?

Ele riu. – Fui descoberto. Vejo que tenho mais reputação do que gostaria. E você tem uma vantagem sobre mim.

Karl pensou ter vislumbrado um aceno, mas ela não disse o nome. A mulher parecia estranhamente quieta, diferente da grande parte dos ca' e co' que ele conheceu, cuja maioria parecia ansiosa em dominar todas as conversas. – Você escolheu uma fantasia estranha, enviado – disse ela com um leve tom de reprovação por trás das palavras.

Ele passou a mão sobre o tecido verde do robe de téni. – Eu quis ser irônico. Mas suspeito que só consegui demonstrar mau gosto.

Karl notou que ela fez um esforço para não sorrir, depois que deixou demonstrar que achou graça. Ele viu-se devolvendo o sorriso. – Ah, você podia ter feito uma escolha pior, como creio que o u'téni Estraven possa lhe dizer – respondeu a mulher. Havia uma risada alegre na voz, e o comentário indicou que a opinião dela sobre a família ca'Cellibrecca não era melhor do que a sua própria. Karl achou que ela não fosse falar mais nada, que não iria dizer o nome ou confirmaria sua suspeita. Ela olhou para além de Karl, na direção do salão, quando a orquesta começou a tocar uma gavota e a pista ficou cheia de gente dançando. A mulher parecia fascinada e ao mesmo tempo terrivelmente sem jeito. Ele achou a combinação intrigante.

– Eu sou a o'téni Ana co'Seranta – ela falou e voltou a olhar para Karl. Ana tinha olhos da cor de chá há muito tempo em infusão. A cabeça inclinou-se levemente, como se tentasse decidir que opinião deveria ter a respeito dele. – Só para sermos devidamente apresentados. Eu vi você outro dia, enviado, quando esteve no Templo do Archigos.

Ele percebeu então por que ela tinha parecido familiar. – Ah, a téni que estava do lado de fora da sala quando nós saímos, aquela com o secretário do archigos. Então você é a nova protegida do archigos, e não apenas outro belo vajiki e chevaritt. – Karl deu um sorriso maior e a seguir balançou a cabeça. Comparada à maioria das mulheres no Gschnas, ela tinha uma aparência comum que não chamava a atenção, mas, no entanto, Karl descobriu uma sinceridade cativante em Ana que fez com que ele quisesse permanecer ali. *Você está há muito tempo longe de casa. O que Kaitlin acharia de você estar pensando a esse respeito sobre ela?* – Eu devo-lhe um pedido de desculpas e também minha gratidão, o'téni.

– Desculpas? Gratidão? Não compreendo, enviado. Nós realmente nunca nos encontramos. Como assim você precisa se desculpar ou me agradecer? – Ela ficou com uma expressão confusa debaixo daquela boina idiota.

– Foi você que salvou a vida do archigos na semana passada. E foi, infelizmente, um numetodo o pretenso assassino. Eu pedi desculpas em nome de todos os numetodos por aquela ação; nós não somos assassinos ou insurgentes, não importa qual seja a opinião popular. E devo-lhe a minha gratidão por ter interferido: porque, se não tivesse feito isso, infelizmente eu estaria em uma cela da Bastida ou coisa pior, e não estaria aqui falando com você.

Ela cerrou os lábios e as bochechas ganharam um toque de vermelho. – Devo ficar lisonjeada com isso?

– Você ficou?

– Não. – A resposta saiu rápida e sem rodeios. *Sim, ela era excessivamente sincera. Nisso Ana era bem parecida com Kaitlin.* Ela inclinou a cabeça ainda mais, cruzou os braços e apoiou o peso do corpo sobre uma perna. – Eu também suspeito que não estejamos conversando agora por acidente e que eu realmente não precisava me apresentar. Estou errada?

Ele pensou em uma mentira agradável, em inventar dezenas de desculpas possíveis para ter puxado conversa com ela, mas decidiu responder com a mesma honestidade. – Eu estava observando o a'téni ca'Cellibrecca e o archigos. Você pode imaginar como devo achar a conversa deles interessante, ou que eu queira saber com quem o a'téni ca'Cellibrecca esteja conversando, dado o que aconteceu em Brezno há poucos meses. E você também pode imaginar que eu presto atenção ao que ocorre dentro da Concénzia, e que eu saberia sobre você como consequência. Quanto a por que eu me apresentei a você... – Karl passou a mão no cabelo e deu de ombros debaixo do tecido verde. – Bem, não tenho muita certeza se sei a resposta. Deu vontade, sinceramente. Eu vi seu rosto enquanto falava com a vajica ca'Cellibrecca e pensei que talvez...

Ela ergueu uma sobrancelha quando ele hesitou. – Pensou que talvez pudesse me usar como uma maneira de se aproximar do archigos?

E ela sabe morder quando quer... Karl abriu bem os braços. – Se eu admitir isso, você ao menos irá admirar minha honestidade e continuará a falar comigo?

– Falar com um numetodo, mesmo que ele seja o enviado de Paeti? – A resposta foi menos ríspida do que poderia ter sido.

– Nós não somos todos monstros que fazem o leite azedar, comem crianças e jogam veneno nos poços da cidade. Poucos de nós na verdade fazem isso.

O mínimo sinal de um sorriso apareceu nos lábios de Ana. – E o que o resto de vocês faz?

Agora foi a vez de ele inclinar a cabeça e encará-la. – Nós procuramos explicações. – Ela não disse nada. Esperou em silêncio enquanto a gavota acabava e uma nova dança começava. Karl meteu a mão no bolso. – Você já esteve nos morros a leste da sua cidade? Segundo me disseram, lá, incrustado no alto dos penhascos e a dias do mar até mesmo via o mais rápido dos barcos, é possível encontrar conchas feitas de rocha. Aqui, veja... – Ele tirou a mão do bolso. Na palma estava uma concha fechada de marisco feita de pedra cinza-claro. – Nós temos dessas em Paeti também. Eu trouxe algumas comigo quando fui embora para me lembrar de casa. – Karl puxou o colar que usava debaixo do robe verde para que ela visse. – Nossas conchas de pedra têm um formato diferente das daqui, mas também são encontradas nas montanhas, longe do oceano, e elas são diferentes das conchas do nosso mar. Mas, olhe para ela... – Ele ofereceu a concha. – Ande. Pegue. Olhe para ela. Tem uma formação perfeita, tem pouca diferença daquela que poderia dar na praia. E, no entanto, não há mares nas montanhas, e rochas não vivem, não respiram e nem se reproduzem como fazem os mariscos.

Ana pegou a concha de pedra com os dedos, virou de frente para ela e passou a ponta dos dedos nos sulcos grossos da concha antes de devolvê-la. – Eu já vi essas conchas antes. O Toustour diz que a terra está viva e pulsa com energias. Essas energias são as mesmas que Cénzi usou para criar o mundo. A Última Admoestação do Toustour diz que o interior do mundo é cheio de "sumos petrificantes, emanações úmidas, vapores subterrâneos". Todas as formas na rocha que imitam a vida são formadas por isso.

– Por quê? – perguntou Karl. – Por que essas energias geram formas que parecem naturais?

Ela pestanejou ao ouvir a pergunta, abismada. – Por quê? Não existe a necessidade de um "por que", vajiki. Está escrito no Toustour. As razões de Cénzi não são para ser questionadas; elas são para ser aceitas.

– Eu conheço um sábio, Stenonis é o nome dele, que mora em Wolhusen, Graubundi. Ele alega que essas conchas são incrivelmente antigas, que se formam quando as conchas são enterradas na areia e nos sedimentos do fundo do mar, e aí mais e mais camadas caem em cima delas até estarem enterradas bem fundo. Ele diz que as conchas são na verdade dissolvidas e o que você está segurando é uma impressão deixada para trás por elas: como o molde de um escultor, cheio de minerais dissolvidos na água, que são comprimidos com tanta pressão pelo solo e areia que viram pedra.

– E aí as fadas da água que vivem no fundo do mar escavam a rocha e levam para o alto da montanha à noite quando ninguém está vendo?

Karl sorriu e riu. – Devo dizer que essa foi uma reação mais gentil do que geralmente recebo. Não, de acordo com a teoria de Stenonis, o topo das montanhas onde as rochas são encontradas foi um dia o fundo do mar. Elevações no mundo levantaram a terra em alguns lugares e abaixaram em outros. E eu conheço a sua próxima objeção também: por que esse grande cataclismo não aparece em nenhuma de nossas histórias? Stenonis diz que o mundo tem incontáveis milhares de anos de idade e que essas elevações e depressões ocorreram muito antes de qualquer pessoa estar lá para testemunhá-las.

Ela já estava balançando a cabeça. – Isso não é possível. Archigos Pellin I estudou o Toustour e determinou que Vucta criou o mundo entre 10 e 12 mil anos atrás. Você está dizendo que acredita nesse Stenonis e não no Toustour, que é a mensagem sagrada de Cénzi?

Karl deu de ombros. – Eu acho que existe uma elegância na teoria de Stenonis. Creio que muito do que atribuímos a Cénzi, Vucta e os moitidis tem mais... causas *naturais*.

– Como o Ilmodo? – perguntou ela. – Ou seja lá como você chama.

Ele concordou com a cabeça. – O Scáth Cumhacht. Eu posso mostrar para você, se a sua mente não estiver vedada com o que aprendeu com os ténis.

– Acho que vou declinar do convite, enviado. Eu não sou facilmente enganada pelos truques de mágicos de rua. Minha fé é mais forte do que isso. – Ela afastou-se do enviado com um olhar de relance para trás, foi para o corrimão de mármore que separava a alcova do salão principal. Ana olhou para a fila de gente dançando que se formava e desfazia em nós na coreografia complicada da quadrilha. Quando retornou o olhar, Ana viu que o enviado estava apoiado no corrimão ao seu lado e que prestava mais atenção nela do que nas pessoas que dançavam. Os cantos dos lábios de Ana subiram inconscientemente, os olhos ficaram arregalados e ela inclinou-se para a frente enquanto encarava.

– Você quer dançar, o'téni? – perguntou Karl.

– Com um numetodo? – Ela olhou para o enviado, mas o sorriso cresceu. – O que as pessoas diriam?

– Elas diriam que você escolheu um parceiro acima de tudo desajeitado, mas que pelo menos encara os passos de dança com energia e entusiasmo. As pessoas diriam "ela deve estar com pena dele..."

Agora ela riu. – Com certeza não é tão ruim assim?

– Ah, é muito, muito pior – ele falou e estendeu o braço para ela. – Posso demonstrar?

Karl pensou que ela aceitaria o braço, mas, em vez disso, Ana deu um passo para trás. – Eu ainda não tenho certeza de suas intenções, enviado.

Ele notou a incerteza que ainda permanecia na expressão de Ana e suspeitou que a preocupação ia além de suas intenções. Ela olhou em volta, como se procurasse pelo archigos.

– No meu país, dizem que há verdade na música, que ninguém pode mentir enquanto dança. Faça suas perguntas na pista de dança, e eu responderei com a verdade. Pense na informação que você poderia levar para o archigos como resultado.

Isso trouxe um leve sorriso aos lábios de Ana. – Não acho que o archigos gostaria de ver uma de suas o'ténis dançando com o enviado numetodo.

– Mas a própria kraljica me mandou um convite para esse Gschnas. Você está dizendo que ela cometeu um erro? – A jovem começou a balançar a cabeça. Quando ela começou a falar, Karl levou um dedo aos lábios. – Não, não vou ouvir mais argumentos. Aqui está o acordo. Eu direi ao archigos que você estava tentando me converter, e como resultado eu agora me encontro muito tentado em abandonar meus costumes hereges. Isso deve lhe garantir a gratidão do archigos.

– Tenho certeza de que conseguir sua conversão não seria tão fácil.

– Como você vai saber se não tentar, o'téni? Ou essa resposta também está no Toustour?

Ela olhou em volta novamente, mas não viu o archigos em lugar algum. Ana riu, ainda que um pouco nervosa, e deu o braço ao enviado. Eles desceram a escada em direção aos dançarinos.

~ Sergei ca'Rudka ~

EM UM LADO do salão, uma macieira imensa parecia crescer saindo da parede, com suco espumante fluindo livremente das maçãs maduras nos galhos para um pequeno laguinho pedregoso embaixo. Recepcionistas vestidos como esquilos distribuíam canecas para os convidados encherem na árvore. Sergei fez que não quando ofereceram uma caneca e passou as mãos nas folhas – a seda rígida era de um realismo maravilhoso, e ele perguntou-se quanto tempo foi preciso para costurar as milhares de folhas na árvore falsa. Sergei ergueu o olhar para um nó na raiz da árvore e acenou com a cabeça: ali, ele sabia, atrás da tela de tecido preto, um par de olhos observava o Gschnas com atenção a qualquer sinal de problema. Até agora a noite transcorria sem incidentes, mas com a kraljica e o a'kralj prestes a fazer sua entrada, Sergei preferiu fazer uma varredura do salão por conta própria.

Ele usava uma máscara de falcão que escondia o nariz de prata, mas fora isso sua figura atlética estava apenas com um traje preto simples, e embora todas as armas de verdade fossem proibidas no salão, ele portava a própria espada na cintura.

Sergei andava com facilidade pela multidão, que costumava abrir caminho para o comandante de qualquer forma quando via o bico afiado do falcão e os olhos reluzentes por trás dele. Sergei cumprimentava com a cabeça os ca'e co' que adivinhavam sua identidade com um sorriso curto atrás da máscara, mas não parava para conversar. Ele viu o archigos e o a'téni ca'Cellibrecca conversando em uma das alcovas privativas e prosseguiu. Viu outros encontros mais íntimos nas sombras do salão e também passou por eles. Tinha feito quase o circuito completo do baile quando parou.

Havia algo de errado a respeito do sujeito: o jeito como ele olhava para a multidão; as pontas puídas da fantasia de bobo da corte que usava; o fato de sua capa não estar tão solta quanto deveria; o gesto predatório de esfregar as pontas dos dedos quando começou a ir na direção de um grupo de pessoas que conversavam perto da estátua ajoelhada de vidro que segurava os músicos. Sergei viu o homem parecer dar um encontrão acidental em um dos homens ali e pedir muitas desculpas antes de ir embora novamente.

Sergei aproximou-se por trás do bobo e falou – Estou impressionado.

O homem virou-se assustado. Ele parecia que ia correr, mas Sergei fez que não com um dedo na cara do homem. O bobo da corte olhou para o dedo como se estivesse paralisado. – Você tem um toque muito suave – disse Sergei para o homem. – O chevaritt ca'Nephri nunca notou, mas eu notei.

– Espere... – O homem parou e lambeu os lábios. O corpo ficou tenso como se fosse disparar. – Do que está falando, vajiki?

– Estou falando da carteira do chevaritt ca'Nephri que agora está aí – disse Sergei ao apontar para a capa do sujeito. – E eu não tentaria correr. Olhe em volta. Viu os três homens em máscaras de falcão que se aproximam de nós? – O homem olhou para a multidão, boquiaberto. – Sim, notei que viu. Se vier quietinho, vai ser melhor para você. Se fizer uma cena e perturbar a festança, bem, eu ficaria muito... irritado. E faria questão de diminuir a minha irritação lá na Bastida.

O homem deixou cair os ombros. – Vajiki, por favor... Tudo o que eu queria era um pouco de dinheiro para a minha família. Para comprar comida. As crianças...

– Tenho certeza de que seus motivos são puros – falou Sergei baixinho, quase com compaixão. – Mas a lei também é clara. Levem-no – disse para os guardas que chegaram. – A carteira do chevaritt ca'Nephri está no forro da capa. Por favor, garantam a devolução imediata para ele. O chevaritt é um bom amigo do a'kralj, afinal de contas. Vocês encontrarão outras carteiras também; guardem até que consigam localizar os donos.

Dito isso, Sergei virou-se enquanto o homem era conduzido discretamente pelo salão. Ele permitiu-se um sorrisinho ao olhar novamente para o ambiente. A orquestra estava tocando a Dança dos Toneleiros, uma de suas músicas prediletas de Darkmavis, e ele olhou um pouco para as pessoas que dançavam. Um casal, que chegou depois à pista, chamou sua atenção. Um dos dois estava vestido como um jovem elegante, mas era obviamente uma mulher; o outro, vestido como um téni... o modo de andar, a postura eram familiares. Sergei foi devagar pela lateral da pista de dança na direção do casal, observando. A atenção que os dois estavam dando um para o outro era uma dança mais sutil e sensual do que aquela que estavam dançando. Ele riu baixinho pelo nariz de prata ao perceber quem estava usando o robe de téni.

O sujeito com certeza era atrevido. Ele admirava isso em um inimigo.

Quando a dança terminou e os dois pararam no limite da pista, Sergei foi até eles.

– Está cuidando da sua planta, enviado? – perguntou para o téni. – Já floresceu?

Ele esperava uma reação maior, mas o homem apenas sorriu. – Comandante. Como você pode ver, eu descobri uma flor por conta própria. – O enviado indicou a mulher ao lado dele. – O'téni Ana co'Seranta, esse é o comandante Sergei ca'Rudka, cujo nome tenho certeza de que já ouviu.

– Você me deixa lisonjeado, enviado ci'Vliomani – falou Sergei sorrindo com educação. Ele fez uma mesura e o sinal de Cénzi para a mulher, que não parava de olhar de um sujeito para o outro. – O'téni, eu não creio que tenhamos nos conhecido formalmente, mas eu certamente sei quem é. Parece que você é a protetora do archigos tanto quanto eu sou o protetor da kraljica.

– O archigos não precisa da minha proteção, infelizmente – respondeu a o'téni. – Ele é bem capaz de se proteger sozinho.

Sergei fez que sim. – Espero que a casa de sua família tenha sido consertada de maneira satisfatória, o'téni. Um infeliz acidente. Foi uma sorte que ninguém tenha se ferido gravemente.

O sorriso educado ficou congelado nos lábios de Ana. Sergei viu o olhar estranho que ci'Vliomani deu para ela. – Sim, tenho certeza de que meu vatarh concordaria com você, comandante.

– Eu não me preocuparia tanto com isso, o'téni – disse Sergei. – Erros acontecem; o importante é aprender com eles e não os repetir. – O comandante desviou o olhar dela para ci'Vliomani. – Enviado, espero que não esteja aqui para cometer um erro também.

– Estou aqui para me divertir, comandante, como todo mundo. E para ter uma chance de ver a kraljica, que me convidou.

– Ah, a kraljica. Tenho certeza de que você sabe que o tempo dela é extremamente limitado e que sua agenda para a noite de hoje já está fechada. Eu odiaria ter que... retirar alguém que tentasse se aproximar dela sem sua permissão expressa.

– Você se preocupa demais, comandante. Tenho certeza de que a o'téni co'Seranta me impediria se eu tentasse fazer qualquer coisa que me expusesse ao ridículo.

Sergei deu um pequeno sorriso. – No entanto ela não lhe impediu de dançar, vajiki.

O numetodo fez uma expressão exagerada de ofensa e colocou a mão sobre o peito. – Comandante, você me magoa profundamente. Ora, nós da Ilha de Paeti somos conhecidos por nossa graça e forma, como tenho certeza que sabe. Se eu errei um passo ou dois, foi porque os músicos não sabiam tocar direito.

– Tenho certeza de que foi por isso – respondeu Sergei. Ele fez uma mesura e o sinal de Cénzi mais uma vez. – O'téni, foi um prazer lhe conhecer. Agora entendo por que o archigos e a kraljica ficaram impressionados com você. Mas, se me dão licença, tenho deveres a cumprir.

Ele fez uma mesura novamente e foi embora. Após três passos, levou a mão ao queixo para coçá-lo debaixo da máscara de falcão. Essa situação merecia ser observada. Co'Seranta já demonstrara ser tão poderosa quanto instável, e se o archigos confiava nela, Sergei não diria o mesmo, especialmente se, como ele suspeitava, ela fosse vulnerável a um romance. O numetodo não consideraria indigno tirar vantagem disso.

Sim. Sergei observaria. E esperaria.

Aí, na hora certa, ele arremeteria como um falcão e atacaria.

– Comandante? – Um dos jovens assistentes de Renard veio correndo até ele. – A kraljica está perguntando se está tudo pronto.

– O quadro está no lugar para a apresentação? – O rapaz concordou com a cabeça. – Então, sim – disse Sergei para o pajem. – Você pode dizer a Renard que estamos prontos.

O rapaz foi embora correndo enquanto Sergei andou sem pressa até seu posto perto da escadaria dos aposentos internos. Quando chegou lá, as trombetas tocaram uma fanfarra.

~ Dhosti ca'Millac ~

DHOSTI LEVOU MUITO TEMPO para se livrar de ca'Cellibrecca. Eles duelaram verbalmente e usaram os mesmos argumentos antigos e as mesmas respostas cansadas. Dhosti suspeitava que ambos podiam ter escrito a discussão com antecedência e não teriam perdido nada de importante. Ca'Cellibrecca não parou de tagarelar sobre o Toustour e a Divolonté, e como a Fé não deveria tolerar dissidências, e como a "leniência" do archigos estava destruindo as bases da fé concénziana. Dhosti parou de ouvir depois das primeiras frases, as costas doíam por ficar de pé durante tanto tempo, e ca'Cellibrecca foi embora com as imprecações e ameaças pouco veladas de sempre.

E agora ele voltou para descobrir Ana dançando com ci'Vliomani. O archigos torceu que ca'Cellibrecca não tivesse visto, mas estava certo de que mesmo que o a'téni tivesse deixado de ver, a notícia chegaria a ele muito rapidamente. Dhosti franziu a testa e apertou o corrimão da alcova com os dedos: o comandante parou para falar com Ana e o numetodo. *Você não pode estar com ela o tempo todo, e ela precisa fazer as próprias escolhas. No fim das contas, é tudo a vontade de Cénzi.* Ele teria que casá-la em breve, decidiu. Isso curaria Ana de qualquer idealismo romântico. Assim como a kraljica, o archigos sabia que o casamento podia ser uma arma tão poderosa quanto qualquer espada, caso fosse cuidadosamente arranjado, e suspeitava que Ana podia ser uma espada extremamente poderosa.

Todo apoiado na bengala, Dhosti foi até a escadaria, cumprimentou os ca' e co' ao passar, trocou algumas palavras com aqueles que conheciam de nome e rosto. Levou vários minutos para chegar ao salão principal. Ele viu

Ana e ci'Vliomani tendo uma animada discussão. – Venha – ele disse para Ana e deu um olhar ríspido para ci'Vliomani. – Temos que estar na escadaria para a entrada da kraljica. Enviado, se nos dá licença...

Ana olhou de relance para ci'Vliomani quando Dhosti pegou seu braço, mas seguiu o archigos. Eles mal chegaram à escadaria – o comandante acenou com a cabeça para eles do lado oposto – quando uma fanfarra estremeceu as paredes do salão. Uma revoada de pombas brancas saiu subitamente dos balcões em uma agitação de asas delicadas enquanto pedaços picados de papel brilhante caíram como uma chuva lenta. Todas as velas do Homem Ajoelhado foram apagadas ao mesmo tempo, seguidas por todas as luzes mágicas em todo o salão. O único ponto de iluminação estava no topo da escada principal. Ali havia uma aparição.

Ela parecia estar vestida completamente de luz: vermelhos e laranjas intensos e um azul-marinho reluzente giravam em sua volta como um redemoinho de cores que tapava todo o corpo, a não ser o rosto. E o rosto... Era a kraljica, sim, Dhosti sabia, mas era a kraljica transformada. Cada fio do cabelo branco era um sol, e a luz parecia irradiar de dentro dela. Os olhos ardiam.

A kraljica ergueu as mãos e raios do mais puro amarelo dispararam das pontas dos dedos. A multidão murmurou em aprovação e irrompeu em aplausos.

Dhosti ouviu os sussurros delicados dos ténis escondidos no topo das escadas enquanto eles entoavam e soltavam o espetáculo de luzes, mas isso não foi ouvido pela multidão mais afastada.

Então as luzes voltaram, os músicos recomeçaram a tocar e a kraljica desceu a escada. A roupa brilhava, mais suave agora, porém difícil de olhar diretamente – era como se ela estivesse vestida como um rápido vislumbre: quando Dhosti tentou capturar uma imagem, ela ficou borrada e sumiu. O cabelo ainda reluzia, porém mais suavemente agora, como as estrelas na noite. Os olhos brilhavam como os de um gato ao refletir a luz de uma lareira.

Dhosti pegou as mãos dela, que eram simplesmente as velhas mãos da kraljica. Ele olhou para o rosto de Marguerite e viu o cansaço e as rugas profundas. – Kraljica, você está magnífica. Sua entrada será o assunto da noite. Nessântico nunca viu nada igual. Foi como se Vucta andasse novamente na terra, da mesma maneira como eu A imaginei.

– Seus ténis fizeram todo o trabalho – falou a kraljica. – Obrigada por mandá-los para mim. – A voz tremeu, tão suave que Dhosti teve que se inclinar para a frente a fim de ouvir. – Dhosti, estou tão cansada. Diga para a o'téni Ana que eu gostaria de pegar seu braço e apoiar-me nela, se a o'téni não se importar. – Então, por um momento, a antiga voz voltou. – Além disso, ter Ana como acompanhante mandaria uma mensagem para o a'téni ca'Cellibrecca, não é?

Dhosti sorriu ao ouvir isso. – Certamente, kraljica. Ana... – O archigos gesticulou para que ela viesse à frente. – A kraljica não está se sentindo bem – ele sussurrou para Ana. – Ela precisa do seu braço.

Ana olhou de relance para a kraljica com preocupação, curvou a cabeça para dar o sinal e depois foi para o lado dela. – Eu ficaria honrada, kraljica. – O braço da jovem reluziu ao entrar em contato com os redemoinhos de luz em volta da kraljica, e Ana fez uma careta. – O Ilmodo está um pouco frio – disse ela alto.

– Está gelado demais – respondeu a kraljica. – Meu sangue virou gelo. Mas, ande, vamos fazer o que é preciso para eu poder voltar aos meus aposentos. Temos que prosseguir para que Justi possa ser anunciado. – Dito isso, a kraljica deu um sorriso ensaiado aos presentes mais próximos e entrou na multidão, com o comandante à esquerda e Dhosti à direita, logo atrás dela.

– Kraljica, que Gschnas magnífico...

– ... o melhor que eu vi na vida...

– ... que tributo maravilhoso para o seu jubileu...

Enquanto a kraljica acenava com a mão, cumprimentava com a cabeça e sorria para os bajuladores os entre os ca' e co' reunidos à sua volta, Dhosti aproximou-se do comandante. – A kraljica não me parece bem, Sergei. Apenas nestes últimos dias...

– Eu compartilho de sua preocupação, archigos. Renard tem falado com os assistentes e enfermeiros da kraljica; todos dizem a mesma coisa. – O comandante franziu a testa acima da máscara de falcão. Ele não olhou para o archigos, mas sim para a multidão da elite espremida em volta da kraljica e Ana. – Na idade dela, nunca se sabe, mas este declínio repentino... Eu considerei a possibilidade de veneno.

– É possível?

Sergei deu de ombros. – Não sei ainda. Mas saberei. – O comandante quase sorriu ao dizer isso, uma expressão que provocou um arrepio em Dhosti como se tivesse soprado neve na espinha. – Renard tentou convencê-la a não descer hoje à noite, para que deixasse o a'kralj representá-la, mas ela se recusou.

– Isso, pelo menos, não mudou – disse Dhosti. Ele viu o a'téni ca'Cellibrecca ir na direção da kraljica com sua filha e o genro a tiracolo. Atrás deles, as trombetas tocaram a fanfarra novamente, e todos voltaram-se para a escadaria a fim de ver o a'kralj fazer sua entrada. Ele seguiu o exemplo da kraljica e estava vestido como uma figura mitológica do Toustour: Misfal, o primeiro dos moitidis a quem Cénzi deu vida com um sopro. A fantasia do a'kralj foi escolhida perfeitamente para sua figura atlética: um colete e calças de couro justo e escuro; uma camisa pintada com veias de mármore; uma reluzente máscara espelhada e cravejada com pedraria; e uma capa que ia até o chão que, assim como a roupa da kraljica, estava viva com uma cor azul prateada, como se caísse uma cascata das costas. Ao chegar ali, o a'kralj começou a se erguer lentamente no ar enquanto nuvens brancas saíam do chão embaixo dele, que depois desceram em grande quantidade pelos degraus. O a'kralj permaneceu suspenso, as mãos ergueram-se como se desse uma bênção antes de ele descer lentamente para o chão outra vez.

Sua exibição foi recebida por um aplauso entusiasmado, ainda que mais curto que aquele dado à kraljica.

Assim que o a'kralj desceu a escada, a kraljica, como era de costume, foi cumprimentá-lo, ainda apoiada no braço de Ana. O a'kralj, ao pé da escada, fez uma mesura e o sinal de Cénzi para Dhosti, que devolveu o gesto. Depois o archigos viu a kraljica pegar a mão do filho e colocar a outra mão dele sobre a de Ana. A voz de Marguerite saiu fraca demais, e o archigos não conseguiu escutá-la quando se inclinou na direção do filho, mas ele presumiu que a kraljica estivesse apresentando Ana para o a'kralj, e isso fez com que Dhosti suspeitasse que a insistência em ser auxiliada por Ana não fosse totalmente acidental. Ele não tinha certeza do que achava a respeito dessa situação; sabia que isso certamente não agradaria sua sobrinha Safina, que geralmente era mencionada como uma possível esposa para Justi. Safina, porém, já demonstrou que não herdou a habilidade de Dhosti com o Ilmodo; ele duvidava que a sobrinha um dia iria além de seu status atual como e'téni, e isso tornava Safina um par menos que adequado para o a'kralj.

Justi acenou com a cabeça para a matarh, deu seu sorriso radiante e perfeito e afastou-se. Passou pela multidão e foi diretamente para o a'téni ca'Cellibrecca, sua filha e o genro, e ali começou uma animada conversa.

– O a'kralj não revela seus planos – disse Sergei ao lado de Dhosti. – Nem seus romances. – Sergei apontou com o queixo para Francesca, cuja mão passou delicadamente pelo braço do a'kralj. Foi a intimidade do gesto que chamou a atenção de Dhosti; o archigos percebeu que isso também atraiu a atenção de Estraven, que fechou a cara acima da borda da saia.

– É sério? – sussurrou Dhosti para Sergei.

O comandante fez que sim.

– A kraljica sabe?

– Acho que ela suspeita. Mas não por minha causa.

– Achei que fazia parte de seu trabalho passar informações à kraljica que ela precisa saber.

O comandante sorriu. – O meu trabalho é saber o máximo possível sobre tudo que acontece aqui na cidade, archigos. E é meu trabalho passar informações à kraljica que exigem ação da parte dela ou que a prejudicariam. Eu sei bem mais do que conto para a kraljica. – Ele encarou o olhar de Dhosti. – Bem mais. Mas mantenho em segredo até a hora apropriada. Ou informo outros que possam saber, melhor do que eu, qual seria a hora apropriada. Creio que me entendeu.

Dhosti concordou com a cabeça. – Levarei isso em consideração.

– Tenho certeza que sim – respondeu Sergei. – Especialmente se a kraljica ou você têm a intenção de casar a igreja com o Estado.

~ Justi ca'Mazzak ~

FOI O APLAUSO que pareceu erguê-lo em vez dos cânticos dos ténis escondidos atrás dele. A aclamação dos ca' e co' abafou o cântico, e Justi fechou os olhos ao abrir bem os braços. Ele ficou parado no ar morno, suspenso pelas palmas. Rápido demais, porém, Justi estava de volta ao patamar da escadaria e desceu os degraus devagar na direção da mutidão.

Em breve, quando ele fosse ao encontro dos ca' e co', Justi seria o kraljiki, e o aplauso e a atenção seriam só seus. Não teria que dividi-los com sua matarh. Mas, por enquanto, ele tinha que sorrir, tinha que se curvar para o anão que, sem perceber, estava provavelmente vivendo seus últimos dias como archigos; tinha que dar a mão à matarh em súplica: sorrindo, sempre sorrindo, mesmo quando olhou intrigado para o jovem – não, era uma moça, ele percebeu subitamente – que estava de braço dado com a kraljica.

A mulher estava *apoiando* sua matarh, ele notou de repente. Justi quase sorriu.

A matarh agarrou sua mão. A dela estava fria e tremendo, a pele tinha manchas e rugas. Ela pegou a outra mão de Justi e colocou sobre a da moça. – Justi – falou sua matarh. – Essa é a o'téni Ana co'Seranta... você sabe, quem salvou o archigos do assassino numetodo. – A voz tremeu e estava tão fraca que Justi mal conseguiu escutar. Ela parecia realmente velha hoje. Parecia doente.

– Então essa é a o'téni que eu ouvi falar tanto – disse Justi. – É um prazer lhe conhecer.

Ela não conseguiu dar a reverência completa que a etiqueta mandava por estar no braço da kraljica, mas abaixou a cabeça e murmurou, mais para o chão do que para ele – Obrigada, a'kralj. Sua fantasia... foi bem impressionante.

Ele acenou rapidamente com a cabeça e ignorou o elogio. – Matarh, a senhora deveria estar aqui fora? Se quiser se recolher, eu terei o maior prazer em...

– Não. – Por um momento, a voz retomou o tom ríspido e autoritário de sempre. – Eu estou bem. Estava pensando, Justi, que você e a o'téni Ana deveriam dançar mais tarde.

– Tenho certeza de que podemos arrumar tempo para isso, matarh – respondeu ele. *Então é essa que você escolheu, matarh?, ele queria perguntar. A senhora pelo menos podia ter escolhido alguém menos comum.* – Mas, se me der licença por um instante...

A matarh arregalou os olhos diante da brusquidão do filho, mas ele foi embora rapidamente antes que ela se recuperasse e fizesse um comentário. Justi tinha visto Francesca de relance na multidão, parada ao lado do vatarh, e foi em sua direção. – A'téni ca'Cellibrecca – falou ele ao receber a reverência do homem mais velho. – É bom ver você novamente, e tenho que dizer que a simplicidade de sua fantasia é animadora. – Justi fez um gesto de tristeza para a própria fantasia. – Sinto-me um pouco... chamativo.

– O a'kralj sempre chama a atenção, como deve ser – respondeu ca'Cellibrecca. – Ele fez uma pausa e olhou enfaticamente na direção da kraljica e do archigos. – O senhor já conhece minha filha e seu marido...

– Sim, é claro. Vajica, u'téni, como vocês dois estão na noite de hoje? – Ele mal conseguiu esconder que estava se divertindo ao ver o marido de Francesca, cujas bochechas, que já estavam vermelhas de ruge, ficaram ainda mais rubras na barra daquela ridícula fantasia. Justi sabia que a roupa tinha sido escolhida por Francesca para Estraven; ela riu a respeito disso na última vez em que esteve com ele. O a'kralj imaginou o quanto o homem sabia ou suspeitava; não que isso importasse. Ca'Cellibrecca já tinha prometido que o casamento seria anulado assim que ele se tornasse archigos e que o u'téni Estraven seria acalmado com outra esposa: Allesandra, a filha do hïrzg de Firenzcia, foi mencionada. Justi pegou a mão de Francesca. – Você deixa as outras mulheres aqui envergonhadas, vajica. Elas não têm chance de competir. – Francesca manteve o olhar nele enquanto sorria.

– O senhor me honra, a'kralj – murmurou ela.

– A'kralj – disse o a'téni ca'Cellibrecca –, nós precisamos conversar depois. Eu tenho algumas novidades que queria contar para o senhor. Talvez depois da revelação do quadro da kraljica?

Justi sorriu ao ouvir isso. *Após a revelação, pode não haver necessidade de conversa.* – Seria um prazer, a'téni. – Ele olhou para cima, onde uma estrela parecia descer do teto, em meio a uma nova fanfarra de cromornos e trombetas. Um espaço foi aberto debaixo da claridade que descia e criados correram adiante com cadeiras. Justi notou que o archigos e sua matarh estavam se sentando, e um dos assistentes de Renard veio decidido em sua direção. – Se me dá licença, a'téni. É dever do a'kralj estar submisso ao lado da kraljica nestes momentos, infelizmente.

Ca'Cellibrecca fez uma mesura levemente, e Justi soltou a mão de Francesca após apertar gentilmente para que ela sorrisse. O a'kralj foi rapidamente para o centro do saguão, onde a estrela pulsava e irradiava tão intensamente que ele teve que proteger os olhos. Renard, que estava ao lado da o'téni co'Seranta, logo atrás do espaldar alto da cadeira da kraljica, gesticulou para o assento vago à direita, com o espaldar apenas ligeiramente menor que o da kraljica ou do archigos. A estrela lançou sombras frenéticas atrás dos espectadores. Assim que Justi sentou-se, ela brilhou com as cores do estandarte de Nessântico e alternou tons de azul e dourado. Depois a estrela foi apagada, a multidão perdeu o fôlego e pestanejou para tentar ajustar a visão diante do que parecia o cair repentino da noite. Justi fechou os próprios olhos, e imagens persistentes roxas e amarelas correram umas atrás das outras por dentro das pálpebras. Quando o a'kralj abriu os olhos novamente, havia um retângulo alto coberto por um pano negro diante da plateia, iluminado pelo brilho branco de lâmpadas mágicas perto dele.

– Onde está aquele maldito pintor? – Justi escutou Renard sussurrar rispidamente atrás de seu assento. – Ele deveria estar aqui... – Ele ouviu um assistente ir embora. Justi sorriu por dentro. A multidão começava a murmurar, inquieta, enquanto a pintura coberta permanecia sem ser revelada.

– Matarh... – falou Justi ao se inclinar na direção dela. – Acho que o vajiki ci'Recroix sofre de uma modéstia súbita em relação à sua habilidade como pintor. Talvez a o'téni co'Seranta pudesse assumir a tarefa... – Justi olhou de relance para a jovem e sorriu.

– Sim. Ana, se pudesse...

A o'téni fez uma mesura. Justi ouviu a jovem tomar um longo e nervoso fôlego ao passar por entre as cadeiras e entrar na claridade. Ela foi até o quadro coberto, fez uma mesura e o sinal de Cénzi para o trio sentado e depois puxou o pano de seda da pintura.

A multidão respirou fundo em massa. Até mesmo Justi viu-se tomando fôlego. O quadro...

Era magnífico. Não havia outra palavra para ele. O pincel de ci'Recroix registrou a kraljica como se ela estivesse se virando na direção do observador. A figura sentada no Trono do Sol foi retratada em escala maior do que a real. O contraste era claro-escuro, as feições da kraljica eram iluminadas pelo lado, cada fio de cabelo e cada dobra no rosto estavam visíveis. A boca estava ligeiramente aberta e uma mão erguia-se do colo como se ela estivesse chamando alguém ou prestes a falar com a pessoa.

A pintura quase parecia se mexer, tão natural e realista que Justi por pouco não acreditou que sua matarh sairia da moldura do quadro para o chão de ladrilhos do salão.

O aplauso começou tímido, então rapidamente virou uma onda gigantesca de apreciação que varreu o salão, ensurdecedor e estupendo. As pessoas chegaram à frente e espremeram-se a fim de ver melhor...

E a kraljica, ao lado de Justi, soltou um grito abafado.

– MATARH, acho que o vajiki ci'Recroix sofre de uma modéstia súbita em relação à sua habilidade como pintor. Talvez a o'téni co'Seranta pudesse assumir a tarefa... – O a'kralj olhou para trás da cadeira em direção a ela e sorriu. Foi um sorriso radiante e artificial, sem calor humano algum. Ana viu-se recuando ao vê-lo.

– Sim. Ana, se pudesse – ela ouviu a kraljica dizer e queria recusar, mas aí o archigos fez que sim com um olhar solene. Ana obrigou-se a fazer uma mesura ao concordar. Ela percebeu os olhares da multidão enquanto entrava no foco de luz brilhante em volta do quadro. A respiração ficou presa na garganta; ela pensou que iria desmaiar, mas fez um esforço para respirar fundo. Viu o enviado ci'Vliomani bem atrás da kraljica, do archigos e do a'kralj, no corrimão do patamar no fundo do salão. Ele ergueu uma mão para ela e sacudiu a cabeça. Ana ficou pensando nisso enquanto fazia a reverência que a etiqueta exigia. Ela colocou a mão no pano macio que cobria a tela.

Ana deu um puxão, e o pano caiu como uma sombra negra. Ela prendeu um gritinho. Podia ter jurado que viu a figura debaixo do pano *se mexer* naquele momento, como se a figura tivesse ficado assustada com o movimento súbito, como se os olhos tivessem encarado os seus por um instante antes de se voltarem para as três pessoas sentadas diante do quadro.

Ana ouviu a multidão prender um grito ao mesmo tempo... e sentiu... sentiu...

Ana não tinha certeza do que era. A sensação era como se um rio no inverno corresse por ela enquanto permanecia parada ao lado do quadro, um rio que fluía da kraljica em sua cadeira para a direção do próprio quadro, um frio tão intenso que ardia, e as águas invisíveis soltavam um lamento tão alto que era a voz da própria kraljica.

Ana viu a kraljica começar a se levantar da cadeira com o rosto atormentado e aterrorizado, e aí subitamente desmoronou e caiu para a frente. A cabeça fez um terrível som oco ao bater nos ladrilhos. O vestido, ainda vivo com a iluminação dos ténis, esparramou-se em volta dela.

Por um momento, tudo ficou paralisado em uma cena. Ana conseguiu ver todo mundo: o a'kralj, imóvel exceto pela cabeça voltada para a sua matarh; o archigos se projetando da cadeira com os pés pequeninos balançando; Renard, atrás da cadeira da kraljica, com a mão esticada para ela, impotente e atrasado demais; o rosto severo e assustador do comandante, que olhava a multidão como se procurasse por alguém; o enviado ci'Vliomani, perto do fundo da multidão, que virou o rosto. Então tudo voltou a se mexer. Renard empurrou o trono para o lado e correu na direção da kraljica, enquanto o a'kralj ficava de joelhos ao lado dela; o archigos saiu da cadeira com um cântico nos lábios; o comandante sacou a espada enquanto a multidão avançava; Karl ci'Vliomani sumiu no mar de movimento.

Ana afastou-se correndo do quadro e aninhou-se perto da kraljica.

– Para trás! – Ela ouviu o comandante gritar. – Todo mundo para trás! – Mas eles continuavam vindo para a frente, atraídos pela comoção, e o archigos ergueu a mão, ainda entoando. Ana sentiu a onda de poder emanar do anão, uma tremulação de ar que passou por ela sem tocá-la, mas que se solidificou em uma parede que empurrou e conteve a multidão.

O a'kralj ergueu sua matarh nos braços; Ana notou que ela respirava, que arfou ao ser levantada e sentiu um alívio. *Ela não está morta.* – Renard! – berrou o a'kralj. – Chame o curandeiro. Leve-o aos aposentos da kraljica. Agora! – Renard fez uma mesura e foi embora correndo. – Archigos...

– Eu abrirei caminho – falou o archigos, e Ana sentiu a parede invisível se mexer. Um caminho começou a ser aberto diante deles. Ela ouviu o comandante gritar ordens para sua equipe, e o barulho da multidão foi ensurdecedor. – Ana, venha conosco.

Ana seguiu o archigos, que ia na frente do a'kralj. Eles saíram rapidamente do salão por uma porta lateral e um corredor que levava a outra porta. Os criados corriam na frente deles. A porta foi aberta para uma escada, e eles subiram rapidamente dois lances. Ana viu-se finalmente nos corredores dos aposentos particulares da kraljica. Mais criados apareceram para abrir portas e conduzi-los ao quarto da kraljica, que foi pousada na cama pelo a'kralj. – Matarh – disse ele –, pode me ouvir?

Um leve aceno de cabeça. Os olhos da kraljica abriram-se e mostraram mais a parte branca cheia de veias vermelhas. – Eu senti... meu coração sendo arrancado... a cabeça explodindo... – A voz era um sussurro, praticamente inaudível. – Tão cansada...

– Onde está aquele curandeiro? – falou o a'kralj em voz alta e com o rosto vermelho. Ele foi até a porta. – Renard! – berrou.

– A'kralj – disse o archigos com uma voz cansada e trêmula. Justi deu meia-volta com os olhos brilhando. – O comandante precisa de você lá embaixo para acalmar os convidados.

O a'kralj olhou para a cama. – Se minha matarh estiver em perigo...

– Ela está descansando agora – falou o archigos em tom confortador. – Você tem um dever a cumprir. Os ca' e co' estão alvoroçados e precisam de sua liderança neste momento. Sua matarh precisa disso.

Ana viu o a'kralj cerrar os lábios. O rubor no rosto diminuiu, embora o olhar se mantivesse na cama. – Sim – disse ele. – Mas...

– Deixe-me cuidar dela – falou o archigos. – Nós cuidaremos disso. Não há nada que você possa fazer aqui, mas lá embaixo, sim. O comandante precisará de ordens suas como o a'kralj e como o kraljiki em exercício enquanto a kraljica permanecer incapacitada. Eu mandarei lhe chamar imediatamente se houver alguma mudança aqui.

O a'kralj concordou com a cabeça. Ele correu para a porta. O archigos olhou para os criados presentes no quarto que pegavam roupas de cama, serviam água e reacendiam o fogo na lareira. Um e'téni da equipe palaciana entoou um cântico para acender uma lâmpada, outro fez circular as pás de um ventilador para afastar o ar viciado. – Deixem-nos – disse o archigos para todos eles. – Agora. – Eles fizeram uma mesura, saíram correndo do quarto e fecharam a porta.

O archigos olhava fixamente para a figura imóvel na cama, para o peito frágil que subia e descia devagar.

– Archigos – falou Ana. O homem olhou para ela com uma expressão severa que a assustou. – Quando o quadro foi descoberto, eu senti uma coisa...

– Não temos tempo para isso – disse o archigos. – Renard pode vir aqui ou o a'kralj pode voltar. Venha aqui, Ana. Fique ao lado da cama.

Ana sabia o que ele queria dela. – Archigos, eu não deveria... A Divolonté...

– Eu comando a Concénzia, criança, e sei o que a Divolonté diz e sei que foi escrita pelos a'ténis e não pelo próprio Cénzi. Eu também acredito que Cénzi não distribui dons para as pessoas sem necessidade. Agora, faça o possível por ela e faça rápido. Vamos, estamos sozinhos aqui.

Ana aproximou-se da cama. Ela olhou para kraljica, tão pálida na fantasia resplandescente. Ela parecia praticamente morta agora, a respiração tão fraca que mal movia o peito, o rosto encovado. – Você sabe o que fazer – falou o archigos. – Reze para Cénzi, Ana.

Ela rezou. Ana tomou um longo e trêmulo fôlego. Fechou os olhos e pegou uma das mãos da kraljica. O cântico veio até ela espontaneamente, surgiu de um lugar que Ana imaginou como o centro de sua fé, bem dentro de si. Os lábios moveram-se com as palavras que moldavam o poder que emergia com elas, o Ilmodo. Suas mãos levantaram a da kraljica e moldaram o poder crescente. Ela formou o Ilmodo de maneira que saísse do coração e se acumulasse nas mãos, e dali fosse transferido para a kraljica. Era quente esse poder, como um sol líquido, e quando tocou a velha na cama, Ana também viu-se presa na mente da kraljica. Ela conseguiu ouvi-la gritar e chorar na escuridão interior. Ana deixou que mais Ilmodo saísse dela para entrar na kraljica...

... mas não foi como antes. Naquela ocasião, o Ilmodo preencheu a matarh de Ana como se ela fosse um recipiente vazio, se moveu pelo corpo como se fosse sangue. O corpo dela conteve o Ilmodo como uma taça e ficou fortalecido.

Mas não foi o que aconteceu com a kraljica. O Ilmodo entrou e saiu da mulher como se fosse uma tigela furada, e Ana sentiu a força vital da kraljica escorrer pelo mesmo buraco e ser drenada. O fluxo era irresistível; Ana viu-se caindo com ele, sem ter sido convidada, levada pela onda de espumas brancas que entrava e saía da kraljica – e ela sabia para onde estava sendo levada enquanto lutava para se segurar. O Ilmodo estava sendo arrancado de Ana até o salão lá embaixo, onde estava o quadro. O feitiço dentro da pintura sugava vorazmente, arranhava Ana, arrancava a energia do Ilmodo. Ela lutou contra o encantamento, recuou e concentrou-se na kraljica, na conexão que a prendia ao quadro. Ana lutou para controlar o Ilmodo, para usá-lo para fechar e selar o rasgo no espírito da kraljica. A resistência foi terrível, era como se ela estivesse lutando fisicamente com alguém, alguém que era facilmente tão forte quanto ela e determinado a vencê-la.

Ana arfou. Sentiu como se estivesse berrando seu cântico dentro de um vendaval, mas, por um momento, achou que estava vencendo. Seu Ilmodo brilhou, e ela conseguiu ouvir a voz da kraljica – *Estou aqui, Ana... Sinto você...* – Mas aí ela foi atirada para o lado antes que pudesse alcançar aquela voz. Atirada para o lado e para fora.

Ela estava de volta à sala, segurando a mão da kraljica. O cabelo estava molhado de suor; ela ofegava como se tivesse corrido do Templo do Archigos até aqui. Sentia o cansaço aumentar, o preço do feitiço.

– Archigos...

– Eu sei. Eu senti. O Ilmodo se mexendo.

Ana fez que sim. – A kraljica... É o quadro que está matando a kraljica. Acho que esse tal de ci'Recroix de alguma forma... – Ela não conseguiu completar o raciocínio enquanto o archigos concordava com a cabeça.

– Suspeito que descobriremos que o vajiki ci'Recroix deixou a cidade com pressa – disse ele.

– Eu já deveria saber, archigos – falou Ana. Ela fez um esforço para ficar acordada contra a compulsão de ceder à exaustão. – Quando estivemos aqui pela última vez, eu olhei o quadro. Pensei ter sentido algo parecido com um feitiço téni dentro dele, mas achei que fosse a maneira como o pintor retratava tão fielmente as figuras. Pensei que fosse uma coisa que ele fazia inconscientemente, sem sequer saber que estava fazendo, como eu curava dores de cabeça quando era criança. Eu devia ter lhe contado. Se tivesse, talvez... – Ela parou com a mão sobre a boca. – Eu diminuí o processo, mas não acho que consiga curá-la. Deve haver outra pessoa, outra maneira qualquer...

– Duvido – respondeu o archigos, que se remexeu e começou a ir até a porta com a mortalha esvoaçante. – Vou chamar o comandante e mandar que pegue o quadro para trazê-lo aqui. Se o queimarmos, talvez...

– Não! – interrompeu Ana. Ela ficou ofegante com o esforço do grito, o cansaço dizia para sucumbir. – Ela está presa ao quadro. Se o senhor destruir a pintura, vai destruir a *kraljica* também.

– Tem certeza disso, Ana?

Ana fez que não. O fôlego saiu assobiando dos pulmões. – Não posso ter certeza, mas senti a conexão. Já existe muito da kraljica preso ao quadro. Se cortar a ligação entre ela e a pintura, a kraljica não terá mais nada.

O quarto estava escurecendo em volta do archigos. Ana enxergou o anão como se ele estivesse no fim de um longo túnel, delineado por uma claridade dolorosa. – Tudo que consegui fazer foi amenizar o escoamento da kraljica para o feitiço no quadro, mas não consegui fechá-lo completamente. Mesmo que pudesse, acho que temos que manter a conexão aberta para possivelmente trazê-la de volta. – A explicação consumiu todo o seu fôlego. – É como se ela estivesse sangrando de um ferimento, archigos, só que por dentro.

Ana desviou o olhar do archigos para a kraljica; virar a cabeça provocou náusea e desorientação, como uma criança que ficou rodopiando e parou de repente. O quarto oscilou e ela cambaleou. – Ana! – Ela ouviu o archigos gritar quando agarrou uma coluna da cama da kraljica, mas a voz do anão pareceu vir de um lugar muito longe. Agora o quarto estava girando como em um terremoto e o fogo saltou da lareira, ela foi derrubada e levada pela onda de calor, pelas chamas e pelo som.

◇◇◇ MANOBRAS ◇◇◇

Jan ca'Vörl

Ana co'Seranta

Karl ci'Vliomani

Edouard ci'Recroix

Ana co'Seranta

Mahri

Ana co'Seranta

– VOCÊ SEMPRE TEM que estar ciente do terreno. Ter que atacar morro acima é uma tremenda desvantagem.

– Porém nós tivemos que fazer exatamente isso no lago Cresci, nas Escarpas. – Jan meteu-se na conversa. – Foi uma tremenda dureza, mas a tática funcionou porque eles não esperavam aquilo de nós.

O o'offizier ci'Arndt pareceu levitar ao prestar continência quando o hïrzg apareceu, acompanhado pela vajica Mara. Allesandra pulou da cadeira que ficava à mesa onde os soldadinhos de brinquedo estavam dispostos e correu para Jan. – Vatarh! Georgi estava me ensinando! Ele disse que eu daria uma excelente starkkapitän. – O jovem offizier ficou vermelho ao ouvir isso, ainda prestando continência.

– Descansar, o'offizier – disse Jan. – Eu agradeço o tempo que está dedicando a Allesandra, e ela gosta da sua companhia.

– Obrigado, hïrzg. Ela realmente aprende rápido.

Jan sorriu para ele. O jovem – ele não devia ter mais do que 20 anos – era bonito o suficiente, e o hïrzg notou o jeito possessivo como a filha olhava para ele. Jan perguntou-se se não seria apropriado despachar o o'offizier em breve; às vezes Allesandra agia de maneira preocupante, como se fosse mais velha do que era, e um ci' jamais seria uma paixonite adequada para a filha do hïrzg, mesmo que fosse um bom offizier.

Mara também estava olhando para ele, e Jan achou graça nisso. – Você pode ir, o'offizier – disse o hïrzg para ci'Arndt. – Eu assumo seu posto aqui.

O homem prestou continência outra vez e saiu da tenda. Jan sentou-se ao lado de Allesandra e ergueu o olhar para Mara. – Você deve voltar para a hïrzgin, Mara. Há normas do decoro que ainda temos que seguir. – Jan pegou e beijou a mão de Mara.

Mara sorriu para ele e para Allesandra. – Eu entendo, meu hïrzg – falou ela ao fazer uma mesura. Mara saiu da tenda em uma onda de perfume e tecido de cores claras.

– Mara é mais legal do que a matarh – Allesandra arriscou dizer enquanto Jan via Mara ir embora sem querer desviar o olhar.

– Eu entendo por que pensa assim, Allesandra – falou Jan quando voltou sua atenção para ela. Ele olhou para os soldados dispostos sobre a mesa e mexeu lentamente no cabelo da filha. – Allesandra, quero conversar com você.

– O senhor está tão sério, vatarh.

– Estou sim. – Ele foi até a abertura da tenda e olhou para fora. Markell postou os guardas a uma distância suficiente para que não pudessem ouvir, e Jan sorriu. A luz do sol revelaria qualquer um que tentasse chegar de mansinho por trás para escutar. Ele voltou para o interior e sentou-se. – Allesandra, você estava certa quando disse que eu não deveria casar com Mara, mesmo que pudesse. Ela é... – Jan parou para escolher as palavras com cuidado – ... uma pessoa cuja companhia eu aprecio, mas não é do meu nível, nem do seu, nem mesmo da sua matarh. Mara me dá o que pode, e por minha vez eu faço alguns favores para ela de vez em quando. Sei que você entende. Ela e eu somos... – Jan fez uma pausa, e Allesandra aproveitou a deixa com um sorriso.

– Como eu e Georgi, vatarh?

Jan riu alto ao ouvir isso. – Você é muito observadora, meu passarinho. Allesandra, mesmo que seu irmão Toma tivesse sobrevivido à febre do sul, acho que você seria quem eu nomearia como meu herdeiro.

Allesandra riu, embora houvesse tristeza por trás da expressão. Ela afastou os cachos da testa. – Eu sinto mesmo saudade do Toma, vatarh.

– Eu também. Muito. Mas eu olho para você – ele reparou novamente nos exércitos em miniatura espalhados sobre a mesa, na colocação dos arqueiros e dos ténis-guerreiros, da infantaria e dos chevarittai – e sei que pensa como eu, mais do que Toma jamais pensou. E você está crescendo mais rápido do que eu posso acreditar, minha querida. Então... preciso conversar com você de hïrzg para a'hïrzg porque vão acontecer coisas muito em breve.

– Que coisas? – O rosto redondo fez uma careta como se ela não tivesse certeza se deveria ficar contente ou chateada.

– Nada que eu possa lhe contar ainda, embora você vá saber quando elas acontecerem. – Jan tirou um dos soldados da mesa: um integrante da infantaria com a espada erguida no meio de um golpe. – Se seu inimigo estivesse procurando por uma ameaça que viesse de outra direção, e você fosse o starkkapitän com seu exército a postos para se deslocar, o que acha que Georgi lhe diria para fazer?

– Ele diria para atacar rápido, antes que o inimigo pudesse reagir – respondeu Allesandra, e Jan riu outra vez.

– Ele estaria certo. Isso é exatamente o que eu faria. – Jan colocou o soldado de volta sobre a mesa. – Exatamente.

~ Ana co'Seranta ~

ANA ESFREGOU O PAPEL entre os dedos. Um pequeno pacote chegou a seus aposentos na manhã seguinte aos terríveis acontecimentos do Gschnas. O selo no papel duro ainda estava presente com a insígnia de uma concha na cera vermelha. Dentro da caixinha havia uma concha de pedra igual a que o vajiki ci'Vliomani mostrou para ela na noite anterior, só que essa estava suspensa por um cordão fino de prata.

Dentro também veio a mensagem dobrada que ela segurava agora. Apesar da tristeza, ela sorriu momentaneamente ao se lembrar do baile e do enviado ci'Vliomani, a conversa e a dança dos dois, mas o prazer da memória foi obliterado no momento seguinte pela culpa. Como ela podia sentir qualquer coisa que não fosse tristeza do Gschnas depois do que aconteceu com a kraljica? Ainda assim...

Ana perguntou-se se alguém abriu o pacote: ela mesma podia ter feito isso facilmente com um toque de magia do Ilmodo. Ela imaginou se o archigos leu a pequena mensagem:

Você precisa saber que eu não tive nada a ver com o que aconteceu ontem à noite. Essa é a verdade. Se quiser saber mais, encontre-me no centro do Velho Dis-

trito após o acender das lâmpadas. Use a concha sobre a roupa. A melhor maneira de descobrir a verdade é vê-la com os próprios olhos. Depois do que aconteceu no Gschnas, talvez haja pouco tempo.

Não havia assinatura.

Ana não sabia como se sentir ou o que fazer. Uma mensagem do enviado numetodo oferecendo um encontro... Será que o archigos esperaria que ela contasse para ele? Aliás, se o archigos já soubesse e ela ficasse em silêncio, o que ele pensaria então?

Ela amassou a mensagem e a caixinha e atirou os dois na lareira. Viu as bordas ficarem marrons e depois entrarem em chamas. Ana pegou a concha pela corrente e girou diante de si. Pensou em colocá-la em uma das gavetas da mesa ou talvez esconder entre as roupas. Ela examinou a concha, os sulcos tão bem definidos na pedra como se tivessem sido esculpidos. Ergueu o cordão e colocou no pescoço. Ana olhou-se no espelho enquanto tocava a concha e depois a colocou debaixo do robe. Não, não ficava evidente ali. – Watha, o archigos já chegou? – chamou ela.

Watha entrou, fez uma mesura e o sinal de Cénzi para Ana. – Ele deve chegar a qualquer momento, o'téni. – Ana viu o olhar da criada se voltar para a mesa e vasculhar o quarto. Estava procurando a caixa, sem dúvida. A mulher umedeceu os lábios como se fosse falar, mas evidentemente pensou melhor. – Vou mandar Tari ficar de olho na carruagem – disse ela finalmente.

– Obrigada, Watha. – A mulher fez uma mesura novamente e saiu do quarto. Ana tocou novamente a concha debaixo das dobras do robe ao se olhar no espelho. Um rosto comum e cansado encarou Ana de volta, com olheiras. Ela não se lembrava de nada da noite passada além da tentativa de curar a kraljica. Todos os eventos do Gschnas foram cobertos por uma sensação de irrealidade, como se fossem coisas que aconteceram com outra Ana. O preço por ter usado o Ilmodo foi grande; o corpo ainda doía e o cansaço afetava os braços e as pernas apesar do longo sono; já era quase meio-dia, e ela sentia-se como se tivesse dormido apenas alguns momentos.

– A kraljica... – perguntou Ana atráves dos lábios secos e rachados assim que acordou. Watha estava ali, sentada em uma cadeira ao pé de sua cama. – ... Ela está...

– O archigos mandou um mensageiro mais cedo, o'téni – respondeu a criada. – Ele disse que a situação da kraljica permanece a mesma e avisou que a senhorita irá vê-la ao meio-dia. O archigos vai mandar uma carruagem. Nós todas ficamos muito preocupadas quando soubemos o que aconteceu, o'téni, especialmente após o que quase aconteceu com o archigos.

Ana suspirou ao se olhar no espelho. Sabia que o archigos pretendia que ela usasse o Ilmodo novamente na kraljica, e não tinha certeza se seria capaz, não esgotada como estava. E se ela conseguisse, então como se sentiria quando as lâmpadas fossem acesas pela cidade? Será que sequer estaria acordada?

Ela tocou a concha debaixo do robe mais uma vez. Ana já havia sentido atração antes, com certeza, embora raramente fosse correspondida – o amor parecia reservado a mulheres mais bonitas do que ela.

Mas o vajiki ci'Vliomani... Karl...

Pode ser tudo fingimento, parecia dizer o reflexo no espelho com a testa franzida. *Ele é um numetodo; você é uma o'téni. O que ele sentiu pode ser pretexto, tudo unilateral mais uma vez, para ele ter uma porta aberta na Fé. Ele pode ter a intenção de corromper você. Tenha cuidado. Tenha muito cuidado.*

– Eu terei – falou Ana para o espelho.

– O'téni? – perguntou uma voz vinda da porta. Ana assustou-se e virou o rosto para ver Sunna ali. – O que a senhorita disse?

– Nada. A carruagem está aqui?

– Sim – falou Sunna. – Eu disse para o téni avisar o archigos que a senhorita já está descendo.

O archigos falou pouco além do cumprimento obrigatório até que o condutor téni fechasse a porta da carruagem e começasse o cântico para colocar o veículo em movimento pelas ruas. A carruagem foi se sacudindo sobre os paralelepípedos ao dobrar na Avi a'Parete, as pessoas na rua fizeram reverências e o sinal de Cénzi com expressões solenes enquanto eles passavam. O archigos suspirou profundamente e falou – Consegui descobrir uma coisa ontem à noite. Você se lembra do quadro de ci'Recroix na sala de visitas de kraljica? Aquele da família?

– Sim, archigos. É uma pintura muito encantadora que me dá vontade de não parar de olhar para ela. A mulher com o bebê... Eu quase espero ouvir o bebê mamando.

– A família que ele retratou está morta. Todos eles – contou o archigos. – Eles morreram, segundo me disseram, um dia após o quadro ter sido completado, de uma doença trágica e desconhecida. Estranhamente, esse parece ser o caso com vários dos modelos das pinturas de ci'Recroix nos últimos quatro ou cinco anos, embora não antes: a pessoa pintada por ele morre de maneira repentina e inesperada. Uma série de coincidências trágicas que nunca veio à tona uma vez que ci'Recroix jamais aceitou a encomenda de um quadro na mesma cidade duas vezes.

Ana sentiu um aperto no peito como se alguém estivesse sentado nele. – Eu não acho que seja coincidência, archigos.

O anão torceu o nariz. – Nem eu, Ana. Nem eu. Eu acho que ci'Recroix andou praticando.

– Mas por quê? E por motivos próprios ou de outra pessoa?

– Isso eu não sei, mas descobrirei. Tenho minhas suspeitas, no entanto.

– Os numetodos? – perguntou Ana hesitante ao pensar na mensagem que recebeu. Ela estava com medo de sequer olhar de relance para o archigos, com medo de que ele visse o que ela escondia.

Ana sentiu, mais do que viu, o archigos dar de ombros. – Possivelmente, mas duvido. A kraljica é mais propensa a ser favorável aos numetodos do que o a'kralj, afinal de contas. Por quê? Você sabe alguma coisa a respeito dos numetodos que a levaria a supeitar deles? Eu vi você com o enviado ci'Vliomani ontem à noite.

O archigos olhava para ela. Ana sentiu o olhar do anão e preferiu se virar para a janela da carruagem a encará-lo. *Se ele sabe a respeito da mensagem, se o archigos leu o bilhete, então eu devo contar para que saiba que não escondo segredos dele...*

Ela sabia que devia se abrir com o archigos, mas mesmo quando começou a falar, outra voz interna foi contra. *Se você contar e o archigos não souber de nada, ele não vai lhe deixar ir. O archigos vai garantir que o enviado ci'Vliomani seja mantido afastado, e você jamais saberá se o que ele disse ou que você talvez tenha sentido seja verdade...* – Não – falou Ana para a janela. – Só estava especulando, apenas isso. O senhor está certo, é claro, archigos. O enviado ci'Vliomani disse que estava ansioso para se encontrar com a kraljica, e creio que foi sincero. – Ela fez um esforço para se voltar para o archigos. Não havia nada no rosto encarquilhado do anão que sugerisse que ele pudesse estar desapontado com ela ou que Ana falhara em um teste. – Se não forem os numetodos, então quem?

O archigos apenas balançou a cabeça. – Não vou dizer. Não sem mais provas; provas que eu tenho plena confiança de que estão por vir. Contei ao comandante ca'Rudka o que eu descobri, e ele começou a sua própria investigação. O comandante tem... – o archigos franziu a boca momentaneamente – ... fontes e maneiras de conseguir informações que eu não possuo.

Ana sentiu um arrepio ao se lembrar do homem e da sensação de perigo velado que ele passava. Ela conseguiu imaginar as maneiras de conseguir informações que o archigos se referiu. – E a kraljica? – perguntou Ana.

O archigos balançou a cabeça. – Não melhorou. Talvez esteja um pouco pior. Renard não está otimista. Ela permanece inconsciente desde o incidente, e ninguém consegue despertá-la.

– Archigos, eu não sei se consigo. A noite de ontem me esgotou profundamente.

O anão estendeu a mão pequena e deformada e bateu de leve na dela. – Eu não pedirei nada que você ache que não possa fazer, Ana. A escolha é sua... sua e de Cénzi.

– E se ela morrer?

O archigos olhou intensamente para ela e depois franziu a testa. – Se ela morrer, Ana, eu temo por Nessântico, sinceramente.

~ Karl ci'Vliomani ~

– SE ELA MORRER, estamos perdidos. Completamente perdidos.

– Não é tão ruim assim, Mika – respondeu Karl. A taverna estava fria a despeito do fogo intenso na grande lareira de pedra perto da mesa. As paredes estavam cobertas por sombras e fumaça, e a estalagem cheirava a fuligem e cinzas por causa da má ventilação da chaminé. Apesar do sol do meio-dia lá fora, as janelas cerradas mantinham a taverna em uma penumbra permanente. A cerveja na caneca diante dele era azeda e com lúpulo demais para o gosto de Karl. Ele sentia falta das cervejas escuras, tipo stout e porter, espessas e com muito malte de sua terra natal. Atrás da caneca, Mika parecia assustado e preocupado ao se desbruçar para sussurrar do outro lado da mesa.

– Não? A dança com o novo brinquedo do archigos rendeu tanto assim? Você quer dizer que não prevê corpos pendurados para exibição pública aqui em Nessântico quando o a'kralj se tornar o kraljiki? Eu consigo vê-los bem claramente e vejo o seu rosto e o meu em dois dos corpos.

– Aquilo não foi culpa nossa. Ambos sabemos disso.

– Certo. Isso vai ser um grande alívio para os parentes que eu deixar, tenho certeza. Vou fazer questão que esteja gravado na minha lápide: *Não foi culpa dele.* – Com um resmungo de revolta, Mika recostou-se na cadeira e bebeu a cerveja em um longo gole só. – E você convidou seu brinquedo para a reunião hoje à noite?

– Mika. – Karl agora se debruçou sobre o tampo sujo e arranhado da mesa. – Eu vou pedir para você apenas uma vez, com educação, para não se referir assim à o'téni co'Seranta. Não pedirei uma segunda vez.

Mika começou a responder, depois engoliu seja lá o que queria dizer. O olhar afastou-se de Karl. – Desculpe. Estou assustado com o que aconteceu,

Karl. Eu tenho família aqui na cidade; você, não. Não é apenas o que eles fariam comigo; é o que aconteceria com eles.

– É por isso que é ainda mais importante que encontremos com a o'téni co'Seranta. O archigos não é o a'téni ca'Cellibrecca, e talvez ela consiga fazer com que ele nos escute. Eu vim aqui defender a causa da tolerância com a kraljica; se ela morrer, então eu irei à Concénzia novamente e...

Karl parou. A porta da taverna foi aberta e encheu o recinto de luz. Houve resmungos e xingamentos dos clientes até que a silhueta de uma figura fechou a porta novamente. Karl protegeu os olhos, embora não tenha ajudado muito: manchas coloridas corriam pelo campo de visão, e ele pensou ter visto, embora fosse impossível, um brilho de metal no meio do rosto do homem. Através da confusão de imagens persistentes, a figura olhou em volta, depois se concentrou neles e foi até a mesa dos dois a passos largos.

– Pelos colhões de Cénzi – praguejou Mika. Sua cadeira arrastou e caiu para trás quando ele se levantou com a mão indo à faca no cinto. Houve o som de aço como resposta quando a figura sacou uma espada da bainha. Antes mesmo que Karl pudesse reagir, Mika foi pressionado contra a parede com a ponta da lâmina na garganta. Na outra mão do agressor, brilhou uma faca apontada para Karl.

O nariz do intruso era de prata.

Ca'Rudka estalou a língua duas vezes como repreensão para Karl, que começou a falar enquanto erguia a mão. – Eu realmente não faria isso – disse o comandante. A ponta da espada fez mais pressão contra a garganta de Mika e furou a pele. Mika ergueu o queixo, com a boca aberta e os olhos arregalados e assustados. – Ele vai morrer antes que você termine, enviado. Sou mais rápido do que o seu feitiço, prometo.

– Comandante – falou Karl ao engolir o gatilho do feitiço que estava na garganta e se obrigar a permanecer imóvel. A ponta da faca de ca'Rudka reluziu a poucos centímetros do seu peito; a espada do comandante continuava na garganta de Mika. A pressão do feitiço contido fez Karl contorcer o rosto. A cabeça latejava. – Eu peço desculpas pelo meu amigo. Aqui no Velho

Distrito, um pouco de paranoia é uma tática de sobrevivência, como tenho certeza de que sabe. – Houve uma comoção na porta; ele ouviu várias pessoas entrando e o som de armas sendo desembainhadas, mas não ousou tirar o olhar de ca'Rudka. Pensou ter visto de rabo de olho tons de azul e dourado. – Comandante?

A ponta da espada de ca'Rudka recuou um pouquinho e deixou uma marca para trás que pingou sangue. Mika tocou a pequena ferida com o dedo e olhou para a mancha vermelha, com os olhos ainda esbugalhados.

– Mika. – Karl chamou a atenção do olhar do amigo e apontou com a cabeça na direção da cadeira que ele virou. – Sente-se e não mexa com as mãos, nem até a faca ou para fazer um feitiço. Comandante, faria a gentileza de se sentar conosco? Posso pedir um copo de cerveja? A bebida local não é exatamente do nível da cerveja da ilha, mas... – Devagar, com cuidado, Karl sentou-se novamente na própria cadeira. Ele colocou as mãos sobre a mesa onde ca'Rudka pudesse vê-las.

O enviado notou que ca'Rudka sorria de boca fechada através da visão que se recuperava. O comandante continuava vigiando Mika, embora agora tivesse abaixado a faca que ameaçava Karl. Após um breve instante, o comandante abaixou a ponta do sabre fino e embainhou as duas armas. Ele gesticulou para os homens na porta – todos da Garde Kralji – e eles fizeram uma reverência e recuaram, embora tenham deixado a porta aberta. Ninguém na taverna reclamou desta vez.

Ca'Rudka pegou uma cadeira da mesa mais próxima e virou-a de costas antes de se sentar; Karl percebeu na hora de que aquilo era a manobra de um guerreiro: não havia espaldar para bloqueá-lo caso decidisse ficar de pé e recuar ou sacar a espada novamente, e a própria cadeira seria fácil de ser erguida como um escudo. Do outro lado da mesa, Mika sentou-se cautelosamente e esfregou a ferida no pescoço. – É cedo demais para beber cerveja – respondeu ca'Rudka calmamente, como se conversasse com velhos amigos. – Não é bom para a digestão.

– Nem se sentar em uma cela na Bastida, eu suspeito – respondeu Karl. – É para onde estou indo, comandante?

– Você fez alguma coisa que mereça tal castigo, enviado? – Ca'Rudka dobrou os braços sobre as costas da cadeira e debruçou-se para a frente com um sorriso ainda nos lábios. – Ou talvez contratou alguém para fazer o serviço por você?

– Eu não tenho nada a ver com o colapso da kraljica, comandante. Nada. Nem nenhum numetodo. Isso não é o que qualquer um de nós queria. Muito pelo contrário.

Ca'Rudka encarou Karl por um breve instante, em silêncio. Finalmente, ele acenou levemente com a cabeça. – E, no entanto, o archigos disse que a kraljica foi atacada por um feitiço, enviado, e não foi um feitiço como aqueles que os ténis usam. Os rumores que ouço sobre os numetodos...

– ... são muito exagerados – disse Karl para ele. – Você viu a prova disso a um momento atrás, comandante. Se fôssemos tão poderosos quanto as pessoas parecem acreditar, nós teríamos transformado seu corpo em cinzas ou em uma galinha cacarejante no momento em que sacou a espada. Ou teríamos escondido a nossa presença tão bem que você não saberia onde estávamos sentados bebendo. Dado que eu não consegui fazer nada disso, então duvido que eu tenha a capacidade para prejudicar a kraljica.

– Esta é a minha cidade, enviado. É da minha conta conhecer certas pessoas dentro dela e onde eu possa encontrá-las. Mas não sejamos falsos. Ambos sabemos que os numetodos usam o Ilmodo, apesar da proibição de tal interferência na Divolonté. Ou você alega que o ataque numetodo ao archigos foi apenas um truque de salão?

– Todo mundo também viu como foi fácil para uma mera acólita reverter o feitiço daquele tolo, comandante. Se eu tivesse usado o Scáth Cumhacht no Gschnas, eu teria sido visto e ouvido, e o archigos ou o a'téni ca'Cellibrecca ou qualquer um das dezenas de ténis presentes teria notado, não acha? E se nós tivéssemos a capacidade de plantar um feitiço engatilhado tão poderoso assim, eu garanto-lhe que não teria ficado tão visível na multidão.

– Não, eu duvido que teria – respondeu ca'Rudka. – É por isso que você ainda não está a caminho da Bastida. Mas acho que entende por que eu precisava perguntar e ver seu rosto enquanto respondia. – O sorriso diminuiu e sumiu. Karl conseguiu ver seu reflexo distorcido nas narinas reluzentes do nariz do comandante. – Acho que sou bom em julgar as pessoas, enviado. Descobri que gosto de você. Gosto mesmo. Você escolhe mal suas companhias – disse isso com uma olhadela para Mika – e suas lealdades são suspeitas, mas eu gosto de você. Não gostaria de vê-lo, bem, *sofrer* por causa de suas escolhas.

– Eu diria que concordamos com essa última opinião, comandante. Então como eu poderia evitar isso?

Ca'Rudka fechou e ergueu a mão. Desceu novamente. – Pode ser que você não consiga, enviado. Há tanta coisa em movimento agora. Eu sou apenas uma ferramenta na mão da kraljica, afinal de contas, ou do kraljiki, caso o a'kralj assuma o trono, e eu faço o que eles me pedem.

– Mesmo que inocentes sejam prejudicados.

O sorriso voltou. – Acho que, assim como aqueles que me dão ordens, eu realmente não me importo se alguns inocentes sofram desde que Nessântico fique protegida.

– Da maneira como os inocentes foram massacrados em Brezno? – Mika intrometeu-se. – O sangue e o sofrimento deles protegeram Nessântico? Os Domínios e a Concénzia melhoraram com a exibição de seus corpos torturados?

Ca'Rudka não respondeu, apenas olhou de relance para Mika por um momento antes de voltar a atenção para Karl. – Eu sugeriria, enviado, que você fosse embora de Nessântico agora. Sua missão diplomática acabou nesse momento. Vá embora o quanto antes. Hoje. – Com um movimento ágil e repentino, ca'Rudka levantou-se com uma mão no punho da espada.

– Eu não posso – disse Karl. – Eu tenho minhas próprias ordens a cumprir. Você é capaz de entender isso, comandante.

Ca'Rudka acenou com a cabeça. – Sou. Então eu fiz tudo o que foi possível por você, enviado. Não posso lhe proteger. O resto está nas mãos de Cénzi.

– Isso é outra coisa que teremos que discordar – respondeu Karl.

Desta vez, o sorriso de ca'Rudka pareceu quase sincero. Ele acenou novamente com a cabeça, um gesto mais acentuado agora, e deu meia-volta. O comandante fechou a porta da taverna ao sair. Devagar, assim que a falsa escuridão envolveu os clientes novamente, o som das conversas atravessou o ar cheio de fumaça. – Então o homem com nariz de prata gosta muito de você – disse Mika. – Que interessante.

Karl ainda continuava olhando para a porta. Ainda sentia a tensão no corpo, uma vibração tão forte que ele imaginou se não era audível. Mika esfregou a garganta ferida.

– Cale a boca, Mika. Ou da próxima vez eu deixo que ele perfure você.

Edouard ci'Recroix

EDOUARD SENTOU-SE aboletado em uma rocha nas margens do A'Sele, não muito longe de Pré a'Fleuve rio abaixo. *Saia de Nessântico pela Avi a'Firenzcia, dissera seu contato. Mas depois siga o fluxo do A'Sele. Eu encontro com você no dia seguinte ao Gschnas onde nos conhecemos pela primeira vez, no rio debaixo do castelo, assim que soubermos que você fez a sua parte.*

Edouard seguiu as instruções, abandonou o cavalo em um pequeno vilarejo, depois roubou um bote para descer o rio Vaghian até o A'Sele, onde ele novamente atravessou Nessântico e passou por debaixo da Pontica Mordei e da Pontica Kralji à noite, antes de deixar as muralhas para trás pela última vez.

Agora ele estava sentado na margem com o caderno de desenhos aberto no colo e um bastão de carvão na mão. Uma pomba estava empoleirada no galho de um salgueiro dobrado na direção da água perto dele, e Edouard rapidamente esboçou o contorno da ave e da árvore. O desenho saiu facilmente – e conforme o bastão fluía pelas sombras do pássaro, Edouard fechou os olhos e sussurrou as palavras que abriam aquele lugar bem em seu interior, o lugar que o velho téni mostrou para ele...

– Os numetodos... – falou o velho para ele, com uma voz indistinta provocada pelos poucos dentes que sobraram nas gengivas e pelo catarro na garganta. Mas aquele rosto: Edouard cruzou com o sujeito em uma estalagem decrépita longe de qualquer cidade e ficou fascinado pelas rugas, pelo grande nariz adunco e pela complexidade dos canais que saíam dos cantos da boca e dos olhos, pelos fios de cabelo branco e ralo da calva cheia de manchas. Havia uma grande beleza na feiura do homem, e Edouard estava tentando registrá-la em sua pintura. – Eles quase acertaram. Eu mesmo descobri. Não é a fé em Cénzi que controla o Ilmodo. Não... – O homem balançou a cabeça. – Eu era um téni antigamente. Você sabia disso? Eu estava a serviço do templo em Chivasso e descobri a verdade sobre as coisas antes mesmo de ouvir falar dos numetodos. – O homem cuspiu no chão e formou uma enorme mancha de muco que escureceu a serragem sobre as tábuas do assoalho. Ele então ficou em silêncio por tanto tempo que Edouard perguntou-se se o homem estava dormindo de olhos abertos.

– O que é essa verdade? – finalmente ele perguntou ao velho. – O que aconteceu?

– Havia uma garota lá. Arial era o nome dela. Apenas uma ce', uma das criadas lá no templo. Mas ela tinha um rosto bonito e era cheinha, e nós viramos amantes. Era errado, mas nós não nos importávamos. Eu descobri que a família dela era de Boail e, assim como eles, ela não acreditava em Cénzi de forma alguma. Eles cultuavam um moitidi de menor importância e estavam convencidos de que ele era o único deus. Ela me via usar o Ilmodo para acender as luzes do templo todas as noites e pedia para mostrar como eu fazia. Eu disse o que sempre me disseram: que era impossível, que o uso do Ilmodo exigia muito treinamento e uma fé profunda, que não era uma coisa que aqueles que não foram abençoados por Cénzi pudessem fazer, que os feiticeiros e as bruxas que diziam ser capazes de usar a magia eram mentirosos e aberrações que foram seduzidos pelos moitidis que sobreviveram ao expurgo de Cénzi. Ela fez que sim e disse que entendia, mas ficou me ouvindo e observando, e uma noite eu a vi. Arial estava usando o Cântico da Luz, e havia fogo frio entre as mãos enquanto falava. Então eu soube, mesmo quando chamei o a'téni, mesmo quando a traí, que o que me ensinaram

era errado. Havia aqueles que podiam moldar o Ilmodo sem acreditar em Cénzi, e aquilo... aquilo abalou e destruiu as bases da minha fé.

Ele ficou em silêncio por algum tempo, depois umedeceu os lábios e recomeçou. – Eles cortaram as mãos dela e arrancaram sua língua como manda a Divolonté, para que nunca mais usasse o Ilmodo novamente. Eu vi Arial ser torturada por eles, tentei me convencer que fiz o que Cénzi queria que eu fizesse, porém a minha fé... minha fé já estava abalada, já estava falhando. Mas todas as noites eu ainda conseguia acender o templo, embora as palavras para Cénzi não significassem nada para mim, embora eu duvidasse da minha fé e das minhas crenças. Eu tentei me convencer de que Cénzi estava mostrando Sua misericórdia, que Cénzi queria que eu voltasse para Ele e que era por isso que eu ainda podia moldar o Ilmodo, mas minha fé continuou a falhar até que descobri que não acreditava de maneira alguma. Eu parti, finalmente, porque não conseguia suportar a hipocrisia e as mentiras que falava todos os dias. Eu parti, e Cénzi tem me punido desde então.

A voz do homem era um mero sussurro quando ele falou isso. O velho olhou para a tela diante de Edouard e falou – Você tem o Dom. – Ele tocou a cabeça de Edouard, depois as mãos. – Você está usando o Ilmodo embora não saiba. Ele flui de você para a tela. Não são muitos os que podem fazer isso.

– Mostre para mim o que você mostrou para Arial – disse Edouard repentinamente. – Mostre a verdade para mim.

O velho protestou e argumentou, mas, no fim das contas, concordou. Ele ensinou Edouard como abrir o espaço interior para que sentisse o Ilmodo, e, por sua vez, Edouard aprendeu que seu Dom era mesmo especial. O velho téni morreu quando Edouard foi embora, mas o quadro, o quadro do velho... Foi a melhor pintura que ele já tinha feito. O rosto que olhava para fora da tela era tão genuíno, tão irresistível...

O velho estava morto, mas não foi a última vez que Edouard o viu ou escutou. Ah, não, não foi mesmo a última vez.

Edouard deixou o Ilmodo fluir sem interrupção: saiu dos dedos, passou pelo bastão de carvão até o papel, e dali se irradiou para o pássaro. Ele viu a ave na mente, presa no esplendor do Ilmodo. Conseguiu sentir o coração que batia e o corpo que tremia e deixou que a sensação passasse dele para o papel.

Edouard ouviu a queda suave do pássaro sobre a grama e abriu os olhos para ver a forma perfeita registrada no papel.

– Está lindo, como eu esperava. – Edouard ouviu a voz atrás dele, a aproximação do homem foi mascarada pelo som da brisa nos salgueiros e pela correnteza do A'Sele.

– Vajiki – falou Edouard ao colocar o caderno de desenhos na grama ao lado da ave. – Estava começando a me perguntar se você viria.

– Exatamente como prometido – disse o sujeito. Edouard não sabia o nome do homem, que o abordou pela primeira vez quando ele pintava um quadro encomendado em um castelo perto de Prajnoli. Até mesmo o rosto do sujeito era comum e desinteressante, tinha um cabelo castanho genérico, embora os olhos apresentassem íris de um tom muito saturado de verde cor de grama. Mas o dinheiro que ele ofereceu abalou Edouard – era tanto que ele jamais precisaria tocar em um pincel novamente, a não ser que quisesse.

Talvez assim elas deixem-me em paz: as vozes de quem eu matei...

Edouard torceu que fosse verdade. As vozes atormentavam-no à noite – os rostos que ele pintou, aqueles que Edouard matou. Eles surgiam em seus pesadelos para atormentá-lo. Estavam vivos, todos eles, vivos em sua cabeça.

Edouard não sabia para quem o homem trabalhava, nem como essa pessoa descobriu o "dom" que ele possuía – embora se perguntasse se o mandante não era o chevaritt ca'Nephri, pois era o seu castelo que dava vista para o rio ali perto. Quem quer que fosse o mandante, Edouard não sabia como a pessoa conseguiu que ele pintasse a kraljica. Edouard sabia muito pouco além do fato de que sua bolsa estava bem mais pesada quando o homem de olhos verdes foi embora e que hoje ficaria mais pesada novamente.

Isso era o bastante.

– Você está com o meu pagamento final? – perguntou Edouard para o homem.

– A kraljica não está morta – respondeu o sujeito.

Edouard balançou a cabeça. – Isso é impossível. Eu terminei o quadro. Prendi o espiríto da kraljica a ele.

– Ela está doente, mas permanece viva. Não foi isso que você prometeu, vajiki. Não é o que o meu patrão queria.

Edouard continuou balançando a cabeça. Não havia explicação para isso, e ele estava assustado. Edouard foi tomado por uma onda de pânico enquanto tentava arrumar uma desculpa. – Às vezes... às vezes isso leva alguns dias, vajiki. Talvez até mesmo uma semana. Mas ela *vai* morrer; todos sempre morrem. – Edouard umedeceu os lábios e encarou, esperançoso, os olhos verdes do homem para ver se ele acreditava. Isso não importaria assim que fosse pago. Edouard então poderia desaparecer para sempre, e mesmo que a kraljica sobrevivesse de alguma forma... Ele forçou uma voz que soasse irritada. – Você ainda me deve as solas que prometeu. Onde estão eles?

– Estão comigo. Você tem certeza de que ela vai morrer?

Edouard cutucou o corpo do pássaro com a ponta da bota. – Sim, tenho certeza.

O homem concordou com a cabeça e olhou para a ave e o esboço. – Então é hora de dar sua recompensa. Eu tenho um cavalo bem ali. – Ele gesticulou para uma trilha que levava a um arvoredo margem acima, e Edouard abaixou-se para pegar o caderno de desenhos. O sujeito gesticulou novamente, e Edouard ficou diante dele.

Edouard ouviu o som, mas demorou a entender o significado até que foi tarde demais. Ele teve um momento para considerar a estranha sensação quando a lâmina entrou em seu corpo por trás e atravessou completamente seu corpo. Estranhamente, houve pouquíssima dor. Edouard ficou ali parado, empalado, olhando para o sangue que manchava o aço da longa lâmina que saía logo abaixo das costelas. Ele tentou respirar, mas tossiu e cuspiu sangue. A lâmina foi arrancada com um movimento repentino e rascante, e Edouard caiu de joelhos.

O mundo parecia andar debaixo d'água. Edouard viu as páginas do caderno esvoaçando enquanto ele caía de suas mãos. Ouviu os pássaros nas árvores e a água cristalina e até mesmo o som das nuvens que deslizavam pelo céu. As cores eram intensas e surreais de uma maneira impossível, como se fossem pintadas com pigmentos misturados pelo próprio Cénzi.

A arma atacou Edouard de novo, um golpe cortante na lateral do pescoço dessa vez, e ele desmoronou. Caiu no chão de olhos abertos. A grama era de um tom esmeralda como os olhos do homem, e um rubro fluía entre as folhas. Ele viu o corpo da pomba a um passo de distância e esticou a mão para tocá-la, mas o braço recusou-se a se mexer.

Uma coisa dourada – uma concha? – brilhou diante dele, e Edouard sentiu a cabeça ser levantada e uma corrente fria passar por seu pescoço dilacerado.

– Aqui está sua recompensa, pintor – disse a voz do homem, e houve uma risada na escuridão que aumentava, a risada de todos aqueles que Edouard havia pintado, e os rostos surgiram e levaram-no para bem longe enquanto ele tentava gritar em vão.

~ Ana co'Seranta ~

A KRALJICA era uma carcaça envolta em linho branco. Por um instante, Ana não teve certeza se ela sequer estava respirando, mas aí o fôlego titubeou e as dobras do linho ficaram estufadas com a respiração. Um cheiro azedo tomou conta do ar apesar das velas perfumadas que eram a única fonte de luz no quarto, que estava com as janelas e cortinas cerradas. Renard acompanhou os dois ao interior do quarto, obviamente cansado por ter ficado de vigília durante a noite. Um curandeiro estava ali com sua coleção de medicamentos e instrumentos, e um trio de criados esvaziava comadres, mantinha o fogo aceso na lareira ou trocava as sanguessugas colocadas no corpo da kraljica sob as ordens do curandeiro.

O archigos mandou que todos saíssem do quarto, à exceção de Renard. Enquanto os criados iam embora fazendo reverências e o curandeiro pegava os instrumentos, obviamente irritado, o archigos colocou a mão no braço de

Renard em um gesto de conforto. – Você passou a noite acordado? – Renard fez que sim. – Como ela está?

– Nada melhor. Depois que o senhor e a o'téni co'Seranta visitaram a kraljica – Renard disse isso com um olhar rápido de consideração para Ana; ela devolveu com um sorriso apesar do cansaço –, ela pareceu se reanimar, mas depois aos poucos piorou. Eu temo que... – O lábio inferior tremeu. Ele fechou a boca e limpou o olho com a manga. – Eu sirvo a kraljica por quase trinta anos, desde que eu era um jovem rapaz.

– E serve bem – falou o archigos. – Você tem sido sua muleta e seu apoio, Renard. Não abandone as esperanças ainda. Cénzi ainda pode ouvir nossas preces.

Renard fez que sim, mas Ana notou o desespero marcado nas rugas. – Deixe-nos a sós com a kraljica novamente – disse o archigos para ele – para que nós possamos rezar com ela. Nesse meio tempo, durma um pouco. Você não vai servir de nada para ela se estiver exausto.

– Vou tentar – falou Renard. Ele olhou novamente para a cama e soltou um longo suspiro antes de ir para a porta. Ao se aproximar de Ana, parou por um momento. – Obrigado pelo seus esforços, o'téni – disse baixinho. – Que Cénzi lhe abençoe.

Renard fez uma mesura e levou as mãos entrelaçadas à testa. Saiu do quarto e deixou os dois sozinhos com a kraljica e sua respiração irregular.

– Ele sabe – falou Ana.

– Ele está longe de ser um idiota. E ama a kraljica. – O archigos estava ao lado dela e seus dedos roçaram a mão de Ana. Ela recolheu a mão. O archigos deu um olhar que Ana pensou ser de pena, mas ele não a tocou novamente. – Renard suspeita, mas não sabe, Ana. E não contará nada para ninguém, não importa o que diga a Divolonté. Eu também não.

Ana não tinha certeza se acreditava nisso. Não tinha certeza se confiava em algum deles. Ana era capaz de se imaginar sendo traída pelo archigos para que ele salvasse a própria pele e esfregou as mãos. *Elas seriam cortadas e a língua seria arrancada também...* Ana estremeceu.

– Ana? Você está bem?

Ana pestanejou. O archigos estava olhando para ela. – Eu sei que você está cansada, mas esta pode ser a nossa última chance de salvá-la. – A voz saiu urgente e baixa, e Ana percebeu que o archigos também estava assustado, com medo do que poderia acontecer com ele se a kraljica morresse e o a'kralj virasse kraljiki. Naquele momento, ela vislumbrou como era frágil o controle do archigos sobre sua posição na igreja, e, portanto, como era precária a sua própria situação, ligada por sua vez ao status do archigos. A compreensão deu um nó em seu estômago.

Ana fez que sim para o archigos e foi para o lado da cama, olhou para o rosto contraído e branco da kraljica: bochechas chupadas, pele solta sobre o crânio. Ela já estava meio parecida com um cadáver. *A kraljica não merece isso. Se Cénzi lhe deu esta habilidade, então Sua intenção não era que você a ignorasse.*

Ana entrelaçou as mãos na testa por um momento e respirou fundo várias vezes. Depois abriu bem as mãos, deixou que fizessem um gestual que ela sentia na cabeça e falou as palavras enviadas por Cénzi.

Com os olhos ainda fechados, Ana moldou o poder do Ilmodo e deixou que entrasse correndo na kraljica. Ela ouviu um sussurro fraco da velha na cama. – Ana... – Ela escutou a mulher dizer alto, e a palavra ecoou na mente também. *Ana... A pintura está me chamando e não consigo resistir.* O fluxo do Ilmodo caiu como uma cascata ao sair de Ana para a kraljica e escorreu através daquele terrível furo na própria existência da velha, aquela ferida horrível que estava tão grande agora quanto na noite de ontem. Ana viu-se dentro da kraljica e do quadro ao mesmo tempo, a pintura onde a maior parte da consciência da kraljica parecia morar agora. O corpo na cama era predominantemente uma casca vazia.

Ana novamente admirou o feitiço que causara essa situação: nenhum téni conseguia encantar um objeto dessa forma. Um téni era capaz de inserir dentro de uma lâmpada um brilho que não ardia e durava por várias viradas da ampulheta, mas para fazer isso eram necessários os cânticos e gestuais adequados, que deveriam ser executados na hora do encantamento. Mas ninguém entoou para enfeitiçar a pintura – o feitiço foi lançado quando Ana puxou a coberta: instantaneamente, sem rezas ou gestos.

Ana não fazia ideia de como isso tinha sido feito e perguntou-se novamente se ca'Recroix era um numetodo. Os rumores que ela ouviu sobre como eles distorciam o Ilmodo...

Mas ela não podia pensar nisso agora. Não podia perder tempo com distrações.

Ana moldou novamente o Ilmodo, envolveu a kraljica com ele e tentou puxar a mulher de volta para o próprio corpo e tirá-la do quadro, mas o feitiço dentro da pintura resistiu, atacou o Ilmodo e dilacerou-o para que não conseguisse segurar a kraljica. Onde o feitiço de Ana tocava o interior da pintura, era como se garras atacassem seu corpo e abrissem fendas profundas que rompiam músculos e ligamentos dos ossos. Ana gritou de dor, sem saber se gritou em voz alta. Ela podia *sentir* o feitiço, vislumbrou como fora moldado e construído... e não havia nada de Cénzi nele. Ela não O sentiu de maneira alguma no encantamento.

A concha na corrente debaixo do robe parecia estar incandescente e queimar a pele.

Ana puxou a kraljica desesperadamente, arrastou a consciência da velha de volta para o corpo o quanto foi possível e tentou fechar aquele horrível buraco dentro dela mais uma vez. Devagar, a brecha começou a se curar, mas o esforço custou caro para Ana. Ela gritou novamente, o corpo e a mente doeram pelo empenho...

... e ela não conseguiu segurar mais o Ilmodo. Ele fugiu de suas mãos, e Ana voltou ao quarto da kraljica, de joelhos no chão acarpetado, com o corpo molhado de suor e a frente do robe manchada de vômito, as mãos crispadas e tão duras como se tivesse passado horas lá fora no inverno, sem luvas.

– Eu tentei... – Ela conseguiu sussurrar para o archigos, que estava ajoelhado ao lado. Ana olhou para ele, abatida. – Eu fiz tudo o que pude, e quase... quase...

E foi apenas isso que ela se lembrou por certo tempo.

O QUARTO ESTAVA FRIO mesmo no sol do fim de tarde, mas Mahri praticamente não notou. Ele olhava para uma panela rasa e surrada posta em uma mesa bamba diante de si, onde podia ver o reflexo distorcido do próprio rosto desfigurado. Ele ouviu a chaleira começar a apitar em cima do fogo na lareira e foi até ela. Passou a manga da roupa em frangalhos pela alça da chaleira, tirou-a do suporte e serviu a água fervendo na vasilha, depois jogou na água folhas que tirou de uma bolsa de couro presa ao cinto. Mahri sentou-se novamente.

– Mostre-me – disse ele baixinho, e o vapor sobre a vasilha contorceu-se e tomou forma. Ali, na bruma, surgiu uma imagem trêmula: a figura do a'kralj, com seu inconfundível queixo protuberante mesmo que ele não estivesse em seus trajes elegantes de sempre, e a vajica Francesca ca'Cellibrecca sentada diante dele à uma mesinha. – A'kralj – falou a mulher, um pouco alto e forçado demais, obviamente para alguém que estava ouvindo. – É uma grande honra para nós lhe receber, e sei que meu marido ficará chateado por ter se desencontrado do senhor. Nós dois ficamos tão chocados pelo colapso de sua matarh no Gschnas. Como ela está?

– Infelizmente não melhorou, vajica. – Mahri ouviu a resposta do a'kralj. A mão dele moveu-se sobre a mesa por alguns centímetros e foi na direção da mão da mulher. Ele desviou a atenção para a direita, como se olhasse para Mahri, e ergueu ligeiramente as sobrancelhas. A vajica também olhou para aquela direção.

– Cassie, você faria a gentileza de ir à cozinha e ver se Falla ainda tem aqueles bolos que foram servidos de manhã? A'kralj, que tal um pouco de chá? Cassie, mande Falla preparar também chá fresco, e traga aqui.

– Sim, vajica. – Mahri ouviu uma voz fraca responder. Da cena envolta em fumaça diante dele vieram sons de passos e de uma porta que se fechou. Ao ouvir o barulho, o a'kralj esticou o braço sobre a mesa para pegar a mão da mulher. Ele começou a se levantar, como se fosse abraçá-la e beijá-la, mas a mulher balançou a cabeça ligeiramente.

– Aqui não – sussurrou ela. – Olhos demais. Mas podemos falar abertamente, pelo menos. A kraljica?

– Ela está morrendo. Se eu pudesse manter aquele archigos anão e aquela téni feia que nem uma vaca longe da kraljica, ela já estaria morta. Acho que o archigos está usando o Ilmodo nela, ou então é co'Seranta que está.

– Farei questão que meu vatarh saiba disso. Tenho certeza de que ele ficaria interessado. – A mulher balançou a cabeça. – Uma coisa tão estranha e repentina. O vatarh acha que isso tem a mão dos numetodos.

– Não, não foram eles, embora eu não me importe que eles paguem o preço por isso. – O a'kralj sorriu, o que deixou o queixo ainda mais proeminente. Mahri ouviu a lenta tomada de fôlego pelas narinas da vajica e viu o levantar de suas sobrancelhas.

– Justi...

O sorriso cresceu. – A matarh sempre insistiu que era hora de eu pensar em herdeiros e casamento. Eu serei kraljiki em breve e agora me vejo pensando exatamente nessas duas coisas. E você, Francesca, meu amor?

A mulher parecia procurar por uma saída, primeiro para a esquerda, depois para a direita. – Claro, Justi. É claro. Mas isso foi tão rápido. Todos os planos cuidadosos que nós estávamos fazendo com meu vatarh...

– ... não foram necessários. Eu fiz meus próprios planos e fui em frente com eles. Acho que o quadro da matarh deve ficar na ala oeste, onde ela possa enxergar o trono do kralji e me ver sentado nele com você ao meu lado, não acha?

Houve uma batida suave na porta e o clique do ferrolho. O a'kralj recostou-se e soltou a mão de Francesca. O sorriso dela era um rasgo fixo no rosto. – Mas, é claro, eu vim para perguntar ao u'téni Estraven se ele faria uma cerimônia especial para minha matarh – disse o a'kralj suavemente, como se continuasse uma conversa interrompida, assim que Mahri viu a criada se aproximar da mesa e colocar uma bandeja de prata com chá e bolos entre os dois, antes de fazer uma mesura e recuar rapidamente. – Isso significaria tanto para ela.

– Certamente – respondeu Francesca. Ela pestanejou e moveu-se por reflexo para servir chá para o a'kralj. – Eu falarei com Estraven. – A água na vasilha estava esfriando, a cena acima dela começou a sumir, as figuras ficaram transparentes, as vozes falharam. – Eu sei que ele faria de bom grado...

Eles sumiram de repente, e a vasilha virou simplesmente uma tigela de água morna. Mahri suspirou. O mendigo levantou-se e colocou a chaleira de volta no suporte. Pegou respeitosamente a tigela, foi até a janela e jogou a água lá embaixo, no beco do Velho Distrito. Depois disso, colocou mais água fervente na tigela e outra vez jogou a infusão da bolsa.

– Mostre-me – repetiu Mahri, e desta vez a cena que se formou foi de um lugar diferente, e novas figuras surgiram...

~ Ana co'Seranta ~

– A SENHORITA NÃO PODE SAIR, o'téni – insistiu Watha. – Não está forte o suficiente. O archigos disse que precisa descansar. Ele foi muito enfático quanto a isso.

– O archigos não sou eu e não sabe como me sinto – insistiu Ana. Ela livrou-se das mãos que tentaram mantê-la na cama e colocou os pés no chão. Levantou-se. O quarto ameaçou inclinar debaixo dela, mas Ana tomou fôlego para parar o movimento. – Preciso de roupas. Não meus robes de téni. Uma tashta, talvez, ou qualquer outra coisa.

Os olhos de Watha pareceram prestes a irromper do crânio. – Eu não posso...

– Você vai obedecer – insistiu Ana. – E vai obedecer agora. E eu também preciso de uma carruagem.

A jovem parecia aterrorizada. Sua matarh, Sunna, chegou um momento depois, e Ana repetiu o pedido. Sunna confabulou com Watha, que saiu da sala com uma olhadela assustada para Ana. Sunna ficou murmurando sozinha enquanto vasculhava – bem devagar – os baús e armários para encontrar roupas para a o'téni. Ana ouviu a porta de fora de seus aposentos abrir e fechar antes que Watha voltasse para ajudar a matarh; ela concluiu que Beida fora mandada para informar o archigos. Quando Ana terminou de se vestir, a porta de fora foi aberta novamente, e Beida entrou no quarto para anunciar que a carruagem estava à disposição na porta.

Ana saiu dos aposentos após recusar o rápido jantar oferecido por Watha e a insistência de Sunna que alguém da criadagem deveria acompanhá-la. Ela perguntou-se se estava sendo completamente tola, pois ficou exausta ao descer até a carruagem e praticamente desmoronou no assento quando o téni-condutor abriu a porta para ela.

– Seu destino, o'téni? – perguntou o jovem. Era o mesmo condutor que a pegara em sua casa naquele dia que parecia tão distante agora; ela sabia que o rapaz contaria tudo ao archigos. Ele olhava para Ana, para a ausência do robe verde.

– Cooper Street, a um quarteirão do centro do Velho Distrito – disse Ana para ele. O condutor fez que sim com a cabeça e fechou a porta. Ela sentiu a carruagem balançar quando o rapaz se sentou e ouviu o começo de seu cântico assim que as rodas giraram. Ela recostou-se contra as almofadas e tocou a concha debaixo da tashta.

Você não deveria fazer isso. Já está exausta e precisa descansar. O archigos vai ficar chateado, e, portanto, não apenas você corre risco, mas o bem-estar de sua família também. Pior, você coloca em perigo a própria alma...

Ela ignorou a voz insistente e fechou os olhos, sentiu o balanço da carruagem e ouviu o som das rodas passando pela Avi a'Parete.

– Chegamos, o'téni – disse a voz do e'téni através da aba de couro entre a carruagem e o assento de Ana, aparentemente apenas alguns momentos depois, e ela percebeu que pegou no sono durante a viagem. Ana levantou a cortina na lateral da carruagem. Eles estacionaram em uma rua cheia de lojas, com o tumulto de gente andando em volta. Ana colocou a cabeça para fora da janela e olhou em volta. Era o anoitecer, o sol já tinha sumido, embora o céu continuasse bem azul e as estrelas ainda não tivessem aparecido. Rua acima, ela viu a grande extensão do centro do Velho Distrito, onde lâmpadas em postes elaborados ao redor da circunferência do centro esperavam pelos feitiços dos ténis para ser acesas.

O centro do Velho Distrito foi, há alguns séculos, o ponto de convergência social de Nessântico, uma função agora dada à praça perto do Templo do Archigos e dos prédios mais novos e maiores da margem sul do A'Sele. A memória do passado do centro do Velho Distrito estava preservada nos edifícios altos e antigos que o ladeavam e no chafariz no meio, onde ficava a estátua de bronze de Selida II, feita em escala maior do que a real, com sua lança de guerra e escudo e o corpo contorcido de um líder tribal magyariano aos seus pés, subjugado e com as mãos erguidas em uma súplica silenciosa: no apogeu, o centro do Velho Distrito era conhecido como Praça da Vitória.

Agora, os prédios que um dia abrigaram os escritórios do governo do kralji e os grandes apartamentos dos ricos estavam velhos, cansados e dilapidados. Os escritórios agora viraram comércio de rua, as grandes residências foram divididas em uma série de minúsculos apartamentos sobre as lojas, cheios de famílias ci' e ce' e até mesmo sem status. Ainda havia uma vitalidade no centro, mas era nua e crua, tão forte quanto antes, porém mais sinistra e potencialmente mais perigosa.

– O'téni – perguntou o condutor pela aba com uma voz nitidamente cansada pelo esforço da viagem –, aonde a senhorita quer ir?

– Aqui está bom. – Ana olhou para fora novamente e viu as placas sobre as portas. – Bem ali: Finson, o ervanário. Ele tem uma infusão para chá que minha matarh sempre faz, e pensei que pudesse ajudar a kraljica. – Ela abriu a porta e saiu antes que o condutor conseguisse desmontar. – Espere aqui por mim – disse Ana para o rapaz. Ele era apenas uma silhueta negra contra o céu azul-marinho. – Não devo demorar. Espere aqui.

Ela afastou-se depressa ao mesmo tempo em que ouviu o condutor reclamar; Ana tinha certeza de que as ordens do archigos eram para que o jovem permanecesse com ela. Ana entrou correndo na loja, e um sino tocou assim que abriu a porta. O ervanário, um velho com sobrancelhas grisalhas e revoltas sobre olhos fundos, ergueu o olhar de uma mesa perto do fundo do estabelecimento. A loja tinha cheiro de ervas e das várias velas acesas para conter a escuridão. – O que posso fazer por você, vajica? – perguntou ele enquanto se dirigia a um balcão decorado com jarras de vidro cheias de folhas secas.

Ana pousou um siqil no balcão, e a efígie de prata da kraljica na moeda reluziu na luz de velas. – Você tem uma porta dos fundos? – perguntou ela com os dedos ainda na moeda.

Ele ficou olhando para o siqil; mais dinheiro do que veria em uma semana de vendas. – Sim, vajica. É atrás daquilo ali. – O velho apontou para a escuridão do fundo da loja sem tirar os olhos da moeda. – Aqui, eu mostro para você...

Ana fez que não. – Eu descubro. Obrigada. – Ela tirou os dedos da moeda e deu a volta correndo pelo balcão. O cheiro das ervas era quase avassalador, mas Ana encontrou a porta e viu-se em uma viela estreita onde o fedor era mais humano e bem menos agradável. À direita, uma passagem, que levava a outra via do aglomerado de ruas em volta do centro. Ela pensou ter ouvido o som baixinho do sino da porta do ervanário, deu uma corridinha pela viela e saiu na rua, onde se deixou ser levada pela onda da multidão. Ana ficou dando voltas por um tempo ao redor do centro, longe do ponto onde deixou a carruagem, sempre olhando para ver se via o condutor e evitando os utilinos da vizinhança com seus cajados, lanternas e apitos caso tivessem recebido ordens para procurá-la, até que ouviu o cântico dos ténis que acendiam as lâmpadas.

Aí ela entrou no centro propriamente dito do Velho Distrito.

O espaço aberto estava cheio, porém, após uma rápida olhada em volta, Ana viu que ninguém procurava por ela. Ninguém parecia notá-la. Ela perguntou-se o que o condutor estava fazendo; se procurava freneticamente por ela ou se retornou ao archigos para admitir que perdeu sua passageira. No céu, as primeiras estrelas brilhavam, e um grupo de seis e'ténis movia-se lentamente de lâmpada em lâmpada, e uma de cada vez irrompia em chamas frias e brilhantes. A multidão, com muitas pessoas em roupas estrangeiras, vibrava a cada lâmpada acesa. Elas faziam o sinal de Cénzi e seguiram os ténis-luminosos pelo perímetro, depois foram até o quarteto de lâmpadas em volta do chafariz.

Enquanto Ana espreitava no limite da multidão, bem longe dos ténis, ela sentiu alguém tocá-la levemente pelo lado. – O'téni co'Seranta?

Ana assustou-se e deu um passo rápido para longe do sujeito, que ergueu as mãos como se mostrasse que não tinha armas. Ele não era ninguém que ela conhecesse, estava vestido com roupas comuns, genéricas. – Quem é você?

– Meu nome é Mika. Você não precisa saber do resto. O enviado ci'Vliomani pediu que eu lhe acompanhasse aonde ele está esperando. Mandou dizer que a concha veio da Ilha de Paeti e que torce que você tenha achado interessante. Faria a gentileza de me seguir?

Ele começou a se afastar do chafariz e da multidão, indo para oeste. Não olhou para trás. Ana observou-o por vários passos, até haver várias pessoas entre eles. Ela mordeu os lábios e finalmente seguiu o homem, apertou o passo e costurou entre os pedestres até chegar ao lado dele. O sujeito não falou, apenas saiu do centro para as ruas estreitas que entravam no Velho Distrito em si. – Para onde você está me levando? – perguntou Ana finalmente.

O homem balançou a cabeça sem olhar para ela. – Para um lugar que você não conheceria. – Ele então parou e voltou-se para Ana. – Se isso lhe assusta, então fique à vontade para voltar ao centro do Velho Distrito. Tenho certeza de que o téni ficaria contente em lhe acompanhar de volta a um dos templos. Eu disse a Karl que você não viria.

– Então você se enganou.

Ele pareceu achar graça ao ouvir isso. Deu de ombros e recomeçou a andar.

Os dois andaram por algum tempo, seguiram por ruas que davam voltas até que Ana ficou completamente perdida. Duas vezes o homem conduziu a o'téni para boca de um beco ou para as sombras entre duas casas quando um utilino passou. Eles evitaram um quarteirão onde um téni-bombeiro apagava um incêndio em uma casa. Na maioria das vezes, as pessoas por quem os dois passaram estavam preocupadas com os próprios compromissos, o que na maior parte dos casos envolvia numerosas tavernas.

O Velho Distrito não era uma área que Ana conhecia bem, como a maioria das famílias da margem sul, a dela raramente aventurava-se a cruzar as ponticas para a margem norte, a não ser para visitar o centro do Velho Distrito ou os Mercados do Rio. Mesmo quando sua família veio aqui, eles limitaram-se às ruas principais naquelas excursões, jamais se aventuraram muito longe da Avi a'Parete. Quando Mika parou diante de uma porta com lascas de tinta azul que insistiam em se manter grudadas à madeira, Ana não tinha mais certeza de onde ficava o rio, e a noite havia caído completamente sobre as ruas claustrofóbicas. Aqui não havia luzes mágicas brilhantes, apenas tênues velas nas janelas pontuando a escuridão – isso parecia outra cidade completamente. Mika bateu de leve duas vezes na porta, depois deu uma única batida forte. Um pequeno orifício foi aberto e Ana viu um olho espiando. A porta abriu apenas o suficiente para que eles passassem. Mika entrou e Ana seguiu, mais hesitante e com as primeiras palavras de um cântico de defesa na ponta da língua e as mãos prontas para o gestual apropriado.

Ela viu-se em um vestíbulo na penumbra. Diretamente em frente, uma escada levava ao segundo andar e um corredor conduzia para o interior do prédio; uma arcada com cortina escondia um aposento à direita. Ana conseguiu ouvir vozes de algum lugar próximo. – Onde está o enviado ci'Vliomani? – Ela exigiu saber de Mika, mas a resposta veio do aposento à direita.

– Aqui. – Karl ci'Vliomani afastou as cortinas e entrou no vestíbulo. Ele sorriu e fez uma mesura para ela com as mãos ao lado do corpo. – Obrigado, Mika. Nós nos veremos lá em cima – disse o enviado, que gesticulou para o aposento atrás dele. – Gostaria de entrar, o'téni? Está longe de ser tão grandioso quanto o Palácio da Kraljica, mas vai ter que servir. – Ele sorriu para Ana. – Estou feliz em lhe ver novamente. De verdade. Aquela concha fica bem melhor em você do que em mim. – O enviado sorriu novamente; sem querer, Ana viu-se devolvendo o sorriso. A tensão interior diminuiu; Ana sentiu os ombros relaxarem enquanto passava pelas cortinas que o enviado manteve abertas para ela.

– Água? Vinho? Um pouco de bolo? – Ele gesticulou para uma mesinha no centro da sala com travessa de comidas e bebidas.

O estômago de Ana roncou, mas ela fez que não. Havia duas janelas, ambas fechadas com cortinas pesadas, e fogo na lareira, mas a maior parte da iluminação na sala vinha de uma grande bola de vidro que brilhava com uma estranha luz branca azulada. Ana esticou as mãos na direção do globo: muito mais frio que o aposento. Tão frio quanto fogo do Ilmodo. – Eu não quero nada agora, vajiki – respondeu ela.

– Aqui, pelo menos, você pode me chamar de Karl. – Ele sorriu novamente. – Se quiser.

Ana imaginou se sentiria aquela estranha atração novamente. Agora sabia que sentiu. *Você não pode confiar nisso. Você não o conhece.* – Karl – disse ela ao tirar os olhos do brilho frígido –, então aqui, pelo menos, você pode me chamar de Ana.

Ele fez uma mesura novamente. – Quero pedir desculpas pelo subterfúgio – disse o enviado enquanto ela olhava novamente para a luz. – Eu presumi que você não iria querer que o archigos soubesse onde estaria na noite de hoje e sei que eu certamente não quero, especialmente depois do que aconteceu com a kraljica. Garanto que você não foi seguida. – Ana ouviu a voz do enviado mudar o tom, ao mesmo tempo sério e compreensivo. – Como está a kraljica, Ana? Nós não ouvimos nada desde o Gschnas, a não ser o que os pregoeiros disseram.

– Estou surpresa que você se importe. – Ana colocou a mão no globo; a sombra cobriu a parede atrás dela. – Até onde sei, os numetodos foram responsáveis,

– Se você realmente acha que nós tivemos alguma coisa a ver com aquilo, não estaria aqui. – A repreensão foi gentil. – Nós podemos não concordar com a kraljica e a Concénzia, mas preferimos muito mais ter a kraljica no trono do que o filho dela.

– É por isso que estou aqui, então? Você acha que posso ser uma voz solidária dentro da Fé? Infelizmente você superestima minha influência, enviado.

– Karl – corrigiu ele. – Acho que você está aqui porque ficou curiosa, e eu lhe chamei porque... – O enviado parou. Foi até o globo, colocou a mão sobre ele e as sombras pularam. Ana removeu a mão rapidamente – ... porque eu acho que temos um interesse em comum.

– E qual seria?

– Você quer entender como o mundo funciona, assim como eu. – A mão do enviado fez um carinho na curva do globo. – Tipo como alguém pode usar o Scáth Cumhacht, o Ilmodo, mesmo de maneira que sua Divolonté diz que não deveria ou mesmo não pode ser usado. Você compreende isso, não é?

Ana sentiu o estômago revirar. Ela tentou se convencer de que era o atraso, o esforço com a kraljica, e o fato de que não comeu nada por horas. O enviado também deve ter notado, pois a mão não estava mais no globo, e sim no cotovelo de Ana, e seu rosto ficou preocupado. – O'téni? Você precisa se sentar?

– Eu estou bem. – Ela forçou um sorriso. – Apenas cansada. Eu... dormi muito pouco nos últimos dias.

– Entendo. A kraljica. – A mão do enviado não saiu do cotovelo de Ana, e ela não queria se afastar do toque. – Eu fiquei duplamente sentido que aquilo tenha acontecido daquela maneira. Eu... eu gostei de falar com você e de nossa dança. E não queria mal para a kraljica. – A mão então saiu, e ele franziu a testa. – Eu peço desculpas, Ana. Eu me atrevi.

Você não precisa se desculpar. Eu estimo sua preocupação, mais do que deveria. Mas ela não deu voz aos pensamentos. – O que você queria me mostrar, Karl? Não temos muito tempo. O archigos...

– Vai procurar freneticamente por você, sem dúvida. – Ele concordou com a cabeça. – Você está certa. Venha comigo então. Vamos subir para o salão. As coisas já devem ter começado agora.

O vestíbulo estava vazio quando ele afastou as cortinas, e Ana seguiu Karl escada acima. O som de conversa ficou mais alto até que ela conseguiu identificar vozes individuais na confusão. A escada levava a um mezanino que dava a volta no andar debaixo, iluminado intensamente pela mesma luz fria do globo do primeiro andar. – Aqui, Ana – disse Karl. Ele estava parado no parapeito do mezanino, atrás de um pano fino e escuro. – As pessoas lá embaixo não podem lhe ver se ficar atrás disso, mas você poderá vê-las perfeitamente. – No momento em que Ana começou a ir em frente, o enviado ergueu a mão. – Compreende a confiança que estou depositando em você, Ana? Você verá os rostos dos numetodos que moram em Nessântico, e isso é um conhecimento que o archigos, o a'téni ca'Cellibrecca e o comandante ca'Rudka achariam extremamente interessante. Você literalmente terá a vida dessas pessoas em suas mãos. Tem que me prometer agora que não vai revelar quem você vir aqui.

– E como você sabe que vou manter a promessa?

Um sorriso momentâneo. – Essa foi a mesma objeção que Mika fez. Vou lhe dizer o que falei para ele: eu olho para você e sei. Prometa. Jure em nome de Cénzi.

– Eu pensei que os numetodos não acreditavam em Cénzi.

– Eu não – respondeu o enviado. – Mas você, sim.

Você veio aqui porque queria saber. O conhecimento está aqui, à espera. – Eu não direi nada do que vir aqui. Em nome de Cénzi, eu lhe dou minha palavra.

Ele acenou com a cabeça e chamou Ana para a frente.

O salão embaixo era grande e aberto. Havia talvez trinta pessoas ali, a maioria sentada diante de um pequeno tablado onde estava Mika. Ela não reconheceu ninguém. – Tão poucos? – sussurrou Ana.

– Você imaginaria que, pela ameaça que o a'téni ca'Cellibrecca diz que somos, haveria centenas de nós, não é? Eu gostaria que fosse o caso. Há outros que não puderam vir hoje à noite, mas não muitos. Não na cidade de Nessântico em si. Observe, porém, e verá o que os numetodos podem fazer.

– ... a noite de hoje será a sua primeira vez – dizia Mika. – O nome dela dentro do grupo é Varina. Por favor, façam com que ela sinta-se bem-vinda. – Houve aplausos tímidos quando uma jovem subiu ao palco. – Sejam gentis agora – falou Mika para os demais enquanto a garota ficou parada ali. – Vá em frente, Varina. Demonstre o que você aprendeu a fazer.

Varina acenou com a cabeça. Ela respirou profundamente e fechou os olhos. Começou a entoar: uma frase que não era na língua do Ilmodo que ensinaram para Ana, embora tivesse afinidades como as mesmas cadências e vogais guturais, ela pensou ter reconhecido uma palavra ou duas pronunciadas de maneira estranha. Ainda assim, esses não eram os chamados direcionados a Cénzi que faziam parte de todos os cânticos que Ana aprendeu. As mãos de Varina mexiam-se com o cântico, e Ana viu princípios de luz se formarem ao redor delas. Enquanto continuava a entoar, o brilho aumentou até virar uma pequena bola de luz intermitente na palma da mão esquerda, agora virada para cima. Ela encerrou o cântico com um suspiro profundo. A bola de luz piscou e morreu.

Houve novos aplausos dos espectadores. Varina acenou com a cabeça, a seguir os olhos rolaram para dentro e ela desmoronou no piso do tablado. Tentou ficar de pé novamente e não conseguiu. Mika gesticulou e dois dos numetodos foram à frente; eles ajudaram Varina a se sentar em uma cadeira. Outro trouxe água. Alguém colocou um pano úmido na testa dela.

– Você não me parece impressionada, Ana – disse Karl quando Mika subiu ao palco novamente.

– Quanto tempo ela levou para aprender aquilo? – perguntou Ana.

– Mika começou a trabalhar com ela na ocasião da primeira neve de inverno – respondeu Karl. – Leva tempo.

– Eu podia fazer aquilo, e melhor, no primeiro dia em que o u'téni Dosteau começou a nos ensinar. Assim como quase todo mundo na minha turma. Até mesmo no Toustour há histórias de bruxas e feiticeiros que podiam usar o Ilmodo, por mais que não o manipulassem bem. Os moitidis estão sempre tentando provocar Cénzi, tentando desafiá-Lo, e permitem que o Ilmodo seja maculado apesar dos desejos de Cénzi.

Karl estava balançando a cabeça. – Varina não chamou Cénzi, nem um dos moitidis. Não há deuses ou semideuses envolvidos, de forma alguma.

Apenas um conjunto de palavras e gestos: uma coisa que qualquer um pode aprender. Mas você está certa: vocês ténis realmente aprendem a moldar o Ilmodo mais rápido do que nós, e Varina ainda tem pouca habilidade. Mas observe. Observe.

Mika estava falado novamente. – É importante que nós entendamos o Scáth Cumhacht e saibamos como contê-lo e moldá-lo. Mas, como venho dizendo para vocês, também é vital aprender como guardar o poder do Scáth Cumhacht para que possa ser usado rapidamente. Essa é a deficiência dos crentes da Concénzia. – Ele deu uma olhadela ligeira para o pano no mezanino, depois se voltou para a plateia. – Olhem ali. – Mika apontou para uma lâmpada apagada sobre uma mesa no fundo do salão.

Ele falou uma única palavra e atirou a mão na direção da lâmpada. A palavra foi uma onda de choque, como se alguém tivesse batido em um grande tambor invisível. Ana quase pulou para trás com o som. Nenhuma voz humana conseguiria produzir aquele som sozinha. Ao mesmo tempo, a lâmpada acendeu – tão intensamente quanto as lâmpadas dos ténis, embora a cor fosse esverdeada. Os espectadores aplaudiram, mas Mika ergueu a mão para silenciá-los. Ele falou outra palavra retumbante e gesticulou novamente. A lâmpada acendeu novamente, mas desta vez não com luz, e sim com um calor enorme, como se houvesse uma fornalha aberta ali. O calor foi tão intenso que Ana ergueu o braço para proteger o rosto. Ela pensou que, a qualquer momento, as paredes e cortinas do salão pegariam fogo. Mika falou uma última palavra, e o fogo e calor desapareceram como se nunca tivessem estado ali.

Não houve aplausos desta vez. Houve apenas um silêncio de alívio. – Isso – disse Mika – é o que vocês precisam aprender. É isso que vamos ensinar quando estiverem prontos.

Os nós dos dedos de Ana estavam brancos sobre o parapeito do mezanino. – Ele não entoou cântico algum, não fez gestual, apenas uma única palavra e um gesto... – Ela olhou novamente para Mika. Ele estava sorrindo e andando pelo tablado; não parecia ter sido afetado de modo algum pela moldagem do que chamava de Scáth Cumhacht. Ana olhou novamente para Karl. – Ele não está cansado por ter lançado o feitiço?

– Mika realizou os encantamentos horas antes e depois descansou por causa do cansaço. Não estamos fazendo nada diferente de vocês ténis, Ana. Manipular o Ilmodo é um grande esforço e cobra um preço de quem o faz. Mas Mika pagou há várias viradas da ampulheta. Ele só precisou dizer o gatilho para a energia que estava contendo. Eles não ensinam isso em suas aulas, não é?

– *Você* pode fazer aquilo?

Karl concordou com a cabeça. – Fui eu quem ensinou Mika. – Ele fez uma pausa e inclinou a cabeça. – E posso ensinar você. Ou sua Fé insiste que tal coisa não pode ser feita?

Ana olhou para a assembleia, onde Mika falava para vários numetodos. Os feitiços que Mika lançou não eram nada que ela não tivesse visto o u'téni Dosteau mostrar aos acólitos, nada que ela não pudesse fazer por conta própria. Na verdade, Ana era capaz de fazer mais – como sabia pelo confronto com o vatarh ou pela ilusão que criou para a kraljica –, e os ténis-guerreiros concebiam feitiços altamente destrutivos. Mas todos exigiam tempo e esforço; todos exigiam os cânticos e gestuais; todos tinham que ser lançados na hora e custavam cansaço e dor para o conjurador. O u'téni Dosteau ficou impressionado com a rapidez de Ana em moldar o Ilmodo, o rápido lançamento do feitiço que protegeu o archigos.

Mas isso... uma única palavra, um único gesto...

Nem mesmo os a'ténis conseguiam fazer aquilo, nem os ténis-guerreiros. E se eu fizesse, eles diriam que era obra dos moitidis. Eles arrancariam minhas mãos e língua...

– Vocês ténis moldam o Ilmodo com sua Fé – dizia Karl, mas Ana teve dificuldade em se concentrar no que ele falava. – Não nego isso. Não nego que vocês, crentes da Concénzia, especialmente os ténis-guerreiros, podem criar feitiços mais poderosos do que qualquer numetodo, mas vocês tiveram longos séculos para aprender os caminhos do Ilmodo. Nós aprendemos mais a cada ano que passa. Mas quero que você pense além de simplesmente moldar o Ilmodo, quero que pense nas consequências, Ana.

O enviado olhou para a concha no pescoço de Ana, e ela passou a mão pela forma cheia de sulcos. – Você explica as formas de conchas e peixes nas pedras segundo os termos do Toustour – continuou Karl –, mas nós procuramos por outras explicações, que possam ser provadas ou refutadas através de análise. Eu ainda não sei ao certo, mas desconfio que iremos descobrir que as conchas nas montanhas realmente foram antigamente conchas no fundo do mar. A explicação pelo menos faz tanto sentido quanto a história de criação do Toustour e não precisa de deuses, apenas de forças naturais presentes na terra. E se o Scáth Cumhacht, o seu Ilmodo, pode ser alcançado e moldado por aqueles sem fé, se os numetodos podem até aprender a fazer coisas que os ténis não conseguem, então talvez o Scáth Cumhacht não tenha nada a ver com fé ou crença. Você pelo menos tem que considerar a possibilidade, Ana. Você viu com seus próprios olhos aqui, na noite de hoje.

A mão de Ana apertou a concha até sentir as bordas penetrarem na pele. Ela balançou a cabeça em uma negação muda, mas as palavras do enviado retumbaram por dentro. *Não é verdade, não é verdade...* A negação foi partida e consertada.

– Ana?

Ela mal conseguia respirar. A atmosfera parecia pesada e carregada. – Eu tenho que ir embora. Tenho que ir agora.

Karl franziu os lábios. A expressão era séria. – Sua promessa, Ana?

– Eu dei a minha palavra, enviado. Não a quebrarei. Agora, por favor, eu quero ir embora.

Ele fez que sim. – Eu lhe acompanharei de volta ao centro do Velho Distrito.

◇◇◇ FINS ◇◇◇

Jan ca'Vörl

Ana co'Seranta

Orlandi ca'Cellibrecca

Sergei ca'Rudka

Estraven ca'Cellibrecca

Ana co'Seranta

Jan ca'Vörl

Karl ci'Vliomani

~ Jan ca'Vörl ~

– ALLESANDRA – CHAMOU JAN. – Venha aqui com seu vatarh.

A menina afastou-se da criada que segurava sua mão e da aglomeração de mulheres em volta da hïrzgin quando elas saíram da tenda palaciana do hïrzg. Ela levantou poeira do solo rachado ao correr para Jan. O starkkapitän ca'Staunton, o u'téni co'Kohnle e o ajudante de ordens de Jan, Markell, estavam ao lado do hïrzg sob os raios de sol do início da manhã enevoada. Todos sorriram com educação quando a menina abraçou Jan pela cintura. – Bom-dia, vatarh – disse ela. – É um bom dia para deslocar o exército, eu acho.

Jan sorriu e abraçou a filha com força, permitiu-se um gostinho a mais de satisfação ao ver a expressão azeda no rosto da esposa. Ele falou com Greta na noite anterior que eles não iriam a Nessântico para o jubileu, e os urros de revolta da mulher mantiveram muitos dos cortesãos acordados. Markell e co'Kohnle deram acenos de satisfação com a cabeça ao verem o abraço entre filha e vatarh, mas a expressão do starkkapitän ca'Staunton era a mesma da hïrzgin. – Viu só – falou Jan para ca'Staunton –, minha filha tem uma bela mente militar. Tudo o que você me dá, starkkapitän, são desculpas. *Ela*, pelo menos, não tem medo de avançar.

– Meu hïrzg, não é medo – disse ca'Staunton com um traço cauteloso de arrogância na voz. – Qualquer um dos chevarittai, dos offiziers e de nossos soldados daria a vida pelo senhor. E muitos deram, pelo senhor e pelo hïrzg Karin anteriormente. Mas se deslocar na direção das fronteiras de Nessântico durante o jubileu da kraljica, mesmo como um exercício... – Ele ergueu os ombros debaixo da faixa da patente. Medalhas tilintaram. – Nós arriscamos um mal-entendido. Como eu disse, se nós ao contrário marchássemos na direção de Tennshah, a kraljica não poderia protestar, e a marcha mais longa daria amplas oportunidades para exercícios de formações, especialmente assim que chegássemos às planícies orientais.

Jan olhou para a hïrzgin novamente, que havia parado com sua comitiva cautelosamente fora do alcance de ouvir a conversa. Ele observou o rosto da esposa enquanto conversava com os convidados dela, embora sua atenção agora se voltasse para Mara, parada ao lado da hïrzgin. Jan ficou a maior parte da noite com ela depois que o ataque de Greta finalmente passou. O rosto de Mara estava ligeiramente virado para o hïrzg em vez de para a hïrzgin, e ela acenou com a cabeça para Jan.

– Nós não fomos sempre a poderosa espada na mão de Nessântico, a lança que os kralji atiravam contra os inimigos? – perguntou Markell para o starkkapitän ca'Staunton. – Não temos a necessidade, mais ainda, a obrigação, de exercitar esse braço para que não fique fraco e lento? U'téni co'Kohnle – Markell apontou para o téni-guerreiro – foi fundamental para o sucesso do a'téni ca'Cellibrecca contra os numetodos em Brezno. Ele entende o que está em jogo. Começo a me perguntar a quem você serve primeiro, starkkapitän: à kraljica ou ao nosso hïrzg.

O starkkapitän ca'Staunton olhou feio para Markell. – Eu sirvo ao hïrzg, é claro – disparou. – Mas continuo afirmando que deslocar o exército tão próximo da borda de Nessântico é uma provocação desnecessária quando podíamos facilmente virar para o leste.

– Starkkapitän – falou Allesandra –, você não é o braço direito forte do hïrzg?

Ca'Staunton pareceu assustado, mas Jan não conseguiu dizer se o starkkapitän ficou assim pela pergunta em si ou por uma adolescente dirigir-se a ele de maneira tão arrogante. – De fato, creio que é isso que eu e nosso exército representamos, a'hïrzg Allesandra – respondeu o starkkapitän, em um tom um pouco formal e com uma olhadela para Jan, como se buscasse sua aprovação.

– Se meu braço direito se recusasse a me obedecer, eu mesma o deceparia – falou Allesandra para ca'Staunton e sorriu inocentemente. – Para que serve um braço que pensa que manda no corpo?

Jan caiu na gargalhada ao ouvir isso, e Markell e co'Kohnle acompanharam o hïrzg um instante depois. O starkkapitän ficou vermelho e abriu a boca em silêncio. – Pronto, viu só, starkkapitän? – disse Jan. – Nós contamos com a sabedoria da jovem a'hïrzg. Talvez eu a promova a starkkapitän. O que você acha?

As bochechas do homem ficaram tão vermelhas como se o vento do inverno tivesse deixado o rosto em carne viva. Ca'Staunton franziu a boca e abaixou a cabeça para Jan. – O hïrzg certamente pode agir como quiser. – As mãos estavam crispadas ao lado do corpo, e as medalhas tilintaram com o movimento. – Eu venho servindo ao senhor, ao finado a'hïrzg Ludwig, e ao seu vatarh toda a minha vida. Se isso não significa mais nada para o senhor, meu hïrzg...

– Olhe para mim, starkkapitän – interrompeu Jan, e ca'Staunton ergueu o olhar. – Sou grato pelo seu longo tempo de serviço, e você provou seu valor uma dezena de vezes ao longo da carreira. É por isso que lhe dei ouvidos a manhã inteira e é por isso que lhe digo agora que levaremos o exército para oeste.

– Então eu informarei os a'offiziers – disse ca'Staunton. Ainda havia fúria no olhar, mas estava contida agora. Ele fez uma reverência novamente, para Jan, Markell e Allesandra, e depois deu meia-volta para ir embora.

– Starkkapitän. – Jan chamou-o e ca'Staunton virou-se de volta. – Prepare-os como se realmente fôssemos entrar em guerra. Quero que estejam tão prontos quanto estiveram quando lutamos em Tennshah.

O homem arregalou os olhos, e Jan notou que ele compreendeu. – Sim, meu hïrzg. Eles estarão prontos.

– Ótimo. Então vá e faça os preparativos. Eu espero estar em movimento na hora da Segunda Chamada.

Após outra reverência, ca'Staunton foi embora a passos rápidos. – E eu informarei os ténis-guerreiros – disse co'Kohnle, que franziu os olhos. – Se me permite dizer, meu hïrzg, estou ansioso por isso. Que Cénzi lhe abençoe. – O u'téni fez uma mesura e seguiu ca'Staunton.

– Posso cavalgar com o senhor também, vatarh? – pediu Allesandra ao cutucar a bashta de Jan. – Eu sei cavalgar muito bem agora.

– Infelizmente, não. Você vai voltar para Brezno com a hïrzgin.

– Vatarh! – Allesandra bateu o pé, embora a grama tenha silenciado o protesto. – Se eu vou liderar o exército um dia, eu preciso aprender.

– E você irá – disse Jan para ela enquanto mexia em seu cabelo com carinho. – Mas não hoje. Não ainda. Eu quero você em Brezno e que me escreva todo e qualquer dia. Diga-me o que a hïrzgin faz e com quem fala. Essa é a sua tarefa.

– Não é isso que Mara faz pelo senhor? – perguntou Allesandra, e Jan gargalhou de novo enquanto Markell sorriu.

– Eu preciso de seus olhos lá – falou Jan sem responder à pergunta. – Lembre-se, eu quero saber de você todo dia. Markell vai ensinar como me mandar mensagens privadas antes de você ir embora hoje. Agora, eu preciso que você volte para sua matarh. Não diga nada para ela do que conversamos. Não ainda; eu mesmo vou contar em alguns minutos, depois de terminar de falar com Markell. Vá agora.

– Eu não quero. Quero ficar aqui com o senhor. Quero escutar.

– Allesandra, você é o meu coração – falou Jan para a filha. – Assim como o starkkapitän ca'Staunton é o meu braço direito. E não quero ter que arrancar meu próprio coração porque ele não me obedece.

– Isso não é justo, vatarh. – Ela fez um beicinho dramático.

– Não, não é – disse Jan sorrindo. – Mas continua sendo necessário. Vá agora. Seja a a'hïrzg, não a minha filha.

Allesandra suspirou alto, depois finalmente ficou na ponta dos dedos quando Jan se abaixou para beijá-la. – Vou escrever todos os dias – sussurrou ela ao dar um abraço no pescoço do vatarh. – E vou contar tudo. – Dito isso, Allesandra soltou o hïrzg e correu de volta para a aglomeração de mulheres perto das tendas.

– Meu hïrzg? – falou Markell. – Devo mandar uma mensagem para o a'téni ca'Cellibrecca, para deixá-lo ciente de suas intenções?

Jan viu Mara abaixar-se para pegar Allesandra nos braços; ela sorriu para Jan sobre o ombro da garotinha. A hïrzgin franziu tanto a boca que, mesmo a esta distância, Jan foi capaz de ver as linhas de expressão no rosto comum e achatado. – Sim – respondeu o hïrzg para Markell. – Diga ao a'téni que é a hora de ele fazer sua escolha: ou está comigo ou com o a'kralj. Diga que ele não pode mais jogar dos dois lados. Tem que fazer sua escolha agora. Diga que eu soube que a filha dele irá procurar por um marido em breve e que eu estarei à procura de uma esposa. – Jan deu um tapa no ombro de Markell. – Quando chegarmos à fronteira, Markell, a kraljica vai se dar conta de que a força dos Domínios é Firenzcia. Ela vai negociar, como sempre faz, em vez de arriscar uma guerra, e os termos farão de mim o a'kralj, não o filho dela. Pelo que ouvi dizer, essa situação pode até agradar a kraljica. E, senão... – Jan deu de ombros. – Então que Cénzi tenha piedade dela no além.

~ Ana co'Seranta ~

ANA IMAGINOU que o archigos estaria esperando por ela em seus aposentos quando voltou do Velho Distrito. Ele não estava. Houve, na verdade, apenas silêncio da parte do archigos no dia seguinte, um dia em que Ana realizou suas tarefas no Templo do Archigos sem vê-lo, um dia em que a kraljica continuava – de acordo com todos os rumores – à beira da morte, um dia em que ela descobriu que não conseguia parar de pensar no que vira. Os numetodos atormentavam seus sonhos à noite e espreitavam como sombras os pensamentos de dia.

Ana voltou mudada e sabia disso. Ela perguntou-se por que ninguém mais compreendia a questão também. Na manhã do dia seguinte, veio uma mensagem do archigos: ele queria encontrá-la no Grande Palácio da kraljica imediatamente. A carruagem já estava à espera de Ana; o archigos não estava no veículo, mas o condutor era o mesmo e'téni que a levara ao Velho Distrito. Ele deu um olhar acusador para Ana ao abrir a porta da carruagem.

No palácio, Renard esperava para acompanhá-la aos aposentos da kraljica. – Como ela está? – sussurrou Ana enquanto andavam. O clima no palácio era lúgubre; os criados que Ana viu de relance corriam com seus afazeres, em silêncio e de testas franzidas. Renard balançou a cabeça.

– Eu rezo, o'téni, assim como o archigos, mas infelizmente o chamado de Cénzi é muito forte.

Os criados do salão abriram a porta para os aposentos da kraljica quando eles se aproximaram. – O archigos mandou a senhorita ir diretamente para o quarto dela. Eu espero aqui – falou Renard. Ana fez que sim, e o velho pegou suas mãos antes que ela pudesse ir embora. – Se puder ajudar, os curandeiros com suas poções e sanguessugas não foram capazes de fazer nada, mas a senhorita... a senhorita conseguiu mantê-la viva. Eu sei que é o que ela gostaria, e Cénzi vai lhe perdoar.

Renard soltou as mãos de Ana, deu meia-volta antes que ela pudesse responder e deixou-a sozinha. A voz do archigos chamou a o'téni de dentro do quarto. – Ana? Venha aqui...

Todo o aposento parecia igual desde a última vez em que foi visto por ela, tudo menos a kraljica. O rosto era um crânio pálido envolto em pergaminho sobre as cobertas, com fios de cabelo branco que teimavam em não cair. A kraljica parecia já morta, com os olhos e as bochechas fundos.

– Ela está quase morta – falou o archigos. Ele estava sentado ao lado da cama e parecia uma criança encarquilhada na cadeira alta com as pernas balançando abaixo do robe de archigos, de meias brancas e chinelos. Ana procurou por uma expressão de acusação no rosto do anão e só viu tristeza.

– Sinto muito, archigos. – Ela foi para o outro lado da cama e olhou para a kraljica. – Não posso ajudá-la. Não dá mais.

– Tente. – A única palavra foi uma ordem. A tristeza profunda no rosto do archigos tinha sido apagada. Ele olhou por cima da cama para Ana com as sobrancelhas erguidas em uma expressão de raiva.

– Archigos, eu *tentei*. O senhor sabe disso. E a Divolonté...

Ele interrompeu Ana e quase se levantou completamente da cadeira com as mãos. – Você vai tentar de novo. Eu lhe trouxe da obscuridade para a Fé; promovi e protegi você. Dei para você e para sua família tudo que eles possuem. Sei aonde foi na outra noite e não disse nada. Protegi você de inimigos que não sabe que tem, Ana. Você vai tentar. – Ela começou a reclamar, mas o archigos abrandou a voz. – A kraljica tem sido meu apoio e minha melhor amiga há décadas, e o fato de ela estar doente não é o plano de Cénzi, mas de outra pessoa. Eu sei o que estou pedindo de você e sei o que diz a Divolonté. Tente. Mais uma vez.

A boca da kraljica abriu-se ligeiramente com um hálito podre. Ana fez que sim. – Vou tentar. – Ela fechou os olhos, respirou fundo para se acalmar, tentou não pensar no cansaço e na dor que viriam a seguir.

As palavras do cântico soaram falsas aos seus ouvidos. Ela não parava de pensar no que viu com os numetodos. *"Talvez o Ilmodo não tenha nada a ver com fé e crença afinal de contas..."* Ela chamou Cénzi... mas não houve resposta. Não desta vez. As palavras eram vazias, as mãos apenas gesticularam no ar, não na corrente fria e invisível do Ilmodo. Assustada, ela abriu os olhos e viu que estava sendo observada pelo archigos. Ele parecia não notar que o feitiço estava vazio, o rosto era ansioso e esperançoso.

Cénzi, o que foi que eu fiz? O Senhor me abandonou?

Ana parou de entoar. Deixou os braços caírem. – Archigos, sinto muito. Não consigo fazer nada por ela.

O archigos acenou com a cabeça como se isso fosse o que ele esperava ouvir. Ana percebeu que o archigos não a compreendeu, mas sim que o anão acreditava que ela já havia tentado e falhado. Ana começou a contar a verdade, mas não conseguiu pensar em um jeito de fazer isso sem trair a promessa feita a Karl. *Eu vi outro lado do Ilmodo, e Cénzi levou embora meu Dom porque duvidei.* O archigos retiraria sua Marca e a mandaria embora. Exigiria que o vatarh devolvesse as solas dadas em pagamento por seus serviços. Sua família cairia em desgraça, e ela seria a causa de tudo.

A kraljica iria morrer, e ela levaria a culpa.

– Obrigado pelo esforço, Ana – dizia o archigos. – Sei que era a hora dela, mas eu não queria... – Ele parou. Ana viu o rosto do anão ser tomado por tristeza ao olhar a kraljica. – Fique aqui comigo. Reze comigo.

Ana concordou com a cabeça, levou uma cadeira para o outro lado da cama e sentou-se diante do archigos. Os olhos dele estavam fechados e os lábios moviam-se. Um brilho tênue emanava das mãos; ele estava evocando o Ilmodo por reflexo, inconscientemente. Ana ficou muda. Ela observou o archigos, mas não conseguia rezar. Seus pensamentos eram caóticos: uma mistura assustadora de medo do que aconteceria com ela; de imagens do uso herege do Ilmodo por parte dos numetodos; do que ensinaram a ela sobre ténis que perderam a fé e foram punidos por Cénzi, jamais capazes de usar o Ilmodo novamente.

– Archigos – falou Ana quase em um sussurro. – Deixe-me tentar novamente, mais uma vez... – Os olhos do anão abriram-se, o brilho sumiu das mãos. Ele fez que sim em silêncio.

Por favor, Cénzi. Eu não deveria ter duvidado do Senhor... Ela recomeçou a entoar, tentou abrir um caminho para Cénzi e o Segundo Mundo. Não houve resposta imediata, nenhuma sensação do poder frio do Ilmodo, e Ana pensou que tinha falhado mais uma vez. Ela continuou a entoar as palavras, a fazer os gestos, como se pudesse abrir um caminho à força por pura determinação... e começou a sentir o Ilmodo próximo mais uma vez, agarrou o poder e moldou--o, moveu as ondas frígidas na direção da kraljica em estado de coma.

Novamente Ana sentiu o vazio ali, percebeu como o desgastado fio de vida do corpo da kraljica conduzia irrevogavelmente ao quadro em algum lugar do palácio. Ela passou o Ilmodo por aquele fio e começou a puxá-lo delicadamente. Devagar, bem devagar, Ana começou a puxar a kraljica de volta mais uma vez. Ela quase soluçou de alívio e pelo esforço. *Obrigada, Cénzi. Obrigada...*

Ana conseguiria trazer a kraljica de volta, mesmo que não fosse capaz de curá-la completamente. Ela conseguiria...

... mas Ana foi tomada por uma estranha náusea, uma súbita desorientação. Como se alguém tivesse balançado o mundo. Por um instante, ela pensou que fosse o tremor de um terremoto... e percebeu que o fio que prendia a kraljica ao corpo estava rompido, o que era impossível.

– Não! – gritou Ana. O feitiço foi dissolvido, o Segundo Mundo sumiu, o Ilmodo fugiu de suas mãos.

A boca da kraljica estava aberta, mas o peito estava imóvel. O cabelo, há apenas alguns segundos escovado e arrumado, estava bagunçado, como se no último momento ela tivesse se debatido e reagido. O archigos ficou de pé, e Renard, de seu posto na parede, chamou o curandeiro pela porta, com uma voz embargada. O curandeiro entrou, viu o corpo e levou um espelho às narinas da kraljica.

Ele balançou a cabeça.

O archigos começou a prece dos mortos enquanto Renard soluçava, e os criados saíram correndo do quarto. Ana chorou com ele e perguntou-se se estava chorando pela kraljica ou porque Cénzi tirou-a de suas mãos, como se fosse um castigo.

Antes que o archigos terminasse a prece, as trompas dos templos começaram a soar pela cidade.

~ Orlandi ca'Cellibrecca ~

ORLANDI SENTIU-SE COMO SE ESTIVESSE DOENTE, como acontecia desde que decifrou a mensagem do hïrzg. *O chão treme sob os pés de soldados, o hïrzg terá uma nova esposa e a kraljica irá se submeter. A hora chegou. Escolha.*

Tudo deu totalmente errado desde o Gschnas. Orlandi tinha previsto jogar o hïrzg contra o a'kralj por alguns meses ainda, tempo em que avaliaria quem daria o melhor aliado no fim das contas. Mas agora... o hïrzg, sempre impetuoso e perigoso, estava forçando Orlandi a agir. Ca'Cellibrecca subestimou os dois e a vontade de ambos de seguir um caminho mais longo e cauteloso. O hïrzg avançava com o exército como uma ameaça descarada e, se a suspeita de Francesca fosse verdade, então o a'kralj foi o responsável pela morte da kraljica.

O a'kralj, um matricida: infelizmente, tais pessoas abomináveis quase não eram raras na linhagem dos kralji.

Mas a kraljica estava morta e o a'kralj *seria coroado* kraljiki, e Justi já havia informado Orlandi que queria Francesca como sua noiva. Jan ainda não sabia da morte da kraljica, e Orlandi tinha que ser a pessoa a contar para ele antes que a notícia chegasse ao hïrzg por outros meios, ou então Jan pensaria que Orlandi já tinha feito sua escolha. Quando o hïrzg recebesse aquela confirmação, Orlandi tinha certeza de que ele não hesitaria em nada.

O hïrzg mandaria o exército cruzar a fronteira na esperança de tomar o Trono do Sol para si.

Esse era o pensamento mais perigoso de todos. Orlandi sempre se considerou um mestre que mexia nas peças do jogo, mas agora as peças impuseram as próprias vontades.

Escolha. Você tem que escolher.

O archigos dera a Orlandi um gabinete no Templo para que ele não precisasse voltar a Ile Verte com o advento da súbita doença da kraljica. Orlandi ficou de joelhos no carpete, gemeu pelo esforço quando as juntas reclamaram, e dobrou o corpo até ficar encolhido ali, com as costas curvadas e a testa encostada no pelo. Ele rezou como se fosse um simples e'téni na missa do templo. *Cénzi, eu Lhe imploro que me ajude agora. Mostre-me a Sua vontade. Diga-me como posso realizar Seu trabalho...* Orlandi rezou, sem saber quanto tempo passou ali, recitou os poemas de louvor que ele gostava tanto no Toustour. *É o Seu trabalho que realizo aqui. Não o meu. Guie-me, pois sou cego e confuso demais para enxergar o caminho...*

Depois de um tempo, ele levantou-se lentamente, todo dolorido. Esfregou os olhos. Orlandi não ouviu uma resposta clara às preces, mas sabia de uma coisa: quer fosse o a'kralj ou o hïrzg que finalmente se sentasse no trono, aquela pessoa precisaria de uma esposa adequada que lhe desse o laço político que fosse útil. E Orlandi podia – teria que – providenciar isso.

Ele foi até a porta e falou com a e'téni postada ali. – Encontre alguém para chamar o mensageiro de Firenzcia para mim; eu tenho uma mensagem para ele entregar ao hïrzg. Depois procure pelo u'téni Estraven ca'Cellibrecca no Velho Templo e diga para ele vir aqui imediatamente. Entendeu? – A e'téni, uma moça que parecia não ter mais do que 16 anos e recém-saída dos estudos como acólita, fez que sim com olhos arregalados. Ela hesitou e Orlandi fez um gesto impaciente para a jovem. – Vá – disse ele, e a e'téni saiu correndo sem sequer fazer o sinal de Cénzi.

Orlandi voltou à mesa e tirou o disco de cifra do bolso da vestimenta. Ele pegou um pedaço de velino da gaveta e abriu o potinho de nanquim. Escreveu devagar e com cuidado, passou areia no manuscrito e assoprou antes de dobrá-lo. Pegou uma vela e uma barra de cera vermelha e selou a carta ao pressionar o anel na gota de cera do tamanho de uma folia de bronze que esfriava. Ele colocou a carta em um envelope, endereçou ao hïrzg e também o selou.

Quando terminou, o mensageiro chegou. Orlandi entregou o envelope ao homem. – O hïrzg *tem que* estar com isso em mãos em dois dias. A carta é vital, e não importa quantos cavalos você tenha que matar para entregá-la para ele. Entendeu? – O mensageiro fez que sim. Estraven estava do lado de fora quando Orlandi abriu a porta para despachar o homem.

– A'téni – disse Estraven ao fazer a mesura e o sinal de Cénzi enquanto o mensageiro saía correndo. – O senhor me chamou?

– Sim. Entre. Sente-se, Estraven. Há vinho e água na mesa; por favor, refresque-se.

Ele observou Estraven se servir de uma taça de vinho. – Desculpe ter demorado tanto para chegar aqui, a'téni; quando sua e'téni apareceu para me chamar, eu estava terminando as passagens da Segunda Chamada para os celebrantes e tive que falar com o maestro do coral sobre a missa da noite e a cerimônia da kraljica. Vim assim que pude.

Orlandi fez um gesto com a mão. – As necessidades da Fé vêm primeiro. De certa forma, foi por isso que mandei lhe chamar. Preciso de você porque sei que posso confiar que irá manter os assuntos da Fé em segredo.

O rosto de seu genro ficou levemente ruborizado de orgulho. – Com certeza o senhor pode confiar, a'téni. O que precisa de mim?

– Preciso que você vá a Brezno, Estraven. Rápido. Quero que parta amanhã de manhã.

O sorriso de Estraven desmanchou-se. O vinho tremeu na taça. – Para Brezno? Com o funeral da kraljica daqui a uma semana? Pensei que o senhor tivesse deixado o u'téni co'Kohnle como responsável por Brezno e Firenzcia. A'téni, e quanto à minha responsabilidade aqui? Todas as missões, minhas obrigações... eu não poderia...

– Você pode e vai – disse Orlandi com firmeza, e isso fechou a boca de Estraven. – Eu cuidarei para que cubram suas obrigações. O u'téni co'Kohnle está com o hïrzg e fora de Brezno, e eu preciso de alguém naquela cidade pelo próximo mês ou dois. Preciso de você lá rápido, especialmente com a perda da kraljica. Eu não posso sair de Nessântico, não com o funeral.

– O quê... – Estraven parou e umedeceu os lábios. Ele tomou um gole de vinho. Parecia estar se recuperando. – Isso tudo é tão repentino. Desculpe, a'téni, se eu pareci estar confuso, mas essa situação é tão inesperada. Certamente eu farei o que o senhor me pedir, como sempre fiz. O que precisa de mim em Brezno?

– Eu mandarei instruções escritas hoje à tarde, Estraven, para que você abra assim que chegar ao templo em Brezno. Também avisarei ao u'téni co'Kohnle sobre sua atribuição temporária. Enquanto isso quero que se prepare para partir ao romper do dia.

Estraven pousou o vinho e levantou-se. – Vou começar então. – Ele bateu no queixo bem barbeado com um dedo. – Avisarei Francesca que nós partiremos... ou o senhor já fez isso, a'téni? Ela vai precisar reunir a criadagem.

– Francesca ficará aqui. – Orlandi gostou de ver Estraven piscar como resposta. – Você viajará com o vajiki Carlo co'Belli e quem trabalha com ele. Co'Belli é um comerciante que viaja frequentemente pelos Domínios e também tem me servido nos últimos anos. Eu mandarei dois ténis da minha própria equipe para agir como seus assistentes e coordenar as coisas assim que você chegar a Brezno; a sua equipe pessoal deve permanecer aqui, uma vez que eles sabem os costumes do Velho Templo. O vajiki co'Belli é um aliado meu há algum tempo e tenho toda a confiança nele, apesar das opiniões que você tiver a respeito de seu jeito meio grosseiro. A lealdade dele é inquestionável.

– Claro, a'téni. Tem mais alguma coisa que eu precise saber?

– Não agora – falou Orlandi. Ele foi até o homem, pegou suas mãos e deu tapinhas. – Estraven, eu lhe dei essa tarefa porque sei como você é dedicado à Fé e sei que sempre me serviu bem. Eu lhe recompensei com a mão de Francesca por causa da sua fé. Agora peço que confie em mim novamente.

– É claro, a'téni. – A bravata voltou à voz de Estraven, agora que o ego foi devidamente afagado. – Eu não lhe decepcionarei.

– Eu sei que não – respondeu Orlandi. Ele soltou as mãos de Estraven, foi até uma das janelas e afastou as cortinas para contemplar a praça do templo. – Agora você deve ir. Não tem muito tempo.

Orlandi não perdeu tempo em olhar para a reverência de Estraven. Ele teria que mandar uma mensagem imediatamente para co'Belli e avisá-lo do que precisava ser feito. E teria que jantar mais tarde com Francesca, sozinho, para que pudessem conversar.

Escolha. Ele escolheria. Precisava escolher. Mas Orlandi adiaria a escolha até poder ter certeza de qual das duas grandes peças no tabuleiro era a mais forte: o a'kralj ou o hïrzg.

Ele imaginou como Francesca reagiria às novidades.

~ Sergei ca'Rudka ~

– COMANDANTE, o corpo está aqui.

Sergei foi até onde o homem apontou.

Seu acompanhante, o'offizier ce'Falla, ofereceu um lenço de seda encharcado de perfume, mas Sergei dispensou com um gesto. Ele atravessou o gramado alto até a margem do A'Sele e viu o corpo, que parecia um morro escuro na grama, a poucos passos da corrente verde e lenta do rio. O cadáver já apresentava um cheiro de decomposição, e moscas negras voaram agitadas e irritadas quando Sergei aproximou-se. Quatro camponeses estavam próximos e pareciam nervosos, meio assustados. Sergei sorriu para eles, embora notasse que olhavam para o seu rosto. Para o brilho do seu nariz.

– Vocês agiram como deveriam agir, e estou aqui para agradecer em nome da kraljica – disse Sergei para os camponeses. Eles abaixaram as cabeças ao ouvir isso e fizeram o sinal de Cénzi. – Cada um receberá meio siqil de recompensa. O o'offizier tomará conta disso... – Ele indicou ce'Falla, que rapidamente afastou os agora sorridentes camponeses enquanto Sergei se agachava ao lado do corpo.

O cadáver estava deitado de barriga para cima no chão. Ele tinha sido atacado por carniceiros, mas embora o rosto tivesse praticamente sumido, Sergei reconheceu pelas roupas pretas e corpo magricelo que aquele era ci'Recroix, mesmo que o caderno de desenho arruinado pela umidade a poucos passos já não fosse uma testemunha muda. – Os camponeses roubaram alguma coisa, vajiki? – perguntou Sergei ao homem que tinha ficado para trás: Remy ce'Nimoni, um administrador que trabalhava para o chevaritt Bella ca'Nephri, proprietário do castelo e da terra onde ele se encontrava e que também era, conforme o comandante sabia, um dos bons companheiros do a'kralj.

Sergei descobriu que instintivamente não estava nem aí para ce'Nimoni. Ele tinha um ar arrogante, e o comandante flagrou-o rindo de maneira estranha enquanto os dois conversavam ao sair do castelo para o local onde o corpo fora encontrado. Nem os olhos surpreendentemente verdes do administrador foram parar no rosto de Sergei. Suas respostas às perguntas do comandante foram muito rápidas e muito convenientes, como se ele tivesse pensado demais em todas as possibilidades ou tivesse sido bem orientado por alguém.

Essa suspeita não era um caminho que Sergei queria tomar. O chevaritt ca'Nephri era próximo demais do a'kralj para que Sergei ficasse à vontade ao suspeitar disso.

– Roubaram alguma coisa? Acho que não, comandante – respondeu ce'Nimoni agora. – Eles viram o corpo e o sangue, e pela roupa preta ficaram com medo de que fosse um feiticeiro ou coisa pior e voltaram correndo para o castelo. Revistei todos eles depois e não encontrei nada. Aí postei guardas aqui até que o senhor pudesse ser chamado. Eles mantiveram afastada a maioria dos animais, porém... – O administrador gesticulou para o cadáver, e novamente houve aquele brilho de um sorriso, e o olhar para o corpo era quase possessivo. – Não todos, como pode ver. Os cachorros e lobos têm menos medo de um cadáver do que nós e são muito insistentes.

– Animais selvagens reconhecem uma oportunidade quando ela aparece – respondeu Sergei. – Se me dá licença, vajiki, eu gostaria de examinar o corpo. Sozinho.

Ce'Nimoni fez uma mesura. – Como quiser, comandante. Eu estarei na trilha com os cavalos.

Sergei debruçou-se mais sobre o corpo enquanto o sujeito ia embora. A pele ficou contraída acima da ponte do falso nariz ao sentir o cheiro, mas o fedor não era pior do que as celas dos níveis inferiores da Bastida, onde o esgoto e podridão misturavam-se ao odor de homens acorrentados e desesperados. Sergei notou o sangue seco na blusa do homem, embora os animais tenham roído a maior parte do tecido e aberto o estômago para chegar às entranhas do homem – seria difícil determinar se ci'Recroix fora ferido primeiro ali. O corte no pescoço, porém... mesmo com as mordidas dos animais e os vermes que entravam fundo no ferimento, era visível que uma lâmina fez o corte.

Então o homem foi assassinado. Sergei imaginou que esse seria o caso assim que chegou a informação do corpo encontrado perto de Pré a'Fleuve. Decepcionante: ele teria gostado da oportunidade de descobrir o que ci'Recroix sabia, através dos interrogatórios lentos, cuidadosos e dolorosos de que a Bastida era capaz. Sergei tinha certeza de que a pessoa que contratou ci'Recroix teve medo exatamente disso.

Ele ainda não havia tocado no corpo. Um cordão emitia um brilho fosco em volta do pescoço dilacerado; Sergei aproximou-se mais. Os dedos enluvados afastaram o manto rasgado. Havia um pingente pendurado sobre o peito do homem: uma concha escura, esculpida em pedra.

Sergei perguntou-se por apenas um segundo antes que lhe ocorresse a resposta de onde tinha visto um pingente similar. Ele meteu a mão e arrancou a concha, cujo cordão fino foi rompido contra o peso do crânio. Sergei fez uma careta e guardou a concha no bolso.

– Que trapalhada, vajiki ci'Recroix – falou o comandante para o cadáver. – Será que um homem com seu grande talento poderia realmente ser tão estúpido?

Como se fosse uma resposta, um besouro saiu da boca aberta do corpo. Sergei deu um sorriso cruel.

Ao se afastar do corpo, ele parou para pegar o caderno de desenho, viu rapidamente algumas páginas e parou no último esboço antes de fechá-lo: um pássaro desenhado em carvão que parecia sólido o suficiente para sair voando da página. Ele colocou o caderno debaixo do braço. Ao ficar de pé, Sergei olhou novamente para o corpo por vários instantes. Finalmente, fez o sinal de Cénzi sobre os restos mortais, depois subiu a margem para a estreita alameda que levava ao castelo. Ce'Nimoni estava esperando ali com ce'Falla, juntamente com seus próprios cavalos e também com o garanhão cinza de Sergei; os camponeses tinham ido embora.

– Nós terminamos aqui, o'offizier – falou para ce'Falla. Ele guardou o caderno de desenhos em uma bolsa na sela. – Vamos cavalgar agora. Eu tenho trabalho a fazer em Nessântico.

Ce'Nimoni franziu a testa, as sobrancelhas encobriram os olhos da cor da campina. – Comandante, o corpo...?

– Enterre, queime, deixa apodrecer, o que quer que o chevaritt ca'Nephri mande você fazer com ele. Eu não me importo. Descobri tudo que era possível saber com o corpo. – Dito isso, Sergei montou no cavalo cinza, que relinchou de maneira nervosa e franziu as narinas como se estivesse incomodado com o cheiro nas roupas de Sergei. O comandante puxou as rédeas e inclinou-se para a frente a fim de fazer carinho no pescoço para acalmar o cavalo. – Você fez bem – falou para ce'Nimoni. – Da próxima vez que a Gardes a'Liste examinar a Listagem, sei que vão considerar seu serviço aqui. Eu vou comunicar sua cooperação e rápida intervenção aqui para o chevaritt ca'Nephri e a kraljiki.

O administrador fez uma reverência e levou as mãos entrelaçadas à testa. Novamente, Sergei notou um relance daquele sorriso presunçoso no rosto do homem. *E que eu ainda arrume uma desculpa para lhe mostrar a Bastida,* *acrescentou em silêncio.*

Sergei então gesticulou para o o'offizier ce'Falla, e ambos cavalgaram rumo a noroeste para Nessântico.

Estraven ca'Cellibrecca

– CO'BELLI! Onde está você?

Não houve resposta. Estraven olhou para os três menires cinzentos e sujos de limo que estavam apoiados uns nos outros bem perto da Avi a'Firenzcia, a estrada que acompanhava o rio Clario. Na garoa, eles pareciam especialmente sombrios e sinistros, como se tivessem sido erigidos pelos filhos dos moitidis na Primeira Era. – Pelo mijo de Cénzi – murmurou Estraven. Ele estalou as rédeas do cavalo, depois rapidamente fez o sinal de Cénzi e sussurrou uma breve prece para pedir perdão pela blasfêmia. O cavalo sacudiu a crina molhada, relinchou e mexeu as orelhas como se tivesse ouvido algo. Estraven mudou de posição, ansioso na sela. – Co'Belli! – chamou novamente.

A pequena trupe – Estraven, o comerciante co'Belli, dois e'ténis da equipe do a'téni ca'Cellibrecca e quatro homens cuja tarefa era cuidar das bestas de carga que co'Belli trouxe com ele – cruzou a fronteira de Firenzcia ontem e passou pelo posto de guarda montado do outro lado da Avi, na cidade fronteiriça de Ville Colhelm. Eles estavam a três dias de Nessântico, e Estraven ficou arrependido de ter aceitado o pedido de seu vatarh-por-casamento. Pelo menos, o a'téni ca'Cellibrecca poderia ter deixado que ele trouxesse sua própria equipe, mas o a'téni insistiu que eles ficassem para trás no templo na Ilha A'Kralji para que pudessem cuidar das cerimônias do funeral da kraljica.

– Quando você chegar a Brezno, meu pessoal estará à sua espera – dissera ca'Cellibrecca. – Como falei, co'Belli é um homem grosseiro sob vários aspectos, mas também é leal. Ele vai garantir que você tenha conforto, nem que seja porque isso é o que ele vai querer para si mesmo.

Estraven tinha que concordar com a afirmação de seu vatarh-por-casamento de que o homem era "grosseiro". Isso certamente ele era. O conceito de "conforto" de co'Belli parecia consistir basicamente em garantir que os barris da estalagem estivessem cheios de boa cerveja e que as garçonetes fossem graciosas e seduzíveis. Co'Belli bebeu e fornicou a noite inteira em cada vilarejo em que eles se hospedaram. Estraven permaneceu enojado no quarto e obrigou os e'ténis a fazer o mesmo. Passou o tempo escrevendo cartas para Francesca e para seus assistentes o'ténis no Velho Templo em Nessântico.

Tudo isso valeria a pena um dia. Um dia ele seria o próprio a'téni ca'Cellibrecca, postado em uma das grandes cidades dos Domínios. Ele trabalharia com seu vatarh-por-casamento, que seria o archigos Orlandi, e juntos criariam uma fé concénziana mais forte do que jamais foi, inexpugnável e mais poderosa do que o kralji e os governantes das outras terras dos Domínios. Seriam os fundadores de uma nova ordem firmemente enraizada nas palavras do Toustour e na lei da Divolonté.

Um mundo melhor do que este aqui. O que no momento não era nada difícil de acreditar para Estraven. Praticamente qualquer mundo seria melhor do que esse. Suas roupas estavam ensopadas, e ele tinha bastante certeza de que pegou uma horrível infestação de piolhos em uma daquelas camas solitárias.

Eles passaram a noite anterior em uma das muitas estalagens de Ville Colhelm, onde co'Belli falou arrogantemente para o estalajadeiro que "o a'téni ca'Cellibrecca de Brezno vai pagar por seus melhores quartos". De manhã, uma das camareiras entregou uma mensagem do comerciante. *Negócios a tratar. Vou encontrar você nos menires fora do vilarejo no meio da manhã.* Estraven perguntou-se que tipo de negócio co'Belli estaria tratando e qual seria o nome dela, mas a camareira não sabia nada além do fato de que "o vajiki gordo e seus companheiros saíram não muito depois da aurora, juntamente com os dois ténis. Sem dormir nada, vajiki. Eles passaram a noite acordados, na taverna e...". Ela então ruborizou, sorriu e não contou o resto da história. – Mandaram falar para o senhor esperar por eles nas pedras. O cavalariço pode dizer onde eles estão.

Agora parecia que os "negócios" de co'Belli ocuparam o comerciante por mais tempo do que o esperado. O sol estava escondido atrás das nuvens passageiras e a chuva fina molhava o manto de lã de Estraven, mas era o meio da manhã. Só podia ser. Estraven olhou irritado para o alto do céu e piscou no meio das gotas de chuva. Espirrou e falou – Maldito seja esse homem.

Estraven fez o sinal de Cénzi, depois começou a sussurrar um pequeno cântico enquanto as mãos se mexiam no ar úmido: um feitiço de aquecimento. Sentiu a onda de calor abençoado passar por ele ao terminar o feitiço e suspirou satisfeito: era um dos pequenos cânticos mais rápidos e úteis que qualquer téni aprendia a fazer, um que a maioria dos ténis tentava entoar secretamente quando se via preso em longas cerimônias nas frias manhãs de inverno nos templos, especialmente porque o feitiço cobrava muito pouco do conjurador. Pelo menos Estraven não iria morrer doente neste tempo maldito. Ele pensou ter ouvido o estalo de um galho no arvoredo atrás dos menires, endireitou-se na sela e virou o rosto. – Co'Belli? Vamos, homem. Já perdemos meio dia. Ainda estamos a dois bons dias de cavalgada de Brezno.

Desta vez a resposta veio na forma do som sinistro de cordas de arco e flecha.

Estraven gemeu de surpresa e susto quando uma flecha passou assobiando pela orelha esquerda; um momento depois, ele caiu de costas da sela quando um trio de hastes com penas irrompeu do seu manto: duas no peito, a outra no ombro direito. A força do impacto mandou Estraven para o chão. Sujo de lama, ele pestanejou na chuva e olhou surpreso para as flechas, confuso pela aparição impossível. Tocou as penas negras da ponta da haste, ao mesmo tempo em que notou o sangue começar a sair das feridas. Ele tentou se levantar e conseguiu ficar de joelhos, com esforço. Estranhamente, sentiu pouca dor, apenas uma grande contração no peito.

Isso era um sonho. Era um sinal de Cénzi. Não era real. Não podia ser real.

– Estou aqui como prometido, u'téni. – Estraven ouviu a voz de co'Belli chamar, e o homem corpulento saiu detrás de uma das pedras cheias de musgo. Seu quarteto de companheiros estava com ele, e os quatro tinham arcos nas mãos com novas flechas encaixadas nas cordas. Havia outro homem com ele também, vestido com o uniforme do exército de Firenzcia.

– Traição! – Estraven tentou gritar, mas a voz saiu confusa e ele cuspiu sangue. – Socorro! – Estraven começou a entoar, tentou mexer as mãos para lançar um novo feitiço, um que pudesse destruir co'Belli e lhe desse tempo de voltar para o cavalo e fugir, mas co'Belli fez um gesto rápido, os arcos foram erguidos e as cordas cantaram sua nota mortal. Estraven foi derrubado de costas novamente, na chuva e na lama de Firenzcia, e foi parar em sabe-se lá que além que o esperava.

~ Ana co'Seranta ~

ELA TENTOU SE RECUSAR a vê-lo. Fingiu estar doente naquela manhã para que não tivesse que estar presente na abertura do Templo do Archigos durante a Primeira Chamada e para que não precisasse entoar os cânticos com os demais e acender as lâmpadas do templo. Quando o archigos foi aos seus aposentos, Ana mandou Watha dizer que não poderia recebê-lo no momento, mas a criada voltou com um sorriso satisfeito e cruel. – O archigos lhe espera na sala de recepção, o'téni – falou Watha. – Ele disse que a senhorita tem que se vestir e encontrá-lo para tomar café da manhã. Beida já está servindo chá para o archigos.

Ana vestiu-se e foi até ele. Não houve escolha. Agora, depois dos cumprimentos formais e vazios, depois de ficar sentada ali vendo o archigos tomar chá e comer biscoitos, cujo cheiro fez o próprio estômago de Ana roncar e reclamar, o archigos afastou a bandeja com o café da manhã, inclinou-se para a frente e colocou os cotovelos na mesa.

– Vou sugerir ao nosso novo kraljiki que você seria uma esposa excelente para ele.

Foi uma declaração que chocou Ana profundamente, e agora o archigos a encarava enquanto ficava com o rosto vermelho pelo incômodo. Ela não conseguiu respirar por um momento; as mãos faziam pressão contra o coração enquanto se recostou na cadeira diante do archigos. Debaixo do robe, Ana sentiu a concha de pedra dada por Karl. A concha não a confortou.

– Isso não é o que eu quero, archigos – falou Ana. – O senhor não tem o direito de me usar dessa maneira, não importa o quanto pagou para a minha família. – Um fogo líquido ardeu na garganta e as têmporas latejaram no ritmo do coração. Ela sentiu as mãos tremerem ao colocá-las na mesa. – Mesmo que o a'kralj concorde, eu não concordarei.

O archigos fez que sim com a cabeça, como se a resposta de Ana fosse a que ele esperasse. – Eu compreendo sua hesitação, Ana. Compreendo mesmo. Mas você irá aprender, mais cedo do que eu, talvez, que quanto mais a pessoa sobe na vida, maiores são os pagamentos que se esperam dela. Certamente a kraljica esperava isso de seus sobrinhos e sobrinhas, e do próprio a'kralj. Ela sabia que um casamento certo podia ser uma grande arma. A kraljica já havia abordado essa possibilidade comigo, no dia seguinte ao lhe conhecer. Na ocasião, você deve saber, minha própria sobrinha Safina foi considerada para o mesmo cargo. Portanto, eu não faço essa sugestão levianamente; essa aliança pode ser mais importante agora que a kraljica se foi. O a'kralj será o kraljiki, e ele é excessivamente influenciado pelo a'téni ca'Cellibrecca. Sem alguma influência contrária, a ascensão de Justi ao Trono do Sol poderia causar mudanças na Concénzia, mudanças que anulariam tudo aquilo que eu e a kraljica Marguerite tentamos realizar.

Ele suspirou, ergueu uma mão e deixou que caísse novamente. O chá tremeu na xícara; os biscoitos deram um pulo no prato. – Também há outra questão. O exército de Firenzcia está se aproximando demais da fronteira a ponto de incomodar. Justi não é quem eu gostaria que fosse o kraljiki, mas ainda é uma opção melhor que Jan ca'Vörl. Seria tão ruim assim, Ana, ser a esposa do kraljiki? Você tem outros e melhores pretendentes? Seu numetodo do Gschnas, talvez? Eu sei que você foi ver o enviado ci'Vliomani outro dia, Ana – o archigos ergueu a mão contra a objeção prestes a ser feita por ela –, e quero que saiba que não me importo desde que sua curiosidade não atrapalhe sua fé ou seu dever.

Ela já se tornou um obstáculo para minha fé. Ela matou a kraljica... Mas Ana não diria isso. O archigos pareceu considerar seu silêncio como consentimento e continuou a falar. – Cénzi lhe deu um Dom extraordinário, Ana. Cénzi espera que você também use esse Dom, Ana, e tudo aquilo que o Dom lhe deu. Certamente você entende isso.

Ele falou sem uma interrogação, como se fosse uma conclusão óbvia e, ao mesmo tempo, Ana se deu conta de uma coisa. – O senhor tinha a intenção de me juntar ao a'kralj o tempo todo. – A acusação fez o archigos sorrir.

– Sim – disse ele simplesmente. – Chegou perto.

– A kraljica...?

– Ela concordou assim que lhe conheceu e assim que contei sobre você. Nós esperávamos apresentar vocês dois formalmente no Gschnas, mas... – O archigos torceu a boca. – Isso ainda é o que ela gostaria que acontecesse – continuou ele. – Ainda mais agora. Sem a kraljica, temos que amarrar o novo kraljiki e a fé concénziana, não com ca'Cellibrecca e seu movimento, mas com a nossa própria facção.

Nossa própria facção... O archigos falou casualmente, e Ana balançou a cabeça sem dizer nada. *Não é nossa. Não agora...*

Depois da morte da kraljica, ela não conseguiu encontrar o Ilmodo novamente. Cénzi abandonou Ana pela falta de fé, pela traição com os numetodos. Ela tentou. Tentou os feitiços mais simples, aqueles que era capaz de fazer desde criança, e eles desfizeram-se em suas mãos. Ela não conseguiria manter os fracassos em segredo por muito tempo: como evitava usar o Ilmodo, como seus feitiços eram fracos, como ela mal conseguia conjurar luz ou calor a partir da energia com que Cénzi encheu o ar. Ana não conseguiria esconder a decadência de suas habilidades por muito tempo; nenhum téni seria capaz, não quando os rituais e cerimônias da Fé exigiam seu uso diário. Alguém mencionaria suas suspeitas ao archigos, e ele iria até Ana e exigiria que mostrasse para ele se os rumores eram verdade.

– Isso era tudo o que eu fui para o senhor desde o início, archigos? – Ela exigiu saber e tentou esconder o medo com bravata. – Uma maneira de se aproximar do a'kralj? O senhor não é diferente do vatarh; me usaria da mesma forma, apenas com outro homem.

O archigos conseguiu parecer ofendido. – Minha intenção, e a da kraljica, era manter a Fé forte em um mundo que está mudando. Precisamos olhar para frente, Ana. Ca'Cellibrecca nos levaria de volta às trevas. O mundo muda, Ana, quer gostemos ou não, e a Fé precisa aprender a mudar com ele. E isso não é uma coisa que ca'Cellibrecca esteja disposto a fazer. Nossos navios vão cada vez mais longe no mundo. Um dia, talvez até mesmo enquanto você for viva, eles terão chegado a todas as terras. Conforme os Domínios alcançam novos territórios e encontram novos povos, também descobrimos a exuberante beleza da criação de Vucta e Cénzi, uma exuberância que jamais suspeitamos antes.

– E os numetodos, archigos? Eles fazem parte dessa exuberância?

Ele inclinou a cabeça para o lado ao encarar Ana. – Pode ser, desde que apenas reconheçam que o seu Scáth Cumhacht é na verdade o Ilmodo e que vem de Cénzi. Há outras formas de mostrar a verdade para as pessoas do que através da violência, tortura e aprisionamento. Certamente isso era o que a kraljica acreditava e por que foi capaz de governar tão bem por tanto tempo. Quanto mais Nessântico absorve o conhecimento daqueles que ela governa, mais forte Nessântico se torna. Eu não pretendo excluir os numetodos ou ignorar o que eles possam ter a nos ensinar, desde que eles possam ser levados a entender a verdade do Toustour. Eu pensei, Ana, que nós pudéssemos dividir esse ponto de vista da mesma forma que compartilhamos uma fé profunda em Cénzi.

– Eu compartilho essa fé – respondeu Ana. *Então por que você duvidou Dele?* Ela balançou a cabeça. Os medos e a confusão embolavam-se na mente, e Ana não conseguia segurá-los por muito tempo para examiná-los. – É apenas... Archigos, eu não posso...

– Você pode. Você irá. Se for o que Cénzi determinar. – Ele fez um gesto com a mão diminuta para Ana. Quando a mão caiu novamente sobre a mesa, a porcelana e a prataria fizeram barulho novamente. – Pode ser, Ana, que o novo kraljiki já esteja bem preso na rede de ca'Cellibrecca. Posso ter cometido um grave erro ao deixar que eles se tornassem tão próximos. Eu vi essa situação nos últimos anos e não fiz nada. Os rumores que ouvi sobre a filha de ca'Cellibrecca... – Ele deu de ombros. – Se for o caso, teremos que achar uma nova tática. Mas se Justi estiver disposto a escutar, se notar como sua matarh governou os Domínios tão bem, então perceberá como ficaria bem servido ao se aliar conosco. O casamento pode juntar até mesmo dois inimigos, que então descobrem que têm que trabalhar juntos. E nós não somos os inimigos do kraljiki, Ana; no fim das contas, estamos do mesmo lado. Quanto ao amor... – Ele fez um gesto como se fosse tocar a mão de Ana; ela recuou. O archigos deu de ombros. – Bem, isso nunca foi uma necessidade em um casamento político, não é?

Ele fez uma pausa, e Ana permaneceu em silêncio, ainda sentada do outro lado da mesa, com o olhar além do archigos para as janelas dos aposentos sem ver nada do dia lá fora. O archigos saiu da cadeira e fez o sinal de Cénzi para ela. – Você sabe que estou certo. E sabe o seu lugar, espero.

– Eu sei em que lugar o senhor me colocou, archigos. – Ela não conseguia se mexer. Sentiu-se presa à cadeira onde se sentava, presa por cordas que não conseguia enxergar.

O archigos deu um sorriso estranho de boca torta para Ana e acenou com a cabeça.

~ Jan ca'Vörl ~

– NÓS A ENCONTRAMOS no comboio de bagagens, meu hïrzg, atacando as provisões. – O offizier parado diante de Jan parecia envergonhado pela história. Ele estava bem afastado, obviamente sem saber como Jan reagiria. Markell, sentado na mesinha de viagem com uma pilha de relatórios diante de si, prendeu um risinho enquanto Jan franzia a testa.

Allesandra estava tremendo diante de Jan, com as mãos entrelaçadas atrás das costas e a cabeça baixa. – O que você tem a dizer em sua defesa? – vociferou ele para a filha. – Você me desobedeceu. O que sua matarh está pensando agora? Ela deve estar louca.

– Eu deixei uma mensagem para a matarh – falou Allesandra para o chão. – E disse para Naniaj que ela deveria fingir o máximo que pudesse. Talvez a matarh ainda pense que estou com elas. Ela nunca vem à minha carruagem a não ser que precise.

Markell deu um muxoxo de desdém. Jan olhou para ele e balançou a cabeça. – Há quanto tempo você fugiu?

– Dois dias, vatarh. Eu fugi na primeira noite para que pudesse encontrar o exército novamente.

– Você cavalgou à noite, desprotegida? Passou por nossa retaguarda?

Allesandra fez que sim com um aceno microscópico. – Eu subi em um dos carroções. Havia muita comida ali, vatarh.

– Aquelas são provisões do exército, comida para nossos soldados. Você sabe qual é o castigo para quem rouba desses carroções?

Ela fez que não. Jan notou que os ombros da filha começaram a tremer com as lágrimas contidas. – Nós cortamos as mãos dos ladrões – falou ele duramente – porque não são diferentes dos nossos inimigos.

Allesandra apertou as mãos com força contra o estômago, mas não chorou. Ela ergueu o rosto para Jan, que teve que se esforçar para não pegá-la e abraçá-la. – Eu queria ficar com o senhor, vatarh. Queria aprender a comandar um exército. Queria aprender a ser uma hïrzgin de quem o senhor teria orgulho. Eu não... não comi muito.

A expressão de Allesandra era tão arrependida e triste que ele não conseguiu manter o fingimento por muito tempo. Jan ajoelhou-se e abriu os braços, e a filha correu para ele. Ela começou a soluçar contra o ombro do vatarh. – É uma boa coisa que você seja a a'hïrzg – sussurrou Jan para Allesandra – porque isso significa que tudo aqui pertence a você.

– O senhor não pode me mandar de volta, vatarh – disse ela com firmeza enquanto fungava – Eu não irei. Não irei.

Jan olhou para Markell sobre o ombro da filha. O ajudante de ordens balançou a cabeça. – Aqui não é lugar para uma criança, Allesandra.

– Eu não sou uma criança. Sou a a'hïrzg. Aqui é onde eu devo estar, com meu vatarh, o hïrzg. E, além disso, a matarh está a dias de distância e o senhor me protegerá, vou aprender tanto com o senhor, e Georgi continuará a me ensinar...

Atrás dela, Markell meteu a cara nos relatórios.

– Será perigoso – disse Jan. – Pode haver combate, Allesandra.

– Então me ensine a usar a espada como o senhor faz, vatarh, ou mande Georgi me ensinar. Eu aprendo rápido. Aprendo sim.

Jan abraçou a menina novamente e suspirou. – Markell, leve uma mensagem para enviar a hïrzgin pelo nosso mensageiro mais rápido. Diga que Allesandra está a salvo com seu vatarh e que permanecerá comigo por enquanto.

Allesandra soltou um guincho de felicidade. – Obrigada, vatarh. Vou ser boazinha, prometo. Onde está minha espada? O senhor prometeu.

– Nada de espada. – Jan soltou o cinto da cintura e tirou uma bainha suja de couro com uma faca de dois gumes e punho cravejado. – Essa é a faca que o hïrzg Karin, seu vavatarh, me deu quando eu tinha mais ou menos a sua idade. – Ele não contou que a faca foi uma das poucas coisas que o hïrzg deu para Jan, ou que naquele mesmo dia ele deu para Ludwig, pouco mais do que um ano mais velho, um conjunto completo de armadura e uma espada. – Eu dou para você agora e vou mostrar como usá-la. Por enquanto, porém, guarde a faca em um bolso de sua tashta.

Allesandra pegou a faca e segurou firme como se fosse o presente mais precioso que poderia ganhar de Jan. – Obrigada, vatarh. Muito obrigada. Eu vou aprender. Vou aprender tudo que tiver para me ensinar.

– Vai sim – falou Jan quase com tristeza –, caso seja o que você queira aprender ou não. Markell, convoque o o'offizier ci'Arndt. Temos uma tarefa extra para ele.

~ Karl ci'Vliomani ~

– EU NÃO ESPERAVA VER VOCÊ tão cedo, Ana – disse ele. – Na verdade, imaginei... bem, não importa. Estou realmente contente pela chance de falar com você novamente. – Karl sorriu para ela e pegou suas mãos. Pensou que Ana fosse recolhê-las imediatamente; como ela não fez isso, ele continuou segurando. Karl gostou do toque, gostou de encarar os olhos que devolviam o seu olhar. *Você não pode, Karl. Kaitlin está esperando por você em Paeti...* Ele soltou a mão de Ana com um sorriso rápido e inseguro e foi até a janela olhar para a carruagem conduzida por um téni que esperava na rua lá embaixo. – Estou surpreso que você tenha sido tão receptiva a me encontrar, Ana, preciso admitir. Mas estou contente que tenha vindo.

Karl viu o rosto de Ana relaxar um pouco ao ouvir isso, mas a expressão permaneceu determinada. – Estou cansada de tudo ser às escondidas. Não quero esconder nada – disse ela, e havia uma raiva e empolgação na voz que parecia emanar de outro lugar. – Mas você tem que saber que mantive minha promessa da outra noite e continuarei a mantê-la.

– Eu sei que manterá a promessa ou não teria feito o convite em primeiro lugar. Eu soube quando vi você... – Ele parou e balançou a cabeça. Apontou para uma cadeira sem dizer mais nada. – Gostaria de se sentar? Eu posso mandar alguém trazer aperitivos... – Ana fez que não, e Karl notou sua agitação: na maneira como andava de um lado para o outro na sala, no brilho nos olhos, na respiração acelerada. Ela foi até a lareira e esticou as mãos para as chamas. Karl notou que ela estava tremendo. Ele foi até Ana e tocou delicadamente em seu ombro. – Ana, o que está perturbando você? O que aconteceu?

Ana soltou uma gargalhada estranha e aguda que virou um soluço contido e virou-se para Karl. – Tudo. – Ela abriu bem os braços, o robe de téni esvoaçou com o movimento como se fosse dar a Bênção de Cénzi. Uma única lágrima desceu pela bochecha e ela limpou o rosto. – Eu perdi minha habilidade. O Dom que possuía. Desde que você me mostrou o que os numetodos fazem... eu não consigo...

Ela começou a chorar abertamente então. Karl observou Ana, quis ir até ela, mas não ousou, até que a dor e a tristeza da o'téni fizeram o enviado dar um passo, depois outro. Ela não resistiu quando Karl a recolheu nos braços. Ana apoiou-se no abraço e enfiou o rosto em seu ombro. Ele segurou-a em silêncio enquanto uma mão afagava o cabelo. Karl colocou os lábios na fragrância do cabelo de Ana, tocou os fios com a boca. Ela sentiu...

Ela sentiu como se aquele fosse seu lugar. Sentiu-se culpada pelo pensamento.

Após alguns momentos, Ana fungou e afastou-se; Karl soltou-a enquanto ela limpava os olhos com a manga do robe. – Sinto muito – disse Ana. – Eu... nós... eu não devia. Não foi isso que me trouxe aqui.

Karl quis abraçá-la de novo. Foi atraído pela tristeza e a aflição de Ana. Tolo. *Você não pode se permitir isso. Pense no seu objetivo aqui. E quanto a Kaitlin, que disse que sempre esperaria por você, que sempre seria fiel, e você disse o mesmo para ela...* Ele fez um esforço para permanecer onde estava. Tentou pensar em Kaitlin, mas descobriu que não conseguia lembrar o rosto dela; era vago na memória, um fantasma que pertencia ao passado de outra pessoa. *Você já está longe de casa há mais de um ano; não tem notícias de Kaitlin em vários meses. Ela pode ter encontrado outra pessoa...*

Ana estava aqui, porém. *Ela é o seu inimigo. É um joguete que você pretende usar.* Mas o lembrete não convenceu, nem Karl enxergava Ana dessa maneira. Não quando ela o atraía daquela forma.

– O que você quer dizer com perder o dom? – perguntou ele.

A duras penas, ela contou. – Eu notei quando... – Ana parou e franziu os lábios. Karl notou que ela estava escondendo algo dele. – Eu notei da próxima vez que tentei usar o Ilmodo. Não consegui. Chamei por Cénzi, mas Ele não veio, não me deixou moldar o Ilmodo como eu costumava fazer. Eu me senti como uma aprendiz novamente, tendo dificuldade no mais simples dos feitiços. – Ana olhou para Karl, que pensou ter visto ao mesmo tempo acusação e esperança em seu olhar. – Foi *você* que fez isso, enviado? Um encantamento, um feitiço numetodo...?

Ele balançou a cabeça. – Não – falou Karl com delicadeza. – Eu não faria isso com você, Ana. Não espero que acredite, mas é a verdade. Mesmo que eu fosse capaz, e não sou, não teria feito isso com você. Não, infelizmente, foi você que fez isso consigo mesma.

A frase soou cruel até mesmo para os ouvidos de Karl, e ele ergueu a mão tanto para calar a objeção de Ana quanto como um desculpa. – Ana, deixe-me explicar. Entre os numetodos, cada um encontra o próprio caminho individual para o Scáth Cumhacht. Cada um de nós usa uma técnica ligeiramente diferente, nossas próprias palavras e gestos. É nisso que somos diferentes. Seus ténis usam a fé para abrir o Segundo Mundo; nós usamos um procedimento padrão que precisamos descobrir por nós mesmos, não é diferente de um ervanário que mistura ingredientes em suas poções nas mesmas quantidades todas as vezes para que os efeitos sejam sempre os mesmos. Sua fé... – Ele balançou a cabeça. – Eu acho que é apenas outra fórmula. Um procedimento. O que você viu, bem, abalou essa fé, e aí...

– Não! – gritou Ana. – Pare. Eu sei o que você está dizendo e não acredito nisso. Eu ainda creio. Creio sim. Cénzi está me castigando.

– Eu disse para você naquela noite que poderia mostrar o seu caminho – falou Karl. – Ainda posso. Seu dom não foi embora, Ana. Ainda está aí... e não importa se você acredita em Cénzi ou não. Ainda está aí. – Karl deu um passo na direção dela e pegou suas mãos. Ana não resistiu, não as recolheu. Karl viu que ela queria acreditar nele. Karl puxou Ana para si. Os rostos ficaram próximos. Tão próximos. *Kaitlin...* – Eu posso mostrar para você, Ana. Vou mostrar.

Ao dizer as palavras, Karl ouviu a porta ranger atrás deles. Ana arregalou os olhos e desviou o olhar. – Que comovente – disse uma voz jocosamente.

Quando Karl começou a se virar e soltou as mãos de Ana para que as suas ficassem livres, a voz estalou a língua em tom de advertência. – Ora, enviado ci'Vliomani, o que eu lhe disse da última vez em que nos encontramos? Não há necessidade para violência aqui.

O comandante ca'Rudka estava na porta, com a espada ainda na bainha e um sorriso sarcástico no rosto. No corredor atrás dele, Karl viu a proprietária do prédio encolhida de medo na parede dos fundos com as chaves na mão e dois gardai com o uniforme da Bastida, ambos segurando bestas com setas armadas. Ca'Rudka fez um sinal para os dois, que abaixaram ligeiramente as bestas. – O'téni co'Seranta – disse o comandante ao se curvar levemente e fazer o sinal de Cénzi para ela. – Seu condutor disse que estaria aqui. Evidentemente a dança do enviado no Gschnas lhe impressionou mais do que o archigos pensou.

O rosto de Ana, quando Karl olhou para ela, estava pálido, toda a cor sumiu das bochechas. – Comandante – disse Ana. Ela respirou fundo e empertigou-se. – O vajiki e eu estávamos discutindo religião. Eu tinha esperanças de convencê-lo do erro dos numetodos.

– Realmente, essa é uma tarefa nobre – falou ca'Rudka. Ele entrou no quarto, seguido pelos dois gardai, e fechou a porta na cara da senhoria curiosa. – Mas, de certo modo, eu duvido que o vajiki esteja convencido da grandeza de Cénzi e da Fé. – Ele foi ao peitoril da janela, onde Karl havia posto a planta que recebera do comandante. Ca'Rudka meteu a ponta do dedo no solo e depois olhou para a terra negra que ficou ali. – Úmida. Estou impressionado, vajiki. – Ele olhou para a planta. – Mas infelizmente é apenas uma erva daninha comum, afinal de contas. Você está perdendo seu tempo.

– Por que está aqui, comandante? – perguntou Karl. Ele sentiu a tensão corroendo o estômago. *Era isso que Mika temia. Começou...* Ele sabia, sabia pelo olhar cauteloso dos gardai cujas armas nunca chegaram a se afastar dele. – Se esta é uma visita social, como pode ver, eu estou ocupado.

– Infelizmente, estou aqui na minha qualidade oficial – respondeu ca'Rudka. – Vajiki ci'Vliomani, sinto lhe informar que está preso. Agora, ofereça as mãos ao o'offizier ce'Falla... Infelizmente, não podemos arriscar que use o Ilmodo. Por favor, não se mexa, vajiki, nem você, o'téni, até que o o'offizier termine. – O garda veio à frente rapidamente enquanto o outro manteve a besta cuidadosamente apontada para o peito de Karl. Karl esticou as mãos, que foram algemadas por ce'Falla. Ele viu outro apetrecho no cinto do homem: um dispositivo com correias e uma mordaça. Karl estremeceu ao saber o que aconteceria a seguir.

– O que eu supostamente fiz, comandante? Posso saber disso?

– Certamente – respondeu ca'Rudka. Ele meteu a mão em uma bolsa no cinto e retirou um cordão. Na ponta pendia uma concha de pedra. – Isso foi encontrado no pescoço do pintor ci'Recroix quando seu corpo foi descoberto. Parece familiar para você, vajiki? – Ca'Rudka olhou para o peito de Karl, onde havia um símbolo similar. – Não precisa responder; eu sei que sim.

Karl olhou para Ana, que estava parada com a mão no seio. O enviado desconfiou que sabia o que ela escondia debaixo do robe e balançou a cabeça para Ana como um alerta enquanto ca'Rudka acompanhava o olhar.

– Desculpe, o'téni – falou ca'Rudka para Ana –, mas infelizmente o vajiki ci'Vliomani está preso por tramar o assassinato da kraljica.

◊◊◊ REPERCUSSÕES ◊◊◊

Ana co'Seranta

Orlandi ca'Cellibrecca

Karl ci'Vliomani

Sergei ca'Rudka

Mahri

Ana co'Seranta

ELA CONTINUOU OUVINDO o que Karl disse enquanto o comandante o levava embora. Ela apegou-se às palavras em desespero. – *Confie em si mesma, Ana. Não importa o que digam para você, não importa o que façam, confie em si mesma e no que sente no coração. Isso vai lhe devolver tudo que perdeu.*

Então a porta da carruagem foi fechada e o veículo disparou para a Bastida. O comandante acompanhou Ana de volta aos seus aposentos, uma viagem silenciosa na carruagem particular de ca'Rudka. – Sinto muito, o'téni – falou ele finalmente ao acompanhá-la até a entrada dos fundos do prédio, longe de olhos curiosos. – Todos temos deveres a cumprir, como tenho certeza que entende.

Ana entrou correndo, fechou a porta do quarto e não deixou que qualquer criada cuidasse dela. Não chorou; sentiu-se além das lágrimas. Lá fora, o mundo florescia com a primavera, mas, por dentro, tudo estava tomado pela desolação do inverno. Ana ficou sentada em silêncio enquanto via a dança das chamas na lareira. Não sabia dizer se estava pensando em nada ou em tanta coisa que não conseguia ouvir os pensamentos pela barulheira que eles faziam.

Naquela noite, o archigos convocou Ana para uma exibição privada do corpo da kraljica para os a'ténis. Watha entregou o robe que o archigos enviara: não na cor verde tradicional, mas branco-sujo, a cor dos ossos, a cor da morte. Ela vestiu devagar, sem sentir o robe. No templo, Kenne, também vestido com aquele tom triste de branco, levou-a até o archigos. O anão não perguntou nada; apenas olhou para Ana com tristeza, como se estivesse desapontado e falou – Venha, vamos nos despedir de Marguerite.

Ana andou ao lado dele. Um rio de branco-sujo fluiu pelas portas até a pedra de granito liso e lustroso que era o altar de Cénzi. O corpo da kraljica estava ali, deitado sobre almofadas de amarelo intenso com trombetas ao redor. O rosto já estava coberto por uma máscara mortuária banhada a ouro e esculpida com a fisionomia da kraljica. A mão esquerda segurava o cetro de ferro de Henri VI; na direita, com a palma para cima, estava o anel com o sinete do kralji. Em volta da Pedra de Cénzi foram postas coroas de flores, e daquele monte de plantas e fitas saíam sete candelabros de cristal das montanhas de Sesemora, cada um com globos de luzes mágicas tão intensas que a kraljica parecia estar deitada sob o esplendor do sol.

Ao ver a kraljica mascarada, tão imóvel e serena, Ana finalmente chorou. Sem sentir vergonha, ela deixou rolar as lágrimas ao se ajoelhar diante do esquife, com a cabeça baixa. Não se importou com o archigos, com os a'ténis reunidos, ca'Cellibrecca e todos os demais que observavam e faziam os próprios julgamentos.

Foi culpa minha. Eu devia ter sido capaz de salvar a senhora, kraljica, mas eu traí Cénzi...

Mas ela não rezou. Não achou que Cénzi fosse escutar.

O archigos tocou no ombro de Ana em solidariedade, embora não tivesse dito nada além do necessário: nenhuma repreensão, nenhuma acusação. Ana tinha certeza de que o archigos sabia que ela esteve com Karl no momento de sua prisão. O comandante teria contado para ele, e Watha ou Sunna ou Beida devem ter cochichado sobre seu estado de nervos quando ela voltou.

– Amanhã – disse o archigos para ela e o resto da equipe ao saírem do templo –, as portas do Templo do Archigos na margem sul serão abertas ao amanhecer para que o a'kralj e todos os sobrinhos e sobrinhas da kraljica tenham sua primeira exibição oficial. Você me acompanhará lá, Ana; o restante ficará no turno da noite de hoje, de plantão com a kraljica no templo. Depois que o a'kralj prestar homenagem à sua matarh, haverá uma procissão dos ca' e co' pelo resto do dia; novamente vocês farão turnos de plantão enquanto a fila dos ca' e co' anda. Kenne, você ficará a cargo dos horários. Ana, sua presença será necessária novamente na procissão da carruagem do funeral, que dará a volta na Avi a'Parete à meia-noite; você me acompanhará na minha carruagem. Estamos entendidos?

Ela e os outros ténis da equipe do archigos fizeram que sim.

Ana olhou para as lâmpadas da cidade ao voltar aos seus aposentos e contemplou a vista das janelas voltadas para o oeste. Tentou localizar a Bastida entre o amontoado de telhados, mas não conseguiu. Naquela manhã, depois de uma noite sem dormir, Watha trouxe a notícia de que todos os numetodos em Nessântico foram presos, que esquadrões da Garde Kralji, sob ordens do a'kralj, entraram no Velho Distrito enquanto ela e o archigos estiveram no templo e levaram sob custódia todos aqueles suspeitos de serem numetodos. A Bastida, segundo o rumor, estava cheia deles.

Isso foi para a segurança de Nessântico durante o funeral da kraljica, declarou o a'kralj de acordo com Watha. Não permitiriam que nenhum numetodo estragasse a exibição elaborada e ritualística de tristeza e carinho pela governante morta. Eles ficariam na Bastida durante os três dias de luto oficial, depois dos quais o novo kraljiki tomaria uma decisão a respeito dos numetodos.

Enquanto Ana aguardava na sala de espera do archigos com Kenne e os outros ténis de sua equipe, ela ouviu as fofocas e os rumores sussurrados, cada um mais exagerado e mais improvável do que o outro:

– ... contaram para mim, em segredo, que foi um criado numetodo que envenenou a kraljica. Sim, eu tenho certeza. A irmã do meu marido trabalha no palácio e lá todo mundo sabe disso...

– ... meu vatarh disse que os numetodos planejavam roubar o corpo da kraljica e pedir resgate. É por isso que o comandante está tão furioso ...

– ... não, os numetodos queriam o corpo da kraljica para ser profanado em um ritual bizarro. Ouvi isso de quatro pessoas que sabem...

– ... o que aconteceu foi que os numetodos foram flagrados usando feitiçaria para envenenar todo o sistema de água potável da cidade. Várias pessoas já morreram disso no Velho Distrito. É por isso que eles foram presos...

– ... ouvi dizer que os numetodos estão se levantando em todas as cidades dos Domínios em comemoração à morte da kraljica, aqueles desgraçados. Ora, em Belcanto, eles correram pelas ruas cantando...

Ana não conseguiu ouvir a tagarelice dos ténis; ela enxergou o rosto de Karl em cada um dos rumores.

O archigos finalmente saiu, muito apoiado no cajado do cargo, e enquanto ela e os demais ténis desciam as escadas de seus aposentos, Ana não notou nada nos olhares do anão direcionados a ela. Ana ficou com isso na cabeça. Queria perguntar o que ele estava pensando; queria dizer que preferia que o archigos berrasse de raiva em vez de manter este silêncio entre eles, mas não havia tempo. Eles saíram para a praça fora do templo no momento em que o a'kralj recebia ajuda para subir na carruagem, acompanhado pelo comandante e vários dos guardas da cidade. O sol do início da manhã iluminava um caos ordenado: todos os a'ténis posicionavam suas próprias equipes para a procissão formal; a massa de espectadores atrás do anel dos guardas; as famílias ca' e co' à espera pelo momento de ver o corpo da kraljica.

– Ah, a'kralj ca'Mazzak – falou o archigos assim que o a'kralj aproximou-se com um quarteto da Garde Kralji que empurrava os cidadãos e ténis entre ele e o archigos. O a'kralj vestia uma bashta de seda branca com um manto pesado e brocado com filigranas de ouro. Contra o branco, a barba negra e o cabelo escuro faziam um grande contraste, o queixo ficava projetado, como era sua característica. No pescoço havia uma corrente dourada com um pingente de âmbar-gris e um diamante amarelo. Não havia anéis nos dedos, mas Ana sabia que, mais tarde à noite, antes da procissão pública, ele pegaria o anel do sinete da mão de sua matarh e colocaria no próprio dedo. Renard andava ao lado dele com a máscara dourada de luto do a'kralj nas mãos caso fosse necessária. A máscara daria privacidade à dor do a'kralj, mas, na opinião de Ana, o a'kralj parecia mais exuberante do que triste.

O comandante, ao lado do a'kralj, deu um leve aceno de cabeça para Ana. Ela tremeu e não deu sinal que notou. O archigos fez um gesto e sua comitiva fez uma mesura em uníssono e o sinal de Cénzi para o a'kralj.

– A'kralj, sinto pela sua perda, mas sei que seguirá o exemplo da kraljica e conduzirá Nessântico a alturas que até mesmo ela não sonharia – disse o archigos enquanto a comitiva se erguia das reverências. Ele parecia uma criança encarquilhada contra o corpanzil atlético do a'kralj.

– Obrigado, archigos – respondeu o a'kralj com sua voz alta e anasalada. Parecia com a voz de um adolescente. – Eu sei que a matarh gostava de seu longo serviço e sua devoção a ela, e espero ansiosamente pelo mesmo serviço de sua parte.

O archigos fez uma mesura novamente ao escutar isso, embora Ana soubesse que ele ouviu a mesma ausência de convicção nas palavras do a'kralj; ritualísticas, educadas demais e vazias, no fim das contas. Os olhos fundos do homem passaram pelo rosto de Ana, que imaginou vê-lo franzir os lábios com o olhar. O archigos também pareceu notar, pois fez um gesto para Ana ir à frente. – Você se lembra da o'téni Ana co'Seranta? – disse o anão. – Falei a respeito dela com você no outro dia, quando discutíamos os preparativos para o funeral.

– A matarh apresentou-nos no Gschnas, archigos – falou ele. O a'kralj estendeu a mão e ela cumprimentou-o. Seu olhar era de avaliação; ela quase foi capaz de ouvir a mente do a'kralj enquanto calculava. – Sim, lembro-me dela e de nossa conversa, archigos. Bom ver você novamente, o'téni. Apenas gostaria que as circunstâncias fossem melhores.

Ana caiu em si que ambos estavam esperando que ela falasse. – Eu também – respondeu com atraso. – Todos sentimos sua perda, a'kralj. É uma tragédia para todos os Domínios.

Palavras vazias de sentimentos reais, Ana sabia. Como ela mesma.

Ele fez que sim. – Realmente. – O a'kralj fungou o nariz, um gesto mais provocado por congestão nasal do que tristeza, pensou Ana, e olhou para ela de cima a baixo novamente. – O archigos fala muito bem de você, o'téni, e minha matarh também, quando era viva. Ambos pareciam achar que você foi especialmente abençoada por Cénzi e que para mim seria... – ele fez uma pausa, como se considerasse as palavras – ... vantajoso lhe conhecer melhor. Eu sempre considerei uma boa tática ouvir os conselhos de quem eu confio, portanto pretendo fazer exatamente isso. Muito em breve. Espero que queira também? Um almoço no palácio talvez, depois de amanhã... gostidi?

Ana abaixou a cabeça. Não viu jeito de recusar educadamente. – Certamente, a'kralj – respondeu ela. – Será um prazer, desde que meus deveres com o archigos não interfiram.

– Tenho certeza de que o archigos vai garantir que eles não interfiram – respondeu o a'kralj, e Ana ouviu o archigos concordar com um resmungo, embora ela não tenha olhado para o anão. – Vou mandar Renard providenciar tudo, então.

– Providenciar o quê? – interrompeu uma voz, e Ana ergueu a cabeça para ver o a'téni ca'Cellibrecca e sua filha bem atrás do a'kralj. O a'téni estava sorrindo, mas a expressão no rosto da filha era bem menos amigável.

– Um almoço com a o'téni co'Seranta no gostidi – respondeu o a'kralj para ca'Cellibrecca.

– No gostidi? – perguntou ca'Cellibrecca. Ele franziu os lábios sobre o queixo duplo e bateu com o indicador na bochecha. – Devo lembrar ao a'kralj, assim como o archigos também deve saber, que ele tem a Cerimônia do Kralji naquela manhã, e que ele e eu planejávamos discutir a solução para os numetodos na Bastida depois, e que ambos os compromissos levam algum tempo.

– Eu imagino que ainda terei tempo suficiente para comer, a'téni – comentou o a'kralj. – Ou você negaria alimento ao novo kraljiki?

– Claro que não – respondeu ca'Cellibrecca rapidamente. – Na verdade, eu poderia me juntar ao senhor e tenho certeza de que Francesca também estaria disposta. Espero ter alguma notícia sobre o marido dela até mizzkdi ou gostidi, e...

– Melhor não – interrompeu o a'kralj. – Embora a sua companhia e a da vajica ca'Cellibrecca sejam bastante agradáveis, eu gostaria de falar com a o'téni em particular. – A boca de ca'Cellibrecca permaneceu aberta por um instante como se ele fosse falar mais. O a'kralj ergueu as sobrancelhas, e ca'Cellibrecca abaixou a cabeça. Os olhos negros da filha encararam o a'kralj com reprovação, mas ele devolveu a expressão com um olhar vazio.

Por um instante, a cena ficou estática. Ana pensou em ca'Cellibrecca e no que ele fez aos numetodos em Brezno e imaginou Karl nas mãos do a'téni.

Da agitação dentro dela, uma chama de fúria emanou um calor abrasador. Ela empinou o queixo e falou – Eu também gostaria de conversar com o novo kraljiki sobre os numetodos. Acho que o kraljiki tem que tomar sua decisão o mais bem informado possível.

O archigos tossiu como se tivesse levado um susto. Com aquele comentário, tanto o a'téni ca'Cellibrecca quanto sua filha viraram o rosto para encarar Ana. Ela sentiu o calor dos olhares e não se arriscou a encará-los. Em vez disso, não tirou os olhos do a'kralj, que riu de maneira repentina e surpreendente. – Aí está, viu só, a'téni? A o'téni co'Seranta não é o ratinho quieto e obediente que você pensa que ela é, e a julgar pela expressão no rosto do archigos, ele também foi surpreendido por ela. Começo a ficar ansioso para o nosso almoço, o'téni, para ver que outras surpresas você pode ter para mim.

Dito isso, o a'kralj respirou fundo e olhou para o templo. – E agora preciso prestar minha homenagem. Archigos, está pronto para me levar à minha matarh? Vajica ca'Cellibrecca, faria o favor de me acompanhar? Renard, minha máscara, por obséquio...

Enquanto Renard amarrava a máscara, Francesca passou o braço pelo cotovelo que o a'kralj ofereceu e deu um olhar venenoso para Ana. O archigos também olhou para ela antes de fazer um gesto para o a'téni ca'Cellibrecca. A procissão dos ténis começou a andar aos poucos, atrás do lento avanço do archigos. Os passos de sua equipe fizeram barulho nos lustrosos ladrilhos do pátio, e Ana andou cautelosamente ao lado dele, ciente dos olhares penetrantes nas costas.

~ Orlandi ca'Cellibrecca ~

FRANCESCA VIROU O ROSTO e olhou para ele ao entrarem no templo. Orlandi notou pela expressão que ela estava nervosa e aborrecida, mas não havia nada que pudesse fazer pela filha a não ser franzir a testa em solidariedade e indicar o a'kralj com a cabeça, em cujo braço ela estava pendurada.

Preste atenção nele. Fique com ele, disse Orlandi com aquele olhar. É o que você precisa fazer agora. Ele pediu que o acompanhasse, e essa é uma grande honra pública. Não perdemos coisa alguma ainda...

Ele acreditava que tinha o a'kralj sob firme controle através de Francesca. A manhã de hoje mostrou que estava errado. A lição disparou uma dúvida que dava voltas dentro da cabeça de Orlandi. Ele parecia com um daqueles malabaristas de rua ao longo da Avi, com bolas demais no ar em volta, cada uma com uma trajetória própria. Havia o hïrzg, já em marcha na direção da fronteira de Nessântico, tão perigoso de manipular quanto carvões em brasa. Orlandi ainda não ouvira de co'Belli a respeito de Estraven, embora tivesse ordenado ao homem que mandasse um mensageiro imediatamente. E agora o archigos parecia ter posto o próprio peão bem no caminho de Francesca, e o a'kralj não deixou que Orlandi varresse a mulher para o lado.

Ele tinha que continuar equilibrando as bolas. Não podia considerar nada garantido ainda.

Orlandi rezou ao andar, mas a prece não era para a kraljica, de cujo corpo eles chegavam perto lentamente. A procissão era longa: o archigos, seguido pelo a'kralj, depois mais ou menos meia dúzia de a'ténis que, como Orlandi, vieram à cidade pelo jubileu, a seguir os muitos parentes da kraljica – todos andando entre os ténis de robes brancos que ficaram de plantão diante do corpo da kraljica desde que ele chegou aqui, todos andando sob o esplendor das luzes mágicas do templo.

Cénzi, fiz tudo pela Sua glória, por Seus objetivos. Mostre para mim, Seu servo, que não perdi Sua graça... Orlandi rezou e olhou para trás do a'kralj, para o maldito anão e sua vadia feiosa, e o estômago ardeu.

Eu mereço a equipe e a coroa. Mereço ser archigos; eu deveria ter sido archigos em vez dele. Sou o verdadeiro protetor da Divolonté, o verdadeiro guardião da Fé. A Divolonté, o Ilmodo e os ténis mantêm coesa a própria essência de Nessântico, que eu protejo em nome do Senhor contra Seus inimigos que querem destruir essa essência...

Quando eles entraram no templo, o maestro do coral moveu as mãos em cima de sua galeria e o coral começou a cantar Réquiem para um kraljiki, de Darkmavis. As harmonias fúnebres rodopiaram e circularam, reverberaram pela extensão do templo, foram ampliadas e moldadas pelo feitiço do maestro téni, a melodia delicada ia de tenores a barítonos e voltava, a cadência dos graves era incessante por baixo. Orlandi observou quando o archigos virou-se e sussurrou para sua vadia, depois notou o movimento das mãos dela no gestual de criação de luz. Porém os gestos eram hesitantes, e Orlandi percebeu que ela errou e recomeçou; quando a luz surgiu entre suas mãos, ela era fraca e pálida comparada à luz dos outros ténis que rezavam de ambos os lados da nave do templo.

Orlandi se viu franzindo os olhos. *Esse é o Seu sinal, Cénzi? O Senhor me respondeu assim tão rápido?* A o'téni havia dançado com aquele numetodo asqueroso durante o Gschnas, afinal de contas – e agora ela queria conversar com o a'kralj a respeito dos numetodos aprisionados pelo comandante. Sem dúvida, seu ponto de vista seria conciliatório e frouxo, um reflexo do ponto de vista do archigos. Ela não tinha o poder da verdadeira Fé, não importa o tamanho do Dom dado por Cénzi. Orlandi tinha certeza de que ela também tinha usado o Dom inapropriadamente – certamente essa era a explicação mais simples para ela ter visitado tanto a kraljica nos momentos finais da doença: sob a orientação do anão, ela usou o Ilmodo contra as leis da Divolonté para tentar curar a kraljica. Isso certamente fez sentido para ca'Millac, uma vez que foi o apoio da kraljica que o ajudou a se manter como archigos.

Mas talvez... talvez houvesse algo mais aqui, uma coisa que ele não notou. Será que Cénzi retirou o Dom de co'Seranta? Pronto, o anão franziu a testa para sua o'téni, e ela abandonou completamente o feitiço ruim. As mãos ficaram escuras e vazias. Orlandi viu co'Seranta sussurrar em tom de desculpas para o archigos, sem dúvidas alegou cansaço, como parecia indicar a pele escura e empapuçada debaixo dos olhos.

Orlandi registrou na mente que tinha que falar com o comandante. Talvez o homem soubesse de alguma coisa, embora ele fosse aliado da kraljica, não de Orlandi...

O a'kralj chegou ao corpo de sua matarh, o archigos e a o'téni co'Seranta foram para o lado. O rosto da kraljica permanecia coberto pela máscara mortuária: boca e pálpebras fechadas e pintadas, o cabelo grisalho ao redor do ouro como uma espuma branca. O a'kralj ficou diante da mão direita da matarh com Francesca ainda ao lado, olhando para ela. Enquanto Orlandi observava, o a'kralj esticou o braço e passou os dedos não na mão da matarh, mas sim no cetro do kralji, que estaria em sua própria mão na manhã do dia seguinte. Orlandi abaixou a cabeça e fechou os olhos assim que a procissão parou para que o a'kralj tivesse um tempo com sua matarh, e Francesca foi educadamente para o lado para permitir que o a'kralj gozasse de privacidade, mas Orlandi duvidou que o homem fosse rezar. Em vez disso, ele provavelmente estaria pensando no dia de amanhã, quando seria declarado kraljiki, quando se sentaria no Trono do Sol, banhado pelo esplendor do cargo.

Você tem que escolher...

Talvez o hïrzg realmente fosse sua melhor escolha. Jan ca'Vörl certamente seria um forte kraljiki, e suas afinidades claramente estavam em sintonia com as de Orlandi, que já tinha em mãos o pedido do hïrzg pela mão de Francesca para consolidar a aliança. Embora o a'kralj fosse o amante de Francesca, embora ele insinuasse que tal casamento o interessaria, também não anunciou nenhum noivado formal. Se o a'kralj fosse impor sua vontade, se considerasse desprezar Francesca em favor daquela vadia sem graça do anão, que não era melhor do que uma das *grandes horizontales*, então, talvez...

Orlandi suspirou. As têmporas doeram, e ele não queria outra coisa a não ser se afundar na banheira quente com um bálsamo de menta na testa. Mas isso levaria algum tempo para acontecer, não até que os intermináveis parentes da kraljica tivessem um instante com ela.

O a'kralj finalmente se mexeu, ergueu a cabeça e fez o sinal de Cénzi sobre sua matarh. Ele inclinou-se para a frente e deu o último beijo cerimonial, as máscaras fizeram um som metálico com o toque. O archigos foi à frente como uma pata-choca enquanto Francesca tomou o braço do a'kralj mais uma vez. O archigos abençoou o a'kralj, a voz soou alta no templo. Orlandi achou que o anão parecia ridículo, como um bebê encarquilhado falando com um adulto – não apenas Orlandi seria um archigos segundo as exigências da Fé, como também tinha a aparência de um archigos. Ele não seria um insulto ao cargo como esse aí.

Em breve, se for a Sua vontade...

O a'kralj, conforme o canto fúnebre do coral aumentou outra vez, foi embora altivamente com Francesca ao lado e com o archigos, a o'téni co'Seranta e sua equipe atrás. Eles saíram do templo pela porta lateral, e Orlandi ouviu ao longe a multidão que lotava a praça do templo saudar o a'kralj.

Orlandi avançou. Ele e os outros a'ténis ficaram em volta do corpo. Com satisfação, notou que nenhum dos a'ténis contestou seu direito de ficar na cabeça da kraljica. Os a'ténis... a maioria ficaria ao seu lado, ele tinha certeza, quando chegasse a hora. Um Colégio A'téni votaria para depor o odiado anão ca'Millac quando Orlandi apresentasse acusações, e a seguir ele seria promovido a archigos...

O primeiro do grande número de sobrinhos e sobrinhas da kraljica aproximou-se com a família, vindo de uma fila que ia até os fundos do templo, e Orlandi suspirou novamente.

Enquanto os parentes de luto passavam lentamente, ele contentou-se com ideias do que faria quando fosse o archigos, quando este fosse *seu* templo...

~ Karl ci'Vliomani ~

O SOL DO MEIO-DIA derramou ouro sobre as paredes da Bastida, mas na prática parecia evitar tocar as pedras escuras e sujas. Karl estava em uma sacada no alto da torre, protegido apenas por um frágil peitoril de madeira vazada. Desse mirante, ao olhar para o leste, ele conseguia ver os domos dourados do Templo do Archigos. Entre os telhados dos prédios, Karl vislumbrou a enorme multidão reunida ao redor do templo enquanto a cidade esperava pela kraljica começar sua última e lenta procissão pelo anel da Avi a'Parete: ao anoitecer, as lâmpadas de Nessântico foram acesas.

– Espero que não esteja considerando pular, vajiki. Isso seria uma vergonha, embora alguns dos habitantes desse aposento tenham ficado, ah, desapontados com a nossa hospitalidade a ponto de preferir a morte ao confinamento.

Karl olhou para trás e viu o interior pequeno e sombrio da cela em que fora colocado, mobiliada com uma cadeira e mesa toscas e uma pequena cama com colchão de palha. A porta de metal permaneceu aberta. Ele viu o comandante meio sentado sobre a mesa, com uma perna apoiada nela e a outra no chão. O homem estava com o uniforme de gala, botas lustradas e reluzentes. Atrás dele, no corredor atrás das grades, Karl notou dois gardai apoiados nas paredes de pedra. Uma tocha tremeluzia no suporte entre eles. – Embora não tenha sido o caso com o chevaritt ca'Gafeldi, como me lembro – disse ca'Rudka. – Sua mente ficou perturbada após alguns meses aqui, e ele insistiu que era capaz de se transformar em uma pomba e sair voando. Ele pareceu um tanto ridículo ao bater os braços até lá embaixo.

Os gardai no corredor riram. Karl não disse nada – ele não *podia* dizer nada, não com a barra de metal coberta por um pano que segurava a língua e era presa por correias fechadas atrás da cabeça. As correntes que prendiam as mãos bem juntas fizeram barulho quando ele se virou completamente, embora o enviado permanecesse na sacada.

– Você deveria se sentir honrado – continuou ca'Rudka, que falava como se eles estivessem conversando casualmente durante o jantar. – Essa era originalmente a cela de Levo ca'Niomi, há séculos. Imaginaram que a linda vista seria um castigo adequado para ca'Niomi, que poderia contemplar a cidade que governou por três curtos dias, ainda bem, e saberia que jamais andaria por ela como um homem livre. Ele também era um homem teimoso: viveu aqui por trinta anos e escreveu a poesia que finalmente ofuscou sua crueldade. Eu soube que o kraljiki que o colocou aqui mandava exibir ca'Niomi em todo aniversário de sua disposição. Ele era acorrentado totalmente nu à sacada para que cada um que passasse pela Avi pudesse vê-lo ao olhar para cima: uma lição sobre o que acontece com aqueles que não sabem o seu lugar. Se você olhar, acho que dá para ver as braçadeiras para as correntes ali nas pedras.

Karl olhou de relance para as argolas de metal enferrujado presas na beirada da sacada, logo antes da longa queda para o pátio lá embaixo onde a cabeça de dragão olhava feio para os portões da Bastida. Ele estremeceu e engoliu em seco com dificuldade com a mordaça na língua. – Mais recentemente, a kraljica mandou colocar aqui seu primo Marcus ca'Gerodi por traição, no início de seu reinado – falou ca'Rudka –, mas ele não era nem tão longevo, nem tão teimoso como ca'Niomi, ou artístico. Jamais conseguimos alguma poesia do pobre ca'Gerodi.

Ca'Rudka suspirou e ficou de pé. – Conversas unilaterais são chatas, infelizmente. Para nós dois. Creio que seja um homem honrado, enviado ci'Vliomani. Eu aceitaria remover seu silenciador. Suas mãos, infelizmente, terão que permanecer presas, mas pelo menos podemos conversar. Tenho sua palavra?

Karl concordou com a cabeça ao se voltar para o quarto úmido, incapaz de esconder a gratidão no olhar. – Se fizer a gentileza de se virar, enviado... – Assim que Karl obedeceu, ele ouviu o tilintar de chaves e um clique que reverberou pelas correias presas com força ao crânio. Um momento depois, ca'Rudka retirou o horrível dispositivo da boca de Karl. O enviado suspirou agradecido, alongou o maxilar e engoliu para tirar da boca o gosto de metal e pano sujo. – Eu sei que é desconfortável – disse o comandante. – Mas é, digamos assim, uma solução menos *definitiva* que cortar suas mãos e arrancar sua língua.

O homem foi capaz de dizer isso com um sorriso, como se os dois estivessem contando piadas. Novamente, os gardai no corredor riram baixinho. Karl esforçou-se para evitar uma expressão chocada, mas o sorriso cada vez maior no rosto de ca'Rudka fez com que suspeitasse que não conseguiu.

– É uma alternativa preferível, comandante – falou Karl. O maxilar doía com o movimento, e as palavras saíram pastosas. – Eu admito. Embora nós numetodos não sejamos a ameaça à Nessântico que vocês acreditam.

– Ah, você acha que sou um monstro.

Karl fez que não. – Um monstro já teria feito essas coisas comigo. Um monstro não teria... – Ele olhou de relance para os gardai no corredor e abaixou a voz até virar um sussurro. – ... teria me avisado a deixar a cidade.

Outro sorriso. – Ah, sim. Um homem discreto, mesmo nessas circunstâncias. Veja bem, eu realmente gosto de você, enviado. Eu gostei de você desde o momento em que conversamos nos jardins da kraljica. É raro encontrar pessoas que são honestas em relação ao que acreditam, e mais raro ainda quando insistem diante de perseguição.

– Eu não matei a kraljica, comandante. Não tive nada a ver com isso.

– Eu acredito nisso completamente – falou ca'Rudka. – Realmente acredito.

– Então me solte.

– O que eu acredito tem pouco impacto no que tenho que fazer, enviado – respondeu o homem. – Diga-me, você conhecia o pintor ci'Recroix?

– Eu o vi uma ou duas vezes ao andar pela cidade. Eu sabia que estava pintando o retrato da kraljica, mas isso todo mundo também sabia.

– Ele era um numetodo?

Karl balançou a cabeça com força. – Eu saberia disso, comandante. O homem era facilmente reconhecível, e alguém com a reputação dele... Bem, eu teria ouvido falar de ci'Recroix mesmo antes de eu vir à Nessântico caso ele fosse um de nós. Não ouvi. Por que me pergunta sobre o pintor? Se acha que ele teve algo a ver com a morte da kraljica, então por que eu estou aqui?

– O a'kralj ordenou sua prisão, assim como de todos os numetodos na cidade.

Karl viu-se com o fôlego preso na garganta. – Todos...

O comandante concordou com a cabeça. – Aqueles que suspeitamos, de qualquer maneira. Eles estão aqui na Bastida, embora não... – ele deixou o olhar vagar pelo quartinho pequeno e austero – ... em instalações tão palacianas quanto você. Todos silenciados e presos, porém, até que o kraljiki me diga o que devo fazer.

Karl fechou a cara. Nas algemas, ele cerrou os punhos. – Dado que o krajiki já deixou claro que prefere ca'Cellibrecca ao archigos, então veremos uma repetição de Brezno, ou pior. Você vai gostar disso, comandante? Será seu dever supervisionar as mutilações e execuções, afinal de contas.

Ca'Rudka não respondeu a princípio. As sobrancelhas ergueram-se ligeiramente. – Se chegarmos a isso, enviado ci'Vliomani – disse ele finalmente –, eu prometo que seu fim será rápido.

Karl não conseguiu esconder a amargura da voz. – Isso me dá grande alívio.

Se ca'Rudka notou o sarcasmo na voz do enviado, ele não respondeu. – Vocês numetodos não entendem o que é obedecer. – Ca'Rudka falou sem empolgação, sem nenhum sentimento aparente. – Cada um de vocês acredita no que quiser. São como cavalos selvagens. Apesar de todos os poderes que possam ter, vocês são inúteis porque não sabem o que é o cabresto. – O comandante foi para a janela da cela e contemplou a cidade do lado de fora. – O que você vê lá fora é a obediência a uma autoridade maior que criou tudo, enviado. Tudo. Tudo em Nessântico, tudo nos Domínios. Sem obediência a Cénzi, à Divolonté, às leis do kralji, às regras da sociedade, não existe nada além de caos.

– Você nasceu aqui, comandante? Na cidade, quero dizer.

O homem olhou para trás para Karl. – Nasci.

– Jamais foi para outro lugar?

– Eu servi na Garde Civile quando era jovem. Participei da guerra ao longo da fronteira de Magyaria Oriental, quando o cabasan de Daritria cruzou o Gereshki com seu exército, em violação do Tratado de Otavi. – Ele tocou o nariz de prata. – Eu perdi o meu de verdade lá, em uma briga estúpida com um de nossos próprios homens. Depois, voltei aqui como um chevaritt, com uma recomendação dos meus superiores, e entrei para a Garde Kralji.

– Você nunca esteve nas fronteiras do oeste? Jamais cruzou o Strettosei para Hellin ou para a Ilha de Paeti? – Ca'Rudka fez que não. – Se tivesse – continuou Karl –, então poderia entender. Ah, a ilha... Não existe uma terra mais verdejante, exuberante e variada no mundo. E lá, comandante, onde uma dezena de culturas surgiu e sumiu, nós entendemos que "diferente" não é sinônimo para "errado". Existem maneiras de aprender a verdade de como o mundo funciona, comandante. A fé concénziana é apenas *uma*, só que não é a *única* maneira. Eu vi coisas... – Ele parou e balançou a cabeça. O movimento chacoalhou as correntes em volta das mãos e fez com que os guardas olhassem de relance para a cela novamente. – Você provavelmente me mandaria ser açoitado por lhe contar.

Ca'Rudka voltou para o quarto e encostou-se na parede ao lado da sacada. – Se eu quisesse açoitar você, vajiki, já teria feito isso, e por causa de uma provocação menor. Conte.

Karl umedeceu os lábios. – Meus pais viviam na costa leste da ilha. Seguiam a fé concénziana e foram criados para acreditar em Cénzi. Eles leram o Toustour para mim; seguiam os preceitos da Divolonté. Quando me tornei um jovem, porém, senti vontade de conhecer o mundo e viajei com uma companhia de mercadores. Saí da ilha e fui para o que você chama de Terras Ocidentais, além das montanhas verdejantes das fronteiras de Hellin. Aquela viagem abriu meus olhos e a mente. Lá, em uma campina que se estendia como um oceano ondulante de horizonte a horizonte, eu vi uma cidade em que caberiam facilmente três Nessânticos, grandiosa e gloriosa com prédios enormes como montanhas escarpadas, em cujo topo seus sacerdotes realizavam cerimônias, eram prédios de blocos de pedra que reluziam ao sol, enquanto canais brilhavam com água doce ao lado de avenidas mais largas que a Avi. As pessoas usavam roupas de um tecido que eu nunca tinha visto antes, claro e macio ao toque, um pano que deixava a brisa passar para manter a pessoa refrescada no calor. E à noite, comandante, a cidade brilhava com um fogo mágico mais intenso que o da Avi. Eles usavam o Ilmodo também, embora não o chamassem de "Ilmodo" *ou* "Scáth Cumhatch", nem cultuassem

Cénzi, a quem consideravam apenas outro deus entre muitos. Mas eles eram capazes de moldar o Segundo Mundo tão bem quanto qualquer téni. Foi aí, comandante, que minha própria fé foi abalada.

– Talvez tenha sido um teste – respondeu ca'Rudka sem emoção. – Um que você falhou.

– Foi o que os ténis da ilha me disseram depois. – Karl deu de ombros. – Os mercadores com quem viajei falaram que havia cidades ainda maiores, mais ao oeste e sul, até o litoral do Mar Ocidental há duzentos dias ou mais de marcha do ponto onde estávamos. Eles disseram que faziam parte de um império maior, mais rico e mais poderoso do que os Domínios. Eu não acredito obrigatoriamente nessas histórias, sei tanto quanto você que os relatos dos viajantes crescem a cada vez que são contados, e é da nossa natureza fazer com que nós pareçamos mais como grandes aventureiros do que simples turistas. Mas essa cidade... eu vi com meus próprios olhos, e jamais vi igual em qualquer outro lugar. Eu *sei* de uma coisa, comandante: há mais mistérios no mundo do que a fé concénziana permite que as pessoas acreditem.

Ca'Rudka deu um sorriso tolerante diante do longo discurso.

– Às vezes, aos olhos de um jovem, o pequeno parece maior do que é. Acho que se um império tão grande assim existisse além das montanhas de Hellin, nós teríamos encontrado seus exércitos ou pelo menos seus enviados quando fomos aos hellinianos. Eu posso não ter estado lá em pessoa, mas conheci o governador dos hellinianos da última vez em que esteve em Nessântico, e ele disse que os nativos de lá não passavam de selvagens.

– Ele os enxerga com olhos errados, então – respondeu Karl. – Como se olhasse pelo vitral do templo e não visse as verdadeiras cores por trás.

– E você enxerga? Eu acho isso um pouco arrogante, enviado ci'Vliomani. Fico surpreso ao descobrir essa característica em você.

– Todos nós vemos o mundo através de um vidro colorido, comandante. Nossa sociedade, criação e experiências colocam esse vitral na nossa frente. Com os numetodos a situação não é diferente da fé concénziana. Não nego isso. Mas acho que nós numetodos temos mais tons de cores para escolher e, como consequência, estamos mais próximos da verdade.

Ca'Rudka riu novamente, embora desta vez os guardas permaneceram quietos. – Você é uma criatura fascinante, enviado ci'Vliomani. – Ele respirou fundo. – Eu gosto de ouvir você, e com certeza teremos muitas oportunidades de continuar nossa conversa. Mas, por enquanto... – O comandante pegou o silenciador sobre a mesa, e as fivelas de metal tilintaram. Karl sentiu o gosto de couro sujo na boca só de vê-lo.

– Comandante, eu dou-lhe a minha palavra...

– E eu aceitaria – respondeu ca'Rudka antes que Karl terminasse. O silenciador balançou em sua mão. – O kraljiki vai querer uma confissão do assassino da kraljica. Você está pronto para dar essa confissão para ele, enviado?

– Não posso confessar aquilo que não fiz – respondeu Karl, e ca'Rudka sorriu ao ouvir isso, com a expressão tolerante de um adulto que ouve uma criança pequena.

– Não pode? Infelizmente isso acontece o tempo todo aqui na Bastida, enviado. Acho que ficará surpreso com que uma pessoa fica disposta a admitir sob o incentivo adequado. Ora, dê-me seis linhas escritas pela mão do mais honesto dos homens, e eu sou capaz de encontrar nelas algo para enforcá-lo.

Karl ficou sem ar. Ele sentiu um frio repentino. – Abra a boca, enviado – falou ca'Rudka. – Prometo que volto amanhã e todo dia até que o kraljiki me diga o que fazer com você. E, desde que me dê sua palavra, eu retiro o silenciador para que possamos conversar mais. Vou guardar essas ocasiões no coração, de verdade. Agora... preciso que abra a boca ou mandarei os gardai entrarem e colocarem o silenciador ao modo deles. O que você prefere?

Não havia nada além de desespero no coração de Karl agora. Ele sabia que morreria aqui e que não havia nada que pudesse fazer a não ser tornar aquela morte a mais indolor possível. Karl abriu a boca e deixou que ca'Rudka afivelasse o dispositivo na cabeça. Sentiu lágrimas serem formadas enquanto ca'Rudka foi até suas costas para apertar as correias e pestanejou muito para segurar o choro.

~ Sergei ca'Rudka ~

– COMANDANTE, quero ver Karl ci'Vliomani.

Sergei endireitou o potinho de nanquim na mesa e arrumou as penas no suporte. Depois olhou novamente para a jovem diante dele, vestida com o robe verde dos ténis. – Fico surpreso que faça tal pedido, o'téni co'Seranta, especialmente dado que você esteve com o numetodo quando eu o prendi. – Ele ergueu as sobrancelhas. – Duvido que o archigos fique satisfeito ao vê-la aqui depois daquela coincidência.

– Na verdade, eu estou aqui para resolver um assunto do archigos. – A pequena hesitação e a maneira como ela desviou o olhar antes de falar foram suficientes para indicar a Sergei que ela não estava dizendo a verdade. Mentiras de todos os tipos era uma coisa que ele conhecia intimamente, e a o'téni estava longe de ser uma boa mentirosa.

– Entendi – respondeu o comandante. Ele esfregou o metal frio do nariz. – A energia de nosso archigos nunca deixa de me impressionar, especialmente em um dia como hoje, quando deve haver uma centena de detalhes que ele tem que cuidar para o funeral da kraljica e para a procissão hoje à noite. Você tem uma carta para mim, quem sabe, descrevendo esse "assunto" que ele mandou que resolvesse? – Ela fez que não, seu olhar vagou para um ponto nas paredes de pedra nua atrás de Sergei. – Ah, entendi. Uma gafe lamentável da parte dele. O archigos devia saber, depois de todos esses anos aqui em Nessântico, como as engrenagens dos Domínios são movidas a papelada e lubrificadas por tinta. Mas talvez você seja capaz de me falar sobre esse... – ele fez uma pausa proposital – ... assunto.

As mãos do comandante estavam dobradas sobre a mesa e a o'téni olhou para elas. Talvez estivesse esperando ver sangue ali. Ela não tinha preparado a mentira; ficou assustada com a última palavra, como uma pomba flagrada em um peitoril. – Eu... o archigos... nós sabemos que o enviado ci'Vliomani queria encontrar a kraljica... e... e...

– O'téni. – Sergei ergueu uma mão e ela ficou calada e ruborizada. – Não precisamos fingir. Não aqui. A Bastida não é um lugar para dissimulação. Vocês dois são amantes?

O rubor ficou mais intenso. – Não – respondeu rapidamente. Essa era a verdade, ele percebeu, embora fosse capaz de adivinhar o resto: ci'Vliomani era bastante atraente e inteligente e, dado o aspecto comum da o'téni e o status de sua família antes da recente promoção, o comandante duvidava que ela tivesse sido muito cortejada por pretendentes no passado. Sergei podia imaginar a atração que ci'Vliomani despertaria nela; também era capaz de imaginar que Ana seria um alvo fácil para sedução, caso ci'Vliomani quisesse usá-la. O comandante viu o medo que ela sentiu no apartamento pelo destino do enviado quando ele prendeu o homem, ouviu o temor nos sussurros urgentes que os dois trocaram quando levou ci'Vliomani embora. Se não eram amantes, ainda havia uma ligação entre eles. Sergei torceu, pelo bem dela, que a ligação fosse recíproca.

Ela estava atraída pelo encanto do estrangeiro, do diferente, do proibido. Sergei sabia disso. Ele também sentia. Ele compreendia. Portanto, sorriu para a jovem.

– Não – repetiu Sergei, apenas para ver o rubor surgir novamente nas bochechas dela. – Então qual é o seu interesse nele?

– Ele... – A o'téni engoliu em seco. Seus olhos encontraram o rosto de Sergei e desviaram novamente. Então ela respirou fundo pelo nariz e olhou o comandante fixamente. – Ele é um amigo. Não creio que aqueles que possuem uma fé de verdade tenham algo a temer por aprender sobre outras crenças. Não traremos os numetodos de volta para a Fé através de tormento e morte, comandante. Vamos trazê-los através de compreensão.

Ela falou com tanta empolgação e sinceridade que Sergei recostou-se na cadeira e bateu palmas de leve. – Bravo, o'téni. Bem dito, embora essa não pareça ser uma posição que a maioria dos a'ténis ou o a'kralj fosse tomar, nem mesmo o próprio archigos. E infelizmente... – ele abriu bem os braços – ... esses são os senhores a quem sirvo.

Ele percebeu o medo no rosto da jovem, quase sentiu no ar um gosto doce. – O enviado ci'Vliomani... ele está...

– Algemado e silenciado, como deve ficar para não abusar do Ilmodo. Mas, fora isso, está sendo bem tratado e goza de boa saúde. – O comandante notou que ela relaxou um pouco. – Até agora – acrescentou, e a palidez do medo voltou ao rosto da jovem. – Você compreende que não posso fazer promessas.

– Se fosse possível... se eu pudesse vê-lo, comandante... – Ela umedeceu os lábios secos. – Eu ficaria agradecida e talvez pudesse devolver tal favor.

– Está me oferecendo suborno, o'téni? – ele perguntou e sorriu para atenuar o golpe.

Ela não disse nada. Não fez nada.

O comandante fez que sim finalmente. – Você participará da última procissão da kraljica hoje à noite? – Ela deu uma resposta muda com a cabeça. – Eu também. Depois, talvez eu possa lhe acompanhar quando for embora. O archigos entenderá que eu tenha algumas perguntas a fazer para você sobre o enviado ci'Vliomani. Se eu tiver que lhe acompanhar até aqui, nem o archigos ou o a'kralj ficariam surpresos, e talvez eu pudesse ser persuadido a deixar que você veja o enviado ci'Vliomani por alguns momentos. Como um... favor.

– Eu ficaria lhe devendo, comandante.

– Sim – respondeu Sergei solenemente. – Você ficaria me devendo realmente, o'téni co'Seranta. – O comandante notou como ela recuou um passo diante de sua declaração e a maneira furtiva como ajeitou o robe no corpo por puro reflexo. A imagem provocou uma pequena satisfação. – Hoje à noite, então.

Ela concordou com a cabeça e puxou o capuz sobre a cabeça. Quando chegou à porta, o comandante chamou Ana. – Nós dois acreditamos que o enviado ci'Vliomani é inocente, o'téni. Mas o que nós acreditamos pode não significar nada.

~ Mahri ~

AS DUAS CABEÇAS ENORMES de dois antigos kraljiki, colocadas em ambos os lados do Portão Norte, brilhavam de maneira assustadora com o fogo mágico. À noite, as feições eram iluminadas por dentro da pedra oca de maneira que pareciam quase demoníacas, só que em vez de estarem voltadas para fora como de costume e olharem feio para possíveis invasores, o e'téni responsável pelas cabeças usou o poder do Ilmodo para virar as pesadas esculturas para dentro, de modo que as feições enormes e carrancudas contemplassem o leste: na direção da procissão da kraljica que vinha lentamente pela reluzente Avi a'Parete a caminho da Pontica Kralji e da Ilha A'Kralj, onde aconteceria a última cerimônia. As cabeças pareciam irritadas, talvez furiosas que a kraljica tenha sido levada da cidade no meio da comemoração de seu jubileu.

A procissão enroscou-se pela Avi como uma cobra grossa e dourada sob as famosas luzes mágicas, que hoje à noite tinham o dobro do brilho. Primeiro veio uma falange da Garde Kralji em uniformes de gala, liderada pelo comandante ca'Rudka. Os rostos austeros e ameaçadores abriram espaço na Avi, empurraram os pedestres errantes de volta para a multidão de espectadores perfilados pela Avi e que lotavam as entradas das ruas laterais. Mais soldados da Garde Kralji, em uniformes comuns e empunhando alabardas, marchavam lentamente nos dois lados da Avi, conduziam a multidão e observavam qualquer sinal de confusão.

Dada a reputação de crueldade e eficiência da Garde Kralji, não era surpresa que não houvesse nenhum distúrbio.

A seguir vieram os chevarittai da cidade, montados em cavalos e armaduras de campanha, polidas e reluzentes. No meio deles veio um cavalo branco sem cavaleiro, protegido pelas lanças e espadas dos chevarittai. Eles desfilaram com rostos solenes e carrancudos, os cascos dos cavalos de guerra ecoaram alto nos paralelepípedos da Avi.

Então veio o Trono do Sol, de onde a kraljica governou por cinco décadas, flutuando levemente sobre as pedras graças ao esforço de vários ténis que o acompanhavam entoando cânticos. A luz eterna do interior das facetas cristalinas estava viva e reluzia em um tom sóbrio e triste de azul-marinho, como se o próprio trono entendesse a importância do momento. Duas dezenas de músicos da corte vestidos de branco-sujo seguiam atrás do trono, suas trompas e flautas infligiam uma música fúnebre interminável aos espectadores que ecoava atrasada nos prédios de ambos os lados. A carruagem do archigos seguia os músicos a uma distância cautelosa da cacofonia e levava não só o archigos como também vários dos a'ténis mais velhos (e com menor capacidade de locomoção) que atualmente moravam em Nessântico, com o a'téni ca'Cellibrecca entre eles.

Atrás do archigos vinha uma longa fila dupla de a'ténis e u'ténis em robes verdes, todos entoavam e gesticulavam feitiços. No ar acima dos ténis piscavam imagens da kraljica como ela tinha sido quando viva: não eram ilusões sólidas, mas fantasmas diáfanos que tremeluziam no ar, bem maiores que o tamanho real e que se agigantavam sobre os espectadores em luto na rua lá embaixo.

A carruagem da kraljica veio a seguir. Ela foi colocada em um caixão de vidro, e um quarteto de ténis entoava em cada canto e moldava o Ilmodo para que a carruagem em si não fosse vista e o caixão parecesse flutuar em um brilho dourado e esfumaçado que cheirava a trombetas e erva-doce, e de onde saía o som de vozes agudas de um coral de lamentação. Uma chuva de pétalas de trombetas caía de uma nuvem debaixo do caixão e formava uma cobertura amarela e aromática sobre a Avi e os espectadores nas primeiras fileiras.

As rodas da carruagem do a'kralj esmagaram as pétalas de trombeta. Diretamente atrás do caixão de sua matarh e flanqueado por uma margem austera de homens da Garde Kralji que encaravam intensamente os espectadores, o a'kralj estava sentado sozinho e solene, envolto por peles espessas, com o rosto coberto por uma máscara dourada de luto em cujas bochechas havia dois rubis em forma de lágrima, apesar de visivelmente não ter nenhum enfeite nos dedos. Sua carruagem não era conduzida por ténis, mas sim puxada por um trio de cavalos em um arreio para quatro animais.

Finalmente, as famílias ca' e co' seguiam por ordem de status social, vestidas luxuosamente de branco com as cabeças abaixadas em respeito. Um esquadrão da Garde Civile da guarnição local protegia as famílias dos plebeus que fechavam a procissão quando ela passava, novamente enchendo a Avi.

Toda Nessântico, ao que parecia, compareceu para assistir à última procissão da kraljica pelo anel da Avi: jovens, velhos, desde os ca' descendo até os ce', e quem não era de família registrada. Muitos seguravam velas acesas, de maneira que parecia que as estrelas caíram do céu e aterrissaram aqui. Para a grande maioria, a kraljica tinha sido a única governante de Nessântico que eles conheceram a vida inteira. Em se tratando dos kralji, o reinado dela foi calmo, especialmente nas últimas décadas. Agora eles assistiam ao último passeio da kraljica pela cidade que foi a casa dela e imaginavam o que o futuro traria.

Mahri também se perguntava isso. Ele assistia da lateral interna da avenida, perto da lateral do prédio de Registros. Mesmo no meio da multidão compacta do Velho Distrito, Mahri era deixado no próprio espaço. A massa de gente em sua volta suspirava, mas o deixava em paz, um cisco escuro no esplendor mágico da procissão do funeral.

Mahri observou a lenta procissão solene passar pela Pontica a'Brezi Nippoli há algum tempo e correu pelo labirinto do Velho Distrito para vê-la aqui novamente no Portão Norte. Ele queria ter certeza de uma coisa.

Assim que o canto fúnebre dos músicos começou a diminuir, a carruagem do archigos passou pela praça do Portão Norte. Juntamente com a carruagem do archigos andavam várias pessoas de sua equipe, entre elas a o'téni co'Seranta. Foi ela que fez Mahri inclinar o corpo para a frente a fim de enxergar.

Ele tinha preparado o feitiço antes de vir para cá, depois que imagens da o'téni co'Seranta dominaram vários presságios que Mahri executou. Ele falou uma palavra gutural (o que fez com que aqueles mais próximos do mendigo olhassem por causa do som estranho) e fez um gesto como se estivesse afastando uma mosca insistente. Ele viu o X'in Ka – o que os ténis chamavam de Ilmodo e os numetodos, de Scáth Cumhacht – se contorcendo em resposta, embora soubesse que o movimento era invisível a qualquer outra pessoa ali. Esse era o dom de Mahri, que ele era capaz de enxergar: tentáculos de energia que davam a volta pela carruagem do archigos como raios de sol que caíam sobre um lago plácido. Ninguém ali reagiu. Mas a o'téni co'Seranta...

A cabeça dela estava abaixada como se estivesse rezando. Ele pensou por um momento que nada aconteceria, depois viu a o'téni erguer o olhar lentamente, embora os olhos estivessem vivos e desconfiados, e os dedos ficaram crispados como se ela quisesse fazer uma proteção. Foi o suficiente; Mahri soltou o feitiço, deixou que evaporasse como se jamais estivesse estado ali. A reação de co'Seranta foi lenta; ele tinha esperado uma resposta mais forte e imediata, mas era possível que a o'téni estivesse perdida nas preces para a kraljica e na tristeza, distraída pelo barulho e pela multidão.

Mas ela *sentiu* o feitiço. Foi capaz de sentir os próprios movimentos do X'in Ka, não apenas manipulá-los. Uma coisa Mahri sabia: foi mais do que o numetodo ci'Vliomani era capaz de fazer. Ela ainda continuava olhando em volta, como se procurasse pela fonte da energia que sentiu. Ele recuou para as sombras dos Registros a fim de não ser visto pela o'téni.

Talvez pudesse ser ela. Talvez. Se as circunstâncias não interferissem. Se os deuses sorrissem. Se ele interpretasse corretamente as imagens na tigela premonitória. Se ele não estivesse simplesmente errado...

Havia muitas hipóteses...

Mas talvez...

A carruagem do archigos e a o'téni co'Seranta passaram por ele agora, em direção à Pontica Kralji e à cerimônia final. As cabeças esculpidas que flanqueavam o Portão Norte giraram conforme a kraljica passava, o olhares intensos acompanhavam a carruagem com o corpo dela. O caixão ainda flutuava na nuvem dourada – os ténis que criaram a ilusão eram substituídos quando o esforço do feitiço tornava-se muito exaustivo. Os quatro ali agora não eram os quatro que Mahri vira quando a procissão passou pela Pontica a'Brezi Nippoli. E ele já podia sentir o enfraquecimento no X'in Ka – os quatro estavam fraquejando e logo também seriam substituídos.

Os ténis eram tão fracos.

As cabeças olharam para a kraljica e também captaram Mahri com sua intensa carranca, como se estivessem criticando o mendigo por sua arrogância. Ele deu as costas para as esculturas, saiu da Avi e ignorou os comentários da multidão ao abrir caminho entre as pessoas. A um quarteirão ao sul da Avi, a multidão sumiu e o som de cânticos e a música desapareceram, foram substituídos pelo clamor costumeiro do Velho Distrito.

Se ele chegasse à Pontica Kralji antes da procissão da kraljica, ele poderia cruzar até a ilha e observar a kraljica deixar a vida para entrar para a história.

Mahri perguntou-se com que rapidez o novo kraljiki poderia segui-la.

~ Ana co'Seranta ~

A TORRE FEDIA a mofo, urina e medo, e as tochas nos candeeiros aumentavam a escuridão em vez de bani-la. A longa subida deixou os músculos das pernas doloridos, mas ela não daria o gostinho de sua dor para o comandante.

Ana ficou triste quando Karl virou-se ao ouvir o som de passos do lado de fora da cela e ela viu as mãos acorrentadas e aquele terrível dispositivo preso em volta da cabeça do enviado. O comandante acenou com a cabeça para o garda do lado de fora da porta, que pegou as chaves do cinto e abriu a cela.

– Você pode ir jantar, e'garda – ca'Rudka disse e inclinou a cabeça na direção da escada de pedra em espiral. O homem prestou continência e foi embora correndo. O comandante foi para o lado e gesticulou para Ana entrar; ele seguiu atrás da o'téni.

– Enviado ci'Vliomani, eu trouxe alguém para ver você. Presumo que tenho sua palavra de que não irá usar o Ilmodo, como antes.

Um aceno de cabeça. O comandante foi para trás de Karl e retirou o silenciador da cabeça. O enviado fez uma careta e passou a manga sobre a boca cheia de saliva. – Você não deveria ter vindo – Karl falou com Ana, e por um momento ela pensou que ele realmente estivesse irritado. – Mas estou feliz que tenha vindo. Pude ver as chamas da pira da kraljica daqui. – Karl indicou com a cabeça as portas abertas para a sacada, onde uma luz amarela cintilante ainda banhava as pedras. – Você esteve lá?

Ana fez que sim. – Eu assisti ao a'kralj pegar o cetro e o anel das mãos dela. O archigos acendeu a pira com o Ilmodo. O calor era quase insuportável. Nunca senti um fogo tão intenso... – Ela parou quando se deu conta de que estava falando apenas para afastar o silêncio. Ana ouviu o som de metal batendo em metal e viu o comandante segurar um par de algemas pesadas, com os anéis grossos de metal abertos.

– Eu deixaria vocês dois sozinhos para conversar – falou ca'Rudka –, mas não estaria cumprindo meu dever se fizesse isso sem garantir que você não possa usar o Ilmodo, o'téni co'Seranta.

– Eu dou-lhe a minha palavra, comandante – disse Ana. Ela olhava mais para as algemas do que para ele.

– E eu aceitaria, exceto que se você *quebrasse* a promessa e ajudasse o enviado a escapar, seria eu quem estaria sentado nesta cela. Como já falei para o enviado, eu conheço muito bem a Bastida e fiz inimigos na minha carreira que sem dúvida teriam grande prazer com meu sofrimento. Este não é um risco que estou disposto a correr. Portanto... – Ele sorriu e balançou as algemas. – Eu aceito sua palavra, o'téni, mas também prenderei suas mãos enquanto estiver aqui para que eu *saiba* que vai mantê-la. Eu dou a *minha* palavra que voltarei em uma virada da ampulheta para lhe soltar. Quer dizer, se minha palavra for uma coisa que você esteja disposta a aceitar...

O comandante ergueu as sobrancelhas e ofereceu as algemas. Relutantemente, Ana estendeu as mãos para ele. O aço era coberto por couro com manchas escuras que Ana tentou ignorar. As algemas beliscaram a pele quando o comandante fechou as duas metades em seus pulsos. O clique cruel da fechadura provocou uma onda de pânico em Ana: ele poderia mantê-la ali; poderia levá-la para uma das celas da Bastida e fazer o que quisesse com ela – torturá-la, estuprá-la, matá-la.

O comandante deve ter sentido o pânico crescente de Ana. Ele deu um passo para trás. – Minha palavra é lei aqui, o'téni, e não faço promessas que não posso cumprir. Uma virada da ampulheta e eu retiro isso aqui de você.

Ana fez que sim com a cabeça. O olhar de ca'Rudka foi de Ana para Karl. – E eu confio em sua palavra também, enviado. – Dito isso, ele saiu da cela e trancou a porta. Os dois ouviram os passos do comandante na escada.

– Ana – disse Karl, e ela afastou o olhar da porta trancada e barrada. – Eu não tive nada a ver com a morte da kraljica. Nada. Eu juro para você.

– Eu acredito. Apenas Cénzi sabe por que, mas eu acredito em você.

– Como você está? O archigos sabe que estava comigo quando fui preso?

– O comandante contou para ele, tenho certeza. O archigos parece principalmente, sei lá, desapontado. Deprimido. Mas ele tem assuntos mais importantes.

– E você? Conseguiu achar o Scáth Cumhacht, o Ilmodo, como fazia antes?

Ana só foi capaz de balançar a cabeça, não confiou na voz. – Sinto muito – falou Karl. Ela sentiu o toque das mãos algemadas do enviado nas suas. Os dedos ficaram entrelaçados. – Eu gostaria de poder lhe mostrar – disse o enviado baixinho. – Gostaria de poder lhe ensinar.

– Eu também gostaria disso – disse Ana. A cabeça do enviado inclinou-se na direção dela. Os lábios tocaram seu cabelo, a testa. Ana lembrou-se quando o vatarh fez a mesma coisa, à noite, no escuro. Com o vatarh, ela tremeu e virou o rosto. Com ele, Ana suportou o abraço e o toque. Com ele, ela não sentiu nada além de gelo e medo.

Não foi o que Ana sentiu agora. Ela ergueu o rosto para se juntar ao de Karl. Sentiu os lábios tremerem ao tocar nos dele. Fechou os olhos e sentiu apenas o beijo. Apenas o beijo.

Ela afastou-se de Karl. – Ana? – perguntou ele.

– Não diga nada – falou ela. Suas mãos ainda seguravam as de Karl. Ana apoiou a cabeça no ombro dele. Sentiu Karl começar a se mexer para abraçá-

-la, mas houve apenas o som das correntes e um xingamento baixinho. – Tudo desmoronou. Tudo o que eu pensei que tinha. Tudo que eu poderia querer.

– Eu sinto muito, Ana.

– Não sinta. A culpa não é sua. É minha... eu perdi a minha fé.

– Eu também perdi a minha, uma vez – falou Karl. Seu hálito era quente na orelha de Ana. – E encontrei uma nova. Uma melhor.

– Fico feliz que tenha conseguido. Eu não consigo.

Ele então se afastou de Ana, embora não soltasse suas mãos. O ferro tiniu com um som dissonante em resposta. – Primeiro, você tem que ter fé em si mesma – disse o enviado. Ana deu um muxoxo de desdém e virou o rosto. A luz amarela do funeral da kraljica rondava as pedras da torre. Ela soltou as mãos de Karl e foi para a passagem da sacada. Sentiu uma onda momentânea de vertigem ao olhar para a saliência de pedra e a longa queda lá embaixo. Ela ficou na lateral da sacada e contemplou o horizonte em vez de olhar para baixo. A Avi era um anel de pérolas brilhantes em volta da cidade, e as águas do A'Sele cintilavam e refletiam as luzes mágicas. O palácio da kraljica – não, do kraljiki – na ilha estava brilhando, todas as janelas vivas com luzes mágicas ou candelabros, e os telhados dourados dos templos cintilavam com brilho próprio. Entre o Velho Templo e o palácio, as brasas da pira da kraljica ainda disparavam línguas de chamas e fagulhas rodopiando para as estrelas.

Lá fora, os ténis trabalhavam para manter Nessântico viva e animada. Nessântico mantinha a noite afastada e recusava-se a ser dominada por ela. *Como um dia sua fé fez por você, pensou Ana.*

– É lindo, não? – disse Karl atrás dela. Ana fez que sim.

– Meu vatarh... – Ana começou a contar para Karl que seu vatarh conseguiu ver a cidade de longe, mas se deteve. Ana não queria falar sobre ele. O vatarh estava morto, no que dizia respeito a ela. – Fale-me sobre você. Fale mais sobre os numetodos. Por favor. Vamos nos sentar aqui, onde possamos contemplar a cidade... – Ela pediu porque não queria pensar, não queria falar. Queria apenas se sentar ao lado de Karl, sentir o calor dele ao lado e ouvir sua voz. As palavras não importavam, apenas a presença dele.

Ana perguntou-se se Karl tinha noção disso.

Eles sentaram-se, Karl falou, e Ana não prestou muita atenção, seus próprios pensamentos ficaram se chocando na mente tão alto que quase abafaram a voz dele.

◇◇◇ LAÇOS ◇◇◇

Jan ca'Vörl

Ana co'Seranta

Dhosti ca'Millac

Orlandi ca'Cellibrecca

Ana co'Seranta

Mahri

Karl ci'Vliomani

Ana co'Seranta

~ Jan ca'Vörl ~

DO CUME ARBORIZADO da elevação, o exército espalhou-se pelo vale como uma horda de formigas em marcha. A poeira envolvia os soldados como um nebuloso manto marrom-claro enquanto eles avançavam com dificuldade pela terra sulcada e batida por botas da Avi a'Firenzcia. O horizonte a oeste prometia chuva, e os estandartes pendiam frouxos no ar sem brisa, sujos com a mesma terra marrom-claro que se acumulava nas botas dos soldados da infantaria e nos cascos dos cavalos dos chevarittai. Ao longe, Jan conseguiu ouvir o som do ritmo dos tambores.

Jan viu quando um cavaleiro solitário saiu da força principal e galopou na direção da crista onde ele, o starkkapitän ca'Staunton, Allesandra e Markell observavam. Markell gesticulou para um dos offiziers do starkkapitän, que estava prudentemente com seus próprios cavalos no declive abaixo em relação ao grupo; eles trocaram umas palavras e um pacote. O offizier apontou para cima do morro. – Com sua licença, meu hïrzg – falou Markell. Ele cutucou a lateral do cavalo com o calcanhar da bota, desceu e falou por alguns minutos com o cavaleiro antes de voltar à crista.

– Chegaram notícias de Nessântico, meu hïrzg – disse Markell assim que ficou lado a lado de Jan. Ele franziu a testa ao entregar a bolsa de couro do mensageiro. – Há uma carta do a'téni ca'Cellibrecca dentro.

– E? – perguntou Jan.

Markell franziu mais a testa e respondeu – O mensageiro diz que a kraljica está morta. Assassinada. Justi ca'Mazzak foi empossado como o novo kraljiki.

Jan ficou empertigado na sela ao ouvir essas palavras. *Isso não é possível,* ele queria discutir com Markell. *Tinha que ser um engano.* Jan olhou para seu exército, o exército usado tantas vezes pelos kralji quando eles queriam esmagar uma rebelião ou conquistar um território, o exército que a Garde Civile achava que comandava em vez do hïrzg. O exército que ia forçar a mão da kraljica, uma mão que agora estava morta e imóvel.

– Vatarh? Qual é o problema? – perguntou Allesandra.

Ele ignorou a filha.

– Assassinada por quem? – rosnou Jan para Markell.

– O rumor é que foi um numetodo, de acordo com o mensageiro – disse Markell. – O kraljiki Justi ordenou a prisão de todos os numetodos na cidade.

Jan trincou o maxilar e olhou para a bolsa na mão enluvada. Ele abriu e viu a carta com o selo do a'téni ca'Cellibrecca ainda intacto. Uma suspeita começou a tomar forma. *Tudo que fiz por ele, todo o planejamento...*

– Starkkapitän – falou Jan com ca'Staunton, que esperava pacientemente e em silêncio, com uma expressão feita com cuidado para não demonstrar coisa alguma –, acamparemos aqui por hoje. Mande seus homens prepararem minha tenda. Encontre aquele mensageiro; se ele ainda não espalhou a notícia sobre a kraljica, garanta que continue assim. Essa é uma notícia que preciso ponderar, e não quero que rumores sejam espalhados entre as fileiras.

Ca'Staunton prestou continência e foi embora a cavalo. O starkkapitän chamou seus offiziers, vociferou ordens e eles dispersaram-se, os cascos dos cavalos levantaram poeira enquanto os offiziers galopavam em direção à força principal do exército.

Duas viradas da ampulheta mais tarde, Jan chamou Markell para sua tenda. Quando o homem entrou, o hïrzg foi até Allesandra, que brincava com os soldados, e deu um abraço rápido. – Vá lá fora um pouquinho. Encontre seu Georgi ou coma alguma coisa.

– Eu quero ficar, vatarh. Quero escutar.

– Não. – A palavra única e firme fez com que ela fechasse bem a boca. Allesandra prestou uma reverência irônica como um offizier comum e saiu da tenda. Jan viu a aba se fechar quando a filha saiu, pegou a papelada sobre a mesa de viagem e jogou na direção de Markell. – Ca'Cellibrecca vai acabar com as bolas apertadas em um torno que ele mesmo arrumou se não tomar cuidado. Quando isso acontecer, vou gostar de ouvi-lo guinchar como o porco que ele é.

– Hïrzg?

Jan fez um gesto de desdém. – O homem joga dos dois lados, Markell. Ca'Cellibrecca fez com que nós nos livrássemos do marido inconveniente de sua filha para que ela ficasse livre para se casar, e nós caímos na conversa dele. Agora a mulher está livre, certo, mas também está livre para se casar com o kraljiki.

Markell pestanejou. – Fazer com que o kraljiki se case com... – Ele parou.

Jan acenou com a cabeça. – Sim, meu amigo – falou secamente. – Você entende também. Um kraljiki casado com a filha do archigos seria um casamento perfeito entre o poder secular e religioso. E por acaso existe um kraljiki solteiro. – Ele apontou para o papel na mão de Markell. – Com o marido morto, a filha de ca'Cellibrecca agora está convenientemente disponível para Justi. E o novo kraljiki certamente vai querer casar logo para consolidar sua posição. Que feliz acaso, não acha? – Jan recostou-se na cadeira. – Kraljiki Justi ca'Cellibrecca. Tenho certeza que o a'téni ca'Cellibrecca acha que esse seria um nome excelente. Na verdade, isso me leva a suspeitar que nosso Orlandi tenha sido a pessoa por trás do assassinato da kraljica, embora seja claro que ele só fala dos numetodos na carta e como eles têm que ser exterminados. É maravilhoso ter uma desculpa tão conveniente e politicamente vantajosa como os numetodos. Ele também nos diz que "é urgente que abandonemos nosso presente modo de ação por enquanto". Ele diz que nossos planos agora devem esperar "até que tenhamos a chance de examinar plenamente as consequências da atual situação". Embora, é claro, o a'téni ca'Cellibrecca agora esteja preso em Nessântico enquanto a situação perdurar e não saiba quando vai retornar a Brezno. Aquele ardiloso desgraçado...

O hïrzg levantou-se da cadeira e arrancou a carta da mão de Markell. Ele examinou o texto de novo, com as narinas franzidas. Jan atirou o pergaminho no pequeno aquecedor no centro da tenda e viu as pontas encresparem, escurecerem e finalmente pegarem fogo. – Começo a acreditar que o a'téni ca'Cellibrecca sempre nos considerou uma estratégia secundária, algo para ser usado caso a trama para matar a kraljica falhasse e ele não conseguisse manipular aquele pobre arremedo de filho de Marguerite. Agora tudo deu certo para ele. Só falta nosso exército abaixar as armas e ele tem tudo o que quer. A próxima notícia de Nessântico dirá que o anão ca'Millac morreu e que ca'Cellibrecca foi empossado como o novo archigos, e que o kraljiki casou-se com Francesca. Como archigos, ele ameaçaria retirar de Firenzcia o apoio da Fé se eu não me submetesse, e o u'téni co'Kohnle, que serviu com ca'Cellibrecca, por acaso é o nosso principal téni-guerreiro.

– Co'Kohnle é um firenzciano, ao contrário de ca'Cellibrecca – disse Markell. – Ele é mais leal ao senhor do que ao a'téni ca'Cellibrecca.

– Talvez – resmungou Jan. – Mas quando o a'téni for o archigos Orlandi, isso talvez mude. O novo kraljiki também insistirá que eu continue casado com Greta, aquela vaca carola. Sem dúvida a notícia chegou a Brezno agora; aposto que ela está de joelhos rezando para Cénzi em gratidão por sua salvação. Eu me pergunto se ela e ca'Cellibrecca não estavam tramando isso o tempo todo.

Jan andou de um lado para o outro no pequeno perímetro da tenda e sentou-se novamente. Lá fora, ele pôde ouvir os sons do acampamento: conversa baixa, um ataque de riso, os barulhos e a agitação da comida sendo preparada. Markell esperou pacientemente, aqueceu as mãos nos carvões onde a carta de ca'Cellibrecca agora era cinza.

– Vatarh? – Era Allesandra, parada na aba da tenda. Ela deixou a aba cair ao entrar. – Vatarh, o senhor disse para mim que um bom general tem que saber quais batalhas pode vencer e quais não pode. Essa é uma batalha que o senhor pode vencer?

Ele olhou fixamente para a filha e balançou a cabeça. – Você estava escutando?

– O senhor disse para ir lá fora e encontrar Georgi. Eu procurei e não o encontrei. O senhor não me disse para não escutar.

Markell ergueu as sobrancelhas. Jan suspirou. – Então você escutou e sabe. Sendo assim, o que acha?

– Em todas as histórias que o senhor contou, e em todas que Georgi sabe, o hïrzg nunca desiste. Eu acho que o a'téni ca'Cellibrecca não conhece ou não escutou direito essas histórias.

Jan riu, e Markell juntou-se a ele. – A sabedoria de uma criança – disse Jan. Ele fez que sim e aplaudiu de leve. – Esta tem sido uma batalha sem exércitos, como vem sendo desde que começamos esse modo de ação. Mas nós temos um exército conosco. Se recuarmos agora, perdemos a vantagem do campo.

– Meu hïrzg? – perguntou Markell.

– Justi tem o título. Apenas isso. Ele não tem mais nada. E ca'Cellibrecca ainda não é o archigos. Estamos a apenas dois dias da fronteira e a uma quinzena dos portões de Nessântico em si. Ca'Cellibrecca aconselha-nos a esperar, mas ele tem os interesses de Orlandi ca'Cellibrecca em mente, não do hïrzg de Firenzcia. Como minha filha acabou de dizer, ele não conhece as histórias de Firenzcia.

Jan viu a sombra de um sorriso passar pelos lábios finos de Markell. – Devo informar o starkkapitän que continuaremos nosso avanço de manhã?

– Diga para ele que pretendo fazer uma visita pessoal ao novo kraljiki – falou Jan. – E chame o u'téni co'Kohnle; quero saber a quem ele é realmente leal.

– Como quiser, meu hïrzg – respondeu Markell com uma rápida reverência. Ele abriu as abas da tenda, e Jan ouviu o ajudante de ordens falar rapidamente com um dos gardai e depois o chacoalhar da armadura conforme o homem foi embora depressa.

– Um bom general não evita riscos – disse Jan para Allesandra. – E ele não hesita porque os ventos mudaram. Em vez disso, ele usa os ventos.

~ Ana co'Seranta ~

– DEIXE-ME PEGAR SEU MANTO, o'téni Ana. Disseram que o tempo vai mudar em breve.

– Onde está o vatarh? – perguntou Ana para Sala. A criada balançou a cabeça.

– Ele não está aqui, o'téni Ana. Foi para Prajnoli a negócios. Ele fica ausente quase todo o tempo, desde... – Ela hesitou, e Ana viu o rubor crescendo nas bochechas de Sala.

– Eu entendo. Não se preocupe, Sala. E a matarh?

– Ela está esperando pela senhorita no solário. Vou avisar que está aqui.

– Não se incomode. Vou até os fundos surpreendê-la.

A casa não pareceria mais familiar para Ana – mudou ainda mais desde que ela esteve aqui pela última vez. O vestíbulo cheirava a tinta e argamassa novas, um odor de culpa. O corredor depois da porta da frente agora tinha um tom de azul-claro em vez do amarelo que Ana se lembrava, e quando ela chegou à arcada que dava para o solário não havia mais os panos pretos da época em que sua matarh esteve doente, mas sim estava cheia de flores e plantas, e havia um jovem criado que Ana não conhecia ali com Tari. E a mulher de costas para Ana, que cuidava de um vaso de flores-do-céu de pétalas brancas e azuis...

Ana não conseguiu respirar. Depois da discussão que elas tiveram da última vez que se encontraram, Ana ficou surpresa quando sua matarh mandou um pedido para que ela visitasse. *Por favor, Cénzi, não deixe que ela ainda me odeie...*

– O'téni Ana! – exclamou Tari ao vê-la, e a mulher virou-se das flores-do-céu.

– Ana. Estou contente que tenha vindo. – A matarh deu um sorriso gentil, e Ana sentiu a tensão interior ser dissolvida com a saudação. Abini pousou a pequena pá e abriu os braços. Ana foi até ela e deixou-se cair no abraço, foi envolvida pelos braços da matarh com carinho. Ana viu-se chorando lágrimas espontâneas; a matarh continuou a abraçá-la com força. – Calma, criança. Calma...

Ana fungou e limpou as lágrimas traidoras, depois se afastou um pouco. Tari e o jovem estavam enfaticamente olhando para longe das duas. – A senhora arrumou um novo criado – falou Ana.

– Este é Jacques, que trabalha na casa e nos jardins, e temos um novo cozinheiro também, que faz sopas maravilhosas. Ambos foram indicados pela vajica co'Meredi. Você se lembra dela? Co'Meredi costumava nos visitar antes... – por um momento a velha dor passou pelo rosto da matarh – ... quando seus irmãos eram vivos e antes de eu ficar doente. Ela visitou várias vezes desde que você recebeu sua Marca. Tudo isso... – a matarh franziu os lábios e pequenas rugas apareceram – ... tudo isso é por sua causa, Ana. Todo mundo sabe que o archigos escolheu você pessoalmente, e que você cuidou da pobre kraljica... – Ela parou então. – Tari, por que você não manda o cozinheiro preparar alguma coisa para Ana? Jacques, se fizesse a gentileza de cuidar dos arbustos no jardim dos fundos...

Eles abaixaram as cabeças e foram embora. Abini continuou segurando Ana. – Você parece tão triste. Tem alguma coisa errada?

Ana só foi capaz de fazer que sim. Não confiava na voz.

– É a kraljica? A morte dela foi um choque para todos nós, e agora veio aquela terrível notícia de Firenzcia sobre o pobre u'téni Estraven ca'Cellibrecca ter sido assassinado; eu gostava de suas Admoestações. Espero que matem todos os numetodos na cidade pelo que fizeram.

A imagem de Karl, algemado e silenciado na torre da Bastida, veio à mente de Ana. Assim como a memória de ter ido vê-lo, do único beijo breve entre eles... – Matarh – interrompeu Ana. – Pare. Por favor.

Abini arregalou os olhos, e Ana beijou sua bochecha para amenizar o impacto das palavras. – Eu devia ter visitado a senhora antes, matarh. Eu queria, mas... – *Eu não podia porque estava com medo que ele estivesse aqui. Não podia por conta do que eu e você dissemos na última vez...*

Havia sofrimento nos olhos da matarh. – Ana, eu pensei no que você me disse e por muito tempo fiquei furiosa.

– Furiosa *comigo*, matarh?

Abini fez que não. Ela soltou os braços de Ana e voltou a atenção para as flores-do-céu. Os dedos roçaram as pétalas vagarosamente. – Tomas contou o que aconteceu naquela vez em que você veio aqui, quando... – Ela parou e suspirou. – Tomas disse que falou uma coisa que lhe irritou e que houve um acidente. Ele disse que o Ilmodo é forte em você, que é por isso que foi escolhida pelo archigos, e que você não consegue controlá-lo.

– Não, matarh. Não foi por isso. O vatarh...

– Silêncio, filha! – disse Abini com rispidez ao se virar para Ana. Seus olhos estavam novamente arregalados. Os dedos trêmulos tocaram a boca de Ana. – Não diga nada, Ana. Por favor. Tomas... podia ter me largado depois que fiquei doente, mas não fez isso. Não importa o que pense a respeito dele, não importa... – Ela fez uma pausa e franziu os lábios antes de recomeçar. – Ele não é um homem horrível. Tem defeitos, sim, mas perdeu os filhos e pensou ter perdido a esposa, e a luta que encarou para manter nossa família como co'... No fundo de seu coração, eu realmente acredito que ele não tinha intenção de magoar ninguém, Ana.

– E isso o perdoa? – Ana não conseguiu evitar a raiva na voz. – Isso torna tudo certo para a senhora?

– Não – respondeu Abini. Ela endureceu o olhar. – Não torna. É por isso... é por isso que ele não está mais aqui. Ele jamais poderá voltar aqui. – Abini abraçou a filha mais uma vez; Ana resistiu por um instante, depois se deixou abraçar com o corpo tenso. – Eu o confrontei, Ana. Falei para ele o que você me disse. Ele negou a princípio, mas... não conseguiu me encarar. – A própria Abini afastou o olhar, pestanejou para conter as lágrimas, depois abraçou Ana com força novamente. – Eu sei e sinto muitíssimo pelo que ele fez com você, mas não quero falar sobre isso, Ana. Não quando você finalmente está aqui. – A voz de Abini sussurrou em seu ouvido. – Vamos falar sobre você. Diga-me como vão as coisas.

Falar sobre o vatarh é falar sobre mim, ela queria dizer para a matarh. *Ele faz parte do motivo de eu ser como sou.* Mas Ana não podia dizer isso. Ela suspirou. *Você guardou isso dentro de si por tanto tempo. Se esse é o preço a ser pago para ter a matarh de volta, pague. Pague e agradeça.*

Ana não sabia o que dizer. Muitas coisas a atormentavam, mas ela tinha medo de falar de Karl e, se não podia falar do vatarh... – Amanhã eu vou almoçar com o kraljiki Justi – disse Ana finalmente. – O archigos acha que eu...

– Ela parou quando Tari entrou no solário novamente e pousou uma bandeja em uma mesa baixa. Um vapor cheiroso saiu das duas tigelas ali e havia duas taças de vinho. Tari fez uma mesura para as duas e foi embora. Abini apontou para as cadeiras.

– Sente-se – disse ela. – Vamos conversar enquanto comemos. – Abini olhou a filha com curiosidade enquanto se sentaram e Ana tomou uma colherada de sopa. – O kraljiki vai procurar uma esposa. É o que todo mundo está falando. Até mesmo a vajica co'Meredi tocou no assunto... e falou a seu respeito. Você está presente em grande parte das fofocas que eu escuto, Ana.

– Não é o que eu gostaria, matarh. – Ana pousou a colher, que bateu muito alto na porcelana.

Abini deu um sorriso triste. – Ana, desde quando você acredita que o casamento é algo que alguém de uma família ca' e co' "gostaria" que fosse? – perguntou a matarh com delicadeza. – Nós não somos pessoas sem status, que podem se casar com quem quiserem porque isso não importa. Amor não é um elemento necessário para um casamento, Ana; você sabe disso. O amor vem depois, isso se vier. Se Cénzi quiser.

– O amor veio para você, matarh?

O sorriso desapareceu. – Não. Eu sempre respeitei seu vatarh, e ele sempre me respeitou. – Ela franziu mais a testa. – Pelo menos até a minha doença. Até o que ele fez com você.

– Por que se casou com ele? A senhora nunca me contou.

– Eu nunca contei porque, primeiro, você era muito jovem, depois porque fui levada pela febre do sul quando eu poderia ter me sentado com você e explicado como são as coisas para uma jovem moça. – Abini sorriu novamente. – Mas agora posso contar. A família de Tomas veio até meu vatarh e minha matarh. Eles pagaram um preço substancial pelo casamento; o nome co'Seranta era considerado em ascensão; certa vez seu vavatarh até chegou a pensar que a Gardes a'Liste poderia nos designar como ca', embora isso tenha virado uma vã esperança depois que meu vatarh morreu, apenas dois anos depois do meu casamento. Ainda assim, Tomas cumpriu as exigências de nosso contrato. O casamento foi o que era necessário que fosse. Mas se nós acabamos por nos amar? – A cabeça foi de um lado para o outro. Ela olhou fixamente para a sopa. – Não.

– A senhora algum dia amou alguém?

O sorriso de Abini voltou tênue e hesitante. – Amou sim – falou Ana. Ao se dar conta disso, ela sentiu uma repentina união com sua matarh. – A senhora amou alguém. E se entregou a esse amor?

Abini contemplou os jardins. – Sim – falou tão baixinho que Ana teve que se inclinar para a frente a fim de ouvir. – Uma vez.

– Quem? Conte para mim, matarh. Quem era, e vocês...?

– Você jamais pode contar para seu vatarh.

Ana torceu o nariz. – Essa é uma promessa fácil. Não pretendo vê-lo outra vez jamais.

O rosto de Abini ficou vermelho, e Ana não soube dizer se foi por causa do que ela disse ou pela memória da aventura. – Eu não vou contar quem foi. Você reconheceria o nome. Mas... – Abini recostou-se na cadeira. Fechou os olhos. Abriu a boca ligeiramente. – O que me atraiu foi o *cheiro* dele: cheiro de amêndoas. O perfume era tão diferente nele, e quando me virei para olhar, ele estava me olhando diretamente. É disso que me lembro melhor: o choque do encontro dos nossos olhares pela primeira vez. Eu era bem mais jovem na ocasião, é claro, e tinha acabado de recuperar a forma depois do nascimento de Estravi. – Ela abriu os olhos. – Você me odeia por saber que eu já era casada, que já era uma matarh?

Ana fez que não. – Não, matarh. Eu não odeio a senhora. Eu compreendo.

Abini acenou com a cabeça e fechou os olhos novamente. – Nós não dissemos nada um para o outro, não da primeira vez. Mas eu notei que nossos caminhos continuavam se cruzando, como se o próprio Cénzi estivesse querendo nos juntar, e seu vatarh estava sempre ausente por conta do trabalho, e, portanto... bem, nós começamos a conversar. A esposa dele tinha morrido no ano anterior ao dar à luz, e a criança não sobreviveu à virada do ano. Nós conversamos sobre isso e outras coisas, e...

Abini fez uma pausa. Ana notou os olhos da matarh agitados debaixo das pálpebras fechadas e que a sombra de um sorriso passou pelos lábios com a lembrança. – Eu adorava o som da voz dele – continuou Abini – e o jeito como olhava nos meus olhos enquanto conversávamos. Ele escutava, ele realmente me escutava como Tomas jamais escutou. E o toque: era tão macio. Tão gentil. Estar com ele era como eu tinha esperado que as coisas fossem com Tomas.

Ela soltou um suspiro. Endireitou o corpo na cadeira e abriu os olhos de novo. – O que aconteceu então? – perguntou Ana. – O vatarh...?

Abini balançou a cabeça. – Não, ele nunca descobriu. Terminou porque tinha que terminar. Nós ficamos juntos por alguns anos, sempre que conseguíamos, mas ele... a família tinha pretendentes para ele. Finalmente tivemos que terminar, ou na verdade *eu* tive que terminar, para dar à nova esposa dele a chance que ela merecia. Se tivéssemos continuado, nosso relacionamento sempre seria uma parede entre ele e a esposa, e eu também a conhecia. Ela era jovem e gostava dele, e eu sabia que a esposa queria que ele a amasse, e eu... bem, eu simplesmente não podia.

– Ele casou com ela?

O aceno foi tão sutil que Ana não teve certeza que viu. – Vê-lo... vê-lo pela cidade foi difícil para nós dois, creio eu. Mas torço, torço que ele tenha passado a amá-la. Eu sei que ela o ama, ainda o ama.

– Matarh...

Abini esticou o braço sobre a mesa e tocou na mão de Ana. – Você agora está na família da Fé, Ana, e deve fazer o que a Fé deseja. O que quer que aconteça será a vontade de Cénzi. Lembre-se disso. – Ana sentiu o olhar inquisidor de Abini. – Você já tem um amante, querida? É por isso que está angustiada?

– Não – disse ela, depois se corrigiu. – Talvez. Não sei. É tudo tão confuso.

– Diga-me. Quem é?

– Eu... eu não posso, matarh. Desculpe. Não posso. Eu gostaria que pudesse.

Abini fez que sim. – Ana, se você se casar, então tem que dar uma chance ao seu marido. O respeito entre vocês pode florescer em algo maior, e você tem que dar essa oportunidade. Mas, se não acontecer... você é capaz de encontrar alguém com quem *possa* dividir essa parte, se for cuidadosa e discreta. As pessoas em Nessântico *vão* desviar os olhos se você não forçá-las a ver. Eu sei.

Seus dedos apertaram os de Ana. Elas não disseram nada. Finalmente, Abini soltou a mão da filha e recostou-se novamente.

– Eu fiquei falando e sua sopa está parada aí – falou ela. – Você realmente deve prová-la antes que esfrie.

~ Dhosti ca'Millac ~

O PACOTE CHEGOU na manhã do gostidi: na manhã do velório de Estraven, um dia tão sombrio quanto as nuvens que prometiam chuva. Kenne, que trouxera o envelope, olhou para o fogo apagado na lareira. – A manhã está fria, archigos. Quer que eu mande um e'téni para cuidar do fogo?

– Não, obrigado, Kenne – falou Dhosti. – Eu posso oferecer um pouco de incômodo para louvar Cénzi, hein? Se puder fazer a gentileza, cuide para que a equipe esteja pronta para ir ao Velho Templo assim que eu descer. Ah, e Ana deve estar a caminho daqui. Traga-a aqui em cima assim que ela chegar.

Kenne concordou com a cabeça e fez o sinal de Cénzi antes de sair do aposento e fechar as portas. Dhosti olhou novamente para o papel duro e cor de creme do envelope na mão, para a letra rebuscada que se dirigia a ele, e para a insígnia pressionada na cera vermelha do lacre: uma trombeta. A flor da kraljica. O selo estava intacto – Dhosti certificou-se disso antes de abrir o envelope e retirou os pergaminhos dobrados do interior. Ele tremeu no robe ao ir até as janelas onde a luz era um pouquinho melhor. A carta tinha a assinatura de Greta ca'Vörl e a letrinha meticulosa era dela – ou uma excelente imitação do exemplo que a kraljica dera para ele. Dhosti fez um pequeno gestual firme com a mão esquerda, fechou os olhos e invocou um feitiço curto ao mesmo tempo. O archigos sentiu o Ilmodo crescer com ele e soltou-o na direção do papel. No canto inferior esquerdo da primeira página, onde não havia nada antes, brilharam cinco pequenas trombetas que gradativamente voltaram a ficar invisíveis.

Dhosti começou a ler devagar, prestando atenção apenas a cada quinta palavra.

Archigos: eu escrevo como a kraljica mandou caso eu soubesse que ela estava morta. As notícias que devo relatar não são boas. O hïrzg levou o exército, e creio que ele tenha a intenção de ameaçar Nessântico. Ele está tramando com ca'Cellibrecca. Você está em perigo. Se eu descobrir mais coisas, escreverei de novo, mas estou sendo vigiada de perto em Brezno. Tenha cuidado.

Dhosti suspirou. Alguém bateu na porta e ele dobrou os papéis. – Entre – falou. A porta abriu e Kenne deixou Ana entrar antes de fechá-la. Ela fez uma reverência maior do que precisava, e o archigos sorriu, porém isso não apagou a expressão preocupada de Ana. – Bom-dia, Ana. Você está pronta?

– Para o funeral do u'téni ca'Cellibrecca? Sim.

– E para o almoço com o kraljiki depois?

Ela deu de ombros. – Como devo me preparar para isso, archigos?

– Eu não sei, honestamente, mas acho que podemos discutir umas possibilidades. – Ele tremeu de novo. – Está frio demais hoje de manhã. Você pode acender o fogo para mim, Ana? – Dhosti notou a olhadela que ela deu para a lareira, depois viu Ana pegar as ferramentas ao lado para atiçar as brasas. – Não com isso. Com o Ilmodo.

Ana encarou Dhosti com um olhar quase tão frio quanto a brisa que esvoaçava as cortinas atrás do archigos. Ele notou que ela considerava dar uma resposta, depois virou o rosto. – Não sei se consigo fazer isso – respondeu Ana.

O archigos concordou com a cabeça, feliz com a honestidade. Ele passou por Ana, foi até a lareira e jogou a carta nas brasas. Os papéis encresparam, escureceram e soltaram fumaça até finalmente pegarem fogo. Ambos ficaram olhando. Dhosti voltou-se para Ana.

– Dê-me suas mãos – disse o archigos. Ela hesitou e recuou meio passo. – Eu não vou machucar você, Ana. Não sou seu vatarh.

Ana fez uma cara feia, mas esticou as mãos. O archigos pegou-as com as próprias mãos miúdas e enrugadas e ficou admirando a pele lisa de Ana contra a sua. *Você é um velho e não tem muito tempo...* Ele tirou o pensamento da cabeça e abriu a mente para o Ilmodo, os lábios mexeram-se em uma sequência muda de palavras. Dhosti soltou Ana e fez um gestual no espaço entre eles. O Ilmodo surgiu novamente, muito mais forte dessa vez, e ele deixou a energia envolver as mãos estendidas de Ana. Quando o Ilmodo brilhou intensamente, o archigos pegou as mãos de Ana outra vez, as mãos dos dois foram banhadas pelo poder de Cénzi. Ele deixou a concentração sair de si mesmo e descer pelas mãos para as de Ana. Com os olhos fechados, Dhosti contemplou o exterior com a luminosidade do Ilmodo. A luz foi refletida pela alma de Ana, e o archigos foi tomado por uma pequena inveja do que viu ali.

Dhosti soltou as mãos de Ana. A luz sumiu. Ele sentiu-se subitamente tonto e sentou-se na cadeira mais próxima. – Tão cansativo. O Ilmodo fica mais fácil de ser moldado à medida que a pessoa envelhece, mas as exigências sobre o corpo são piores. – Ana observava o archigos, mas suas mãos continuavam estendidas. Ela pareceu ter demorado a notar e deixou que as mãos caíssem ao lado do corpo.

– Eu senti o senhor. Como se estivesse olhando para mim de dentro.

– Eu estava – respondeu Dhosti. – E posso afirmar que Cénzi não tirou Seu poder de você, mesmo que tenha perdido o caminho para encontrá-lo. Ele realmente abençoou você, Ana. E Suas bênçãos permanecem. Ainda estão aí. Ainda.

Ela mordeu o lábio superior enquanto ele falava, e Dhosti notou que os olhos de Ana estavam ficando úmidos nos cantos.

– Archigos...

Ele ergueu a mão com cansaço e desmoronou contra as almofadas da cadeira. – Não diga nada. Eu sei. Sei que você foi ver o enviado ci'Vliomani depois do Gschnas. Sei que estava com ele quando o enviado foi preso e que foi vê-lo na Bastida. Vocês talvez sejam amantes. Ca'Rudka me contou.

– Não somos amantes – disse Ana rapidamente, depois abaixou cabeça novamente. – Não...

– Não ainda. – O archigos terminou por ela. – Você sente atração por ele?

Ela fez que sim.

– Ele é bem bonito, bem charmoso e bem inteligente – falou Dhosti. – Eu fiquei impressionado com o enviado nas poucas vezes em que o encontrei, e os numetodos escolheram bem quando o mandaram para representá-los junto à kraljica, mesmo que jamais tenha tido a oportunidade de defender sua causa com ela. Também me disseram que ele é noivo de uma mulher lá na Ilha de Paeti. O enviado lhe contou isso?

Ela arregalou os olhos.

– Eu achei que ele talvez tivesse omitido essa informação – continuou o archigos. – O nome dela é Kaitlin Mallaghan, mais do que isso eu não sei nada sobre ela; afinal de contas, não tem um sobrenome de status, então é óbvio quem ganharia a vantagem se eles se casassem. Mas esse nome deve ser suficiente para você, hein? Para mencioná-lo ao enviado ci'Vliomani da próxima vez que o vir. – Dhosti parou e puxou a cadeira do lado para que ficasse voltada para ele. Bateu nas almofadas. – Sente-se, Ana. Você parece pálida.

Ela obedeceu e andou como se tivesse levado um golpe do archigos. – O senhor acha... – Ana engoliu em seco com dificuldade – ... que o enviado matou a kraljica?

Dhosti balançou a cabeça. – Não, não acho, não importa o que ca'Cellibrecca diga ou que badulaque dos numetodos foi encontrado no corpo de ci'Recroix. Não acredito nisso da mesma forma que não creio que o u'téni Estraven ca'Cellibrecca também foi morto pelos numetodos, como o a'téni está alegando.

Ana respirou fundo; o archigos notou que ela queria acreditar nele. – Então quem foi?

Agora foi a vez de Dhosti dar de ombros. – Eu não sei. Só sei que acho *conveniente* que a filha de ca'Cellibrecca esteja sem marido bem no momento em que o kraljiki sobe ao trono sem uma esposa. Sei que Justi e ca'Cellibrecca têm opiniões em comum em relação à Fé e à Divolonté. – Ela estava olhando para longe, como se estivesse perdida nos próprios pensamentos. – Ana – falou Dhosti rispidamente, e ela virou o rosto para o archigos. – Você está no meio disso tudo, quer goste ou não, e as escolhas que fizer agora serão importantes: para você, para a Fé e para Nessântico. Tem que se dar conta disso. Preciso de você aqui comigo.

– Eu não queria fazer parte disso.

– Eu sei que você não queria, mas foi a decisão de Cénzi lhe dar esse fardo, e você tem que carregá-lo.

– Como? – perguntou ela. – Como, quando até mesmo os feitiços mais simples são difíceis para mim?

– Você ainda tem o dom, Ana. Recupere sua fé, e o resto voltará.

– Os numetodos... eu os *vi*, archigos. Eles podem fazer coisas com o Ilmodo que nós não podemos, não com toda a nossa fé. Eles criam os feitiços com antecedência e lançam depois com uma única palavra ou gesto; nenhum de nós consegue fazer isso. Ka... o enviado ci'Vliomani disse que poderia me mostrar como fazer isso, que *qualquer um* que consiga achar o Segundo Mundo é capaz de fazer. Ele disse que usar o Ilmodo não tem completamente nada a ver com fé ou com Cénzi.

– E você se perguntou como Cénzi podia permitir isso, não foi? E, depois, o que aconteceu?

Ana abaixou a cabeça novamente. Ela fez o sinal de Cénzi, um gesto involuntário. – Desde então, eu não tenho conseguido usar o Ilmodo. Não como antigamente.

Dhosti esticou a mão para tocá-la; ela não se encolheu desta vez ao ser tocada no rosto, no pescoço. – Olhe para mim, Ana – disse ele, com os dedos embaixo do queixo de Ana como se ela fosse uma criança, e Ana ergueu a cabeça devagar. – Eu já vi essa situação antes, com outros ténis que entraram em contato com os numetodos e também tiveram a fé abalada. Isso não é nada novo e nada permanente. Agora você sabe o que acontece quando a fé fraqueja. É um teste que Cénzi lhe deu. Cénzi fez isso para que você veja Seu poder e para que retorne a Ele mais forte do que antes. É tudo que se exige de você: tem que acreditar Nele de verdade.

– Mas os numetodos não acreditam em Cénzi de maneira alguma, e o que eu vi... Nenhum deles possuía qualquer treinamento como téni...

– Truques e dissimulação – explicou o archigos. – Eu sei, eu antigamente era do circo e também vi "magia" lá. – Ele fechou os olhos e falou com uma voz rascante, sibilante, e ergueu o punho fechado ao mesmo tempo. Dhosti abriu os olhos e a mão; ali, balançando pendurado nos dedos, estava um elegante cordão de prata de onde pendia uma concha de pedra.

Ana soltou um suspiro de susto e levou a mão à gola do robe como se procurasse por algo escondido embaixo. – Truques – repetiu Dhosti. – E mãos que foram treinadas para dissimular. Sim, eu peguei seu cordão, mas não foi com mágica, nem com o Ilmodo. É fantástico como a pessoa realmente nunca perde a habilidade. Você não deveria acreditar tanto nos olhos, Ana, mas em sua alma. – O archigos ofereceu o cordão para ela e deixou que a correntinha caísse na palma de Ana sobre a concha. – Esse não é um símbolo que uma téni deva usar. Deixe-me lhe dar um melhor.

Dhosti colocou as mãos no próprio pescoço e retirou o pingente do globo partido que usava, feito de ouro e joias. Ele ofereceu para Ana. – Guarde a concha que o enviado lhe deu. Deixe que seja uma lembrança daquilo que viu com os numetodos. Mas use esse aqui em seu lugar, perto do coração.

– Eu não posso – sussurrou ela.

– Eu insisto.

Ela fechou a mão com a concha de pedra, depois guardou o cordão no bolso do robe. Pegou o pingente com o símbolo de Cénzi da mão de Dhosti e colocou no pescoço. O globo reluziu sobre o tecido verde do vale entre os seios.

Dhosti sorriu. – Ora, isso fica melhor em você do que em mim. – Ele suspirou. – Agora, vamos falar sobre seu almoço com o kraljiki. Tem uma coisa que você deve falar para ele. Será um presente seu para o kraljiki. Não temos muito tempo...

~ Orlandi ca'Cellibrecca ~

– AQUELES QUE QUEREM derrubar a fé concénziana não têm qualquer limite ou remorso e querem derrubar a própria Nessântico. – Orlandi trovejou do Alto Púlpito no Velho Templo: o templo de Estraven. Os ténis que serviram ao u'téni Estraven estavam lá, todos solenes de robes verdes nas primeiras fileiras, e os ca' e co' que vieram à missa vestidos na maior elegância estavam dispostos atrás deles. Francesca estava sentada com a família à esquerda de Orlandi, todos em luto de branco, ela com o rosto encoberto por um véu pesado que escondia suas feições. O archigos também estava lá, sentado com sua vadia no balcão à direita. Orlandi olhou feio para o anão com as sobrancelhas grossas e grisalhas abaixadas.

Orlandi gesticulou novamente para o caixão diante do altar onde estava Estraven ca'Cellibrecca, que se encontrava fechado por causa do estado deteriorado do corpo. – Olhem ali – vociferou Orlandi. A voz estava ótima na manhã de hoje; abençoada por Cénzi naquele instante, ela rugia como um trovão pelo templo. – Os inimigos do estado e da Fé mataram outro de nossos mais distintos irmãos, o marido da minha própria filha, alguém que um dia podia ter vestido o robe de archigos.

Não houve chance de isso acontecer, Orlandi sabia. Estraven fora um seguidor competente, apenas isso. Ainda assim, ele viu ca'Millac franzir os lábios diante do comentário, e isso já foi prazer suficiente. Orlandi recuperou a compostura e respirou fundo. *Ajude-me aqui, Cénzi. Ajude-me a fazê-los entender Sua vontade.* – Deve ser óbvio a qualquer pessoa de fé verdadeira que nós toleramos aqueles que riem de Cénzi por tempo demais. Deve ser óbvio a qualquer pessoa de fé verdadeira que o único modo de ação que temos é destruí-los antes que eles nos destruam. A Divolonté diz: "quando ameaçado, proteja-se e *não tema usar a espada,* porque apenas Cénzi julgará aqueles enviados a Ele". Bem, nós sabemos quem matou Estraven. Nós sabemos, porém eles permanecem sem castigo. Eu digo que é hora de essa tolerância acabar. Eu digo que é hora de seguirmos a Divolonté, que é oriunda da lei de Cénzi. Eu digo que é hora de a Fé mostrar sua plena força e plena fúria. Eu digo para encontrarmos aqueles que desdenham de nós e *atacarmos*!

Com essa última palavra, Orlandi ergueu a mão e desceu o punho com força no púlpito. O som do golpe ecoou pelo Velho Templo, e ele ouviu o murmúrio de aprovação correr pela plateia. Foi necessária toda a sua força de vontade para resistir a olhar para o archigos com um sorriso de triunfo. Agora Orlandi debruçou-se sobre o púlpito e baixou a voz; ele viu a congregação inclinar-se para a frente a fim de ouvi-lo.

– Escutem – falou Orlandi para a plateia quase em um sussurro. – Escutem. – Fez uma pausa com a mão no ouvido. – Se escutarmos os nossos corações e preces, nós ouviremos Estraven ca'Cellibrecca e a kraljica Marguerite, ambos nos chamando dos braços de Cénzi e Vucta. Escutem: eles nos chamam com as vozes de todos que foram assassinados ao longo dos anos. Eles clamam por justiça. E nós precisamos... – Orlandi fez uma pausa, olhou da congregação para o caixão, para Francesca e a família, e de novo para a multidão no Velho Templo. Ele rugiu novamente. – Nós *temos que* escutar suas súplicas e dar a Estraven e à kraljica Marguerite o que eles pedem. Se não fizermos nada, se nos recusarmos a escutá-los, então será a fúria de Cénzi que enfrentaremos a seguir. *Eu não vou deixar que isso aconteça.* Esta tem que ser uma tarefa para todos nós: *não deixarmos que isso aconteça.*

Não houve aplauso, não aqui neste lugar sagrado debaixo da abóbada pintada, mas Orlandi sabia que eles queriam gritar e bater palmas. Dava para sentir. Orlandi franziu os lábios, olhou para a congregação e acenou com a cabeça apenas uma vez, devagar. Depois ele saiu do púlpito, e os u'ténis que conduziam a missa cantaram os recitativos enquanto o coral começou a acompanhar do alto da galeria.

Orlandi sentou-se ao lado de Francesca. Ele pegou a mão da filha e colocou no colo.

– O senhor deveria ter visto o archigos, vatarh – sussurrou Francesca ao se apoiar no ombro dele. – Pensei que o homem fosse entrar em colapso ali mesmo, de tanto que o rosto estava vermelho.

– Se ao menos isso realmente fosse a vontade de Cénzi – disse Orlandi. O lamento do coral abafava as vozes dos dois. Ele deu tapinhas na mão da filha. – O fato de Cénzi ter chamado Estraven para o Seu lado vai ter que ser suficiente. Isso basta.

– Ele foi chamado, vatarh, ou foi enviado?

Orlandi olhou para Francesca diante do som estranho de sua voz, mas o véu funerário escondia as feições. Por um momento, ele ficou na dúvida, então os dedos da filha apertaram os seus. Orlandi recostou-se, fechou os olhos e acompanhou o coral.

Depois da missa, enquanto o corpo de Estraven era colocado em uma carruagem coberta de branco a fim de ser levado ao crematório para a dissolução final, o archigos aproximou-se dos dois após evitar uma longa fila de ca' e co' preparados para dar os pêsames à nova viúva. Uma chuva caía de nuvens baixas e passageiras no momento em que eles saíram do Velho Tempo. Capuzes e echarpes foram colocados, mas a cabeça do archigos estava nua, o cocuruto careca reluzia com a umidade. O tempo também ficou mais frio, como se a primavera tivesse decidido recuar para o inverno, e a respiração do archigos formou uma nuvem ao redor dele. Sua equipe ficara para trás no abrigo da alcova do templo, e a vadia não estava entre eles. Isso provocou uma careta de desdém em Orlandi, debaixo da cobertura azul e dourada levada por quatro de seus e'ténis – hoje era gostidi, e co'Seranta certamente estaria correndo para se encontrar com o kraljiki. Ele teria que ir ao palácio em pessoa, assim que conseguisse escapar educadamente.

– Vajica ca'Cellibrecca – disse o archigos para Francesca, que também estava protegida debaixo da cobertura de Orlandi. Ela abaixou a cabeça e fez o sinal de Cénzi, como mandava a etiqueta. – Ofereço minhas preces para você e seu marido. A o'téni co'Seranta me pediu para oferecer sua solidariedade também; infelizmente, ela teve que correr para seu almoço com o kraljiki. Nós sentiremos falta do u'téni Estraven aqui em Nessântico. – Aí o archigos inclinou a cabeça e olhou para Orlandi. – A perda dele é uma grande tragédia para a Fé. Mas não devemos permitir que isso nos leve a ações imprudentes, especialmente em tempos como esse.

– Você acha que defender nossa Fé é imprudente, archigos? – Orlandi falou alto o suficiente para cabeças se voltarem para o trio. Os e'ténis que seguravam a lona sobre eles fizeram um esforço para fingir que não estavam escutando.

O archigos sorriu tranquilamente. – De maneira alguma, Orlandi. Porém, foi uma tragédia e coincidência tão grandes que Estraven tenha sido assassinado apenas poucos dias depois da kraljica. Espero que não esteja se sentindo culpado de tê-lo despachado para Brezno. – O sorriso do anão aumentou levemente, como se tivesse achado graça na escolha de palavras. Depois o rosto voltou a ficar sério. – E uma perda horrível para você, vajica, nestes tempos turbulentos e incertos. Eu continuo com a certeza, porém, que Cénzi fará a verdade vir à tona e, como seu vatarh falou com tanta eloquência, os responsáveis serão trazidos à justiça.

Dito isso, o anão deu o sinal de Cénzi para os dois e foi embora como uma pata-choca, de volta para sua equipe, aparentemente sem se importar em ser castigado pela chuva. Orlandi olhou feio para ele.

– Cénzi vai mandar esse homenzinho horrível para os retalhadores de almas – disse Orlandi, sem se importar que os e'ténis ouvissem. – Ele é uma vergonha para o título, e Cénzi vai chamá-lo para repreendê-lo pelo estrago que fez à Fé.

– Pode ser, mas ele não é tolo, vatarh. Não cometa o erro de subestimá-lo. – Francesca tremeu. – Está frio, vatarh, e eu realmente estou me sentindo mal.

– Desculpe, minha querida – falou Orlandi e depois gesticulou para os e'ténis na carruagem funerária de Estraven. – Minha filha foi abalada pela dor – disse para as pessoas que davam pêsames. – Se nos dão licença...

Houve murmúrios de concordância e gritos de condolências. Ninguém foi contra a redução da cerimônia, não com o tempo assim. – O senhor falou a verdade durante sua Admoestação, a'téni – disse um dos ca' ali na multidão com o punho erguido. – É hora de punirmos os numetodos pelo que fizeram. Devíamos ver seus corpos pendurados das pontes do A'Sele. – Houve gritos de aprovação e mais punhos, e ca'Cellibrecca viu que o archigos olhava para eles do meio do bolo de gente de sua equipe.

– Eles *pagarão* – respondeu Orlandi em voz alta. – Cénzi me prometeu isso, e eu não falharei com Ele.

Eles gritaram e protestaram. Na entrada do Velho Templo, o archigos fez uma cara feia e começou a ir embora rapidamente com a equipe ao redor do homenzinho, escondido.

Enquanto Orlandi fazia uma mesura e o sinal de Cénzi para a multidão, os e'ténis entoaram e as rodas da carruagem funerária começaram a girar. A congregação dispersou-se com mais gritos de apoio e solidariedade e deixou a família em sua caminhada lenta e ritual atrás do veículo.

A chuva castigava a lona acima deles. Orlandi ergueu os olhos e falou – As lágrimas dos moitidis. *Eu sei, Cénzi, rezou. Eu sei que o Senhor está furioso que nós tratamos bem aqueles que Lhe renegam e prometo que farei Sua vontade. Obrigado por me mostrar o caminho. Obrigado por permitir o sacrifício desse homem para salvar muitos. Eu não falharei com o Senhor.*

– Vatarh?

– A morte de Estraven não foi em vão. Cénzi vai garantir isso. – Orlandi pegou a mão de Francesca. – Eu tenho certeza. Eu sei.

~ Ana co'Seranta ~

A CHUVA CASTIGAVA as paredes e batia no telhado, mas dentro da sala do Grande Palácio, o rugido da grande lareira mantinha longe o frio enquanto criados trabalhavam depressa para encher a mesa com opções. – Aqui, o'téni – disse o novo kraljiki. – Isto é polpa gelada de frutas com especiarias de Graubundi; você realmente deve provar. – Ana ainda não estava acostumada à voz, era a voz de um menino em um corpo de homem. Ela sorriu para ele do outro lado da mesinha com uma fina toalha de linho, colocada próxima à lareira e dominada pela imensidão da sala. As vozes dos dois ecoavam apesar das cortinas pesadas recolhidas nas janelas altas de vitral, das cadeiras acolchoadas e dos tapetes com desenhos hipnotizantes.

Ele pareceu notar os olhares de Ana pela sala, já bem diferente do que ela se lembrava do palácio nas vezes em que visitou a kraljica. O kraljiki tomou um grande gole do vinho diante dele e gesticulou com a taça para a sala. – O gosto da matarh era muito sóbrio, antiquado e, bem, chato, tenho que admitir. Eu prefiro estímulos mais visuais. Os Domínios, afinal de contas, são compostos de várias nações e várias culturas, e nós devemos aproveitar todas, não acha?

– Eu concordo, kraljiki, que é possível encontrar muitas coisas interessantes em outros costumes se nos importarmos em olhar, até mesmo em crenças que talvez consideremos antiéticas em relação aos nossos pontos de vista.

Ele pousou a taça. – Ah, bem dito. Então talvez você até pudesse ver algo válido nas crenças, digamos, dos numetodos?

– Eu vejo. Na verdade, eu conheço.

O kraljiki olhou para o presente do archigos sobre o robe de Ana, depois voltou ao rosto dela. – Essa não é uma crença herege para uma téni? O a'téni ca'Cellibrecca, por exemplo, jamais diria tal coisa.

– O a'téni ca'Cellibrecca, como a sua matarh, é mais sóbrio, antiquado e chato do que eu, kraljiki – respondeu Ana. Ela torceu que tivesse julgado o homem corretamente. O kraljiki olhou para ela com seus olhos escuros por um momento, e Ana perguntou-se se tinha calculado mal, mas então ele jogou a cabeça para trás e soltou uma gargalhada aguda. Ela viu o criado que trazia uma terrina de ensopado erguer as sobrancelhas diante do som repentino.

– É verdade – disse o kraljiki. – E, por favor, enquanto estamos aqui sozinhos, poderíamos ser simplesmente Justi e Ana? A formalidade é tão... – ele sorriu para ela – ... sóbria.

"A matarh dele era majestosa e sempre teve noção do cargo que ocupava, e por causa disso algumas pessoas achavam Marguerite um pouco fria e distante", dissera o archigos. "Quem acreditava nisso estava errado. O kraljiki é o oposto. Ele pode ser irresistivelmente charmoso e franco, mas aqueles que acreditam que essas qualidades o definem também estão errados. Justi usa esses atributos apenas quando quer alguma coisa. É o encanto de uma cobra, e tão perigoso quanto." Ana lembrou-se do alerta. Ela devolveu o sorriso. – Se lhe agrada, então sim, Justi.

– Obrigado, Ana. Viu só, já não é melhor assim? – Ele acenou com a cabeça. À luz do candelabro no meio da mesa, seus olhos reluziram como vidro fumê. – Então... você realmente acredita que os numetodos não são as criaturas malignas que a Divolonté diz que são?

– Nem o Toustour ou a Divolonté dizem algo diretamente a respeito dos numetodos. Eles são novos demais no mundo. Portanto, qualquer interpretação do Toustour ou da Divolonté é exatamente isso: interpretação, não fato.

– Novamente, isso não é o que o a'téni ca'Cellibrecca diria. Na verdade, Ana, ele diria que eu não deveria escutar alguém que notoriamente se associa aos numetodos.

Ana sentiu o rosto ficar vermelho; ela sabia que o kraljiki saberia, mas isso não tornou a exposição do fato menos chocante. – Eu conheço o enviado ci'Vliomani pessoalmente, sim. E é porque eu o conheço de verdade que também sei que não é o responsável pela morte de sua matarh, kraljiki.

– Justi – ele corrigiu Ana. – E isso é o que você sabe ou a sua *interpretação*?

Ana obrigou-se a sorrir ao ouvir a palavra. – Apenas Cénzi sabe, mas, sim, eu confio no que digo.

– Você apostaria sua vida nisso, Ana? – Justi falou com o mesmo sorriso estranho e inclinou-se para a frente. Ana respirou lentamente.

– O kraljiki tem a minha vida em suas mãos. Eu confio em sua capacidade de julgamento para fazer o que é melhor por Nessântico e pela Concénzia, assim como confio na minha crença na inocência do enviado ci'Vliomani.

Ele riu, recostou-se levemente e tomou outro gole de vinho. – Isso também foi bem dito. Começo a desconfiar que minha matarh talvez tenha estado certa sobre você, Ana. – O kraljiki esticou o braço sobre a mesa até onde a mão de Ana estava pousada na toalha. Ela fez um esforço para não se mexer quando Justi pegou sua mão. Ele tinha uma pegada forte. – Nós podemos fazer uma bela equipe, nós dois. Não acha?

Ela forçou outro sorriso e torceu que nenhum deles parecesse falso. O estômago contraiu-se; Ana sentiu o nó de tensão bem no fundo. – Você me deixa lisonjeada, Justi.

O kraljiki apertou os dedos de Ana. – Não – falou em tom sério. – Eu não faço isso. Falsos elogios são algo que não pratico. Jamais. – Ele apertou seus dedos. – Por exemplo, não vou insultar nenhum de nós ao dizer como você é bonita. A matarh usava o casamento da forma que outro kralji usaria a Garde Civile: como uma arma. A protegida do archigos, alguém que foi muito abençoada por Cénzi, uma pessoa inteligente... isso poderia se tornar uma boa arma para mim, assim como eu poderia ser para você em troca, com gente como o a'téni ca'Cellibrecca. É isso que estou querendo dizer, Ana. Eu entendo como alguém estaria disposto a fazer o que fosse necessário para chegar a um objetivo. Eu concordo com isso.

Ana viu a porta da sala se abrir atrás do kraljiki enquanto ele falava e Renard entrou para ficar discretamente a poucos passos da mesa, bem no limite da visão periférica de Justi. O kraljiki sustentou o olhar de Ana por um momento, depois deu uma olhadela para Renard nitidamente aborrecido. – Sim? – Sua mão não largou a de Ana; Renard foi muito incisivo ao não desviar o olhar do rosto de Justi.

– Desculpe interromper, kraljiki, mas o a'téni ca'Cellibrecca está aqui... insistindo muito que precisa falar com o senhor imediatamente.

Justi estava olhando para Ana quando respondeu. Ana lembrou-se do que o archigos dissera ao ouvir a menção a ca'Cellibrecca e quis botar para fora. Justi manteve o olhar em seu rosto enquanto falou com Renard. – Não duvido que ele precise. – Ele gesticulou com a mão livre para o homem, ainda sem olhar para ele. – Diga ao a'téni que eu novamente ofereço minhas condolências pela morte do u'téni Estraven e que tenho certeza de que é a dor da perda, e não uma evidente grosseria, que o faria pensar que me esqueci do encontro marcado com ele em breve. Estarei com o a'téni ca'Cellibrecca quando terminar meu almoço. Não antes disso. Ficou claro, Renard?

– Tão cristalino quanto o Trono do Sol, meu kraljiki – respondeu Renard. Ana pensou ter visto um ligeiro sorriso no rosto do assistente. – Será um prazer levar sua mensagem ao a'téni. – Renard fez uma mesura para o kraljiki, depois fez o sinal de Cénzi para Ana. Ele saiu rapidamente e estalou os dedos para os gardai abrirem a porta ao se aproximar. Quando as portas foram fechadas com a saída de Renard, os dedos de Justi novamente apertaram a mão de Ana.

– Quando Renard mencionou ca'Cellibrecca, você quase começou a falar.

– Você é muito perceptivo, Justi. Tenho notícias para lhe dar, kraljiki. Do archigos.

Justi concordou com a cabeça. – Quando eu encontrar com ele depois de nosso almoço, o a'téni ca'Cellibrecca me aconselhará a fazer aqui em Nessântico o que ele fez em Brezno. Ca'Cellibrecca quer que os numetodos da Bastida sejam torturados até que confessem seus crimes, depois quer que sejam mutilados, executados publicamente e exibidos como um alerta. Ele insistirá muito nessa questão e dará argumentos convincentes tirados do Toustour e da Divolonté, pelos quais ele sabe que tenho o maior dos respeitos. Ele apelará à minha fé e ao meu dever como kraljiki.

Ana começou a interromper, mas Justi ergueu um dedo e ela engoliu as palavras. – Minha fé é genuína, Ana. Tenho pouca simpatia pelos numetodos. Meu senso de dever para com Nessântico também é forte; eu acredito que minha matarh fez um desserviço aos Domínios ao desprezar a Garde Civile e os chevarittai. Nós não estamos tão fortes como deveríamos estar e consequentemente demos força demais para Firenzcia. Agora... ca'Cellibrecca, como eu disse, apelará ao meu papel como Protetor dos Domínios e à minha própria segurança. O fato que a o'téni co'Seranta não acredita na culpa dos numetodos terá pouca influência sobre ele. O que você acredita não terá influência alguma se Orlandi descobrisse que você conhece o enviado ci'Vliomani ou que na verdade esteve com ele quando foi preso. Eu também sei que Orlandi me oferece outro casamento-arma que posso usar: a própria filha, a recente viúva ca'Cellibrecca. Como qualquer bom espadachim, eu prefiro treinar com a minha própria arma e conhecê-la muito bem antes de usá-la em combate.

O olhar de Justi não a soltava. Seu sorriso sumiu agora, e a mão parecia pesar tanto quanto o próprio Trono do Sol. – Eu sou uma pessoa muito mais forte e independente do que o a'téni ca'Cellibrecca acha que sou. Ele acha que ainda sou o a'kralj, preso à vontade da matarh. Ele está errado; sou mais como a própria matarh, mesmo que ela não tenha percebido. Eu não teria dificuldade alguma em dizer ao a'téni ca'Cellibrecca que soltarei todos os numetodos ou talvez escolher um deles apenas, o menos importante, para atuar como um símbolo e soltar todo o resto, inclusive o enviado ci'Vliomani. É o que você quer, não é, Ana? Não precisa responder. Vejo em seu rosto. Eu posso fazer isso, Ana. Eu *farei* isso: *se* parecer que é do meu interesse.

Justi retirou a mão de repente, e Ana sentiu o ar frio na pele. – Então, quais são as notícias do archigos?

Ela não conseguiu responder imediatamente. Respirou fundo, fingiu tomar um gole do vinho enquanto assimilou o que Justi estava dizendo. – O archigos... Ele recebeu uma carta, kraljiki, de sua prima, a hïrzgin. Ela acredita que o hïrzg Jan tem a intenção de entrar em Nessântico com o exército. Ela acredita que ele e o a'téni ca'Cellibrecca estão tramando tomar o Trono do Sol de você.

Justi arregalou os olhos ao ouvir isso. – Eu sou capaz de acreditar que o hïrzg seria tolo a esse ponto; Jan ca'Vörl é meio bárbaro e não é famoso pela sutileza de sua estratégia. Eu adoraria vê-lo apodrecer na Bastida. Mas é mais difícil pensar que ca'Cellibrecca esteja disposto a participar de uma aliança assim quando o preço do fracasso é tão grande. O archigos realmente acredita que isso seja verdade?

Ana deu de ombros. – Ele sabe que a hïrzgin acredita que seja verdade.

– Então eu terei que fazer a minha própria investigação. E depressa. A hïrzg e ca'Cellibrecca deram um passo maior do que as pernas se pensam que posso ser facilmente intimidado. – Ele fez que sim, como se para si mesmo. Não falou nada por alguns momentos com uma cara feia. Depois, abruptamente, sorriu novamente. – De qualquer forma, essa notícia significa que o a'téni ca'Cellibrecca não terá uma decisão minha na tarde de hoje. Na verdade, farei com que espere bem mais enquanto tomo providências. Sinto que o a'téni tenha decidido interromper nosso almoço, Ana. Eu compensarei se você vier à noite para uma ceia, nos meus aposentos particulares, sim? Se fizer isso, então eu farei ca'Cellibrecca esperar alguns dias pela resposta sobre os numetodos.

Ana sabia o que Justi pedia; sabia o que ele ameaçava. *"Ele vai tentar prender você, Ana", dissera o archigos. "Você tem que se lembrar de uma coisa: não há decisões sem consequências, e quanto mais crítica a decisão, piores serão as consequências. Na esfera em que o kraljiki opera, também não existem recompensas sem pagamentos. Quanto a isso, a situação é como o nosso uso do Ilmodo: os feitiços nos dão poder, mas sempre precisamos pagar por eles."* Ela sentiu as barras se fechando. Por um instante, a memória do rosto do vatarh sobre ela surgiu na mente, e Ana tremeu. A mão que o kraljiki pegou estava cerrada sobre a toalha adamascada. O cheiro da comida diante dela deixou-a enojada.

Ele esperava a resposta com uma única sobrancelha erguida e o queixo proeminente empinado.

– Eu tenho a missa com o archigos na Terceira Chamada, kraljiki...

Justi não deixou que ela terminasse. Ele pulou como um gato sobre um rato à espreita em uma parede. – Então eu lhe espero imediatamente depois da missa. – Não foi uma pergunta. – Eu mandarei uma carruagem aguardar por você no Templo do Archigos.

Ela fez que sim. O nó no estômago ficou mais apertado.

– Ótimo. – O kraljiki gesticulou para os criados encostados na parede. – Eu tenho que ir embora, Ana. O que você me contou exige minha atenção. Por favor, fique à vontade e termine seu almoço, Ana. Sem pressa e com a consciência de que o a'téni ca'Cellibrecca ficará mais furioso a cada mordida enquanto pensa em nós dois juntos. Isso vai acrescentar um tempero especial aos pratos, não acha?

~ Mahri ~

A CHUVA FEZ os residentes de Nessântico correrem de porta em porta enquanto olhavam com raiva para o céu e deixou as ruas sem tráfego, a não ser por carruagens que passavam ocasionalmente com o pobre condutor encolhido debaixo do casacão de linóleo. O tempo, no entanto, incomodava pouquíssimo Mahri. A chuva fria ensopava os farrapos escuros que enfaixavam seu corpo cheio de cicatrizes, mas a umidade aliviava a pele arruinada. Ele andou sem pressa pelas margens do rio A'Sele perto da Bastida e parou ao se aproximar da Avi a'Parete e da Pontica a'Brezi Veste. Mahri conseguiu ver a torre onde Karl ci'Vliomani estava preso surgir de uma maneira sombria sobre os muros ao redor da prisão, muros que um dia fizeram parte da antiga muralha da cidade que Nessântico abandonou há muito tempo quando cresceu. Ele escolheu esse ponto com cuidado, em que poderia ver a torre facilmente e, no entanto, onde haveria poucos transeuntes para interferir ou notá-lo; a chuva só ajudaria.

Ele desmoronou sobre a grama úmida do declive da margem do rio. Dava para sentir o cheiro da água – o fedor podre de sujeira, dejetos humanos e peixes podres. Mahri fez uma careta e tentou tirar o odor da cabeça. Ele puxou um pergaminho de linóleo do bolso do robe e colocou no colo. Olhou para a torre e começou a entoar, as mãos e os dedos dançaram uma complicada gavota diante dele.

Mahri fechou os olhos.

Ele sentiu-se sendo levado como se não estivesse mais preso ao corpo, embora fosse capaz de perceber a corda mental que o unia ao corpo. Ela ficava esticada conforme Mahri flutuava, tornava-se mais tesa e resistente com a distância. A sensação era desconcertante, e por um momento a náusea ameaçou devolvê-lo rolando ao corpo, mas ele forçou a consciência a continuar flutuando para fora. Sentiu a torre se aproximando; Mahri passou por cima da muralha em ruínas e subiu até a sacada aberta, onde tinha visto o numetodo e a escuridão do interior. A conexão com o corpo estava quase na distância extrema; ele teve que lutar mentalmente para ficar ali, para não voltar rolando para o corpo abandonado. Notou uma figura sentada à uma mesa tosca no centro da cela, com a cabeça presa por um aparato estranho, as mãos algemadas bem unidas: o enviado. Ele olhava diretamente para Mahri, com olhos arregalados como se visse um fantasma – o que, Mahri sabia, de certa forma era o caso. Mahri tinha observado outros fazerem esse feitiço antes; tinha visto a silhueta translúcida que resultava da pessoa: incorpórea, intocável, espectral. E frágil. Ele sabia que tinha pouco tempo.

Ci'Vliomani resmungou alguma coisa que o objeto enfiado à força entre os lábios tornou ininteligível; Mahri levou um dedo à boca como alerta. Ele fez um esforço para deslizar até a porta contra a resistência crescente do corpo, sentiu o frio do metal ao passar completamente por ela. Ao fundo, um garda roncava encostado na parede com os olhos fechados. Mahri falou uma palavra e gesticulou; o homem desmoronou no chão, os roncos aumentaram. Ele deixou o corpo puxá-lo de volta para a cela e parou novamente em seu interior após um esforço da consciência, embora sentisse uma vontade desesperada de voltar.

– Eu não tenho tempo, enviado ci'Vliomani – disse Mahri, que ouviu a própria voz sussurrante e vazia como se falasse através de um longo tubo. – Eles têm a intenção de matar você como um exemplo para todos os numetodos. Eu lhe ofereço uma fuga, mas você tem que confiar em mim, e temos que agir agora. Está disposto?

Por um momento, ci'Vliomani não fez nada, e Mahri ficou preparado para se deixar voltar para o próprio corpo novamente. Então o homem deu um aceno dos mais sutis com a cabeça, e Mahri lutou para manter a consciência na cela. Ele não arriscava mais se mexer; se fizesse isso, a conexão seria quebrada e ele voltaria rolando. *Sim. Foi assim que vi na tigela premonitória...*

– Você sabe ler? – perguntou Mahri para o homem, que concordou novamente. – Ótimo. Então temos que correr. Venha aqui. Pise no espaço onde estou...

Devagar demais para o gosto de Mahri, ci'Vliomani levantou-se e arrastou os pés até ele. O enviado hesitou ao ficar na frente do mendigo, que pensou que o homem mudaria de ideia. Então ci'Vliomani deu um último passo, e a consciência de Mahri foi dobrada.

... O que é isso? O que você está fazendo comigo?

... Confie em mim...

Mahri falou a última palavra do feitiço, e o mundo mudou. Seu ponto de vista foi trocado; ele não olhava mais pelos próprios olhos, mas sim através dos olhos de ci'Vliomani. Ouviu um lamento e um grito, e o fantasma cintilante fugiu da cela como se fosse um fiapo de névoa soprado pelos ventos de um tornado invisível.

O grito do espectro sumiu na noite...

~ Karl ci'Vliomani ~

ELE ESTAVA SENTADO na grama da margem do A'Sele sendo castigado pela chuva. Por um momento, isso foi o suficiente porque não havia força em seu corpo. Estava completamente exausto, esgotado como se tivesse usado muito o Scáth Cumhacht e precisasse pagar o preço caro. Devagar, como se acordasse de um sonho profundo, ele permitiu-se voltar à vida.

Tudo estava errado. Tudo.

Ele não conseguia ver direito. A visão estava estranhamente unidimensional; apenas o olho direito parecia estar funcionando. Havia um odor estranho nele, de ervas e fragrâncias que não conseguia identificar. Ele ergueu as mãos, e as mãos que surgiram das mangas pretas e puídas não eram de maneira alguma as suas. A respiração era difícil e, quando virou a cabeça, a pele foi repuxada com força no lado esquerdo do rosto e resistiu ao movimento. A língua encontrou gengivas vazias e apenas alguns dentes, e o gosto na boca era ruim e desagradável. Ao olhar para baixo, viu um corpo envolto em trapos e farrapos escuros.

Era o corpo de Mahri, ele de repente se deu conta. Karl perdeu o fôlego e virou a cabeça a fim de olhar para a torre da Bastida, a cem ou mais passos de distância. Viu uma figura minúscula lá, parada na sacada alta de sua cela: ele próprio, com as mãos presas e algemadas, a cabeça enclausurada na máscara silenciadora. A figura olhou para ele através da chuva e, enquanto Karl assistia, as mãos presas ergueram-se como se fosse uma saudação e o prisioneiro virou-se para voltar à cela.

Karl tentou ficar de pé. Não conseguiu; o corpo não obedecia. Músculos gritaram e sentiram cãibras; parecia que ele tentava levantar o peso da própria Nessântico. – O que você fez comigo? – gritou Karl. A voz não era a dele: era tomada por catarro e mais grave que a sua própria, as palavras saíram indistintas pela boca desdentada. O eco dos prédios mais próximos fez com que ele fechasse a boca. Com o movimento, um rolo de pergaminho de linóleo caiu da roupa para a grama. Ele esticou a mão para pegar. "Você sabe ler?", perguntou Mahri. Karl desenrolou o pergaminho com dedos desajeitados que eram curtos e duros demais e sentiu uma onda gelada de pânico. As palavras fizeram o sangue latejar na cabeça.

> Enviado ci'Vliomani, você sem dúvida está confuso e com medo, e isso é de se esperar. Eu pedi que confiasse em mim e peço que continue a agir assim. Confie em mim. Se tudo der certo, você não permanecerá neste corpo por muito tempo. Se o plano falhar, então o seu próprio corpo será destruído e eu com ele, mas pelo menos você sobreviverá. Todos nós somos mais do que os corpos que habitamos – lembre-se disso se o pior acontecer. Vá para meus aposentos na rua a'Jeunesse, 12; eu me encontro lá com você no devido tempo, espero, e podemos voltar aos corpos que conhecemos bem. Cuide da minha pobre jaula mortal da melhor maneira possível; eu tentarei fazer o mesmo com a sua.

Karl leu o bilhete duas vezes. A chuva caiu sobre o pergaminho e borrou a tinta, apesar do óleo. Ele ergueu a cabeça para as nuvens; a sensação da chuva no rosto era boa, como se esfriasse um calor ali presente. Olhou novamente para a Bastida; viu apenas as pedras e o buraco negro da abertura de sua cela. Ele perguntou-se se Mahri estava lá, observando.

Ele perguntou-se se de alguma forma estava sonhando com tudo isso.

Karl tentou levantar o (seu) corpo de Mahri. Desta vez ele conseguiu, mas cambaleou e quase caiu. Ele tinha altura errada e tudo parecia errado. Karl deu um passo vacilante, arrastou o pé pela grama úmida e escorregadia, e apoiou-se no declive que levava à correnteza marrom do A'Sele. Ele quase caiu de novo, mas se forçou a dar novo passo, depois outro, e voltou para as ruas de Nessântico. Qualquer um que o visse imaginaria que estava bêbado. Karl olhou de novo para a Bastida e balançou uma cabeça que parecia pesada demais.

Enquanto andava, Karl viu as pessoas olharem para ele com nojo antes de virarem o rosto. Ele prosseguiu e permaneceu nas sombras como Mahri fazia antes, voltou ao Velho Distrito e ao endereço escrito no pergaminho.

~ Ana co'Seranta ~

A CARRUAGEM estava lá à espera assim que ela saiu do Templo do Archigos, como o kraljiki prometera. Uma nova insígnia fora colocada na lateral do veículo, não era mais a trombeta da kraljica, mas sim um punho em uma manopla. A carruagem era puxada por um par de garanhões brancos. Os reflexos dos animais cintilavam nas poças deixadas pela chuva vespertina.

O archigos surgiu ao lado de Ana enquanto ela contemplava a carruagem, assim que o condutor pulou do assento para abrir a porta. Sensatos, Kenne e o resto da equipe mantinham a congregação que saía da igreja longe dos dois. – Espero que saiba o que está fazendo, Ana – falou o archigos baixinho. – Justi não é alguém com quem se possa brincar.

– Eu sei disso. Foi o senhor que me colocou nesse caminho, lembra? Eu prometi ao kraljiki que o encontraria para jantar.

O olhar do archigos procurou o de Ana. – Não deve haver mentiras entre nós.

Ela fez uma cara feia e franziu os lábios. *Não, o senhor não vai abusar de mim como meu vatarh; apenas vai me vender para outro.* – Não, não deve. É por isso que não vou falar mais nada.

Ana pensou que ele fosse reclamar, mas o anão suspirou e tocou em sua mão. – Então tenha cuidado, Ana. E não corra riscos. – O archigos fez o sinal de Cénzi para ela, reuniu a equipe ao seu redor e entrou na multidão, já se dirigindo aos ca' e co' que esperavam. Ana foi até a carruagem e acenou com a cabeça para o condutor, que a ajudou a entrar e fechou a porta. Ela sentou-se nas almofadas de couro enquanto o condutor gritava para os cavalos, e eles foram embora.

Eles não foram para a entrada principal do Grande Palácio na Avi a'Parete, mas sim para uma das entradas laterais voltadas para os jardins delimitados pelas alas do palácio. Renard esperava por ela na porta enquanto o condutor ajudava Ana a descer. – O kraljiki está nos aposentos externos, o'téni co'Seranta – disse ele. O que quer que o homem pudesse estar pensando estava cuidadosamente escondido. Ele deu um sorriso neutro; o olhar jamais se demorava sobre ela. Renard conduziu Ana por um dos corredores acarpetados e sem criados dos fundos até uma porta indistinta. Renard bateu, girou a maçaneta e abriu a porta, depois fez um gesto para ela. – Por favor, o'téni – falou ele. Ana aproximou-se e deu uma olhadela para o interior. – Basta bater nessa porta – disse Renard enquanto ela olhava para o aposento depois da passagem. As palavras eram um sussurro discreto. – A qualquer momento. Estarei aqui para lhe acompanhar com segurança até a saída, sem perguntas.

Ana olhou para ele. Renard empinou levemente o queixo, e havia uma preocupação sincera nos velhos olhos. – Obrigada, Renard.

O assistente respondeu com um aceno de cabeça. – Ele espera pela senhorita.

Ela entrou; Renard fechou a porta.

A sala onde Ana se encontrava era ricamente decorada. Cortinas pesadas encobriam as janelas e traziam a noite mais cedo para o aposento, que era iluminado por várias dezenas de candelabros dispostos em mesas e sobre o consolo da lareira e por um fogo que tremeluzia convidativo na própria lareira. Uma mesa fora posta para dois no centro da sala, com vários pratos cobertos e vinho já nas taças. Ela não viu ninguém ali, embora uma porta aberta levasse para outros aposentos. Uma tora de lenha caiu na lareira e levantou um chafariz de fagulhas, o que atraiu o olhar de Ana. Ela respirou fundo. Sobre o consolo, banhado pela luz de velas, estava o quadro que ci'Recroix pintou da kraljica Marguerite, realista de uma maneira assustadora. A kraljica parecia devolver o olhar de Ana quase com tristeza, com a boca aberta como se estivesse prestes a falar.

– Espantoso, não é? Acho que são os olhos que mais me fascinam; a pessoa quase consegue ver a luz da lareira brilhando neles.

Com o som da voz aguda, Ana deu meia-volta e viu o kraljiki parado ao lado da mesa. Ele estava vestido de forma casual, com uma bashta de seda amarela. Ana tentou sorrir, mas não conseguiu. – Este quadro... kraljiki, ele foi enfeitiçado, foi o responsável pela morte de sua matarh. Tenho certeza disso. Você pode perguntar ao archigos se não acredita em mim. Esse... esse foi o instrumento da morte de sua matarh.

O gesto de desdém com os ombros do kraljiki calou a boca de Ana. – Talvez – respondeu ele com a voz aguda. – Ou talvez não. Não muda nada, porém. O quadro é lindo, independente disso. Ci'Recroix era um verdadeiro gênio, embora também fosse um assassino.

– Você ficaria com o quadro sabendo o que eu acabei de contar?

– Eu jogaria fora a espada cerimonial do kralji porque ela matou antes? Não é a espada que mata, mas a pessoa, Ana. – Ela tremeu com o uso de seu nome por ele. – Eu tomei a liberdade de já mandar servir a comida. Sente-se. O chefe garantiu que o carneiro assado está delicioso e tão macio que vai se desmanchar em sua boca. E, se o quadro lhe incomoda, então se sente aqui, onde o fogo vai aquecer suas costas... – Ela ouviu uma cadeira ser arrastada pelo chão e deu as costas para o quadro com uma última olhadela demorada. Ana deixou que o kraljiki puxasse a cadeira para ela. A mão dele demorou-se sobre o ombro de Ana por um instante antes que o kraljiki fosse se sentar na cadeira do outro lado da mesa.

Ela então pensou, durante certo tempo, que talvez o kraljiki a *tivesse* convidado simplesmente para comer com ele. Enquanto comiam, o kraljiki falou sobre Nessântico, sobre como esperava dar continuidade ao crescimento dos Domínios, como pretendia visitar cada uma das nações dos Domínios como parte de uma Grande Turnê para celebrar sua coroação, viajar até mesmo para os Hellins do outro lado do Strettosei. Falou de sua devoção a Cénzi, como acreditava que a fé concénziana era a pedra fundamental dos Domínios, mas como eles deveriam estar preparados para receber em suas fronteiras aqueles que ainda não descobriram a verdade da Fé.

– O archigos sabe disso, é claro – disse Justi ao arrancar um pedaço de pão, mergulhá-lo no molho em seu prato e enfiá-lo na boca. – Ele serviu bem à matarh, e espero que faça o mesmo por mim até a hora em que Cénzi chamá-lo. E depois disso... bem, ele certamente fala muito bem de você e de suas habilidades. Apenas seis mulheres foram archigos em todos os tempos. Talvez seja a hora de uma sétima?

Ana pensou na fé abalada, no dom perdido, na incerteza, e balançou a cabeça ao beber o vinho. – Você me deixa lisonjeada, kraljiki, mas não estou pronta para esse fardo. Não sei se um dia estarei.

– Você preferia que o a'téni ca'Cellibrecca fosse elevado ao título?

– Não – disse Ana rapidamente. Depois se deu conta de como a resposta pareceu direta enquanto Justi ria.

– Sua franqueza é um charme – falou o kraljiki. – A maioria das pessoas tem medo de falar o que pensa na minha frente. Mas não você... – Ele pousou a taça. – Então me diga, Ana: este numetodo, Karl ci'Vliomani, lhe satisfaz como amante?

O choque da pergunta tão franca e direta assustou Ana. A taça bateu na porcelana e prataria quando ela pousou rápido. – O enviado e eu não somos amantes, kraljiki. – Ela engoliu em seco e fez um esforço para devolver o olhar desafiador e cheio de graça de Justi. – Se esse é o tipo de informação que o comandante ca'Rudka lhe fornece, então eu entendo por que os numetodos foram injustamente presos.

– Ah, o comandante é muito cauteloso e só me informa fatos verificáveis. – O dedo de Justi passou pela borda dourada da taça e o aro de metal tilintou. – Eu sei que você esteve com o enviado quando ele foi preso; sei que o visitou na Bastida. Eu fiz uma suposição natural.

– Seria melhor para os Domínios se o kraljiki tomasse suas decisões não a partir de suposições, mas de conhecimento concreto.

Ana pensou por um momento que tinha ido longe demais. O rosto de Justi ficou sério e a testa alta enrugou-se debaixo do cabelo ralo. Então ele sorriu novamente. – Você está coberta de razão, Ana. Então me passe esse conhecimento. Você foi visitar ci'Vliomani sozinha, mais de uma vez. Se não são amantes de fato, então qual é o seu interesse no enviado, um interesse tão forte que fez com que viesse a mim para interceder por ele? – O kraljiki fez uma pausa, mas antes que Ana pudesse responder, ele ergueu uma mão. – Não importa, eu vejo em seu rosto. Existe "conhecimento concreto" nos rostos, se a pessoa souber onde olhar, Ana, e eu tive muita prática com isso ao longo dos anos e uma professora rigorosa na figura da matarh para me ensinar. Vocês podem não ser amantes, mas existe uma atração aí.

As palavras foram mais difíceis de dizer do que ela pensou que seriam. – Existe – admitiu Ana. – Mas atração não quer dizer que haverá algo mais.

– "O amor raramente respeita a ordem da vida, mas o amor não é um pré-requisito para o casamento." Esse é um ditado da matarh. Ela tirava isso da manga sempre que mandava um dos sobrinhos ou sobrinhas se casar pelo bem de Nessântico. Usou comigo quando arranjou meu primeiro casamento. – Justi levantou-se da cadeira, que se arrastou pelo parquete. Ana observou o kraljiki dar a volta na mesa e parar atrás de sua cadeira. As mãos de Justi pegaram em seu pescoço, levantaram o cabelo e ele abaixou-se para sussurrar no ouvido. – A pessoa com quem eu casar tem que entender que não serei um marido fiel. Meu apetite é... grande, e apesar de eu certamente continuar a cumprir meu dever com minha esposa, também sei que ela não seria suficiente para mim. Mas não sou um homem injusto. Eu também não esperaria fidelidade da parte dela, caso encontrasse alento nos braços de outro. Desde que houvesse discrição suficiente para eu não passar vergonha. – Os dedos de Justi desceram pela gola frouxa do robe de téni para a nuca e depois para o declive dos seios. Ela prendeu a respiração com o toque. – Você me entende, Ana?

Ana encarou o assento vazio do kraljiki do outro lado da mesa sem prestar atenção. Ela notou que as mãos estavam crispadas, que prendeu a respiração, que queria fugir. *Ele não é o seu vatarh. Você não tem que fazer isto. A escolha é sua desta vez, não dele.*

Ela fez que sim em silêncio.

– Ótimo – disse Justi. As mãos subiram e pegaram o rosto de Ana. Ela ficou surpresa com a maciez das mãos do kraljiki, que tinham cheiro de óleo de lavanda. *Eu costumava adorar essa fragrância...*

As mãos soltaram Ana e viraram a cadeira abruptamente. Justi levantou--a neste momento, com os olhos nos dela. Havia fogo no olhar, mas nenhum afeto. O beijo foi bruto e rápido, mas ela abriu a boca para a língua do kraljiki entrar enquanto ele dava um abraço em Ana para puxá-la. Ela sentiu o pelo da barba e do bigode espetar a pele. Ana afastou o rosto arfando, passou os próprios braços por ele e encostou a cabeça em seu ombro. Viu o quadro da kraljica Marguerite sobre a lareira; ela quase parecia olhar com aprovação para Ana. As mãos do kraljiki desceram pelas costas até as nádegas e apertaram Ana contra ele para que ela sentisse sua excitação.

É isto que você quer? Não houve resposta dentro dela.

– Espero que eu não seja apenas um dever para você, Ana – falou Justi em seu ouvido. Ele soltou Ana e pegou sua mão. Ela seguiu o kraljiki e manteve os olhos no quadro em vez dele. O olhar da kraljica parecia acompanhá-la ao sair da sala para o quarto de dormir do outro lado.

Ana perguntou-se o que Renard estava pensando quando a acompanhou ao sair dos aposentos do kraljiki na manhã seguinte, bem depois da Primeira Chamada. Ele não disse nada ao andar alguns passos na frente dela, sem jamais olhar para trás. Renard guiou Ana pelos corredores dos fundos e por uma porta até os corredores mais públicos do palácio.

Justi saiu da cama bem mais cedo e deu um beijo por obrigação na testa de Ana. – O dever dos Domínios chama – disse ele. – Renard estará aqui para você em uma virada da ampulheta. Se quiser tomar o café da manhã aqui, diga para ele e Renard irá providenciar. Talvez eu mande buscar você mais tarde. – Ele parecia distraído, frio e distante.

Ana cobriu-se e observou o kraljiki sair e fechar a porta. Através dos painéis de madeira entalhada, ela ouviu criados entrarem no quarto de vestir para ajudá-lo.

A agitação normal do dia já começara, com os cortesãos reunidos perto da porta do salão de recepção e os ca' e co' que tinham compromissos no palácio chegavam à entrada principal em suas carruagens. – Eu tomei a liberdade de mandar que suas criadas enviassem uma carruagem para a senhorita – disse Renard ao parar perto das portas do salão. – Ela está lhe esperando agora.

– Obrigada, Renard. Eu sei achar a saída sozinha.

Ele fez uma mesura com as mãos entrelaçadas na testa e foi embora. Ana respirou fundo, puxou o capuz do manto sobre a cabeça e começou a ir em direção à entrada principal e à multidão presente lá.

– O'téni co'Seranta! – Ela ouviu seu nome ser chamado por uma voz feminina e viu Francesca ca'Cellibrecca acabando de sair do salão. Ela deixou uma aglomeração de cortesãos após se despedir e veio na direção de Ana. A mulher parecia avaliar Ana com o rosto ligeiramente inclinado.

– Vajica ca'Cellibrecca – falou Ana ao levar as mãos entrelaçadas à testa. – Quero lhe dizer que sinto muito pela perda de seu marido.

Francesca dispensou o comentário com um gesto. Ela franziu os lábios antes de falar, como se estivesse reprimindo um pensamento. – É uma surpresa ver você aqui no palácio tão cedo. Não estava com o archigos no templo para a Primeira Chamada?

– Normalmente eu estaria, vajica, mas o archigos me mandou aqui para entregar uma mensagem.

– Ah... – Francesca sorriu. – A mensagem deve ter sido importante para ele ter a necessidade de fazer sua o'téni favorita de mensageira. – Ela parou. Cheirou o ar. – Lavanda. É uma fragrância requintada, não acha? – As sobrancelhas ficaram arqueadas ao perguntar.

Ana notou que ficou ruborizada e torceu que o capuz escondesse o rosto de maneira suficiente. – Realmente. Sinto muito, vajica, eu realmente preciso voltar. Tenho um condutor me esperando.

Ela começou a passar correndo pela mulher, mas ca'Cellibrecca esticou o mão e pegou o braço de Ana. Francesca enfiou os dedos em seu bíceps ao puxá-la para perto. – Você fodeu com ele, não foi, o'téni? – sussurrou ela, e a obscenidade crua fez com que Ana virasse o rosto de supetão para olhar feio para a mulher. – Sim, fodeu sim – ronronou Francesca com uma voz que soava estranhamente satisfeita. – Bem, eu também. Interessante. Bem, eu sabia que não seria a única a dividir a cama com ele. Eu imagino qual de nós ele prefere, o'téni?

Ana puxou o braço. Cortesãos, chevarittai e suplicantes olhavam fixamente para elas do fundo do saguão, os ca' e co' sussurravam e apontavam. – Eu não tenho nada para lhe dizer, vajica – falou Ana. – Você não sabe o que está dizendo.

Francesca riu, como se elas estivessem contando uma piada. – Ah, nós duas sabemos que sim, embora eu tenha que admitir que estou um pouco surpresa. Certamente não pode ser beleza o que ele vê em você, apenas a possibilidade de ganhar poder. É só isso que ele quer de nós, afinal de contas; a vantagem que podemos dar para ele. O fato de que abrimos as pernas para ele como se fôssemos *grandes horizontales* é apenas uma vantagem extra.

Ana conteve um gritinho como se a mulher tivesse dado um tapa em sua cara. – Vajica, eu não vou ouvir essa grosseria. – Ela começou a ir embora, mas foi detida pela voz de Francesca, quase alta o suficiente para ser ouvida pelos demais que observavam as duas.

– Você fede a ele, o'téni. Eu sugeriria um banho demorado e um perfume forte. É o que eu faço depois. E se já não tomou precauções, eu recomendaria uma boa parteira com poções para que possa tomar e evitar... consequências.

Ana ficou meio de lado para ela. – Não temos mais nada a dizer uma para a outra, vajica. Cansei dessa conversa.

– Então ouça isso como uma despedida: eu não serei substituída por você, o'téni. Não serei.

– Ninguém quer substituir uma pilha de estrume, vajica. A pessoa só quer se livrar dela o mais rápido possível. – Francesca arregalou os olhos enquanto Ana fez o sinal de Cénzi mais uma vez e foi embora.

– Eu vou encontrar o kraljiki e meu vatarh depois do almoço, o'téni co'Seranta – falou Francesca quando Ana deu as costas, alto agora, para que fosse ouvida claramente por todos no salão. – Farei questão de mencionar para ele que você e eu tivemos uma conversa absolutamente agradável.

Ana ignorou Francesca e continuou a andar em direção às portas abertas do palácio. Sentiu os olhares dos cortesãos e as especulações sussurradas às costas enquanto se encaminhava para a carruagem.

◊◊◊ TRAPAÇAS ◊◊◊

Jan ca'Vörl

Ana co'Seranta

Justi ca'Mazzak

Sergei ca'Rudka

Dhosti ca'Millac

Ana co'Seranta

Mahri

~ Jan ca'Vörl ~

O MENSAGEIRO – um batedor, um e'offizier chamado ci'Baden – estava sujo de lama e exausto. Ele ficou grato por beber do garrafão de água que recebeu de Jan, mas se recusou a se sentar no banco que foi oferecido. – Meu hïrzg, eu vim o mais rápido que pude. Avistei um pelotão da Garde Civile. Eles estão dentro de nossas fronteiras e vindo em nossa direção. São trinta homens; também tem um único téni-guerreiro com eles e vários pombos-correios em jaulas.

Eles estavam do lado de fora da tenda de Jan, sob o sol do início da manhã. Jan olhou para Markell e o starkkapitän ca'Staunton; Allesandra estava sentada no banco da mesa de campanha do hïrzg e prestava atenção quieta com o tutor Georgi, o o'offizier ci'Arndt, ao lado. O exército estava acampado em um vale íngreme de pastoreio. Carneiros e cabras perambulavam pelas encostas e pastavam na urze. À volta, os homens desmanchavam as tendas como preparativo para o dia de marcha. – Você sabe onde eles estão agora?

O batedor fez que sim ao beber a água. – Eu posso achá-los facilmente outra vez; o pelotão está a menos de uma manhã de cavalgada agora, seguindo a estrada Clario.

– Ótimo. Vá e coma alguma coisa. O starkkapitän lhe dará um novo cavalo e uma tropa de dez homens para partir o quanto antes. E'offizier ci'Baden, eu quero que você encontre aquele pelotão da Garde Civile. Você vai levar o estandarte da Terceira Chevarittai e usar a armadura com nossas cores proeminentes. Deixe que vejam você e o estandarte. Não faça contato com eles e não chegue perto o suficiente a ponto de ser alcançado pelos feitiços do téni-guerreiro. Assim que você souber que foi visto, volte aqui como se tivesse ficado assustado ao vê-los e estivesse voltando correndo para relatar; mas não tão rápido que eles não consigam seguir, nem tão devagar que percebam que estão sendo atraídos. Vê aquela colina lá? – Jan apontou para uma pequena elevação no vale, com um grupo de carvalhos no cume. Ci'Baden fez que sim. – Vou esperar por você ali. Consegue fazer isso?

Ci'Baden fez uma reverência para Jan, que respondeu com um aceno de cabeça por obrigação. – Traga-os por volta do anoitecer, e'offizier. – Ci'Baden fez uma reverência novamente e saiu correndo enquanto Jan voltava-se para ca'Staunton. – Starkkapitän, leve o exército por aquela garganta em marcha acelerada e espere. Deixe aqui comigo uma companhia de homens, assim como o u'téni co'Kohnle e mais dois ténis-guerreiros. Isso deve ser mais do que o suficiente.

Allesandra cutucou a manga da bashta de Jan. – Eu quero ficar com o senhor, vatarh. Quero ver.

– Não – falou Jan com firmeza. – Você irá com o starkkapitän. O o'offizier ci'Arndt irá lhe acompanhar para que continue estudando. – Ao olhar para ci'Arndt, o hïrzg viu a decepção claramente estampada no rosto do homem. – Tem algum problema, o'offizier? Pode falar abertamente.

– Meu hïrzg, eu preferia estar com o senhor, onde minha espada pode ajudar – disse ci'Arndt. Jan viu o rosto de Allesandra ficar radiante ao ouvir isso.

– E eu também, vatarh – falou ela.

A ansiedade da filha momentaneamente dissolveu a irritação de Jan; a reação fez com que se lembrasse de como reagiu quando o próprio vatarh o deixou para trás para ir à guerra. Jan não queria mais nada a não ser estar com ele... – Haverá ocasião e oportunidade para você, o'offizier – respondeu para ci'Arndt. – Prometo. Por enquanto, leve a a'hïrzg até a encosta da garganta para que ela consiga ver o vale. Fique com ela e responda às suas perguntas.

O o'offizier ci'Arndt prestou continência, Allesandra fez beicinho. O starkkapitän ca'Staunton mudou de posição, sua cota de malha fez barulho. – Meu hïrzg, eu preferia que o senhor permitisse que eu deixasse um dos meus a'offiziers no comando aqui. O senhor deve ficar com o exército, onde possa estar protegido.

O choramingo de ca'Staunton reacendeu a irritação de Jan. – Você não acha que sou competente suficiente para estar no comando, starkkapitän?

O rosto de ca'Staunton ficou pálido. – Não, meu hïrzg, é claro que não. Eu apenas...

Jan interrompeu o homem com um gesto cortante no ar fresco e disparou – Você fará o que eu ordenei, starkkapitän. Sugiro que verifique que essas ordens sejam cumpridas. Agora.

Ca'Staunton parecia que ia reclamar mais. Ele franziu os olhos e apertou os dedos no punho cravejado de joias da espada da patente. Então fez uma mesura tão curta para Jan quanto a educação permitia e foi embora. O hïrzg ouviu-o vociferar ordens enquanto andava.

– Os offiziers do starkkapitän vão ficar insatisfeitos – comentou Markell. – Ca'Staunton vai descontar a frustração neles. Parece que o kraljiki ouviu rumores de seu avanço.

– Provavelmente foi minha querida esposa que mandou o aviso para o kraljiki – respondeu Jan. – E se eu descobrir que esse foi o caso, não vou precisar de uma anulação do archigos para me livrar dela. – Markell rolou os olhos na direção de Allesandra, e Jan suspirou. – Allesandra, talvez seja melhor você ir embora...

– Eu também não gosto da matarh, vatarh. Já disse para o senhor, eu gosto mais de Mara.

Jan teria rido em outra ocasião. Em vez disso, ele fez uma cara feia e falou em tom severo com a filha – Vá. E, desta vez, sem ficar escutando. O'offizier ci'Arndt, se puder ir com ela...

Allesandra suspirou dramaticamente. Ela pulou do banco e saiu da tenda seguida por ci'Arndt. O rosto de Markell não mudou de expressão, mas pelo jeito com que seus ombros estavam recolhidos, Jan soube que o homem estava pensando, assim como ele, na arrogância insultante do kraljiki em mandar tropas além da fronteira de Firenzcia. – Eu farei minha própria investigação em relação à hïrzgin e voltarei com a informação para o senhor – disse Markell. – O téte da equipe do palácio em Brezno pode ter alguma coisa para nos contar. Mas se o kraljiki mandou a Garde Civile para verificar rumores de nosso avanço, o silêncio de um de seus offiziers não será uma confirmação? Os pombos-correios indicam que ele espera relatórios regulares.

– Na hora em que o silêncio for crucial, nós estaremos na Avi a'Firenzcia e quase sendo vistos da cidade. Ele não terá tempo para reagir. Além disso, Markell, quem disse que esse offizier não irá levar a informação ao kraljiki como tem que ser? – Jan riu e deu um tapinha nas costas do homem magro. – É um belo dia, creio eu, para a primeira batalha desta guerra...

O sol havia descido quase ao topo da cadeia de montanhas a oeste quando Jan viu os cavaleiros: primeiro os animais a galope do pequeno grupo de ci'Baden que rasgavam a terra fofa do vale enquanto o estandarte de Firenzcia tremulava nas mãos do cavaleiro da dianteira. Atrás deles, a mais ou menos um quilômetro, o pelotão da Garde Civile, com as cotas de malha cobertas pelo azul e dourado de Nessântico, cavalgava vale adentro rapidamente, porém com mais cautela. Ci'Baden fez sua tropa subir estrondosamente a pequena elevação até o topo da colina onde Jan, Markell e u'téni co'Kohnle esperavam nos próprios cavalos. Jan estava vestido em sua armadura de batalha: a couraça gravada com filigranas de prata e coberta com o branco e vermelho de Firenzcia. Ele usava uma coroa fina de ouro.

– Meu hïrzg – disse ci'Baden ofegante ao prestar continência e debruçar-se sobre a sela. – Eles estão vindo.

– Como prometido – falou Jan. – Bom trabalho, e'offizier; você será recompensado por isso, prometo. Agora, se você e seus homens ficarem ao meu lado... – Os soldados viraram os cavalos e esperaram na colina, as narinas dos animais bufaram nuvens de respiração quente enquanto observavam a aproximação dos intrusos.

Eles não estavam a mais de 400 metros agora. Jan notou que o offizier no comando estava preocupado. Ele fez um sinal para seus homens pararem e olhou para Jan na colina e para as laterais do vale em volta. Jan viu o offizier conversar rapidamente com os soldados, e dois cavalos viraram e voltaram correndo pelo caminho de onde vieram. Eles não tinham avançado mais do que 100 metros quando uma saraivada de flechas de um arvoredo próximo abateu os cavaleiros e as montarias. Do alto da colina, Jan ouviu o grito de um dos cavalos machucados até que uma segunda saraivada interrompeu o som.

Os cavaleiros também se viraram diante do grito e agora sacaram as armas, enquanto os soldados que Jan colocara em volta do vale saíram dos abrigos. Jan mandou o cavalo descer a colina trotando e foi seguido pelos demais.

O téni-guerreiro começou a entoar, mas já era tarde demais: co'Kohnle dera início ao próprio feitiço assim que Jan começara a andar e agora o lançou. O chão explodiu debaixo do téni, um chafariz de rocha e terra que jogou o homem no ar, quebrado e gritando. Ele caiu de volta com força e derrubou meia dúzia dos cavaleiros ao seu lado. Uma das jaulas dos pombos-correios quebrou-se e abriu com o impacto. Um trio de pombos brancos e castanhos sobrevoou o massacre; os arqueiros rapidamente abateram as aves. O offizier vociferou ordens, mas a voz de Jan saiu bem mais alta.

– Chega! Abaixem as armas! Rendam-se e ninguém do resto de vocês precisa morrer.

– Rendição? – perguntou o offizier com uma voz que parecia fraca comparada à de Jan. Ele sangrava por causa de uma das rochas arrancadas do chão, escorria sangue da lateral do rosto para o pescoço. – Então Firenzcia está em guerra com os Domínios?

– Eu diria que parece que Nessântico está em guerra com Firenzcia – respondeu Jan. – O kraljiki manda a Garde Civile para o meu país, contra as leis dos Domínios e de Firenzcia. Eu sou o hïrzg Jan ca'Vörl e mando aqui. Abaixem as armas. Vocês foram enviados em uma missão inútil e não têm chance aqui. Nenhuma.

Ele notou que o homem hesitava e olhava ao redor enquanto os soldados de Jan chegavam perto. Com uma cara de indignação, o offizier jogou a arma no chão. – Abaixem as armas e desmontem! – rosnou ele para os homens – Obedeçam!

O aço bateu na grama conforme os homens desciam dos cavalos. Jan ergueu a mão; co'Kohnle parou de conjurar um novo feitiço. Markell gesticulou para os homens da infantaria recolherem as armas rendidas, pegarem os pássaros enjaulados e levarem os cavalos embora. Outros soldados amarraram as mãos dos cativos. – Isso foi prudente – disse Jan. Agora ele estava próximo o suficiente para ver as faixas da patente do homem nos ombros. – Diga-me, o'offizier, quem mandou você aqui e quais eram suas ordens? O que você estava procurando?

– A ordem veio do meu a'offizier – respondeu o homem. – Quem deu a ordem para ele, eu não sei. Quanto ao que nós procurávamos... – O o'offizier limpou o sangue no rosto. – Parece que nós encontramos.

Jan torceu o nariz. – Acharam mesmo. – Ele virou-se para ci'Baden. – Deixo você no comando. Esses homens são espiões que invadiram Firenzcia contra nossas leis, as leis dos Domínios e a lei da Divolonté. Execute-os.

A cara de ci'Baden ficou pálida, mas ele prestou continência. O o'offizier de Nessântico gritou para o hïrzg, soltou-se do soldado que amarrou suas mãos e avançou contra Jan. Ci'Baden pulou da sela e empurrou o homem de volta enquanto o o'offizier disparou injúrias contra Jan. – Não! Você não pode fazer isso! É isso que vale a palavra do hïrzg? O kraljiki vai enfiar sua cabeça em uma lança na Pontica Kralji. Você é um covarde sem colhão e um mentiroso!

Ci'Baden deu um passo à frente e bateu com o punho da espada na cara do offizier. Jan ouviu dentes e ossos quebrarem enquanto o homem desmoronava.

– Execute-os – repetiu Jan para ci'Baden. – Como mandam as leis. Todos menos o o'offizier; precisaremos dele vivo por um tempo. Markell, nós nos juntaremos novamente ao starkkapitän e à a'hïrzg, e talvez mandemos um pombo para Nessântico. – Ele virou o cavalo e afastou-se ao som dos gritos e xingamentos dos cativos de Nessântico.

– ANA!

Ana virou-se, assustada com o som da voz e o uso íntimo demais de seu nome. Notou Mahri agachado na esquina do prédio. O mendigo em trapos chamava Ana. – Como você ousa se dirigir a mim de tal maneira? – disparou a o'téni para ele. – Saia daqui agora ou chamo um utilino e mando lhe prender. – Ela virou-se rapidamente para sair correndo.

– Por favor – implorou a voz rouca. O rosto caolho e arruinado olhou em volta da praça cheia, como se estivesse prestes a fugir caso fosse notado. – Tenho novidades para você. Do ci'Vliomani.

Ana hesitou. Ela estava saindo da missa da Segunda Chamada e corria para seus aposentos a fim de se trocar antes de encontrar com o kraljiki novamente. Havia muita gente na praça; se gritasse, as pessoas correriam para ela. Ana mordeu o lábio sem saber o que fazer, depois foi até ele e seguiu-o por alguns passos entre a lateral do templo e a sacristia ao lado. – Fale depressa – exigiu. – Eu não tenho muito tempo. O que tem o enviado ci'Vliomani?

Mahri respirou com dificuldade. Ele bateu com o dedo no peito. – Eu... – Parou e engoliu em seco. – Eu não sou Mahri. Sou Karl. Sou Karl, Ana.

Ana não conseguiu evitar o riso de descrença. – Eu não sei qual é o seu jogo aqui, mas não farei parte dele. Tenha um bom dia.

– Não! – disparou Mahri. – Ouça. Você me visitou na cela na Bastida. O comandante ca'Rudka trouxe você. Ele algemou nossas mãos juntas. Você me disse que perdeu a habilidade de usar o Scáth Cumhacht, o Ilmodo. Disse que perdeu a fé...

– Como você sabe disso? – A suspeita fez com que Ana franzisse os olhos. – Você tem espiões na Bastida ou sabe usar o Ilmodo...

– Ele sabe, realmente. E mais do que você pensa. Mahri mandou a presença dele até minha cela, de alguma forma, e trocou nossos lugares. É ele que está no meu corpo, Ana, sentado na cela. E eu estou preso nesse corpo.

Ana balançou a cabeça. – Ninguém pode fazer isso. Não existe feitiço que permita tal coisa. O próprio Cénzi não permitiria...

– Eu teria dito praticamente a mesma coisa há alguns dias. Mas é a verdade. Eu posso provar para você.

– Como? – A insistência dele prendeu Ana ali, enquanto o bom-senso gritava para que ela fosse embora, para se recusar a acreditar nisso, para parar de dar ouvidos ao que só podia ser tolices de um louco.

– Vá até a Bastida. Peça ao comandante para me ver... vê-lo... novamente. Olhe para a pessoa no corpo que antes foi meu e pergunte a *ele* se é verdade.

Ana já estava fazendo que não. Ela começou a se afastar do mendigo, e o pingente que o archigos deu balançou na corrente. – Eu lhe dei uma concha de pedra – disse Mahri. – Você parou de usá-la? – Ana colocou a mão no globo partido e cravejado de joias que o archigos lhe dera. Ela deu um passo para trás. – Sou eu, Ana – insistiu Mahri.

Ela recuou novamente. O mendigo começou a persegui-la, mas Ana fez uma cara feia e isso pareceu detê-lo. – O que você quer de mim? O que procura?

– Quero que venha comigo aos aposentos de Mahri no Velho Distrito.

– Isso não vai acontecer.

– Ele queria que eu lhe ensinasse a usar o Ilmodo novamente. Eu posso começar o processo. E tem coisas lá que você deveria ver. Que ambos precisamos ver.

– Você não é Karl. Eu não acredito nisso. – *Não pode ser verdade. Não quero que seja verdade.* E ela sabia que não era apenas pelo horror de pensar em Karl preso no corpo de Mahri. Era porque isso significava que o sacrifício de seu corpo para o kraljiki foi desnecessário.

– É a verdade, de qualquer maneira. Mas caso você acredite ou não, eu ainda posso ajudar. Deixe-me tentar, Ana. Por favor.

A recusa forçou mais um passo para trás. Ana estava na esquina do prédio, com uma mão na quina de mármore. Sentiu a luz do sol nas costas. Mais um passo e poderia correr. – Rua a'Jeunesse, 12 – disse Mahri. – Eu estarei lá. Hoje à noite.

– Hoje à noite, não. É impossível.

– Então amanhã à noite – insistiu ele. – Ana, é muito importante.

Ela não respondeu. Deu outro passo para trás, depois se virou e saiu correndo. Ana não olhou para trás a fim de ver se estava sendo perseguida por ele, não até estar a salvo na multidão da praça. Quando olhou, não viu sinal dele.

Em seus aposentos, Ana deixou que Watha e Sunna a ajudassem a vestir um robe de gala e penteassem e ajeitassem o cabelo. Ela tentou não pensar em Mahri ou Karl enquanto as criadas se agitavam ao arrumá-la, quando Beida entrou para anunciar que a carruagem do kraljiki tinha chegado, enquanto foi levada novamente pela Pontica a'Brezi Nippoli ao palácio na Ilha A'Kralji, conforme foi conduzida por Renard pelos corredores dos fundos até os aposentos do kraljiki.

Ana foi ao kraljiki e beijou-o, como sabia que ele esperava. Justi deixou claro que queria que suas amantes fossem prontamente afetuosas entre quatro paredes, que ele não fingia ter decência e não esperava por isso da parte delas. Havia um cheiro leve e intenso em volta dele, e a resposta do kraljiki foi um mero toque automático dos lábios. – Tem algo errado, Justi? – perguntou Ana. Francesca foi sua suspeita imediata. *Ela fez alguma coisa, disse algo...* Ana estava esperando por isso. Após o encontro com Francesca fora do salão de recepção, ela sabia que a vajica não abriria mão facilmente do relacionamento com Justi, e esse não era um assunto que poderia ser abordado com ele. Não com segurança. A presença de Francesca fez parte do pano de fundo de todas as conversas entre eles desde então, mas Justi jamais a mencionava diretamente.

Mas Justi colocou os dedos nas têmporas e fechou os olhos, e Ana percebeu que sentia o cheiro de cravo-da-índia. – Você está com dor de cabeça?

– Uma horrível dor de cabeça. Parece que um ferreiro está batendo o malho dentro do meu crânio. Não consigo me livrar dela, e as poções do curandeiro foram piores que inúteis. Sinto muito, Ana.

– Não fique assim. Aqui, sente-se e deixe-me massagear suas têmporas. Eu fazia isso com a minha matarh quando ela tinha dor de cabeça, e ela fazia o mesmo por mim.

Justi deixou que Ana o conduzisse até uma das cadeiras do aposento, e ela ficou atrás dele massageando a testa e o cocoruto. Ana esperava que o kraljiki estivesse tenso, mas ele parecia relaxado e à vontade.

– Você não está entoando – disse Justi após alguns momentos.

Ela parou. – Kraljiki?

– Ana, você e o archigos visitaram minha matarh todas as noites após o Gschnas. Você a manteve viva quando ela deveria ter morrido imediatamente após ci'Recroix ter cometido aquele ato desprezível. Você, não o archigos. A matarh falou um dia que você tinha o "toque da cura", e ambos sabemos o que ela realmente quis dizer com isso.

– Kraljiki, a Divolonté... – começou Ana. Suas mãos caíram ao lado do corpo, e Justi virou-se na cadeira para encará-la.

– Eu sei o que a Divolonté diz. Também sei que o archigos às vezes faz vista grossa quando um téni usa este poder. Não tem ninguém aqui além de nós dois, Ana. Quem ficaria sabendo?

Ela tremeu. Olhou para o chão ao invés de encará-lo. O estômago ardia. As paredes do aposento pareciam próximas demais e fechavam-se em uma armadilha. – Eu não posso...

O kraljiki ergueu as sobrancelhas, o queixo que já era proeminente foi ainda mais para a frente. – Você recusaria isso para mim?

Você não pode recusar. Tem que tentar... – Não, Justi... Mas... estou tão cansada, e não sei...

– Tente – falou ele, uma única palavra que ardeu nos ouvidos de Ana. O kraljiki virou-se novamente e recostou-se na cadeira, obviamente esperava que ela obedecesse.

Ana respirou fundo. Fechou os olhos. *Cénzi, eu rezo para que o Senhor me ajude agora. Por favor. Não posso fazer isso sem o Senhor. Eu sei...* Ela falou a prece calmante e preparatória que o u'téni co'Dosteau ensinou há tanto tempo, deixou que as frases abrissem a mente para o Ilmodo. Ana sentiu a energia pulsar em volta depois que terminou a prece, mas o Ilmodo pareceu estar exatamente fora do alcance do toque da mente, quase ria de Ana com sua proximidade. Ela ignorou a sensação crescente de fracasso, a impressão de que foi abandonada por Cénzi por causa do interesse nos numetodos. Ana permitiu-se encontrar as palavras de cura, as sílabas em palavras que ela não conhecia, e as mãos moveram-se enquanto entoava, seguiram o caminho exigido pelas palavras que lançavam o feitiço. O Ilmodo contorceu-se e agitou-se em volta de Ana, porém continuava a fugir do alcance. Ela começou a entoar novamente, quase soluçou pela frustração. *Cénzi, eu Lhe imploro. Desculpe por meus fracassos. Sou fraca e peço ao Senhor que perdoe minha fraqueza e torne-me Seu instrumento novamente...*

O Ilmodo deu outra volta por ela, e desta vez Ana sentiu o frio choque do contato. Ela gemeu de alívio e pegou o Ilmodo com a mente antes que ele pudesse ir embora dançando novamente. As palavras e as mãos moldaram o poder. Ana pegou o Dom e moveu sua consciência para o homem diante de si, colocou as mãos na cabeça dele novamente e deixou-se cair dentro de Justi, procurou pela dor nele, ficou a postos para soltar o Ilmodo e apagá-la...

Obrigada, Cénzi.

... e não sentiu nada. Não havia dor na cabeça de Justi. Nenhuma agonia latejando nas têmporas ou no pescoço. Ana andou pelo corpo dele, à procura... Havia uma rigidez incômoda nos joelhos e na região lombar pelos anos de uso intenso na sela e na arena de esgrima e uma aglomeração de tecido de cicatrização na lateral do corpo, por conta dos ferimentos que recebeu em uma das campanhas da Garde Civile. Mais nada. O Ilmodo ardia dentro dela, Ana não conseguia mais contê-lo, então soltou a energia: nos joelhos, na espinha, nas cicatrizes. Conforme o Ilmodo fluía de Ana, ela ofegou e desmoronou no chão, exausta.

Ele não tem dor de cabeça... Cénzi, o que foi que eu fiz?

Ana mais sentiu do que viu as mãos de Justi em volta dela, estava fraca demais para resistir quando foi levantada por ele, levada ao quarto e deitada ali. – Obrigado, Ana. Estou me sentindo *muito* melhor agora...

~ Justi ca'Mazzak ~

– BEM, EU ESTAVA CERTA, Justi? – perguntou Francesca. – A putinha do archigos agiu como eu disse?

Justi considerou mentir para ela, apenas para ver como responderia, mas pegou um dos seios na mão e beijou a pele macia dali. – Foi como você disse – respondeu Justi. – Ela usou o Ilmodo contra as leis da Divolonté. – Ele viu Francesca tentar esconder um sorriso convencido e feliz, mas ela não conseguiu. *Francesca é implacável, porém previsível.* Essas eram, na opinião de Justi, boas qualidades para a esposa de um kraljiki.

– É como meu *vatarh* disse – Francesca corrigiu-o com delicadeza. – Aquela vadia e o archigos usam o Ilmodo contra a Divolonté. Ambos merecem ser expulsos da fé concénziana. Ambos merecem o destino que você também deve dar aos numetodos que estão na Bastida. Sabe que é por isso que ela se entregou para você: para salvar seu amante numetodo. Ela não é nada mais do que uma rampeira.

E por que você me deu o seu corpo quando já era casada? Ele brincou com a ideia de fazer essa pergunta para Francesca, apenas pela graça de ver a reação. Em vez disso, franziu os lábios como se estivesse matutando. – Pode ser, mas confesso que após os cuidados de Ana eu me sinto melhor do que já estive nos últimos anos. Entendo por que a matarh pensou que ela seria um bom partido para mim.

Como Justi sabia que aconteceria, isso fez sumir o sorriso dos lábios pintados de Francesca. As pequenas rugas no canto dos olhos aumentaram quando Francesca apertou a vista e franziu a boca. Aí ela pareceu perceber a transparência de suas emoções e passou a mão pelo peito de Justi até abaixo da cintura. Deu uma alisada enquanto se aninhava ao lado dele na cama. – Eu sou um partido melhor para você, Justi – disse ela faceira. – Posso provar para você novamente, se quiser.

– Tenho certeza de que pode – falou Justi ao beijá-la. Ele começou a se mover para cima de Francesca, mas um sino tocou baixinho na outra sala e ambos suspiraram.

– Não vá – suspirou ela enquanto abraçava Justi com mais força.

– Renard sabe que não deve me interromper sem uma boa razão. Isto pode esperar. – Relutantemente, ele rolou da cama e colocou um roupão e chinelos. Foi para a outra sala e fechou a porta. Justi sentou-se na cadeira mais perto da lareira e serviu-se de vinho do garrafão na mesinha lateral. Tomou um longo gole. – Entre.

A porta foi aberta e Renard entrou depressa. – Minhas desculpas pela intrusão, kraljiki, mas o senhor pediu que eu viesse se houvesse notícias de Firenzcia. Um dos pombos-correios veio há meia virada da ampulheta. Isto estava preso à pata. – Renard ofereceu um rolo de papel para Justi.

A mensagem era uma das frases que Justi, Renard e Sergei combinaram. *Há um sol brilhando em Firenzcia.* – Então não há ameaça do exército do hïrzg – falou Justi. Ele achou a notícia quase decepcionante.

– Exceto que existe uma palavra adicional de verificação que o comandante ca'Rudka mandou anexar à mensagem. Essa palavra está faltando. E o comandante mandou o o'offizier ce'Kalti escrever todas as frases antes de partir para que ele pudesse compará-las com a letra de qualquer mensagem que recebesse. De acordo com o comandante, isso não foi escrito pela mão do o'offizier ce'Kalti.

– Talvez ce'Kalti tenha sofrido um acidente ou mandado o treinador dos pombos escrever a mensagem.

– Ou talvez essa não seja uma mensagem genuína ou alguma outra pessoa que não seja ce'Kalti foi responsável por ela e quer nos enganar.

– Ahh... – Justi recostou-se e olhou novamente para o pergaminho. – Interessante, não é, que o a'téni ca'Cellibrecca tenha insistido tanto que não mandássemos a Garde Civile para Firenzcia. Ele falou que estava convencido de que o hïrzg não seria tão tolo a ponto de trazer o exército a um dia de marcha da fronteira.

Justi ouviu o clique da porta do quarto e viu Francesca entrar de pés descalços na sala, vestida com outro de seus roupões.

– O vatarh conhece o hïrzg melhor do que ninguém em Nessântico – disse ela. – Brezno é responsabilidade dele, afinal de contas, e ele e o hïrzg conversam frequentemente. Eu acho que a opinião do vatarh merece muita atenção. Sempre. – Renard agiu como se a presença de Francesca fosse totalmente previsível e reagiu como se ela estivesse vestida com os trajes elegantes de uma vajica em vez de um dos robes de Justi.

– A opinião do a'téni realmente é valiosa, vajica ca'Cellibrecca – respondeu Renard, embora Justi tenha notado que o homem manteve o olhar no pergaminho em sua mão em vez de Francesca. – Mas o hïrzg é famoso por suas decisões precipitadas. Olhe o que ele fez na guerra com Tennshah. Sem a provocação do hïrzg, a guerra poderia ter acabado com as negociações da kraljica em Jablunkov.

– O hïrzg cooperou com meu vatarh no passado – insistiu Francesca. – Ele dá ouvidos ao vatarh, quase como se ele fosse o archigos. – Ela colocou-se atrás da cadeira de Justi e pousou uma mão no ombro dele, em um gesto possessivo.

– Verdade, vajica – disse Renard. Ele olhou para Francesca agora. – A kraljica conhecia bem o relacionamento entre o hïrzg e seu vatarh. E suas consequências.

Justi sentiu a mão de Francesca apertar seu ombro com raiva. Ele levantou-se da cadeira antes que ela pudesse abrir a boca. – Eu quero falar com o comandante ca'Rudka em uma virada da ampulheta, Renard. Por favor, faça com que ele esteja aqui. – Ele apontou para o pergaminho mais uma vez. – E obrigado por ter trazido isso para mim tão depressa. – Renard fez uma mesura para Justi, depois fez outra bem mais curta para Francesca. Ele foi rápido até as portas e saiu.

– A insolência daquele homem é insuportável – sibilou Francesca antes que as portas tivessem sido fechadas completamente. – Ele era o criado da kraljica, não o seu. Você deveria se livrar dele.

– Ele era indispensável para a minha matarh e, por enquanto, para mim. Então eu preferia que você evitasse fazer de Renard um inimigo, minha cara. Ele seria um inimigo muito ruim, creio eu; Renard está aqui há tempo suficiente para conhecer todos os esqueletos nos armários e saber quem os colocou lá. Seria prudente da sua parte lembrar-se disso.

Justi notou o esforço de Francesca para afastar a raiva enquanto bebia o resto do vinho. Ele pousou o pergaminho sobre a mesa. – Eu torço para que seu vatarh esteja certo quanto ao hïrzg. Se não estiver, então contarei com o apoio dele contra o hïrzg e contra seu país.

– Meu vatarh apoiaria seu genro incondicionalmente. E seu genro me daria o que eu peço. Também incondicionalmente.

– Sua falta de sutileza é extraordinária, Francesca.

– É? – perguntou ela. Francesca sorriu. Abriu o robe e deixou que caísse dos ombros para o chão. Os dedos roçaram os pelos entre as pernas. – Você realmente acha?

Ele riu. – Uma falta de sutileza muito charmosa – disse Justi, que depois foi até ela.

Sergei ca'Rudka

A DECISÃO DO KRALJIKI incomodava Sergei, mas o homem estava inflexível. *"Por falar nisso, comandante"* dissera o kraljiki no fim da reunião, *quase como se fosse algo que não havia pensado antes. "Eu acho que precisamos demonstrar para os Domínios, e para Firenzcia, como iremos encarar com seriedade as ameaças à nossa segurança. Os numetodos têm que confessar seu papel no assassinato da kraljica Marguerite. Aqueles que se encontram agora na Bastida, mesmo que não estejam diretamente envolvidos, têm que receber o castigo adequado de acordo com a Divolonté para evitar que voltem a abusar do Ilmodo algum dia. Os líderes, começando pelo enviado ci'Vliomani, serão preparados para execução pública. Amanhã."* O a'téni ca'Cellibrecca, sentado à mesa com Sergei e o kraljiki, concordou com a cabeça, e era óbvio que nenhum argumento que Sergei apressentasse iria mudar a ordem.

Sergei perguntou-se por que o a'téni ca'Cellibrecca fora convidado para a reunião, e não o archigos. Ele também tinha o bom senso de saber que não devia perguntar.

"Farei o que kraljiki ordenar" dissera Sergei ao esfregar o metal luzidio do nariz, *"mas é meu dever como comandante lembrar ao kraljiki que os numetodos não são uma ameaça a ninguém enquanto estiverem na Bastida. Parece bem mais importante que nossa atenção continue voltada para a ameaça bem real do hïrzg".*

Mas o kraljiki, com ca'Cellibrecca concordando enfaticamente atrás dele, insistiu que não havia ameaça de Firenzcia, e era óbvio que o kraljiki já tinha tomado sua decisão. As objeções de Sergei não foram a lugar algum. Ele sabia que também era dever do comandante da Garde Kralji cumprir as ordens sem hesitação ou mudanças de ideia assim que a decisão era tomada.

Ele cumpriria as ordens, mas falaria com ci'Vliomani primeiro, para que o homem soubesse o que enfrentaria e pudesse se preparar. Sergei entrou na Bastida com passos largos, saudou os gardai ali, ergueu os olhos para a sinistra cabeça de dragão, e entrou no gabinete do capitão ci'Doulor.

– Capitão, vim visitar o prisioneiro ci'Vliomani.

Sergei parou no meio da frase. O capitão ci'Doulor ficou pálido com a declaração do comandante. A mão pegou uma folha de papel sobre a mesa, amassou e virou o pote de nanquim que estava na ponta. O homem pareceu não notar a bagunça. – Comandante ca'Rudka – gaguejou o capitão. – O senhor deve saber...

– Saber *o quê*, capitão?

O homem arregalou os olhos. A boca ficou escancarada como a de uma carpa do rio. – Eu estava escrevendo uma mensagem urgente para o senhor neste momento. Há apenas uma virada da ampulheta, enquanto o senhor esteve no palácio... o prisioneiro... o numetodo...

Sergei não queria ouvir mais nada. O comandante deu meia-volta e saiu correndo do gabinete do capitão, com ci'Doulor em sua cola. Ele cruzou o pátio sob o olhar feio do dragão de pedra e entrou na torre, subiu dois degraus de cada vez da antiga escada de pedra em espiral. Havia um garda no patamar da cela de ci'Vliomani, mas a porta estava aberta. Havia manchas de sangue nos ombros do garda. Muito ofegante por causa da subida, Sergei entrou na cela e deu uma volta.

A cela estava vazia.

Ele ouviu a entrada ofegante de ci'Doulor alguns momentos depois. – Onde está ele? – disparou Sergei com raiva, e a pergunta pareceu atingir ci'Doulor como um soco. O capitão balançou a cabeça como se negasse a realidade do que Sergei via ali. O garda, com o rosto virado, encostou-se na parede do patamar.

– Não sei como explicar, comandante.

– Eu sugiro que tente, capitão. Sugiro que se esforce muito e imediatamente.

Em vez de responder, o olhar do capitão ci'Doulor foi de Sergei para o garda. Sergei acompanhou o movimento. – Você! – disparou o comandante. – Diga-me o que aconteceu aqui.

O homem prestou continência e entrou na cela. Ele ficou em posição de sentido diante de Sergei. Os olhos estavam mais focados no nariz de prata do comandante do que em seu olhar. – O prisioneiro não comeu por dois dias, comandante. Não desde a noite que encontramos o e'offizier ce'Naddia inconsciente em seu posto.

Sergei franziu a testa. – *O quê?* Não me contaram isso. O capitão ci'Doulor estava ciente do ocorrido?

O homem fez que sim. – Nós contamos para ele, senhor.

– Ce'Naddia dormiu em seu posto, comandante – disse ci'Doulor. – Apenas isso. Ele foi severamente disciplinado.

Sergei acenou com a cabeça. – Sem dúvida. Você disse que ci'Vliomani não estava comendo? – perguntou ele para o garda.

– Não, senhor, não comia desde aquela noite. O prisioneiro só ficava sentado na cama, de olhos fechados. Não respondia a nenhuma pergunta ou reagia se... bem, se a gente tentasse fazer com que reagisse. Ficou dois dias assim.

– O que aconteceu hoje à noite?

O garda olhou de relance para o capitão, como se esperasse que ele respondesse. O homem respirou fundo e continuou – Há uma virada da ampulheta, eu notei que estava frio aqui, tão frio como se fosse pleno inverno. Meus dentes batiam, senhor, e eu mal conseguia segurar a espada quando saquei. Eu vi ci'Vliomani no meio da cela, e tinha um vento girando ao redor dele e um brilho por toda parte. Eu berrei para os gardai lá embaixo chamarem o capitão, e quando ele veio...

Sergei olhou para a insígnia no uniforme do homem.

– Qual é o seu nome, e'offizier?

– Aubri ce'Ulcai, comandante.

– E'offizier ce'Ulcai, quanto tempo o capitão ci'Doulor levou para chegar? – perguntou Sergei ao garda.

Ce'Ulcai deu uma olhadela de rabo de olho para o capitão. – Tenho certeza que ele veio o mais rápido possível, comandante.

– Não foi isso que eu perguntei.

O homem franziu a boca diante do tom de Sergei. – Os gardai lá debaixo disseram que o capitão subiria assim que terminasse a ceia. Não sei quanto tempo isso levou, senhor. Não com certeza.

Sergei acenou com a cabeça. – Capitão? – disse o comandante, e os olhos de ci'Doulor retornaram para ele. – O que aconteceu quando o senhor finalmente chegou?

Ci'Doulor umedeceu os lábios. – Eu olhei a cela e vi ci'Vliomani.

– Assim como o e'offizier ce'Ulcai descreveu?

– Sim, comandante. Senti o frio e o vento e vi o brilho.

– E o senhor não mandou me chamar ou um dos ténis?

– Eu pensei... Afinal de contas, o homem ainda estava acorrentado e silenciado. Não. Não, senhor, não mandei.

Sergei voltou a olhar para ce'Ulcai. – Você abriu a porta da cela?

– Eu não queria, comandante. Falei para o capitão, mas ele mandou abrir.

Sergei concordou com a cabeça. – Você fez o que deveria, então, e'offizier. O capitão entrou? Você viu o que aconteceu a seguir?

O garda fez que sim. – O capitão entrou. Ele foi ao prisioneiro e gritou para que ele parasse. Eu vi o capitão pegar o porrete e bater no homem. Assim que fez isso, bem no momento em que o capitão tocou nele... – Ce'Ulcai tremeu. – O frio ficou pior do que qualquer coisa que eu jamais senti, e o brilho era tão intenso que não consegui enxergar nada. Eu ouvi o capitão gritar e comecei a entrar na cela, mas o vento me jogou contra a parede, bem ali onde o senhor pode ver as marcas. – Ele apontou para o patamar fora da cela, onde algumas das pedras tinham arranhões claros na superfície escura. O garda tocou a parte detrás da cabeça, e Sergei viu sangue na ponta dos dedos quando o homem recolheu a mão. – Eu bati com força na parede. Quando consegui ficar de pé novamente, o frio e a luz tinham sumido, e a única pessoa na cela era o capitão. O prisioneiro havia desaparecido. Eu fui até a sacada, pensei que ele tinha pulado, mas não havia corpo no pátio, e até mesmo os numetodos não sabem voar. Nenhum dos gardai lá embaixo diz que ouviu ou viu alguém nas escadas. – O homem abaixou a cabeça. – Sinto muito, senhor.

Sergei ignorou o pedido de desculpa. – Capitão, a história desse homem é verdadeira?

Ci'Doulor concordou com a cabeça. – Sim, comandante. Houve feitiçaria aqui. Trabalho de numetodo.

– O senhor teve um garda que caiu inconsciente há dois dias e desde então o prisioneiro ficou impassível, e o senhor não me informou. Quando soube que acontecia algo estranho aqui mais cedo, o senhor decidiu que terminar sua ceia era mais importante. Ao ver feitiçaria dentro da cela, em vez de me informar ou chamar alguém da equipe do kraljiki ou do archigos, o senhor mandou que esse e'offizier abrisse a cela. O senhor entrou. Sozinho. E agora o prisioneiro... sumiu. Algum desses fatos está essencialmente incorreto, capitão?

Arrasado, ci'Doulor fez que não. – Era simplesmente impossível que ele escapasse, comandante. Nós dois sabemos disso.

– Então ele ainda está aqui, hein? Tenho certeza de que o senhor tem razão. Então vou deixar que vasculhe a cela de cabo a rabo.

O sarcasmo acertou ci'Doulor como uma chicotada na cabeça. – Comandante, eu sinto muito. Eu deveria...

Sergei ergueu a mão e balançou a cabeça ao mesmo tempo para calar o homem. – Não, capitão. A responsabilidade é toda minha, e eu aceito a culpa. Foi minha decisão deixar o senhor no comando da Bastida quando claramente não tem competência para exercer tal função. Portanto, eu perdi o prisioneiro, não o senhor. Mas pelo menos posso retificar meu erro para que não se repita. Eu lhe retiro do comando.

Sergei gesticulou para ce'Ulcai sair primeiro, depois foi para a porta da cela. Ci'Doulor ainda estava no centro da cela com o corpo curvado e neste momento começou a segui-los. Sergei fechou a porta na cara do homem. – Comandante! O que o senhor está fazendo? – Enquanto ci'Doulor berrava assustado, o comandante virou uma chave na fechadura e fechou a portinhola no centro da porta. Saíram gritos e soluços abafados da cela e punhos bateram na porta. Sergei entregou um molho de chaves para ce'Ulcai.

– Sua patente agora é o'offizier – disse o comandante para ele. – Eu mandarei outro garda da Bastida lhe substituir em seu posto imediatamente. Mande o curandeiro da Bastida examinar a ferida em sua cabeça; amanhã de manhã, depois da Primeira Chamada, apresente-se diretamente a mim na sede da Garde Civile. Eu preciso de competência por lá.

Sergei fez o sinal de Cénzi para o homem e desceu pela longa escadaria. Imaginou como contaria o que aconteceu para o kraljiki e o a'téni ca'Cellibrecca e perguntou-se por que se sentia mais aliviado do que furioso.

~ Dhosti ca'Millac ~

– VOCÊ TEM CERTEZA DISSO? – perguntou Dhosti para Kenne. Seu secretário fez que sim.

– A mensagem veio diretamente de nossa fonte na Bastida, archigos. Acabei de recebê-la.

Então o kraljiki ordenou a execução dos numetodos, apesar da influência de Ana. E ci'Vliomani desapareceu de alguma forma. Isso só irá inflamá-los ainda mais. Imagino se Ana já sabe...? O princípio de uma dor de cabeça latejou nas têmporas, e seus ombros caíram. De repente ele sentiu-se muito cansado e muito velho.

– Eu vou ter que falar com o kraljiki – disse Dhosti. – Imediatamente. Rezo para que não seja verdade, embora eu fique contente se ci'Vliomani realmente escapou, porém duvido que o pobre homem consiga escapar do comandante ca'Rudka. Deixe-me apenas terminar esta carta e...

Ele não teve tempo para terminar. Dhosti ouviu a confusão do lado de fora do escritório: um dos integrantes de sua equipe reclamou alto que o archigos não podia ser perturbado. Então as duas portas altas foram abertas e o a'téni ca'Cellibrecca entrou a passos largos com o robe esvoaçante. Havia um quarteto de gardai da Garde Kralji com ele. O recepcionista e'téni de Dhosti veio na cola deles, ainda reclamando.

A expressão no rosto de ca'Cellibrecca disse para Dhosti tudo o que ele precisava saber.

– E'téni – falou o archigos –, o a'téni ca'Cellibrecca é sempre bem-vindo ao meu gabinete. Por favor, retorne aos seus afazeres. – Ele olhou para Kenne, que encarava ca'Cellibrecca com raiva. – Kenne, por que você não entrega o pacote que lhe dei mais cedo enquanto eu e o a'téni ca'Cellibrecca conversamos?

Kenne virou o rosto imeditamente. – Archigos? Tem certeza? Posso ficar aqui, caso precise de mim.

– Vá. Você deve entregar o pacote. Por favor. E diga ao téni no gabinete que não devemos ser interrompidos. Por qualquer motivo.

Kenne arregalou os olhos, mas deu o sinal de Cénzi para o archigos e, por obrigação, para ca'Cellibrecca, depois fechou a porta ao sair. Dhosti recolocou a pena que esteve usando no suporte e fechou o potinho de nanquim. Passou o mata-borrão no papel à sua frente, depois dobrou as mãos sobre ele. – Orlandi, esta parece ser mais do que uma visita social. Espero que não vá cometer um erro tolo.

– O erro foi seu, Dhosti, quando ignorou a Divolonté de propósito. Nem mesmo o archigos pode fazer isso. – Ca'Cellibrecca parecia incapaz de conter um meio sorriso presunçoso no rosto.

– Você tem provas disso? Eu gostaria de vê-las.

– E verá, quando for levado diante dos Guardiões da Fé e do Colégio A'téni.

– E você, como téte dos guardiões, com certeza me dará um julgamento justo.

O sorriso de Ca'Cellibrecca ficou maior. – Garanto que seguirei os preceitos da Divolonté, como jurei fazer.

– Sem dúvida. – Dhosti perguntou-se quanto tempo conseguiria ganhar aqui antes de ter que se submeter ao inevitável. *Você teve o trono do archigos por quase 18 anos, mais do que a maioria. Dezoito bons anos, e ajudou a kraljica a se tornar a Généra a'Pace, a grande criadora da paz. Você sabia que isto poderia acontecer quando a kraljica foi assassinada...* – E sem dúvida você tomará o trono como o novo archigos antes mesmo que o assento esfrie.

– Essa decisão ficará a cargo do conclave, como sempre.

– Eu sou um velho, Orlandi. Tudo que você precisava era paciência e poderia ter se tornado o archigos em alguns anos de qualquer maneira. Talvez menos. Cénzi virá me buscar em breve.

– Acha que eu podia esperar enquanto você colocava seu próprio herdeiro em posição? – Ca'Cellibrecca torceu o nariz. – Com certeza você não me considera assim tão estúpido. Cénzi irá lhe mandar para as bruxas por seus pecados contra Ele, archigos, e pela sua arrogância. Se eu fosse você, isso não seria uma coisa que eu aguardaria com prazer. Mas os guardiões deixarão com Cénzi a decisão de quando irá visitar as bruxas.

Dhosti já tinha visto os pobres coitados condenados pelos guardiões, os ténis que violaram seus votos e foram expulsos da fé concénziana, que tiveram as mãos cortadas e as línguas arrancadas para que não pudessem mais usar o Ilmodo. Os terríveis ferimentos sempre eram cauterizados para não causarem a morte dos condenados. Eles podiam vagar por anos como exemplos visíveis do que a Fé faria aos seus traidores. Dhosti imaginou-se naquele estado e sentiu um nó nas entranhas. – Quem me acusa, Orlandi? Seus comparsas dentro da Concénzia? Tem *certeza* de que possui a'ténis suficientes no seu bolso?

– É o próprio kraljiki que faz a acusação, archigos. Justi testemunhará em pessoa aos guardiões contra você e a o'téni co'Seranta. Tenho certeza de que, quando os a'ténis ouvirem o kraljiki falar, aqueles que hesitarem serão convencidos. Eu já falei com ca'Fountaine e ca'Sevini; eles concordam comigo que o Colégio deve ser convocado imediatamente.

As palavras vieram com a determinação de um golpe de espada em um pescoço exposto. *Acabou, então. Não há esperança.* – Honestamente, eu preferia que você me matasse de uma vez, Orlandi. Agora, se possível. Eu aceito o golpe. Isso seria mais caridoso do que o que os guardiões farão, e nós dois sabemos disso. Nunca fomos amigos, mas até mesmo você reconheceria que eu me importo tanto com a Fé quanto você. Tudo que fiz, fiz porque realmente acreditava que meu modo era o correto, e eu diria o mesmo de você, Orlandi, embora não concordemos. Mate-me agora, se é o que tem que ser. Não vou implorar, mas peço que tenha pena de mim.

Ca'Cellibrecca riu. – Você quer que eu desobedeça à Divolonté? Não, Dhosti, eu já chamei os guardiões para a câmara. Primeiro, você será levado à Bastida, onde o comandante ca'Rudka supervisionará a tomada da sua confissão e a entrega de quaisquer outros nomes para que possamos interrogá-los. Depois, será levado diante do Colégio A'téni e dos guardiões, e o castigo correto será aplicado. Sua desobediência às leis será tornada pública, para que todo mundo conheça a sua vergonha quando for expulso do Templo do Archigos sem a língua ou mãos.

Uma tempestade de inverno forte e gelada alojou-se no estômago de Dhosti. Seu rosto estava pálido e sério quando ele se levantou detrás da mesa. Os gardai em volta de ca'Cellibrecca ficaram rapidamente de prontidão, com as mãos nos punhos das armas. Dhosti sabia que se começasse a chamar o Ilmodo, se movesse as mãos no gestual de um feitiço, eles atacariam. Por um instante ele considerou se isso não seria melhor, mas desconfiou que apenas acabaria ferido, não morto. Essa batalha não poderia ser vencida realisticamente. Não conseguiria prevalecer aqui: não agora. Não com o kraljiki como aliado de ca'Cellibrecca.

Não, havia apenas uma tênue esperança aqui: fugir para que pudesse lutar em outra hora e lugar, quando as chances fossem melhores. O kraljiki logo perceberia que colocou uma cobra perigosa no trono do archigos.

Se Dhosti quisesse estar lá quando isso acontecesse, ele teria que se entocar agora. Teria que se esconder com aqueles que permanecessem solidários a ele. Dhosti torcia que tivesse dado tempo suficiente para Kenne.

Dhosti abriu bem as mãos ao se afastar da mesa. *Antigamente, você era capaz de fazer isto facilmente. Antigamente, você nem precisaria pensar a respeito.*

Mas aquilo tinha sido há tantos anos. Muitos anos...

As portas da sacada que iam do chão ao teto estavam abertas para deixar entrar a brisa da praça, a três andares lá embaixo. Havia outras sacadas abaixo, na parede externa do prédio, e à direita um mastro onde estava pendurado o estandarte do globo partido da fé concénziana, meio andar abaixo. Dhosti ficou na sacada ao longo dos anos e viu a possibilidade que encarava agora: *dê uma corrida e pule no parapeito para ganhar velocidade, depois um salto de cabeça no mastro. Passe por cima e pegue o mastro com as mãos trocadas, para deixar o impulso girar o corpo. Largue o mastro assim que acertar o estandarte – a queda dali seria meio às cegas por causa da bandeira, mas seria possível alcançar a sacada embaixo dessa aqui. Corra pelos aposentos dali até o corredor principal e depois desça pela escadaria nordeste. Eles vão pensar que você está indo para a praça, mas continue em direção aos túneis debaixo da praça. Você mapeou uma rota de fuga pelos túneis há meses, um caminho que você torce que os perseguidores não conheçam.*

Você podia fazer isso. Antigamente. Só tem que fazer mais uma vez. Mais uma vez: por Ana, por Kenne, pela kraljica, por aqueles que pensam como você. Mas não pode hesitar. Tem que ter fé. Fé, Dhosti.

Ele sentiu a dúvida – você está velho demais, Dhosti, e mesmo naquela época você usava o Ilmodo, apesar de não perceber. Toda a meditação que costumava fazer antes da apresentação, o gestual no meio da coreografia...

Dhosti fez um esforço para suprimir o pessimismo.

Ele tomou fôlego. Sorriu para ca'Cellibrecca.

Depois ele virou-se e correu.

Dhosti ouviu gritos pelas costas: quando pulou sem jeito, gemendo, para o parapeito de mármore da sacada, quando dobrou os joelhos e tentou não olhar para a longa queda para os ladrilhos lá embaixo, quando franziu os olhos para ver apenas o mastro abaixo e para o lado.

Ele pulou.

Dhosti tinha se esquecido da estranha sensação de liberdade ao cair, a impressão que havia se entregado às mãos de Cénzi. O vento tremulou seu robe, tentou arrancar os poucos cabelos, provocou lágrimas nos olhos. Ele parecia se mover em câmera lenta – como fazia antigamente, o corpo lembrou-se das posições necessárias. Dhosti viu o mastro e esticou os braços, os dedos pequeninos agarraram o metal frio, o choque do impacto tremeu os velhos músculos flácidos dos braços. O peso do corpo e a força do movimento arrancaram a mão direita do mastro, as perninhas balançaram para um dos lados. Dhosti agarrou o mastro desesperadamente com a mão esquerda, mas agora o ângulo torto jogou seu corpo para o lado e para fora.

Os dedos escorregaram. Ele tentou agarrar o estandarte desesperadamente e pegou o pano. Enfiou os dedos nele ao recomeçar a cair.

Dhosti ouviu o som de pano se rasgando. Ainda segurava o estandarte, mas o pedaço que pegou se rasgou. Ele viu as cores do pano na mão fechada e estava em queda livre.

Dhosti só teve tempo para rezar a Cénzi para não sentir dor por muito tempo.

~ Ana co'Seranta ~

– SAIA DA FRENTE, mulher!

Ana ouviu o berro abafado do lado de fora das portas enquanto elas tremiam nas molduras e foram escancaradas. Kenne entrou correndo com Watha atrás dele em pânico, de olhos arregalados. O rosto de Kenne estava vermelho, o cabelo fora desgrenhado pelo vento. Ele ofegou ao levar as mãos entrelaçadas à testa. – O'téni – falou o homem, depois teve que parar para tomar fôlego. – Você tem que ir embora. Agora. – O pânico na voz de Kenne era palpável.

– Ir embora? – Ana franziu a testa. – Kenne, o que aconteceu?

Ele balançou a cabeça. – Não há tempo para explicar. Ca'Cellibrecca acabou de ir ao gabinete do archigos com a Garde Kralji. O archigos falou uma... – outra pausa, outra tomada rápida de pouco fôlego – ... uma frase em código que me dera não tem muito tempo, só por precaução. Você tem que ir embora, tem que se esconder. Eu também.

Ana pestanejou diante da corrente de palavras inacreditáveis. – Eu irei ao kraljiki... – ela começou a falar, mas Kenne interrompeu o protesto.

– Ca'Cellibrecca não iria contra o archigos sem que o kraljiki soubesse. Não existe esperança lá. Ana, eles mandaram executar todos os numetodos.

A mão de Ana foi para o pescoço, mas a concha de pedra não estava lá, apenas o globo de Cénzi. – Karl... – sussurrou.

– Ci'Vliomani desapareceu – informou Kenne. – A Bastida está em alvoroço. Mas ca'Cellibrecca chegou para levar o archigos diante dos Guardiões da Fé e do conclave. Pegue o que puder e fuja, Ana. Eles virão atrás de nós a seguir. Já estão vindo. Não temos tempo algum.

– Fugir? Para onde? – Ana não conseguia sair do lugar. Ela gaguejou, pensamentos frenéticos corriam uns atrás dos outros dentro da cabeça. *Você pode ir ao kraljiki. Com certeza isso é um erro. Ele lhe prometeu. Você deu seu corpo a ele.* – Preciso falar com o archigos.

– Você não pode. – As mãos de Kenne agarraram os ombros de Ana. O rosto estava bem próximo ao dela. – Não pode, Ana – repetiu com delicadeza. – Eles levaram o archigos agora, ou talvez ele tenha conseguido fugir de alguma maneira. De qualquer forma, o archigos foi embora. Ele deu um tempinho para nós nos salvarmos, e é isso que temos que fazer.

– Para onde você vai?

– Para amigos que conheço. Fora da cidade. Não posso levar você comigo, Ana; já é perigoso demais para eles me abrigarem. Você tem que dar o próprio jeito, mas seja lá o que faça ou para onde vá, tem que ser *agora*. – Kenne soltou-a. Sobre o ombro dele, Ana viu Watha levar as mãos à boca e sair correndo da sala. – Estou indo embora, Ana. Prometi ao archigos que avisaria você, e foi o que fiz. Saia daqui. Leve apenas o que puder pegar. Eles virão atrás de você a qualquer momento.

Ana não tinha resposta. Kenne fez o sinal de Cénzi, tocou no ombro dela com delicadeza novamente e saiu. Ana ouviu seus passos acelerados. Em algum lugar nos aposentos, alguém gritou com uma voz aguda. O som tirou Ana da impassividade. Ela correu para o quarto ao mesmo tempo em que arrancava o robe verde de téni. Ana vestiu uma tashta simples às pressas e encheu uma bolsa de viagem com algumas de suas roupas velhas e uma bolsinha com um punhado de siqils de prata e algumas solas de ouro. Não conseguiu pensar em mais nada para levar; tudo nos aposentos já estava lá quando eles foram dados para Ana.

Ela saiu pela escadaria dos fundos. Não viu nenhum dos criados. O baque da porta de madeira parecia definitivo, como um martelo fechando a tampa de um caixão. Ao pé da escada, Ana abriu um pouquinho a porta para a rua e deu uma olhadela. A entrada dava para uma das pequenas ruas laterais a leste da praça do templo; apenas um gato à procura de comida na sarjeta central olhou para Ana quando ela saiu e começou a se afastar rapidamente. Ana ouviu o som de uma grande confusão na praça: gritos e berros, e no fim da rua ela viu gente correndo naquela direção. O lamento grave e retumbante das trompas nos domos do templo começou a soar simultaneamente e fez Ana tremer. Ainda faltavam umas boas duas viradas da ampulheta antes da Terceira Chamada, porém alguém mandou os ténis soarem as trompas.

O som assustou Ana, o lamento espectral passou por ela.

Ana deu meia-volta e fugiu do barulho.

Enquanto dava uma corridinha com a bolsa batendo nas pernas, Ana perguntou-se aonde estava indo. Não para a antiga casa; ela não podia envolver a matarh nesta situação.

Mahri... O nome veio à cabeça quando ela corria pelas ruas em direção à Pontica a'Brezi Nippoli, de olho na Garde e pronta para se abaixar em um vão de porta se visse robes verdes ou qualquer rosto conhecido. *Toda aquela conversa maluca de ele ser Karl, e, no entanto...*

Ela não conhecia outro lugar para ir. Iria para o Velho Distrito. Suas ruas estreitas e tortuosas seriam um lugar tão bom para se esconder quanto qualquer outro.

Rua a'Jeunesse, 12, era um prédio estreito de dois andares com um sinistro pátio de entrada. O edifício estava enfiado entre duas estruturas maiores que pareciam ser tudo que mantinha o velho prédio frágil de pé. Uma taverna ocupava o andar de baixo; uma escada bamba levava a um patamar estreito com uma porta externa no segundo andar. Ana fez uma prece de proteção ao subir os degraus, um simples feitiço de guarda, mas o toque do Ilmodo foi confortante.

Assim que o pé de Ana tocou o patamar no topo da escada, a porta foi aberta. – Rápido! – sussurrou uma voz, e na escuridão à luz de velas do interior ela vislumbrou Mahri, que mantinha a porta aberta.

– Como você sabia?

– Ele sabia. Ele sentiu você usar o Ilmodo – sussurrou Mahri em resposta. – Entre, antes que alguém que não devia veja você.

Ana imaginou quem seria o "ele" a quem Mahri se referiu, mas ela passou pelo mendigo (um cheiro de roupas velhas e suor) e entrou no aposento. Outra pessoa estava ali na salinha decrépita. Ana soltou um grito de alegria; sem pensar, deixou cair a bolsa no chão, correu até ele e o abraçou. – Karl!

O homem deu uma risada cruel e não devolveu o abraço. – Você está confundindo o papel de embrulho com o presente, O enviado ci'Vliomani está ali. – Ele apontou para Mahri. – Pelo menos por enquanto – acrescentou.

Ana deu um passo para trás. Mahri (ou era realmente Karl?) fechou a porta e apoiou-se contra ela. A luz das velas deu um tom amarelado às cicatrizes do rosto, e o único olho reluziu debaixo do capuz negro do manto. – Eu disse para você – falou o mendigo. – Mahri, dá para fazer agora? Não que eu não seja grato a você...

Karl – *Mahri?* – torceu o nariz. – Isso levará alguns minutos e você ficará desorientado. Nós dois precisaremos descansar depois. – Ele respirou fundo. – Sente-se aqui – falou ao apontar para uma cadeira perto da janela. – Fique bem parado.

Karl fechou os olhos; a figura encapuzada de Mahri foi até a cadeira. Karl mexeu as mãos e começou a entoar um cântico em uma língua que Ana não conhecia, embora a cadência e o sotaque fossem estranhamente similares à língua do Ilmodo. O corpo de Karl começou a emitir um brilho fraco em tom amarelo esverdeado, e daquela luz saíram filetes em direção a Mahri como uma gota de nanquim que se espalhava na água. Quando a luz tocou no mendigo, a boca deformada por cicatrizes abriu-se e Mahri gemeu.

Karl falou uma última palavra e abriu bem os braços. A luz emitiu um clarão. Mahri gemeu de novo e desmoronou de lado no chão; os joelhos de Karl cederam e ele começou a cair. Ana correu para pegá-lo antes que caísse completamente.

– Karl...

Seus olhos foram abertos. – Ana – falou ele. Uma mão tocou no próprio rosto. – Sou eu. Estou de volta...

~ Mahri ~

– VOCÊ NÃO GOSTOU do meu corpo? Estou desapontado.

Ana e Karl viraram os rostos na direção dele. Mahri conseguiu ficar de pé, embora o cansaço curvasse o mendigo como se tivesse uma bigorna nos ombros. Todas as velhas dores estavam presentes; depois de alguns dias no corpo mais jovem e bem mais saudável de ci'Vliomani, ele podia imaginar o alívio que o homem deveria sentir com a libertação.

Você podia ter ficado...

Ele quase sorriu com a ideia. Isso teria sido um sacrifício maior do que ci'Vliomani poderia imaginar. – Obrigado – falou o enviado agora. – Eu pensei...

– Eu sei o que você pensou – disse Mahri. – E estava errado. Não tenho uso para o seu corpo. Na verdade, prefiro esse aqui. – Mahri viu a careta de descrença no rosto de ci'Vliomani, mas tirando isso o homem não falou nada. – Afinal de contas – continuou Mahri –, eu não estou sendo caçado pela Garde Kralji por ter escapado da Bastida. Eles iam matar você. A ordem veio do kraljiki.

– Não – disse a mulher enquanto balançava a cabeça. – Ele não faria isso. Ele me prometeu... Eu... – Ela parou.

– Sim – falou Mahri. Ele sabia o que causou a queda dos ombros da mulher, as lágrimas que surgiram nos olhos. O capitão falou dos rumores. *"Sabe a téni que veio ver você, que não parava de perguntar a seu respeito? Ela é a amante do kraljiki agora, ouvi dizer. Apenas mais uma das grandes horizontales. Não posso dizer que a culpo, o futuro dela está melhor com o kraljiki do que com você, hein?"*

Mahri também desconfiava do que a mulher pensou ter trocado pelo corpo. Ele torcia que ci'Vliomani fosse capaz de reconhecer o gesto quando soubesse o que ela fez. – O kraljiki mentiu – disse Mahri para ela com delicadeza. – Eu desconfio que ele é bem talentoso nesse aspecto. Você não é a primeira que ele engana. – O mendigo parou. – Um momento...

Houve uma batida suave na porta. Ci'Vliomani olhou fixamente, co'Seranta começou a conjurar um feitiço, mas Mahri balançou a cabeça para a o'téni. Ele foi até a porta e falou com o homem ali: um dos mendigos que formava sua rede de informações. Quando fechou a porta, Mahri respirou fundo antes de se voltar para eles.

– As notícias são piores do que eu pensei – disse ele para os dois. – O archigos está morto.

Co'Seranta conteve um grito com as mãos. Ela fechou os olhos, fez o sinal de Cénzi e perguntou – Como?

– Ele caiu da sacada de sua residência. Pulou, dizem alguns. Ou foi empurrado, de acordo com outros. O a'téni ca'Cellibrecca foi visto na mesma sacada imediatamente depois, ao que parece. A notícia está correndo a cidade. O Colégio A'téni já se reuniu em uma sessão de emergência; ca'Cellibrecca foi nomeado archigos em exercício até que todos os a'ténis tenham sido informados e ocorra uma votação formal. Eles se reunirão aqui em um mês.

– E ca'Cellibrecca será o archigos de fato nessa ocasião – disse ci'Vliomani.

– Ele tem o apoio do kraljiki – respondeu Mahri calmamente.

Ci'Vliomani bufou de desdém. – E a filha dele divide a cama com o kraljiki. – Mahri viu co'Seranta ficar surpresa ao ouvir isso e se virar para encarar o numetodo.

– Você sabia disso? – perguntou co'Seranta para o enviado.

Ci'Vliomani fez que sim e apontou para Mahri. – Ele mostrou para nós. Enquanto a kraljica estava viva, nós poderíamos ter usado essa informação. Agora que ela morreu... – O enviado suspirou. – Com ca'Cellibrecca como archigos, o kraljiki se casará com ela. É a escolha óbvia.

Mahri viu o rosto de co'Seranta ficar vermelho, e ela ficou calada. *Sim, co'Seranta foi seduzida ou se deixou ser seduzida também pelo kraljiki. E ci'Vliomani... aquela testa franzida me diz que ele também suspeita.*

– Há mais notícias, e piores ainda – informou Mahri. – Parece que vários integrantes da equipe do archigos fugiram exatamente antes de sua morte. Eles são suspeitos de flagrantes violações da Divolonté, bem como cumplicidade na morte do archigos.

– Isso não é verdade! – gritou co'Seranta, e Karl fez que não para ela com o dedo perto dos lábios indicando cautela.

– Verdade ou não – continuou Mahri –, a Garde Kralji e a Garde Civile receberam ordens de encontrar esses ténis da antiga equipe do archigos e levá-los perante os guardiões para serem julgados.

– Então eu não posso ficar aqui – falou co'Seranta. Cansaço e medo deixaram seu rosto pálico. – Eu tenho que encontrar outro lugar.

– Este é um lugar tão bom quanto qualquer outro – disse Mahri para ela. – Ninguém vem aqui que eu não permita, e há coisas que posso ensinar para você. – Ele incluiu ci'Vliomani no gesto com a cabeça. – Que eu posso ensinar para vocês dois.

Mahri viu a descrença e a incerteza em ambos. Achou divertido. Ele respirou fundo, ajeitou os ombros e estufou o peito, mais uma vez se acomodou completamente no próprio corpo que conhecia. – Mas isso fica para depois. Por enquanto, todos nós precisamos de comida e depois de um pouco de descanso. O mundo lá fora vai se ajeitar sozinho...

◊◊◊ ESCARAMUÇAS ◊◊◊

Jan ca'Vörl

Ana co'Seranta

Sergei ca'Rudka

Gilles ce'Guischard

Justi ca'Mazzak

Francesca ca'Cellibrecca

Ana co'Seranta

– A BATALHA FOI uma completa debandada. – O starkkapitän ca'Staunton franziu as narinas, estufou o peito e empinou o nariz ao falar. O a'offizier co'Linnett, ao lado de seu superior imediato, cheirava levemente a fogo e cinzas; quando Jan deu uma olhadela para ele, o offizier estava prestando atenção aos fundos da tenda, sem olhar para o starkkapitän, e sim atento ao conjunto de soldadinhos de brinquedo que Allesandra colocara sobre o tapete como preparativo para a aula com Georgi ci'Arndt. Ela parou de brincar com eles para ouvir o relatório do starkkapitän.

– Havia aproximadamente quinhentos soldados da Garde Civile protegendo a fronteira acima de Ville Colhelm – continuou ca'Staunton – e eles atravessaram a ponte do rio Clario na primeira virada da ampulheta. A tropa inimiga viu a divisão do a'offizier co'Linnett e saiu correndo como besouros assustados enquanto os offiziers gritavam para que eles mantivessem a formação. Quando veio o primeiro bombardeio dos ténis-guerreiros, até mesmo os offiziers e os poucos chevarittai com eles fugiram.

Jan olhou novamente para o offizier, que continuava prestando atenção aos soldados de Allesandra. – E foi o a'offizier co'Linnett que comandou as nossas tropas?

– Foi sim, meu hïrzg.

Jan acenou com a cabeça. – Quantas baixas? – perguntou ao starkkapitän. Ele estava sentado à mesa de campanha, cujo tampo era decorado com pinturas de seu vavatarh homônimo, o hïrzg Jan ca'Silanta, em combate com as hordas de Magyaria Oriental com armaduras de bambu. Jan dobrou as mãos no colo.

– Das nossas tropas, muito poucas, meu hïrzg. O a'offizier co'Linnett foi capaz de usar efetivamente seus ténis-guerreiros e arqueiros, e assim infligir a maior parte do estrago a distância.

– Que conveniente – comentou Jan em tom jocoso. – E as baixas da Garde Civile de Nessântico?

– Pelo menos 150 mortos, talvez duzentos.

– Então trezentos escaparam, talvez mais. É o que está me dizendo, starkkapitän?

Jan ouviu Markell, parado logo atrás da cadeira do hïrzg, prender o fôlego. Allesandra abafou um riso. Ca'Staunton pareceu notar o tom na voz de Jan pela primeira vez. O peito pendeu quando exalou, o queixo caiu e os ombros tombaram. – Meu hïrzg... – começou ele, mas Jan cortou o starkkapitän abruptamente.

– Eu me pergunto, starkkapitän... Será que não fui claro ao dar minhas ordens? Porque eu me lembro nitidamente de dizer para você, após capturarmos os espiões do kraljiki, que era vital, *vital*, que Nessântico permanecesse sem saber que cruzamos a fronteira. Eu me lembro de dizer para você que queria cercar Ville Colhelm e qualquer Garde Civile postada ali antes de iniciarmos qualquer ataque, para que ninguém conseguisse escapar e informar o kraljiki em Nessântico. Você está dizendo, starkkapitän, que *trezentos ou mais soldados* agora estão correndo para a cidade com as notícias de que o exército de Firenzcia está a caminho; soldados que incluem offiziers e chevarittai; soldados que com certeza encontraremos novamente, talvez diante dos portões de Nessântico?

Com as mãos atrás das costas, co'Linnett olhou ainda mais fixamente para os soldados de brinquedo de Allesandra, pintados de preto e prata. O starkkapitän ca'Staunton ficou visivelmente pálido. – Meu hïrzg, claro que foi minha intenção fazer exatamente o que o senhor ordenou. A terceira divisão já havia sido enviada para o outro lado do Clario, bem abaixo de Ville Colhelm, mas demos de cara com as tropas da Garde Civile de surpresa e o a'offizier co'Linnett não teve escolha a não ser enfrentá-las imediatamente. Não houve tempo para coordenar o ataque.

– A'offizier – disparou Jan, e a cabeça de co'Linnett ameaçou se romper completamente do pescoço ao ser virada para encarar o hïrzg. – Você não mandou batedores para explorar o terreno adiante das tropas? Foi surpreendido pela Garde Civile? Eles iniciaram o contato?

– Não, meu hïrzg – respondeu o homem. A voz era firme e sólida, e Jan notou uma leve careta quando o a'offizier deu um olhadela ligeira para ca'Staunton. – O starkkapitän foi um tanto quanto vago na avaliação de nossa situação. Nossa vanguarda relatou para mim que uma força de talvez mil soldados da Garde Civile protegia a ponte do Clario em Ville Colhelm, sob o comando do a'offizier e chevaritt Elia ca'Montmorte.

– Eu conheço ca'Montmorte – disse Jan. – Um dos poucos chevarittai competentes, na minha opinião. O que você fez quando recebeu essa informação, a'offizier?

– Eu imediatamente despachei mensageiros com a notícia para o starkkapitän.

– Ah – falou Jan. – Como deveria. E a resposta do starkkapitän?

Os soldados de brinquedo de Allesandra ressoaram baixinho quando ela passou a mão por eles para derrubar um batalhão. Co'Linnett endureceu o olhar e manteve a atenção apenas em Jan. – Eu recebi a ordem de enfrentar o inimigo pois tínhamos uma força muito superior. Eu obedeci essa ordem. Mandei meus ténis-guerreiros adiante pelo caminho da Avi, com o apoio dos arqueiros e da infantaria, e despachei dois esquadrões de chevarittai para flanquear a Garde Civile pelo leste e oeste do Clario e tentar conter o inimigo. Infelizmente, o Clario não é transponível naquele ponto, então as forças da Garde Civile puderam recuar pela ponte assim que os offiziers perceberam que estavam cercados e eram muito inferiores numericamente; o starkkapitän deu ordens específicas para que a ponte não fosse destruída.

– E ca'Montmorte?

– Ele ordenou a retirada e estava entre os defensores da ponte. Ele mesmo só recuou quando era óbvio que havia perdido. Eu persegui o chevaritt ca'Montmorte por Ville Colhelm, mas achei que, se fosse mais adiante, eu deixaria meus homens expostos e isolados demais de nossa força principal. Ordenei uma parada e permaneci em Ville Colhelm para defender a ponte e a cidade. Talvez eu devesse ter questionado as ordens do starkkapitän ou pedido um esclarecimento sobre como ele desejava que eu procedesse, mas não fiz.

Se isso foi um erro, meu hïrzg, qualquer culpa é toda minha e não dos meus offiziers e homens.

– Então você aceita toda a responsabilidade sobre suas táticas, a'offizier?

Jan notou o homem engolir em seco. – Aceito, meu hïrzg. Levando-se em conta a rapidez do ataque e a disposição do terreno, eu fiz o que achei ser o melhor.

– Você cumpriu com seu dever de maneira admirável. Um offizier sempre deve obedecer seu superior, e eu admiro sua disposição em aceitar a responsabilidade por suas ações. – Jan acenou com a cabeça para o homem, que relaxou visivelmente. Allesandra começou a arrumar os soldadinhos novamente. Jan voltou a atenção para ca'Staunton. – Uma lição que o próprio starkkapitän deveria ter aprendido – acrescentou.

Ca'Staunton ficou ainda mais vermelho. – Meu hïrzg, isso é injusto. – A papada tremeu enquanto ele respondeu. – Eu sempre me esforcei em cumprir suas ordens da melhor maneira possível.

– É a sua maneira de cumprir ordens que está em discussão – disparou Jan. – Porém não mais. Markell?

Markell deu então um passo à frente e parou ao lado da cadeira de Jan. Ele retirou um pergaminho de uma gaveta lateral e entregou para ca'Staunton. A voz era formal e sem emoção. – Ahren ca'Staunton, você foi considerado culpado de traição pela Corte dos Chevarittai de Firenzcia por desobediência intencional das ordens de seu hïrzg, por colocar Firenzcia, seu povo e seu hïrzg em perigo com suas ações. Por meio desta, seus títulos de chevarittai e starkkapitän estão revogados. O julgamento da corte é que o senhor seja executado por seu crime e que o castigo deve ser aplicado imediatamente. A ordem da corte foi revista e assinada pelo hïrzg; seu selo está firmado, como pode ver.

– Não! – O berro de ca'Staunton empurrou a espinha de Jan contra a cadeira. – Você não pode fazer isso! – vociferou o homem. – Você... seu vatarh sempre disse para mim que você era um imprudente e um tolo. – Com um único movimento, ele jogou o pergaminho para o lado e sacou a espada. Jan ouviu o assobio da lâmina contra a bainha como um vento estridante que passava pelos galhos de abeto. O homem avançou contra o hïrzg.

Ele deu apenas um passo. Co'Linnett moveu-se ao mesmo tempo, sacou a espada e girou o corpo. A arma do a'offizier cortou o protuberante estômago de ca'Staunton, e o ímpeto do starkkapitän enterrou a ponta mais fundo no abdômen. Ca'Staunton dobrou o corpo no ponto de impacto, com os olhos arregalados, e gemeu como um animal. Co'Linnett completrou o giro e puxou a espada. O sangue espirrou em uma linha diagonal pelo pano da tenda bem próximo a Allesandra, que olhou fixamente, boquiaberta e com um soldado pintado na mão. Ca'Staunton permaneceu de pé por um instante, com o corpo dobrado e a espada ainda apontada para Jan em tom de ameaça.

A espada caiu da mão do homem. Uma onda de vermelho jorrou da boca.

Ele desmoronou.

Jan continuava sentado na cadeira com as mãos dobradas no colo. A própria espada de Markell estava sacada, a lâmina de dois gumes reluzia na frente de Jan para protegê-lo. Markell embainhou a arma enquanto Jan levantou-se lentamente e deu a volta até a frente ensanguentada da mesa de campanha. O corpo de ca'Staunton estremeceu, os olhos estavam arregalados e assustados, o sangue ainda fluía da boca e das narinas enquanto as mãos tentavam enfiar de volta entranhas rosadas na ferida escancarada. Co'Linnett estava em pé diante dele com a ponta da espada no pescoço de ca'Staunton e o pé no peito do starkkapitän. – Meu hïrzg? – perguntou. – Posso? O homem está sofrendo.

Jan não respondeu a princípio. – Allesandra? – perguntou ao olhar para a filha. Ela olhou fixamente para o sangue, mas agora virou a cabeça para Jan. O rosto estava sério e pálido.

– Eu estou bem, vatarh. – Ela engoliu em seco de forma audível antes de falar novamente. – Ele era um mau starkkapitän.

– Era sim – disse Jan. Ele acenou com a cabeça para co'Linnett. O homem estocou com a espada, e ca'Staunton ficou imóvel. Jan abaixou-se ao lado do corpo e arrancou a insígnia da patente do blusão do uniforme de ca'Staunton, sem se importar com o sangue que manchou a mão. Ele cuspiu no corpo enquanto levantou o peso da águia de prata e latão do starkkapitän na palma da mão. Markell acenou com a cabeça uma vez atrás da mesa, como se adivinhasse o pensamento de Jan. Allesandra observou o vatarh do tapete. Ele ofereceu a insígnia para co'Linnett.

– Starkkapitän ca'Linnett – disse Jan. A dupla mudança de título e nome fez o homem erguer a cabeça imediatamente. – Eu agradeço-lhe pela defesa de seu hïrzg. E ofereço minhas congratulações por sua vitória hoje. Que tenha muitas como starkkapitän. Você demonstrou que é um belo exemplo dos chevarittai de Firenzcia. Como recompensa, nomeio-lhe comté da cidade de Ville Colhelm. Mande seus offiziers levarem o exército para o outro lado do Clario e tome a sua cidade; eu mesmo cruzarei o Clario hoje à noite e lhe encontrarei lá para discutirmos nossa estratégia futura.

Jan estendeu a mão com a insígnia para o homem, que finalmente embainhou a espada e a pegou. – Você pode ir, starkkapitän – disse o hïrzg enquanto ca'Linnett olhava fixamente para a águia na mão. – Tem muito o que fazer antes do fim do dia. – Ca'Linnett olhou de relance para o corpo de ca'Staunton. – Você *deve* olhar para ele – falou Jan. – Olhe bem. Memorize o que vê.

– Meu hïrzg?

– Você pode pensar que fez isso, mas não foi você. Esse era o destino de ca'Staunton, não importa a mão que segurava a espada. Isso é o que acontece com aqueles que não conseguem corresponder às minhas expectativas, starkkapitän. Espero que não me considere imprudente e tolo.

Ca'Linnett engoliu em seco visivelmente outra vez. Prestou continência. – Ótimo – falou Jan. – Fico contente que tenhamos nos entendido. Até a noite então, starkkapitän. Ah, e se puder mandar alguém para remover a carcaça...

Outra continência e ca'Linnett foi embora. Jan foi até Allesandra e pegou a filha nos braços. Juntos, os dois olharam para o corpo. – Sua mesa está arruinada, vatarh – disse Allesandra. Manchas de marrom avermelhado sujavam a superfície do rosto pintado do vavatarh Jan e pingavam da frente da mesa.

– Vai ficar limpo – falou Jan.

~ Ana co'Seranta ~

ANA CHOROU EM SILÊNCIO na escuridão com a cara na parede. Pelo menos ela torceu que fosse em silêncio. Não sabia onde Mahri estava – ele tinha saído do apartamento para as ruas há algumas viradas da ampulheta e não havia retornado, mas Karl estava encolhido em um ninho de cobertores do outro lado do quarto, e ela não queria acordá-lo.

Não em silêncio suficiente... Ana percebeu que não escutava mais o ronco baixo de Karl quando ouviu os passos dele por trás, depois sentiu o movimento do colchão de palha onde estava deitada. – Ana... – A mão de Karl tocou em seu ombro com o sussurro. – Desculpe. Por tudo o que ocorreu com você.

Ana limpou os olhos discretamente, grata pela escuridão. Não se achava capaz de falar. Ela permaneceu encolhida ali, calada, como se pudesse conter por pura força de vontade a tristeza pelo passado e os medos do futuro. Ana ouviu Karl falar a palavra de um feitiço e surgiu uma luz suave, não mais do que a claridade de uma vela. Ela viu a própria sombra na parede na iluminação constante.

– Pensei ter ouvido você – disse Karl. – Pensei... – Ana sentiu Karl mudar de posição. A mão saiu do ombro para mexer em seu cabelo. – Quer que eu deixe você em paz?

Ela fez que não. A luz sumiu, e Ana sentiu o calor de Karl nas costas quando ele ficou deitado ao seu lado. – Você tem que saber que sua visita na Bastida foi o que me manteve vivo e são – falou Karl. – Fiquei com medo de morrer ali, com medo de que jamais veria você, Nessântico ou a Ilha de Paeti novamente. De jamais sentir o cheiro do oceano ou a chuva fina de uma nuvem passageira enquanto o sol ainda brilhava na campina. De jamais sentir o poder do Scáth Cumhacht em mim novamente... – Ele parou. Sua mão desceu pelo braço de Ana até encontrar a mão dela. Karl entrelaçou seus dedos com os de Ana. – Mas sempre podia me lembrar de você, bem depois de ter ido embora, Ana. Não sei o que você fez para me manter vivo e são, e tanto faz para mim. Não importa. Eu sempre estarei em dívida com você.

Ana não conseguiu mais conter os soluços. As emoções afloraram e atormentaram até ficar ofegante. Os dedos de Karl apertaram os dela. Após um momento, Ana devolveu a pressão, e isso acalmou-a um pouco. Karl soltou sua mão para abraçá-la e aninhá-la contra o corpo. Ele deixou que ela chorasse, não falou nada, apenas permitiu que a tristeza e a vergonha fluíssem de Ana. A cabeça de Karl aninhou-se em seu pescoço; ela sentiu os lábios dele ali e um beijo delicado.

– Você está a salvo agora – sussurrou Karl. – É tudo o que importa.

Ela balançou a cabeça. – Não. O archigos... Kenne... – Ana respirou, o som saiu vacilante. – O que eu fiz com minha matarh? O que vai acontecer com ela agora? Seria melhor ter morrido com o archigos.

– *Não* – falou Karl com firmeza no ouvido dela. – Você não pode dizer isso. Não vou permitir.

Ela virou-se nos braços de Karl para encará-lo. Ele era uma sombra contra o ambiente mais escuro do quarto. – Eu dormi com ele – falou Ana, a confissão saiu espontânea. – Com o kraljiki. Foi a barganha que fiz por você, Karl. Até mesmo o archigos me empurrou para o kraljiki e disse que era o que ele achava que eu deveria fazer. O kraljiki falou que manteria você a salvo se eu fosse amante dele. Falou que... – Ela teve que parar. – Ele falou que poderia se casar comigo, disse que a favorita do archigos seria um bom partido. – Ana deu uma risada amarga. Karl não falou nada. As mãos dele pararam de se mexer. – Isso não foi uma mentira, creio eu. Não mesmo, agora que ca'Cellibrecca será o novo archigos.

– Francesca... – A palavra foi um sussurro e uma facada.

– Sim. Francesca.

As mãos de Karl encontraram a bochecha de Ana. – Ele usou você, Ana. Ele e Francesca. Os dois manipularam e usaram você até conseguirem o que queriam.

– Eu estava usando o kraljiki em contrapartida. Isso não me torna melhor do que ele. – Ela respirou fundo e não sentiu tristeza. – Eu gostaria que você fosse embora. Deixe-me sozinha.

– Ana... – Karl passou o braço por ela e começou a puxá-la para ele. Ana queria deixar que isso acontecesse. Queria esquecer da vida no calor, no gosto e no cheiro de Karl, mas depois... Ela não sabia como os dois se sentiriam depois e não era capaz de encarar outra perda. Ana colocou a mão no peito de Karl e empurrou-o.

– Não – falou Ana, e essa única palavra deteve Karl. Por um instante, a cena ficou paralisada. Ela sentiu a respiração dele tão próxima dos lábios antes de Karl rolar para o lado e sair da cama. No escuro, Ana ouviu Karl cruzar o quarto até a pilha de cobertores que servia de cama para ele.

Ela fez um esforço para não chorar novamente. Em vez disso, rezou para Cénzi e perguntou-se se Ele podia ouvi-la ou se Ele importaria.

Quando Ana acordou na manhã seguinte, Mahri havia retornado. Ele estava sentado perto da lareira, e uma chaleira fervia no suporte sobre o fogo. O cheiro forte e agradável de menta tomou o quarto. Karl roncava em seu canto. – Chá? – perguntou Mahri. Ana fez que sim, depois tremeu quando ele esticou a mão e tirou o suporte do fogo; ele devia estar pelando, mas Mahri não pareceu reagir ao calor.

Ele tirou a chaleira do suporte e serviu o líquido em duas canecas de bordas lascadas, depois misturou mel de uma jarra em cada uma delas. Ana andou pesadamente até Mahri, ainda envolta no lençol, e ele ofereceu uma das canecas. O rosto horrível e mutilado do homem encarou-a, o olho que restava fitou Ana fixamente. Ela abaixou o olhar rapidamente, soprou o líquido fumegante e tomou um gole. A doçura desceu queimando pela garganta, e o calor da caneca obrigou Ana a pousá-la na beirada da mesa onde Mahri estava sentado, perto da única janela do aposento. – Está bom – disse ela. – Obrigada.

– Há rumores pela cidade inteira – falou Mahri como se não a tivesse ouvido. A caneca dele permaneceu intocada no tampo riscado da mesa bamba. As persianas da janela estavam abertas, e ela ouviu as pessoas andarem na rua lá fora e viu a claridade do início da manhã. Soou a Primeira Chamada, as trompas do Templo do Parque mais altas do que todas. Ana fechou os olhos e ficou apoiada em um joelho só, recitou as preces da Primeira Chamada em silêncio para si, os lábios mexeram-se com as palavras conhecidas e reconfortantes.

– Você crê? Ainda? Depois de tudo isso?

A pergunta de Mahri fez com que Ana levantasse a cabeça novamente. Ela concordou com a cabeça enquanto ficava de pé. – Eu creio sim. Novamente, depois que pensei ter perdido a fé. E você, Mahri? Você reza para alguém ou não acredita em deuses como Karl?

– Eu creio que há várias maneiras de usar o X'in Ka, que vocês chamam de Ilmodo. Porque nós, como vocês, invocamos os nossos deuses, mas parece que os numetodos mostraram outro caminho para nós dois. – Ele podia estar sorrindo; com o rosto desfigurado, era difícil dizer. – Até mesmo o meu povo tem coisas a aprender, coisas que vocês ou os numetodos podem nos ensinar. Mas eu creio sim. De onde venho, nós cultuamos Axat, aquele que vive na lua, e Sakal, cujo lar é o sol. Seu Cénzi nós não conhecemos.

– De onde você vem?

– De bem longe daqui, no oeste. Mas não tão longe a ponto de não termos ouvido falar de Nessântico, embora até agora tenhamos conseguido evitar seus exércitos. Mas esse dia virá.

– Por que você está qui?

Mahri realmente sorriu então. E não respondeu. Ele tomou um gole do chá.

– A cidade é como um cão nervoso pronto para morder qualquer um que se aproxime – falou Mahri finalmente. – Primeiro o assassinato da kraljica, depois o archigos morto sob circunstâncias suspeitas. Agora falam que o exército de Firenzcia está marchando; o kraljiki ampliou os poderes do comandante ca'Rudka para incluir a Garde Civile assim como a Garde Kralji, e o comandante convocou todos os homens fortes e saudáveis a se alistarem na Garde Civile. Alguns dizem que esquadrões de alistamento forçado percorrerão a cidade em breve. O kraljiki mandou mensageiros para o norte, sul e oeste ontem à noite, supostamente para convocar as guarnições mais próximas da Garde Civile para virem aqui. Houve um pedido de palha e qualquer estoque de trigo que os fazendeiros locais tenham. O archigos Orlandi mandou ténis-trabalhadores adicionais para os ferreiros e as forjas.

Mahri olhou para Karl. – Os numetodos que ainda estavam na Bastida foram executados – continuou. – Os corpos, com as mãos cortadas e a línguas arrancadas, foram pendurados na manhã de hoje na Pontica Kralji. Mas não havia tantos nas celas quanto se imaginava. A maioria dos numetodos escapou de alguma forma na noite de ontem através de uma magia negra qualquer.

Mesmo ao se retrair com as notícias, Ana notou o cansaço no corpo de Mahri: a maneira como o corpo estava apoiado na mesa, o peso na sobrancelha do único olho. – As fugas foram coisa sua?

Novamente, ele não deu uma resposta direta. Mahri inclinou a cabeça na direção do adormecido Karl. – Ele vai precisar de apoio quando souber disso. Nem todos na Bastida escaparam, e os assassinados eram companheiros de Karl.

– Por que você está aqui? – insistiu Ana. – De que lado você está?

– Não estou de lado algum. – Mahri tomou a caneca inteira do chá ainda fumegante. Ela tocou a própria caneca; ainda estava quente demais para segurar. – Eu preciso dormir agora. Foi uma noite longa e cansativa. Tome mais chá, se quiser. Tem pão e queijo no armário. Se me der licença... – Ele levantou-se da mesa.

– E se alguém vier? – perguntou Ana. – O que devo fazer?

– Ninguém virá. E desde que fique aqui, você está a salvo, pelo menos por hoje. Se sair para a rua... – As dobras do manto mexeram-se quando ele deu de ombros. – Aí eu não posso dizer. Isso estaria nas mãos do seu Cénzi.

Dito isso, Mahri arrastou os pés até a outra ponta do quarto, fechou o manto em volta do corpo e sentou-se. Ana ouviu a respiração do mendigo diminuir o ritmo e ficar mais alta quase que instantaneamente.

Ela ficou sentada na cadeira e provou o chá enquanto contemplava a rua a'Jeunesse e imaginava o que diria a Karl quando ele acordasse.

~ Sergei ca'Rudka ~

DEZ corpos de numetodos estavam pendurados nos postes da Pontica Kralji. Deveriam ser vinte, o suficiente para decorar a Pontica Mordei também. O fato de esses corpos não estarem lá deixava Sergei ao mesmo tempo aborrecido e satisfeito.

Ele ficou satisfeito... porque estava convencido de que os numetodos não tinham nada a ver com a morte da kraljica ou a traição herege do archigos e sua equipe. Sergei tinha supervisionado pessoalmente os interrogatórios dos numetodos que permaneceram na Bastida e que agora estavam pendurados acima do comandante para os corvos. Ele já tinha ouvido e visto muitos homens sob tortura a ponto de saber ver e ouvir a diferença entre a verdade extraída e as mentiras confessadas aos gritos na esperança de parar o tormento. Todos os numetodos acabaram "confessando" antes da execução; todos eles, Sergei tinha certeza, disseram apenas o que esperavam que seus captores queriam ouvir – as histórias não batiam, não faziam sentido, não comprovavam umas às outras. Ele estava contente que ci'Vliomani tinha escapado daquele tormento e humilhação, contente que tantos outros escaparam também. Não lhe agradava ver tanta morte desnecessária.

Mas Sergei ficou aborrecido com as fugas... porque foi magia que esteve em ação na Bastida na noite de ontem: a bruma que surgiu tão rapidamente e espessa do A'Sele para envolver a Bastida; os gardai que caíram inconscientes; o desaparecimento de muitos dos prisioneiros antes que vários ténis chegassem do Templo do Archigos e dispersassem a falsa névoa com seus próprios feitiços. Àquela altura já era tarde demais, mas ele sabia que, se o kraljiki Justi ou o archigos Orlandi precisassem de um bode expiatório de alto nível, os dois poderiam encontrar em Sergei. Se todos os numetodos tivessem escapado, esse certamente teria sido o caso.

Sim, ele ficou aborrecido com as fugas... porque Sergei suspeitava que a verdade estava em outro lugar e que, se ousasse dar voz às próprias suspeitas, o seu corpo seria o próximo a estar pendurado na Pontica depois de alguns dias de tortura na Bastida.

– Comandante?

A chamada tirou Sergei do devaneio. As botas chapinharam na lama da margem do rio ao se virar.

– Sim, o'offizier ce'Ulcai?

O homem entregou uma carta selada para ca'Rudka. O olhar foi rapidamente do comandante para os corpos que balançavam acima deles na Pontica, depois voltou para Sergei. – Seu ajudante de ordens disse para entregar isso para o senhor imediatamente.

– Obrigado – disse Sergei. Ele examinou o selo, depois enfiou os dedos debaixo da aba para quebrar a cera vermelha do papel grosso. Desdobrou a carta e leu rapidamente.

Comandante, eu investiguei o assunto que o senhor me pediu. Peço desculpas por ter demorado a responder, mas a apuração exigiu mais viagens e correspondências do que eu esperava. Aqui estão os fatos, como os apurei:

O artista Edouard ci'Recroix nasceu aqui em Il Trebbio em um vilarejo no rio Loi, perto de nossa fronteira com Sforzia e Firenzcia. Não há provas que ele tivesse tendências de numetodo; na verdade, na juventude ele passou dois anos como téni-aprendiz do a'téni ca'Sevini de Chivasso, embora não tenha recebido sua Marca. Ainda assim, ao que tudo indica ele era um fiel devoto da Concénzia. Suas primeiras pinturas, antes de ser téni-aprendiz, não são dignas de nota; eu vi várias, e há pouca indicação do talento futuro. Porém, após ser dispensado dos estudos pelo a'téni, sua reputação (e técnica, evidentemente) começou a crescer, e naquele época ele começou a receber encomendas de várias cidades dos Domínios. O fato de que ci'Recroix fora treinado pelos ténis com certeza gerou rumores constantes de que ele se conectava ao Ilmodo para obter o intenso realismo das pinturas recentes. Uma vergonha que ninguém tenha se dado conta de como isso era verdade.

Uma curiosidade – que eu admito não teria notado se o senhor não tivesse alertado para procurar por estranhas correlações – é que a maioria dos modelos dos quadros, especialmente aqueles considerados suas obras-primas, está morta. Pelo menos três deles morreram poucos dias depois da entrega do quadro pronto, quando ci'Recroix geralmente tinha ido embora da cidade, não que houvesse suspeita alguma sobre ele. Levando-se em consideração a distância entre as cidades e a demora da circulação de notícias entre elas, o fato de que a maioria dos modelos era composta por velhos, e o constante nomadismo de ci'Recroix, ninguém parecia ver nada de sinistro na situação. Eu mesmo hesito em comentar a respeito. Isso pode ser nada além de uma estranha série de coincidências. Não há provas de uma correlação definitiva, especialmente uma vez que nem todos os modelos do pintor morreram.

No entanto, o senhor pediu para descobrir quem contratou ci'Recroix para pintar o retrato da kraljica. O contato com ci'Recroix foi feito aqui em Prajnoli pelo chevaritt co'Varisi, um diplomata ligado ao gabinete da kraljica. Com o advento da morte da kraljica, co'Varisi foi dispensado do cargo e está em prisão domiciliar até que a questão seja esclarecida. Eu falei com o chevaritt; ele disse que o contato veio do Grande Palácio: um tal de Gilles ce'Guischard, que tem ligação com a equipe palaciana do a'kralj. Chevaritt co'Varisi conduziu uma rápida apuração sobre as qualificações de ci'Recroix antes de encomendar o quadro; ele sabia dos rumores do Ilmodo, mas não os levou em consideração, algo de que se arrepende agora. Ele permitiu que eu visse suas anotações daquela investigação e insiste que não encontrou conexão entre ci'Recroix e os hereges numetodos.

Isso é tudo que eu tenho para o senhor neste momento, comandante. Continuarei a investigar o caso, e caso eu descubra mais coisas que considere que o senhor deva saber, escreverei novamente.

Sempre seu leal e agradecido criado,

A'offizier Bernado co'Montague, Garde Civile,

Chivasso, Il Trebbio

Sergei suspirou ao dobrar a carta novamente e guardá-la dentro do blusão do uniforme. – Preciso que o senhor se apresente ao o'offizier ce'Falla – disse o comandante para ce'Ulcai. – Há duas ordens que quero passar para ele e outra que quero que o senhor execute pessoalmente...

Foi à noite que chegou a notícia para Sergei de que tudo estava feito. Ele entrou na cela na Bastida com uma lona enrolada debaixo do braço. Olhou para o homem sentado no banquinho no centro do diminuto aposento, com as mãos e os pés acorrentados: Remy ce'Nimoni, o administrador de olhos verdes do castelo Pré a'Fleuve. A cela cheirava a tochas que pingavam e urina velha. Sergei acenou com a cabeça para o garda. – Deixe-nos – disse. O garda prestou continência, olhou atravessado uma vez para o prisioneiro e saiu.

– Comandante – o homem começou a choramingar quase que imediatamente. – Com certeza isso é um engano. Afinal de contas, fui eu que contei para o senhor onde encontrar o corpo do pintor numetodo que matou a kraljica.

– Sim, você fez isso, vajiki ce'Nimoni – falou Sergei. – Você também colocou isso aqui no pescoço dele antes de me levar até o pintor. – Ele abriu a mão que segurava a lona enrolada, e um cordão com uma concha de pedra polida pendeu dos dedos do comandante. O homem fez que não com a cabeça, mas Sergei ignorou-o.

O comandante ajoelhou-se em frente ao homem, pousou a lona enrolada no chão da cela e abriu. Dentro havia vários instrumentos grandes de metal manchados com sangue velho e presos em anéis de pano: tenazes, tesouras, atiçadores com as pontas enegrecidas pelo fogo, martelos, placas de metal com aros que pareciam capazes de prender uma cabeça ou um braço ou perna. – Oh, Cénzi, nããããão... – gemeu ce'Nimoni, e a última palavra transformou-se em um lamento de estremecer. O chevaritt cambaleou no banco e vomitou de repente no chão perto dos pés de Sergei. O comandante olhou para a poça nojenta, mas não se mexeu.

– Existe verdade na dor – falou Sergei para o homem, palavras que dissera muitas vezes antes. – Foi o que me ensinaram uma vez. Com dor suficiente, adequadamente aplicada, a verdade sempre surge. Poucas pessoas conseguem resistir à compulsão. Você acha que é uma delas...?

Menos de uma virada da ampulheta depois, Sergei deixou a cela de ce'Nimoni e foi para o antigo gabinete do capitão ci'Doulor. Lá o o'offizier ce'Falla esperava com outro homem vestido com as cores da equipe do kraljiki. – Vajiki ce'Guischard – falou Sergei ao cumprimentar o homem com a cabeça. – Perdoe-me por não fazer o sinal de Cénzi, mas... – Ele foi até uma bacia atrás da mesa, jogou água de um jarro e lavou os braços sujos de sangue até o pulso.

Ce'Guischard observou Sergei enxugar as mãos em uma toalha e depois fazer o sinal de Cénzi de maneira pomposa para ele. – Obrigado por vir – disse Sergei enquanto se sentava na cadeira atrás da mesa de ci'Doulor. O o'offizier ce'Falla permaneceu um pouco atrás e à esquerda de ce'Guischard; o homem olhava para trás nervosamente. Sergei dobrou as mãos sobre a mesa e olhou para ce'Guischard.

Ele tinha visto Gilles ce'Guischard dezenas de vezes ao longo dos anos, sempre em segundo plano, um dos funcionários onipresentes que resolviam assuntos para o a'kralj ou que guiavam os ca' e co' pelos labirintos protocolares do palácio. Ce'Guischard era magro, com bigode e barba muitíssimo aparados que imitavam o estilo do novo kraljiki, mas que tinham pelos grisalhos aqui e ali. A pele do homem era amarelada e marcada por cicatrizes e buracos da catapora infantil. Os olhos tinham a cor de um mar agitado por uma tempestade e não ficavam quietos. As mãos contorciam-se no colo e cutucavam a capa e as calças como se procurasse por migalhas.

– Você parece nervoso, vajiki – comentou Sergei.

– Ah – falou o homem. *Um espasmo. Uma tremida.* – É apenas que estou aqui há uma virada da ampulheta, esperando, e esse lugar... – *Um calafrio.* – Desculpe-me, comandante, mas a Bastida está longe de ser um lugar que deixe alguém à vontade.

– Creio que não deixe mesmo. – Sergei tomou um longo fôlego. Ele coçou debaixo da narina esquerda metálica, onde o adesivo que mantinha o nariz colado ao rosto irritava a pele. – Você deve estar se perguntando por que eu pedi que me encontrasse aqui.

Um aceno de cabeça. O homem umedeceu os lábios secos. Mudou de posição na cadeira. Sergei meteu a mão na bolsinha do cinto e retirou o cordão com a concha. Colocou com cuidado sobre a mesa e ajeitou os elos de prata. Os olhos de ce'Guischard pareciam capturados pelo movimento. – Você reconhece isso, vajiki? – perguntou Sergei.

Ele hesitou apenas por um instante a mais. – Não, comandante.

Sergei fez que sim como se esperasse essa resposta. – É uma coisa que um numetodo usaria. Foi encontrado no pescoço do pintor ci'Recroix, o pintor que eu soube que você pessoalmente pediu que o vajiki co'Varisi de Prajnoli contratasse para o retrato da kraljica.

Outra passada de língua nos lábios. – Comandante, o a'kralj disse que era meu dever contratar um pintor para o quadro do jubileu da kraljica, e quando sondei na comunidade, o nome de ci'Recroix sempre teve destaque dentro das recomendações. Eu não tinha ideia de que o homem era um perigoso numetodo, comandante. Convivo com a culpa desde que... – Ele parou. Continuou. – O chevaritt co'Varisi na verdade conhecia o homem, pois ci'Recroix morava em Prajnoli na época. O chevaritt nos garantiu que tinha investigado a confiabilidade do pintor e não havia encontrado nada de suspeito. Eu confiei em sua palavra; ele é um co', afinal de contas, e serve a kraljica há décadas.

– Ci'Recroix *não era* um numetodo. Pelo menos eu não acredito nisso. Eu acredito que o cordão foi colocado nele para culpar os numetodos. Gilles – o uso do nome quase fez o homem pular na cadeira –, você conhece o administrador do castelo Pré a'Fleuve? Remy ce'Nimoni?

O olhar permanecia no cordão. – Não... – falou ce'Guischard lentamente. – Creio que não.

– Estranho. Ce'Nimoni acabou de me contar como o kraljiki, então a'kralj, geralmente mandava você cuidar de assuntos para seu bom amigo chevaritt Bella ca'Nephri, dono do castelo. Também mencionou que lhe conhece muito bem, que você foi ao castelo no dia seguinte ao Gschnas e disse que ele deveria ir às margens do A'Sele no outro dia e que encontraria ci'Recroix lá. – Sergei fez uma pausa. – E que você mandou ce'Nimoni matar o homem e colocar esse cordão no corpo.

– Ele está mentindo! – disparou ce'Guischard indignado. – Eu estive no Grande Palácio, comandante, cuidando dos meus afazeres e não poderia ter ido ao castelo...

– Não – interrompeu Sergei. – Eu fiz Renard checar os registros dos funcionários do palácio, embora ele lembrasse muito bem por conta própria. Você não esteve lá no dia seguinte ao Gschnas, Gilles. De maneira alguma. Você pediu licença para cuidar de sua matarh. Eu também falei com ela: sua matarh de forma alguma se lembra de sua visita, nem qualquer um dos criados dela.

Ce'Guischard contorceu-se. – Ah, isso. Eu me... eu me esqueci, comandante. É... bem, é um tanto *embaraçoso*, na verdade. – Ele deu um sorriso rápido e hesitante para Sergei. – Eu pedi licença dos meus deveres naquele dia e usei minha matarh como desculpa. Na verdade, existe uma mulher com quem estou saindo, uma co' casada. Certamente o senhor pode compreender como, hã, essa situação pode ser *delicada*, comandante. O marido dela foi mandado para fora da cidade a negócios por alguns dias e... bem... – Outro sorriso que repuxou o bigode e a barba. Ele ergueu e abaixou as mãos. – Mas esse administrador ce'Nimoni... eu tenho certeza de que o vi em minhas visitas ao castelo, comandante, mas não sei nada a respeito... disso. – Ce'Guischard gesticulou para o cordão da concha. – O senhor tem a minha palavra de que o que estou dizendo é a verdade.

– Sem dúvida a vajica também confirmaria a sua história para mim. Em particular.

– Tenho certeza de que ela seria convencida a fazer isso, comandante, se for absolutamente necessário.

– Será.

Sergei notou que o homem pensava desesperadamente. – Então me permita entrar em contato com ela primeiro, para que eu possa prepará-la e garantir que não haverá escândalo.

Sergei puxou o cordão da mesa e recolocou-o na bolsinha do cinto. Ele levantou-se da cadeira. – Obrigado pelo seu tempo e cooperação, vajiki. Espero ouvir de você com o nome da vajica e farei os preparativos para me encontrar com ela e confirmar sua história. Discretamente, é claro.

Ce'Guischard fez um sinal de Cénzi às pressas para Sergei, depois levou as mãos entrelaçadas à testa rapidamente para ce'Falla. Ele foi embora correndo do escritório. Sergei sorriu para ce'Falla, que olhava fixamente para a porta por onde ce'Guischard desapareceu. – Diga – falou o comandante. – O senhor pode falar livremente.

– O homem está mentindo, comandante – disse ce'Falla. – Ele sabe de ci'Recroix e do assassinato da kraljica. Mas o senhor deixou que ele fosse embora.

– Ele estava mentindo, e eu realmente o deixei ir embora – admitiu Sergei. – E o senhor quer saber por quê?

Ce'Falla fez que sim.

– Porque às vezes existe dor demais na verdade – respondeu Sergei. Ce'Falla franziu a testa e balançou a cabeça de leve. – O senhor agiu bem, o'offizier – falou o comandante. – Coma alguma coisa e descanse; o senhor merece. Está dispensado pelo resto da noite. Ah, e se puder jogar isto fora quando sair. – Ele gesticulou para a bacia de água com sangue. – Sangue de carneiro – disse Sergei ao notar o olhar do homem. – Da cozinha. Eu não sou totalmente um açougueiro como diz a minha reputação.

Ce'Falla deu um leve sorriso, prestou continência, depois pegou a bacia e saiu. Sergei foi até a porta do escritório. Contemplou o pátio da Bastida, onde a cabeça do dragão olhava feio para Nessântico, e observou ce'Falla prestar continência para os guardas no portão. O ferro gemeu e ecoou pela noite enquanto ce'Falla entrava na intensamente iluminada Avi a'Parete e ia na direção da multidão sob o brilho criado pelos ténis. Em algum lugar lá fora, Gilles ce'Guischard também estava correndo para casa, sem dúvida perseguido pelo medo.

Se a suposição de Sergei estivesse correta, então ce'Guischard não perderia tempo e falaria logo com a pessoa que lhe dera as ordens. *Na verdade, eu sinto pena pelo pobre Gilles. Ele estava apenas cumprindo ordens e agora é perigoso. Provavelmente perigoso demais...*

Se a suposição de Sergei estivesse correta, então ele descobriria que essa investigação chegou ao fim abruptamente e que continuar a se intrometer na questão de ci'Recroix também seria perigoso demais para Sergei.

~ Gilles ce'Guischard ~

"NÃO SE PREOCUPE, GILLES. Eu vou cuidar disto..."

Gilles virou a esquina da rua a'Colombes com a rua a'Petit Marché, a vários quarteirões de distância do agito da Avi a'Parete. Ali, a feira livre estava começando a se preparar para o dia, os fazendeiros armavam as barracas e arrumavam os produtos agrícolas e mercadorias em exibição. Havia alguns clientes por perto, na tentativa de escolher os melhores produtos enquanto o sol ainda permanecia baixo no céu e antes de a multidão da manhã chegar. A respiração condensava-se diante de Gilles, pois foi uma longa caminhada do palácio, mas agora ele estava perto do seu destino. Olhou para a lateral do prédio mais próximo, à procura da placa da rua. Sim, lá estava ela: travessa a'Chats...

"Vá a este endereço amanhã de manhã, depois de uma virada da ampulheta da Primeira Chamada. Haverá uma mulher lá: Sylva co'Pajoli. Ela é casada, mas saberá o que precisa dizer para o comandante; hoje à noite eu mandarei um bilhete para que ela espere por você. Explique para a mulher tudo o que você já contou para o comandante; ela combinará com você para garantir que as histórias batam. Depois volte para o comandante e dê o nome e o endereço da vajica co'Pajoli para que ele fale com ela."

Tudo daria certo. Ele estava a salvo. A tensão no estômago de Gilles amainou quando ele virou a travessa a'Chats, um beco entre os fundos das casas voltadas para as ruas paralelas. Gilles viu o fim da travessa a cem passos de distância, embora a proximidade das casas tornasse o beco em si escuro e sombrio.

– Ah, bom-dia para você, vajiki – disse a voz de um homem, e Gilles viu um utilino sair da parede mais próxima com o cacetete balançando casualmente pela alça; a lanterna, com a luz mágica apagada, estava pousada no chão perto de onde ele se encontrava. – Você chegou bem na hora. Está sendo esperado.

– Você vai me levar até a vajica co'Pajoli? – perguntou Gilles para o homem, que sorria abertamente sem os dentes da frente. O utilino passou o braço pelo ombro de Gilles.

– Nós recebemos ordens para garantir que você seja levado para onde precisa ir.

– Nós? O que quer dizer... – gaguejou Gilles, de repente inseguro a respeito da situação. Mais dois homens apareceram, um de cada ponta da pequena alameda. O braço do utilino fez mais força em volta do ombro de Gilles quando ele começou a recuar, e Gilles sentiu o homem que vinha por trás pressionar a ponta de uma adaga em suas costas.

– Eu não tentaria correr, meu amigo – sussurrou o homem. – Não vai adiantar de nada. Vamos acompanhar o bom utilino agora, pode ser?

– Vocês não sabem quem eu sou – reclamou Gilles. Ele arrastou os pés enquanto era puxado mais para o interior da alameda, conforme o homem da outra ponta se aproximava. – Vocês não sabem para quem eu trabalho.

– Ah, mas sabemos, sim, Gilles ce'Guischard – falou o utilino. – Não sabemos?

Ao ouvir seu nome, Gilles sentiu medo de verdade pela primeira vez. Isto não era um ataque aleatório; isso não era um assalto. Se sabiam seu nome, se foram avisados que estaria aqui, então... Gilles começou a gritar por ajuda, mas o homem atrás dele meteu a mão sobre sua boca e puxou a cabeça e pescoço para trás com força. – Shh... – disse o sujeito, e a faca fez mais pressão contra as costas de Gilles enquanto ele debatia-se contra a imobilização. – Não vai adiantar para ninguém que você faça barulho, ora, vai?

O homem do fim da travessa agora estava a um passo, e Gilles viu o sujeito fazer o gestual de um téni e ouviu as palavras de um cântico. O téni, se é que era um realmente, pois não usava robe verde, acenou com a cabeça ao terminar o último gesto, e o homem com a faca retirou a mão da boca de Gilles. – Socorro! Preciso de ajuda! – gritou Gilles, mas as palavras pareceram estranhamente abafadas, como se estivesse berrando com a cara enfiada em um travesseiro.

– Você pode gritar o quanto quiser agora – falou o feiticeiro com uma voz que parecia cansada. – Eles não podem mais ouvir você. – Ele acenou com a cabeça para o utilino. – Segure-o – disse o téni, que recomeçou a entoar enquanto as mãos dançavam na escuridão do beco. Gilles debateu-se para se soltar, mas o homem com a adaga pressionou a arma contra a lateral de seu pescoço.

– Continue se mexendo e eu uso isso aqui. É o que você quer: uma morte sufocante e sangrenta com o pescoço sorrindo com uma boca nova aberta nele? Fique parado ou, por Cénzi, eu farei isso. – Gilles parou de se debater. Ele desmoronou nos braços dos agressores. *Vai dar tudo certo. Ele não teria mandado me matar. Não depois do que fiz para ele, de toda a ajuda que eu dei. Isso é outra coisa. Gilles viu o téni completar o feitiço.*

As mãos do homem brilharam; raios estalavam entre os pólos dos dedos. O téni deu um passo à frente e colocou as mãos no peito de Gilles. O toque não era parecido com nada que Gilles havia sentido antes, era como se uma tempestade intensa tivesse surgido dentro dele, toda feita de raios, granizo e rajadas de vento. Ele gritou com o toque. O téni recolheu as mãos, mas a tempestade continuou, cresceu em tamanho e intensidade de maneira que sua voz foi perdida contra o trovejar dentro da cabeça. Gilles sentiu que foi solto pelas mãos que o prendiam e tentou dar um passo, mas os paralelepípedos molhados da travessa a'Chats ergueram-se para encontrá-lo, e ele debateu-se no chão, indefeso. Gilles sentiu o gosto de sangue, viu as pedras da pavimentação em frente aos olhos, mas mesmo esse cenário estava escurecendo.

Ele ouviu vozes que ficavam cada vez mais fracas contra a tempestade. – ... morto por nenhuma mão além da mão de Cénzi... o utilino vai jurar que ele desmaiou... – Mas então o trovão voltou e levou embora as vozes, sua visão e o próprio Gilles com a frente de tempestade em disparada.

Justi ca'Mazzak

JUSTI IRROMPEU NO gabinete do archigos como um tornado, com o offizier da Garde Civile e o comandante ca'Rudka correndo para acompanhá-lo. Alguns dos ténis do templo levantaram-se para interceptar o trio de intrusos evidementemente furiosos, mas pararam no meio do caminho e dos feitiços quando reconheceram o kraljiki. – Ca'Cellibrecca! – rugiu Justi. Ele escancarou as portas do escritório do archigos com um baque e fez um quadro cair da parede. Ca'Cellibrecca, atrás da mesa com vários o'ténis encolhidos em volta, encarava de olhos arregalados.

– Fora! – berrou Justi para os o'ténis e apontou para a porta. – Todos vocês. Agora!

Eles recolheram papéis e pergaminhos e passaram correndo por Justi. O comandante fechou calmamente a porta quando os o'ténis saíram. Ca'Cellibrecca permaneceu sentado atrás da mesa. Justi notou que o archigos avaliava com o olhar o offizier desgrenhado e com a barba por fazer. – Kraljiki – falou ca'Cellibrecca em tom confortador –, você está claramente perturbado. O que aconteceu? Como posso lhe ajudar?

O offizier olhou de relance para ca'Rudka, que fez que sim. – Conte para ele – falou o comandante para o offizier. – Conte para ele o que você contou para mim e para o kraljiki.

O homem concordou com a cabeça. Justi viu ca'Cellibrecca perceber a roupa suja do offizier, a lama nas botas e o cansaço na postura quando ele passou inutilmente a mão pela barba rala no rosto.

– Eu vim de Ville Colhelm na fronteira, cavalguei em ritmo acelerado, sem parar, por um punhado de dias quase sem dormir. Não sei quantas montarias eu matei para chegar aqui tão rápido assim... – Ele parou. Umedeceu os lábios. – O exército de Firenzcia cruzou o rio Clario em massa e tomou Ville Colhelm. Agora mesmo estão vindo para Nessântico. A Garde Civile foi afugentada na ponte, em grande inferioridade numérica. Perdemos um terço de nossos homens ao tentar manter a ponte antes que o a'offizier ca'Montmorte ordenasse a retirada. Ele mandou que eu desse a notícia para o kraljiki; o restante da tropa com o a'offizier ca'Montmorte está recuando para Passe a'Fiume e planeja ficar ali para esperar ordens e reforços.

– Você diz que o hïrzg está com eles? – indagou Justi. – E os ténis-guerreiros também?

– A divisão que encontramos levava o estandarte do hïrzg, meu kraljiki – respondeu o soldado. – Temos certeza de que ele está com a tropa, embora não tenhamos visto o hïrzg durante a batalha. E eles tinham muitos ténis-guerreiros; foram devastadores. Não tínhamos nada para neutralizá-los. Nada.

Justi acenou com a cabeça. – Quero lhe agradecer imensamente pelo seu serviço – disse o kraljiki para o homem. – Vá. Coma alguma coisa e descanse. Vamos precisar de você mais tarde.

O homem prestou continência para Justi e o comandante, depois fez o sinal de Cénzi para o archigos. Ca'Rudka abriu e fechou a porta quando o offizier saiu. Assim que ela foi fechada, Justi voltou-se para ca'Cellibrecca. Não havia cor no rosto do archigos. Ele parecia anos mais velho ao olhar para Justi. – Mas os pombos-correios que recebemos...

– ... foram para nos enganar, como o comandante suspeitava o tempo todo. Se eu não tivesse enviado tropas para a fronteira, contra o seu conselho explícito, como deve se lembrar, archigos, então nós talvez jamais saberíamos a intenção de ca'Vörl até seu exército cruzar o A'Sele. Então, archigos... – A raiva ardia em Justi, que fechou a cara.

Foi ca'Rudka quem falou: calmamente, ele disse as palavras que também estavam na mente de Justi. – Eu me pergunto, archigos, como é que o hïrzg tem ténis-guerreiros no exército dele; ténis-guerreiros que teriam sido treinados em Brezno, no *seu* templo, sob o *seu* u'téni co'Kohnle.

– Comandante, você não está sugerindo... – A voz de ca'Cellibrecca foi sumindo, seu olhar dirigiu-se para Justi como se procurasse apoio. O kraljiki simplesmente encarou o archigos, cuja mão apertava a base da garganta como se tentasse deter as palavras. O homem ficou ainda mais pálido; a pele parecia ser do tom do alabastro das estátuas dos corredores. – Certamente eu sabia a respeito das manobras, comandante, kraljiki – continuou ca'Cellibrecca. – Assim como a sua matarh. Mas isso era *tudo* o que elas deveriam ser: manobras. Eu certamente não conhecia as intenções do hïrzg quando dei permissão para que os ténis-guerreiros o acompanhassem. Os ténis-guerreiros deveriam ter retornado a Brezno quando ficou claro que o hïrzg ameaçava a paz nos Domínios; agir de outra forma foi uma gritante desobediência das ordens de batalha, e o u'téni co'Kohnle terá um castigo adequado caso isso seja verdade. Co'Kohnle deve ter se rebelado ou talvez coisa pior aconteceu com ele.

– Realmente – disse Justi. – Eu odiaria acreditar que ele estava cumprindo ordens dadas por você.

– Kraljiki... – Ca'Cellibrecca levantou-se agora e ficou visivelmente calmo. Justi quase torceu o nariz diante do gesto óbvio. O archigos fez uma pose de orgulho ferido, com a mão direita aberta e pressionada contra o peito. – Se está me acusando de traição, então me pergunto por que em vez disso não olha para o homem ao seu lado. Não fui eu quem perdeu tantos dos numetodos inimigos de estado, incluindo o líder deles.

– Está tentando desviar a atenção, não é, archigos? – perguntou ca'Rudka. O comandante falou em um tom despreocupado, apoiado na parede perto da porta com uma postura casual. Ele esfregou o nariz de prata esculpido. – Eu já pedi desculpas ao kraljiki e aceitei a culpa pelo fracasso. Mas algumas dezenas de hereges escondidos com medo nas sombras do Velho Distrito estão longe de ser a mesma coisa que um exército que se reúne às portas de Nessântico.

– Calem a boca vocês dois. – Justi fechou a cara para os dois homens. Ca'Rudka fez uma reverência, e ca'Cellibrecca voltou a se sentar. – Archigos, eu vim aqui fazer uma pergunta simples: você está comigo?

– Se não estiver – interrompeu ca'Rudka –, então talvez o archigos apreciaria uma das celas que os numetodos vagaram tão recentemente.

– Comandante! – disparou Justi, e ca'Rudka deu de ombros. – Archigos, uma resposta, por favor.

Ca'Cellibrecca abriu os braços como se desse uma bênção. – Eu posso assegurar ao kraljiki que ele tem a minha completa devoção. – Ca'Cellibrecca pareceu tentar dar um sorriso conspiratório; ele falhou completamente e o sorriso virou uma careta de incerteza. – Afinal de contas, minha Francesca...

– Sua filha não tem nada a ver com a situação – falou Justi. – Tenho certeza de que seria tão fácil convencê-la a se casar com o hïrzg quanto comigo. Afinal de contas, ca'Vörl pode ter o atual casamento anulado. O archigos pode fazer tais favores, não é? Pelo menos é o que um certo comerciante no Velho Distrito fala à boca miúda... Carlo co'Belli, que esteve em Brezno a mando do a'téni ca'Cellibrecca muitas vezes.

Justi viu o archigos visivelmente hesitar. – É óbvio que alguém anda enchendo seus ouvidos com insinuações e mentiras, kraljiki – disse ca'Cellibrecca. – Eu não fiz nada, *nada*, que não tenha sido pelo bem de Nessântico e por você especialmente, kraljiki. Eu fui o a'téni de Brezno por anos, sim, e é verdade que eu conheço bem o hïrzg e trabalhei com ele várias vezes, mas não sou um traidor: não da Concénzia e não do trono do kralji.

– Então eu tenho a sua resposta? – perguntou Justi. Ca'Cellibrecca fez que sim e deu uma rápida olhadela para o relaxado comandante. – Ótimo. Então você vai se preparar para partir comigo hoje à noite.

– *Partir,* kraljiki?

– O kraljiki mandou um pedido de negociação ao hïrzg – falou o comandante ca'Rudka. – Ele quer encontrar ca'Vörl antes que o seu exército chegue a Passe a'Fiume. Juntamente com a Garde Civile da cidade, nós vamos pegar os remanescentes da Garde Civile de Ville Colhelm, bem como as guarnições de Passe a'Fiume, Ile Verte e Chiari. Há esquadrões de alistamento forçado pela cidade neste exato momento, e pajens foram mandados a todas as casas dos ca'e co' para convocar os chevarittai. Você cuidará para que os ténis-guerreiros da Garde Civile nos acompanhem. Nós teremos uma força capaz de manter Passe a'Fiume, se a situação chegar a esse ponto.

Ca'Cellibrecca ficou boquiaberto, depois pareceu se sacudir e reclamou – Kraljiki, não é o papel da Fé interferir em questões políticas. Essa é a sua arena, assim como cuidar dos fiéis de Cénzi é a minha. Creio que eu lhe serviria melhor aqui, onde posso ajudar a acalmar o medo do populacho e garantir que os numetodos não tirem vantagem de sua ausência. Afinal de contas, eu mesmo não sou um téni-guerreiro.

– E dessa forma o archigos pode aparentar ter sido neutro, caso o hïrzg vença – disse ca'Rudka em poucas palavras. Ca'Cellibrecca disparou outro olhar para o comandante.

– Apesar das rudes insinuações do comandante, eu farei o que o kraljiki deseja, é claro – falou o archigos. – Mas peço que considere o que aconteceria se o hïrzg ca'Vörl escolher ignorar as regras da negociação como fez com as leis de Nessântico e decidir capturar o kraljiki, o novo comandante da Garde Civile e o archigos da fé concénziana, todos de uma vez só. O poder que isso daria a ele, os resgates que poderia exigir, as concessões que poderia forçar...

– Você não declararia o hïrzg imediatamente como um herege se ele fizesse isso, archigos? – perguntou Justi. – Não citaria a Divolonté para ele? Não retiraria o auxílio da Fé ou mandaria os ténis do hïrzg interromperem as missas para os firenzcianos? Não diria aos ténis-guerreiros ao lado de ca'Vörl que eles não poderiam mais invocar Cénzi para lançar seus feitiços de destruição e, caso fizessem isso, você cortaria suas mãos, arrancaria as línguas e os expulsaria da Fé? Na verdade, tudo isso é exatamente o que quero que você diga para ca'Vörl quando nos encontrarmos: ele tem que dar meia-volta com o exército; tem que entregar o controle militar das tropas dos Domínios em Firenzcia e, como garantia, vai enviar sua filha Allesandra para Nessântico como refém. Ele fará isso ou será declarado inimigo da Fé e dos Domínios e irá sofrer as consequências.

– Kraljiki...

– Presumo que eu esteja sendo suficientemente claro nessa questão, archigos – vociferou Justi, sem dar tempo para o homem reclamar. – Eu não sou minha matarh. Não evitarei confrontos distribuindo casamentos e alianças de um lado para o outro; não ficarei sentado no Trono do Sol tecendo teias de intrigas para prender e confundir meus inimigos. Ninguém irá *me* chamar de "Généri a'Pace", e isso não me incomoda de forma alguma. Quando for ameaçado, eu *tratarei* da ameaça diretamente e com uma força plena e terrível. Eu joguei o seu joguinho que envolveu o archigos Dhosti e os numetodos, e isso colocou você na posição que tanto cobiçava. Agora é a hora de devolver os favores que lhe fiz: por completo, sem ressalvas, e com juros. Se *não puder* fazer isso, archigos, então, como eu disse, tratarei da questão de maneira direta. Considerarei sua recusa como uma ameaça. Nós partiremos em 36 viradas da ampulheta, archigos. Eu verei você com sua carruagem e quaisquer assistentes que queira levar nas muralhas da Pontica Mordei naquele momento, assim como todos os ténis-guerreiros que conseguir reunir na cidade... ou farei com que balance da Pontica como um alerta ao novo archigos.

Ca'Cellibrecca pestanejou. Sentou-se. O corpo tombou como uma massa de pão não assada. – Kraljiki, você me magoa até o fundo do coração. Eu estava apenas tentando garantir que você tinha levado em consideração todos os aspectos da situação, como é a obrigação de qualquer bom conselheiro. Você tem minha total lealdade. Estarei lá ao seu lado, como deseja.

– Não é o que eu desejo – falou Justi. – É o que exijo.

Francesca ca'Cellibrecca

– TRINTA E SEIS VIRADAS da ampulheta... O que aquele homem está pensando? Ele não tem como reunir soldados suficientes até então. Mesmo com as fundições trabalhando em plena capacidade, os homens não terão a quantidade de espadas ou armaduras que precisam. A impaciência dele é incontrolável para ter esta guerra.

Francesca ouviu do corredor os murmúrios irritados de seu vatarh enquanto era conduzida aos aposentos do archigos pelo secretário dele. O templo inteiro estava em um frenético alvoroço com os preparativos precipitados, ténis e funcionários corriam de um lado para o outro como um vespeiro que alguém mexeu. – Archigos – falou o secretário ao pigarrear –, a vajica Francesca ca'Cellibrecca está aqui, como o senhor pediu.

– Ah... – Orlandi olhou para trás. Ela raramente tinha visto o vatarh tão obviamente agitado e preocupado. As bolsas debaixo dos olhos estavam escuras; o cabelo, desgrenhado; havia manchas na parte da frente do robe. Ele gesticulou freneticamente para os criados. – Não se esqueçam do novo robe que o alfaiate trouxe no último parladi – falou Orlandi para os serviçais. – Quero que esteja à disposição. E verifiquem que o vinho esteja empacotado cuidadosamente com palha. Ah, e não podemos nos esquecer dos itens da sacristia. Francesca, sem dúvida você ouviu... – O archigos pegou a filha pelo braço e acompanhou-a à sacada de seus aposentos, depois fechou a porta e deixou o caos para trás. Ali, ele abraçou Francesca.

– Vatarh, o senhor está tremendo. – Ela o soltou e deu um passo para trás.

– Eu sei, eu sei. – Orlandi foi para o parapeito e contemplou a praça, onde dezenas de pessoas preparavam o comboio de carruagens do archigos. O templo em si estava brilhando. A linha da Avi a'Parete era uma fileira de pérolas resplandecentes que serpenteava pela cidade. – Francesca, eu não sei o que irá acontecer. O kraljiki Justi... o homem está me forçando a agir antes de eu estar pronto. Ele sabe. De alguma forma, o kraljiki sabe que o hïrzg ca'Vörl e eu estivemos em contato. Ele não sabe até onde vai o contato ou não estaríamos aqui conversando, mas o conhecimento em si é perigoso.

Pela primeira vez, Francesca sentiu uma ardência de medo no próprio estômago. Justi podia estar sinceramente atraído por ela, mas se o vatarh deixasse de ser um aliado político ou se o kraljiki o considerasse como um sério inimigo, então a atração por ela também se dissolveria. Justi não desejava pessoas ou objetos que falharam em glorificá-lo ou servi-lo e descartava tais coisas inúteis sem se arrepender ou pensar duas vezes. A herege Ana co'Seranta demonstrou isso para Francesca muitíssimo bem. Talvez essa situação explicasse por que Justi estivera tão distraído e bruto durante o ato de amor na tarde de hoje. Ela sentiu os hematomas nos braços e seios incharem. – O que o senhor vai fazer, vatarh?

– Eu não sei. – A resposta foi quase um gemido. Ele rolou os olhos de um lado para o outro no reflexo das luzes mágicas que vinham da praça. – Eu não sei. Estou preso entre duas forças.

– Vatarh, Justi se casaria comigo. Eu posso forçar o caso. Na verdade, firmar esse compromisso não amainaria as suspeitas dele?

– E de que isso serviria para qualquer um de nós se Justi morrer ou for deposto como kraljiki? – Ele balançou a cabeça com tanta intensidade que moveu mechas grisalhas cheias de suor. – Não, minha querida, temos que manter o máximo possível de opções em jogo. Não tenho como saber mais até nos encontrarmos com o hïrzg e até eu enxergar como é a verdadeira situação com meus próprios olhos. Enquanto isso, você tem que sair de Nessântico. Assim que eu sair da cidade com o kraljiki, vá para o templo principal em Prajnoli e espere lá por notícias minhas. Eu já deixei instruções com o a'téni ca'Marvolli, e ele avisou seus u'ténis para esperarem por você. Talvez seja possível que você precise ir embora completamente de Nessântico, Francesca. Você será capaz de chegar à fronteira de Firenzcia em dois dias de Prajnoli se for necessário ou retornar à Nessântico. Tem o disco de código que lhe dei? Mantenha com você, vai precisar para quaisquer mensagens que eu envie.

– Vatarh...

Ele balançou a cabeça novamente. – Eu não tenho nada melhor para lhe oferecer, Francesca. Não a esta altura. Está tudo nas mãos de Cénzi. – Ele pegou as mãos da filha. – Eu sei de uma coisa. Cénzi nos vê com bons olhos porque sou o Defensor de Sua Palavra e da Divolonté. Ele não irá me abandonar. Ele não falhará conosco, não importa o resultado desta situação.

~ Ana co'Seranta ~

A PROCISSÃO SEGUIU para o sul pela Pontica a'Brezi Nippoli e para o norte até os portões da Avi a'Firenzcia. Ana não conseguia estimar o número de soldados que escoltavam o kraljiki: vários milhares ou mais, muitos deles recrutados à força nos últimos dias quando esquadrões da Garde Civile passaram pela cidade pegando homens fortes e saudáveis. O Velho Distrito foi especialmente varrido; a taverna debaixo do apartamento de Mahri foi invadida duas vezes, embora os esquadrões tenham ignorado os aposentos acima por alguma razão. O passo em uníssono das botas das fileiras inchadas da Garde Civile fez o chão tremer como um terremoto, as lanças eram grossas como capim-navalha acima dos soldados. Ana encolheu-se ao lado de Karl em um telhado do outro lado da Avi e da antiga muralha da cidade. Mahri estava com eles e mexia em uma engenhoca qualquer perto da beirada do telhado.

– Aquele é o comandante ca'Rudka – disse Ana. – Lá... está vendo, no cavalo de guerra branco? Ele está olhando para cá, para o telhado...

– Ele não irá nos ver ou reconhecer – falou Mahri. – Não hoje. Não comigo aqui. – O mendigo falou com pura confiança, e se Karl fez uma careta de incerteza, Ana acreditava em Mahri sem entender o motivo. Ela segurou o braço de Karl e observou a procissão passar pela cidade e sair.

– Olhe, lá está o kraljiki – disse Karl. Ana apertou mais seu braço assim que a carruagem de Justi apareceu na ponta norte da Pontica. Estandartes azuis e dourados com o punho cerrado do kraljiki segurando o globo partido de Cénzi tremulavam dos acompanhantes ao redor dele e da própria carruagem. As enormes cabeças de pedra dos antigos governantes retumbaram nos portões quando giraram para acompanhar o avanço do atual kraljiki. Ana ouviu o cântico dos ténis, sentiu o cheiro do perfume e viu o brilho das luzes mágicas ao redor de Justi, visível mesmo sob a luz do sol. Os chevarittai ca' e co' amontoavam-se em volta dele em suas montarias, usavam armaduras cobertas com as cores das famílias e os brasões das patentes como offiziers da Garde Civile nas vestes. A multidão em volta vibrou ao vê-los, e o kraljiki ergueu os braços radiantes e musculosos para o povo, vestido com um robe enfeitado sobre a armadura de placas reluzentes. Ana viu o queixo proeminente empinar-se diante da aclamação, notou a satisfação contida nos lábios. Algumas esposas da corte e *grandes horizontales* estavam entre os cortesãos e pajens que acompanhavam o comboio do kraljiki, mas Francesca não estava em lugar algum; esse era um pequeno consolo. Ana perguntou-se o que aconteceu com a mulher e por que não estava acompanhando o kraljiki.

– Aqui – falou Mahri. Ele afastou-se do dispositivo que montou e gesticulou para Ana e Karl. – Venham olhar através disso aqui. Ponha o olho aqui, Ana. – Mahri apontou para um pequeno tubo. Ana fechou um olho e colocou o outro na ponta do tubo de osso liso. Notou que havia vidro montado no tubo quando abaixou a cabeça.

Lá estava o kraljiki, tão perto dela que dava para ver a barba por fazer no rosto e cada joia costurada na gola do robe. Tão perto quanto esteve quando fez amor com ele... Os olhos da cor de terra arada tão próximos e penetrantes que Justi poderia estar ao lado dela, a cena inteira parecia vibrar ligeiramente, como se o pisar forte das botas da Garde Civile estivesse sacudindo o próprio mundo...

Ela conteve um gritinho e deu um passo para trás. Mahri riu. – Um feitiço? – perguntou Ana. Karl colocou o olho no aparelho; ele também sufocou um grito e afastou-se um instante depois.

– Não é um feitiço – falou Mahri. – Apenas vidro e metal. Olhem... – Ele foi até uma poça d'água no telhado e enfiou a mão. Estendeu a outra mão e deixou uma única gota cair da ponta dos dedos sobre a pele. – Viram como a gota aumenta a pele embaixo? O vidro ali no tubo tem o mesmo formato; ele dobra a luz e aproxima a visão de coisas que estão distantes. Mas isso não é magia, não é o X'in Ka ou o Ilmodo. É apenas um aparelho que qualquer pessoa pode usar; é chamado de "verzehen", a visão além do alcance.

Karl colocou o olho no aparato óptico novamente. – Se eu pudesse chegar assim tão perto, sem que ele soubesse... não sei como ele não consegue sentir meu olhar, como se eu estivesse exatamente ao lado dele. – Ele endireitou o corpo outra vez. – Ana, vá em frente e dê outra olhada.

Ela fez que não para Karl. – Prefiro esta distância – disse Ana ao olhar a carruagem do telhado, em segurança por estar pequena e afastada. Ela viu o veículo do archigos aparecer no fim da Pontica, cercado por ténis de robes verdes. Ver ca'Cellibrecca vestido com os brocados dourados e enfeitados que Dhosti ca'Millac usou tão recentemente, com o globo dourado de Cénzi no peito, fez a boca de Ana se contorcer em um cara feia.

Mahri tocou o dispositivo e ele virou facilmente, a ponta mais grossa foi apontada para os portões da cidade. – Olhe aqui. Diga-me o que você vê.

Ana dobrou-se sobre o verzehen novamente. Conforme o olho ajustava-se ao mundo circular que o dispositivo revelava, ela viu as pedras do imenso portão que foi formado pelas enormes rochas da antiga muralha da cidade. Lá, preso entre as pedras no meio da coluna alta ao sul do portão, havia um cilindro que parecia ser feito de vidro. Ela conseguiu ver apenas uma ponta do objeto, que estava bem enfiado em uma fenda na argamassa. – Uma ampola fechada com cera marrom em uma ponta – disse Ana. – Tem algo dentro, mas não consigo ver bem. Uma substância vermelha?

– Eu coloquei a ampola ali – falou Mahri. – Como o verzehen, não há nada de mágico a respeito. Ela contém duas substâncias químicas diferentes, separadas por uma camada de cera. Juntas, elas não fazem nada. Mas se alguém quebrar a ampola ou a cera derreter e as substâncias entrarem em contato... bem, elas são violentamente incompatíveis entre si. Cada uma procuraria destruir a outra e elas entrariam em erupção como um dos grandes vulcões de Il Trebbio, cuspiriam chamas e fumaça, e derrubariam as pedras dos portões em quem estivesse embaixo.

Ana endireitou o corpo novamente. Lá fora na Avi, a carruagem do kraljiki deslocava-se vagarosa e inexoravelmente em direção aos portões da cidade. O único olho de Mahri encarou Ana. – Mas nada acontecerá a não ser que a ampola seja quebrada ou aquecida, uma coisa que alguém que conhece o Ilmodo pode fazer facilmente, tenho certeza. Só bastariam alguns instantes de cânticos e o lançamento adequado, perfeitamente alcançável daqui. – A aclamação da rua aumentou conforme a carruagem do kraljiki passou por debaixo do prédio deles e começou a fazer a curva para o portão. Mahri ergueu a sobrancelha. O sol banhou as cicatrizes do rosto; para Ana, a face parecia uma carranca. – As pedras esmagariam completamente quem estivesse embaixo, e o pânico que viria a seguir mataria mais gente. Um acontecimento assim, adequadamente sincronizado, acabaria com a vida do kraljiki ou do archigos – continuou o mendigo. – Não tenho dúvidas quanto a isso.

Ana parou de olhar para Mahri. Ela contemplou o kraljiki, depois olhou para ca'Cellibrecca rua abaixo, cujas carruagens saíam da Pontica neste momento. – Eu farei. – Ana ouviu Karl dizer, quase que com ansiedade, mas Mahri ergueu a mão. – Não – disse o mendigo. – Você não vai. Não vou permitir. A escolha é de Ana. Somente dela.

– Quem levará a culpa? – insistiu Karl. – Os numetodos. É sempre assim com eles. Por que não torná-la a verdade literal desta vez?

– Não vou permitir – repetiu Mahri. – Ana?

Por que não? Qualquer um dos dois tiraria a sua vida sem remorso ou arrependimento. Justi nunca amou você, nem por um momento; ele pegou o que você ofereceu e usou para trair o verdadeiro archigos. E ca'Cellibrecca teria feito com você o que fez com o pobre Dhosti. Foi apenas o alerta de Dhosti que lhe salvou. Você apenas faria com eles o que fariam com você, ou com Karl, ou com Mahri...

– Ana?

A carruagem do kraljiki virou. A Garde Civile ao redor dele estava no portão, a carruagem em si estava próxima agora. *Por que não? Será que o hïrzg seria um governante pior? Será que poderiam lhe magoar mais do que o kraljiki e ca'Cellibrecca já fizeram? Cénzi perdoaria você – a própria Divolonté diz: "Aqueles que desafiam e subvertem a vontade de Cénzi serão mandados ao Seu encontro e receberão a plena justiça". Você pode fazê-los pagar por Dhosti, pelos numetodos que eles mataram, pelo tormento que deram a Karl, pela maneira com que lhe trataram. Seria apenas justo...*

A carruagem do kraljiki estava quase no portão. Tudo que ela precisava fazer era falar as palavras. Um simples feitiço de fogo – uma coisa que o u'téni co'Dosteau ensinou para a turma do primeiro ano. Ana balbuciou as palavras do Ilmodo, sentiu as mãos começarem a moldar o feitiço.

A carruagem entrou no portão. A multidão amontoou-se ao redor do veículo, o povo vibrava e acenava enquanto o kraljiki devolvia os gestos. Eles acenariam e vibrariam da mesma forma se fosse o hïrzg ca'Vörl que passasse por aqueles portões porque vibrar era seguro. Fingir estar do lado do vitorioso era seguro, mesmo quando o vitorioso não era melhor do que a pessoa que ele substituiu.

O fogo queimando carne, grandes pedras voando no ar, os gritos... a morte de Justi ou do archigos, sim, mas outros morreriam com eles, todos aqueles lá embaixo que vibravam e gritavam apenas para se protegerem e que não pediram por nada disso...

Ana fechou a boca. As mãos pararam de se mexer.

– Não posso – disse ela.

– Ana. – Ela ouviu Karl dizer, mas olhava para o rosto impassível de Mahri.

– Eu simplesmente... não posso – repetiu Ana, ainda sem saber para quem queria falar. – Não dessa maneira. O que acontece se eu fizer? – perguntou para o vento, para o sol, para o céu. – Estou ajudando ou simplesmente causando mais sofrimento, confusão e morte? Não sei...

Ela levantou as mãos e deixou que caíssem. A carruagem do kraljiki atravessou os portões; o veículo do archigos passou por eles. A multidão rugiu, um som como a respiração vibrante do próprio Cénzi. Ana sentiu lágrimas arderem nos olhos. – Não posso fazer isso. Não sem saber. Não sem alguma esperança de que estou mudando as coisas para melhor.

Mahri simplesmente concordou com a cabeça. Ela sentiu o abraço de Karl pelas costas. – Eu compreendo – sussurrou ele no seu ouvido. – Compreendo sim.

Eles assistiram à passagem da carruagem do archigos pelo portão. O veículo acompanhou o kraljiki para fora de Nessântico e entrou na Avi a'Firenzcia na direção do hïrzg, que estava à espera.

◊◊◊ NEGOCIAÇÕES ◊◊◊

Jan ca'Vörl

Ana co'Seranta

Justi ca'Mazzak

Orlandi ca'Cellibrecca

Sergei ca'Rudka

Justi ca'Mazzak

Ana co'Seranta

– EU ACHO BEM bonito, vatarh. Deveria ser um quadro.

– Eu gostaria de poder enxergar com os seus olhos – disse Jan para sua filha. – Tudo que vejo é um campo de batalha. – Ele pousou o braço nos ombros de Allesandra e abraçou-a.

As montanhas cobertas por pinheiros da cordilheira Cavasiana envolviam Passe a'Fiume em suas longas encostas íngremes. Lá, o rio Clario fluía branco e rápido ao descer dos planaltos Sigar no extremo oriente de Nessântico. A cidade ficava empoleirada na margem ocidental do Clario; uma longa ponte cruzava o rio a partir do portão de Passe a'Fiume: a Pontica Avi a'Firenzcia, o único ponto seguro para cruzar o bravio Clario por vários quilômetros nas duas direções até que o rio se acalmava e ficava mais largo ao se preparar para desembocar no grande A'Sele.

A cidade sabia de sua importância – era a maior da região leste de Nessântico, ainda residia quase que inteiramente dentro das muralhas fortificadas de três séculos de idade que foram erigidas sob as ordens do kraljiki Sveria I durante a interminável Guerra de Secessão, quando Nessântico buscou colocar Firenzcia completamente sob seu controle. As muralhas grossas de granito repeliram meia dúzia de sítios desde a época do kraljiki Sveria.

Agora o populacho contemplava das janelas com jardineiras e das torres com ameias e imaginava se sobreviveriam a um sétimo ataque.

– Os ténis-guerreiros podem realmente romper essas muralhas, vatarh? Elas parecem tão grossas.

– Podem sim. Eles romperão, caso o kraljiki não aceite nossos termos.

– Ele não vai aceitar – falou Allesandra com certeza. – Se ele for como o senhor, vatarh, ele não vai se submeter.

Jan riu ao ouvir isso. A alegria parecia deslocada.

O hïrzg havia disposto o exército nas encostas ao longo do Clario – a alguns quilômetros da cidade, mas no alto das escarpas voltadas para Passe a'Fiume. Ele sabia que os cidadãos veriam as tendas e fogueiras, os estandartes que tremulavam e a massa escura em movimento dos soldados que cobria as encostas como uma horda de insetos vorazes prestes a descer e devorar a cidade. Eles viram o exército se reunir nos últimos dois dias; podiam notar os soldados através dos filetes de bruma matinal até mesmo agora. Jan conhecia o medo que os cidadãos sentiriam e sabia que as forças que o kraljiki trouxe com ele seriam de pouco alento para a população de Passe a'Fiume.

Mesmo que o kraljiki conseguisse manter a cidade, um sítio significaria a morte de muitos moradores. Dificilmente uma vitória tão cara seria distinguível de uma derrota.

Desta posição privilegiada, Jan podia enxergar através da bruma as tendas de negociação montadas no campo logo depois do Clario, em frente a Passe a'Fiume: eram como flores brancas na grama diante das sombrias muralhas da cidade e da faixa marrom-esverdeada do rio. O estandarte do kraljiki tremulava no poste central da tenda maior. Havia algumas centenas de homens da Garde Civile lá, mas o kraljiki mantinha a maior parte dos soldados escondidos atrás do baluarte cinzento, austero e impassível das muralhas da cidade. Não importava: os espiões de Jan, enviados bem à frente do exército, relataram o número de tropas para ele.

Talvez metade das forças que estiveram em Ville Colhelm sob o comando de ca'Montmorte, alguns milhares vindo devagar de Chiari e Prajnoli, e talvez cinco mil que marcharam com o kraljiki e o archigos de Nessântico. Muitos dos cidadãos estão fugindo pelos portões orientais, desesperados para deixar a cidade, mas os esquadrões de alistamento forçado estão trabalhando lá e não deixam os homens saírem.

O kraljiki comandava uma força menor do que o exército às costas de Jan, porém mais do que o suficiente para tornar difícil um sítio a Passe a'Fiume. No entanto, havia ações em andamento que Jan duvidava de que o kraljiki estivesse ciente. Como em um jogo de cartas, saber a mão que o oponente recebeu dava uma enorme vantagem no processo de apostas. Jan deu um sorriso cruel ao olhar para as tendas de negociação que esperavam pela reunião naquela tarde.

– O kraljiki vai montar sua resistência aqui, mas não tem certeza do resultado; é por isso que ele quer negociar – disse a voz de Markell.

Jan riu novamente ao soltar a filha para olhar para Markell. A figura magra como um palito do ajudante de ordens parecia estranhamente deslocada em uma cota de malha. Markell também contemplava Passe a'Fiume através da bruma fina da manhã. – E, como sempre, você sabe exatamente o que estou pensando – disse Jan para ele. – Assim como Allesandra. Pareço ser completamente transparente para vocês dois.

– É o meu trabalho antever o que o senhor quer, meu hïrzg – respondeu Markell em tom sombrio. – Eu sei que esta situação não é a que esperávamos; a estupidez do starkkapitän ca'Staunton em Ville Colhelm custou-nos uma travessia fácil do Clario e muitas vidas se tivermos que tomar a cidade à força. Ainda assim, com um sítio de uma semana, bem possivelmente menos do que isso, o senhor terá a rendição que quer, creio eu. O kraljiki está procurando uma solução diplomática, não uma militar. Como a matarh dele faria.

Jan fez uma cara feia. A avaliação de Markell era bem verdadeira: se ca'Staunton tivesse seguido as ordens em Ville Colhelm, o kraljiki ainda estaria em Nessântico com a Garde Civile em seus quartéis, e os portões de Passe a'Fiume já estariam abertos para Jan, assim como a estrada para Nessântico. Agora a estupidez teria que ser paga em sangue. Muito sangue... – Você parece ter certeza, Markell. Infelizmente, eu não.

Foi Allesandra quem respondeu. – O kraljiki Justi nunca lhe enfrentou em batalha, vatarh.

– Eu agradeço a confiança – respondeu Jan com um sorriso para a filha –, mas o rosto de Markell está solene demais. O que foi, Markell?

– O u'téni co'Kohnle requisitou uma audiência. Ele está esperando em sua tenda. Diz que está... *preocupado* com os ténis-guerreiros, uma vez que sabemos que o archigos está com o kraljiki em Passe a'Fiume.

Jan suspirou alto. Esfregou os braços para combater o frio da manhã. – Ah, eu esperava por isso. Nós temos notícias de ca'Cellibrecca?

– Não, hïrzg. Porém, em defesa do archigos, seria bem difícil para ele entrar em contato conosco no momento.

Jan torceu o nariz. – Ca'Cellibrecca não pode mais ficar em cima do muro. É melhor que ele se dê conta disso. É bom que não me traia, ou se trair, terá que rezar para Cénzi e pedir que o kraljiki vença porque eu farei pior do que tirar sua vida caso ele fique no meu caminho. – Jan tomou um longo fôlego e soltou o ar abruptamente.

– Sim, meu hïrzg – falou Markell. – E o u'téni co'Kohnle?

– Eu irei falar com ele. Venha, ande comigo e Allesandra de volta à tenda. – Jan colocou o braço sobre os ombros da filha novamente enquanto dava uma última olhadela para o campo e as tendas que aguardavam fora das muralhas...

– Semini – disse ele ao entrar. – Você queria me ver.

Co'Kohnle fez o sinal de Cénzi e uma grande mesura para Jan, um gesto que deixou à mostra o cabelo negro espesso e com fios grisalhos da cabeça. A barba nas bochechas e queixo tinha os mesmos fios grisalhos do cabelo. Braços musculosos flexionaram-se por baixo do robe verde, e Jan notou os anéis de aço da cota de malha por baixo. O globo partido de Cénzi estava pendurado de maneira proeminente em seu pescoço. – Meu hïrzg, obrigado pelo seu tempo.

– Eu sei o que lhe preocupa, Semini – falou Jan. – Certamente você sabia que a situação poderia chegar a este ponto.

Co'Kohnle deu um sorriso curto. – Se me perdoa, a distância entre "poderia chegar" e "chegou" é a mesma do Strettosei inteiro, meu hïrzg. Já não é mais o caso de "poderia", e por conta disso, muitos dos ténis-guerreiros estão preocupados. Vim falar em nome deles.

Jan tinha certeza de que havia outros motivos em jogo aqui. Ele conhecia co'Kohnle bem o suficiente para saber que o homem era um devoto fanático; também o conhecia bem o suficiente para saber que sua devoção era dedicada a Cénzi, e não necessariamente àqueles que alegavam falar pelo deus. Havia uma ambição e ego brutos no homem... e isso significava que ele podia ser manipulado. Jan gesticulou para a mesa onde os pajens colocaram pão e vinho. – Por favor, sirva-se – disse ele. – E quanto a você, Semini? Você está preocupado?

– Estou tão preocupado quanto qualquer pessoa de fé estaria – respondeu co'Kohnle. Ele pegou um pão, arrancou um pedaço da outra ponta da bisnaga e virou nos dedos. – A fé concénziana é o que nos sustenta, e o archigos é a pessoa a quem juramos ser leais. Não ao kraljiki. Nem mesmo, com seu perdão, ao hïrzg. Portanto, sim, eu estou preocupado, porque o archigos está aqui em Passe a'Fiume e com o kraljiki, e não é uma consequência trivial para um téni ser expulso da Fé. – Ele abaixou o olhar para as mãos fortes e ergueu-as para Jan. – O senhor sabe o que acontece com um téni que é expulso, caso um dia volte a usar o Ilmodo novamente.

Aqui está, então. Jan observou co'Kohnle enfiar o pão com cuidado na boca, mastigar por um momento, e engolir. – Continue, Semini, estou ouvindo.

– Eu sou um homem prático, como sabe, meu hïrzg. Eu nasci em Firenzcia. Dentro da Fé, eu servi o archigos Orlandi em toda a sua gestão como a'téni de Brezno. Sempre fui mais leal a ele do que àquele anão Dhosti, e também sempre fui mais leal ao hïrzg do que à kraljica Marguerite, e certamente mais leal ao senhor do que ao kraljiki Justi. Minhas afinidades seguem os objetivos declarados pelo novo archigos, como sabe. Eu adoraria ajudar a expulsar os numetodos dos Domínios e acabar com a heresia deles. O Ilmodo tem que permanecer nas mãos da Concénzia, por várias razões. Sei que o senhor também compartilha dessas opiniões, e é por isso que o senhor e o archigos combinam tão bem um com o outro. Eu também lhe dei a minha palavra que lhe serviria em seu posto como líder do éxercito de Firenzcia, assim como os outros ténis-guerreiros aqui. Eu sou firenzciano, mas...

Ele arrancou outro pedaço do pão. – Se o archigos declarar que nós ténis-guerreiros que lutamos com o senhor estamos desafiando a Divolonté, então eu não sei. Alguns ainda lutarão; outros, não. O mesmo é verdade para os chevarittai e os soldados; existem aqueles que ficarão com medo de lutar se pensarem que estão fazendo algo que ameace seu relacionamento com Cénzi.

Jan concordou com a cabeça. *E você não estaria me dizendo isso se já não tivesse a solução na cabeça e se não procurasse por alguma coisa.* Ele serviu vinho em uma das taças e ofereceu para co'Kohnle, depois se serviu. – Eu agradeço sua cautela e suas considerações, Semini – falou o hïrzg. – Ocorreu-me que, uma vez que o pobre Estraven ca'Cellibrecca jamais chegou a Brezno, o posto de a'téni de Brezno está vago, e que você, como a pessoa que lidera meus ténis-guerreiros e como confidente do archigos quando ele estava em Brezno, é agora o téni de mais alta patente em toda Firenzcia. Eu suspeito, e aqui vai apenas uma especulação minha, Semini, que o archigos pode ser persuadido, se vencermos, a nomear você como a'téni de Brezno.

Jan notou o espasmo de pequenos músculos no maxilar de co'Kohnle enquanto o homem ponderava sua meia promessa. Sim. Era isso! – Falando nisso – continuou o hïrzg –, caso o archigos cometa o terrível erro de me trair aqui, um erro que ele bem pode cometer, então depois de nossa vitória eu estaria em uma posição capaz de influenciar todos os a'ténis da Fé a nomear um novo archigos, um cuja lealdade seja inquestionável. Eu recompenso bem aqueles que ficam ao meu lado, Semini. Eu recompenso muito bem, especialmente se demonstram como podem ser líderes efetivos. Garanto-lhe que os soldados de Firenzcia não deixarão de lutar mesmo que um falso archigos ameace suas almas, porque aqueles que os comandam não permitirão. Porque eu não permitirei. O starkkapitän ca'Staunton não compreendeu isso, mas o starkkapitän ca'Linnett parece ter entendido o conceito. Você me entende, Semini?

O homem concordou lentamente com a cabeça. – Sim. Creio que sim, meu hïrzg.

Jan deu um passo à frente na direção dele, tão próximo que podia ver os pelos nas narinas do sujeito. – Então lhe pergunto, u'téni co'Kohnle, como comandante dos ténis-guerreiros, você acha que aqueles sob seu comando entenderiam que um archigos que traiu sua palavra para mim é um falso archigos que não merece o título? Acha que entenderiam que um homem assim não fala mais por Cénzi, não importa o título que possa ter no momento?

O homem franziu os olhos. Ele encarava Jan, mas o olhar estava em outro lugar, perdido na imaginação. – Eu acho que posso persuadi-los a enxergar seu ponto de vista, meu hïrzg, caso seja necessário. Sim.

Jan ergueu o vinho e bateu com a borda da taça na de co'Kohnle. – Ótimo. Bebamos então ao nosso entendimento.

Ana co'Seranta

NESSÂNTICO SEM um kralji sacolejava como um barco sem uma mão no timão. A Concénzia sem um archigos no templo engasgava e vacilava. A cidade estava ansiosa, dava pulos ao ouvir qualquer barulho e encolhia-se de medo com qualquer nuvem escura. Rumores voavam pela cidade como assustadores e furiosos morcegos negros que batiam as asas.

A Garde Kralji estava especialmente nervosa, e a Bastida estava lotada por pessoas presas por declarações traiçoeiras. O sistema judicial ficou rapidamente sobrecarregado; juízes ofereciam a muitos dos presos a chance de provar a lealdade (e retomar a liberdade) caso se juntassem à Garde Civile; muitos aceitavam. Somado a isso, os esquadrões de alistamento forçado da Garde Civile percorriam diariamente a cidade e as vilas e fazendas ao seu redor para pegar quaisquer homens desavisados que encontrassem e jogá-los no acampamento cada vez maior do lado de fora das muralhas da cidade, ao longo da Avi a'Parete. Lá, esquadrões cansados e apavorados podiam ser vistos marchando e treinando durante o dia. Guarnições de Villembouchure e Vouziers chegaram poucos dias depois da saída do kraljiki e incharam tanto o acampamento que as Avis ao norte e oeste da cidade ficaram lotadas de soldados, da estrada até as margens do rio Vaghian. Centenas, se não milhares de soldados inundavam a cidade à noite: nos restaurantes, bares e tavernas, nos bordéis. Mesmo durante o dia, grupos de soldados com espadas à cintura eram vistos em todas as praças públicas.

A crise afetava a Concénzia também. Sem o archigos e os ténis mais experientes e graduados, a infraestrutura de Nessântico vacilava. Havia rumores de que os a'ténis, cuja maioria ficou para trás a fim de cuidar dos assuntos da Concénzia na ausência do archigos, procuravam por desculpas para voltar às cidades de origem e planejavam suas partidas. Como consequência, os ténis da cidade eram mal direcionados, e as preocupações e incertezas deixavam seus feitiços do Ilmodo fracos e ineficazes. O esgoto fluía sem tratamento para o A'Sele e tornava o rio um valão ainda pior do que o usual, o fedor ia muito além das margens. A iluminação noturna da Avi a'Parete era irregular – às vezes longos trechos da Avi, especialmente na zona leste do Velho Distrito, ficavam às escuras simplesmente pouco depois de algumas viradas da ampulheta e as lâmpadas terem sido acesas. As fundições que utilizavam ténis para acender os grandes fornos e as forjas descobriram que o fogo do Ilmodo às vezes era fraco demais para derreter o minério sem usar mais carvão do que o normal. As carruagens conduzidas por ténis eram uma visão rara mesmo para aqueles da Concénzia, e uma vez que o exército cada vez maior levou a maioria dos cavalos, as pessoas andavam ou ficavam em casa. A maior preocupação era a falta de ténis para as brigadas de incêndio, e havia o medo de que uma fagulha qualquer pudesse destruir quarteirões e casas, especialmente no Velho Distrito, antes que ténis suficientes pudessem ser chamados para apagar as chamas.

As grandes cabeças de pedra em cada um dos vários portões da cidade não giravam mais com o sol; não havia ténis disponíveis para dar mobilidade. As trompas nos templos ainda anunciavam as chamadas, as missas continuavam – e os u'ténis e o'ténis que realizavam os rituais viam mais pessoas nos bancos do que era normal, porém menos folias, siqils e solas nas caixinhas de doações.

A guerra era uma sombra no pensamento de todos, nas atividades de todo mundo. A própria Nessântico não passava por um sítio ou mesmo uma batalha próxima há séculos. Essa não era uma situação que tivesse um equivalente para as muitas gerações de famílias que viviam entre as muralhas há muito tempo rompidas da capital. A guerra era algo que acontecia nos limites e fronteiras dos Domínios – em Tennshah, Daritria, Shenkurska, na fria Boail ou nas distantes Terras Ocidentais –, sempre lá, sempre facilmente à disposição para aqueles que procuravam fama e glória através de suas sangrentas circunstâncias, mas sempre a uma distância segura.

Nunca mais. A guerra pairava bem ali ao leste, uma nuvem escura no horizonte com raios estalando debaixo da base negra. As feiras estavam lotadas todos os dias, mas as barracas ficavam vazias por conta do inchaço da cidade e do desvio dos produtos agrícolas para alimentar o exército, as pechinchas eram desanimadas, as conversas não envolviam a qualidade das verduras e carnes, mas sim o que poderia acontecer se as negociações do kraljiki falhassem. Na margem sul, ficou ainda mais caro comer nos restaurantes da moda conforme os suprimentos ficavam escassos e os preços dos cardápios subiam como resposta. Na margem norte, para os moradores pobres, o preço do pão que era congelado há décadas em uma d'folia triplicou de uma noite para outra após a partida do kraljiki e continuava a aumentar; havia relatos de serragem misturada à farinha ou de pães bem menores do que o padrão mínimo – ambas práticas ilegais, mas que também não eram surpreendentes. Lojistas abriam as portas todas as manhãs, mas poucos fregueses entravam, e aqueles que entravam queriam conversar sobre política, não a respeito das mercadorias em exposição. Os artífices descobriram que os clientes ricos que os contratavam para construir ou remodelar, para emassar ou decorar, para tocar música nas festas ou pintar retratos combinavam poucos serviços. "A guerra, você sabe..." era sempre a resposta, acompanhada por um rolar de olhos para o leste.

A guerra...

A guerra era uma sombra sobre Ana também. Os esquadrões de alistamento invadiram a taverna embaixo da moradia de Mahri duas vezes na semana seguinte à partida do kraljiki. A confusão acordou Ana e Karl às altas horas, embora novamente os esquadrões jamais tenham subido para seus aposentos, um fato que ela já não achava mais tão estranho assim. Na terceira vez que eles vieram, a invasão começou com os mesmos gritos abafados ouvidos através do chão do apartamento, gritos que interromperam e depois afastaram o sonho em que ela conversava com o archigos Dhosti no Velho Templo. No sonho, o archigos estava mandando que ela curasse sua matarh, mas a matarh parecia possuída, falava em vozes que não eram dela, berrava alto...

– Ana?

– Estou ouvindo. – Ela abriu os olhos e conseguiu enxergar Karl de maneira turva sob o pouco de luar que entrava pelas palhetas das persianas. Ele estava diante de uma das janelas, com a persiana um pouco aberta para ver o pátio lá embaixo. Mahri tinha saído. Ana ouviu barulho de vidro se quebrar lá embaixo e mais gritos.

– Lá vão eles – disse Karl da janela. – Estão arrastando quatro pobres desgraçados que não voltarão para as esposas ou famílias hoje à noite ou tão cedo. Daqui a pouco eles só terão crianças para levar.

Ana levantou-se dos cobertores e foi até ele. A proximidade de Karl era uma sensação boa, um calor pelo corpo. Ele passou o braço por Ana enquanto os dois observavam o esquadrão de alistamento levar os homens rua abaixo. Ela sentiu Karl tirar o braço e ouviu quando ele começou a falar em sua estranha versão da língua do Ilmodo.

– Você não pode, Karl. Eles saberiam que esteve aqui, levariam você de volta para a Bastida.

As mãos de Karl pararam de se mexer, a voz ficou quieta. Ana notou outros rostos nas janelas pela rua: pessoas que perguntavam quem fora levado desta vez. Uma mulher saiu correndo e gritando de uma das portas, tentou puxar um dos homens para longe do esquadrão, e foi empurrada por eles. – Falina, eu voltarei. Cuide de Saddasi. Eu voltarei... – eles ouviram o homem berrar ao ser levado pela rua até a próxima esquina. A mulher encolheu-se no chão aos prantos enquanto os vizinhos saíram para confortá-la.

O braço de Karl apertou os ombros de Ana. Ela apoiou-se no abraço.

– Eu odeio isto. – Ana ouviu Karl dizer. – Odeio tudo isso: ficar escondido, o medo constante, a maneira como a cidade inteira se sente.

– Eu sei. Também estou cansada disso.

– Nós deveríamos ir embora – falou Karl. – Ir para outro lugar qualquer. Voltar para a Ilha, talvez. Tem coisas que eu adoraria mostrar para você lá, se fosse comigo.

Como a mulher que você deixou lá com a promessa de noivá-la? Ela tinha medo de dizer isso, medo de que houvesse muita amargura na voz e muita vulnerabilidade no coração. – Não posso ir embora – falou Ana. – Aqui é o meu lar. Minha matarh está aqui, o Templo do Archigos está aqui, assim como qualquer esperança que eu tenha de derrubar as mentiras que têm sido espalhadas sobre mim e o archigos Dhosti. Se fugirmos, Karl, todos pensarão que é tudo verdade, e... – Ela parou. Fungou. – *Fumaça* – disse Ana com dificuldade. – Algo queimando. – Ela virou-se e olhou para o quarto. Pensou ter visto uma bruma escura entrar na escuridão do quarto, como um névoa negra que se infiltrava pelas tábuas do assoalho do outro lado do quarto. Havia luz também, um brilho vermelho que penetrava pelas frestas das tábuas gastas de ébano.

– Fogo – murmurou Ana. – A taverna...

– Vamos – falou Karl. Ele pegou Ana pelo braço. – Temos que sair daqui. Rápido...

Eles fugiram dos aposentos e desceram a escada externa. As chamas já lambiam as persianas do primeiro andar e a fumaça saía da frente do prédio. O alarme começava a se espalhar através de gritos e berros dos prédios próximos conforme os vizinhos alertavam uns aos outros. – Encontrem o utilino! – berrou alguém. – Precisamos dos ténis-bombeiros ou o quarteirão inteiro será perdido!

Karl ficou puxando o braço de Ana enquanto ela permanecia no centro da alameda e olhava fixamente o prédio. A porta da taverna estava delineada pelo fogo. – Temos que ir embora. Você não pode estar aqui quando eles vierem.

– Eles não chegarão a tempo – reclamou Ana. – Você sabe disso. Nós podemos apagar o fogo. Eu sei o feitiço.

– Eu não sei, e aquele incêndio exigiria uma dezena de ténis-bombeiros, Ana. O prédio foi perdido, e logo vai acontecer com todos ao redor; não dá para determos isso.

Ela afastou a mão de Karl em seu braço. – Ana...

Ana fechou os olhos diante do apelo. Começou a entoar, tentou lembrar--se das palavras ensinadas pelo u'téni co'Dosteau. *Um gestual mais amplo desta vez; maior até do que antes...* As palavras vieram devagar, mas aí ela pegou o ritmo do cântico e as palavras fluíram com facilidade, as mãos moldaram o poder que ela sentiu crescer ao redor com o cântico. A forma que o u'téni co'Dosteau ensinou era truncada, um pequeno feitiço de treino, mas Ana improvisou e deixou que a mente encontrasse caminhos que expandissem o feitiço. Não pensou em nada, apenas deixou a mente aberta para o Ilmodo, deixou as mãos se moverem inconscientemente. O poder continuou a aumentar, uma tempestade invisível de chuva e vento ao redor de Ana que apenas ela era capaz de sentir, uma tempestade que se debatia, resistia e lutava contra Ana. Quando ficou tão forte que ela temeu não conseguir mais conter, Ana parou de entoar e manteve a palavra de lançamento do feitiço na mente: outra vez era uma palavra que ela não conhecia, uma palavra que Cénzi deve ter colocado em sua cabeça.

Ela abriu os olhos e, a distância, colocou as mãos em concha em volta da taverna. Notou os dedos tremerem e brilharem com um tom frio de azul.

Ana falou.

O próprio ar respondeu a ela.

O feitiço disparou, uma explosão invisível e gelada que reduziu a lascas as portas e persianas da taverna. O vento uivou e soltou um grito agudo que obrigou as pessoas por perto a colocar as mãos nos ouvidos. A fumaça que saía do prédio aumentou tremendamente, mas ganhou um estranho tom branco que parecia brilhar sob a luz do luar e sobrepujou as chamas vermelhas. Um rápido *UOMP* reverberou pela rua e foi seguido por silêncio.

Assim ficou o prédio: o primeiro andar escurecido em volta dos buracos abertos das janelas e da porta, com filetes de fumaça ainda subindo. Mas não havia chamas visíveis. Ana viu a cena, mas aí bateu o cansaço do Ilmodo, tão forte quanto jamais tinha sentido. Os joelhos cederam, e ela ouviu os gritos da multidão e uma voz perto que disse – Ana, você é mais perigosa do que qualquer um pensou. – A voz era de Mahri, e Ana vislumbrou o rosto machucado e encapuzado no túnel estreito de sua visão.

– Mahri – falou ela. – Eu precisava...

– Não, não precisava, mas não fico surpreso que tenha pensado que precisava. E agora nós temos que tirar você daqui.

Ana sentiu-se sendo erguida. – Karl? – Ela viu os prédios passarem e ouviu as pessoas gritarem em volta... porém era mais fácil cair no sono do que se preocupar a respeito da situação, e Karl e Mahri estavam lá para protegê-la, portanto ela permitiu-se despencar por um tempo. Nunca chegou exatamente à inconsciência. Esteve ciente do movimento, das vozes, de ser levada para algum lugar. Ela devia ter dormido um pouquinho; acordou sentindo o cheiro de pão quente e chá. Ana abriu os olhos para a luz do dia em um quarto que não reconheceu.

– Já não era sem tempo – ouviu Karl dizer. Ele veio de outra sala com um prato e uma caneca que colocou no chão, ao lado do colchão de Ana, depois sentou-se ao lado. – Quatro viradas da ampulheta, eu diria, se tivéssemos uma ampulheta para virar. É de manhã. – Karl sorriu. – Eu trouxe o café. Sabia que estaria faminta.

Karl ofereceu o pão com uma única fina passada de valiosa manteiga por cima. Bastou o cheiro para deixar Ana esfomeada, e ela pegou uma das fatias e avançou vorazmente. – Mahri? – conseguiu dizer entre as mordidas.

– Ele trouxe a gente aqui, depois desapareceu. Não o vi desde que amanheceu. O homem não deve dormir como as pessoas normais. – Ana sentiu o olhar de Karl enquanto pegava outra fatia e tomava um gole da caneca de chá fumegante. – Aquela foi uma demonstração impressionante do Ilmodo. Quase me fez querer acreditar em Cénzi. Acho que também impressionou Mahri. Ele ficou murmurando sozinho o tempo todo em que carregamos você.

– O incêndio teria destruído tantas casas. Todas aquelas pessoas...

– Eu sei. Eu entendo por que você não me ouviu. Só não compreendo como fez tudo aquilo.

– Eu também não compreendo como você faz – falou Ana. – Por um tempo, isso me fez duvidar de tudo. Inclusive de mim mesma.

Karl sorriu novamente. – Evidentemente, você reencontrou-se. – A mão dele fez carinho no rosto de Ana; o toque provocou um calafrio nela.

– Não – disse Ana, e ele recolheu a mão.

– O que foi?

– Qual é o nome dela? A mulher em Paeti. Sua noiva.

Ela não tinha certeza por que disse aquilo: as palavras escaparam como se estivessem à espreita na mente, à espera. Houve um longo silêncio. Karl olhou fixamente para Ana. – Como você soube?

– Faz diferença? – Ela ficou incomodada que Karl parecia mais irritado do que envergonhado. – O que importa é que você jamais falou dela para mim. Qual é o nome dela?

Ana viu Karl tomar folêgo, depois outro. – Kaitlin – falou finalmente. – Ana, eu estou há dois anos longe de casa agora. Não sei quando retornarei ou se retornarei. Kaitlin e eu... nós prometemos que seríamos fiéis. Mas acho que ambos sabíamos que eu poderia encontrar outra pessoa ou que ela poderia...

– Isso *aconteceu*?

Ele abaixou a cabeça. Concordou. – Comigo, aconteceu. Acho que você sabe disso.

– E com ela?

– Não sei.

– Você *devia* saber, Karl.

Ele não falou nada. O chá fumegava na caneca nas mãos de Ana. – Aconteceu com *você*? – perguntou Karl finalmente. – Comigo?

– Talvez. Não sei. Muitas coisas aconteceram, e eu não tenho certeza de nada neste momento. Mas não sei se estou pronta para o que você quer.

– Por causa de Kaitlin.

Ana não era capaz de decidir se isso foi uma declaração ou uma pergunta. Ela concordou com a cabeça. – Sim. E... outras coisas. Karl, eu talvez nunca esteja pronta.

Caso ele tivesse ido embora, caso tivesse simplesmente feito que sim e aceitado aquilo, ela saberia que tudo estaria terminado entre os dois. Ana sabia que essa atitude teria matado seja lá o que foi que os aproximou. Teria mudado as coisas entre eles para sempre.

Karl não fez isso. Ele ajoelhou-se na frente de Ana e pegou em suas mãos enquanto segurava a caneca e disse – Então eu posso esperar.

Justi ca'Mazzak

A BRUMA DA MANHÃ foi embora há várias viradas da ampulheta, e o céu estava cheio de nuvens cinza que vinham vagarosamente na direção deles. Justi gesticulou, e o grande portão de Passe a'Fiume gemeu e reclamou ao ser erguido enquanto os grossos portões de carvalho foram abertos. A comitiva de Justi era pequena: não mais do que vinte chevarittai ca' e co' que cuidavam dele, o comandante ca'Rudka acompanhado por dois duplas mãos[1] da Garde Civile, o archigos ca'Cellibrecca com o u'téni co'Bachiga de Passe a'Fiume e meia dúzia de ténis-guerreiros do Templo do Archigos.

Das muralhas da cidade, Justi tinha observado o séquito do hïrzg ca'Vörl entrar ostensivamente no campo exatamente além do alcance de flechadas (embora não fora do alcance dos ténis-guerreiros). Os arqueiros permaneceram dispostos nas muralhas enquanto a pequena força de Justi avançou do portão para a ponte do rio Clario. Um pajem com o uniforme do kraljiki es-

1 Dupla mão é um termo de cavalaria para o oficial que tanto pode comandar um esquadrão quanto um batalhão. Também é o caso do soldado que luta com um mosquete e um sabre ao mesmo tempo, que não é aplicável aqui. (N. do T.)

perava do outro lado da ponte segurando uma espada embainhada nos braços. Ele fez uma mesura quando Justi foi lentamente a cavalo até o pajem.

– Meu kraljiki, o hïrzg Jan ca'Vörl aceitou sua espada de mim e pediu que lhe desse isso em retorno – disse o pajem. A voz do jovem tremeu um pouco ao apresentar a espada pelo cabo. Justi inclinou-se para pegar a arma enquanto o pajem, ainda curvo, recuou. A espada era simples, mas obviamente bem usada: a espada de alguém que usou a arma como ferramenta de guerra, não em tediosas cerimônias. As tiras que envolviam o cabo estavam manchadas, e a sensação era de solidez. As iniciais do hïrzg foram gravadas no pomo, as linhas fundas e elaboradas foram preenchidas com reluzente lápis-lazúli, o único toque de ostentação na arma. Justi sacou a espada; ela tinha uma bela estabilidade na mão, dois gumes polidos e afiados com uma ligeira curva que era a marca registrada do sabre firenzciano. O aço era acetinado e quase escuro e retiniu uma nota aguda ao sair da bainha.

A espada era uma mensagem, ele sabia. A espada de apresentação que Justi deu para ca'Vörl foi uma das espadas cerimoniais que sua matarh mandou fazer como presente para os embaixadores e representantes: mais obra de arte do que arma, mais joia do que gume.

– Aço firenzciano – comentou o comandante ca'Rudka ao surgir ao lado de Justi. O nariz de prata reluzia sob a luz do sol; Justi notou o próprio reflexo distorcido em uma narina. – Lindo, se a pessoa gosta de coisas letais. – Pelas sobrancelhas erguidas de ca'Rudka, Justi percebeu que o homem entendeu o significado do presente. Justi embainhou a arma, prendeu a alça da bainha no cinto e cutucou gentilmente o cavalo para seguir adiante de novo enquanto o pajem foi para o lado. A comitiva começou a andar, os cascos batiam alto nas tábuas de madeira da ponte. Justi ergueu o olhar na direção das tendas que desciam a Avi, com as laterais abertas para que a brisa entrasse e para que Justi visse que não havia engodo. Ele viu a comitiva do hïrzg nas sombras debaixo da cobertura de linho.

– Em breve saberemos se o aço será necessário – falou Justi para ca'Rudka.

– Acha que é uma possibilidade, kraljiki? – Ca'Rudka estava olhando além das tendas para as montanhas e o exército que esperava lá.

Justi estava se perguntando a mesma coisa, mas não respondeu à pergunta e o comandante não insistiu. O kraljiki gesticulou para os demais, e eles continuaram a caminho das tendas. Os pajens correram à frente quando o grupo chegou ao gramado: pegaram as rédeas dos cavalos, trouxeram escadinhas para ajudar Justi e os demais a apear das montarias. Criados levaram os cavalos embora para pastar, e outros chegaram para oferecer bebidas à comitiva. Justi dispensou-os com um gesto, pois não queria colocar nada na caldeira que era seu estômago. – Por aqui, kraljiki, o hïrzg está à sua espera.

Uma mesa comprida fora montada no meio da tenda, com duas cadeiras ornamentadas em cada ponta. Assentos menos decorados e confortáveis foram dispostos ao redor das duas pontas para que o kraljiki e o hïrzg pudessem cada um consultar seus conselheiros à vontade. Dois escribas estavam ao lado de mesinhas dobráveis com pergaminhos, penas e potinhos cheios de nanquim, preparados para documentar os trabalhos. Pajens e criados ficaram ao longo de ambos os lados, prontos para servir comidas e bebidas ou levar documentos de um lado para o outro, ou simplesmente para afastar insetos chatos.

Quando Justi entrou na penumbra fresca da tenda, o hïrzg ca'Vörl levantou-se devagar e quase de má vontade da cadeira na ponta da mesa, embora sua comitiva já estivesse de pé. Justi reconheceu alguns deles de suas viagens cerimoniais a Brezno: o magricelo Markell, o conselheiro e secretário do hïrzg; o u'téni co'Kohnle, o líder dos ténis-guerreiros firenzcianos. Mas a pessoa que estava usando a águia de starkkapitän não era Ahren ca'Staunton, mas um jovem offizier qualquer cujo rosto Justi não conhecia.

Todos, exceto ca'Vörl, abaixaram a cabeça por reflexo quando ele aproximou-se da mesa com o archigos e ca'Rudka, um de cada lado, mas Justi sentiu que era encarado como se eles tentassem enxergá-lo por dentro – todos, menos o próprio ca'Vörl. O hïrzg simplesmente observava, como se estivesse levemente entediado pelos trabalhos. Justi ficou atrás da cadeira e devolveu o olhar, e finalmente ca'Vörl fez um mínimo movimento com a cabeça para o kraljiki, a sombra de um aceno.

– Eu esperava encontrá-lo novamente em... circunstâncias mais agradáveis, hïrzg Jan – disse Justi. Um pajem puxou a cadeira pesada, e ele sentou-se. O kraljiki acenou com a cabeça para os demais reunidos; o hïrzg sentou-se em frente a Justi, e houve um farfalhar de tecido e um ruído mais alto de cota de malha e placas de metal quando os outros sentaram-se ao redor deles. Justi olhou de relance para uma pasta grossa de couro colocada diante dele sobre a mesa, marcada com a insígnia do garanhão rampante de Firenzcia. – O que é isso?

– Estes são os meus termos para a sua rendição, kraljiki – respondeu ca'Vörl facilmente. – Deixe-me resumi-los para você. Você abdicará do seu título em meu favor e passará o controle da Garde Civile para o starkkapitän ca'Linnett. Meu exército seguirá através de Passe a'Fiume para a cidade de Nessântico a fim de manter a ordem durante a transição do governo. O archigos ca'Cellibrecca retornará comigo; ele terá permissão de manter o título de archigos desde que eu perceba que está cooperando. Da sua parte, kraljiki, eu permitirei que mantenha seu status ca', seu título de chevaritt, e as terras das propriedades de ca'Ludovici no norte de Nessântico, mas ficará ausente de todos os assuntos dos Domínios sob risco de perder a fortuna e a vida. Há, é claro, muito mais detalhes no acordo, mas essas são as linhas gerais. Tudo o que eu exijo é a sua assinatura e podemos encerrar por aqui.

Justi abaixou o olhar rapidamente para a pasta e resistiu à vontade de cuspir nela. *O homem sempre foi arrogante, mas isso vai além da arrogância...* Alguns dos integrantes da comitiva do hïrzg sorriam de maneira cautelosa e achavam graça do embaraço de Justi; seus próprios acompanhantes estavam sentados mudos e chocados. Ele sabia o que eu planejei? O kraljiki gesticulou, e um dos pajens correu à frente para colocar uma pasta diante do hïrzg.

– Esses são os meus termos – falou Justi para o hïrzg. – Seu exército recuará imediatamente para além das fronteiras de Nessântico. Seu starkkapitän e todos os a'offiziers entregarão suas armas e postos para o comandante ca'Rudka. Você, hïrzg ca'Vörl, será levado para Nessântico como meu refém até que o resgate que eu exigir seja pago pela sua família, ocasião em que você será trocado por sua filha como refém. Firenzcia também pagará por prejuízos à cidade de Ville Colhelm e pelo saque às terras de Nessântico. Aqueles que desobedecerem a qualquer dos decretos desses termos serão declarados fora da lei pelos Domínios e também pelo archigos da fé concénziana. De agora em diante, Firenzcia não terá mais um hïrzg, mas estará sob controle direto de um representante dos Domínios.

Os sorrisos sumiram da comitiva do hïrzg agora, e Justi recostou-se na cadeira ao jogar a pasta do hïrzg no chão com desdém e empinar o famoso queixo ainda mais. – Tudo o que eu exijo é a sua assinatura, hïrzg ca'Vörl – disse de propósito –, e podemos encerrar por aqui.

Ca'Vörl olhou feio e ficou com a cara vermelha. Justi pensou que o homem fosse babar de raiva, mas em vez disso o hïrzg bateu as mãos com as palmas abertas sobre a pasta e soltou uma gargalhada que se tornou mais alta por causa do silêncio ao redor. – Kraljiki Justi, eu subestimei você. Quando lhe encontrei no passado... bem, confesso que pensei que fosse completamente desprovido de humor. Percebo que eu estava errado. – O sorriso desapareceu tão rápido quanto surgiu. Ele abaixou as pálpebras e encarou Justi. – Mas isso não muda o fato de que eu tenho um exército empoleirado diante de Passe a'Fiume, que é o degrau da porta de Nessântico, e não acredito que você tenha as forças ou a vontade para me impedir de sair por aquela porta. A Garde Civile é nada mais do que uma força adjunta ao exército de Firenzcia há mais de dois séculos; foi Firenzcia que lutou as batalhas dos Domínios pelos kralji, não a Garde Civile. Então... falemos sobre realidades aqui, não sonhos. Ambos sabemos o que cada um quer; nenhum vai conseguir sem derramamento de sangue. – Ele pegou a pasta de Justi e deixou cair na grama ao lado da cadeira. – O que você realmente oferece, kraljiki? O que realmente está na mesa para nós considerarmos?

Justi torceu o nariz. Estava doido para sacar a espada dada por ca'Vörl e matar o homem – Justi tinha certeza de que era capaz de fazer isso antes que o sujeito pudesse reagir ou qualquer um respondesse. Ele *queria* a luta; dava para sentir. Seria uma boa sensação, melhor do que a esgrima com espadas sem fio e sem ponta. A luta aliviaria a fúria crescente no peito e o fogo na barriga. Sua matarh podia ter gostado desta dança de palavras, mas ele, não. *Você tem que continuar... Precisa de mais tempo para se preparar, tempo que pode conseguir aqui.*

– Primeiro, vamos definir a verdadeira situação – falou Justi finalmente. Ele ouviu ca'Rudka relaxar ao seu lado; o homem tinha ficado tenso, a postos para defendê-lo, como percebeu Justi. Ca'Cellibrecca deu um sinal óbvio de alívio. – Passe a'Fiume jamais foi capturada durante um sítio quando era guardada por um efetivo completo da Garde Civile; agora a cidade tem mais do que um efetivo completo. Você não pode sitiar a cidade sem controlar os desfiladeiros ocidentais do outro lado do Clario, e seu exército, não importa quão forte seja, não dispõe por perto de um ponto fácil para cruzar o rio. Caso de alguma maneira você consiga fazer a travessia e continuar o ataque em Nessântico, então o archigos ca'Cellibrecca irá declarar que suas tropas e seus ténis-guerreiros estão violando a Divolonté. A Marca de todos os seus ténis serão imediatamente revogadas e qualquer missa realizada por eles será considerada vazia e sem valor. As bênçãos de Cénzi serão retiradas de suas tropas; aqueles que morrerem ficarão nas mãos das bruxas. E qualquer téni-guerreiro que for capturado sofrerá o destino daqueles que usam o Ilmodo contra a vontade de Cénzi.

Justi fez uma pausa e olhou intensamente para ca'Cellibrecca. O homem parecia se sentir mal. Ele olhava para algum ponto além de ca'Vörl. – Archigos – disparou Justi, e o homem estremeceu, a papada balançou dos dois lados do maxilar. Ele fez uma mesura e concordou com a cabeça, o olhar passou rápido pelo rosto de Justi.

– Sim – disse ca'Cellibrecca. – É exatamente isso, kraljiki.

Justi pestanejou com raiva diante da resposta lenta e desanimada, mas não podia dizer nada para ca'Cellibrecca, não aqui quando precisavam mostrar que estavam unidos. – Eu estou disposto a deixar que você e seu exército voltem em segurança para Firenzcia. Permitirei que você mantenha seu título de hïrzg e suas propriedades, mas o tributo que Firenzcia paga a Nessântico será triplicado pelos próximos três anos para pagar pelos prejuízos que causou. O comando das guarnições do exército firenzciano será passado para o comandante ca'Rudka e offiziers que serão nomeados por mim dentre os chevarittai de Nessântico. Isso é o que está na mesa para você, hïrzg. Isso ou você pode tentar sitiar Passe a'Fiume e perder seu exército aqui.

Ca'Vörl bocejou de maneira dramática. – Uma bela demonstração de fanfarronice, kraljiki, mas você olhou para fora das muralhas antes de vir aqui? Deixou de notar o número de fogueiras, ou o chevaritt ca'Montmorte e os homens da Garde Civile que fugiram gritando de Ville Colhelm não contaram como meus firenzcianos lutam bem e bravamente? Será que o kusah de Namarro está mandando tropas para ajudá-lo, ou fjath de Sforzia, ou o ta'mila de Il Trebbio? Ou será que esses governantes estão lhe enviando promessas vazias de apoio enquanto tremem nos próprios tronos e esperam para ver quem finalmente toma o Trono do Sol em Nessântico? Ora, eu não vi nenhum dos estandartes deles nas muralhas de Passe a'Fiume ... e nem verei, não é? Quanto ao archigos...

Justi viu o olhar do hïrzg demorar-se por um instante em ca'Cellibrecca. – O Toustour – continuou ele – diz que Cénzi ouve todos os que rezam para Ele, e que se as preces forem sinceras e genuínas, Ele responderá. Também sei que nós dois conhecemos a Divolonté. O archigos pode se lembrar das Admoestações, que dizem: "kralji, preocupe-se com as vidas dos fiéis antes da morte, pois este é o seu papel; archigos, preocupe-se com a vida dos fiéis depois da morte, pois este é o seu dever." Portanto, eu darei ouvidos ao archigos quando ele falar comigo sobre minha *Fé*, não sobre política. Enquanto isso, eu prefiro ouvir ao próprio Cénzi, em vez daqueles que alegam falar por Ele. Se Cénzi estiver descontente comigo, então peço a Ele que retire o poder do Ilmodo de meus ténis-guerreiros. Do contrário... – O hïrzg ergueu um ombro. – Talvez o Ilmodo nos diga as preces de quem Cénzi prefere: as do archigos ou as dos meus ténis-guerreiros.

– TALVEZ O ILMODO nos diga as preces de quem Cénzi prefere.

Ca'Vörl encarou Orlandi fixamente com um olhar que o archigos só conseguiu retribuir com um grande esforço. Da mesma forma, sentiu o olhar feio do kraljiki ao lado e também foi encarado pelo u'téni co'Kohnle com uma intensidade que fez Orlandi se perguntar quanto o hïrzg prometera ao téni-guerreiro. Orlandi queria limpar as gotas de suor que surgiram no topo da testa, mas não se arriscaria. Sabia que o kraljiki esperava que respondesse ao desafio do hïrzg; também sabia que ca'Vörl dera um alerta. O hïrzg não tinha a intenção de ceder a um acordo; a negociação estava quase encerrada. Orlandi sabia disso, quer o kraljiki Justi soubesse ou não.

Ele está dizendo que você tem que escolher. Você tem que tomar sua decisão. Cénzi, o que eu devo fazer?

Cénzi não se dignou a responder de qualquer forma que Orlandi pudesse perceber. Ele abriu a boca e rezou que Cénzi lhe enviasse as palavras para dizer. – Eu sou a Voz de Cénzi aqui neste mundo – falou com toda a firmeza que conseguiu reunir. – Esse é e sempre foi o papel do archigos.

Ca'Vörl franziu os lábios ao achar graça; o kraljiki resmungou. – Pronto. Aí está a sua resposta, hïrzg... – falou Justi, mas Orlandi não estava ouvindo realmente. Não mais. Toda a sua atenção estava voltada para os pensamentos que martelavam o crânio.

Ele viu o exército nas encostas e espalhado ao longo da Avi. Contemplou de cima das muralhas de Passe a'Fiume e vislumbrou o futuro. Pensou em Francesca à espera em Prajnoli; pensou no trono do archigos em Nessântico e por quanto tempo o cobiçou, pensou como o trono passou a ser seu e que não queria perdê-lo; considerou como deveria ser a vontade de Cénzi que Orlandi se tornasse o archigos, agora e pelo resto da vida. Ele sentiu o ar frio e o cheiro ruim de medo que subiu dos esgotos de Passe a'Fiume, um odor que só ficaria mais forte e mais urgente se a cidade fosse fechada e cercada.

Ele não queria estar aqui se isso ocorresse.

Ele especialmente não queria morrer aqui.

É culpa do anão. Ele trouxe aquela tal co'Seranta que quase destruiu meus planos para Francesca, depois morreu antes que eu pudesse levá-lo a julgamento e mostrasse para todo mundo como ele tinha levado a Concénzia para longe dos desígnios de Cénzi. Até mesmo na morte ele me passa para trás...

Tudo pareceu simples quando Orlandi falou com o hïrzg em Brezno há tantos meses, quando o Jan ca'Vörl levantou a ideia da aliança entre eles e de depor a kraljica. Mas o archigos escolheu co'Seranta como favorita e saiu de um longo sono, os numetodos rebelaram-se, a kraljica foi assassinada, e tudo tornou-se confuso e complicado. Ele não deveria estar aqui sentado deste lado da mesa com o kraljiki. Deveria entrar triunfante em Nessântico ao lado do hïrzg. Agora ele não tinha certeza de que lado ganharia.

Orlandi realmente não sabia, e Cénzi não contava para ele.

Orlandi levantou o olhar triste para além do hïrzg, na direção das encostas íngremes depois das tendas. Jan ca'Vörl falava novamente, respondia a alguma coisa que Justi disse, mas Orlandi não ouviu nada. Enquanto contemplava o cenário, as nuvens abriram-se momentaneamente e raios de intensa luz do sol banharam o acampamento firenzciano. Armaduras reluziram e brilharam, as tendas resplandeceram, os estandartes tremularam.

Não sobre a cidade, porém, como Orlandi percebeu ao olhar para trás. A cidade permaneceu nas sombras. Aí as nuvens fecharam-se por cima do sol novamente, e a penumbra retornou. Orlandi sorriu.

Obrigado, Cénzi.

Orlandi ficou sentado na cadeira sentindo o alívio e a certeza tomarem conta de si. Ele sabia o que tinha que fazer. Sabia. Mandaria notícias para Francesca hoje à noite e depois agiria. Houve movimento à frente e só depois ele se deu conta de que todo mundo estava de pé. Ele levantou-se do próprio assento e gemeu pelo esforço. – Eu mandarei a minha resposta amanhã, kraljiki – dizia o hïrzg.

– Então eu espero que você chegue à decisão correta, hïrzg. Nós dois compreendemos as consequências de ambos os casos.

– É verdade. – O hïrzg fez uma ligeira mesura com as mãos entrelaçadas na testa; os assistentes fizeram reverências mais acentuadas em volta dele, e ao redor de Orlandi houve um farfalhar conforme o kraljiki e aqueles em volta de Justi devolveram o gesto. Criados e pajens correram para pegar cavalos e capas enquanto os grupos saíam da tenda em direções opostas.

Justi não falou nada até eles cavalgarem de volta para Passe a'Fiume. O kraljiki gesticulou para ca'Rudka cavalgar ao lado dele e para a carruagem de Orlandi se aproximar. – Haverá guerra – falou Justi sem preâmbulos. – Nós podemos esperar que a resposta do hïrzg venha na forma de um ataque.

– Eu concordo, kraljiki – disse ca'Rudka.

– Nós continuaremos os preparativos dentro das muralhas – falou Justi. – Mandarei pombos-correios a Prajnoli para que esvaziem a guarnição de lá. Melhor armarmos nossa resistência aqui do que em Nessântico. Archigos, você preparará sua declaração contra o hïrzg, seus ténis-guerreiros, e aqueles que lutam com ele.

Orlandi sorriu e abaixou a cabeça dentro da carruagem. A satisfação fluía por ele; nada que o kraljiki dissesse o aborreceria. – Como quiser, kraljiki.

– Ótimo. O hïrzg deu um passo maior do que as pernas e pagará por sua ambição. Ele fez a cama, agora que se deite nela. – Justi olhou para trás e viu a comitiva do hïrzg subir a Avi em direção ao acampamento deles. As encostas estavam sombrias com as nuvens cinzentas acima, mas Orlandi não se importou.

Ele tinha visto o sol ali. Tinha recebido sua resposta.

~ Sergei ca'Rudka ~

– ELES NÃO PODEM REALMENTE SITIAR a cidade até que fechem todos os desfiladeiros a oeste. Isso quer dizer que: ou o hïrzg tem uma força escondida que se aproxima de nós pelo desfiladeiro de Montbataille, o que não me surpreenderia, ou ele tem a intenção de mandar pelo menos dois batalhões cruzar o Clario ao norte ou sul da cidade. Minha aposta seria o sul, pois o rio é menos bravio ali, mas não podemos descartar uma travessia pelo norte. Nós precisaremos de forças aqui e aqui, e possivelmente aqui também.

– Comandante?

Sergei tirou os olhos dos mapas de Passe a'Fiume e das redondezas para ver seu ajudante de ordens ce'Falla na porta. Ca'Montmorte e os demais offiziers e chevarittai na sala continuaram a olhar para os mapas.

– Você chamou o archigos para mim, Aris? – perguntou ca'Rudka, com o indicador ainda tocando no pergaminho amarelo. – Eu começava a me perguntar. Nós realmente precisamos das informações do archigos sobre os ténis-guerreiros.

– Eu não consegui encontrá-lo, comandante – disse ce'Falla. – Não creio... – Ele parou. Engoliu em seco. – Não creio que ele esteja dentro das muralhas. Nenhum dos e'ténis de sua comitiva sabe onde ele está, seus u'ténis estão sumidos também e há relatos de que o portão do templo na muralha externa foi encontrado destrancado.

De repente Sergei sentiu como se tivesse engolido um carvão em brasa. – Mande os outros procurarem – falou o comandante com os demais. – Precisamos saber o que aconteceu.

Uma virada da ampulheta depois, ficou claro que ca'Cellibrecca fugiu de Passe a'Fiume, e Sergei relutantemente informou ao kraljiki.

– O archigos provavelmente está com o hïrzg ca'Vörl neste momento – disse Sergei para o kraljiki, que contemplava a noite de uma janela. Seus pensamentos eram impossíveis de adivinhar. Justi instalou-se na vila do comté de Passe a'Fiume; da torre que era bem mais alta do que a maioria dos prédios da cidade, Sergei era capaz de vislumbrar as fogueiras nas encostas mais além do kraljiki. Uma mesa no meio da sala estava repleta de cópias dos mapas que decoravam o gabinete de Sergei. – Aqueles que guarnecem as muralhas perto do templo ouviram cânticos do Ilmodo – continuou o comandante – e houve estranhos clarões de luz das janelas, há cerca de uma virada da ampulheta após a ceia, de acordo com os criados.

– Ca'Cellibrecca não perde a ceia nem mesmo por traição – murmurou Justi. Sergei não conseguiu ver a cara de desprezo, mas ouviu o tom. O kraljiki balançou a cabeça. – Ele nunca mais sentará no trono do archigos em Nessântico. Eu juro. Não me importo com o que eu tenha que fazer. Ca'Cellibrecca não lucrará com esta situação.

– Eu vou lhe ajudar a garantir isso – disse Sergei.

– Vai? – Justi virou-se da janela. Ele parou diante da mesa no meio da sala, cheia de papéis e mapas. – E como conseguirá fazer isso, comandante? Por mais que eu odeie admitir, nós perdemos um dos gumes de nossa espada e o hïrzg sabe disso. Agora não há esperança de que ele aceite meus termos de negociação.

– Posso falar francamente, kraljiki?

Justi deu um muxoxo e ergueu as mãos como um convite. – Por favor.

Sergei fez uma pausa e perguntou-se se realmente queria fazer isso. Ele tomou um longo fôlego. – Kraljiki, eu sei quem matou sua matarh.

Ele observou o rosto do kraljiki endurecer, depois o homem fez um gesto de desdém. – Claro. O pintor ci'Recroix...

– Eu sei quem contratou o pintor, kraljiki.

Justi fechou a boca de modo audível. – Prossiga, comandante – falou. Foi quase um grunhido. – Mas, se eu fosse você, eu procederia com muito cuidado.

– Eu sou leal, kraljiki, à Nessântico. Sempre. Não a uma pessoa qualquer, mas à própria Nessântico: ao império. Eu vejo uma Nessântico que um dia se estenderá pelo mundo, da boca do Grande Rio Oriental em Tennshah até o distante litoral das Terras Ocidentais. Eu vejo uma Nessântico cujos cidadãos prosperam, onde maravilhas que sequer podemos imaginar são vislumbradas todos os dias. É isso que eu gostaria que as futuras gerações vivenciassem. Eu também sou um realista, kraljiki. Sei que não há caminho fácil para o futuro e sei que às vezes uma árvore tem que ser podada para poder continuar a crescer. A morte da kraljica... bem, eu amava a kraljica Marguerite como qualquer outra pessoa e servi tão bem e fielmente quanto pude. Ela trouxe paz a Nessântico por um longo tempo, e nós crescemos imensuravelmente sob seu reinado. Mas...

Sergei fez uma pausa e inclinou levemente a cabeça para o lado. *É melhor você rezar que tenha julgado o homem corretamente.* – Eu fiquei de luto pela morte da kraljica em gratidão pelo que ela fez, mas, na verdade, a kraljica era um galho morto e o que ela criou já estava começando a desmoronar. A kraljica Marguerite estava dormindo no Trono do Sol, assim como o archigos Dhosti estava dormindo no templo. Nessântico precisava de uma mão nova e mais firme; nesse sentido, a perda da kraljica foi necessária.

Sergei esperou. O kraljiki não disse nada. – Eu fiz ou mandei fazer muitas coisas terríveis na Bastida quando fui ordenado – continuou o comandante. – Eu feri, mutilei e matei; vi homens e mulheres berrarem de sofrimento à minha frente e imaginei o que Cénzi poderia pensar ou como Ele me julgaria. Mas o sofrimento foi necessário. Eu cometi essas transgressões pelo bem de Nessântico. Eu acho que foi isso que aconteceu com a kraljica também: uma transgressão pelo bem maior de Nessântico. – Ele esperou. O kraljiki permaneceu encarando em silêncio. – Caso a kraljica não tivesse morrido, ela estaria no trono neste exato momento aproveitando o jubileu e nós não teríamos sabido nada sobre essa situação. – Sergei apontou para a janela, para as fogueiras cintilantes nas montanhas como estrelas cadentes do céu. – Nós não teríamos sabido nada até que o hïrzg e seu exército estivessem quase nos portões de Nessântico, e seria tarde demais para detê-lo. O hïrzg é alguém que eu jamais quero ver sentado no Trono do Sol.

– E eu sou? – perguntou o kraljiki de repente. – Falando francamente, comandante?

– Eu admiro aqueles que sabem quando esperar, quando agir, quando sacrificar e quando recuar. O senhor esperou muito tempo, kraljiki. – *E aí agiu.* Sergei não falou isso, mas as palavras ficaram no ar entre eles.

O kraljiki respirou fundo várias vezes antes de falar. Sergei imaginou o que ele estava pensando, o que estava ponderando na mente. Músculos ficaram retesados ao longo do maxilar, debaixo da linha bem modelada do bigode e barba. – Você ainda não respondeu à minha pergunta sobre ca'Cellibrecca – disse ele finalmente.

Nem sobre você, pensou Sergei. – Eu disse que admiro aqueles que sabem quando sacrificar e recuar assim como agir. O senhor precisa voltar para Nessântico, kraljiki. Precisa ir embora.

– E deixar Passe a'Fiume cair no dia seguinte? As tropas do hïrzg estariam em nossos calcanhares se corrermos de volta para Nessântico. Como isso pode ser uma vitória?

Sergei balançou a cabeça. – Eu não estou dizendo que todos nós devemos voltar para Nessântico. *Apenas o senhor*, kraljiki. O senhor tem que ir embora. Eu ficarei aqui em Passe a'Fiume com metade da Garde Civile e defenderemos a cidade o quanto for possível. O senhor, a corte e a maioria dos chevarittai devem retornar à cidade. Nós ganharemos o máximo possível de dias para o senhor: para que chame as guarnições, para mobilizar o interior, para alistar até o último homem forte e saudável. O senhor precisa se preparar para a batalha, nomear um archigos em Nessântico para substituir o traidor de maneira que quaisquer declarações que ca'Cellibrecca faça tenham menos peso. É isso que o senhor precisa fazer, kraljiki. E enquanto faz isso, deixe-me atrapalhar o avanço de ca'Vörl. Deixe-me reduzir o tamanho do exército dele para o senhor. Se o hïrzg tentar cruzar a ponte, ele será contido pelas muralhas. Se tentar atravessar o Clario ao norte ou sul, nós seguimos ca'Vörl por este lado e o enfrentamos. Enquanto isso, o senhor prepara Nessântico.

– E você? O que ganha com isso? Eu não acredito em altruísmo, comandante. Eu especialmente não acredito em altruísmo vindo de você.

Sergei sorriu. – Caso eu sobreviva, e farei todos os esforços para isso, kraljiki, eu espero ser bem recompensado pelos meus serviços. Espero ser premiado com o título permanente de comandante da Garde Civile e manter meu título de chevaritt de Nessântico, e devolverei a Garde Civile ao que um dia foi: o verdadeiro braço forte do kraljiki. Como comandante, também comandarei o exército de Firenzcia em vez do próximo hïrzg, para que eu possa garantir que isso nunca mais se repita. O senhor me nomeará comté de

Brezno. Como o archigos controla a Concénzia, eu controlaria os militares, para toda a glória do kraljiki e de Nessântico. – Seu sorriso aumentou. – Não, kraljiki, eu não sou um altruísta. Prefiro pensar nas recompensas nesta vida do que na possibilidade de recebê-las na próxima. Que Cénzi me perdoe por isso.

Os músculos no rosto do kraljiki relaxaram. Ele também sorriu, um gesto cauteloso, e Sergei relaxou. *Pode ser que as coisas ocorram do jeito que você quer. Pelo menos deste lado...*

– Imagino que tenha táticas específicas para essa sua estratégia, comandante?

– Tenho sim.

O kraljiki concordou com a cabeça e foi até a cômoda; a espada do hïrzg tinha sido colocada ali. Ele pegou a arma e puxou até metade sair da bainha, virou a lâmina e examinou-a de perto sob a luz das velas. Justi fez que sim como se estivesse satisfeito e disse – Tenho que dar o braço a torcer ao desgraçado por entender de aço. Essa é uma arma que implora para ser usada. – Ele enfiou a espada de novo na bainha, depois jogou o conjunto para Sergei. O comandante pegou com uma mão só. – Uma pena. Eu teria gostado de usar essa espada, mas acho que você deve ficar com ela, comandante. Use o presente do hïrzg contra ele; eu ficarei satisfeito com a ironia.

Sergei fez uma reverência. – Eu farei isso, kraljiki. – O comandante pegou a própria espada e colocou na mesa ao lado dos mapas. – O senhor ainda pode precisar de uma arma, meu kraljiki. Não é igual a do hïrzg, mas vai servir.

O kraljiki concordou novamente com a cabeça e pegou a arma oferecida. – Tenho certeza de que servirá. Agora, comandante, vamos repassar essas táticas em detalhes e veremos em que pontos concordamos.

Sergei debruçou-se sobre os mapas enquanto o kraljiki chegava para ficar ao lado dele. – O hïrzg espera que nós enviemos tropas para o sul ao longo da Avi para nos protegermos contra uma travessia dos firenzcianos – disse ele enquanto acompanhava as curvas do rio com o dedo. – Minha ideia é que o senhor e os cortesãos possam cavalgar com eles vestidos como soldados comuns. Assim que estiver bem ao sul de Passe a'Fiume, o senhor pode continuar para Nessântico sem ser visto. O hïrzg vai presumir que o senhor ainda está aqui, que é o que queremos que ele acredite. Então, assim que estiver de volta em Nessântico...

~ Justi ca'Mazzak ~

A CIDADE FOI ABALADA pela notícia de que as negociações falharam e que era provável que Passe a'Fiume já estivesse sob sítio. Nessântico esteve apenas preocupada antes; agora estava verdadeiramente assustada, um sentimento que cresceu quando o kraljiki Justi triplicou os esquadrões de alistamento forçado; à medida que a Garde Kralji patrulhava os portões da cidade para que ninguém saísse sem documentos de viagem com o selo do kraljiki; conforme os cortesãos saíam da cidade por todas as direções com ordens urgentes do kraljiki; à medida que o acampamento da Garde Civile do lado de fora das muralhas continuava a inchar. As fazendas ao redor de Nessântico foram varridas como se passasse uma praga de gafanhotos vorazes. Toda a comida foi levada de volta para a cidade: se houvesse guerra, então haveria o mínimo possível para as tropas do hïrzg saquear enquanto se deslocavam para Nessântico.

Agentes da Garde Kralji também passaram pelo Velho Distrito fazendo perguntas diretas sobre os numetodos e especialmente sobre a ex-o'téni Ana co'Seranta e o antigo enviado Karl ci'Vliomani. Várias das pessoas interrogadas foram levadas embora e não voltaram, embora a Pontica permanecesse sem novos corpos para se juntar aos esqueletos dos numetodos já em exibição ali.

O pior de tudo era a notícia de que o archigos tinha traído o kraljiki. Ele mandou prender os ténis que eram mais próximos de ca'Cellibrecca no Templo do Archigos. Os a'ténis ca'Marvolli, ca'Xana, ca'Miccord e ca'Seiffel – que apoiaram mais abertamente ca'Cellibrecca nos últimos anos – viram-se morando na Bastida, e os a'ténis que sobraram foram obrigados a assinar uma declaração de obediência ao kraljiki com risco de perder a vida caso a descumprissem. Agora realmente sem liderança, a Concénzia patinava; os serviços prestados pelos ténis na cidade, que já eram irregulares, ficaram ainda mais espaçados e ineficientes.

Nessântico pulsava e tremia com medo, e Justi observava a cidade dos vitrais da sala do Trono do Sol no Grande Palácio. Não dava para culpá-lo por olhar mais para leste do que para qualquer outra direção com o rosto tenso de preocupação.

– Eles amavam a kraljica. Eles apenas temem você. É por isso que estão assustados.

Justi fechou a cara e soltou uma imprecação gutural ao ouvir as palavras. Ele tentou se virar e sacar sua espada – a espada de Sergei – da bainha, mas sentiu uma dificuldade estranha, como se o ar tivesse se solidificado em volta. Justi parou com a arma sacada pela metade.

Ele ficou boquiaberto.

O mendigo conhecido como Mahri estava parado a alguns passos de Justi, no tablado onde o kraljiki estava próximo ao Trono do Sol. Ele viu o rosto caolho e desfigurado debaixo do capuz, banhado pelas cores do vitral. Mas não foi o rosto do homem que deteve Justi: o aposento atrás do mendigo parecia... *errado*. As únicas coisas em movimento eram Mahri e o próprio kraljiki. Nada mais se mexia. Uma mosca estava parada no ar à esquerda. Mais ou menos uma dezena de cortesãos, assim como requerentes ca' e co' sentados em pequenos grupos ou reunidos conversando foram interrompidos em plenos gestos. Criados pareciam congelados enquanto corriam para suas tarefas. O silêncio envolvia todos eles; o ar estava parado, apesar da brisa que soprava das sacadas abertas há um momento. Era como se Justi olhasse para um quadro da sala do trono, com ele e Mahri dentro da pintura de alguma forma.

A cena trouxe uma lembrança desagradável de ci'Recroix.

– Mahri Maluco... então você é um numetodo – falou Justi. A mão permaneceu no cabo da espada. Ele perguntou-se se conseguiria sacá-la rápido o suficiente nesse ar meio sólido.

Mahri balançou a cabeça e deu um sorriso grostesco desfigurado pelas cicatrizes brancas do rosto. – Nenhum numetodo conseguiria fazer isso – disse ele ao gesticular para a multidão imóvel ao redor. – E eu não posso manter assim por muito tempo, então não vou gastá-lo com conversa, kraljiki. Você está procurando por Ana co'Seranta e Karl ci'Vliomani. Eu sei onde os dois estão.

– E o que você quer em troca? – perguntou Justi. A própria voz soava pouco sonora, como se o próprio ar em volta deles não quisesse se mover para permitir que as palavras saíssem de sua boca. Os dedos relaxaram um pouco no cabo da espada.

– Eu não quero nada que você possa me dar – respondeu Mahri.

– Riqueza, então. Mil solas...

Mahri riu. – Fique com seu dinheiro. Apenas mande sua Garde Kralji ao centro do Velho Distrito amanhã, uma virada da ampulheta após a Primeira Chamada. Procure por mim; os dois que você procura estarão comigo. Seus homens terão que agir rapidamente e com violência; a o'téni é especialmente perigosa se tiver a chance de usar o Ilmodo. – O ar tremulou entre eles; as figuras em volta da sala começaram a se mexer. – Depois da Primeira Chamada, no centro do Velho Distrito – repetiu Mahri.

Houve um clarão no ar, como se um raio tivesse caído entre os dois, e a espada de Justi deu a impressão de pular da bainha por conta própria. O mundo pareceu dar um solavanco. Justi pestanejou involuntariamente. Quando voltou a enxergar, as pessoas em volta da sala estavam novamente em movimento e o ambiente foi tomado pelas conversas altas. Os cortesãos olhavam fixamente para ele, parado ao lado do Trono do Sol com a espada em um gesto ameaçador diante do corpo.

A mosca passou zumbindo pelo kraljiki. Justi viu o inseto bater contra um painel do vitral preso por tiras de chumbo preto, quicar com raiva, depois encontrar uma abertura entre as janelas e fugir para a luz do sol.

~ Ana co'Seranta ~

MAHRI TINHA PROMETIDO que eles estariam a salvo. Não havia motivo para não acreditar nele. Depois do incêndio na taverna, eles mudaram-se para outros aposentos bem no interior do Velho Distrito, e foram para outro canto alguns dias depois. Para Ana, isso não importava. Nada importava. Ela passava os dias envolta em uma bruma escura. Karl tentou tirá-la da depressão; como prometera, ele começou a ensinar alguns feitiços numetodos. Ana descobriu que algumas palavras eram parecidas com as que ela própria usava e que podia começar a aprender a conter o feitiço na cabeça. Era uma sensação estranha ter o Ilmodo contido e confinado na mente, uma presença insistente que se debatia contra a jaula de feitiços que a continha, doida para ser solta.

Cénzi não a castigou pelo aprendizado. Na verdade, Ana descobriu que era capaz de entrar em contato com o Segundo Mundo com mais facilidade do que antes.

No quarto dia, após as preces da Primeira Chamada e a necessária ablução, Ana, Karl e Mahri tomaram o café da manhã com pão velho e chá fraco.
– Não há mais nada para comer – falou o mendigo. – Assim que estiverem prontos, nós iremos ao centro do Velho Distrito e à feira de lá.

– Todos nós? – perguntou Karl. – As ruas não são seguras, não para nós. Ana deve ficar aqui. Nós sabemos que estão procurando por ela, especialmente depois do incêndio.

Ana deu um muxoxo de desdém. – Na verdade, Karl, era você que deveria ficar aqui. Os esquadrões de alistamento não adorariam meter as mãos em você? Sou eu que devo ir; eles não estão capturando mulheres à força na rua.

– Todos nós podemos ir – respondeu Mahri. – O ar fará bem a todos nós, e vocês não serão notados por quem não é preciso; isso eu prometo.

Ana concordou enfaticamente com a cabeça ao abaixar a casca de pão que estava roendo. – Eu cansei de me esconder e de não ver o sol. Vou ficar maluca se permanecer aqui por mais tempo.

Karl franziu a testa, mas Mahri riu. – Aí está a sua resposta. Eu soube que os fazendeiros trouxeram mercadorias frescas; fiz uma reserva para nós com um deles. E um dos padeiros prometeu pães frescos, sem serragem; ele mora perto dos velhos aposentos em cima da taverna e ficou grato pelo que você fez, Ana. E conheço um fazendeiro que trouxe manteiga fresca para colocarmos no pão.

A boca de Ana já estava salivando involuntariamente ao pensar nisso. A depressão que a prendia amainou um pouco, e ela falou – Então vamos agora antes que vendam tudo.

Eles saíram rapidamente dos aposentos e cruzaram as ruas de manhã cedo. O número de pessoas aumentou gradativamente conforme os três chegaram perto do centro do Velho Distrito e da feira armada ao redor da praça aberta, mas a multidão era diferente daquela de meses atrás. Havia poucos homens na rua, e aqueles que Ana viu eram em sua maioria velhos ou visivelmente aleijados. Mahri manteve a promessa: Karl estava muito apoiado em uma muleta que o mendigo deu para ele, e quando Ana olhou para seu rosto, Karl era a imagem enrugada de um velho vavatarh, com tufos de cabelo branco como nuvens brancas sobre uma cabeça com manchas de idade. Ana perguntou-se se Mahri tinha feito algo parecido com seu rosto, pois ninguém parecia prestar atenção a ela, os olhares das pessoas por quem eles passavam desviavam-se sem curiosidade.

O mercado estava agitado com o movimento, o som ambiente era alto com as negociações dos clientes que examinavam as ofertas com olhares críticos. As bancas em frente aos vendedores estavam muito vazias, e as mercadorias em exibição pareciam ter sido colhidas cedo demais ou murchas e velhas. Ainda assim, a cidade estava faminta, as barganhas eram poucas, e Ana sabia que tudo que era oferecido seria vendido. A visão da feira e o desespero que ela percebeu ali dissiparam qualquer alegria que Ana sentiu por estar na rua outra vez. Apesar do sol, apesar do calor, ela sentiu-se enojada e com frio. Sabia que a fome que corroía o estômago era compartilhada pela maioria das pessoas ali.

– O pão, Mahri – falou Ana. – Vamos pegar o pão primeiro. Mas apenas uma bisnaga. O resto... deixe o padeiro vender para eles. – Ela apontou com o queixo para as pessoas. – Eles precisam tanto quanto a gente. Mais até.

Mahri resmungou. O único olho encarou Ana. – Por aqui, então – disse ele. Os dois seguiram o mendigo pela praça em direção aos prédios do outro lado. Quando se aproximaram das bancas e da fachada de loja que ficavam ali, Karl diminuiu o passo, pegou Ana pela mão e puxou-a um pouco para trás. – Olhe – sussurrou o enviado.

À frente havia um esquadrão da Garde Kralji com homens bem armados e obviamente olhando na direção dos três. Um o'offizier, com a insígnia do crânio de dragão da Bastida no uniforme, liderava os gardai. – Mahri – disse Ana em tom de alerta, o mais baixo que conseguiu.

Ele balançou a cabeça e falou – Não se preocupem. Eu falei que vocês estariam a salvo. Não façam nada que levante suspeita. Nada.

O mendigo continuou a andar na direção da Garde Kralji. Ana seguiu, relutantemente. Ela sorriu na direção deles como se desejasse um bom-dia. O o'offizier devolveu o sorriso. A mão fez um gesto curto, e os gardai em volta dele espalharam-se para deixar o trio passar. Eles andaram entre os gardai. Ana manteve a cabeça baixa e olhou de relance para Karl: o rosto voltou a ser o dele, a máscara do feitiço sumiu. – Mahri... – falou Ana assustada, mas já era tarde demais. Mãos agarraram Ana, agarraram Karl, e embora ela tenha tentado começar um cântico, os gardai pegaram com força. Ana ouviu Karl dizer o gatilho de um feitiço, um dos gardai caiu gritando, mas aí os demais derrubaram o enviado no chão e colocaram uma mordaça à força em sua boca. Os olhos de Karl estavam arregalados e furiosos, e um garda bateu nele com o cabo da espada.

– Mahri! – gritou Ana nas mãos dos gardai. Ela debateu-se enquanto os homens seguravam seus braços e tentavam enfiar uma mordaça em sua boca também. – O que você fez?

Mas Mahri não estava ali. Ele tinha desaparecido.

◇◇◇ RECUOS ◇◇◇

Sergei ca'Rudka

Ana co'Seranta

Jan ca'Vörl

Mahri

Ana ca'Seranta

Sergei ca'Rudka

Jan ca'Vörl

Karl ci'Vliomani

~ Sergei ca'Rudka ~

A BATALHA DE Passe a'Fiume começou devagar. No mesmo dia em que o kraljiki foi embora discretamente da cidade para retornar à Nessântico, o hïrzg saiu do acampamento nas encostas e liderou o exército para o campo onde acontecera a negociação. Lá, à plena vista daqueles que assistiam das muralhas da cidade, eles erigiram as tendas: milhares delas como gordos cogumelos reunidos na grama. Uma força de algumas dezenas de chevarittai firenzcianos, vestidos em armaduras douradas e sentados em cavalos de guerra negros, cavalgou até a outra extremidade da ponte, liderada pelo starkkapitän ca'Linnett. Sergei, que observava da muralha, viu um dos chevarittai seguir adiante do grupo com um lenço branco na ponta da lança. Ele galopou pela ponte até ficar diretamente embaixo de Sergei. Brandiu um pergaminho antes de deixá-lo cair na poeira da estrada diante do portão. O homem saudou Sergei com as mãos entrelaçadas, depois virou o cavalo e cavalgou de volta pela ponte.

Sergei sabia o que o pergaminho diria, mesmo antes de ser entregue. A mensagem exigia um duelo individual: para o kraljiki (que não podia responder) e para Sergei, que podia. – Nós vamos sair, comandante? – Sergei notou a ansiedade na voz de Elia ca'Montmorte. – Ou, se o senhor não quiser aceitar o desafio, eu posso ir no seu lugar: eu devo a ca'Linnett pelo que ele fez conosco em Ville Colhelm. Nada me daria mais prazer do que ver a grama de Nessântico crescer com o sangue dele.

– O senhor não pode responder ao desafio, comandante. – Bahik co'Garret, a'offizier da Garde Civile em Passe a'Fiume, mas apenas um vajiki, não um chevaritt, balançou a cabeça, assim como o u'téni co'Bachiga. – Não pode deixar que o destino de Passe a'Fiume dependa de um duelo entre chevarittai.

– Por que não? – Ca'Montmorte deu um muxoxo de desdém. – Há honra no duelo. E Passe a'Fiume ainda estará de pé depois, com o estandarte de Nessântico tremulando acima dela.

– O código dos chevarittai foi abandonado há gerações – respondeu co'Bachiga. – Olhe Jablunkov, a Batalha dos Ermos ou os Campos Partidos; há mais de uma dezena de exemplos. Por que esse caso seria diferente? É pura pose, nada mais, e o hïrzg sabe disso. São os chevarittai brincando de guerra, e mesmo que por acaso o senhor ganhe, chevaritt ca'Montmorte, o hïrzg não levará seu exército embora.

– Então ele se desonra enquanto chevaritt – retrucou ca'Montmorte.

– Ele é hïrzg e quer ser kraljiki – co'Garret deu um muxoxo de desdém. – O senhor acha que sua "desonra" sequer o incomoda?

Sergei ouviu a discussão dos homens enquanto esfregava o metal liso do nariz. – Chega! – falou com firmeza. – Elia, infelizmente eu concordo com o a'offizier co'Garret: não importa o resultado do duelo, o hïrzg dificilmente retirará seu exército depois de ter vindo tão longe. Eu acho que é mais provável que isso seja um ardil. Nossa tarefa aqui é atrasar o avanço do hïrzg para dar tempo ao kraljiki para preparar a defesa de Nessântico. O senhor quer que eu abra os portões de Passe a'Fiume porque um campeão dos chevarittai perdeu um duelo? – Ca'Montmorte fez uma cara feia, mas não respondeu. – Eu não posso fazer isso. Chevaritt, eu adoraria cavalgar pela ponte com o senhor e responder ao desafio de ca'Linnett em nome do kraljiki, mas não posso. Não farei.

– Então o senhor condena Passe a'Fiume a uma lenta tortura, comandante – respondeu ca'Montmorte. – Eu espero que o a'offizier co'Garret e o u'téni co'Bachiga tenham plena noção disso, porque eles estarão aqui conosco para passar pela tortura, ao lado de muitos inocentes.

Sergei encerrou a conversa não muito tempo depois e mandou um dos arqueiros amarrar o desafio em uma flecha e dispará-la sobre a ponte. O próprio ca'Linnett foi a cavalo para arrancar a flecha do chão e ler a recusa de Sergei. Vaias, risadas e deboche partiram dos chevarittai firenzcianos para atacar as muralhas de Passe a'Fiume, mas a zombaria e as provocações não derrubaram as ameias.

Sergei ficou satisfeito com isso, ainda que os chevarittai da cidade não tenham ficado.

Notícias piores vieram naquela noite. Retardatários das tropas que ele enviara pela margem norte do Clario voltaram correndo para a cidade em plena retirada. Dois batalhões de firenzcianos, usando ténis-guerreiros para cobrir a travessia, cruzaram o Clario na escuridão, atacaram as tropas de Nessântico e invadiram o acampamento. Sergei mandou fechar todos os portões da cidade; na primeira luz da alvorada, eles viram as muralhas de Passe a'Fiume serem completamente cercadas pelas cores de Firenzcia.

Na alvorada do dia seguinte, o ataque começou para valer.

Ele começou com os ténis-guerreiros. Uma dezena de grandes esferas de fogo encantado voou na alvorada, elas cruzaram o céu em um arco e rugiam como enormes meteoros. Os ténis de Passe a'Fiume, juntamente com os ténis-guerreiros deixados para trás pelo archigos ca'Cellibrecca, esperavam nas muralhas. Os cânticos começaram assim que eles viram o fogo encantado ganhar vida, suas mãos moveram-se em contrafeitiços e feitiços de devolução, mudaram a trajetória de um punhado de esferas e devolveram-as para o ponto de origem – seus esforços foram recompensados por gritos ao longe e pela fumaça negra que subiu do acampamento firenzciano. Mas muitas das bolas de fogo passaram voando pelas muralhas em ondas de calor causticante e luz ofuscante; elas caíram sobre casas ou nas ruas, onde rolaram, abriram-se e soltaram chamas intensas no ar. Agora os gritos foram próximos e frenéticos atrás de Sergei e aqueles que estavam nas muralhas, conforme os moradores corriam para ajudar os feridos, apagar os incêndios e retirar os mortos dos escombros.

Não houve tempo para descansar. Armas de cerco no acampamento firenzciano jogaram pedregulhos nas muralhas, cujos impactos tremeram o chão e arrancaram grandes pedaços de pedra dos baluartes e das ameias. A apenas alguns passos de onde ele estava, Sergei viu um soldado com o uniforme da Garde Civile berrar quando um enorme pedregulho arrancou por completo um braço de seu corpo antes de acertar a rua lá atrás e matar três homens e um cavalo. Agora veio a chuva de flechas dos arqueiros que se moviam sob a cobertura do bombardeio até a outra margem do Clario, enquanto as armas de cerco continuavam a martelar as muralhas e as bolas de fogo dos ténis reluziam no céu.

Através da fumaça e do barulho do ataque, Sergei vislumbrou movimento: soldados se concentrando na ponte e empurrando um aríete em sua eslinga; outros colocavam jangadas no rio. – Arqueiros! – gritou o comandante, e saiu uma chuva de flechas das muralhas, uma tempestade densa e furiosa. O Clario espumou com a queda dos homens em suas águas, que se debateram em pânico ou caíram imóveis, mortos antes de serem levados pela água. O esquadrão do aríete estava mais bem protegido com os escudos formando uma tartaruga acima deles; o aríete continuou a avançar lenta e gradativamente pela ponte, e mais soldados vieram atrás para substituir os caídos.

– Chevarittai, aos portões! – convocou Sergei, e ele próprio desceu as muralhas correndo. Seu cavalo estava lá, nervoso e batendo as patas enquanto um pajem segurava o animal. Sergei acalmou o garanhão ao colocar o elmo e ajustar a cota de malha. O pajem ajudou o comandante a montar no cavalo de guerra. Montado, Sergei sacou a espada do hïrzg da bainha conforme os outros chevarittai concentravam-se diante dos portões. O peso da arma era grande e reconfortante na mão. – Rechacem os inimigos na ponte! – berrou Sergei. – O'offizier ce'Ulcai, o senhor levará um esquadrão da Garde Civile e jogará aquele aríete no rio assim que liberarmos a ponte. Arqueiros, mantenham a ponte livre. Entenderam? – Houve continências e gritos de concordância. – Abram os portões! – gritou o comandante. Soldados correram para puxar as grandes toras que escoravam as portas grossas de madeira e abrir os portões enquanto subiam a grade.

Sergei ergueu a espada bem no alto. – Pela glória de Nessântico e do kraljiki!

Os chevarittai e a Garde Civile em volta dele ecoaram o grito, um desafio gutural. Eles cavalgaram estrondosamente.

Os cavalos de guerra, cobertos por armaduras e treinados em combate corpo-a-corpo, rasgaram as fileiras inimigas concentradas em volta do aríete. Sergei desceu a espada em uma lança que o estocava, quebrou a arma ao meio e ouviu o grito do homem pisoteado por sua montaria. Ele golpeou uma vez, e mais outra, sem pensar, apenas reagiu aos corpos em volta. Ouviu gritos e berros; sentiu a ponta de uma lança varar a cota de malha e penetrar fundo na coxa, a vara foi quebrada com o avanço de seu cavalo. Ele mesmo gritou então, pegou a dor e a raiva e deixou que fluísse através do braço.

– Recuem! Recuem! – o comandante escutou alguém gritar, e de repente os soldados firenzcianos não estavam mais resistindo, e sim fugindo. Sergei tinha passado pelo aríete e cruzado a ponte inteiramente. Ele atacava os soldados em retirada e pisoteava com as patas do cavalo de guerra. Os outros chevarittai irromperam em volta do comandante, selvagens e implacáveis. Sergei puxou as rédeas do cavalo e olhou para trás: na ponte, soldados de azul e dourado saíam da cidade e empurravam o aríete. Flechas passavam voando em uma massa tão espessa que parecia diminuir o sol. A coxa ferida lajetou quando ele apertou a sela com as pernas para controlar a montaria.

– Entrem em formação! – gritou Sergei para os chevarittai. – Guarneçam esta posição! – A maioria obedeceu, mas não todos: alguns continuaram além da ponte e perseguiram os soldados. No campo adiante, ele notou que os chevarittai firenzcianos preparavam a carga: os Lanceiros Vermelhos. – Voltem para a cidade! – ordenou o comandante.

Houve protestos entre os chevarittai, e Sergei fechou a cara. – Eu sou o comandante aqui. Para dentro! Haverá tempo suficiente para lutar. Para dentro! – Ele deu meia-volta no cavalo; relutantemente, os chevarittai seguiram. A ponte foi liberada; soldados da cidade recolheram os próprios mortos e feridos.

Sergei desceu do cavalo ao passar pelos portões e entregou as rédeas para um dos pajens à espera. A perna cedeu pelo impacto de pisar no chão; ele fez um esforço para ficar de pé, mas pertimitiu que o pajem que correu para ajudá-lo amarrasse um torniquete na perna para estancar o sangramento. O comandante observou a passagem dos chevarittai, depois do restante da Garde Civile na ponte. Gesticulou para aqueles ao redor do portão; a grade soltou um ruído metálico ao descer, as dobradiças rangeram quando os homens empurraram os portões para fechá-los e recolocaram as escoras. Sergei mancou até a muralha. Havia fumaça, destruição e corpos pela cidade. Corvos já desciam ao chão. Um chevaritt solitário cavalgou vindo do fim da ponte com uma bandeira branca na lança.

– O hïrzg pede uma breve trégua para termos tempo para recuperar nossos mortos – o homem chamou Sergei.

– Diga ao hïrzg que ele tem a permissão do kraljiki para fazer isso, se quiser – respondeu Sergei.

O chevaritt fez uma saudação e foi embora cavalgando. Com o tempo, soldados aproximaram-se das muralhas do acampamento com carroças e começaram a levar embora os mortos. Tanto em Passe a'Fiume quanto nos campos do lado de fora, as chamas das piras iluminaram o céu da noite.

O segundo dia do sítio de Passe a'Fiume terminou.

No terceiro dia, os ténis redobraram o ataque à cidade, atacaram de todos os lados da muralha, não somente detrás do Clario. A maior parte do fogo dos ténis passou pelas defesas dos poucos e exaustos ténis-guerreiros de Passe a'Fiume e alcançou até mesmo o centro da cidade. Havia poucos prédios com telhados que não foram tocados ou que não mostravam algum estrago; as baixas, civis e militares, cresceram rapidamente conforme as armas de cerco recomeçaram o bombardeio implacável, também por todos os lados. Todos os cinco portões da cidade estavam sob ataque, não apenas o portão Clario, e Sergei direcionou os chevarittai em investidas contra os firenzcianos, mas eles tinham poucos homens agora, e os aríetes inimigos martelavam os portões. Choviam flechas nos sitiantes; os ténis-guerreiros que ainda podiam lançavam feitiços; óleo quente jorrava das ameias e pegava fogo.

O cheiro de fumaça e sangue era intenso no ar de manhã até o anoitecer.

Quando o dia finalmente terminou com a descida do sol atrás de uma centena de colunas de fumaça e cinzas, as muralhas da cidade estavam esburacadas e marcadas, os portões ficaram rachados, os incêndios queimavam sem controle, mas a cidade resistiu.

Sergei sabia que ela não poderia resistir a outro dia sob o ataque feroz.

– Duzentos mortos ou mais na Garde Civile; metade da força foi tão ferida que não consegue lutar. – Ca'Montmorte leu os registros em uma voz sem emoção enquanto Sergei, o u'téni co'Bachiga e o a'offizier co'Garret escutavam. – Dos chevarittai, três duplas mãos morreram, a maioria está ferida, e três quartos perderam os cavalos. Fui informado que a muralha do portão ocidental está quase rompida. Há incêndios por toda parte, e ninguém é capaz de dizer quantos cidadãos que ficaram para trás foram mortos ou feridos.

Sergei fez uma careta ao mancar até a mesa para servir vinho enquanto a perna ferida reclamava. Ela tinha inchado, e o sangue vazava através das bandagens. – Passe a'Fiume jamais foi tomada – falou co'Garret obstinadamente, e ca'Montmorte deu um olhar de aversão.

– Bem, isso pode mudar amanhã, a não ser que Cénzi nos dê um milagre – respondeu ca'Montmorte.

O u'téni co'Bachiga olhou feio para ele e murmurou alguma coisa; a única palavra que Sergei entendeu foi "blasfêmia".

– Infelizmente, eu tenho que concordar com o chevaritt ca'Montmorte – disse Sergei ao tomar um gole do vinho. O gosto era como se o vinho tivesse sido exposto à fumaça gordurosa, ou talvez fosse apenas o ar na sala. Todos estavam imundos, com as roupas sujas de terra, sangue e coisas piores, e o cheiro na sala era horrível. Sergei pousou a taça e esfregou o nariz, que estava frio e duro demais. – A cidade pode muito bem cair amanhã, e o hïrzg tem noção disso. Nós fizemos tudo o que era possível aqui.

– Então devemos nos render e torcer que o hïrzg tenha piedade de nós? – perguntou ca'Montmorte.

– Essa é uma opção que devemos considerar – falou Sergei. – Nós podemos mandar um chevaritt com uma petição de manhã e render nossas armas ao hïrzg, depois ele pode soltar aqueles que quiser e manter o resto de nós para pedir resgate.

– Ou?

– Nós lutamos até que as muralhas desmoronem e a cidade inteira queime e deixamos nossos corpos aqui enquanto retornamos a Cénzi. Talvez consigamos dar mais um dia ao kraljiki para ele preparar Nessântico para o hïrzg. – Sergei deu de ombros. Ele olhou para cada um dos rostos e viu o fatalismo amargo e cansado ali.

O comandante acrescentou – Ou nos lembramos que a batalha decisiva desta guerra não será travada em Passe a'Fiume, mas sim em Nessântico, e reconhecemos que é para onde devemos ir agora. Aqueles de nós que quiserem fazer isso cavalgarão à primeira luz do dia; todos que quiserem tentar. As forças do hïrzg são menores perto do portão sudoeste. Podemos tentar atravessar aquela linha para chegar à Avi e recuar para Nessântico; alguns de nós talvez consigam. Aqueles que não quiserem juntar-se à investida podem ficar aqui para entregar a cidade ao hïrzg e à sua misericórdia.

Ca'Montmorte já concordava com a cabeça enquanto o punho socava de leve a coxa. Co'Garret olhava fixamente para a mesa entre eles. Co'Bachiga, em seu robe verde, esfregou as mãos. – Eu liderarei a investida. Quanto ao resto dos senhores... não me importo com que escolha façam – falou Sergei. – Isso é entre os senhores e Cénzi. Nós fizemos tudo que foi possível aqui e cumprimos a promessa feita ao kraljiki de aguentar o máximo de tempo que deu.

– Mesmo que possamos abrir caminho lutando, nós seremos seguidos pelo exército firenzciano... e a maioria estará a pé – disse co'Garret. – Nós seríamos fustigados pelo caminho inteiro até Nessântico.

Sergei balançou a cabeça. – Se conseguirmos cruzar as fileiras inimigas, eu não acredito que seremos perseguidos pelo hïrzg; ele precisa atravessar o Clario com o exército inteiro e reagrupar-se antes de avançar até Nessântico, e não irá acreditar que mais alguns chevarittai e homens da Garde Civile em Nessântico farão a diferença.

– O senhor está apostando a sua vida nessa suposição, e a de todo mundo.

Sergei conseguiu sorrir. – Estou. Mas todos nós temos que morrer um dia. Por que não agora? – Ele tomou o resto do vinho em um gole só, limpou a boca nas mangas e jogou a taça pela sala. A cerâmica estilhaçou-se contra a parede. – Não há mais nada a discutir aqui. A'offizier ca'Montmorte, avise todos os chevarittai; a'offizier co'Garret, o senhor fará o mesmo com a Garde Civile; u'téni co'Bachiga, se o senhor ou qualquer um dos ténis-guerreiros quiserem se juntar a nós, a ajuda será bem-vinda. Mas, lembrem-se, ninguém que escolher ficar e render-se com a cidade será punido. – Ele tomou fôlego, foi até a janela aberta e contemplou a ruína de Passe a'Fiume.

– Eu sugiro que os senhores descansem o máximo que puderem hoje à noite – falou Sergei. – E façam suas pazes com Cénzi.

O a'offizier co'Garret decidiu permanecer na cidade e negociar a rendição. – Passe a'Fiume é minha responsabilidade assim como Nessântico é sua – falou ele para Sergei – e eu cumprirei-a até o fim. – Sergei apenas se limitou a concordar com a cabeça e dar um tapinha nas costas do homem. Quase toda a guarnição da Garde Civile da cidade permaneceu com co'Garret. Aqueles chevarittai ou integrantes da Garde Civile feridos demais para cavalgar ou andar ficariam para trás por necessidade, assim como o u'téni co'Bachiga e a maioria de seus ténis.

No portão sudoeste, sob a luz fraca do momento anterior à alvorada, Sergei contemplou o pátio e viu os chevarittai de rostos carrancudos que ainda conseguiam cavalgar. Em volta deles estava a Garde Civile de outras guarnições e um pequeno punhado de ténis-guerreiros de Nessântico. Trezentos. Talvez menos. Certamente menos do que ele esperava.

Eles aguardaram, e Sergei sabia que a tensão estava cantando tão alto nos ouvidos dos homens quanto nos seus. O comandante verificou se a perna ferida estava bem presa à sela, depois pegou firme a espada do hïrzg e sacou-a da bainha. Em volta, ele ouviu o retinir de espadas muito usadas saindo das bainhas de couro quando os demais fizeram a mesma coisa.

Ele esperou. Ao longo do quadrante noroeste da muralha de Passe a'Fiume, no portão da Avi a'Firenzcia, o fogo dos ténis surgiu e saiu da cidade em um arco. Eles ouviram, ao longe, o clangor de espadas contra escudos e gritos roucos, como se aqueles portões estivessem prestes a se abrir e expelir uma força de ataque. Sergei ergueu o olhar para o ponto alto destruído da muralha. Um homem acenou lá de cima para ele. – O inimigo está se deslocando, comandante, ao norte – disse ele.

Sergei concordou com a cabeça e gesticulou para os homens no portão. As barricadas já tinham sido removidas. Agora os portões estavam abertos e a grade, subida. Sergei instigou o cavalo e começou a galopar, seguido pelos chevarittai montados. Eles saíram da cidade com os homens a pé correndo atrás.

As fileiras de sitiantes firenzcianos eram menos numerosas aqui, onde o solo era pantanoso e infestado por mosquitos. Caso a distração tenha funcionado, muitos dos soldados inimigos estariam a caminho da comoção no próximo portão. Um bom número dos homens restantes ainda estaria dormindo, à espera do sol e do ataque final à cidade. O plano era que os chevarittai agissem como uma cunha para quebrar a linha Firenzciana, depois mantivessem a brecha aberta para que a infantaria da Garde Civile pudesse ir até Avi, e finalmente agissem como retaguarda caso os firenzcianos decidissem perseguir.

Eles percorreram a terra argilosa da margem do rio, os cascos dos cavalos de guerra levantaram montes de barro. Sergei já era capaz de ver as tendas lá e uma figura que apontava para eles e dava o alarme. Bolas de fogo fizeram um arco no ar ao sair da carroça que levava os ténis-guerreiros e acertaram o acampamento firenzciano. A comoção espalhou-se rapidamente pela linha inimiga, mas naquela altura Sergei e os chevarittai já estavam entre as tendas. O comandante atacou qualquer coisa que se movesse, não parou e sim instigou a montaria a avançar, sempre abrindo caminho à força mesmo com os soldados que se amontoavam contra ele. Um o'offizier, seminu e sem armadura, gritou ao brandir a espada, e Sergei abateu o homem com um único golpe. De cada lado, ele ouviu o som de batalha e uma vez o grito horrível de um cavalo ferido. Então o comandante e a maioria dos outros cavaleiros atravessaram o acampamento; não havia nada além do campo arruinado de um fazendeiro entre Sergei e a Avi ladeada por árvores. A carroça dos ténis-guerreiros passou chacoalhando, sendo puxada por cavalos assustados e de olhos arregalados. Sergei puxou as rédeas da própria montaria e virou o cavalo para ver a Garde Civile correr através da abertura feita pelos chevarittai, uma brecha que se fechava rapidamente.

– Vamos! Corram! – berrou o comandante para todos eles. – Chevarittai, mantenham a posição! – Ele galopou de volta, fez pressão contra os firenzcianos, a espada do hïrzg estava ensanguentada e ficava pesada a cada golpe até que os músculos reclamaram. A maior parte da Garde Civile passou, o primeiro grupo alcançou os ténis-guerreiros que já estavam na estrada. Estandartes de preto e prata corriam na direção deles, e as trompas dos chevarittai firenzcianos soaram o alarme.

– Agora! – berrou Sergei, e os chevarittai pararam de lutar e saíram. A brecha na linha fechou-se rapidamente. Sergei manteve a posição, à espera enquanto os demais passavam correndo por ele, à espera enquanto os firenzcianos atiravam lanças e perseguiam. O comandante chutou as costelas do cavalo com a perna boa para instigá-lo a galopar quando o último dos chevarittai passou por ele, conforme as flechas começaram a cair à sua volta, na hora em que o fogo dos ténis irrompeu no meio da Garde Civile em fuga no campo e uma dezena de homens caiu gritando. Sergei ficou para trás dos chevarittai enquanto eles galopavam pelo campo em direção ao arvoredo e passaram pelos últimos retardatários sobreviventes da Garde Civile.

Sergei estava quase no limite do campo quando sentiu flechas baterem e caírem contra as costas protegidas pela malha. Ele pensou que estava a salvo, mas uma estocada repentina e terrível no pescoço quase o derrubou da sela apesar das correias de couro que prendiam a perna. Sergei levou a mão ao pescoço e sentiu a haste grossa de uma seta de besta. Sentiu o sangue quente que jorrava da ferida.

O comandante ouviu o sinistro *baque* de bestas novamente, e uma seta penetrou a armadura perto da espinha, a força do impacto empurrou-o contra o pescoço do cavalo. Ele segurou-se desesperadamente no cavalo enquanto apanhava dos galhos das árvores, conforme ouvia os cascos da montaria sobre a terra batida da Avi...

... conforme o mundo escurecia à sua volta embora o sol tivesse finalmente tocado o horizonte...

... enquanto gemia e ficava perdido na escuridão...

~ Ana co'Seranta ~

– SINTO QUE tenha sido assim, Ana.

Sentada na pequena cama da cela, a cabeça de Ana virou-se ao ouvir a voz de tenor que ela conhecia. O kraljiki Justi estava parado na porta da cela na torre da Bastida – a mesma cela que Karl ocupou anteriormente. Ana estava presa como ele esteve, com o terrível silenciador na boca e as mãos atadas por correntes; o cabelo estava emaranhado, sujo e preso nas correias da mordaça.

Eles trouxeram Ana aqui diretamente do Velho Distrito em uma carruagem fechada que quase virou ao disparar pelas ruas. Ela não tinha ideia de onde Karl estava, nem Mahri, que os traiu.

Mas agora Ana sabia quem estava atrás dela. E perguntou-se quanto tempo de vida ela tinha.

O kraljiki olhou em volta da cela. – Fui informado que seu amante numetodo vivia aqui até fugir. O pobre capitão ci'Doulor esteve aqui durante um tempo, até ser transferido para, ah, acomodações menos palacianas. E agora você... – Ele deu um passo à frente com a graça e agilidade atlética que Ana lembrava. O kraljiki sentou-se à mesa e encarou-a.

– Eu não admito facilmente os meus erros, Ana. Mas cometi um ao me aliar a ca'Cellibrecca e à víbora da filha dele, um erro pior do que eu tinha imaginado, quando a melhor opção para mim era aquela que minha matarh já havia sugerido, o que me dói admitir. Espero que não seja tarde demais para retificar essa situação. – Ele gesticulou para os gardai do lado de fora da cela e disse – Removam os grilhões. – Justi observou os gardai soltarem as mãos de Ana e liberarem as amarras da mordaça. Eles deram um passo para trás, porém, como Ana notou, não saíram. Ela esfregou os pulsos e mexeu a mandíbula.

– Desculpe por tê-la trazido presa como uma herege condenada, Ana – disse Justi. – Mas você teria vindo se eu simplesmente chamasse?

– Não – respondeu Ana duramente, sem se importar com a grosseria. – Onde está Karl?

– Em uma cela abaixo da sua. Ileso.

Ela acenou com a cabeça. – Você me tem diante de si agora, kraljiki. O que você quer?

– Ao que parece, eu preciso de um archigos. Ca'Cellibrecca abandonou Nessântico para ficar do lado do hïrzg; eu colocarei uma nova cabeça no corpo da fé concénziana, para que todos saibam que a voz de ca'Cellibrecca é falsa.

– Escolher o archigos não é o papel do kraljiki – falou Ana. – O Colégio A'téni tem que fazer isso.

Justi deu um sorriso que sumiu no momento seguinte. – Os a'ténis que ainda ficaram aqui estão com medo do exército que se aproxima de Nessântico. Ca'Cellibrecca abandonou-os; eles temem que ca'Cellibrecca permaneça como archigos caso o hïrzg vença, da mesma forma que temem que ca'Cellibrecca caia com o hïrzg. Eu já falei com eles, e eles... bem, digamos que eu convenci os a'ténis de que, desde que permaneçam em Nessântico, seria de seu interesse seguir as minhas preferências.

– E qual dos a'ténis você escolheu, e por que eu me importaria com isso?

Justi sorriu. Era um sorriso estranho, arrependido. – Eu não escolhi nenhum deles – falou com a voz fina e alta. – Eu decidi promover uma jovem o'téni ao posto.

Ana levou um momento para compreender a importância das palavras. Ela começou a reclamar, chocada e sem conseguir acreditar, mas Justi fez um gesto para calá-la. – Um instante. Escolher um dos a'ténis existentes simplesmente não teria o simbolismo e importância de que eu preciso. O archigos Dhosti escolheu você, promoveu e obviamente favoreceu você. Seu talento com o Ilmodo é inquestionável. Não posso trazer o anão de volta, então escolho a favorita dele, em nome da mensagem que essa escolha passará ao resto dos Domínios.

– Você não pode estar falando sério. Eu sou apenas uma o'téni e jovem demais. E a Concénzia já me expulsou.

– Jovem demais? – O sorriso estranho surgiu novamente. – Você é quase da mesma idade da minha matarh quando ela tornou-se kraljica; na verdade, eu acho que isso aumenta o simbolismo, não acha? E foi ca'Cellibrecca que lhe expulsou, e ele já demonstrou a quem é leal.

Ana ainda balançava a cabeça, mas Justi continuou falando enquanto ela não acreditava. – Eu ofereço duas opções, Ana. Se quiser, você pode permanecer aqui na Bastida e assistir da sacada se Nessântico cairá nas mãos do hïrzg e de seu archigos de estimação; gostaria de lhe lembrar que ca'Cellibrecca já demonstrou o que pensa sobre você e os numetodos. Ouso dizer que ele ficaria contente de encontrar você e ci'Vliomani convenientemente presos para que possa fazer o que gosta com os numetodos. E se *eu* vencer, bem, precisarei mostrar aos Domínios o que faço com quem me trai. Até mesmo com quem um dia foi minha amante.

Ana não sentiu nada além de desprezo pelo homem e perguntou – Ou?

Justi soltou uma gargalhada alta. – Ou você pode escolher a minha segunda opção: pode se tornar archigos e ca' em vez de co' e me ajudar a enterrar o homem que enterraria você. Pode fazer justiça com o homem que assassinou o archigos Dhosti.

Ele era tão presunçoso, tão confiante. Ana esfregou as mãos irritadas pelas algemas. Queria cuspir nele, recusar só pela satisfação momentânea que teria. Mas não recusou. Não podia recusar. – Você tramou com ca'Cellibrecca contra o archigos, você e Francesca. Você me usou, kraljiki, e agora quer usar de novo.

Justi fez um gesto de desdém. – Tudo verdade. Assim como você tentou me usar pelo bem de ci'Vliomani e pelo bem do archigos Dhosti também. Bem, nenhum de nós conseguiu o que queria, não foi? Então vamos nos usar de novo, Ana, desta vez com um resultado melhor. Você ainda quer se casar com o kraljiki? Se quiser, eu chamo um a'téni aqui imediatamente e resolvo a questão. Eu me tornarei Justi ca'Seranta. O que você quiser. Mas eu preciso de um archigos e preciso rapidamente, e você é a melhor opção que eu tenho.

Ana deu um muxoxo de desdém. – Casar com você? Eu preferia cortar as próprias mãos e arrancar a língua do que isso. Eu sei o que você faz quando aqueles ao seu redor não são mais convenientes. Eu vi a kraljica morrer. Vi sua matarh dar o último suspiro. Casar com você? – Ela deu uma única risada áspera. – Creio que não.

Se ficou ofendido, Justi não demonstrou no belo rosto. – Eu passei a acreditar que é melhor escolher a própria vez do que esperar, Ana. Eu penei sobre o jugo de minha matarh por décadas, fiquei esperando pela minha vez, e finalmente me dei conta de que poderia esperar eternamente, de que poderia morrer antes de a vez chegar. Eu entendi que Cénzi queria que *eu* escolhesse. Então eu escolhi e não me arrependo disso. Este é o *seu* momento de escolher, Ana. Você não gosta de tudo que o poder lhe traz? Que pena. Cénzi julgou conveniente lhe oferecer, através de mim, a chance de pegar o globo do archigos e usá-lo. Você pode aceitar o que Ele oferece ou pode recusar e rezar para Ele enquanto Nessântico afunda à nossa volta. O que Cénzi preferiria que você fizesse? O que lhe diria o archigos Dhosti? O que falaria o enviado ci'Vliomani?

Ana sabia. Ela já sabia, mas balançou a cabeça. – Eu não me casarei com você, kraljiki, e não farei necessariamente o que você pede. Entenda que, se eu for a archigos, *eu serei a archigos*. Plenamente. Completamente. Você tem que entender isso. A Concénzia interpretará a Divolonté como eu a interpreto, como o archigos Dhosti a interpretaria. Eu serei a sua aliada hoje, kraljiki, mas não concordo em ser seu joguete. Falarei com a *minha* voz, não com a sua.

Justi tomou fôlego. Concordou com a cabeça. – Eu não esperaria nada diferente de você. Aceito essas condições.

Ana fez que sim. O medo estava diminuindo, mas foi substituído por um novo medo, mais sinistro. *Que essa seja a escolha certa, Cénzi. Não me deixe falhar com o Senhor.* – Então nós desceremos e liberaremos Karl ci'Vliomani, kraljiki. Agora. Qualquer outro numetodo na Bastida também será imediatamente solto. Quando eu vir que isso foi feito, nós conversaremos mais.

Outra tomada de fôlego. Outro gesto com a cabeça. Justi gesticulou na direção da porta da cela. – Depois de você, archigos Ana ca'Seranta. Eu tomei a liberdade de ordenar a reunião do Colégio A'téni, e eles aguardam ansiosos por nós.

~ Jan ca'Vörl ~

– ONDE ESTÁ GEORGI, vatarh? Eu quero que ele me mostre como se sitia uma cidade.

A voz de Allesandra ecoou na imensidão do palácio do comté de Passe a'Fiume. O vestíbulo aberto debaixo do telhado quebrado e calcinado estava lotado de leitos dos mortos e feridos, e o que sobrou da estrutura fedia a sangue e fumaça. Jan olhou para a filha e suspirou. Ele tinha permitido que ela entrasse em Passe a'Fiume pelo acampamento de retaguarda na manhã de hoje. Agora estava seguro o suficiente: o u'téni co'Bachiga, o a'offizier co'Garret e aqueles chevarittai de Nessântico feridos que não conseguiram fugir foram encarcerados no templo, que era um dos prédios menos danificados na cidade. Os corpos executados dos offiziers de patentes mais baixas da Garde Civile – cujas famílias provavelmente não tinham dinheiro suficiente para pagar resgate ou para fazer a cobrança valer a pena – foram expostos ao longo das muralhas da cidade. Os ténis-guerreiros, sob a orientação de ca'Cellibrecca, tornaram-se ténis-bombeiros por pouco tempo, para apagar as chamas que seus feitiços provocaram. Apesar dos seus esforços, Passe a'Fiume queimava: uma mortalha de fumaça fina e cinzenta envolvia os prédios; as paredes estavam rachadas e arruinadas perto dos portões principais. Corvos alimentavam-se dos corpos abandonados nas ruas ou meio soterrados nos escombros ou espalhados nos campos do lado de fora, enquanto soldados vigiavam os cidadãos coagidos a remover os corpos, empilhá-los em carrinhos e levá-los para a pira construída do outro lado do Clario. Os carrinhos com os mortos lutavam contra o fluxo constante de soldados firenzcianos que cruzavam o rio para entrar e passar por Passe a'Fiume. Exceto pelos gritos e risadas dos soldados firenzcianos que festejavam nas tavernas e bordéis ainda abertos de Passe a'Fiume, a cidade cuidava de suas tristes obrigações em silêncio, em um sofrimento e choque enormes.

Jan tinha esperança de que isso seria o pior que Allesandra precisaria ver, mas a esperança – como dizia o Toustour – era uma amante volúvel. O hïrzg estudou os relatórios dados por Markell sobre as próprias baixas. Ele olhou para seu ajudante neste momento, parado atrás de Allesandra com a cabeça baixa.

– Foi por isso que pedi a Markell para trazer você aqui – falou Jan para a filha. – Venha comigo, meu amor. Tenho que lhe mostrar uma coisa. – Ele ofereceu a mão para a menina. Ela pegou, e Jan novamente ficou admirado com a maciez da mão da filha e como não era mais tão pequena assim. Os dois percorreram o corredor principal entre os leitos, e Jan parou ocasionalmente para reconfortar um dos soldados firenzcianos feridos. Ele notou os olhos de Allesandra ficarem arregalados ao ver o sangue e a carne em decomposição, os braços e pernas perdidos e as terríveis feridas abertas. Ela respirava rápido e agarrou-se com força ao vatarh.

Os dois finalmente pararam diante de um leito no meio do quarto. – Não... – Jan ouviu Allesandra suspirar, depois um soluço interrompeu a voz. Ela tirou a mão de Jan com força, ajoelhou-se ao lado do leito e do corpo imóvel e ensanguentado deitado ali. Allesandra ergueu olhos lacrimejantes para o vatarh e falou – Não pode ser. Não vou deixar que seja assim.

– Eu gostaria que fosse assim tão fácil, meu passarinho – respondeu Jan, que se ajoelhou ao lado dela. – Allesandra, seu Georgi era um soldado. Um o'offizier. Ele pediu para participar do cerco e teve um desempenho valente, mas quando os chevarittai de Nessântico fugiram ontem, foi o acampamento de Georgi que eles atravessaram. Ele lutou para contê-los, mas morreu.

Jan esticou o braço para o lençol e começou a puxá-lo sobre a cabeça de Georgi; Allesandra tocou em sua mão. – Não, deixe comigo, vatarh. Ele era meu amigo.

Jan deixou que a filha pegasse o lençol, e Allesandra puxou delicadamente o pano sobre o rosto de Georgi. Ela tocou o rosto escondido do o'offizer.

Jan falou baixinho – Allesandra, a guerra pode parecer um jogo, mas um starkkapitän ou um hïrzg tem que entender que as peças não são de chumbo e tinta; são de carne e osso, e quando elas caem, não dá para pegá-las e colocá-las novamente. Olhe em sua volta; esta é a realidade da guerra, e você precisa entendê-la se quiser ser a hïrzgin. Georgi estava lhe ensinando a mexer as peças; agora ele ensina o que significa ser uma daquelas peças.

Allesandra voltou a olhar para Jan, e embora as bochechas estivessem manchadas por rastros de umidade, os olhos estavam secos. – Prometa que iremos para Nessântico agora, vatarh – falou a menina com uma voz mais tomada pela raiva do que tristeza. – Prometa.

Jan ajoelhou-se e pegou a filha nos braços, e a raiva voltou novamente às lágrimas. Ela soluçou intensamente no peito do vatarh, inconsolável. O hïrzg fez carinho no cabelo de Allesandra e deu um abraço com força.

– Nós iremos a Nessântico, Allesandra. Eu prometo. Você andará em suas ruas muito em breve.

– Mais uma semana, talvez um pouco mais, e este será o destino de Nessântico. Cénzi realmente nos abençoou – falou ca'Cellibrecca com uma voz tão rouca quanto a dos corvos carniceiros. – Que vitória maravilhosa, meu hïrzg!

Jan virou-se da janela quebrada em uma torre cupulada do templo. Ele deixou Allesandra sob os cuidados de Markell antes de sair para encontrar o archigos. Ca'Cellibrecca fez uma expressão radiante para o hïrzg, o rosto rotundo contente acima do robe ornamentado de archigos. Jan devolveu com uma cara feia.

– Você é um tolo, ca'Cellibrecca – rosnou ele. Jan apontou para a janela quebrada. Cacos de vitral estavam presos na moldura de chumbo, e o peitoril estava escurecido com a fumaça. – É uma vitória o que você vê lá fora? ralhou o hïrzg. Ca'Cellibrecca encolheu-se contra a porta como se procurasse escapar. – Você vai me dizer que o kraljiki Justi está entre os prisioneiros? Foi o kraljiki ou mesmo o comandante ca'Rudka quem entregou a cidade a nós ou algum offizier local sem importância? Não notou quantos homens nós perdemos aqui, e quantos dias perdemos enquanto Nessântico preparou suas defesas? – Jan cuspiu pela janela e observou a massa de saliva fazer um arco no ar antes de cair nas telhas rachadas lá embaixo. Ele voltou-se para ca'Cellibrecca. – O kraljiki manipulou-nos aqui, ca'Cellibrecca, melhor do que a matarh dele teria feito. Ele ofereceu uma negociação para ganhar dias, depois fugiu e deixou seu comandante aqui para nos segurar. Então os próprios chevarittai fugiram antes que pudessem ser capturados.

– Eu tenho noção disso – falou ca'Cellibrecca. – O starkkapitän ca'Linnett devia ter ordenado que seus homens perseguissem os chevarittai. Eu disse isso para o homem, mas ele não me escutou. – Ca'Cellibrecca balançou a cabeça. – Agora temos que lutar contra eles em Nessântico. Eu andei pensando a respeito disso, meu hïrzg. Se pegarmos nossas tropas e dividirmos os homens para que possamos vir pelo norte e oeste, assim como pelo leste...

Jan interrompeu o homem com um rosnado. – Venha aqui um instante, archigos. Eu preciso mostrar uma coisa para você.

Ca'Cellibrecca cruzou a sala até ele; Jan deu um passo para o lado a fim de deixá-lo ficar diante da janela e franziu o nariz ao sentir o cheiro de incenso do robe do homem. – O que é que o senhor quer que eu veja? – perguntou ca'Cellibrecca, e Jan pegou seu robe verde e empurrou o archigos com força para frente. Ca'Cellibrecca urrou de medo, mas as mãos apenas se debateram no ar frio. Jan viu os cacos de vidro penetrarem nas dobras da cintura do homem. Desequilibrado, ca'Cellibrecca era mais pesado do que o hïrzg esperava; Jan teve que se apoiar para evitar soltá-lo completamente.

– Você sabe voar, archigos? – perguntou Jan enquanto o homem berrava de susto. – Será que Cénzi pode lhe dar asas como um pássaro?

– Meu hïrzg... me puxe!

– Cale a boca. Você parece mais com uma vaca do que um pássaro para mim, archigos. Isso é o que você é agora, archigos: uma vaca. Enquanto der o leite de Cénzi para mim, eu fico com você. Se não puder ser minha vaca, então mandarei que o u'téni co'Kohnle seja. Francamente, eu realmente não me importo qual de vocês seja a minha vaca, desde que me deem o que quero. Eu não preciso que você seja um pássaro e que me fale sobre os problemas dos pássaros, a não ser que demonstre como voa bem. Eu já tenho um starkkapitän, mas talvez você se considere um estrategista melhor, hein? Podemos descobrir isso agora. Então me diga, archigos, porque meus braços estão ficando cansados e não consigo segurar por mais tempo: você é uma vaca ou um pássaro?

Ele balançou o homem e ouviu o som de pano rasgando. Ca'Cellibrecca berrou – Sou uma vaca! Uma vaca! – Jan viu o archigos debater os braços. As pessoas olhavam para cima e apontavam para o archigos. – Mais alto – ele gritou para o archigos e sacudiu-o novamente. – Eu não consigo ouvir você. Eles não conseguem ouvir você.

– Eu sou uma vaca! – berrou o homem. Ele ouviu a gritaria reverberar nas ruas lá embaixo. – Eu sou uma vaca, meu hïrzg!

– Muja para mim, vaca – disse Jan. – Deixe-nos ouvir seu mugido.

Ca'Cellibrecca engoliu em seco. Ele mugiu um lamento melancólico que não tinha fim, como se o archigos fosse uma das trompas do templo. Jan ouviu as risadas nas ruas lá embaixo.

– Assim está bom – o hïrzg falou e puxou o homem para dentro. O cabelo do archigos estava desgrenhado e sangue manchava o robe onde o vidro cortou o pano e entrou na carne embaixo. – Eu aconselho a cuidar de seus problemas de vaca, archigos. Nós sairemos de Passe a'Fiume de manhã.

~ Mahri ~

A BOLSINHA DE COURO no cinto estava pesada sobre a coxa de Mahri, com uma bola de vidro do tamanho do punho de uma criança dentro. Colocar o X'in Ka dentro da bola custou uma noite inteira de sono ao mendigo, mas ele ainda era atormentado por dúvidas.

Os sinais não são claros o suficiente. Os sinais nunca são quando têm a ver com ela...

Soaram as trompas do Templo de Cénzi, e veio a resposta das trompas de todos os templos e também dos sinos do Palácio do Kraljiki. Com o clamor, a nova archigos apareceu na tradicional janela da torre do meio para acenar para as multidões de fiéis... embora as multidões fossem bem menores do que aquelas que geralmente saudavam um novo archigos. A população de Nessântico foi dizimada: a maioria dos homens estava ausente enquanto servia no exército cada vez maior do lado de fora dos portões orientais, e muitos cidadãos decidiram que visitar parentes nas cidades no oeste seria uma ideia excelente. A praça do templo estava cheia e a aclamação foi dirigida à nova archigos, mas a multidão não transbordou para a Avi a'Parete, a vibração foi menos do que ensurdecedora e mais ensaiada do que autêntica. Os arautos já tinham anunciado que, por causa da crise atual, a archigos Ana I dispensaria a tradicional procissão ao redor da cidade; após alguns minutos e uma bênção dada aos espectadores com uma voz fina e nervosa, a multidão dispersou-se rapidamente, exceto pelos ca' e co' que encheram o Templo da Archigos para testemunhar a primeira missa de Ana.

Conforme os cidadãos voltavam para casa e para o trabalho, a fofoca tomou conta do ambiente, e Mahri captou alguns trechos enquanto as pessoas passavam por ele.

– ... ouvi dizer que ela já concordou em se casar com o kraljiki. A archigos podia muito bem ser uma das *grandes horizontales*...

– ... parece que quando os desejos do kraljiki não forem atendidos, ele simplesmente vai criar a própria Concénzia...

– ... que os numetodos serão bem-vindos na cidade. Pelo que ouvi, o título de enviado de ci'Vliomani foi restaurado...

Mahri deu um sorriso cruel. Ele tocou a bola de vidro mais uma vez e envolveu-se no manto. Protegido na lateral de um dos prédios do outro lado da praça, Mahri invocou um rápido feitiço, e o ar tremulou em volta dele como se estivesse imerso em água. O mendigo cruzou o pátio e entrou no templo, ciente que olhares casuais veriam apenas uma onda de calor no ar se o vissem de relance. Dentro do templo, ele encontrou um nicho escuro na lateral da nave. Mahri instalou-se ali para ver Ana e um séquito de a' e u'ténis realizarem os rituais da Suprema Adoração. Ouviu a inexperiente Admoestação de Ana do Alto Púlpito. Sua Admoestação foi em grande parte um tributo à memória do archigos Dhosti e um apelo por tolerância.

– .... lembrem-se que o archigos Dhosti percebeu que há mais coisas no mundo do que podemos imaginar e que até mesmo Nessântico tem que mudar. Com a kraljica Marguerite, nós fomos ninados pela paz por muito tempo, e quando acordamos, descobrimos que há mudanças em andamento que não vimos porque não queríamos vê-las. Nós tínhamos medo. Não podemos mais ter medo; não podemos mais fechar os olhos e fingir que tudo é como desejamos que seja. Temos que abraçar aqueles que podem nos ajudar porque, sem a ajuda deles, não podemos sobreviver. Meu... – Mahri ouviu a pausa e viu a careta quase achando graça que acompanhou a hesitação – ... antecessor como archigos gostava de citar a Divolonté. Garanto que eu tenho tanto respeito por essas leis quanto ele. Deixem-me citar: *"assim como a criança cresce e torna-se adulta, também a Divolonté precisa crescer"*. Nós não temos escolha a não ser aceitar tal mudança agora. A fé concénziana está saindo de uma longa e pacata infância; dos braços acolhedores da família para um mundo que é perigoso e desagradável. Nós somos Nessântico. Nós somos os Domínios, somos grandes e somos vastos, mas existem aqueles que querem destruir nossa grandeza com seus interesses mesquinhos e tacanhos. Eu digo para vocês: para encarar o resto do mundo, também precisamos estar dispostos a aprender com ele.

Houve um silêncio no templo quando Ana terminou de falar, depois veio um burburinho entre os ca' e co' reunidos ali. Mahri viu os ca' e co' inclinarem-se na direção uns dos outros com rostos sérios e testas franzidas; viu os lábios formarem a palavra "numetodo" mesmo que não conseguisse ouvir. Se Ana teve esperança de convencê-los, a postura dos ca' e co' indicava que não conseguiu. Mesmo o kraljiki, presente na alcova real à esquerda do Alto Púlpito, parecia incomodado com as palavras da archigos, e nenhum dos a'ténis no tablado com ela estava sorrindo. Karl também estava presente, em uma alcova nos fundos do templo com gente que Mahri sabia estar entre os remanescentes dos numetodos locais. Eles também estavam sérios enquanto assistiam à reação.

O restante da missa andou rápido. Quando Ana deu a Bênção de Cénzi aos presentes, eles saíram rapidamente enquanto ela e os a'ténis foram para os fundos do prédio.

Em seu nicho, Mahri suspirou e fechou os olhos. A mão tocou a bola de vidro na bolsinha. Ela iria querer isso agora. Ele tinha certeza. Mahri correu para a sacristia e parou nas sombras da borda da nave. Vários dos e' e o'ténis presentes esperavam por sua superior surgir e falavam baixinho entre si. Ana e os outros a'ténis do conclave estavam atrás das portas fechadas.

Ele sentiu o X'in Ka rodopiar em sua volta e abaixou as defesas da mente para trazê-lo para dentro. Falou baixinho para que os ténis não ouvissem; as mãos balançaram, viraram-se e pegaram o ar. O feitiço era longo e complicado, iria deixá-lo completamente esgotado depois. Também custaria alguns anos de vida. Mas por outro lado era necessário, como fora necessário no passado.

Ele tinha noção dos sacrifícios que eram exigidos de sua parte. Mahri concordou com eles há muito, muito tempo.

O mundo mudou à sua volta. O próprio ar fez silêncio. O som das vozes dos e' e o'ténis ficou baixo e quase inaudível. Mahri andou, e a impressão é de que forçava o corpo através de areia. Cada passo era um parto, parecia que ele levaria dias para chegar às portas da sacristia a uma dezena de passos de distância e para passar pelas estátuas vivas dos ténis. Foi necessária quase toda a sua força para empurrar as portas e fechá-las novamente.

Ao seu redor, Ana e os a'ténis estavam congelados, paralisados no meio da retirada das vestimentas douradas da missa. A coroa de archigos estava sobre o assento da cadeira ao lado de Ana; ela ainda estava debruçada sobre a coroa, com as mãos abertas como se tivesse acabado de pousar a tiara dourada.

Mahri foi até Ana e colocou o dedo ao lado do pescoço dela. Pegou sua presença com a mente e prendeu-a. Sentiu Ana cambalear ao recuperar os movimentos e ouviu seu ofego.

– É apenas o meu dedo – falou Mahri com sua voz fraca e rouca. – Poderia muito bem ser uma faca.

Ana endireitou o corpo e deu um passo cambaleante para trás. Ela olhou rapidamente em volta da sacristia e viu os outros ténis presos em meio aos movimentos. Ana franziu os olhos e os lábios. – Você me traiu, Mahri. Você me entregou ao kraljiki.

– Sim – respondeu ele calmamente. – Eu entreguei você ao kraljiki. E olhe onde você está agora.

– Você não sabia que isso iria acontecer.

– De longe, era o cenário mais provável. Diga-me, Ana, se eu tivesse aconselhado você e Karl a se entregarem ao kraljiki, você teria feito isso? Não precisa responder; eu já sei. E você também.

Ela começou a reclamar, mas Mahri interrompeu Ana. O X'in Ka queimava por dentro enquanto ele mantinha ambos sob o feitiço; Mahri queria gritar de dor. Quase sentiu as novas cicatrizes rasgando seu já destruído rosto. Ele tinha que soltá-la rapidamente ou o fogo começaria a consumi-la também. – Não há muito tempo – disse Mahri. – Eu vim dar isto para você. – Ele soltou a bolsinha do cinto e deu para Ana. Parecia mais pesada do que antes quando Mahri colocou na palma da mão dela. – Dentro dessa bola está esse mesmo feitiço – falou enquanto gesticulava para os ténis imóveis ao redor. – Ele retira a pessoa das restrições do tempo. Diga meu nome enquanto segura a bola na mão, e o feitiço será lançado.

– Por quê? – A pergunta ficou no ar enquanto Ana olhava para a bolsinha e via a esfera reluzente lá dentro, que cintilava com uma suave luz laranja.

– Você precisará do feitiço. Pense, Ana: podia ter sido uma faca na sua garganta e não o meu dedo. Eu dou para você o mesmo poder de parar o tempo e fazer o que for necessário. Também digo um ditado que temos nas Terras Ocidentais: uma cobra sem a cabeça não pode atacar a pessoa.

Ana balançou a cabeça, mas Mahri fechou os olhos e liberou-a do feitiço. Ela foi paralisada em meio à reclamação, e Mahri andou com esforço até a porta, tão rápido quanto foi possível no ar gélido. Assim que saiu do templo, ele cancelou o feitiço completamente e quase caiu nos paralelepípedos do pátio quando o X'in Ka deixou seu corpo e o mundo voltou a se movimentar de supetão. Mahri correu na direção do Velho Distrito, em direção da cama onde iria desabar pelos próximos dias.

Ana ca'Seranta

– ... UMA COBRA SEM a cabeça não pode atacar a pessoa – falou Mahri.

Ana balançou a cabeça. – Eu não sei o que você quer dizer – ela começou a falar, mas foi tomada por uma súbita desorientação naquele momento, e Mahri desapareceu enquanto os ténis na sacristia ganharam vida de supetão. A desorientação pareceu estranhamente familiar. Ela não conseguiu decidir exatamente por quê.

Ela segurava a bolsinha na mão. O couro era maleável e gasto; o objeto no interior era pesado, Ana lembrava-se do brilho, de que era da cor de um sol morrendo atrás de nuvens. Ela enfiou a bolsinha rapidamente em um bolso do robe verde. Nenhum dos a'ténis notou; nenhum deles olhava para Ana. Nenhum deles tinha olhado para ela desde que Ana saiu do Alto Púlpito. Colin ca'Cille, Alain ca'Fountaine, Joca ca'Sevini, todos os demais: eram velhos, todos eles. Pelo menos alguns dos a'ténis nutriram aspirações de ser o archigos, e todos eles preferiam estar em suas próprias cidades do que presos aqui em Nessântico com o exército do hïrzg se aproximando. Ela era capaz de sentir o palpável ressentimento dos a'ténis.

– Vocês são todos cegos – falou Ana para eles. Os a'ténis agora olharam para ela, assustados. – Estão tão envolvidos consigo mesmos que não conseguem enxergar. – As mãos de Ana tremiam como se estivesse exausta por um feitiço. – Preciso que vocês todos vão embora agora. Mandem Kenne entrar quando saírem.

– Archigos – disse um deles: ca'Sevini de Chivasso. Pela expressão do homem, o título de Ana parecia ter gosto de óleo de peixe. – A senhorita já cometeu um erro terrível hoje com a Admoestação que deu aos ca' e co'. Está cometendo outro agora. O kraljiki pode ter conseguido nos impingir a sua ascensão nesta hora terrível, mas se a senhorita tem alguma esperança de ser mais do que archigos em título apenas, então precisa de nossa cooperação. Demonstrar arrogância não é a maneira de consegui-la, não quando outra pessoa ainda detém o título de archigos. A senhorita não pode nos dispensar como se fôssemos e'ténis inconvenientes.

Ana não tinha resposta para ele, ou melhor, tinha várias. P*essoas como você vêm dizendo o que eu tenho que fazer a minha vida inteira, do meu vatarh ao kraljiki.* Ela queria devolver o rancor para o a'téni. Mas, tirando a raiva, Ana sabia que ca'Sevini estava parcialmente certo, não importava o quanto ela quisesse negar. Ana não poderia ser archigos sem o apoio deles. Não sobreviveria à futura batalha sem os a'ténis; ela especialmente não podia arriscar que eles desertassem para ca'Cellibrecca.

Haverá uma hora para se afirmar. Esse não é o momento. Ela quase conseguiu imaginar a voz de Dhosti dizendo as palavras.

Se não foi capaz de sorrir, ao menos ela conseguiu não franzir a testa. – Você está certo, e peço desculpas, a'téni ca'Sevini. Cénzi sabe que mereço a bronca, e agradeço por ter a coragem de falar francamente. Por favor, peço perdão a todos vocês: sei que temos que trabalhar juntos, especialmente agora.

Ela não sabia se isso acalmaria os a'ténis. Alguns concordaram com a cabeça; ca'Sevini até mostrou os poucos dentes que sobraram em um breve sorriso. Ana pôs de lado as vestes da missa e saiu da sacristia o mais rápido possível. Chamou Kenne, que voltara à cidade recentemente. – Você não viu ninguém lá fora, Kenne? Mahri?

Kenne balançou a cabeça, um pouco surpreso. – Não, archigos. Não havia ninguém no salão além de nós. Por quê?

Ela fez que não. – Deixe para lá. Eu preciso que faça algo para mim...

Karl abraçou Ana assim que Kenne fechou a porta ao sair e perguntou – Você tem certeza de que é bom que um numetodo seja visto indo ao gabinete da archigos? As pessoas podem falar, especialmente depois de sua Admoestação hoje.

– A essa altura eu já passei do ponto de me importar.

Ele soltou uma gargalhada rouca e puxou Ana para si. Ela permitiu-se afundar no abraço dele. Os braços de Karl apertaram Ana, que fechou os olhos para que só houvesse aquele abraço, aquele carinho, aquele momento. Karl finalmente afastou-se, e Ana abriu os olhos novamente e notou que ele observava a sala: a enorme mesa que Dhosti ocupou por muitos anos, que ca'Cellibrecca maculou com sua presença mais recentemente; a cadeira-trono em uma ponta da grande sala onde Dhosti ficava sentado para receber visitas formais; as imagens douradas dos moitidis gravadas nas sancas; o gigantesco globo partido, dourado, ornamentado e seguro por nuvens de madeira acima das portas principais.

– Impressionante – disse Karl. – Você já experimentou o trono?

Ana balançou a cabeça. – Esta não é hora para brincadeiras, Karl. Agora eu preciso que você seja o enviado dos numetodos. – Ela pegou as mãos dele. – Mahri veio até mim depois da missa.

Karl fechou a cara. Suas mãos apertaram as de Ana. – Traidor desgraçado. Entregar a gente daquela forma...

Ana fez que não com a cabeça. Ela tocou na bolsinha de couro amarrada ao cinto do robe e sentiu o latejar do Ilmodo preso ali dentro. Mas não contou para Karl ou mostrou o pequeno globo. Ela escondeu o fato e ficou pensando nisso. – Eu não tenho tanta certeza. Pensei a mesma coisa depois que ele nos entregou aos gardai, mas agora... – Ana sentiu um arrepio e afastou-se de Karl. – Eu não sei o que Mahri quer ou por que faz o que faz, mas acho que ele sabia que nenhum de nós ficaria muito tempo aprisionado.

Karl mexeu a mandíbula como se lembrasse da dor do silenciador. – O que ele queria?

Ana deu de ombros e abaixou as mãos. – Não sei realmente. Ele... me deu uma coisa, mas o que ela faz... – Ana balançou a cabeça e mordeu o lábio superior momentaneamente. – Eu não durarei como archigos, Karl. Acho que Mahri sabe disso, e o kraljiki Justi, ca'Cellibrecca e o restante dos a'ténis. Eu recebi o título porque nenhum dos a'ténis queria pegar no momento, não com a forte possibilidade de o ca'Cellibrecca voltar a ser o archigos quando tudo isso acabar. Eu sou apenas a falsa archigos, a archigos do kraljiki.

– Não é possível que todos eles pensem assim.

Ela concordou com a cabeça enfaticamente. – Quase todos os a'ténis pensam dessa forma. Sim, existem alguns ténis que me apóiam: u'téni co'Dosteau, e eu tenho que promovê-lo, isso seria uma pequena ajuda; Kenne; a maioria dos e'ténis e o'ténis que fazia parte da equipe do archigos Dhosti; até mesmo alguns dos u'ténis. Mas os a'ténis... – Ana tomou fôlego. – Na melhor das hipóteses, eles não farão mais do que o absolutamente necessário somente caso o kraljiki realmente vença. Eles vão esperar e ver o que acontece quando o exército do hïrzg chegar. Eu tenho um título, Karl: apenas isso.

– E você quer mais do que isso.

Um sorriso surgiu momentaneamente. – Você me conhece melhor do que eu imaginava. Sim. Eu quero mais.

– O que eu posso fazer?

– Você começou a me ensinar. Eu quero que você me mostre tudo que consegue fazer e preciso que desvirtue as regras da Divolonté comigo...

Os ténis-guerreiros foram reunidos, como ordenado pela nova archigos, no Stadia a'Sute. Com uma exceção, nenhum dos a'ténis foi convocado; na verdade, os poucos que tentaram entrar foram expulsos à força pela equipe da archigos e pela Garde Kraljiki, que patrulhavam as entradas. Os ténis-guerreiros sentaram-se na ala norte do stadia; no campo de atletismo abaixo, eles podiam ver um pequeno palco erigido na grama e o trono da archigos posto ao lado dele. Quando as trompas anunciaram a Segunda Chamada, as portas do stadia foram fechadas ao mesmo tempo em que os ténis faziam suas preces. Alguns instantes depois, a própria archigos surgiu de uma das portas do campo, acompanhada pelo recém-promovido a'téni co'Dosteau e algumas outras pessoas, uma das quais rapidamente reconhecível pelos ténis que eram da cidade.

– *Aquele é o enviado ci'Vliomani, o numetodo...* – A fofoca espalhou-se rapidamente pelas fileiras de ténis-guerreiros enquanto a archigos fazia uma mesura e o sinal de Cénzi para eles. Depois ela sentou-se no trono e gesticulou, e ci'Vliomani e outro homem subiram ao palco.

– Um de seus deveres – disse a archigos Ana ao se dirigir aos ténis-guerreiros – é proteger aqueles à sua volta dos feitiços dos ténis-guerreiros do falso archigos. O que eu quero que vocês façam agora é mostrar como são capazes de cumprir com esse dever. Acho que alguns de vocês já devem ter reconhecido o enviado ci'Vliomani, que veio a Nessântico para representar os numetodos de todas as partes dos Domínios. Eu pedi que ele viesse aqui hoje interpretar o papel do inimigo. Ao meu comando, ele me atacará; o feitiço em si será inofensivo, eu garanto, mas a tarefa de vocês será deter o ataque antes que ele sequer me toque. Vamos ver como se saem. Ouçam: eu sei que vocês foram ensinados pelo a'téni co'Dosteau, assim como um dia ele me ensinou. Vamos, podem preparar seus contrafeitiços agora.

Os ténis-guerreiros entreolharam-se, depois vários deles começaram a entoar e mexer as mãos, embora estivessem obviamente confusos pelo fato de a archigos ainda não ter dado nenhuma ordem para o enviado ci'Vliomani começar o próprio feitiço. Finalmente, vários instantes depois, ela virou-se para o homem e disse – Enviado, se fizer a gentileza de começar seu ataque...

O que aconteceu a seguir deixou todos os ténis-guerreiros estupefatos. Ci'Vliomani falou uma única palavra gutural que parecia com a língua do Ilmodo, mas não era nenhuma palavra de feitiço que eles conheciam, e fez um gesto casual com a mão. A palavra trovejou no Stadia. De maneira impossível, um fogo mais intenso que o sol brilhou na mão do enviado e cruzou o ar em linha reta na direção da archigos.

Mas um momento após ci'Vliomani começar seu feitiço inexplicavelmente rápido, a archigos Ana também falou: novamente, uma única palavra de feitiço ao erguer a mão. O clarão de luz espocou e explodiu como se tivesse batido em uma barreira invisível. A fúria brilhante fez com que muitos dos ténis-guerreiros erguessem as mãos, e a bola de fogo guinchou como um animal moribundo ao se expirar.

Um silêncio estupefato tomou conta do Stadia enquanto os ténis-guerreiros permaneciam imóveis, com seus próprios contrafeitiços – faltando apenas um quarto para serem concluídos – esquecidos.

Rápido demais: toda a troca de feitiços ocorreu rápido demais.

– Vocês todos agiram tarde demais. Vocês todos teriam falhado com seu dever – falou a archigos Ana em meio ao silêncio. Ela levantou-se facilmente da cadeira; nem ci'Vliomani, nem a archigos pareciam excessivamente cansados pela invocação dos feitiços, e isso também era estranho. Ana subiu no palco e falou – Eu sei o que vocês estão pensando. Quando eu vi pela primeira vez o que os numetodos são capazes de fazer com o Ilmodo, fiquei abalada até o fundo da minha alma. Durante o tempo em que fiquei sem fé, eu fui punida por Cénzi e perdi o meu próprio caminho para o Ilmodo, até que Ele falou comigo novamente. – Ana deu um breve sorriso. – Ou, para ser honesta, até eu estar disposta a escutá-Lo. Eu afirmo agora o que acabei entendendo: o Ilmodo foi criado por Cénzi, sim, e nosso caminho para o Ilmodo permanece sendo o mais poderoso. Eu sei do fundo do coração que esse é o caminho de Cénzi. Eu afirmo, e o enviado ci'Vliomani há de concordar comigo: os numetodos podem ter a vantagem da velocidade, mas não a da força. Nenhum numetodo pode se equiparar ao mínimo que vocês conseguem fazer no campo de batalha com seus feitiços de guerra. Mas... – ela fez uma pausa e andou de um lado para outro por um momento – ... nosso caminho não é o *único* que Cénzi criou, e somos tolos se não estivermos dispostos a aprender com esses outros caminhos.

Ana deu passos largos até ficar na beirada do palco e inclinou-se na direção dos ténis-guerreiros nas arquibancadas. Seu olhar percorreu cada um dos rostos. – Eu afirmo: *os numetodos são uma ameaça à Concénzia apenas se a nossa própria fé for fraca.*

– Isso não é o que o archigos Orlandi acredita.

O desafio foi alto, de um téni que ficou abruptamente de pé. Vários dos ténis-guerreiros em volta do homem também se levantaram e colocaram as mãos no manifestante. – Não! – gritou Ana para eles. – Deixem que ele fale!

A ira na voz de Ana afrouxou as mãos que pegaram o téni-guerreiro, e o homem livrou-se delas. Ele apontou para Ana e para Karl. – *Você é* a falsa archigos. Olhe com quem anda. Os numetodos riem da Divolonté. Eles riem do Toustour. Eles negam Cénzi. Como você pode ficar parada aí e dizer que precisamos aprender com *eles*?

– Qual é o seu nome? – perguntou Ana.

– Eu sou o u'téni Georgi co'Vlanti.

– Eu conheço a sua família, u'téni. Eles são boa gente, são devotos, e não me surpreendo ao ver que pelo menos um deles escolheu servir a Concénzia. Se você pensa que sou a falsa archigos, u'téni co'Vlanti, então é o seu dever perante Cénzi e a Divolonté me matar. Eu lhe dou essa oportunidade agora. Reze para Cénzi guiar suas mãos e fortalecer seu feitiço, assim como eu rezarei para Ele guiar as minhas. – Ana abriu bem os braços. – Comece seu feitiço – Ana disse e olhou devagar ao redor do Stadia, especialmente para aqueles no palco com ela. – Eu prometo a você que ninguém aqui irá lhe deter.

– Ana... – começou Karl, e ela fez que não para o enviado.

– Ninguém aqui irá detê-lo – repetiu Ana tanto para Karl quanto para o téni-guerreiro. – A Divolonté é clara quanto a essa questão: *arranque as línguas e destrua as mãos daqueles que afirmam em falso que falam com a voz de Cénzi, pois você arrisca a própria alma se ouvi-los.* Eu faço essa afirmação, u'téni co'Vlanti. Eu afirmo que Cénzi fala através de mim, assim como Ele faz através de cada archigos. Eu afirmo que o falso archigos está lá fora com o hïrzg. Mas se você pensa diferente, então a Divolonté exige que você me mate. Mate-me, u'téni. Mate-me se você pensa que Cénzi irá falhar ao me proteger. Mate-me se você acredita que ca'Cellibrecca deveria usar o globo partido em volta do pescoço e que Jan ca'Vörl de Firenzcia deveria se sentar no Trono do Sol e encerrar o longo reinado da linhagem ca'Ludovici.

O homem estava em silêncio e olhava feio para Ana com as mãos ao lado do corpo. – *Mate-me!* – vociferou ela, e o u'téni co'Vlanti quase deu um pulo.

As mãos dele começaram a se mexer; ele iniciou um cântico. A luz intensa brilhou entre as mãos. Ana não fez nada, ficou esperando, e o burburinho dos outros ténis-guerreiros cresceu. Co'Vlanti terminou o feitiço rapidamente e abriu as mãos enquanto Ana falou uma palavra e gesticulou – tarde demais. Fogo irrompeu no palco, uma conflagração intensa e rápida que envolveu todos os presentes ali em chamas, de maneira que não podiam ser vistos das arquibancadas onde estavam os ténis-guerreiros. Eles sabiam o estrago que um feitiço de guerra pleno causaria, e houve gritos de alarme, surpresa e horror dos ténis sentados.

O fogo de guerra deixou para trás apenas as carcaças enegrecidas dos corpos calcinados.

As chamas sumiram quando a fúria passou. As tábuas do palco ardiam com grandes bolhas de cinzas negras; pingavam fagulhas dos galhardetes acima conforme o pano queimado caía. Mas onde o numetodo ci'Vliomani e a archigos estavam a madeira ficou intocada. A archigos Ana estava parada com as mãos esticadas em um feitiço de proteção – lançado com uma velocidade impossível.

De repente, Karl ci'Vliomani interrompeu a cena estática ao pular, soltar um palavrão e começar a bater nas dobras do lado esquerdo de sua bashta. Fumaça e pequenas chamas enroscavam-se onde as mãos batiam. Ele deu um olhar de reprovação para Ana enquanto apagava o fogo e falou – Você foi um pouco lenta aí, archigos. E um pouco econômica com o escudo.

Alguém nas arquibancadas riu, e a risada espalhou-se devagar. A própria Ana sorriu. O u'téni co'Vlanti desmoronou no assento, exausto, mas Ana permanecia de pé como se o feitiço não tivesse custado nada.

– Cénzi permitiu que eu fizesse isso – falou Ana para os ténis-guerreiros. – E os numetodos me ajudaram ao mostrar como era possível. Nos dias de hoje, não podemos nos dar ao luxo de expulsar aqueles que se oferecem para ser nossos aliados. Eu peço a vocês que deixem os numetodos ficarem do nosso lado. Eu peço a vocês que, como eu, aprendam com os numetodos o que eles podem nos ensinar.

Não houve aclamação. Não houve sequer uma resposta audível ao apelo de Ana. Mas ela notou alguns acenos de cabeça a contragosto entre os rostos dos ténis-guerreiros.

Isso teria que servir.

Sergei ca'Rudka

O MUNDO ACENDEU-SE e apagou-se como se fosse iluminado por raios letárgicos e inconstantes.

... alguém (ele pensou que poderia ser ca'Montmorte) ajudou-o a descer do cavalo e reclamou em tom de preocupação. – Chamem um curandeiro... – Sergei ouviu ca'Montmorte falar, surgiram mãos em sua volta, e ele berrou ao ser levantado.

... acordar e sentir dor e luz de fogo. Um rosto passou pelo campo de visão. Ele tentou falar através de lábios rachados e secos. – Onde...?

– Na Avi – Ele ouviu alguém responder. – Talvez a dois dias de Nessântico. Por favor, tente não se mexer, comandante.

Sergei começou a rir diante da ideia de se mexer, mas a risada virou uma tosse, a tosse tirou seu fôlego e ele abandonou o mundo novamente.

... a insistente sensação salgada de sopa de carne na língua. O gosto era tão maravilhoso que ele agarrou as mãos que levaram a caneca aos seus lábios enquanto tomava a sopa. – Com delicadeza, comandante – falou a voz. – Tem mais para o senhor. Não tenha pressa.

Sergei tentou ficar sentado e descobriu que só era capaz com grande dificuldade. Parecia que era noite. O corpo estava bem enfaixado, e a pele repuxava nas costas inteiras. A visão era opaca, ele não conseguia ver claramente, mas notou a luz trêmula de uma fogueira por perto e corpos sentados ao redor dela. Cavalos relinchavam baixinho em algum lugar por perto. Ele sentiu frio, o corpo tremia incontrolavelmente. – Cuidado – disse a voz. – O senhor está ferido.

– Tão frio...

– O senhor está com febre, comandante. Aqui, tome um pouco mais de sopa...

Sergei tomou e dormiu novamente.

... eles estavam falando a respeito dele, como se Sergei não pudesse ouvi-los.
– ... vai morrer?

– Isso está nas mãos de Cénzi. Eu não posso fazer mais nada por ele. A infecção tomou conta.

– Quanto tempo ele tem?

– Mais um dia. Talvez dois.

– Nós chegaremos a Nessântico de manhã. Talvez alguém lá? O curandeiro do kraljiki?

– Ele está fora do alcance da capacidade de qualquer curandeiro, a'offizier ca'Montmorte. Agora só resta a vontade de Cénzi.

Espere, Sergei queria gritar. *Há uma coisa que tenho que dizer ao kraljiki, algo que ele tem que saber...* mas o comandante não conseguiu abrir os olhos nem a boca, e mesmo o esforço de pensar a respeito fez Sergei cair na escuridão.

... alguém estava entoando e ele sentiu mãos tocarem o peito, o pescoço. As mãos eram frias, e o calor que queimava Sergei por dentro fluiu para seu coração e para aquelas mãos, saiu correndo do corpo. Ele tomou um longo fôlego e estremeceu. Ao longo da espinha, agulhas apunhalavam e repuxavam a pele conforme Sergei arqueava as costas ao berrar de dor pela agonia da sensação, mas mesmo a dor estava saindo correndo na direção daquelas mãos e da voz que falava palavras que ele não conseguia entender. Ele abriu as pálpebras de supetão e encarou o rosto de Ana co'Seranta. Os olhos dela estavam fechados, e eram de Ana a voz que ele ouviu e as mãos em seu peito nu. A presença dela era o único refúgio em um mundo que estava em chamas, e Ana estava absorvendo o fogo. Sergei quase engasgou diante do milagre e suspirou quando ela recolheu as mãos.

– Bem-vindo de volta, comandante – disse ela antes de revirar os olhos e os joelhos cederem. Um homem correu para acudi-la e colocou Ana em uma cadeira ao lado da cama. Era o enviado ci'Vliomani, Sergei percebeu. O comandante apoiou-se nos cotovelos: ele conseguiu se mexer, embora as juntas estivessem doloridas e latejassem e a pele das costas ainda repuxasse de modo estranho, porém sem dor agora. A perna ferida estava imobilizada e enfaixada também. Sergei teve tempo para captar o ambiente: um grande quarto de dormir, paredes pintadas com afrescos dos moitidis acima das janelas enormes, vitrais que quebravam a luz com a insígnia do kraljiki.

– O Grande Palácio... – falou o comandante.

– O senhor está em um dos quartos de hóspedes – disse Renard. – E, se me dá licença, comandante, o kraljiki pediu para ser informado quando o senhor acordasse.

Enquanto Renard foi embora depressa, Sergei virou-se para Ana. Ele viu o globo partido na corrente de elos largos no pescoço; ficou contente que o kraljiki tenha seguido pelo menos um de seus conselhos. – Você não está preocupada que possa ter sido a vontade de Cénzi que eu morresse, archigos? – perguntou o comandante.

Ana tomou um longo fôlego de olhos fechados enquanto Karl fazia carinho em seu cabelo suado e solto. – Se Cénzi quissesse que você morresse, comandante, Ele teria lhe matado antes que viesse até mim – disse ela.

– Seu antecessor lhe mandaria para a Bastida exatamente por causa dessas opiniões.

– Onde você teria me torturado para obter minha confissão completa.

Sergei deu de ombros. Ele sustentou o olhar da archigos, sem piscar. – Sim. Teria sido meu dever, que eu teria cumprido.

– O comandante sempre cumpre o seu dever. – A voz aguda do kraljiki Justi soou alta quando ele entrou no quarto e foi a passos largos para o lado da cama de Sergei. Relutantemente, Sergei tirou os olhos de Ana para Justi. – Como você cumpriu em Passe a'Fiume – concluiu o kraljiki. O rosto barbudo parecia excessivamente satisfeito. – Eu acabei de encontrar com ca'Montmorte. Ele contou o que aconteceu lá. Estamos tão prontos quanto é possível, e você tem a nossa gratidão por isso, comandante. – Ele olhou para Ana do outro lado da cama. – E estamos gratos por suas... preces pelo comandante, archigos. Parece que Cénzi ouviu suas súplicas.

Ana deu um muxoxo audível. – Eu *curei* o homem, kraljiki. Curei com o Ilmodo, da mesma forma que tentei curar sua matarh, mas falhei porque era muito fraca na ocasião e muito medrosa. Se isso vai contra a Divolonté, então eu instruirei o Colégio A'Téni a mudar a Divolonté, porque não ficarei calada nem mentirei. Não mais.

O queixo do kraljiki pareceu se projetar ainda mais, e o bigode fino fez um arco quando ele torceu a boca. – A archigos está cansada. Ela deve descansar.

– A archigos não é o cãozinho de estimação do kraljiki para receber ordens – respondeu Ana. Os dedos estavam entrelaçados com os do enviado. – Você me escolheu, kraljiki Justi; agora aguente essa escolha. A não ser que prefira o archigos que está lá fora. – Ela apontou para a janela, para o sol no céu a leste. – Tenho certeza de que o hïrzg ficará contente em deixá-lo voltar para Nessântico.

– Kraljiki, archigos – falou Sergei, e isso trouxe a atenção dos dois de volta para ele. – Há inimigos suficientes sem precisarmos fazer novos aqui. Archigos, estou em dívida para sempre e não me esquecerei disso; kraljiki, eu gostaria de ver as defesas daqui, tão logo eu possa.

– Sim – respondeu Justi rapidamente. – Precisamos de sua orientação para garantirmos a vitória.

Sergei balançou a cabeça. – Vitória? – Ele repetiu o gesto. – Eu lutei contra eles, kraljiki, e não vejo vitória. Passe a'Fiume jamais havia caído em toda a história de Nessântico, e no entanto o hïrzg passou por seus portões destruídos em quatro dias. – Ele fez uma careta ao se sentar mais alto na cama. – O hïrzg Jan já olha para Nessântico e considera a cidade dele. Não sei se conseguiremos provar que ele está errado.

~ Jan ca'Vörl ~

– É COMO UMA JOIA, vatarh. Como uma coisa que eu poderia usar. Veja, lá está um colar de luzes...

Jan deu um sorriso tolerante para Allesandra. Atrás dela, ele aninhou a filha nos braços, o corpo de Allesandra era quente no ar da noite. Diante dos dois, bem mais à frente da linha invisível da Avi a'Firenzcia, as luzes cintilantes da grande cidade reluziam na noite e riam das estrelas que ousavam espiar entre as nuvens prateadas pelo luar. – E eu lhe darei a joia – disse Jan para a filha. – Você poderá usar o colar em breve, meu passarinho, será todo seu.

– Não seja bobo, vatarh. Eu não posso usar uma cidade inteira. – Ela esticou o braço para a noite e tocou o indicador no polegar, como se pudesse arrancar as luzes da paisagem. – Mas é bonito. Quando o senhor for o kraljiki, tem que garantir que os ténis ainda acendam as lâmpadas.

– Eu mandarei o archigos ca'Cellibrecca executar seu pedido – respondeu Jan rindo.

Eles estavam acampados no topo de um morro fora de Carrefour; amanhã, Jan sabia, os firenzcianos teriam o primeiro contato com os defensores de Nessântico. Seu exército estava espalhado pela paisagem, era o crescente de uma foice prestes a atacar a capital e arrancar a cabeça do trono.

Alguém que olhasse em cima do que restava das velhas muralhas de Nessântico veria as luzes dos *firenzcianos* reluzindo no escuro e não acharia nem um pouco bonito. A ideia agradava a Jan.

– Quanto tempo vai levar, vatarh? – perguntou Allesandra. – O u'téni co'Kohnle disse que acha que vai levar menos tempo do que Passe a'Fiume. Disse que o senhor já abalou o moral deles.

– Eu não sei, meu doce. Quanto tempo você acha que vai levar?

– Um dia. Os ténis-guerreiros começarão os feitiços. Eles destruirão os soldados e os chevarittai, que morrerão gritando enquanto todos nós rimos da cara deles. O resto dos chevarittai sairá correndo como fez antes, depois o restante dos soldados soltará as armas e fugirá correndo também, e desta vez será o kraljiki que sairá da cidade com a bandeira branca.

– Tudo isso em um dia? – perguntou Jan.

A voz da menina saiu quase como um rosnado. – É o que eu gostaria pelo que eles fizeram com Georgi.

– Eu queria que estivesse certa, mas acho que você e o u'téni co'Kohnle estão errados. Lembra-se do gato que você teve, como ele lutou quando foi acuado em um canto pelos cachorros?

Allesandra concordou com a cabeça. – Eu me lembro. Era uma coisinha pequenina, mas arranhou o nariz do Pata Branca com tanta força que ele saiu correndo com o rabo entre as pernas. Foi sangue para todo o lado, e o curandeiro teve que suturar o nariz do Pata Branca. E o gatinho fez o Arisco ganir e sangrar também, antes de ser mordido e sacudido até a morte. – Allesandra olhou para a joia da cidade na paisagem noturna. – Ah, entendi o que o senhor quer dizer, vatarh. Entendi, sim.

~ Karl ci'Vliomani ~

DA SACADA da residência da archigos, era possível acreditar que não havia guerra no horizonte. Daquele ponto alto, as luzes da Avi faziam a curva atrás do domo aceso do Templo da Archigos. A brisa de noroeste era fresca e mexia as pontas das samambaias nos vasos. A própria Nessântico estava estranhamente silenciosa.

Karl sabia reconhecer que a tranquilidade era uma quimera. Ele esteve reunindo os numetodos no Velho Distrito; e na margem norte, onde ocorreria a primeira investida do ataque Firenzciano, não havia tranquilidade alguma. Dos arredores do Velho Distrito era possível ver não somente as fogueiras da Garde Civile, mas os fogos distantes do exército do hïrzg. Lá os cidadãos estavam visivelmente em pânico. Duas vezes durante o dia, Karl testemunhou tumultos nas ruas principais, ambos sufocados com violência pela Garde Kralji quando os cidadãos invadiram açougues e padarias atrás de comida (e convenientemente invadiram qualquer taverna adjacente também). Cabeças foram quebradas, os paralelepípedos ficaram escorregadios com sangue e o clima ficou feio quando o próprio sol recolheu-se no oeste.

Um fluxo constante de pessoas e carroças lotava a Avi a'Parete: soldados, a Garde Civile, vários chevarittai e o ocasional téni-guerreiro, todos indo para leste, e o restante indo para oeste. Pelo que disseram para Karl, tanto a Avi a'Nostrosei e a Avi a'Certendi quanto a Avi A'Sele estavam lotadas de refugiados da cidade, que carregavam o máximo de pertences que conseguiam.

Apenas aqui, na margem sul, a cidade parecia manter algum semblante de normalidade, e mesmo assim era uma aparência das mais frágeis. Debaixo da plácida superfície, havia uma energia nervosa em ebulição.

Karl estava ao lado de Ana, ambos debruçados no parapeito da sacada. Ele sentiu o calor de Ana ao lado do corpo, porém embora quisesse fazer mais, não fez. O fantasma de Kaitlin ficou entre os dois enquanto contemplavam a noite. – Eu gostaria que você saísse da cidade, Ana – falou ele.

– E eu gostaria que você fizesse o mesmo. E você sabe que nenhum de nós pode fazer isso.

– Tudo vai mudar nos próximos dias. Há seis meses, eu teria saído da cidade e não teria me importado com quem vivesse ou morresse aqui. Agora a situação me assusta, Ana, por sua causa. Por nossa causa.

Ana deu um aceno praticamente imperceptível com a cabeça. Fora isso, ela não respondeu, não se mexeu.

– Não houve tempo suficiente para seus ténis-guerreiros aprenderem o suficiente. Podemos torcer que eles consigam usar o Ilmodo mais rápido do que antes. Só isso.

– Se eles não falharem completamente nos feitiços do jeito que falharam – falou Ana. Karl sentiu seu arrepio. – Eu fico preocupada com isso também. As falhas abalaram a fé dos ténis-guerreiros. De que adianta a velocidade se eles deixarem de ser efetivos? Eu imagino se, na verdade, prejudiquei mais as defesas da cidade do que ajudei.

– Eles têm você como um exemplo, e os numetodos da cidade estarão lá para ajudar – respondeu Karl. – Nós faremos o possível para proteger os ténis-guerreiros, e eles sempre podem usar o Ilmodo como usavam antes. Ana, fique comigo hoje à noite... – começou ele, mas Ana virou-se e encarou Karl com um olhar que deteve suas palavras.

– Não, não ficarei. Você fez uma promessa para outra; eu não lhe ajudarei a quebrá-la.

– Então, depois... eu escreverei para ela, contarei... – Karl percebeu que estava evitando dizer o nome de Kaitlin em voz alta de propósito e perguntou-se por quê.

– Não fale de "depois", Karl. Não sabemos se haverá um "depois." Só existe o agora. Este momento, a seguir o próximo e o próximo. É tudo o que temos agora. Se exister um depois, nós veremos então o que ele pode significar para nós, ou mesmo se existirá um "nós." Por enquanto, eu só consigo pensar em como sobreviver amanhã.

Ana voltou para os aposentos. Karl não a seguiu. Ele ficou no parapeito da sacada e ouviu a cidade e a sua consciência.

◇◇◇ GUERRA ◇◇◇

Sergei ca'Rudka

Jan ca'Vörl

Justi ca'Mazzak

Ana ca'Seranta

Orlandi ca'Cellibrecca

Sergei ca'Rudka

Jan ca'Vörl

Karl ci'Vliomani

Justi ca'Mazzak

Karl ci'Vliomani

Jan ca'Vörl

Mahri

Ana ca'Seranta

Allesandra ca'Vörl

~ Sergei ca'Rudka ~

A BATALHA COMEÇOU com feitiços de fogo e um golpe de espada na barriga da cidade.

Pela manhã inteira o exército Firenzciano aproximou-se: um avanço constante que chegava cada vez mais perto, um grande arco que comprimia lentamente as forças posicionadas por Sergei ao redor da cidade, das proximidades do Portão Norte às margens do A'Sele.

A linha de defesa era perigosamente fina. Sergei não tinha homens suficientes; apesar dos pedidos insistentes do comandante, o kraljiki Justi recusou-se a permitir que todos os ténis-guerreiros e a Garde Civile avançassem. Em vez disso, o kraljiki colocou batalhões da Garde Civile e seus mais leais chevarittai em sua volta como um casulo de proteção: dentro das muralhas da cidade. Sergei recebeu ordens do kraljiki para não enfrentar o inimigo a não ser que fosse necessário e, portanto, as forças de defesa cederam terreno a contragosto às fileiras que avançavam. Houve escaramuças ocasionais, breves estouros de combate pontuados por desafios por parte dos chevarittai firenzcianos. Alguns dos chevarittai da cidade não resistiram aos desafios e saíram para encontrar seus primos – alguns ca'e co' de ambos os lados verteram sangue no solo antes da hora como consequência.

Na Segunda Chamada, a tensão tornou-se praticamente insuportável. O exército de Firenzcia era uma frente de tempestade próxima da cidade, como um bando de nuvens negras e prateadas que lançava raios e rosnava com trovões, acompanhada por um vento frio e cruel que ficava mais forte.

A tempestade inevitavelmente caiu.

Sergei estava montado no cavalo em uma pequena colina a um quilômetro e meio das velhas muralhas da cidade, mais adiante na Avi a'Firenzcia ao longo do rio Vaghian. A perna latejava e as costas doíam, mas ele obrigou-se a ignorar as dores incômodas. Vários pajens com trompas e bandeiras esperavam perto do comandante para repassar ordens, e o a'offizier ca'Montmorte estava ao seu lado. De cima da colina, Sergei conseguia enxergar as primeiras fileiras da força inimiga. O estandarte do hïrzg e dos Lanceiros Vermelhos tremulava em destaque: Jan ca'Vörl estava lá fora, em algum lugar próximo. Na frente de Sergei, os dois exércitos estavam separados por um campo enlameado, uma plantação de trigo que esteve amadurecendo e foi prematuramente colhido, cujo restante da safra foi pisoteado pelos cascos dos chevarittai, pelas botas da Garde Civile e dos recrutados quando eles recuaram para a atual posição no limite do arvoredo a oeste.

Sergei parou a relutante recuada – se eles continuassem retrocedendo mais na direção da cidade, a luta aconteceria entre as casas e os prédios que cresceram do lado de fora das muralhas originais. As costas do comandante estavam voltadas para os arredores de Nessântico; os offiziers reformaram as linhas de frente. Ao vê-los esperando, o exército Firenzciano parou, mas Sergei não acreditava que eles fossem permanecer ali por muito tempo.

O sol caía diretamente sobre o campo. A luz não os aqueceu em nada.

– Se eu fosse o hïrzg Jan, eu esperaria – disse ca'Montmorte. – Já passou da Segunda Chamada. Ele deveria estabelecer suas linhas de frente, reunir seus offiziers para consultá-los e acomodar as tropas para a noite. Eu continuaria a avançar na Primeira Chamada amanhã. – Ca'Montmorte concordou com a cabeça diante do próprio conselho. – Isso nos daria tempo para trazer mais recrutados da cidade e faria com que a archigos enviasse o restante dos ténis-guerreiros. O hïrzg não sabe que não temos a Garde Civile inteira esperando na reserva.

Sergei balançou a cabeça. – Eu conheço o homem, Elia. O hïrzg é um tático decente, mas um estrategista medíocre. Se existe alguma estratégia aqui, será a do starkkapitän. Ca'Vörl é mais perigoso no meio de uma luta, mas ele não tem paciência. E também sabe que tem a vantagem. Não, isso é o que o hïrzg quer e ele vai querer pegar agora. Aposto que ca'Vörl pretende dormir dentro de Nessântico hoje, e estamos no caminho dele. O hïrzg vai atacar. Não vai esperar.

Ca'Montmorte balançou a cabeça. – Isso seria uma idiotice.

– Espere – falou Sergei. – Eu conheço o homem...

Eles esperaram menos do que um quarto de virada da ampulheta. Sem aviso, surgiu uma meia dúzia de bolas de fogo que brilhavam mesmo sob a luz do sol. Elas voaram sobre o campo, formaram um arco de uma altura não maior do que meia dúzia de homens a partir do solo, e saíram do arvoredo distante, atrás dos grupos de chevarittai firenzcianos que iam de um lado ao outro e das fileiras impassíveis de infantaria. – Ténis! – gritou Sergei, e os pajens pegaram as trompas e bandeiras para dar o alarme, mas os poucos ténis-guerreiros com o comandante já responderam. Os contrafeitiços eram curiosamente rápidos, como Sergei notou agradecido; sem dúvida o enviado ci'Vliomani, que estava com um punhado de numetodos ao lado dos ténis-guerreiros, foi o responsável por isso. Dada a falta de aviso, o comandante esperou que a resposta dos ténis viesse tarde demais, mas dois dos sóis em disparada estalaram e morreram antes de alcançar as primeiras fileiras dos defensores, e mais dois perderam a direção e voltaram para o outro lado do campo, onde explodiram na frente das fileiras inimigas.

A Garde Civile vibrou.

Mas os feitiços de fogo remanescentes permaneceram intocados. Eles bateram com força nas fileiras, explodiram em jorros de fogo líquido, e a vibração virou gritos. Aqueles que foram acertados diretamente morreram de forma instantânea e seus corpos foram destruídos; quem estava próximo foi envolvido na fúria azul do Ilmodo que grudou na pele e nas roupas. Eles berraram de agonia, rolaram no chão para tentar apagar as chamas insistentes. Aqueles que correram para ajudar os companheiros descobriram que o fogo mágico aderiu às próprias mãos. Onde o fogo de guerra ardia, as fileiras estremeceram e ameaçaram se romper, os recrutados entraram em pânico. Sergei gritou ao lado dos outros offiziers e chevarittai. – Mantenham a formação! Droga, façam com que mantenham a formação! – Alguns pajens agitaram bandeiras amarelas desesperadamente; os outros soaram um chamado imperativo de duas notas com as cornetas e zinkes.

Mais fogo mágico veio; novamente, a maioria foi impedida e algumas bolas de fogo foram devolvidas ao inimigo, mas nem todas puderam ser detidas. As árvores do lado oeste da campina estavam em chamas agora, e o pânico começou a se espalhar pelas fileiras. Os offiziers sacaram as espadas e mantiveram os homens sob controle. As cornetas dos pajens pareciam perdidas no barulho crescente.

Mas a formação, de maneira tênue, permaneceu coesa.

Sergei acenou com a cabeça – se o hïrzg teve a intenção de fazê-lo fugir sob o bombardeio dos ténis-guerreiros, aquele plano falhou.

– Os ténis-guerreiros da archigos merecem elogios – disse ca'Montmorte. – Por enquanto, estamos aguentando firme, mas se eles mantiverem o bombardeio, teremos que ceder terreno.

– O hïrzg não é tão paciente assim – repetiu Sergei. – Aquela será a última saraivada dos ténis-guerreiros. Ele mandará os chevarittai e o exército agora.

Novamente eles não tiveram que esperar muito. Com um um grito de mil vozes, os firenzcianos avançaram. Os cascos dos chevarittai espancaram o solo; atrás deles, a infantaria espalhou-se como uma horda de formigas. – Arqueiros! – berrou Sergei. Os pajens largaram as bandeiras amarelas para pegar as azuis, as cornetas soaram e os offiziers repetiram o grito. Com um assobio sibilante e sem palavras, as flechas encheram o céu, subiram e desceram em um arco sobre as forças em disparada. Houve contrafeitiços da parte dos ténis-guerreiros firenzcianos, flechas viraram nuvens inofensivas de cinzas e as pontas caíram como uma chuva de metal sobre a lama, mas alguns dos chevarittai e cavalos foram abatidos, assim como muitos soldados. Porém havia muitos atrás deles, e mais continuavam a fluir das árvores.

A carga acertou a linha de frente com um baque de metal. Um caos espumante espalhou-se, a espuma furiosa da onda de um mar tempestuoso que se quebrou sobre uma terra inflexível.

Sergei teve que se obrigar a ficar atrás e não correr para a luta com sua espada – a espada do hïrzg – erguida. Mas já era difícil o suficiente ficar apenas sentado no cavalo enquanto as feridas cicatrizavam, e lutar não era o papel do comandante.

Não ainda. Não hoje. Por uma virada de ampulheta, talvez mais, a linha de Nessântico aguentou firme, enquanto Sergei instruía os offiziers através dos pajens agitados e dos sinais das bandeiras e cornetas.

Mas eles não conseguiriam aguentar para sempre.

A linha cedeu na direção da posição de Sergei quando a campina ficou cheia dos uniformes negros e prateados de Firenzcia. Os ténis-guerreiros lançaram feitiços e contrafeitiços no campo e sobre a retaguarda; fogo explodiu em fagulhas coloridas no céu, e os gritos dos feridos e moribundos foram abafados pela fumaça e confusão.

Ao longe, Sergei viu um trecho da ponta ao norte da linha ceder completamente. Os firenzcianos jorraram pela brecha, os estandartes dos chevarittai tremulavam enquanto avançavam para dentro das fileiras de Nessântico. Os pajens com bandeiras em volta de Sergei olharam nervosos. O comandante contemplou o campo de batalha com uma cara feia.

– Acabou, comandante – falou ca'Montmorte. – Eles penetraram as defesas. Não podemos mais contê-los aqui.

Sergei não esperava vencer, mas também não esperava ser afugentado tão rapidamente. – Eu sei – ele quase berrou para a'Montmorte. As palavras furiosas tinham um gosto amargo de erva moura verde. – Diga aos offiziers para recuar – resmungou o comandante, e os pajens pegaram bandeiras vermelhas no chão e começaram a sacudir freneticamente, as cornetas mudaram o aviso. O grito correu o campo.

Os ténis-guerreiros de Nessântico mudaram para feitiços diferentes; agora eles cobriram o campo com uma névoa espessa para confudir o avanço dos firenzcianos e cobrir a recuada. Os chevarittai deram uma meia-volta hesitante com as montarias; a infantaria abriu caminho e os arqueiros tentaram retardar as tropas inimigas que ocuparam o espaço vazio.

Ao longe, Sergei ouviu as trompas firenzcianas. Ele esperou que o hïrzg deixasse que eles recuassem para que Jan ca'Vörl pudesse lamber as próprias feridas e preparar o exército para a investida final contra Nessântico. Essa era a tradição da guerra cortês: quando o resultado da batalha estava decidido, então o lado vitorioso permitia que o perdedor recuasse, talvez para trocar prisioneiros ou recuperar os corpos de qualquer ca' ou co' que tivesse morrido.

Mas as trompas do outro lado do campo não anunciavam uma parada, mas sim perseguição.

Ca'Montmorte cuspiu na grama. – Aquele desgraçado... – Sergei balançou a cabeça. Ele puxou as rédeas do cavalo e disse – Reúna os chevarittai com as tropas do kraljiki perto dos Brejos. Mande um mensageiro à archigos; precisamos que todos os ténis-guerreiros tentem detê-los lá. Diga ao kraljiki para ficar pronto. O hïrzg quer a cidade dele hoje.

Sergei deu uma nova olhadela para o campo de batalha coberto pela névoa mágica. Ele balançou a cabeça e cutucou com o pé os flancos do cavalo de batalha.

~ Jan ca'Vörl ~

OS PAJENS CORRIAM DE UM LADO AO OUTRO, levavam notícias da frente de batalha e transmitiam ordens de Jan e do starkkapitän ca'Linnett quando o ataque começou. Protegida bem atrás da linha de frente, Allesandra estava com Jan, assim como o archigos a'Cellibrecca e o starkkapitän ca'Linnett. Da proteção das árvores, eles viram o fogo mágico partir dos ténis-guerreiros em direção aos defensores de Nessântico. Mas a sensação de inevitabilidade e poder sumiu quase que imediatamente. Jan praguejou e o archigos ca'Cellibrecca ficou boquiaberto e chocado quando o fogo mágico foi repelido, quando os sóis ardentes foram apagados ou muito, muito pior, foram devolvidos para as próprias fileiras. – Eles estão usando os numetodos... – balbuciou o archigos. Ele fez o sinal de Cénzi, como se fosse repelir o mal.

Jan estava meramente furioso. – Archigos, eu gostaria de lhe lembrar que você e o u'téni co'Kohnle garantiram que nossos ténis-guerreiros fariam os inimigos correr de volta para a cidade. Ao que parece, nada disso aconteceu, e na verdade você acabou de causar a morte de muitos dos meus homens.

– A rapidez dos contrafeitiços foi impossível, meu hïrzg – respondeu ca'Cellibrecca nervoso.

– Impossível, archigos? Eu vi os contrafeitiços. Ou está dizendo que estou enganado?

Ca'Cellibrecca abaixou a cabeça. – Eu peço desculpas, meu hïrzg. Mas é óbvio que o kraljiki e a herege co'Seranta fizeram um pacto com os numetodos. – Ca'Cellibrecca crispou as mãos e fez o sinal de Cénzi. – Os dois merecem todo o destino que Cénzi reservou para eles. Todo.

Allesandra respondeu com sarcasmo – Meu *vatarh* é o responsável pelo destino do kraljiki. – A ênfase foi óbvia. A fúria de Jan não passou, mas ele deu um sorriso cruel diante da admoestação da filha, assim como ca'Linnett.

– Cuidaremos desse fracasso mais tarde, archigos – disse o hïrzg. – Com ou sem numetodos, e apesar do desempenho de seus ténis-guerreiros, nós *venceremos* aqui. Starkkapitän, mande nossas tropas à frente. Vamos ver como a Garde Civile se sai contra a verdadeira fúria Firenzciana.

Ca'Linnett fez uma mesura e vociferou ordens: cornetas soaram e, com um enorme grito, o exército irrompeu das árvores com os chevarittai à frente, que levavam os estandartes pretos e prateados.

Mas a resistência foi dura e apresentou uma tática mais astuta do que Jan esperava. A enxurrada de pajens continuou a vir na próxima virada da ampulheta, e as notícias nunca eram aquelas que Jan queria ouvir. – Aquilo é coisa de ca'Rudka – resmungou Jan. – Ca'Montmorte não tem esse estilo. Nunca deviam ter deixado o desgraçado escapar de Passe a'Fiume.

Ao ouvir isso, ca'Linnett olhou constrangido para Jan. – Eles estão em menor número, e nossa estratégia fez com que formassem uma linha de frente longa demais para ser bem defendida – insistiu o starkkapitän. – Nós temos mais ténis-guerreiros e mais chevarittai. Eles não conseguirão aguentar por muito tempo, meu hïrzg.

Jan ergueu as sobrancelhas e falou – É melhor que não, starkkapitän. Pelo seu bem. – Ao lado dele, Allesandra deu risinhos diante da cara que ca'Linnett fez.

Jan rondava o arvoredo sem parar e olhava feio para o campo com a espada na mão. Estava doido para estar lá, mesmo sabendo que não era seu lugar. A adrenalina da batalha ecoava nos ouvidos, e ele não conseguia ficar parado. Allesandra observou o vatarh andar de um lado para o outro, seu olhar estava sempre nele.

Mas o starkkapitän provou ser profético. Um dos pajens chegou a cavalo, sem fôlego, com um sorriso no rosto sujo. – A linha deles foi rompida, meu hïrzg – berrou ele. – Estamos atrás deles agora. – Assim que o menino falou, Jan ouviu as trompas de Nessântico do outro lado da campina dar ordens de retirada e viu a névoa mágica surgir perto das árvores do outro lado da clareira.

– Excelente. – O starkkapitän ca'Linnett acenou com a cabeça para o pajem. O alívio era óbvio no rosto. – Foi apenas uma questão de persistência. Diga aos offiziers para deixá-los fugir. Mande as trompas soarem a ordem de parada e...

– Não – interrompeu Jan enquanto chegava até os dois. – Nós os perseguiremos.

Jan viu ca'Linnett lutar para não deixar o alívio virar irritação. Ca'Cellibrecca simplesmente falou de modo arrogante – Meu hïrzg, já passou muito tempo desde a Segunda Chamada, e aqui é um ponto excelente para consolidarmos nossas forças. Devemos planejar o ataque final. Não devemos ser imprudentes...

– *Imprudentes?* – interrompeu Jan, e ca'Cellibrecca fechou a boca como se tivesse levado um soco na ponta do queixo. – Allesandra merece sua coroa de luzes hoje à noite. Nós iremos persegui-los. – Ele mexeu no cabelo da menina, e ela sorriu para o vatarh. – Starkkapitän ca'Linnett? Acredito que confie no poder de nossas forças e na sua capacidade de liderá-las, mesmo que o archigos não tenha?

Ca'Linnett curvou-se bastante para Jan, o que escondeu qualquer expressão que tenha feito. – O hïrzg deu suas ordens – falou ele para o pajem. – Avise os offiziers e mande as trompas soarem a ordem de perseguição.

Jan viu o pajem ir embora a cavalo com o rosto sério e exausto. Ele abraçou Allesandra quando as trompas começaram a soar. A filha deu um sorriso radiante para o vatarh. – Nós descansaremos hoje à noite dentro das muralhas de Nessântico – falou Jan para ela.

~ Justi ca'Mazzak ~

OS CORTESÃOS, os bajuladores, os chevarittai, os ca' e co' estavam reunidos em volta de Justi. O kraljiki estava cercado por eles, que ofereciam palavras gentis de apoio e encorajamento. Justi envolveu-se naquele aconchego, embora vislumbrasse a incerteza nos rostos quando eles pensavam que o kraljiki não olhava.

Os pajens voltaram dos campos de batalha em três pontos separados em volta da cidade; as notícias não eram boas de qualquer parte: a divisão ao norte foi completamente afugentada e as forças firenzcianas aproximavam-se dos trechos da cidade do lado de fora das muralhas; os informes não eram melhores no sul, embora os brejos e pântanos ao longo do rio agissem como aliados ali. Mas havia um raio de esperança: no centro, o comandante ca'Rudka manteve seus homens em ordem e ainda continha a principal força inimiga. Parecia que os firenzcianos não conseguiam passar por ele.

– Kraljiki – falaram os cortesãos em tom meloso –, todo mundo sabia que não seria uma batalha rápida, e quanto mais próximo de Nessântico o hïrzg chegar, menos espaço ele terá para manobrar e mais dura ficará a nossa resistência. O comandante já está demonstrando isso. O hïrzg ca'Vörl não vai conseguir tomar a cidade, não enquanto o seu braço segurar a espada...

Se Justi notou que as palavras estavam salpicadas por desespero, como se os cortesãos também tentassem se convencer, o kraljiki fingiu não perceber. Em vez disso, ele concordou com a cabeça e contemplou com um olhar intenso sobre a muralha da Avi a'Firenzcia. Atrás de Justi, Nessântico parecia estranhamente quieta e deserta; à frente, a estrada e os campos depois das últimas casas da cidade estavam repletos de soldados de azul e dourado.

Aos milhares, um baluarte contra o hïrzg, os soldados confortaram Justi.

– O senhor nunca foi derrotado, kraljiki – falou alto Bella ca'Nephri, e os ca' e co' murmuraram de acordo, todos os chevarittai que há décadas eram seus amigos e camaradas. – O senhor nunca será derrotado.

Mas quando eu fui para a guerra, era o exército do hïrzg que eu tinha atrás de mim. Jamais cavalguei contra uma força que era equivalente à nossa, e eu contava com offiziers firenzcianos treinados no comando da Garde Civile, e tropas firenzcianas reforçavam a infantaria, e ténis-guerreiros firenzcianos...

Ele fechou a mente para as dúvidas. Franziu mais a testa e agarrou o pomo da espada com mais força. – Nós nunca seremos derrotados – concordou Justi. – Onde está a archigos? – perguntou para Renard que, como sempre, estava ao seu lado. – Pensei que ela estaria aqui comigo.

– A archigos pediu para lhe informar que ela avançou com os ténis-guerreiros que sobraram e os numetodos, kraljiki – respondeu Renard.

Justi franziu a testa. – Ela fez isso sem... – começou ele, mas houve uma confusão perto do portão. As fileiras da Garde Civile abriram espaço para dar passagem a um mensageiro: um pajem coberto de poeira sobre um cavalo que pingava suor. O menino quase caiu do cavalo, cambaleou até Justi e ficou de joelhos diante dele. – Kraljiki – falou o pajem ofegante. – O comandante... não conseguiu deter os firenzcianos... Recuaram para os Brejos... a Garde Civile tem que vir... e o restante dos chevarittai...

Justi olhou fixamente para o menino. Os sussurros já se espalhavam pela multidão e corriam para a cidade. Ca'Nephri e os demais ca' e co' observavam Justi com as máscaras momentaneamente arrancadas do rosto. Ele quase conseguiu ouvir seus pensamentos. Eles estavam preparados para dizer o que o kraljiki queria escutar e estariam igualmente preparados para dizer o que o hïrzg quisesse escutar, caso ele tirasse o Trono do Sol de Justi.

Havia menos lealdade nos ca' e co' do que entre os cães do palácio.

Desde que eles pensassem que Justi permaneceria como kraljiki, os ca' e co' fariam o que ele mandasse. Mas se eles pensassem que Justi estava prestes a cair, os ca' e co' avançariam contra ele, rosnando e com violência...

Se você sair agora, pelo menos eles lembrarão. Pelo menos dirão: "ele morreu bravamente".

Justi riu para o menino, como se o relatório fosse engraçado. – Renard, por favor, dê alguma comida e bebida para esse menino. Ele passou por uma cavalgada difícil e cumpriu bem seu dever. Ao que parece eu tenho que ir resgatar nosso comandante.

Justi sacou sua espada, e a multidão vibrou. – Nós avançaremos e mostraremos ao hïrzg o que acontece quando ele desperta a ira de Nessântico – gritou o kraljiki.

A vibração aumentou quando Justi fez o cavalo avançar, os chevarittai cercaram o kraljiki e as tropas da Garde Civile irromperam pelos portões de Nessântico ao som das trompas retumbantes.

A multidão vibrou. Justi mostrou um rosto severo para eles e perguntou-se se um dia voltaria a passar a cavalo por esses portões novamente.

~ Ana ca'Seranta ~

ANA MANDOU mais ou menos uma dúzia dos mais eficientes ténis-guerreiros à frente com o comandante ca'Rudka e Karl. Os demais... ela não tinha muita certeza a respeito deles – em mais de um aspecto.

O treinamento com os numetodos foi irregular, na melhor das hipóteses. Ana viu que não podia culpar os ténis-guerreiros, dada a maneira como ela reagiu quando viu a magia dos numetodos. Muitos resistiram ao treinamento, desdenharam, hesitaram e discutiram com Karl, Mika e os outros numetodos que tentaram mostrar maneiras de acelerar os feitiços ou guardá-los para uso futuro. Vários, como Ana, viram a fé ser testada a tal ponto que se tornaram menos efetivos em vez de mais.

Para piorar, ela perguntou-se se, na hora em que chegasse o momento – que ela sabia que viria – em que ca'Cellibrecca exigesse ser obedecido pelos ténis-guerreiros como archigos em vez de Ana, eles se manteriam leais a ela.

Porém... um punhado de ténis-guerreiros dedicou-se ao treinamento com entusiasmo. E muitos dos numetodos deixaram de lado as suspeitas e o histórico recente e juraram apoiar Nessântico. – Dos males, o menor – falou Karl quando trouxe a notícia para Ana. – Nós sabemos bem como ca'Cellibrecca nos trataria.

É isso o que o Senhor quer, Cénzi? Quer mesmo que eu defenda um homem que matou a própria matarh e que me sacrificaria sem pensar duas vezes se acreditasse que isso o salvaria? Alguém que me usou da mesma maneira que o vatarh? Eu sei que ca'Cellibrecca e o hïrzg não são melhores, talvez até sejam piores, mas eu poderia fugir em vez de defendê-lo. Eu poderia fugir com Karl, talvez para a terra dele ou além, para as Terras Ocidentais de Mahri. O Senhor está mesmo me pedindo para morrer aqui? Está dizendo que eu tenho que estar disposta a verter Seu sangue e o sangue dos ténis que Lhe seguem por isso? Essa é a Sua vontade? É por isso que me trouxe aqui? Por favor, eu Lhe imploro, diga...

– Archigos! – A voz de Kenne interrompeu sua prece. Ana, com a cabeça abaixada e as mãos entrelaçadas à frente, ergueu o rosto. – Olhe!

Talvez a mais ou menos um quilômetro depois dos velhos portões da cidade, a Avi a'Firenzcia fazia uma curva para leste. Vários prédios ficavam ali, nos arredores da cidade, com campos em volta e o rio Vaghian murmurando atrás. Os campos foram, há apenas um século, um pântano infestado de mosquitos frequentemente alagado quando o Vaghian transbordava por causa das chuvas. Porém, durante o reinado da kraljica, o Vaghian foi controlado por aterros nas margens do leste, e os brejos viraram terras cultiváveis.

Ana requisitou a sacada do segundo andar de uma estalagem ali, na curva da estrada. Daquele ponto alto, ela podia ver para onde Kenne apontava. Os campos, como toda terra cultivável a leste da cidade, foram colhidos mais cedo. As campinas agora eram acampamentos enlameados. Na extremidade leste do campo, soldados com as cores de Nessântico jorravam de um pequeno bosque à margem das campinas, e Ana conseguiu ouvir os gritos abafados pela distância.

– A linha externa do comandante deve ter sido rompida – disse Kenne, e Ana sentiu uma pontada de medo por Karl. – Eles estão recuando. Sim, olhe, lá estão os chevarittai, e aquele é o estandarte pessoal do comandante.

Ana já tinha se virado. A mão roçou a massa pesada e dura da bola de vidro dada por Mahri, guardada na bolsinha de couro que estava enfiada em um bolso do robe verde, e ela sentiu o formigamento de poder dentro do objeto através do tecido. – Reúna os ténis-guerreiros – falou Ana para Kenne. – Nós iremos até eles...

A cavalgada entre as tropas de Nessântico pareceu levar uma virada da ampulheta, embora Ana soubesse que foi bem menos. A agitação espalhava-se pelo exército reunido: os recrutados e os soldados da Garde Civile pegavam nas armas e armaduras com nervosismo, os offiziers gritavam e reuniam os homens. Pajens corriam de um lado a outro, e cornetas e zinkes soavam as ordens.

Quando eles alcançaram o estandarte do comandante, o caos parecia mais ordenado, mas não menos frenético. – Archigos – falou ca'Rudka com uma voz que quase soou aliviada. – Estou contente que esteja aqui. Precisamos de mais ténis-guerreiros. Se você puder comandá-los, os estandartes dos ténis estão lá... você, pajem, acompanhe a archigos.

– O enviado? – disse Ana, quase com medo de perguntar.

Ca'Rudka deu um aceno tolerante mesmo no meio da correria. – Ele está bem. E demonstrou muito o seu valor. Vá aos ténis-guerreiros e irá encontrá-lo. Eu avisarei o que nós precisamos que vocês façam. Depressa, archigos. Veja como estão os ténis-guerreiros para mim, depois volte aqui. Eu preciso me reunir com os a'offiziers.

Ana fez o sinal de Cénzi para o comandante e seguiu o pajem ao sul, na direção da Avi a'Firenzcia, exatamente atrás das linhas que acabaram de se reformar. Entre as árvores e ao longo da estrada, ela ouviu o som das cornetas e o chamado de offiziers com sotaques estranhos – os firenzcianos. Um estrondo baixo parecia sacudir a terra.

Ana viu o enviado. – Karl! – Ele virou-se. O rosto estava sujo de fuligem e terra, as roupas estavam imundas, e ele parecia exausto. Os ténis-guerreiros com o enviado não tinham um aspecto diferente. – Eu trouxe o resto dos ténis-guerreiros. Você pode descansar e recuperar sua força.

Karl balançou a cabeça e disse – Não há tempo. Eles estão na nossa cola. Posicione os ténis-guerreiros, mas eles têm tantos... – Ele deu de ombros. – Feitiços de guerra não serão suficientes.

– Então temos que fazer algo diferente – falou Ana.

~ Orlandi ca'Cellibrecca ~

– O SENHOR NÃO ESTEVE LÁ conosco, archigos – falou u'téni co'Kohnle com um desdém bastante óbvio na voz. Eles cavalgavam rapidamente pela Avi a'Firenzcia logo atrás da comitiva do hïrzg, com um mar de soldados carrancudos em volta. – Eu afirmo que meus ténis-guerreiros fizeram tudo que foi possível e mais além. Não deveria ter havido tempo de resposta para a primeira saraivada de feitiços, archigos. Nenhum tempo. Mas eles responderam, e a resposta foi forte. Esta falsa archigos e seus ténis-guerreiros estão usando os numetodos. Só pode ser. É uma vergonha, archigos, que a praga dos numetodos não tenha sido completamente removida de Nessântico, como lhe sugeriu o hïrzg.

Orlandi fez uma cara feia diante da bronca nada sutil, tanto pela surra que o traseiro levava apesar do acolchoamento do assento da carruagem, quanto pelas palavras de co'Kohnle. – Lidaremos com a falsa archigos e com os numetodos também: assim que eu voltar a sentar no trono do Templo do Archigos. Isso eu lhe garanto, u'téni.

Orlandi não se importava com a atitude do homem ou com o fato de que co'Kohnle se considerava um igual, ou pior, superior a ele. *Eu não recebo ordens de você, archigos.* Era isso que a expressão do sujeito parecia dizer – isso, e a impaciência com que ele mexia nas rédeas do cavalo, pronto para avançar até o hïrzg como se falar com Orlandi fosse uma perda de tempo. Mais preocupante era que o hïrzg dava a impressão de admirar o homem; certamente a sugestão de Orlandi de que o archigos, e não co'Kohnle, deveria comandar os ténis-guerreiros foi recebida por uma recusa inflexível do hïrzg.

"O u'téni co'Kohnle me serviu muito bem até agora, e ele conhece minhas táticas e meu exército. Você não, archigos."

Orlandi começava a temer que a única razão para estar sendo levado pelo hïrzg era devido ao título que ele possuía.

Bem, ele mostraria ao hïrzg assim que voltasse ao trono. Provaria ao homem que a Concénzia era independente de Nessântico e dos Domínios, que ele governava a Concénzia, não o hïrzg. Os numetodos ficariam pendurados nas pontes como um bando de pombos, com a falsa archigos entre eles. E o u'téni co'Kohnle, com sua arrogância, poderia se descobrir servindo nos Hellins. – Pfff para os numetodos – disse Orlandi ao cuspir sobre a lateral da carruagem. – Nossos ténis-guerreiros são mais fortes. Temos Cénzi do nosso lado.

Co'Kohnle fez o sinal de Cénzi à menção do nome Dele, mas torceu o nariz comprido ao mesmo tempo. – Meus ténis-guerreiros estão meio exaustos, archigos. E nós estaremos completamente exaustos quando o dia acabar, ao que parece. Eu não descanso enquanto troco palavras aqui. O senhor pediu o meu relatório; eu dei. Agora preciso consultar o hïrzg para que ele direcione a batalha. Com sua licença, archigos.

– Um momento mesmo assim, u'téni... – começou Orlandi, mas co'Kohnle não esperou ou escutou. Ele cutucou o cavalo com o pé e começou a galopar, os cascos levantaram montinhos de terra dos sulcos da Avi que bateram nas laterais da carruagem e respingaram lama na manga e ombro de Orlandi.

O téni-condutor da carruagem entoava, talvez um pouco alto demais. Os e'téni que andavam ao longo da estrada ao lado do veículo olharam para o chão com cautela. Orlandi passou a mão no robe sujo.

O archigos afundou no assento quando a carruagem deu um solavanco ao passar por um buraco na Avi. Por uma brecha no arvoredo, ele pensou ter vislumbrado os telhados dos prédios mais altos na margem norte. Começou a imaginar a vingança contra tudo e contra todos que o colocaram nesta posição.

Aquela vingança, em sua imaginação, era agradavelmente lenta, detalhada e criativa.

~ Sergei ca'Rudka ~

OS A'OFFIZIERS DA Garde Civile estavam reunidos em volta de Sergei. Uma porta quebrada apoiada sobre duas pedras servia como mesa, e havia um mapa aberto na madeira bruta e lascada. Sergei deu ordens corridas. – Co'Simone, quero que cuide dos campos do rio; impeça o inimigo de seguir o A'Sele até a cidade. Co'Baria, leve seus homens para o norte; o hïrzg pode tentar mandar alguns batalhões dar a volta pela nossa força principal; se isso acontecer, impeça-os o quanto puder e mande um pajem para pedir reforços. Co'Helfier e co'Malachi; espalhem-se de ambos os lados da Avi. Ahh, archigos, já voltou? Ótimo. Eis o que eu quero que faça: posicione seus ténis-guerreiros juntamente com o batalhão do a'offizier co'Helfier; é de lá que estamos esperando que venha a investida principal. O enviado ci'Vliomani e seus ténis-guerreiros ficarão com o a'offizier co'Malachi, embora eu suspeite que eles estejam quase exaustos do primeiro ataque. É esse o caso, archigos?

– É sim – respondeu a mulher. – Eles não conseguirão guardar muitos feitiços de guerra, comandante, e aqueles comigo... – Ela balançou a cabeça. – Também não sei o quão efetivos eles serão.

– É melhor que sejam efetivos para cacete – disse Sergei. – Não temos escolha. Se não forem, os ténis-guerreiros inimigos destruirão nossas fileiras antes mesmo que tenhamos a chance de sacar as espadas novamente. Eles irão nos atropelar.

– Entendi. – A archigos apontou para o mapa. – Em que lugar você está colocando nossas principais defesas e onde espera que os ténis-guerreiros inimigos estejam?

– Aqui e aqui – respondeu o comandante ao apontar. – É por isso que quero seus ténis-guerreiros com co'Helfier.

Mas a archigos balançava a cabeça e falou – Não. Coloque os batalhões... aqui. – Ela indicou um ponto mais a oeste ao longo da Avi, bem mais perto de Nessântico. – E os chevarittai, se eles conseguirem ficar próximos a essa curva na Avi...

Sergei não conseguiu segurar a gargalhada; os a'offiziers riram também. Se os batalhões fossem postos aonde a archigos sugeriu, o exército Firenzciano dominaria os Brejos e, pouco tempo depois, os portões de Nessântico. – Com todo respeito, archigos – interrompeu o comandante –, você não tem experiência em batalha ou com táticas, como bem demonstra.

– Com todo respeito – respondeu ela –, você sequer estaria aqui, comandante, com sua grande experiência, se eu não lhe tivesse curado. Acho que você deveria fazer a gentileza de me escutar sem interrupção, como gratidão.

Ana encarou-o com um olhar de desafio. Sergei suspirou e falou – Rápido, então. Não temos muito tempo. E o que quer que façamos será decisão minha.

– Concordo. Comandante, o hïrzg tem mais ténis-guerreiros do que nós, e eles são mais habilidosos com sua magia do que aqueles que eu consegui reunir. Você concordaria com essa avaliação?

Sergei deu de ombros e disse – O enviado ci'Vliomani saiu-se surpreendentemente bem. Eu não teria acreditado se não visse com meus próprios olhos. Mas, sim, concordo.

– Então, como você já sugeriu, nós perderemos essa batalha se lutarmos do jeito que eles esperam.

– Que outra coisa você sugere, archigos? – Foi difícil para Sergei evitar o tom condescendente na voz.

– Os ténis-guerreiros inimigos já usaram muito do poder no primeiro ataque, e nesse aspecto eles não são melhores do que qualquer outro téni. Se usarem o Ilmodo, eles ficarão exaustos. Então eu sugiro que deixemos os ténis-guerreiros inimigos usarem seus feitiços... mas não em nós.

Sergei franziu os olhos, o que causou dobras na pele em volta do nariz falso. Uma suspeita começou a ganhar forma na mente. – E como você sugere que façamos isso?

A archigos deu de ombros. – Você já disse, comandante: você só acredita no que vê com os próprios olhos.

~ Jan ca'Vörl ~

AS TROMPAS DERAM O COMANDO de parada, e um pajem veio correndo como um louco pela fileira na direção da carruagem de Jan. – A Garde Civile controla a estrada e os campos à frente – disse ele. – Eles estão em formação de batalha, são pelo menos três batalhões completos.

– Assim tão longe das muralhas? – falou Jan. – Se eu fosse o comandante, eu teria colocado os batalhões mais perto da cidade. Mas... – Ele deu de ombros. – U'téni co'Kohnle! Você cavalgará à frente comigo e com o starkkapitän para ver isso.

– Meu hïrzg – chamou ca'Cellibrecca de sua carruagem, atrás do veículo de Jan. – Eu irei com o senhor.

Ca'Cellibrecca já estava lutando para se levantar, e Jan ouviu o suspiro de co'Kohnle. Ele quase suspirou com o u'téni. Jan gesticulou para o archigos permanecer. – Fique aqui, archigos – ordenou o hïrzg. – Você pode... rezar pelo resultado da batalha.

– Vatarh, posso ir também? – pediu Allesandra. – Eu também gostaria de ver. De que outra forma eu posso aprender, agora que Georgi se foi?

Jan deu um aceno tolerante de cabeça para a filha e fez carinho no cabelo dela. – Tragam nossos cavalos – falou o hïrzg para os ajudantes. – Cavalgaremos sem os estandartes.

O sol descia para o oeste e o tempo tinha piorado, nuvens de tempestade aglomeravam-se atrás de Nessântico. A luz era fraca e havia uma névoa estranha rente ao solo – os Brejos eram conhecidos por serem assombrados e a névoa era comum aqui, embora geralmente não à tarde. Eles subiram uma pequena elevação na direção da frente da coluna Firenzciana e pararam com o intuito de olhar para baixo.

A linha de frente parou em uma curva da Avi. Lá, depois da longa curva, havia um campo onde fileiras de homens de uniformes azuis e dourados esperavam, protegidos por lanças. Os estandartes dos chevarittai tremulavam logo atrás do soldados e andavam pelas fileiras como se os chevarittai estivessem impacientes para a batalha começar, prontos para realizar uma investida. – Há mais deles do que antes – falou Jan. – O kraljiki esvaziou a cidade de tropas. Ótimo. Isso tornará as coisas mais fáceis. Semini, como estão seus ténis-guerreiros?

– Cansados do último ataque, meu hïrzg, mas estamos prontos – respondeu o u'téni. Um pequeno sorriso contorceu os lábios debaixo da barba. – Aqueles tolos corrompidos pelos numetodos estarão bem mais exaustos do que nós, eu creio.

Jan riu. – Starkkapitän?

– As tropas deles estão mal posicionadas, meu hïrzg – disse ca'Linnett. – É difícil dizer nesta maldita bruma, mas não acho que as fileiras tenham muitos homens. Eles estão muito longe do arvoredo e o rio irá confiná-los mais adiante. Deixe os ténis-guerreiros e os arqueiros abaterem quantos inimigos eles conseguirem, e concentre o fogo no meio da linha ao longo da Avi. Eu soltarei os chevarittai lá. – Ele apontou para o norte da Avi, onde o arvoredo era mais denso. – Eles podem se posicionar enquanto os ténis-guerreiros atacam. Então eu levarei a nossa infantaria aonde nós enfraquecermos os inimigos, ali na Avi, enquanto os Lanceiros Vermelhos atacam o flanco. Avance com força e rapidez suficientes, e nós talvez ainda consigamos chegar aos portões da cidade antes do pôr do sol. Se ca'Rudka ou o kraljiki tiverem algum bom-senso, eles não vão tentar manter toda a margem norte da cidade; eles recuarão perto das ponticas.

– Allesandra? – perguntou Jan para a filha, sentada à sua frente. Ela virou a cabeça para trás e encarou-o.

– Posso assistir daqui, vatarh, onde eu posso ver tudo?

Ele mexeu nos cachos da menina. – Nós dois assistiremos daqui. Starkkapitän, é com você. Mande meus assistentes e pajens até mim. U'téni co'Kohnle, pode começar o ataque quando seus ténis-guerreiros estiverem prontos.

Ca'Linnett e co'Kohnle fizeram reverências e foram embora depressa. Ordens percorreram as fileiras, trompas soaram e bandeiras tremularam, e a linha de frente espalhou-se devagar pelos dois lados da estrada. Meia virada da ampulheta depois, eles ouviram os estrondos dos feitiços de fogo que foram disparados logo detrás da linha de frente, seguidos pelo assobio de revoadas de flechas. Os clarões faiscantes – uma dúzia deles – trovejaram e deixaram um rastro de fumaça sobre os campos entre os exércitos. Jan observou as bolas de fogo e esperou para ver se os feitiços de defesa dos ténis-guerreiros de Nessântico iriam abater algumas, mas elas continuaram sem resistência, e os homens gritaram em triunfo quando as bolas de fogo atingiram as linhas inimigas e abriram enormes buracos. Os firenzcianos ouviram os berros de susto e dor, mas exceto pelos pontos onde foram atingidas pelas bolas de fogo, as fileiras de Nessântico mantiveram a formação.

– Vatarh?

Os ténis-guerreiros mandaram outro bombardeio, maior do que o primeiro, e esse também seguiu sem resistência pelo campo até penetrar nas fileiras do outro lado. Mais homens caíram. Os gritos redobraram, mas outros homens de amarelo e azul cobriram as brechas. Jan franziu a testa; os ténis-

-guerreiros inimigos podiam estar exaustos, mas ele duvidava que não tivessem algum poder sobrando para combater os feitiços. Por que eles esperavam enquanto sua gente morria? Isso era massacre, não batalha. Ele perguntou-se como era possível que mantivessem a formação...

– Vatarh!

Quando uma terceira saraivada de bolas de fogo cruzou a paisagem, Jan olhou para Allesandra. – O que foi, passarinho?

– Olhe para eles – falou Allesandra. – Olhe mesmo para eles. Aqueles próximos aos pontos onde nosso fogo mágico acerta; eles não estão se mexendo. De maneira alguma.

Quando a próxima onda de sóis destruidores voou sobre o campo, Jan olhou mesmo – não para onde eles acertaram, mas para os lados. Era difícil enxergar atráves da fumaça e névoa, através da escuridão crescente debaixo das nuvens cada vez mais espessas, mas Jan percebeu que Allesandra estava certa. Havia uma rigidez artificial nos soldados ao lado das rajadas dos ténis-guerreiros. Eles não recuavam, não se encolhiam de medo, não corriam. Os homens permaneciam eretos, sempre olhando para a frente, as cabeças não viravam de maneira alguma enquanto os companheiros eram consumidos pelo fogo.

As bolas de fogo atravessaram os soldados como se fossem pedras atiradas em um quadro.

– Nós fomos enganados... – murmurou Jan, mas já era tarde demais. As fileiras inimigas da Garde Civile sumiram completamente, como fumaça levada por um furacão. Os feitiços de fogo agora partiram dos numetodos: não das fileiras fantasmagóricas diante deles, mas do flanco sul, de onde vieram bolas de fogo que rasgaram as linhas de frente firenzcianas. Não muito distante dali surgiu o clangor de armas e o estrondo de cascos, e Jan viu os chevarittai de Nessântico liderarem a carga e soldados de amarelo e azul jorrarem do lado da Avi que acompanhava o rio. – Lá! – berrou e apontou o hïrzg para os ajudanes. – Soem as trompas! Rápido!

Quando as trompas começaram a gritar, conforme o clamor da batalha aumentava debaixo dele, Jan desceu Allesandra de seu cavalo e falou – Volte para o archigos. Depressa! Você, pajem, leve-a!

Jan então sacou a espada, sem olhar para trás, e cutucou o cavalo de guerra com o pé para que se movesse.

~ Karl ci'Vliomani ~

KARL SENTIU ANA tremer com o esforço e a exaustão. – Pare – falou para ela. – Pode parar agora... – Com um suspiro e um grito, Ana desmoronou nos braços do enviado. Ele abraçou-a com força. Em volta de Ana, o chão estava coberto por corpos de homens e mulheres em robes verdes; aqueles que a ajudaram, que pegaram o Ilmodo e transmitiram para ela criar a ilusão.

Karl nunca tinha visto algo assim antes. Não tinha sequer imaginado que fosse possível. Ele suspeitava que Ana também não.

– Agora – gritou Karl para os ténis-guerreiros que sobraram. – Comecem o ataque!

O enviado ouviu o cântico rápido, e falsos sóis floresceram acima deles e partiram guinchando em direção aos firenzcianos. Em volta, a Garde Civile soltou um grito de triunfo e disparou. Um nó de chevarittai fechou a Avi com seus cavalos de guerra e gritou desafios para os chevarittai firenzcianos. Assim que o assobio e o estrondo do fogo de guerra passaram, o clangor de aço contra aço começou a crescer.

– Karl? – sussurrou Ana de olhos fechados. – Funcionou?

– Funcionou. Não sei como, mas funcionou.

– Ótimo... – A palavra saiu mais como um suspiro. – Eu preciso dormir...

– Durma então. Você merece. – Karl afastou o cabelo de Ana do rosto e beijou sua testa, depois a deitou no chão. Outra saraivada de fogo de guerra irrompeu acima deles e seguiu guinchando na direção da linha de frente Firenzciana. As bolas de fogo iluminaram a campina com um furioso clarão amarelo, mas esse seria o último bombardeio, notou Karl: tanto os ténis-guerreiros quanto os numetodos estavam exaustos. Todos eles precisariam de tempo para se recuperar; a batalha seria decidida pelo aço agora, não por feitiços.

Karl gesticulou para Kenne e falou – Cuide de sua archigos. Preciso ir ao comandante.

Ele fez um carinho no rosto de Ana pela última vez e subiu no cavalo que um dos e'ténis segurava. Ao ir embora cavalgando, Karl pensou no que tinha visto, ainda maravilhado.

– Eu preciso que todos vocês entoem o cântico de Abertura – disse Ana ao reunir vários dos e' e o'ténis do Templo da Archigos em volta dela enquanto os ténis-guerreiros e os colegas numetodos de Karl assistiam. – Assim como todos vocês aprenderam nas primeiras aulas: abram-se para o Ilmodo, mas não o moldem. É tudo que vocês precisam fazer. Agora!

Eles fizeram o que ela pediu, enquanto a própria Ana entoou. Karl sentiu o poder crescer em volta deles. Pensou que era quase capaz de vê-lo como se fosse uma bruma no canto do olho que sumia se ele tentasse olhar diretamente para a névoa.

Vários dos ténis gritaram enquanto Ana continuava a entoar, conforme ela reunia o poder que eles abriram para a archigos. – Agora! – gritou ela. – Deixem o Ilmodo aberto. Deixem-me tirá-lo de vocês...

E ela tirou. Agora mesmo eles conseguiram ver a ilusão que se formava nos campos e do outro lado da Avi em frente a eles: homens fantasmagóricos no uniforme da Garde Civile, envoltos em bruma e névoa que a brisa fresca não tocava, voltados para o ponto onde o exército Firenzciano apareceria. Os soldados ficaram parados ali: imóveis, à espera.

Karl viu Ana: mãos e lábios que se mexiam como se controlasse o feitiço que criou, as palavras perdidas no grito de surpresa que surgiu de todos em volta. Sergei, que observava, riu e falou com os offiziers e chevarittai – A archigos fez a parte dela. Agora, vamos fazer a nossa... – Ele foi embora cavalgando e dando ordens.

Ana continuou a entoar, e os soldados fantasmas ficaram sólidos e mais numerosos enquanto ela continuava a puxar a energia dos outros ténis. Era mara-

vilhoso assistir. Quase fez Karl querer acreditar como Ana acreditava que a fé em Cénzi pudesse dar tanto poder assim para ela.

Pela primeira vez, Karl ousou pensar que o plano poderia funcionar...

O som agudo de trompas tirou Karl do devaneio. Ele viu o estandarte do comandante à frente no meio dos soldados, mas o barulho vinha detrás e anunciava o chamado do kraljiki.

Justi, sem ser anunciado e chamado, entrou no campo de batalha.

~ Justi ca'Mazzak ~

– KRALJIKI! – Ca'Rudka fez uma reverência por obrigação. – Eu achei que o senhor pretendia permanecer na cidade. – Justi pensou ter visto irritação no rosto desfigurado do homem, na maneira como a pele dobrou-se em volta do nariz de prata colado em sua pele. O kraljiki viu o enviado numetodo ao lado de ca'Rudka e do a'offizier ca'Montmorte. Não conseguiu ver a archigos por ali e imaginou onde ela se encontrava.

– A batalha é aqui – falou Justi para o comandante – e eu pretendo lutar desta vez. Chegou até mim a notícia de que você estava recuando. Eu *não* quero que nós recuemos, comandante.

– Eu recuei por necessidade, kraljiki – respondeu ca'Rudka, sem tentar esconder a cara feia agora. – Mas nós demos meia-volta outra vez.

– Então estamos perdendo nosso tempo aqui, comandante. Eu trouxe os chevarittai comigo, e eles estão prontos. – Os cavaleiros com Justi concordaram aos gritos, os cavalos bateram os cascos com impaciência.

– Kraljiki, o senhor deve permanecer aqui para que possamos colocar seus homens onde serão mais úteis. Os pajens trarão notícias.

– Notícias? – vociferou Justi. – Você quer me fazer esperar aqui como uma velha covarde? Eu mandei que fosse à frente para deter o hïrzg; você não deteve. Agora eu farei isso por conta própria.

– Kraljiki...

– Não! – berrou Justi. O homem queria estragar seu momento de glória, e ele não aceitaria isso. *Melhor morrer no campo de batalha do que na Bastida. Melhor morrer como kraljiki do que como um prisioneiro.* – Você pode permanecer aqui se quiser, comandante, mas eu seguirei em frente para liderar meus homens na defesa da cidade deles. Eu dei ouvidos a você em Passe a'Fiume, e você entregou a cidade rapidamente. Se tem coragem, então siga-me; de outra forma, fique aqui. Quem está no comando aqui?

– O senhor, kraljiki – respondeu o comandante. À menção de Passe a'Fiume, o rosto de ca'Rudka ficou vermelho e a expressão de irritação contorceu a boca debaixo do nariz de prata. Justi viu o comandante dar uma olhadela para ca'Montmorte, para os numetodos, para os offiziers e pajens à volta e dizer – Tragam meu cavalo. Nós cavalgaremos com o kraljiki.

Justi concordou com uma expressão carrancuda. Ele sacou a espada, apontou para a Avi, onde o som da batalha era mais alto e gritou – Cavalguem, então! Cavalguem!

Eles partiram em velocidade, com os chevarittai em volta e o estandarte do kraljiki estalando furiosamente ao vento, sem esperar pelo comandante e os demais. A Garde Civile soltou gritos de incentivo ao passar a galope pelas fileiras, e a empolgação dos soldados fez Justi avançar mais ainda. Adiante, ele viu a briga na longa linha de frente e mergulhou nela com os chevarittai, quebrou a linha de infantaria e avançou fileiras adentro.

A fúria da batalha espantou qualquer outro pensamento.

Justi atacou uma lança que foi estocada contra ele e arrancou a mão que empunhava a arma. O sangue do homem jorrou enquanto ele gritava e caía debaixo das patas do cavalo de Justi. O kraljiki começou a golpear às cegas, a atacar qualquer coisa que se mexesse e vestisse prateado e preto. Em volta dele, seus chevarittai avançaram pelos firenzcianos como um arado na terra e deixaram um rastro de sangue e morte. Estavam bem fundo nas linhas inimigas agora, e os chevarittai firenzcianos notaram o estandarte do kraljiki e abriram caminho na direção deles. – Kraljiki! – Justi ouviu Sergei berrar atrás dele. – O senhor está isolado demais aí! Temos que recuar até a nossa própria linha!

– Não! – gritou Justi para trás. – Eu não serei chamado de covarde!

Ele atacou o homem mais próximo e ouviu um rosnado quando um jorro vermelho atingiu o seu braço da espada. O kraljiki avançou. Ouviu os desafios dos chevarittai inimigos e devolveu os gritos de provocação.

Eles vieram.

Justi conseguiu matar o primeiro chevarittai que o alcançou – um homem cujo rosto era vagamente familiar, um ca' que talvez tenha estado na corte ou a quem Justi fora apresentado certa vez em uma de suas estadias em Brezno. Ele não sabia o nome do sujeito, apenas sabia que sua própria espada estava ficando pesada na hora em que as lâminas bateram e ele enfiou a arma com força no espaço entre o capacete e o peitoral, onde encontrou carne acima da gola da veste do homem. Justi tentou arrancar a espada enquanto o sangue jorrava sobre o brasão bordado na veste, mas ela ficou presa em osso ou armadura. Não havia tempo para pensar; outro chevaritt chegou em cima de Justi, que não podia se defender. Ele soltou a espada (o chevaritt caiu da sela) e ergueu um pobre braço, na esperança de que o aço da braceleira pudesse defletir o golpe... mas o cavalo de ca'Rudka bateu com força contra a montaria do oponente de Justi, e a espada do comandante atravessou a cota de escamas do Firenzciano. O chevaritt caiu gritando debaixo das patas dos cavalos dos dois.

– Kraljiki... – Sergei começou a dizer, mas não havia tempo. Eles foram envolvidos pela massa de infantes e chevarittai. O jovem chevaritt que segurava o estandarte de Justi morreu. À esquerda, Justi viu ca'Montmorte ser derrubado, varado por uma lança, com a veste e a cota de escamas cheias de flechas. Perto de ca'Montmorte, o numetodo ci'Vliomani gesticulou e fogo explodiu, mas seu fogo de guerra saiu fraco e ineficiente. Tudo era um caos: gritos, berros e movimentos. Justi sentiu uma dor lancinante na perna direita e gritou em choque, abaixou os olhos e viu a greva partida e sangue jorrar de uma fenda no metal. Mãos agarraram o kraljiki e ameaçaram derrubá-lo.

Justi sabia que estava prestes a ser capturado ou até mesmo morto imediatamente. Se qualquer uma das hipóteses acontecesse, essa guerra estava acabada. Qualquer negociação para soltá-lo envolveria sua abdicação. Ele atacou as mãos com uma adaga que sacou do cinto e cutucou o cavalo de guerra com os pés. Mas o animal estava cercado, e embora Justi tenha visto Sergei ainda lutando desesperadamente ao seu lado, eles estavam envolvidos agora por um mar de preto e prata.

Justi gritou de fúria.

~ Karl ci'Vliomani ~

ELE NÃO TINHA MAIS NADA. Os feitiços que havia preparado tão cuidadosamente antes da batalha tinham acabado. Levaria tempo demais e ele estava muito exausto para invocar novos. O braço já estava exaurido por usar a espada – e luta de espada estava longe de ser sua especialidade, de qualquer maneira.

Karl perguntou-se como seria a morte. Pensou – brevemente – no que diria para Cénzi se Ele estivesse lá no além.

Ele ouviu o kraljiki gritar e viu o homem cercado, prestes a ser derrubado.

Mas a terra respondeu ao berro do kraljiki.

O chão estourou como se algum demônio dos moitidis tivesse surgido das profundezas: uma explosão de lama e trigo pisoteado que jogou para longe deles todo mundo de preto e prata, embora tenha deixado intactos o kraljiki, o comandante e os chevarittai de Nessântico que sobraram.

E Karl.

Por um instante, houve silêncio.

Isso foi um feitiço. Ana? Onde ela encontrou forças?

Karl viu o comandante pegar as rédeas do cavalo do kraljiki; o próprio Justi cambaleava na sela e apertava a perna. – Recuem! – berrou ca'Rudka para os demais. – Recuem enquanto temos chance!

Ca'Rudka deu um puxão nas rédeas da montaria do kraljiki. Karl cutucou o próprio cavalo com os pés para que andasse e deixou a espada inútil cair para segurar melhor as rédeas. Eles galoparam de volta às linhas de Nessântico através dos corpos derrubados.

O preto e prata viraram azul e dourado: eles atravessaram as linhas quando os sons de batalha voltaram a surgir lá atrás. – Precisamos de um curandeiro! – berrou Sergei para um pajem assim que eles pararam. O comandante estava ajudando o kraljiki a descer da sela; Sergei apeou do próprio cavalo para auxiliá-lo, mas quase caiu por conta da perna ferida. O kraljiki gemia e debatia-se nas mãos deles; Sergei viu sangue sair pulsando da ferida na coxa do homem. Karl e ca'Rudka trocaram olhares ao deitar o kraljiki na grama e lama. Sergei já começou a arrancar sua veste, rasgou o pano e enfiou na ferida. – Tire a greva dele para que possamos atar a ferida – falou o comandante para Karl. – Rápido.

Karl cortou as correias da placa de metal com a adaga e soltou-a dos anéis rompidos da calça de cota de malha que ficava por baixo. Mais sangue jorrou nas mãos. A lança, ele viu, tinha vindo por cima da placa e penetrado fundo no músculo. Karl vislumbrou osso branco antes de Sergei enfiar o pano na ferida e amarrar outra tira sobre ela. O fluxo de sangue aos poucos diminuiu, embora o rosto do kraljiki estivesse pálido e ele tivesse caído inconsciente.

– Ele pode perder aquela perna ou até mesmo a vida – falou o comandante para Karl quando o curandeiro chegou. Ca'Rudka ficou de pé e observou o homem dar atenção a Justi. – Isso foi tão desnecessário. A archigos, contudo, pode ser capaz de ajudar.

Karl fez que não. – Ana não tem mais forças. O kraljiki está nas mãos dos curandeiros por enquanto.

O comandante acenou com a cabeça. Ele olhava para trás, na direção da linha de batalha. A penumbra do crepúsculo começava a aumentar, reforçada pela massa negra de uma frente de tempestade. Alguns pingos grossos de chuva começaram a cair e o vento aumentou. – Fizemos tudo que foi possível – falou o comandante ao olhar para cima. – A cidade está a salvo por mais um dia, pelo menos. – Ele gesticulou para um pajem próximo. – Encontre as trompas. Mande que soem a ordem de cessar combate. Diga aos a'offiziers para recuar para a cidade. Eu duvido que o hïrzg siga desta vez.

Sergei abaixou o olhar para o kraljiki. Karl viu o comandante balançar a cabeça.

~ Jan ca'Vörl ~

– ELES ESTÃO RECUANDO toda a linha de frente – disse ca'Linnett para Jan. O rosto do starkkapitän, como o do hïrzg, estava sujo de lama e sangue, borrado pela chuva torrencial, e o gume da espada estava bem lascado. – Se pressionarmos, eles vão dar meia-volta e lutar; se deixarmos, vão recuar.

Jan resmungou. Ele limpou os olhos encharcados. Ficou surpreso que a chuva não evaporasse como água sobre aço aquecido ao cair sobre ele, pois estava ardendo de fúria.

As carruagens avançaram conforme a linha de batalha foi empurrada na direção da cidade. Allesandra, envolta em linóleo contra a chuva, estava ao lado do vatarh novamente e olhava para ele enquanto ca'Linnett fazia o relatório. O u'téni co'Kohnle estava ao lado de ca'Linnett, com o cabelo emplastrado no crânio e pingando de chuva; ele parecia que não dormia há uma semana, exaurido pelos esforços dos feitiços. Ca'Cellibrecca também estava presente – limpo, intacto, protegido por um guarda-chuva enorme nas mãos de um e'téni, e no entanto de alguma forma parecia que tinha sofrido o pior.

Isto não foi uma vitória. No máximo, um empate. Jan olhou fixamente para os homens de preto e prata caídos e imóveis no campo enquanto eram castigados pela chuva. Isso foi uma derrota. Ele sabia. A ilusão dos numetodos desperdiçou os esforços dos ténis-guerreiros, que não foram capazes de repelir o fogo de guerra lançado contra eles. A Garde Civile lutou como loucos em vez de homens recrutados sem entusiasmo, e os chevarittai de Nessântico provaram seu valor. Jan sentiu alguma esperança quando vislumbrou o tolo avanço do kraljiki diante das próprias linhas, mas um feitiço fora do comum – será que foram os numetodos novamente ou a falsa archigos? – salvou o idiota.

Agora a escuridão ameaçava chegar e a chuva caía torrencialmente sobre eles.

– Persiga-os – falou Jan furioso. – Eu não me importo. Vou descansar dentro das muralhas hoje à noite.

– Hïrzg – insistiu ca'Linnett –, eles não estão fugindo em pânico. A retirada é ordenada e lenta, e eles lutarão durante todo o caminho de volta se os pressionarmos, em um terreno que conhecem melhor do que nós. Quem sabe o que esses numetodos ainda podem fazer? Nossos ténis-guerreiros precisam descansar, e nós podíamos usar o tempo para preparar nossas armas de cerco.

Jan balançava a cabeça diante do argumento. Co'Kohnle entrou na conversa. – Hïrzg, o starkkapitän está certo. Meus ténis-guerreiros estão exaustos; não temos mais nada. Dê-nos a noite, contudo, e nós estaremos prontos para a investida final de manhã.

– Vocês não estão me *escutando*? – disparou Jan. – Eu quero essa cidade. Eu vou possuí-la. Se vocês não me ajudarem a tomá-la, então encontrarei offiziers e ténis que me ajudem. – O hïrzg olhou feio para eles e ficou satisfeito quando ca'Linnett e co'Kohnle abaixaram as cabeças. Ca'Cellibrecca, em seu elegante robe debaixo do guarda-chuva, olhava para outro lado, como se estivesse fascinado pela Avi atrás deles.

– Vatarh. – Allesandra puxou a capa de Jan. Ele olhou para o rosto da filha, que pestanejava contra os pingos de chuva que caíam sobre eles. – O starkkapitän e o u'téni estão certos. Eles farão o que o senhor mandar porque lhe respeitam, mas estão certos. Eu sei que o senhor quer a cidade e que vai me dar Nessântico como prometeu. Mas não hoje à noite, vatarh. Amanhã. – Ela sorriu para Jan, e a fúria dentro dele amainou um pouco. – Ou mesmo depois de amanhã. Não importa. O exército firenzciano é forte, e o senhor é o seu líder. O senhor tomará a cidade, mas não precisa ser hoje.

– Eu prometi para você, Allesandra – disse Jan. Com o indicador, ele afastou cachos molhados das bochechas da filha.

– Eu posso esperar, vatarh. Posso usar as luzes da cidade pelo resto da vida. Mais um dia não vai fazer diferença. Eu posso esperar.

Jan tomou fôlego. O trovão rugiu no céu, mas a chuva estava diminuindo, e os raios piscavam a leste deles, na direção de Firenzcia.

– Nós acamparemos aqui – falou ele. – U'téni co'Kohnle, certifique-se que os ténis-guerreiros durmam e fiquem prontos para amanhã. Starkkapitän, prepare seus offiziers e tropas para o ataque final. Eu encontrarei vocês dois mais tarde na noite de hoje. Nós avançaremos assim que surgir a primeira luz amanhã.

Ele abraçou Allesandra e disse – Amanhã você terá sua cidade de joias.

~ Mahri ~

ANA ESTAVA COCHILANDO na cadeira, mas deve ter sentido a presença dele. Seus olhos piscaram e abriram-se. Se Ana ficou surpresa ao vê-lo em seus aposentos próximos ao Templo da Archigos, ela não demonstrou.

– Você não concorda com meu conselho? – Mahri repreendeu-a com delicadeza. – Não vai usar o presente que lhe dei?

Ele viu Ana tocar o robe no lado direito. Notou como o pano ficou arredondado ali sobre o vidro encantado que dera para ela. Ana não disse nada. – Eu ouvi as fofocas pela cidade, archigos. Dizem que você salvou a vida do kraljiki com um feitiço – continuou Mahri.

– Não fui eu. Eu não sei... – Então os olhos de Ana arregalaram-se um pouco.

– Sim. Eu não deveria ter interferido, mas se não tivesse, o presente que lhe dei seria desperdiçado.

Ana mudou de posição e endireitou as costas na cadeira onde havia adormecido. A mão retirou a bola do bolso. Mahri notou as cores brilhantes dentro dela; sentiu o poder que colocou no interior do vidro para Ana. – Aqui está então – disse a archigos. – Eu devolvo. Use você mesmo se tem tanta certeza.

– Não posso. – Ele manteve as mãos ao lado do corpo e recusou-se a pegá-la. Após um instante, Ana colocou a bola na mesinha ao lado da cadeira, sobre a bandeja do jantar que não tocou.

– Por que não?

Como resposta, ele tirou uma tigela rasa de latão de uma sacola que trazia debaixo do manto, que tinha a borda decorada com filigranas de esmalte colorido. Mahri foi até a mesa e pousou a tigela ali, depois colocou água de um jarro deixado pelos criados. De uma bolsinha de couro, ele polvilhou um pó escuro na água e mexeu enquanto entoava palavras na língua do ocidente. Mahri notou que Ana observava com a cabeça inclinada de lado enquanto prestava atenção e sabia que a archigos percebia a semelhança entre a língua do ocidente e a do Ilmodo: as mesmas cadências e ritmos, o mesmo tom sibilante e vocais aspiradas. Uma bruma surgiu sobre a tigela.

– Olhe dentro da tigela – disse ele.

Ana deu um longo olhar avaliador para Mahri. Então finalmente se levantou da cadeira (Mahri notou seu cansaço pelas caretas e pela maneira como ela alongou os braços e pernas) e ficou diante da tigela, do outro lado da mesa de onde estava ele. Ana olhou para baixo.

Mahri sabia o que ela viu porque ele mesmo já tinha visto mais de uma dezena de vezes nos últimos meses.

Nas brumas, o rosto de Ana e a figura de Jan ca'Vörl. Ela segura uma faca com a lâmina ensaguentada. As brumas passam, e lá está Cellibrecca, esparramado no chão ao lado do hïrzg e com sangue espalhado pelo peito imóvel. O rosto de Ana está impassível enquanto ela olha fixamente com olhos frios e cruéis. A faca cai da mão, as brumas passam novamente, e lá está Nessântico, intocada, e no Trono do Sol está Justi...

Mahri sabia o que ela viu. Ele esticou a mão cheia de cicatrizes entre o rosto arrebatado de Ana e a tigela e afastou a bruma.

Mahri não deixou que ela visse o que vinha a seguir. Isso era apenas para ele.

Ana ergueu os olhos para o mendigo, com os punhos cerrados sobre o tampo da mesa, e perguntou – Isso é o futuro?

Ele fez que sim. – É um vislumbre de um dos caminhos que o futuro pode tomar. Um caminho que é incerto e às vezes difícil de decifrar. Mas quando vejo a morte do hïrzg, quando vejo Nessântico a salvo e Justi no trono, é sempre *você* a responsável por isso, Ana. Não eu. Foi por isso que lhe dei o vidro encantado, porque sei que, se eu matá-los, Nessântico ainda cai. Inevitavelmente.

Ele perguntou-se se Ana daria ouvidos a uma meia verdade.

– Eu não consigo matar pessoas enquanto elas estão indefesas... – disse a archigos.

Mahri sorriu e notou que Ana retraiu ao ver a expressão.

– Que maneira melhor de matar alguém? Meu povo tem um ditado: "em tempo de guerra, todas as leis se calam". Quantos morreram hoje, desnecessariamente, *porque* você não fez o que eu sugeri?

O olhar de Ana endureceu, e Mahri notou que foi longe demais. – Você culpa a *mim*?

Mahri correu a responder ao balançar a cabeça. Não poderia dar tempo para ela pensar ou seria tarde demais. – Não, Ana. Eu não culpo você; na verdade, a culpa é minha por não ter deixado a situação clara o suficiente. Você pode seguir as regras da guerra "civilizada" se quiser, Ana, mas perderá se fizer isso. Pergunte ao comandante ca'Rudka se ele acredita mesmo que vocês vencerão o hïrzg; pergunte aos seus ténis-guerreiros se eles acreditam que são mais poderosos que os outros do lado inimigo. Você já deturpou as regras de sua fé e da Divolonté. Deturpe mais. Você tem a noite de hoje para fazer isso. Apenas a noite de hoje. Amanhã será tarde demais, porque o hïrzg jantará no Grande Palácio e ca'Cellibrecca estará onde você está agora. Tanto você quanto Justi estarão mortos ou coisa pior.

– Por quê? – perguntou Ana. – Por que *você* se importa com quem é o kralkiji ou o archigos?

– Eu não me importo com isso, e sim com o que é melhor para o meu povo, assim como você. E, portanto, eu quero Justi como kraljiki e você como archigos.

– Você viu isso ali? – perguntou Ana ao apontar para a tigela.

Por um momento, Mahri perguntou-se se Ana tinha adivinhado ou visto mais na tigela do que ele pretendeu que ela visse. – Sim – disse Mahri com hesitação. – Vislumbres, como você viu. E espero que estejam corretos.

Mahri ficou aliviado quando ela fez que sim com a cabeça. Ele tirou a bola de vidro da travessa do jantar. – Hoje à noite – repetiu enquanto segurava a bola. – É a sua única chance.

Ana olhou fixamente para Mahri. Ele tinha medo que ela fosse recusar, medo de que aquilo que ele viu na tigela fosse se perder para sempre. Mas finalmente Ana ergueu as mãos com as palmas voltadas para cima.

Mahri colocou a bola nas mãos de Ana e fechou os dedos da archigos em volta do brilho.

~ Ana ca'Seranta ~

ANA ESTAVA MAIS ASSUSTADA do que conseguia lembrar-se. As mãos tremiam, e ela sentiu um frio fora do comum.

Kenne trouxe a carruagem conduzida por um e'téni de confiança. Quando Ana disse para ele que queria sair da cidade pela Avi a'Firenzcia, que queria se aproximar o máximo possível do acampamento do exército do hïrzg (tentou desesperadamente evitar que a voz tremesse), o homem concordou com a cabeça como se ela tivesse pedido para dar uma volta pela Avi a'Parete. – E o enviado ci'Vliomani? Nós o pegaremos também?

– Deixe Karl dormir. Isso é algo que devo fazer sozinha, mas preciso de sua ajuda.

Kenne fez que sim e não revelou as opiniões que poderia ter. Isso agradou Ana; ela não sabia se teria conseguido responder às perguntas dele. A archigos contemplou pelas cortinas enquanto eles passavam chacoalhando pela cidade. A Avi a'Parete estava estranhamente escura, as lâmpadas mágicas apagadas pela primeira vez em gerações. A frente de tempestade foi para leste e deixou poças prateadas pelo luar nos ladrilhos dos pátios e da Avi. As ruas estavam desertas, exceto pela presença da Garde Civile (embora as tavernas por onde eles passaram estivessem lotadas e ruidosas), e foi apenas o globo partido de Cénzi na carruagem que os poupou de serem parados e interrogados várias vezes. O A'Sele fluía escuro e sombrio por baixo da Pontica Mordei, e as cabeças em ambos os lados dos portões da Avi a'Firenzcia estavam apagadas e imóveis, paralisadas enquanto olhavam para fora da cidade e enxergavam sem ver o ponto onde o exército de Firenzcia dormia.

A carruagem foi saudada quando chegou às barricadas no portão; Kenne debruçou-se para fora do veículo e respondeu ao chamado. Diante da insistência de que estavam em missão para a archigos, eles foram liberados. Passaram por incontáveis tendas da Garde Civile ao longo da Avi.

O mundo parecia calmo, apesar do cataclismo que abalou Nessântico, apesar dos próprios temores de Ana. Ela pegou a bola de vidro que estava dentro do bolso, deixou a energia do Ilmodo presa ali formigar os dedos e rezou para Cénzi dizer que ela estava fazendo a coisa certa.

Não houve resposta. Apenas uma incerteza dolorosa no coração e um medo do que ela planejava fazer.

Ana sentiu a carruagem parar quando o condutor interrompeu o cântico. – Archigos – ela ouviu o condutor dizer. – Não posso ir adiante...

Kenne abriu a porta da carruagem e Ana espiou. À frente, a Avi estava completamente bloqueada: as tropas de retaguarda da linha de defesa de Nessântico. Um esquadrão da Garde Civile aproximou-se da carruagem; quando os soldados viram Ana e Kenne descer, todos eles fizeram o sinal de Cénzi correndo. – Archigos, u'téni – falou o e'offizer do esquadrão. – Avisarei o comandante ca'Rudka que a senhorita veio. – Ele começou a gesticular para um dos homens, mas Ana deteve o homem.

– Não, e'offizier. Deixe o comandante descansar. Vim dar uma olhada nas linhas, apenas isso. Eu não conseguia dormir, então pensei em ver onde deveríamos colocar os ténis-guerreiros.

Ele concordou com a cabeça e deu um sorriso ligeiro, quase tímido. – Eu entendo. Agora, porém, as coisas estão calmas.

– Onde estão as tropas firenzcianas?

O homem apontou para a estrada acima. – Não mais do que a 400 metros de nossas linhas. É possível vislumbrar as fogueiras através das árvores.

– Eu gostaria de ver.

– Nós levaremos a senhorita...

Ana andou com Kenne, o e'offizer e seu esquadrão pelas linhas de defesa em silêncio, onde a maioria da Garde Civile dormia no chão ou em pequenas tendas e descansava o quanto era possível antes de o sol e a inevitável batalha chegarem. A própria Avi estava bloqueada por uma barreira de árvores que foram rapidamente derrubadas, mas não havia nada além de campo, árvores e uma ocasional casa de fazenda abandonada entre as duas forças de cada lado da estrada. O e'offizier conduziu-os para um lado da Avi até um pequeno conjunto de macieiras. Ela notou alguns dos vigias postados ao longo da linha, mas tirando isso não havia ninguém perto deles. – Isso é o máximo que devemos ir – falou o e'offizier. – Mais adiante fora da proteção das árvores seria muito perigoso. – Chamas amarelas piscavam como vaga-lumes distantes em uma linha irregular na frente de Ana, cintilavam através da folhagem que balançava nas árvores e nos arbustos. Ela contemplou a escuridão.

– A senhorita salvou-nos mais cedo, archigos – falou o e'offizier atrás de Ana. – Quero que saiba que estamos gratos, todos nós.

Ela concordou com a cabeça e falou – Obrigada, e'offizier. Agora, se puder nos deixar sozinhos por um tempinho, por favor. Para rezarmos...

Ana fez o sinal de Cénzi mais uma vez. O homem gesticulou para o esquadrão e eles afastaram-se, deixaram Ana e Kenne sozinhos no pequeno bosque. Ela tirou o presente de Mahri do bolso e manteve na palma da mão.

– Archigos? – disse Kenne ao ver o fogo vermelho na mão de Ana.

– Eu preciso que você me esconda, Kenne. Um feitiço de proteção para que ninguém me veja ou ouça andando na noite. Preciso chegar o mais próximo possível.

Ela pensou ter visto Kenne erguer as sobrancelhas no luar, mas ele concordou com a cabeça. Kenne começou a entoar, as mãos gesticularam sob a luz da lua. O ar tremulou em volta de Ana – ela não ficou invisível, mas a não ser que alguém olhasse com cuidado, era possível confundi-la com uma sombra de árvore ou uma nuvem sobre a lua.

Isso era o melhor que Ana podia esperar.

Ela tomou um longo fôlego, depois saiu da proteção das árvores para o campo aberto. Ana aguardou, meio que esperando ouvir o assobio de flechas ou um chamado de alerta. Porém, não ouviu nada a não ser o cântico de Kenne atrás. Ana continuou a andar: um passo, depois outro, a cada um ela lutou contra a tentação de correr.

Ana quase chegou ao arvoredo e às fogueiras entre as árvores quando a vibração do ar diminuiu: Kenne estava ficando cansado. Ela levantou a bola de vidro na mão.

Fale meu nome, dissera ele. – Mahri – sussurrou Ana. Ela sentiu o poder dentro do vidro aumentar. Na mente, o poder espalhou-se à sua volta, e Ana viu a forma do feitiço contido nos padrões do Ilmodo. Ficou maravilhada com a complexidade do feitiço e perguntou-se se teria conseguido engendrar algo assim. Mas Ana tinha pouco tempo; ela lembrou-se que Mahri disse que o feitiço era difícil de conter, e já era possível sentir sua fúria na mente.

Ela olhou em volta. No céu, as nuvens que se moviam rapidamente pararam. Não havia som além do rugido do poder na mente. Uma andorinha pairava bem acima de Ana, capturada no meio de uma curva, asas travadas em plena batida. Ela começou a andar o mais rápido possível na direção das fogueiras – mas neste momento viu que a movimentação era difícil e lenta. Sentiu como se estivesse atravessando águas profundas. Ao alcançar as linhas inimigas, o coração disparou ao ver um homem que olhava diretamente para ela, parado ao lado da árvore mais próxima. Ana reuniu forças para correr ou preparar um feitiço, mas então percebeu que ele estava tão impassível quanto uma escultura e que as chamas da fogueira que delineavam o homem com luz pareciam pintadas no ar.

Ela passou correndo pelo soldado, sentiu um calafrio enquanto ele continuava ali, ainda olhando para a frente. *Mate a cabeça e a cobra morre...*

Foi fácil localizar a tenda do hïrzg com o estandarte acima, parado ao tremular. Ana andou sem ser incomodada pelo acampamento e passou pelos gardai do lado de fora. Ela levantou a aba – a lona tão dura e inflexível como se estivesse congelada – e entrou na tenda.

Ana parou e respirou pesadamente pelo esforço de simplesmente andar no ar gélido. O interior da tenda era ornamentado: um tapete espesso cobria o chão, uma mesa de campanha feita de madeira de um lado, um braseiro que soltava um filete imóvel de incenso, e lâmpadas mágicas acesas para iluminar o ambiente. Havia várias pessoas na tenda, reunidas ao redor de uma mesa com comida: ca'Cellibrecca ela reconheceu instantaneamente, com a mão que levava um garfo cheio de carne à boca escancarada. Havia outro homem de preto e prata com a insígnia de starkkapitän nas mangas; um sujeito magro que estava sentado ao meio da mesa; um téni de robe verde com as faixas de um u'téni – esse só poderia ser co'Kohnle.

O hïrzg estava sentado à cabeceira da mesa... e no colo, de maneira inesperada, havia uma jovem menina. A cena intrigou Ana por um momento, mas depois se deu conta de que era a filha do hïrzg, Allesandra. Tinha que ser ela; dava para ver a semelhança nos rostos.

Todos eles eram estátuas criadas por um artista perfeito. Ana foi até o hïrzg com o poder rosnando na mente e sacou a faca da bainha.

Tão fácil... Passe a faca bem fundo e com força, e ele morrerá, depois faça o mesmo com ca'Cellibrecca e co'Kohnle, e também com o starkkapitän...

Mas Ana ficou ali parada olhando a cena, com o poder do feitiço de Mahri zumbindo insistentemente nos ouvidos. Allesandra olhava para seu vatarh com a boca semiaberta, e havia tanto amor e afeição no olhar que a expressão deteve a mão de Ana.

Antigamente foi assim comigo, antes de a matarh ficar doente. O vatarh me amava, e eu o amava de volta, ele me colocava nos joelhos, brincava comigo e eu jamais, jamais queria ir embora...

Ela quase conseguia ouvir a risada da menina. Viu a mão do hïrzg, pronta para afastar um cacho solto da testa da filha, e havia a mesma afeição, o mesmo amor nos olhos dele.

A mão de Ana tremeu. A ponta da faca oscilou bem acima da carne do hïrzg. O Ilmodo fervia e estalava em volta dela, como se o próprio Cénzi risse.

Você não tem tempo. Mahri falou para você. Mate-o. Deixe... Ela imaginou o resultado e como seria para a menina: um momento rindo com o vatarh, depois um instante, um tremor, e aí o sangue jorraria de Jan e o vatarh desabaria sobre ela, morto instantaneamente. Levado de uma maneira impossível.

Um instante, um tremor... um breve momento de desorientação e a realidade seria dissolvida em volta dela. Como Ana sentiu quando Mahri foi até ela com a bola de vidro. – É apenas o meu dedo. Poderia muito bem ser uma faca...

O breve momento de desorientação...

A dissolução da realidade...

Tão familiar...

Ana conteve um gritinho.

Ela soube. Naquele momento, ela soube. Isto era o que *Mahri* precisava. Não o que ela precisava.

Ana vislumbrou outra solução. Uma solução melhor, ela torceu.

Havia pouco tempo sobrando. O Ilmodo gritou em sua mente, um lamento crescente, e Ana não conseguiria conter o feitiço por muito tempo. Ela guardou a faca na bainha e foi para a mesinha de campanha, abriu um pedaço de papel grosso que parecia lutar contra a sua mão, pegou uma pena e mergulhou no potinho de nanquim.

Até mesmo escrever foi uma luta, como se a própria tinta brigasse com ela. Ana rabiscou uma breve mensagem e assinou. Ao voltar para a mesa, ela afastou os braços do hïrzg de Allesandra – eles moveram-se relutantemente, como se fossem contrários a permitir isso. Ana enfiou a mensagem na mão de Jan e fechou o punho em volta do papel.

Ao final, ela pegou a garota desavisada nos braços.

Ana fugiu e torceu que conseguiria sair do acampamento antes que não conseguisse conter mais o feitiço. Carregar o corpo rígido de Allesandra era como nadar correnteza acima. Ela foi cambaleando acampamento afora com o peso da jovem menina, passou pela fogueira e pela linha de guardas, e saiu para o campo aberto entre os dois exércitos. Parou algumas vezes para descansar e recuperar o fôlego.

As fogueiras dos defensores de Nessântico ficaram próximas.

Havia um homem entre ela e as fogueiras, porém, em um ponto onde não existia ninguém antes. – Kenne? – sussurrou Ana, na esperança de que fosse verdade, mas sabia que não era. – Karl?

– Não – respondeu a aparição, e a surpresa da voz do homem foi o suficiente para arrancar os resquícios do feitiço. O mundo voltou a se movimentar em volta de Ana, e o impacto fez com que ela deixasse Allesandra cair no chão.

– Foi você, não foi, Mahri? – falou Ana.

Allesandra ca'Vörl

– VOCÊ É MEU PASSARINHO, e eu amo... – disse seu vatarh, mas então o mundo deu um solavanco ao redor de Allesandra e ela não estava mais no colo dele, mas sim de alguma forma caída no chão frio e úmido, lá fora na noite. Alguém, com a voz de uma mulher, vociferava para uma figura escura no meio de uma campina. Allesandra tentou ficar de pé, mas estava desorientada e conseguiu apenas ficar de joelhos com sacrifício.

– Foi você, não foi, Mahri? A kraljica não morreu por causa do feitiço de ci'Recroix; foi você que a matou.

Tonta, com náuseas pela estranheza, Allesandra encarou a mulher que falava. Era difícil enxergar no luar fraco e passageiro, mas ela estava vestida com o robe de um téni – robe que parecia similar àquele usado pelo archigos gordo. A mulher falava com um homem: ele era pouco mais do que um mendigo. O rosto, quando o luar caiu debaixo do capuz do manto, era horrível: todo deformado e machucado, sem um olho, e o sorriso que ele deu para a mulher era abominável.

– Sim, fui eu – admitiu o sujeito. – Essa solução não serve, Ana. Não posso permitir que leve a garota para cobrar resgate. Isso deixaria o hïrzg vivo... – Ele sorriu de novo, e a frieza da expressão provocou um calafrio em Allesandra. Ela teria gritado, mas estava sendo ignorada por ambos. Permaneceu imóvel, mas os dedos foram de mansinho para o lugar onde a faca de seu vatarh estava escondida debaixo da tashta. – Mas eu posso remediar esse problema. Afinal, encontrar você aqui fora com o corpo da garota vai dizer para todo mundo quem matou o hïrzg; isso vai funcionar quase tão bem para os meus objetivos, creio eu. Ainda há tempo. Na verdade, há todo o tempo que preciso.

Ele ergueu uma mão; nela havia uma pequena bola de vidro. O homem fechou os olhos e falou uma palavra; mas a mulher fez o mesmo – gesticulou intensamente com uma mão e falou uma frase que retumbou no ar. A bola de vidro estilhaçou-se na mão do homem. Luzes verdes e amarelas dispararam pelo ar e fizeram as sombras correr pelo chão. O homem gritou e cambaleou para trás.

– Eu não vim completamente despreparada, Mahri – disse a mulher para o homem. Será que era realmente Ana, a falsa archigos? – E eu aprendi com Karl, também.

– Você não aprendeu o suficiente – falou o homem de manto enquanto protegia o braço. – Não o suficiente...

Ele ergueu as duas mãos, varreu o ar e falou uma sequência de palavras em uma língua estranha. O ataque veio tão rápido que Allesandra teve certeza de que a mulher seria consumida por ele: fogo azul crepitante jorrou dos gestos do homem para envolvê-la. Mas Ana ergueu as próprias mãos no mesmo instante e o fogo azul foi dividido em dois jatos bem à frente dela, que caíram assobiando e fumegando no chão de ambos os lados da archigos.

Mas o fogo continuou a jorrar na direção dela, e Allesandra ouviu a mulher arfar ao manter as mãos formando um escudo diante de si. A boca mexia-se, mas as palavras eram inaudíveis por causa da fúria do feitiço; os olhos estavam fechados e rugas de esforço marcavam o rosto. O jato de fogo dividido começou a se fechar e ameaçava afogá-la nas chamas azuis.

Allesandra queria acreditar que isso era um pesadelo, que simplesmente tinha caído no sono de repente no colo do vatarh, mas não podia ser um sonho. E Allesandra sabia que, quando o homem de manto matasse Ana, ele olharia a seguir para ela...

Georgi dissera que um starkkapitän tem que saber quando fazer alianças, mesmo com aqueles que amanhã possam ser seus inimigos. O vatarh mostrara a mesma coisa.

Allesandra fechou os dedos em volta da faca que ganhou do vatarh. Soltou a lâmina da bainha. Ela reuniu toda a força, afastou a tontura e avançou gritando na direção do homem. O olhar dele desviou-se para Allesandra e os jatos de fogo começaram a se enrolar, mas ela já estava ao lado do homem e enfiou a faca no manto às cegas.

O jato de fogo quase tocou em Allesandra, mas no momento em que pensou que sentiria o toque, a chama mudou de direção como se alguém tivesse pegado a rajada, e em vez disso as chamas envolveram o próprio Mahri. Ele gritou, e Allesandra pulou para longe do homem e deixou a faca cair. Ela caiu no chão com força e perdeu o fôlego. Ao tentar respirar e mexer-se, Allesandra viu os jatos de fogo crepitarem e brilharem. O corpo foi inteiramente coberto e atirado a uma dezena de passos. O fogo mágico sumiu então, mas chamas reais – amarelas e fracas em comparação – irromperam em suas roupas.

Ele não se mexeu.

Allesandra ouviu pessoas gritarem por perto e darem o alarme. Fogo mágico começou a brilhar de ambos os lados da menina e de Ana.

Ana estava de joelhos na lama com a respiração pesada. Allesandra viu a mulher ficar de pé, e ela mesma tentou levantar e correr, mas não sabia para que direção ir, estava assustada e dolorida, e Ana já se encontrava sobre ela. – Você está bem? – A voz de Ana era rouca e cansada.

Allesandra concordou com a cabeça em silêncio e fungou para impedir as lágrimas, e quando Ana estendeu a mão para ela, a menina pegou. – Temos que correr – falou Ana.

– Eu quero voltar para o meu vatarh.

Ana fez que sim. – Você voltará. Eu prometo. No devido tempo, você voltará.

Homens chegaram perto das duas, e eles usavam azul e dourado em vez de preto e prata. Allesandra choramingou assustada e tentou escapar da mulher mais velha, mas Ana abraçou-a com força. – Eles não machucarão você – sussurrou ela para a menina. – Eu prometo. Eles não machucarão você. Não permitirei.

– O vatarh prometeu a cidade para mim.

– E eu mostrarei a cidade para você – disse Ana. – Mas Nessântico pertence a si mesma.

Epílogo: Nessântico

FLUXO E REFLUXO...

Nessântico inteira respirou aliviada quando o exército de Firenzcia foi embora como uma tempestade de gelo passageira na primavera. O hïrzg voltou para Firenzcia e seu trono em Brezno, voltou para a esposa que era, afinal de contas, parente do kraljiki e portanto ainda útil.

Allesandra, a filha do hïrzg, ficou para trás, em prisão palaciana no Templo da Archigos onde esperava pelo resgate ser pago para ser solta – ela esperaria bem mais do que imaginava. A hïrzgin Greta daria um filho saudável para o hïrzg não muito tempo depois de seu retorno a Brezno; ter um novo herdeiro à mão faria o hïrzg demorar a pagar o resgate.

Um descendente da linhagem ca'Ludovici estava sentado no Trono do Sol e governava como kraljiki – mas Justi, o Perneta, não governaria por tanto tempo quanto sua matarh, nem seu reinado seria lembrado como alguma coisa além de um desastre.

A archigos Ana I reinou no templo, embora outra pessoa que reivindicava o título de archigos morasse em Brezno. A fé concénziana estava dividida pela primeira vez, e alguns eram leais a Nessântico e outros a Brezno. As duas ramificações da Fé iriam se afastar cada vez mais, tanto em crença quanto em temperamento.

Em Nessântico, os numetodos ganharam aceitação e até mesmo algum destaque, e aqueles que diziam fazer parte do movimento acabaram se tornando ca' e co'. Havia até rumores de que a archigos tinha um amante numetodo, embora ela nunca se casaria.

Os outros países dos Domínios se lembrariam de como Firenzcia quase acabou com o jugo de Nessântico e imaginariam se talvez um dia pudessem obter êxito onde Firenzcia falhou. Ninguém tentaria, porém.

Não ainda.

Fluxo e refluxo...

Nessântico: a cidade, a mulher.

Antigamente não havia cidade que pudesse rivalizar com ela. Ela imaginava se isso sempre seria verdade. Ela escapou do estupro de invasores, mas as reverberações do ataque abalaram o império, do centro às fronteiras distantes, e os ecos durariam por décadas.

Ela sabia que com a idade e destaque inevitavelmente viriam o ciúme e o risco. Ela não era mais invulnerável, e havia rivais no mundo que queriam o que ela sempre teve.

Havia trevas e forças reunidas naquela escuridão: no oeste, ela notou, bem como no leste...

Após o crepúsculo, inevitavelmente viria o anoitecer.

Ela não conseguiria contê-lo para sempre.

APÊNDICES

~ PERSONAGENS PRINCIPAIS ~

(em ordem alfabética pelo sobrenome)

Orlandi ca'Cellibrecca *[Orh-LAHN-dee Kah-sell-eh-BREK-ah]*

Um dos a'ténis e o principal tradicionalista entre eles

Marguerite ca'Ludovici *[Marhg-u-REET Kah-loo-doh-VEE-kee]*

A atual kraljica de Nessântico

Justi ca'Mazzak *[JUSS-tee Kah-MAH-zak]* ***(nome de solteiro ca'Ludovic)***

O a'kralj (príncipe herdeiro) da kraljica, único filho sobrevivente de Marguerite ca'Ludovici

Dhosti ca'Millac *[DOST-ee Kah-MEE-lok]*

O archigos da fé concénziana; um anão

Sergei ca'Rudka *[SARE-zhay Kah-ROOD-kah]*

O chefe da segurança da kraljica

Allesandra ca'Vörl *[Ahl-ah-SAHN-drah Kah-VOORL]*

Primogênita de Jan ca'Vörl

Jan ca'Vörl (nome de solteiro ca'Belgradin) *[Yahn Kah-VOORL]*

Hïrzg (rei) de Firenzcia

Karl ci'Vliomani *[Karhl Kee-vlee-oh-MAHN-ee]*

Um numetodo enviado da Ilha de Paeti para Nessântico

Ana co'Seranta *[AHN-ah Koo-sir-AHN-tah]*

Filha de Abini e Tomas co'Seranta

Mahri *[MAH-ree]*

Um mendigo em Nessântico

~ ELENCO COADJUVANTE ~

(em ordem alfabética pelo sobrenome)

Ludwig ca'Belgradin *[LOOD-vigh Kah-bell-GRAH-deen]*

Irmão mais velho de Jan; morreu de febre do sul

Karin ca'Belgradin *[LOOD-vigh Kah-bell-GRAH-deen]*

O vatarh de Jan, o antigo hïrzg de Firenzcia; morreu de febre do sul

Estraven ca'Cellibrecca (nome de solteiro ca'Seurfoi)

[Ess-TRAY-vehnKah-sell-ee-BREK-ah]

Marido de Francesca ca'Cellibrecca; u'téni do Velho Templo em Nessântico

Francesca ca'Cellibrecca *[Frahn-SESS-kaKah-sell-ee-BREK-ah]*

Amante de Justi ca'Mazzak

Colin ca'Cille *[CALL-inn Kah-KEEL]*

A'téni de An Uaimth na Ilha de Paeti; um aliado do archigos Dhosti

Alain ca'Fountaine *[ah-LAIN Kah-fhon-TANE]*

A'téni de Belcanto, Sforzia; um aliado do archigos Dhosti

Marcus ca'Gerodi *[MARH-kuss Kah-ger-OH-dee]*

Um parente da kraljica aprisionado na Bastida por um tempo

ca'Marvolli *[Kah-mar-VOH-lee]*

A'téni da cidade de Prajnoli em Nessântico; um aliado do a'téni ca'Cellibrecca

Hannah ca'Mazzak *[HAHN-ahh Kah-MAH-zak]*

Falecida esposa de Justi

Henri ca'Mazzak *[OHN-ree Kah-MAH-zak]*

Filho de Hannah e Justi; falecido

Marguerite ca'Mazzak *[Marhg-u-REET Kah-MAH-zak]*

Filha de Hannah e Justi; falecida

ca'Miccord *[Kah-me-CORD]*

A'téni de Kishkoros; um aliado do a'téni ca'Cellibrecca

Safina ca'Millac *[Sah-FEE-nah Kah-MEE-lok]*

A sobrinha do archigos e uma acólita na turma de Ana

Elia ca'Montmorte *[Kah-mohnt-MOHRT]*

A'offizier e chevaritt que liderou as tropas de Nessântico em Ville Colhelm

Bella ca'Nephri *[BELL-lah Kah-NEFF-free]*

Um chevaritt e confidente de Justi; proprietário do castelo Pré a'Fleuve

ca'Seiffel *[Kah-SIGH-fell]*

A'téni de Karnmor; um aliado do a'téni ca'Cellibrecca

Joca ca'Sevini *[ZHAK-ah Kah-she-VEEN-ee]*

A'téni de Chivasso em Il Trebbio; um aliado do archigos Dhosti

Ahren ca'Staunton *[AHH-Rhen Kah-STAHN-tun]*

Starkkapitän do exército firenzciano

Greta ca'Vörl *[GREH-tah Kah-VOORL]*

Esposa de Jan ca'Vörl, hïrzgin (rainha) de Firenzcia, sobrinha-neta da kraljica

Toma ca'Vörl *[TOH-ma Kah-VOORL]*

Filho de Jan e Greta. Dois anos mais velho do que Allesandra; falecido

ca'Xana *[Kah-ZAHN-ah]*

A'téni de Malacki; um aliado do a'téni ca'Cellibrecca

Dhaspi ce'Coeni *[DHAS-pee Keh-KOHN-ee]*

Um numetodo e aspirante a assassino

ce'Falla *[Keh-FAH-lah]*

Ajudante de ordens de Sergei ca'Rudka; um o'offizier

Mika ce'Gilan *[MEE-kah Keh-GHEE-ahn]*

Um numetodo que serve ao lado de Karl ci'Vliomani

Gilles ce'Guischard *[Gheeel Keh-goo-SHARD]*

Um integrante da equipe de Renard dentro do palácio

ce'Naddia *[Keh-NAH-dee-ah]*

Um e'offizier da Garde Bastida

Remy ce'Nimoni *[RAY-mee Keh-nee-MOHN-ee]*

O administrador do castelo Pré a'Fleuve

Aubri ce'Ulcai *[AHH-bree Keh-UHL-kie]*

Um guarda da Bastida

Georgi ci'Arndt *[Jhor-JHEE Kee-ARHN-t]*

Um o'offizier do exército firenzciano; tutor de Allesandra na arte da guerra

Parta ci'Doulor *[PHAR-tah Kee-DOHL-orh]*

Capitão da Bastida

Kenne ci'Fionta *[KENN-ah Kee-fee-ON-tah]*

Um o'téni da equipe do archigos; o secretário pessoal do archigos

ci'Narsa *[Kee-NAR-sah]*

Um o'téni que é o téni particular do hïrzgin

Edouard ci'Recroix *[EDD-ward Kee-reh-KROI]*

Um artista famoso

co'Bachiga *[Koo-bah-SHE-gah]*

U'téni de Passe a'Fiume

co'Baria *[Koo-BAR-ree-ahh]*

Um a'offizier da Garde Civile

Carlo co'Belli *[KAR-loh Koo-BEHL-ee]*

Um agente do a'téni ca'Cellibrecca

Renard co'Bellona *[Rehn-ARD Koo-behl-OH-nah]*

O assistente da kraljica

Bertran co'Dosteau *[BUR-trawn Koo-dhos-TOE]*

O u'téni responsável por ensinar o uso do Ilmodo aos acólitos; mentor de Ana e também a pessoa que descobriu Dhosti ca'Millac

Bahik co'Garret *[Bah-HEEK Koo-GAIR-et]*

Chefe da Garde Civile em Passe a'Fiume

co'Helfier *[Koo-HELL-fear]*

Um a'offizier da Garde Civile

Semini co'Kohnle *[SEH-meen-eh Koo-KOHN-lee]*

U'téni, o líder dos ténis-guerreiros do hïrzg

co'Linnett *[Koo-Lihn-AA]*

Um a'offizier no exército firenzciano

co'Malachi *[Koo-Mah-LAH-kee]*

Um a'offizier da Garde Civile

co'Meridi *[Koo-Mah-REE-dee]*

Amigo da família co'Seranta

Markell co'Minpali *[Mahr-KEHL Kee-min-PAHL-ee]*

Ajudante de ordens e confidente do hïrzg ca'Vörl

Bernado co'Montague *[Bur-NARH-doh Koo-Mon-TAHG]*

Um a'offizier da Garde Civile que antigamente serviu sob o comando de Sergei ca'Rudka

Mara co'Paile *[MAH-rah Koo-PAHL]*

Amante de Jan ca'Vörl

Abini co'Seranta *[Ahh-BEE-nee Koo-sir-AHN-tah]*

Matarh (mãe) de Ana co'Seranta

Tomas co'Seranta (nome de solteiro co'Barith)

[TOH-mas Koo-sir-AHN-tah]

Vatarh (pai) de Ana co'Seranta

co'Simone *[Koo-see-MOHN]*

Um a'offizier da Garde Civile

Ammon co'Varisi *[EH-monn Koo-vah-REE-see]*

Chevaritt e diplomata baseado em Prajnoli

Georgi co'Vlanti *[JOR-gi Koo-VHLAN-tee]*

Um u'téni que também é téni-guerreiro em Nessântico

Sunna Hathiga *[SOON-ahh HAH-the-gah]*

Uma das criadas de Ana no complexo do templo e também a matarh de Watha

Watha Hathiga *[WAH-thah HAH-the-gah]*

Uma das criadas de Ana no complexo do templo e filha de Sunna

Kaitlin Mallaghan *[KAIT-linn MAHL-ahg-inn]*

Noiva de Karl ci'Vliomani

Naniaj *[NAHN-ee-ahzj]*

Aia e babá de Allesandra

Beida *[BEE-dah]*

Uma das criadas de Ana no complexo do templo

Cassie *[KASS-ee]*

Uma criada da casa de Francesca

Darkmavis *[Dark-MAY-viss]*

Um conhecido compositor

Falla *[FAH-lah]*

Uma criada da casa de Francesca

Jacques *[Zhawk]*

Um criado na casa de Abini co'Seranta

Sala *[SAH-lah]*

Uma criada da família co'Seranta

Stenonis *[STEH-no-niss]*

Um cientista numetodo que mora em Wolhusen, Graubundi

Tari *[TAH-ree]*

Uma criada da família co'Seranta

Varina *[Vah-REE-nah]*

Uma acólita dos numetodos

~ DICIONÁRIO ~

A'Sole *[Ah-SEEL]*

O rio que divide a cidade de Nessântico.

Archigos *[ARR-chee-ghos]*

O líder da fé concénziana; o plural é "archigi."

Avi a'Parete *[Ahh-VEE Ah-pah-REET]*

A ampla avenida que forma um círculo dentro de Nessântico e que também serve como concentração para os eventos da cidade.

Axat *[Ahh-SKIAT]*

A deusa-lua do povo de Mahri.

Bashta *[BARSH-tah]*

Uma peça única de blusa e calças, geralmente presa por um cinto largo na cintura, e solta e esvoaçante nos demais lugares. Bashtas são geralmente usadas por homens, embora haja versões femininas, e podem ser simples ou ter decoração extravagante, dependendo do status da pessoa e da ocasião.

Bastida a'Drago *[Bahs-TEE-dah Ah-DRAH-goh]*

A "Fortaleza do Dragão", uma antiga torre que agora serve como prisão de Nessântico. Originalmente construída pelo kraljiki Selida II.

Braceleira

Armadura que protege o antebraço.

Os "ca' e co' " *[Caw-and-Coo]*

O termo para as famílias de alto status nos Domínios; os ricos.

Catapora Vermelha

Uma doença infantil, geralmente mortal.

As "Chamadas"

Na fé concénziana, há Três Chamadas para reza durante o dia. A Primeira Chamada ocorre de manhã, quando o sol surge acima do horizonte à distância de um punho esticado. A Segunda Chamada é feita quando o sol atinge seu apogeu. A Terceira Chamada ocorre quando o sol está à distância de um punho esticado acima do horizonte no poente.

Cénzi *[SEHN-zee]*

Principal deus no panteão de Nessântico e o patrono da fé concénziana.

Chevaritt/Chevarittai *[Sheh-vah-REE] / [Sheh-vah-REE-tie]*

Os "cavaleiros" de Nessântico, homens das famílias ca' e co'. O título de "chevaritt" é concedido pelo kraljiki ou kraljica, ou pelo governante nomeado dos vários países dentro dos Domínios; em tempos de guerra, os chevarittai (o plural da palavra) são convocados para provar sua lealdade e coragem. Os chevarittai seguem (geralmente) as ordens do comandante da Garde Civile, mas não necessariamente aquelas dos offiziers comuns da Garde Civile. O status interno é predominantemente baseado na importância familiar. No passado, conflitos ocasionais foram decididos por uma batalha honrosa entre chevarittai enquanto os exércitos assistiam.

Colégio A'téni

A reunião de todos os a'ténis da Concénzia. Um Colégio A'téni é convocado para eleger um novo archigos e fazer mudanças na Divolonté.

Comté *[KOM-tay]*

O governante de uma cidade, geralmente um ca' e um chevaritt.

Concénzia *[Kon-SEHN-zee-ah]*

A principal teologia em Nessântico, cuja principal divindade é Cénzi, embora Cénzi simplesmente seja o deus-chefe de um panteão.

Cores

Cada um dos vários países dentro dos Domínios manteve suas cores e bandeiras. Aqui estão as estruturas básicas dos estandartes:

Magyaria Oriental: faixas horizontais de vermelho, verde e laranja

Firenzcia: faixas verticais alternadas de preto e prata

Graubundi: um campo amarelo com estrelas negras

Hellin: campos rubro-negros divididos diagonalmente

Il Trebbio: um sol amarelo sobre um campo azul

Miscoli: uma estrela branca solitária em um campo azul-escuro

Namarro: uma lua crescente vermelha em um campo amarelo

Nessântico: campos azuis e dourados divididos diagonalmente; usado tanto por Nessântico do Norte quanto por Nessântico do Sul

Paeti: faixas verticais de verde, branco e laranja

Sesemora: um campo prateado com uma manopla fechada no centro

Sforzia: um campo branco com uma barra diagonal azul

Magyaria Ocidental: faixas horizontais de laranja, vermelho e azul

Corneta

Um instrumento de sopro comprido feito de madeira ou latão, tocado como um trompete.

Dias da semana

Os seis dias da semana em Nessântico levam os nomes das principais divindades do Toustour. A semana começa com cénzidi (dia de Cénzi) e segue com vuctadi, mizzkdi, gostidi, draiordi e parladi.

Divolonté *[Dee-voh-LOHN-tay]*

"A vontade de Deus", as regras e regulamentos que compõem os dogmas seguidos pelos fiéis concénzianos.

Febre do sul

Uma doença que mata um grande percentual dos enfermos. A febre causa o inchaço do cérebro, o que provoca demência e/ou coma, enquanto os pulmões ficam cheios de líquido da infecção e provocam sintomas parecidos com os de pneumonia. Muitas vezes, mesmo que a vítima fique boa da tosse, restam sequelas no cérebro.

Fjath *[Phiy-AHTH]*

O título do governante de Sforzia.

Garda

"Guarda" ou "soldado" (uso intercambiável). O plural é gardai.

Garde Brezno *[GAR-duh BREHZ-noh]*

A guarda municipal de Brezno em Firenzcia.

Garde Civile [GAR-duh Sih-VEEL]

O exército nacional de Nessântico. Não é a maior força (que é o exército de Firenzcia), mas a Garde Civile comanda todos os exércitos dos Domínios em situações de guerra.

Garde Kralji [GAR-duh KRAHL-jee]

A guarda municipal de Nessântico. Com base na Bastida, a insígnia é o crânio de um dragão de bronze. As patentes mais baixas são "gardai" (com prefixos que vão de e' a a'), os oficiais são "offizier" (também prefixos que vão de e' a a'). A mais alta patente na Garde Kralji é comandante.

Gardes a'Liste [GAR-dess Ah-LEEST]

A organização burocrática responsável por manter a lista dos sobrenomes e por designar os prefixos oficiais de status a eles.

Généra a'Pace [Jhen-AH-rah Ah-pah-SAY]

"Criadora da Paz", o título popular da kraljica. Durante três décadas de seu reinado, não houve grandes guerras dentro dos Domínios.

Grandes Horizontales [GRAHN-days Hor-eh-ZHON-tah-leh]

O termo para as cortesãs de alta classe entre os clientes ca' e co'.

Greva

Armadura da perna.

Gschnas [Guh-SHWAZ]

O baile do "Falso Mundo" que ocorre anualmente em Nessântico.

Hïrzg [HAIRZG]

O título do governante de Firenzcia. "Hïrzgin" é o feminino e "a'hïrzg" serve tanto para o herdeiro quanto para a herdeira.

Ilmodo [Eel-MOH-doh]

"O Caminho." O Ilmodo é uma energia predominante que pode ser moldada através de cânticos rituais, aperfeiçoados e compilados pela fé concénziana. Os numetodos chamam o Ilmodo de "Scáth Cumhacht". Outras culturas que reconhecem sua existência chamam por outros nomes. O povo de Mahri chama de "X'in Ka".

Instruttorei *[Inn-struh-TORR-ay]*
Instrutor.
Kraljica *[Krahl-JEE-kah]*
Título mais parecido com "imperatriz." O masculino é "kraljiki". Para se referir ao governante sem citar o sexo, usa-se geralmente "kralji", que também é o plural.
Kusah *[KOO-sah]*
O título para o governante de Namarro.
Marca
O documento dado a um acólito que deve entrar para a Ordem dos Ténis e ser colocado a serviço da fé concénziana.
Matarh *[MAH-tarr]*
"Mãe."
Mamatarh
"Avó."
Moitidis *[Moy-TEE-dee]*
Os "meio deuses", os semideuses criados por Cénzi, que por sua vez criaram todas as coisas vivas.
Montbataille *[Mont-bah-TEEL]*
Uma cidade nas grandes encostas de uma montanha na região leste de Nessântico do Norte; também o famoso local de uma batalha entre Nessântico e a província de Firenzcia, e a única boa passagem pelas montanhas entre os rios Clario e Loi.
Namarro *[Nah-MARR-oh]*
A província no extremo sul dos Domínios de Nessântico.
Nessântico *[Ness-ANN-tee-ko]*
A capital dos Domínios, governados pela kraljica.
Nota de Dispensa
Um documento que dispensa um acólito do ensino para entrar na Ordem dos Ténis. Normalmente dez por cento ou menos dos acólitos com-

pletam o treinamento e são aceitos na ordem. A grande maioria receberá a nota.

Numetodo

Uma seita que acredita que a manipulação da energia mágica no mundo não advém de Cénzi ou de nenhum deus, mas, em vez disso, apenas requer uma "fórmula" para ser manipulada. Eles explicam o mundo em termos humanísticos e são considerados hereges e perigosos pela fé concénziana.

Offizier *[OFF-ih-zeer]*

"Oficial", as várias patentes de oficiais acompanham a hierarquia dos ténis. Em ordem ascendente: e'offizier, o'offizier, u'offizier, a'offizier. Muitas vezes um offizier em um dos exércitos também é um chevaritt.

Passe a'Fiume *[PASS-eh ah-fee-UHM]*

A cidade na principal passagem do rio Clario na região leste de Nessântico.

Pontica a'Brezi Nippoli *[Phon-TEE-kah Ah-BREHZ-eeNee-POHL-ee]*

Uma das quatro pontes de Nessântico.

Pontica a'Brezi Veste *[Phon-TEE-kah Ah-BREHZ-eeVESS-tee]*

Uma das quatro pontes de Nessântico.

Pontica Kralji *[Phon-TEE-kah KRAWL-jee]*

Uma das quatro pontes de Nessântico.

Pontica Mordei *[Phon-TEE-kah MHOR-dee]*

Uma das quatro pontes de Nessântico.

Quibela *[Qwee-BELL-ah]*

Uma cidade na província de Namarro.

Sakal *[Sah-KHAL]*

O deus do sol do povo de Mahri.

Sapnut

O fruto da árvore sapnut, de onde é feito um corante de tom amarelo intenso.

Scáth Cumhacht *[Skawth Koo-MOCKED]*

O termo dos numetodos para o Ilmodo.

Segundo Mundo
Na fé concénziana, um "mundo" invisível que envolve aquele de Nessântico, de onde emana a energia mágica.
Sesemora *[Say-seh-MOHR-ah]*
Uma província a nordeste dos Domínios de Nessântico.
Sistema monetário
Existem três moedas em Nessântico: as "folias" de bronze (um décimo é uma d'folia, e meia folia é uma se'folia); os "siqils" de prata (meio siql é um se'siqil); e as "solas" de ouro (meia sola é uma se'sola). Vinte folias valem um se'siqil; 50 siqils (ou 2.000 folias) valem uma se'sola. Um simples trabalhador recebe por dia geralmente uma folia; um artesão competente pode chegar a ganhar 4 ou 5 folias por dia ou um se'siqil por semana. O preço (e tamanho) de um pãozinho integral em Nessântico é tabelado em uma d'folia.
Starkkapitän *[Starkh-KAHP-ee-tahn]*
"Alto Capitão", o título do comandante das tropas firenzcianas.
Strettosei *[STRETT-oh-see]*
O oceano a oeste de Nessântico.
T'Sha *[Ti-SHAH]*
O governante de Tennshah
Ta'Mila *[Tah-MEE-ah]*
O governante de Il Trebbio.
Tashta *[TAWSH-tah]*
Uma vestimenta parecida com um robe que está na moda em Nessântico.
Téni *[TEHN-ee]*
"Padre", os fiéis concénzianos que foram testados no domínio do Ilmodo, que fizeram seus votos e estão a serviço do templo. O corpo dos ténis também usa uma hierarquia similar às famílias de Nessântico. Em ordem ascendente, os níveis são e'téni, o'téni, u'téni e a'téni.

Téte [teh-TAY]

"Cabeça", um título usado para os líderes de uma organização, como os Guardiões da Fé.

***Toustour** [TOOS-toor]*

O "Conto Supremo", a bíblia da fé concénziana.

Sobrenomes

Dentro de Nessântico e da maioria dos Domínios, os sobrenomes seguem a linhagem feminina. Ao se casar, um homem (exceto em casos raros) toma o sobrenome da esposa e todas as crianças (sem exceção) recebem o sobrenome da matarh. Em caso de morte da esposa, o viúvo geralmente mantém o sobrenome dela até se casar novamente.

Virada da ampulheta

Uma hora.

Utilino [Oo-teh-LEE-noh]

Uma mistura de zelador e vigia que patrulha uma pequena área (não mais do que um quarteirão) da cidade. O utilino, que também é um téni da fé concénziana, está ali para resolver pequenas tarefas (por um preço) bem como manter a ordem, e é considerado parte da Garde Kralji.

***Vajica** [Vah-JEE-kah]*

Título mais parecido com "madame", usado para se dirigir educadamente a adultos sem algum outro título ou quando o título é desconhecido. O masculino é "vajiki." Os plurais são "vajicai" e "vajik".

***Vatarh** [VAH-ter]*

"Pai."

Vavatarh

"Avô."

***Verzehen** [Ver-ZAY-hehn]*

Termo estrangeiro para um telescópio.

***Ville Colhelm** [VEE-ah KOHL-helm]*

Uma cidade na fronteira de Nessântico e Firenzcia, no rio Clario.

Téni-guerreiro

Téni cujas habilidades com o Ilmodo foram voltadas para a guerra.

Zinke

Um instrumento de sopro similar a uma corneta, só que curvo em vez de reto.

~ PERSONAGENS HISTÓRICOS ~

Falwin (I) [FAHL-win]

O hïrzg Falwin de Firenzcia liderou uma breve e malsucedida revolta contra o kraljiki Henri VI, que foi rápida e brutalmente debelada.

Henri VI [OHN-ree]

Primeiro kralji da linhagem ca'Ludovici, de quem Marguerite I foi descendente.

Kalima III [Kah-LEE-mah]

Archigos de 215 a 243.

Levo ca'Niomi [LEHV-oh Kah-nee-OH-mee]

Liderou um golpe em 383 e foi kraljiki por três dias. Retirado à força do poder, foi aprisionado por quase duas décadas na Bastida, onde escreveu poesia que sobreviveu à sua morte.

Maria III

Kraljica de Nessântico de 219 a 237.

Pellin I [PEH-Lihn]

Archigos da Fé de 114 a 122.

Selida II [Seh-LEE-dah]

Kraljiki de Nessântico. Terminou de construir as muralhas da cidade e a Bastida a'Drago.

Sveria I [seh-VERH-ee-ah]

Kraljiki de Nessântico de 179 a 211. A Guerra de Secessão ocupou quase todo seu reinado. Ele finalmente trouxe Firenzcia por completo aos Domínios.

~ TRECHOS DA CONCÓRDIA DE NESSÂNTICO ~

(Quarta edição, ano 642)

Sobrenomes nos Domínios:

Em Nessântico, a linhagem é matrilinear. Um marido pode, em raras ocasiões, manter o próprio sobrenome (especialmente se for considerado de status superior ao da esposa), mas a esposa jamais pode tomar o sobrenome dele. Na grande maioria dos casos, porém, o marido toma legalmente o sobrenome da esposa e, portanto, torna-se um integrante daquela família aos olhos da lei de Nessântico. O marido continuará a manter aquele sobrenome e ser considerado como parte da família mesmo diante da morte da esposa, a não ser e até que ele se case novamente e, portanto, adquira o sobrenome da nova esposa. (Divórcios e anulações são raras em Nessântico, exigem a assinatura do archigos, e cada divórcio é uma situação especial onde as regras são às vezes flexíveis.) Os filhos recebem, sem exceção, o sobrenome da matarh: "Sempre se tem certeza de quem é a matarh", como diz o ditado em Nessântico. O prefixo de um sobrenome pode mudar, dependendo do status relativo da família próxima dentro da sociedade de Nessântico. Os prefixos, em ordem ascendente de status, são:

- nenhum
- ce' (keh)
- ci' (kee)
- co' (koo)
- ca' (kah)

Uma das funções dos kralji era assinar a lista oficial de famílias a cada três anos onde os prefixos eram registrados, embora o kraljiki ou a kraljica raramente determinassem alguma mudança pessoalmente; esse era o papel da burocracia dentro de Nessântico conhecida como a Gardes a'Liste.

Portanto, é possível que o marido ou a esposa da família ci'Smith pudesse ganhar status de alguma forma e recebesse um novo prefixo pela Gardes a'Liste. Marido, esposa, os filhos e quaisquer parentes maternais vivos passariam assim a ser co'Smith, mas irmãos, irmãs e quaisquer primos permaneceriam como ci'Smith.

Sucessão real dentro dos Domínios:

Muitos países dentro dos Domínios têm várias regras de sucessão dentro de suas sociedades, o que não surpreende dada a variedade de costumes. Isso é especialmente verdade quando esses países são governados de maneira independente. Por exemplo, na Magyaria Oriental, o parente homem mais próximo do antigo governante que também não seja um filho direto daquele governante é nomeado como sucessor. No entanto, com a ascensão de Nessântico e dos Domínios, aqueles países sob influência de Nessântico tendem a acompanhar os kralji.

Para as famílias reais de Nessântico, a sucessão de título passa normalmente para os filhos do kralji por ordem de nascimento, sem levar em conta o sexo. No entanto, é possível para o kralji designar um filho favorito como herdeiro e deixar para trás os filhos que nasceram antes, se o kralji considerá-los incapazes de governar ou se por alguma razão perderem a preferência. Esse é um caso incomum, embora não seja raro ao longo da história. Para o kralji, isso significa que seus filhos tendem a bajulá-lo para se manter nas boas graças ou talvez impedir que um dos irmãos seja nomeado como o a'kralj.

O Ilmodo e a feitiçaria:

Algumas pessoas têm a habilidade de sentir o poder que existe ao redor de todos nós: a possante energia invisível do Segundo Mundo que nos envolve. Nas regiões do mundo controladas por Nessântico, o uso de magia sempre foi ligado à fé religiosa, desde a época da pré-história. O mito de Cénzi está entranhado na bruma histórica, e sempre foram os seguidores de Cénzi que possuíram o poder de manipular o "Ilmodo" através de cânticos e gestuais.

O cântico que captura o poder do Ilmodo é a "língua do Ilmodo", que é ensinada a todos os acólitos ténis. A língua do Ilmodo na verdade tem suas raízes linguísticas na fala das Terras Ocidentais, embora nenhum dos fiéis concénzianos ou numetodos tenha se dado conta disso por séculos. Os habitantes das Terras Ocidentais também tiram poder do Segundo Mundo via o instrumento da religião, embora seja através de um deus e mitologia diferentes, e têm seu próprio nome para o Ilmodo: X'in Ka.

Os numetodos tomaram o mais recente caminho para esse poder: não através da fé, mas essencialmente quando criaram uma "ciência" da magia. O culto dos numetodos primeiro surgiu no fim dos anos 400, originalmente na Ilha de Paeti, e espalhou-se a partir dali em sua maioria para o oeste e o sul, e às vezes reage com violência à cultura de Nessântico e da fé concénziana.

Não importa como o poder seja obtido, usar um feitiço cobra um "pagamento" necessário: o ato tem um custo físico para o conjurador; quanto maior o efeito, maior o custo em exaustão e cansaço para ele.

Caminhos diferentes resultaram em habilidades diferentes. Para os ténis concénzianos, não há como "armazenar" feitiços. Eles levam tempo para serem conjurados e, uma vez preparados, têm que ser lançados ou são perdidos. No entanto, os ténis concénzianos têm a vantagem de ser capazes de lançar feitiços que duram por algum tempo após a conjuração (ver "As Luzes de Nessântico" ou "O Trono do Sol do Kralji"). Ténis que lançam feitiços com rapidez e de maneira eficaz não são comuns, e em algumas ocasiões históricas foram considerados suspeitos de heresia.

Os numetodos, em contrapartida, encontraram uma maneira de conjurar feitiços várias viradas da ampulheta mais cedo (embora tais feitiços não possam ser armazenados indefinitivamente). Como todos os usuários desse poder, eles "pagam" por isso com exaustão, mas mantêm o poder nas mentes para ser lançado com um simples gesto e palavra. Seus feitiços geralmente levam mais tempo e são mais difíceis de criar (até mesmo mais do que aqueles dos ténis), mas não necessitam de "fé", como é exigido pela linha de pensamento de Concénzia e dos habitantes das Terras Ocidentais. Tudo que eles exigem é que o conjurador siga uma "fórmula." No entanto, qualquer variação da fórmula, mesmo pequena, geralmente arruinará o feitiço...

Os ocidentais, que seguem o que chamam de X'in Ka, tem que entoar cânticos e fazer gestuais parecidos com os ténis, mas eles também podem "encantar" um objeto com um feitiço (algo que nem os ténis, nem os numetodos conseguem fazer) para que o objeto (uma bengala, por exemplo), ao ser manipulado por alguém (ao bater em uma pessoa, por exemplo), possa lançar um feitiço (um choque que deixe o alvo inconsciente, por exemplo).

Em todos os casos e seja lá qual for o estilo do conjurador, os feitiços do Segundo Mundo tendem a ser ligados aos elementos do nosso mundo: fogo, terra, ar e água. A maioria dos conjuradores tem uma habilidade maior com um dos elementos e é bem mais fraco com os demais. Raramente um conjurador tem a capacidade de controlar dois ou mais elementos com alguma habilidade; é ainda mais raro aqueles que vão facilmente de um elemento para qualquer outro.

A hierarquia dos ténis na fé concénziana:

Estes são os escalões dos ténis, do mais baixo ao mais alto:

Acólito: aqueles que estão sendo ensinados para ser um dos ténis. Geralmente, o ensino deve ser pago à Concénzia pelas famílias dos estudantes. A fé concénziana admite alunos homens e mulheres para se tornar um téni, embora realisticamente as turmas tendem a ser formadas em sua maioria por homens, e há menos mulheres do que homens nos altos escalões dos ténis. (Só houve seis mulheres archigi na longa história da Fé.) Durante o período em que são acólitos (geralmente três anos), os alunos servem à fé concénziana fazendo tarefas domésticas para os ténis e também começam a aprender os cânticos e a disciplina mental necessária para o Ilmodo, a manipulação da energia do universo. Normalmente, apenas dez por cento ou menos dos acólitos receberão a Marca do Téni. Há escolas para acólitos em todas as grandes cidades de Nessântico, cada uma presidida pelo a'téni da região.

E'téni: o mais baixo escalão dos ténis que servem à Fé. Os acólitos que recebem a Marca tornam-se, com raríssimas exceções, e'téni, o que indica que possuem uma pequena habilidade com o Ilmodo. A essa altura, eles geralmente recebem tarefas domésticas que exigem a magia de Cénzi, como acender os postes da cidade. Espera-se que eles ampliem suas habilidades e demonstrem um controle crescente do Ilmodo.

O'téni: um e'téni é promovido a o'téni geralmente após um a cinco anos de serviço, quando são colocados à disposição de um dos templos para gerenciar as necessidades da comunidade ou tornam-se responsáveis por uma das indústrias movidas pelo poder dos ténis dentro da cidade. Esse é o escalão onde a maioria dos ténis encerra a carreira. Apenas uns poucos seletos serão promovidos a u'ténis.

U'téni: os u'tenis agem diretamente em nome do a'teni da região. Um u'téni geralmente é responsável por manter um dos templos da cidade e supervisiona as atividades dos o'ténis daquele templo.

A'téni: o mais alto escalão da Fé com a exceção do archigos. Cada um dos a'ténis é responsável por uma região ao redor de uma das grandes cidades dos Domínios, onde geralmente detém enorme poder e influência sobre os líderes políticos e cidadãos. De vez em quando, essa relação pode ser litigiosa; na maioria das vezes, porém, é neutra e mutualmente benéfica. No ano do jubileu da kraljica Marguerite, há 23 a'ténis na Fé, um aumento de três da época em que ela ascendeu ao trono. Geralmente, quanto maior e mais influente for a cidade em que estão baseados, maior será a influência dos a'ténis dentro da Fé.

Archigos: o líder da Fé. Este não é necessariamente um cargo eletivo. Geralmente, o archigos aponta o seu sucessor entre os a'ténis ou até mesmo um u'téni favorito. No entanto, na prática, houve "golpes" dentro da Concénzia onde o archigos morreu antes de apontar um sucessor ou o sucessor teve seu direito de assumir o cargo contestado, algumas vezes de maneira violenta. Quando isso acontece, aqueles a'ténis que almejam o posto de archigos são trancados em uma sala especial dentro do Templo do Archigos para o Colégio A'téni. O que acontece lá dentro é assunto de muita especulação e debate. Um deles, no entanto, surge como archigos.

A criação de Cénzi:

No começo de tudo, havia apenas Vucta, a Grande Noite, a essência feminina sem olhos que sempre existiu, que vagava solitária pelo nada do universo. Embora Vucta não pudesse ver as estrelas, ela era capaz de perceber seu calor e, quando sentia frio, Vucta aproximava-se das estrelas e ali ficava por um tempo.

Foi perto de uma estrela que ela descobriu algo que nunca conhecera antes: um mundo, um local feito de rochas e água. Vucta permaneceu ali por um tempo, imaginou e sonhou ao andar nesse estranho lugar, tocou em tudo para perceber suas formas e ouviu o vento e as ondas baterem no litoral, sentiu a chuva, a neve e o toque das nuvens. Vucta torceu que aqui, nesse estranho lugar perto da estrela, pudesse haver um ser semelhante a ela, mas ainda não havia animais aqui, nem árvores, nem nada que vivesse.

Enquanto Vucta andava pelo mundo, filetes de seus pensamentos oníricos envolveram o corpo como uma bruma, uniram-se e enrijeceram-se até finalmente ficarem pesados por conta do próprio volume. Os pensamentos oníricos começaram a tomar a forma de uma mortalha branca em volta de Vucta que se tornou mais comprida e substancial conforme ela andava, a mortalha ganhou cada vez mais peso até que a parte mais pesada caiu no chão e esbarrou em uma rocha. Sem olhos, Vucta não conseguiu enxergar isso. Ela continuou andando e pensando, transbordava pensamentos oníricos que agora ficavam parados onde caíam, esticavam-se e afinavam-se à medida que Vucta afastava-se do ponto onde caíram. Na verdade, ela já estava ficando cansada desse lugar e de sua busca. Como desejava o calor de outro sol, Vucta pulou para longe do mundo, e a mortalha de pensamentos oníricos desprendeu-se quando ela foi embora.

Os pensamentos oníricos de Vucta ficaram ali, todos se aglutinando, e quando o sol brilhou no primeiro dia após a partida de Vucta, surgiu uma forma igual a ela, encolhida no chão. No segundo dia, a luz do sol agitou os pensamentos oníricos, e a forma mexeu braços e pernas, embora não tivesse consciência de si mesma. Os pensamentos oníricos eram os anseios de Vucta reunidos em sua cabeça e, a partir do desejo de Vucta de conhecer o lugar por onde ela andava, eles criaram olhos no rosto.

No terceiro dia, quando o sol tocou a forma novamente, ela abriu aqueles olhos e enxergou o mundo. "Eu sou Cénzi", disse a criatura, "e esse lugar é meu". E ele então se levantou e começou a andar...

Este é o início do Toustour, o Conto Supremo. Com o tempo, conforme a história da criação continua, Cénzi sente-se solitário e cria companheiros, os moitidis, feitos a partir do sopro de seu corpo, que ainda continha o grande poder de Vucta. Esses companheiros, por sua vez, imitam seu criador e dão origem a todas as criaturas vivas da terra: plantas e animais, incluindo os humanos. Os próprios sopros dos moitidis eram fracos, e portanto suas criações saíram igualmente imperfeitas. Mas o sopro de Cénzi e os sopros mais fracos dos moitidis permearam a atmosfera e tornaram-se o Ilmodo que os humanos conseguiram aprender a moldar através de reza, devoção a Cénzi e intenso estudo.

Mas o relacionamento entre Cénzi e sua prole sempre foi litigioso, marcado por conflitos e inveja. Cénzi fez leis para suas criações seguirem, mas, com o tempo, os moitidis começaram a mudar e ignorar essas leis, e vangloriaram-se em relação a Cénzi. Cénzi ficou furioso com os moitidis por conta dessas atitudes, mas eles não se arrependeram e começaram a se opôr abertamente ao criador. Foi um conflito longo e brutal, e poucas das criaturas vivas sobreviveram ao embate, pois naquele passado havia muitos tipos de criaturas capazes de falar e pensar. A briga entre Cénzi e os moitidis provocou o surgimento de montanhas e vales e moldou o mundo que até então era plano, com apenas um grande oceano. O golpe final que destruiu a maioria dos moitidis acabou por rachar a própria terra, rompeu a superfície e criou uma grande fenda para onde o Strettosei fluiria.

Após aquele imenso golpe que sacudiu o mundo inteiro, os poucos moitidis que sobreviveram fugiram e esconderam-se, encolhidos de medo. Cénzi, porém, ficou atormentado pelo acontecido e quis encontrar Vucta para conversar com ela, cujos pensamentos oníricos o formaram. Apenas uma única espécie falante e pensante sobrou entre todos os netos de Cénzi, e ele fez esta promessa para eles, nossos próprios ancestrais: que, se permanecessem fiéis, Cénzi sempre os ouviria e mandaria seu poder para eles, e que um dia Cénzi voltaria aqui e ficaria com eles para sempre.

Feita essa promessa, Cénzi saiu do mundo para perambular pela noite entre as estrelas.

Na visão da fé concénziana, Cénzi é o único Deus digno de devoção (os estudiosos concénzianos consideram Vucta mais como um espírito onipresente do que uma entidade) e são as Suas leis, feitas para os moitidis, que a Fé compilou e agora segue. Os deuses cultuados por outras religiões dentro e fora dos Domínios são os covardes moitidis que saíram do esconderijo quando Cénzi foi embora e que enganaram seus devotos para que eles pensassem que os moitidis eram deuses de verdade. Os moitidis sobreviventes permanecem sentindo um medo mortal do retorno de Cénzi e fogem sempre que os pensamentos Dele voltam-se para esse mundo, o que acontece quando os fiéis rezam bastante, segundo dizem.

A verdade disso é demonstrada pelo fato de que as leis da humanidade, seja lá onde as pessoas moram ou quem elas dizem que cultuam, são parecidas em essência, porque todas partiram dos princípios originais de Cénzi.

A Divolonté:

Um amplo conjunto de regras e regulamentos que rege a fé concénziana, em sua maioria derivado do Toustour. No entanto, a Divolonté tem uma origem secular, foi criado e ampliado por vários archigi e a'ténis através dos séculos, enquanto o Toustour é considerado como derivado das próprias palavras de Cénzi. A Divolonté também é um documento dinâmico, que passa por uma evolução lenta e contínua sob os auspícios do archigos e dos a'ténis. Muitos de seus preceitos e instruções são um tanto arcaicos e são ignorados ou até mesmo esnobados pela Fé atual. No entanto, é a Divolonté que os conservadores da fé concénziana citam quando olham para a ameaça de outras crenças, como aquela dos numetodos.

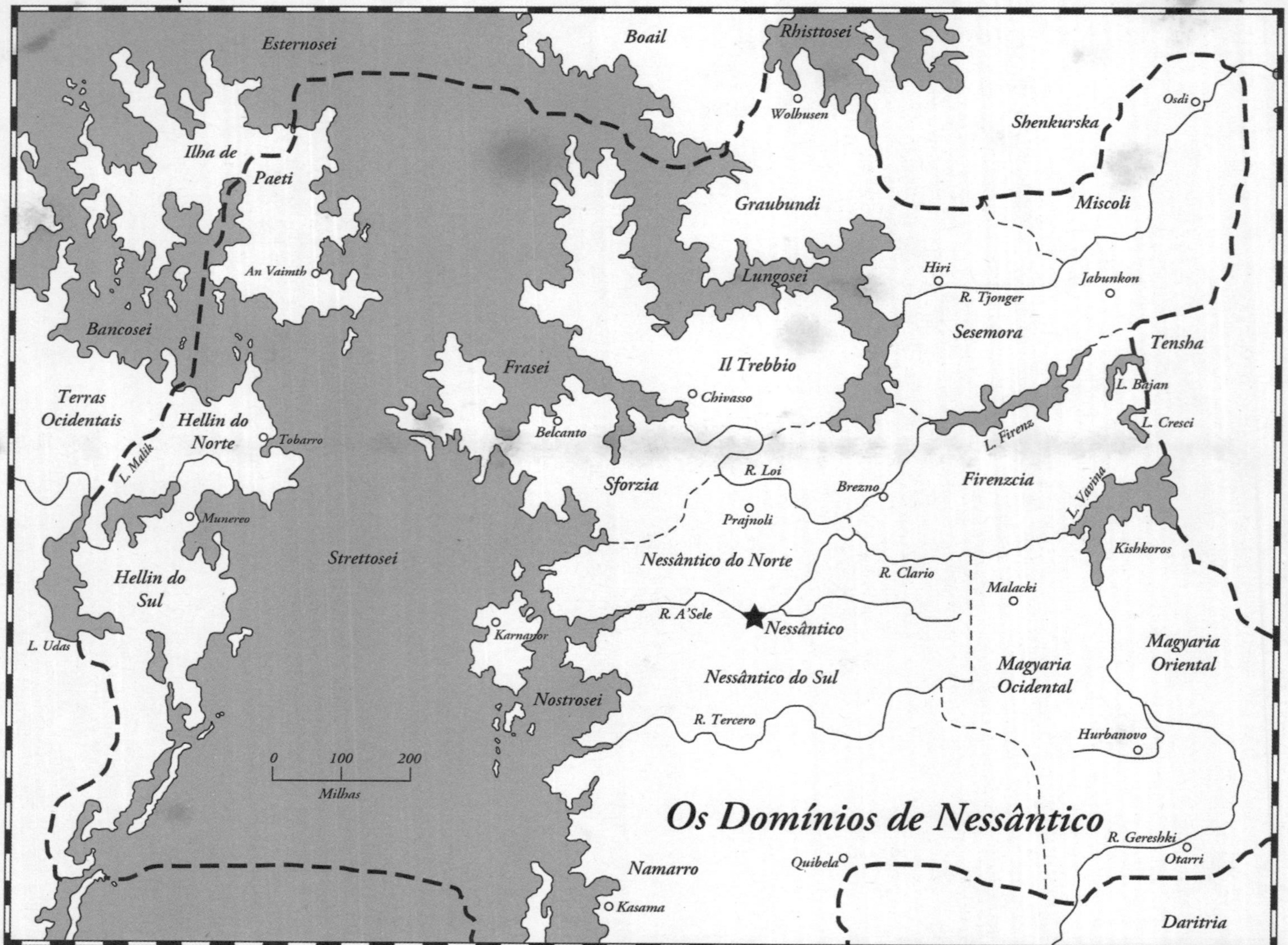
Os Domínios de Nessântico
Esternosei
Boail
Rhisttosei
Wolbusen
Osdi
Shenkurska
Ilha de
Paeti
Graubundi
Miscoli
An Vaimth
Lungosei
Hiri
Jabunkon
R. Tjonger
Bancosei
Sesemora
Tensha
Frasei
Il Trebbio
L. Bajan
Chivasso
L. Cresci
Terras
Ocidentais
Hellin do
Norte
Tobarro
Belcanto
L. Firenz
L. Malik
R. Loi
Brezno
Firenzcia
Sforzia
L. Vavina
Munereo
Prajnoli
Kishkoros
Nessântico do Norte
Strettosei
R. Clario
Hellin do
Sul
Malacki
R. A'Sele
Nessântico
Karnamor
L. Udas
Magyaria
Oriental
Nessântico do Sul
Magyaria
Ocidental
Nostrosei
R. Tercero
Hurbanovo
0
100
200
Milhas
R. Gereshki
Otarri
Quibela
Namarro
Kasama
Daritria

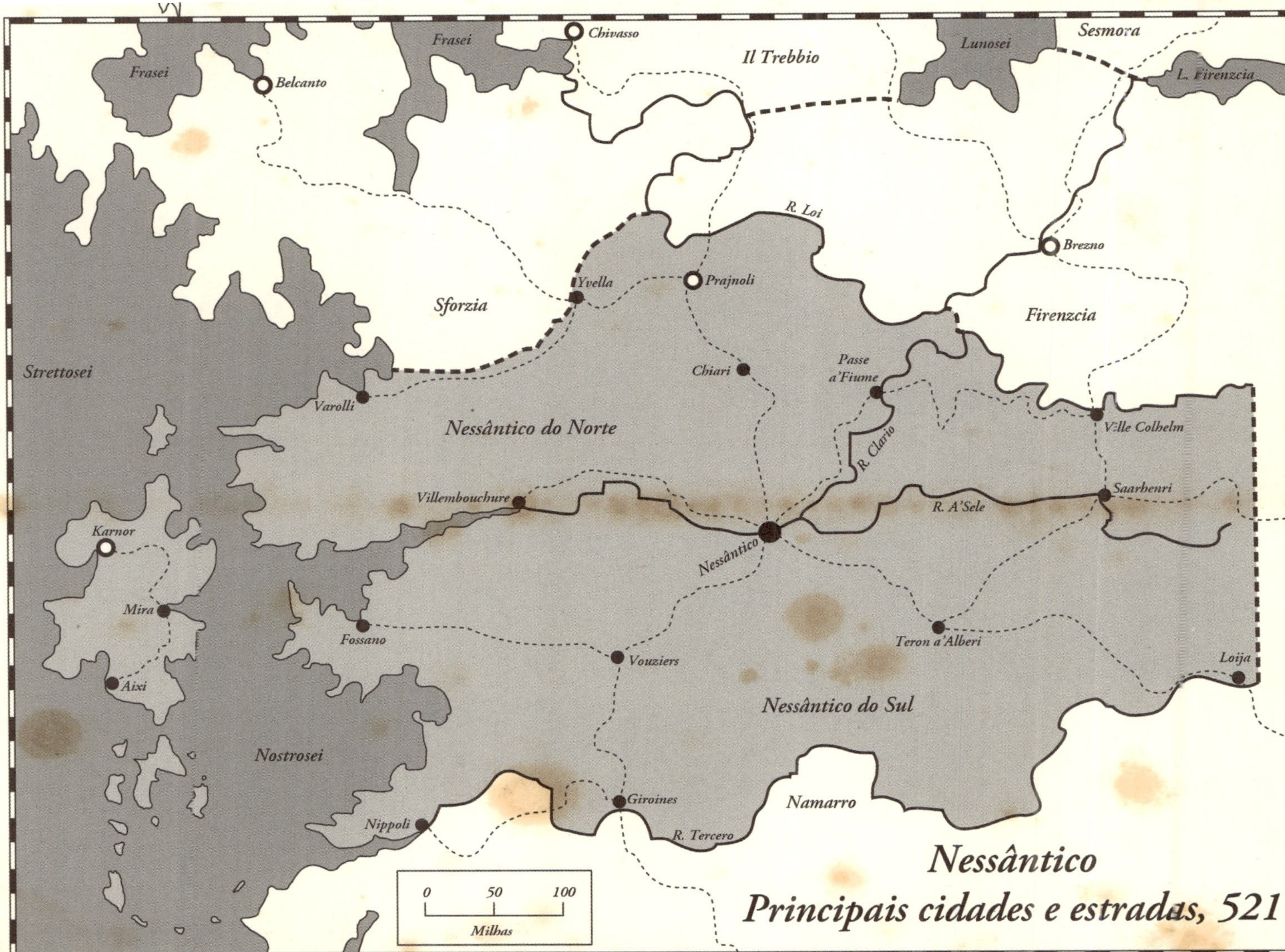
Frasei
Belcanto
Frasei
Chivasso
Il Trebbio
Lunosei
Sesmora
L. Firenzcia
R. Loi
Brezno
Yvella
Prajnoli
Sforzia
Firenzcia
Strettosei
Chiari
Passe
a'Fiume
Varolli
Nessântico do Norte
Ville Colhelm
R. Clario
Villembouchure
Saarhenri
R. A'Sele
Karnor
Nessântico
Mira
Fossano
Teron a'Alberi
Vouziers
Loija
Aixi
Nessântico do Sul
Nostrosei
Giroines
Namarro
Nippoli
R. Tercero
0
50
100
Milhas
Nessântico
Principais cidades e estradas, 521

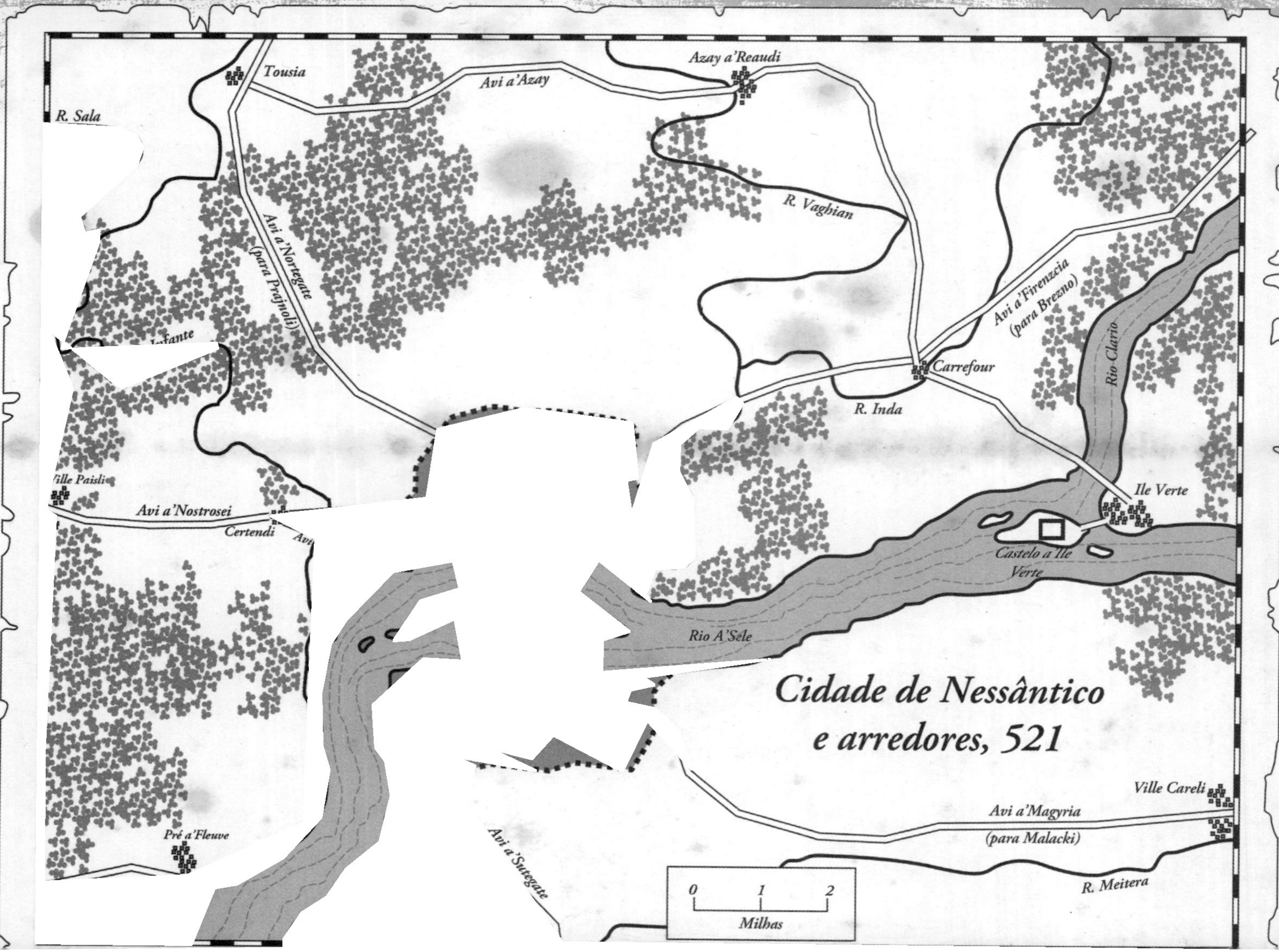
Cidade de Nessântico
e arredores, 521
Tousia
Azay a'Reaudi
Avi a'Azay
R. Sala
R. Vaghian
Avi a'Nortegate
(para Prajnoli)
Avi a'Firenzcia
(para Brezno)
Rio Clario
Carrefour
R. Inda
Ile Verte
Castelo a'Ile Verte
Rio A'Sele
Ville Paisli
Avi a'Nostrosei
Certendi
Pré a'Fleuve
Avi a'Sutegate
Ville Careli
Avi a'Magyria
(para Malacki)
R. Meitera
0
1
2
Milhas

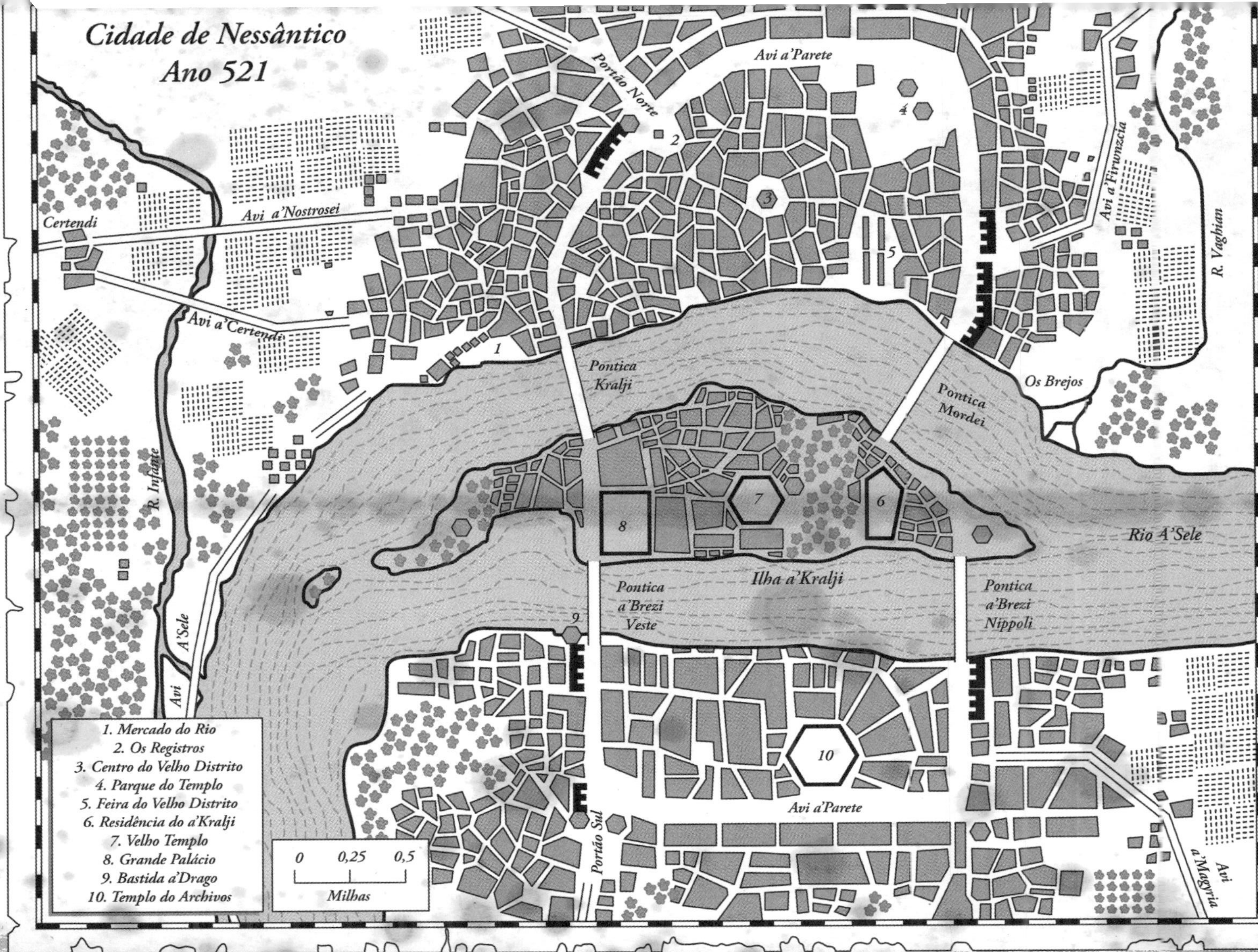
Cidade de Nessântico
Ano 521
Avi a'Parete
Portão Norte
Avi a'Firwnzcia
R. Vaghian
Certendi
Avi a'Nostrosei
Avi a'Certendi
R. Infante
Pontica Kralji
Pontica Mordei
Os Brejos
Rio A'Sele
Ilha a'Kralji
Pontica a'Brezi Veste
Pontica a'Brezi Nippoli
A'Sele
Avi
Portão Sul
Avi a'Parete
Avi a'Magyria
1. Mercado do Rio
2. Os Registros
3. Centro do Velho Distrito
4. Parque do Templo
5. Feira do Velho Distrito
6. Residência do a'Kralji
7. Velho Templo
8. Grande Palácio
9. Bastida a'Drago
10. Templo do Archivos
0 0,25 0,5
Milhas

Este livro foi composto em Adobe Garamond Pro e Handserif
para Texto Editores Ltda.
em fevereiro de 2012